KNAUR

Von der Autorin sind
im Knaur Taschenbuch erschienen:
Die Duftnäherin
Die Kerzenzieherin

Über die Autorin:
Caren Benedikt, geboren 1971, wuchs in einer norddeutschen Kleinstadt auf. Sie absolvierte eine Ausbildung zur Rechtsanwalts- und Notarfachangestellten und arbeitete danach als freie Journalistin. Heute lebt sie gemeinsam mit ihrem Mann und ihren drei Kindern in einem kleinen Ort bei Bremen.
Weitere Informationen unter www.caren-benedikt.de

CAREN BENEDIKT

Die Rache der Duftnäherin

Roman

KNAUR

Besuchen Sie uns im Internet:
www.knaur.de

Originalausgabe September 2015

Ein Imprint der Verlagsgruppe
Droemer Knaur GmbH & Co. KG, München
Redaktion: Dr. Heike Fischer

Umschlaggestaltung: ZERO Werbeagentur, München
Umschlagabbildung:
© Detroit Institute of Arts, USA / Bridgeman Images;
© De Agostini / A. Dagli Orti;
© Philip Mould Ltd, London / Bridgeman Images
Satz: Adobe InDesign im Verlag
Druck und Bindung: CPI books GmbH, Leck
ISBN 978-3-426-51501-3

2 4 5 3 1

Ich widme dieses Buch meinen Leserinnen und Lesern.
So viele wollten unbedingt wissen,
wie es mit meiner Anna weitergeht.
All denen wünsche ich ein besonderes Lesevergnügen,
verbunden mit meinem herzlichen Dank für ihre Treue.

»So konnte, wer – zumal am Morgen – durch die Stadt
gegangen wäre, unzählige Leichen liegen sehen.
Dann ließen sie Bahren kommen oder legten,
wenn es an diesen fehlte, ihre Toten auf ein bloßes Brett.
Auch geschah es, dass auf einer Bahre zwei oder drei
davongetragen wurden, und nicht ein Mal,
sondern viele Male hätte man zählen können,
wo dieselbe Bahre die Leichen des Mannes und der Frau
oder zweier und dreier Brüder und des Vaters
und seines Kindes trug.«

Giovanni Boccaccio, *Il Decamerone*

Das große Sterben breitete sich über die Handelswege zu Wasser an der gesamten Mittelmeerküste aus. Im Jahre des Herrn 1347 erreichte es Konstantinopel und Sizilien, und von dort über die Landwege ganz Europa. Ob es die Ratten oder die Menschen gebracht hatten, wusste am Ende niemand mehr zu sagen. Der Schwarze Tod kannte weder Stand noch Religion. Er machte keine Unterschiede. Einem blind wütenden Monster gleich drang er in die Häuser der Menschen ein, riss ihre Seelen an sich und zeichnete die Nachricht ihres baldigen Todes mit schwarzen Flecken auf ihre ausgezehrten Körper. Kaum eine Familie wurde von ihm verschont. Als die Pestilenz endlich nachließ, waren manche Landstriche entvölkert und in den großen Städten gar bis zu zwei Dritteln der Einwohner tot. Kinder waren zu Waisen geworden, Frauen zu Witwen und Männer verscharrten ihre Lieben mit bloßen Händen in der Erde. Der Schock über die hohen Verluste an Menschenleben lähmte die, die dem Tod entkommen waren. Soziale Strukturen zerbrachen. Viele bedeutende Bürger waren verstorben und ließen ihre Angehörigen ebenso schutzlos zurück wie ihre Ämter. Nicht zu schließende Lücken klafften auf.

Die gesellschaftliche Ordnung und das öffentliche Leben mussten wiederhergestellt, Aufgaben neu verteilt werden. Und so manche Fehlentscheidung, die aus der Not der Zeit heraus geboren wurde, sollten die Menschen noch Jahre später bereuen.

Bremen, im Jahre 1358

1. KAPITEL

Schweiß lief ihm über das Gesicht. Das Rauschen in seinen Ohren übertönte das heftige Pochen seines Herzens. Er rannte, so schnell er konnte, blickte sich gehetzt um, stolperte und konnte im letzten Moment verhindern, dass er stürzte. Nur noch um diese Ecke, dann könnte er sich im Haus in Sicherheit bringen. Sein Verfolger war ihm dicht auf den Fersen. Schon glaubte er, dessen Atem in seinem Nacken zu spüren. Eine Hand griff nach ihm, ließ ihn erneut straucheln und diesmal tatsächlich zu Boden stürzen.

Schon war sein Verfolger über ihm und trat ihm mit dem Fuß in die Seite. Obwohl er kaum noch Luft bekam, wehrte er sich verzweifelt gegen die auf ihn niederprasselnden Schläge.

»Gib es her!«

»Nein!«

»Gib es her, oder ich hau dich tot!«

»Nein!« Mit aller Kraft hielt er das Holzstück in seinen Händen und presste es an seinen Körper.

»Es gehört mir!«

Aus den Augen seines Bruders schienen Funken zu sprühen. Der ließ sich auf die Knie fallen und schlug wieder und wieder auf ihn ein.

»Na, na. Auseinander, ihr zwei!«

Robert wurde an seiner Jacke in die Höhe gezerrt.

»Wirst du wohl aufhören?« Der Mann hielt ihn fest und griff dann nach Rafaels Arm, um auch ihn in den Stand zu befördern. »Und jetzt vertragt ihr beide euch wieder!«

»Er hat angefangen!«, beschwerte sich Rafael und zeigte mit dem Finger auf seinen Zwillingsbruder. In der anderen Hand hielt er noch immer die hölzerne Figur fest umklammert.

»Er hat mir meinen Roland gestohlen!« Robert schnaubte vor Wut.

»Trotzdem darfst du mich nicht hauen.«

»Das wirst du schon sehen.«

Mit erhobenen Fäusten ging Robert erneut auf seinen Bruder los.

»Jetzt ist aber Schluss! Ihr seid doch die von Goossen'schen Enkel, nicht?«

Robert ließ die Hände sinken und nickte schuldbewusst mit dem Kopf.

»Dachte ich mir doch, dass ich euch schon einmal gesehen habe.« Er packte jeden mit einer Hand im Nacken und schob sie vor sich her. »Dann werde ich euch jetzt nach Hause bringen. Eure Mutter wird gewiss nicht erfreut sein, zwei solche Lausejungen abgeliefert zu bekommen.«

»Wir finden den Weg schon.« Rafael versuchte, sich aus dem Griff des Hünen zu befreien.

»Das kann ich mir vorstellen. Und dabei werdet ihr euch gleich wieder rangeln.«

Unbeirrt brachte er die Zwillingsbrüder bis vor das prächtige Stadthaus der Familie von Goossen, ging die Stufen zur Eingangstür hinauf, ließ die Jungen los und klopfte. Ein Wachmann öffnete die Tür. Ein paar Schritte hinter ihm tauchte auch schon ein Knecht auf.

»Ich hab hier was, das Euch gehört. Sie haben sich auf der Straße geprügelt wie Lumpenburschen. Ihre Eltern sollten ihnen einmal gehörig den Hintern versohlen und Manieren beibringen, wenn Ihr mich fragt.«

Der Wachmann bedeutete Rafael und Robert mit einer Geste, ins Haus zu gehen.

»Habt Dank, dass Ihr sie heimgebracht habt.«

»Schon recht.« Der Mann stieg die Stufen wieder hinab und ging davon. Krachend wurde die Tür hinter ihm geschlossen.

»Geht euch waschen, bevor eure Mutter euch so sieht. Los doch!«

Kaum hatte Rudolf die Worte ausgesprochen, trat auch schon Anna, die Enkelin des Alten von Goossen aus der Stube in den Flur.

»Was um Himmels willen ist denn mit euch geschehen?« Sie eilte ihren Söhnen entgegen und beugte sich zu ihnen hinab. »Das darf doch wohl nicht wahr sein!«

Wütend hob sie den zerrissenen Ärmel Rafaels in die Höhe. Sein Arm schnellte nach oben.

»Das war Robert!«

Annas Blick wanderte zu ihrem zweiten Sohn. »Stimmt das?«

»Ja.« Es klang kleinlaut.

Rafael lächelte triumphierend.

»Und erklärst du mir bitte auch mal, warum du das gemacht hast?«

»Er hat mir meinen Roland gestohlen.«

»Deinen was?«

Robert griff nach der Hand seines Bruders, die noch immer die kleine Holzstatue umklammerte. Trotzig wehrte dieser sich, bis seine Mutter einschritt und ihm die Figur abnahm.

»Wo habt ihr die her?«

»Wir waren bei Vater, er hat sie uns geschenkt.«

»Und er hat euch nur eine gegeben?«

»Nein! Wir haben beide eine bekommen, aber Rafael hat der seinen beim Spielen den Kopf abgeschlagen. Dann hat er mir meine abgenommen und gesagt, dass ich sie nicht wiederbekäme.«

»Weil ich keine kaputte haben will«, fügte Rafael erklärend hinzu.

»Und deshalb nimmst du deinem Bruder die seine ab?«

»Ja!« Der Junge schien sich keiner Schuld bewusst zu sein.

»Rafael!« Seine Mutter stemmte die Hände in die Hüften. »Die Figur gehört deinem Bruder. Du kannst deinen Vater fragen, ob er dir eine neue macht. Doch du musst ein für alle Mal lernen, dass du nicht das Recht hast, dir von anderen einfach zu nehmen, was du haben willst.«

Sie reichte Robert das hölzerne Spielzeug.

»Danke.«

»Du hast Robert lieber als mich.« Rafael verschränkte die Arme vor der Brust.

»So etwas, junger Mann«, sie fuchtelte mit dem Finger vor seinem Gesicht, »möchte ich nicht noch einmal hören. Du musst lernen, das Eigentum anderer zu respektieren.«

»Mein Patenonkel ist der Bürgermeister dieser Stadt.« Der Achtjährige hob trotzig das Kinn.

»Ja, allerdings. Und wenn ich ihm davon erzähle, wie du dich verhältst, wird er gewiss alles andere als stolz auf dich sein.«

Rafael wollte etwas erwidern, suchte nach Worten. Schließlich konnte er die Tränen nicht länger zurückhalten und stürmte die Stufen zum Obergeschoss hinauf.

»Ich war noch nicht fertig, die Sache wird noch ein Nachspiel haben!«, rief ihm Anna hinterher, hörte aber nur noch, wie die Tür seines Zimmers krachend hinter ihm ins Schloss fiel.

»Es tut mir leid, Mutter.«

Anna ging in die Hocke und fasste Robert bei den Schultern.

»Du musst besonnener sein. Warum bist du nicht nach Hause gekommen und hast die Sache hier geklärt, anstatt dich mit ihm zu prügeln?«

»Aber er ist so ein ...« Er brach ab und ballte die Hände zu Fäusten.

»Schscht. Ich will so etwas nicht hören. Ihr seid Brüder und müsst füreinander einstehen.«

»Sosehr ich mir auch wünsche, es wäre anders, kann ich ihn doch nicht ausstehen.«

»Geh dich jetzt waschen. Wir reden später mit deinem Vater über das Ganze.«

Robert nickte und schlug mit hängenden Schultern folgsam den Weg in Richtung Badehaus ein.

»Haben sie sich schon wieder gestritten?« Vorsichtig lugte die sechsjährige Sophie aus der offen stehenden Tür des Tuchzimmers.

Anna nickte, ging zu ihrer Tochter hinüber und schob sie zärtlich zurück in den Raum. »Komm, lass uns das Gewand fertigschneidern.« Sie ließ einen tiefen Seufzer vernehmen. Wenn sich doch ihre Zwillinge nur einmal einen einzigen Tag lang nicht streiten würden.

»Sie bringen mich noch um den Verstand.« Erschöpft und zärtlich zugleich schlang Anna die Arme um den Hals ihres Mannes, der ihre Geste erwiderte und sie an sich drückte.

»Hätte ich gewusst, was ich damit auslöse, wäre ich gewiss nicht auf den Gedanken gekommen, die Figuren zu fertigen.« Gawin schüttelte den Kopf. »Ich mache Rafael eine neue. Dann kehrt wieder Ruhe ein.«

»Aber das löst doch das eigentliche Problem nicht. Sie sind wie Feuer und Wasser.«

»Es sind Jungen, und sie sind acht Jahre alt. Du musst Geduld mit ihnen haben.«

Anna machte sich aus seiner Umarmung frei. »Das ist es nicht, Gawin. Rafael misst stets mit zweierlei Maß und hat keine Achtung vor anderen. Er glaubt, nur weil wir in der Stadt ein gewisses Ansehen genießen, könne er sich alles erlauben. Er nimmt sich einfach, was er will.«

»Dass er sich zu viel herausnimmt, habe ich auch schon bemerkt«, stimmte ihr Mann zu. »Neulich, in der Werkstatt, hat er Andres Anweisungen erteilen wollen.«

»Ein Achtjähriger, der einem Zimmermannsgesellen Befehle gibt?« Anna lachte bitter auf. »Und, wie hat Andres darauf reagiert?«

Gawin seufzte. »Gar nicht. Er hat im Moment andere Sorgen.«

Anna zog ihren Mann zum Bett hinüber und drückte ihn sanft auf die Lagerstatt hinab. »Was ist geschehen? Stimmt etwas nicht mit Judith oder den Kindern? Sind sie krank?«

»Das ist es nicht.« Gawin ließ die Schultern sinken. »Andres hat Angst, nach Hoya zurückzumüssen.«

»Weshalb?«

»Der Druck scheint größer zu werden.« Gawin fuhr sich mit der Hand über die Augen. Er wirkte müde und erschöpft, sein sonst so heiteres und stets zuversichtliches Naturell war in den vergangenen Monaten immer öfter von düsteren Gedanken und ernsthaften Sorgen getrübt worden.

Seit nunmehr sieben Jahren lagen die Stadt Bremen und die beiden Grafen Gerhard III. und Johann II. von Hoya schon miteinander im Streit. Nachdem die Pest im Jahre 1350 beide Orte mit ihrer alles vernichtenden Macht erreicht hatte, waren die menschlichen Verluste auf beiden Seiten enorm angestiegen. Die Bevölkerung Bremens, die vor dem Ausbruch der Seuche etwa an die fünfzehntausend Köpfe zählte, war halbiert. Und die Anzahl der Todesfälle rund um Hoya fiel nicht geringer aus. Viele der dort lebenden Leibeigenen gingen fort, um in Bremen und anderen Städten ihr Glück zu suchen. Und sie wurden belohnt. Bremen nahm sie mit offenen Armen auf, verlieh ihnen gar das Bürgerrecht. Als Neubürger lehnten sie es nunmehr unter Berufung auf die Stadt Bremen und das erhaltene Bürgerrecht strikt ab, als Unfreie wieder in die frühere Abhängigkeit nach Hoya zurückzukehren, um dort die Felder zu bewirtschaften. Selbst ein vor zwei Jahren übermitteltes, offizielles Auslieferungsbegehren der Grafen von Hoya hatte der Bremer Rat zurückgewiesen.

Als weiterer Streitpunkt zwischen Hoya und Bremen kam noch die bereits seit Jahren bestehende Feindschaft zwischen dem Bremer Erzbischof Moritz von Oldenburg und Gottfried von Arnsberg hinzu, der sich seinerzeit bei der Bischofswahl nicht gegen den Oldenburger hatte durchsetzen können und deshalb nun als Verbündeter der Grafschaft Hoya auftrat, was der Fehde weiteren Nährboden gab. Die Angelegenheit war verfahren. Von keiner der beiden Seiten war ein Einlenken zu erwarten.

Im vergangenen Monat, dem 20. Juni des Jahres 1358, waren zudem einhundertfünfzig Bremer Bürger während eines Gefechts an der Aller, einem Fluss zwischen den Gebieten der beiden streitenden Parteien, in die Gefangenschaft Hoyas geraten. Besonders beklagenswert war dabei für Bremen der Umstand, dass sich auch acht von insgesamt zwölf Ratsherren unter den Gefangenen befanden. Die Verhandlungen über eine Auslöse der Bürger dauerten noch an. Siegbert von Goossen, Annas Großvater, führte als einer der wenigen verbliebenen Ratsherren die Verhandlungen mit den verhassten Gegnern. Eine Einigung war auch hierin zum jetzigen Zeitpunkt nicht in Sicht. Dabei hatte der andauernde Krieg nicht nur die Körper und Geister beider Seiten erschöpft, sondern vor allem in Bremen ein tiefes Loch in die städtischen Kassen gerissen. Es galt also, so schnell wie möglich eine Lösung zu finden. Die Befürchtung des in Gawins Diensten stehenden Zimmermannsgesellen Andres, womöglich mit einer Zwangsauslieferung an seinen früheren Herrn rechnen zu müssen, war also keinesfalls unbegründet.

»Hast du schon etwas von Siegbert gehört?«

Anna verneinte. »Noch nicht. Aber er wird eine Lösung finden, glaub mir.« Sie lehnte ihren Kopf an die Schulter ihres Mannes.

»Das muss er auch. Wenn nicht bald eine Klärung erfolgt, weiß ich nicht, was geschieht.«

»Mit Andres?«

Gawin schüttelte den Kopf. »Es betrifft ja nicht nur Andres, sondern mal hier einen Gerber, mal da einen Gemüsehändler, dort wieder einen Knochenhauer oder Schmied. Bremen würde zusammenbrechen, würden die Menschen gezwungen werden, in die Leibeigenschaft zurückzukehren und als Bauern die Felder zu bestellen. Ganz abgesehen von dem Leid, das ihren Familien dadurch widerfahren würde.«

»Gibt es denn gar nichts, was wir für sie tun können?«

Gawin erhob sich. »Nichts, außer zu beten, dass Siegbert und Bürgermeister Doneldey den Hoyaer Grafen ein Entgegenkommen abringen und sich nicht darauf einlassen, die Menschen wie Schlachtvieh wieder ihren Lehnsherren zuzuführen.«

Er stand auf, küsste seine Frau auf die Stirn und verließ das Zimmer in Richtung der hauseigenen Badkammer.

Als er den Flur durchquerte, öffnete der Wachmann gerade die Haustür, an die fordernd geklopft wurde, und Annas Großvater, Siegbert von Goossen, betrat erschöpft sein Haus. Sofort hellte sich Gawins Miene auf.

»Siegbert!« Mit ausgestreckten Armen ging er auf den Ratsmann zu. »Was für eine Freude, dich wohlbehalten wieder hier zu haben.«

»Mein Lieber.« Von Goossen umarmte den Mann seiner Enkelin herzlich. »Ich werde langsam zu alt für so was. Du glaubst gar nicht, wie schön es ist, wieder zu Hause zu sein.«

»Mein Herr!« Durch die Geräusche aus dem Eingangsbereich informiert, trat die Haushälterin aus der Küche. »Ihr seid zurück. Gott sei es gelobt.«

»Ach, meine Gertrud. Wie sehr habe ich deine Speisen doch vermisst. Du musst wissen, die Hoyaer haben nicht nur keine Manieren, sie können auch nicht kochen.«

»Ihr habt noch Zeit, Euch bis zum Abendessen zu erfrischen. Ich werde Lisbeth Bescheid geben, Euch eine Wasserschale in Euer Zimmer zu bringen.« Sie rieb ein Tuch zwischen ihren Händen und verschwand geschäftig wieder in der Küche.

»Danke.«

»Anna!«, rief Gawin nach oben. »Komm herunter und sieh, wer heimgekehrt ist.«

Nur einen Wimpernschlag später erschien diese am oberen Treppenabsatz. »Großvater!« Sie hob die Röcke und rannte die Stufen hinab.

»Nicht so schnell, mein Kind. Du fällst sonst noch.« Siegbert öffnete die Arme und drückte seine Enkelin fest an seine Brust.

»Der Herr hat dich wohlbehalten zurückgebracht«, sagte Anna erleichtert und umfasste sein Gesicht mit beiden Händen.

»Ich bin froh, wieder daheim zu sein.« Siegbert küsste seine Enkelin auf die Wange.

»Ich war eben auf dem Weg in die Badekammer. Wenn du aber dorthin möchtest«, bot Gawin an. »Dein Tag war gewiss härter und anstrengender als der meine.«

»Geh du nur. Ich werde mich vor dem Essen mit der Waschschale begnügen und mir dann später, bevor ich ins Bett gehe, noch ein langes, warmes Bad gönnen. Jetzt würde ich eh nur einschlafen, sobald ich aus dem Zuber steige.«

»Dann sehen wir uns beim Essen. Und Siegbert …«

»Ja?«

»Schön, dass du gesund und munter wieder heimgekehrt bist.«

Der Ältere lächelte zufrieden, klopfte Gawin auf die Schulter und ging schleppend die Stufen zu seiner Kammer hinauf.

Sie saßen zu dritt am Esstisch in der Wohnstube. Anders als gewöhnlich, hatte Anna ihren Kindern in der Küche das Abendessen gegeben und sie danach zeitig ins Bett geschickt. In aller Ruhe wollte sie den Abend mit Siegbert und ihrem Ehemann verbringen, um zu hören, was bei den Verhandlungen mit den Gegnern aus Hoya herausgekommen war.

»Die Grafen verlangen wie viel?« Annas Stimme klang ungläubig. »Diese Summe gibt es in ganz Bremen nicht.«

»Ich weiß. Das ist es ja, was mir solche Sorgen bereitet.« Siegbert nahm einen tiefen Schluck aus seinem Weinbecher. »Sie wollen Bremen ruinieren, das ist offensichtlich.«

»Und was ist, wenn wir nicht darauf eingehen?«

»Dann bleiben sämtliche Gefangenen in ihrer Gewalt. Zumindest so lange«, fügte Siegbert bitter hinzu, »wie sie am Leben gelassen werden.«

»Sie haben wirklich gedroht, sie hinzurichten?«

Ihr Großvater nahm noch einen Hieb und stellte den Krug geräuschvoll auf dem Holztisch ab. »Nein, von Hinrichten war keine Rede. So einfältig sind sie nicht, die Herren Grafen.« Die letzten drei Worte stieß er verächtlich zwischen den Zähnen hervor. »Aber sie haben uns zu verstehen gegeben, dass sie der andauernde Krieg einen Großteil ihrer finanziellen Mittel gekostet hat und sie deshalb gerade noch ihre eigenen Leute durchfüttern können. Für die gefangenen Bremer bliebe nichts übrig.«

»Sie wollen sie also elendig verhungern lassen.« Gawin schüttelte fassungslos den Kopf.

»So sieht's aus. Sie haben uns eine Frist von drei Tagen gesetzt, während der unsere Männer noch versorgt werden. Erhalten die Grafen am vierten Tage keine Nachricht von uns, überlassen sie die Gefangenen in irgendeinem Kerker ihrem Schicksal. Die gesamte Rückreise über habe ich mich mit dem Bürgermeister darüber beraten, was wir nun tun sollen.«

»Und, was werdet ihr tun?«

»Heinrich hat für morgen eine Ratssitzung einberufen. Eine Ratssitzung!«, wiederholte Siegbert spöttisch seine letzten Worte. »Als ob es eine solche noch gäbe, mit gerade noch einmal vier verbliebenen Räten, die eine Stadt wie Bremen vor dem Untergang bewahren sollen.« Mit einer raschen Bewegung stopfte er sich ein großes Stück Fleisch in den Mund.

»Was wirst du deinen Ratskollegen anraten?«, fragte Anna zögerlich, als hätte sie Angst vor der Antwort. Viele der Gefangenen waren ihr gut bekannt. Die Vorstellung, dass deren Leben auf dem Spiel stand, ließ sie frösteln.

»Wir haben gar keine andere Wahl, als die Forderungen der Grafen zu erfüllen. Auch wenn wir kaum die Mittel haben, das Geld aufzutreiben.« Siegbert seufzte, während Anna erleichtert aufatmete.

»Bremen ist eine große Handelsstadt«, meinte sie. »Wir werden das Geld wieder hereinverdienen, wenn nur dieser elende Streit erst einmal beigelegt ist.«

»Ich widerspreche dir nur ungern. Zumal ich mir nichts anderes wünsche, als dass du recht behältst. Doch Bremens Blütezeit ist vorüber. Der Handel läuft schlecht. Und dein Mann wird dir bestätigen, dass selbst ein guter Zimmermann immer weniger Arbeit hat.«

»Arbeit wäre schon da«, schränkte Gawin ein. »Nur kann sie kaum noch einer bezahlen.«

»So oder so, die Geschäfte werden nicht unmittelbar besser. Wir werden den Schoss erhöhen müssen.«

»Ich glaube, die Bürger werden die erhöhten Steuern gern bezahlen, wenn es darum geht, Bremer vor dem sicheren Untergang zu bewahren.« Anna bemühte sich um Zuversicht.

»Im Moment, ja. Aber schon bald wird das vergessen sein, die zusätzlichen Abgaben aber bleiben. Das wird für erneute Unruhe sorgen.« Siegbert schob seine leere Schale von sich. »Bitte entschuldigt mich jetzt. Die letzten Tage waren lang und anstrengend.« Er stand auf.

»Gute Nacht, Großvater. Erhole dich und schlaf gut. Und glaub mir, es wird sich schon alles richten.« Anna griff nach seiner Hand und drückte sie liebevoll.

»Was bin ich doch für ein glücklicher Mann, dass ich euch zwei und die Kinder habe.«

Mit schweren Schritten verließ er den Raum.

»Er ist alt geworden«, stellte Gawin mit Sorge in der Stimme fest, sobald Siegbert außer Hörweite war. »Die Sache setzt ihm weit mehr zu, als gut für ihn ist.«

Anna nickte. »Ich weiß. Deshalb muss auch endlich Schluss sein mit diesem unnötigen Krieg, der auf beiden Seiten nur Verlierer zurücklässt.« Sie erhob sich von ihrem Stuhl und setzte sich auf seinen Schoß. »Doch lass uns jetzt nicht länger davon sprechen. Es gibt mehr als nur Handel, Handwerk und Geld.« Sie nahm seinen Kopf zwischen ihre Hände und küsste ihn auf den Mund. »Wir sollten in unsere Kammer gehen und vergessen, was dort draußen tobt.« Ein verführerisches Lächeln umspielte ihre Lippen.

Sofort spürte Gawin, wie sein Glied steif wurde. Ohne ein Wort bedeutete er seiner Frau aufzustehen, erhob sich dann selbst und trug sie die Stufen hinauf zu ihrer Schlafkammer. Sanft setzte er sie, dort angekommen, auf dem Bett ab. Die Sonne war längst untergegangen, nur wenig Licht drang noch in ihre Kammer. Voller Vorfreude ließ er sich neben ihr nieder, entkleidete sie und begann, ihren Körper mit Küssen zu bedecken.

2. KAPITEL

Margrite wischte sich rasch ihre vom Seifensieden rot und fleckig gewordenen Hände trocken, als es an der Tür des kleinen Fischerhauses klopfte. Schon seit Jahren lebte sie allein und hatte es sich zur Gewohnheit gemacht, bis in den späten Abend hinein ihrer Arbeit nachzugehen, um sich von den wehmütigen Gedanken an schönere, längst vergangene Tage abzulenken. Sie griff nach der Talgleuchte und ging in die Diele. Noch ehe sie den Eingang erreichte, wurde erneut heftig gegen die Tür getrommelt.

»Ich komm ja schon, verdammt noch mal.« Sie schlurfte weiter. »Wer ist da?«, rief sie barsch.

»Lena.«

Sofort öffnete Margrite und erschrak beim Anblick der jungen Frau, deren Gesicht tränenüberströmt war, die Augen verquollen, das Haar wirr und zerzaust. »Mein Gott, Kindchen, was ist denn geschehen? Komm erst einmal herein.«

Sie zog Lena an der Hand ins Haus.

»Lorenz ist verschwunden.«

»Was?«

»Er wollte Holz holen gehen und ist nicht mehr heimgekehrt.« Sie schluchzte heftig auf.

»Komm, setz dich an die Kochstelle und trink etwas. Und dann erzähl in aller Ruhe.«

Margrite zog ihren unverhofften Gast hinter sich her und drückte ihn auf einen der zwei Schemel. Rasch holte sie zwei Becher, die sie mit Würzwein füllte und stellte einen davon vor ihrer Besucherin ab.

»Hier. Und jetzt noch einmal ganz von vorne. Wo genau wollte Lorenz das Holz holen, und seit wann ist er fort?«

Lena griff nach dem Becher, stellte ihn jedoch, ohne zu trinken, wieder ab. »Seit heute Morgen. Er hätte schon vor Stunden wieder zurück sein müssen.«

Etwas gefasster berichtete Lena nun, dass ihr Mann sich in aller Frühe auf den Weg gemacht hatte, um im nahe gelegenen Wald Holz zu sammeln.

»Außerhalb der Stadtmauern? Obwohl ihr Neubürger seid und euch die Häscher der Hoyaer dort auflauern können, um euch dorthin zurückzuzerren? Das war nicht sehr klug von deinem Mann.« Margrite trank einen Schluck.

Lena schluchzte auf. »Aber was sollen wir denn tun? Die Menschen haben immer weniger Geld, sich Schuhe fertigen zu lassen. Wir hoffen auf den Winter, wo viele das wenige, was sie noch haben, für das Fußwerk ihrer Kinder ausgeben. Doch jetzt, mitten im Sommer, denkt niemand, der sie nicht dringend braucht, daran, sie in Auftrag zu geben.«

»Ich weiß ja, dass ihr keine andere Wahl habt, als die Stadt ab und an zu verlassen, wenn ihr Feuerholz braucht.« Margrite bedauerte, dass ihre Sorge wie ein Vorwurf auf Lena gewirkt haben musste. »Vielleicht steckt ja auch gar nichts weiter dahinter, und dein Lorenz wurde nur aufgehalten.«

Margrite sah aus dem Fenster. »Es ist bereits zu dunkel. Die Stadttore sind gewiss längst geschlossen. Selbst die Büttel werden sich wegen der unruhigen Zeiten zu dieser Stunde nicht mehr vor die Mauern wagen.«

»Aber was ist, wenn ihm etwas zugestoßen ist und er nun hilflos irgendwo am Boden liegt?«

Margrite tätschelte die Hand der Jüngeren. »Dein Lorenz ist ein kräftiger Kerl. Den bringt so leicht nichts um. Selbst wenn ihm etwas geschehen sein sollte, wird er klug genug sein, sich bis zum Morgengrauen im Wald zu verbergen und erst dann heimzukehren.«

»Und wenn nicht?«

»Dann werden wir Hilfe holen und morgen nach ihm suchen.«

»Glaubst du wirklich, die Büttel würden helfen, einen einfachen Schuhmacher zu suchen, der den Weg nach Hause nicht gefunden hat?«

»O ja, das würden sie.« Es klang entschieden. »Vergiss nicht, dass ihr Bürger der Stadt Bremen seid.«

Ein Lächeln huschte über das Gesicht der Jüngeren. Als Lorenz und sie vor sieben Jahren in diese Stadt gekommen waren, hatte man sie mit offenen Armen empfangen. So gut wie alle ihre Freunde und Nachbarn hatten sie Hoya hinter sich gelassen und sich auf den Weg in eine unbekannte Zukunft gemacht. Doch die Aussicht auf ein besseres, freies Leben und die Gelegenheit, als Hoyaer Leibeigene in Bremen nach einem Jahr die Bürgerfreiheit zu erhalten und nicht mehr den größten Teil ihrer erwirtschafteten Einnahmen sofort wieder abführen zu müssen, waren stärker gewesen. Anfangs waren ihnen die Möglichkeiten, die sich ihnen boten, wie ein Traum vorgekommen. Früher, in Hoya, hatte Lorenz nur nebenher Schuhe hergestellt, sowohl für die eigenen Kinder als auch gelegentlich für einige Bekannte. Im Tausch dafür hatte er stets einen guten Schinken, einige Säcke Mehl oder Hühner bekommen. Nachdem jedoch die Pest sich über das Land hergemacht und so viele unschuldige Seelen dahingerafft hatte, reichten die Ernten nicht einmal mehr aus, die von den Grafen immer weiter angehobenen Abgabemengen einzubringen. Sogar das wenige, das Lorenz mit der Schusterei zusätzlich verdiente, mussten sie einsetzen, um ihre Schulden beim Meier begleichen zu können. So entschlossen sie sich zur Flucht und wagten den Weg nach Bremen. Seither war es ihnen von Jahr zu Jahr bessergegangen. Lorenz konnte als freier Bürger Schuhe fertigen. Zwar wurden auch hier Steuern erhoben, doch in einem Maße, das noch von jedermann gut getragen werden konnte und ihm genug für ein auskömmliches Leben übrigließ. Dann aber hatten Gerhard III. und Johann II. von Hoya die Auslieferung der Neubürger vom Rat der Stadt Bremen gefordert, und die alte Angst, doch wieder zurückzumüssen, war wieder da. Lena und Lorenz hatte es mit Stolz erfüllt, dass Bürgermeister Heinrich Doneldey dieses Begehren rundweg abgelehnt hatte. Die Folgen dieser Weigerung hatten alle Bremer zu spüren bekommen, doch statt mit den Fingern auf sie zu zeigen, wie es Lena erwartet hatte, rückten sie noch enger zusammen und stellten sich hinter die zugezogenen Neubürger, um den Grafen von Hoya zu zeigen, dass diese wie sie selbst ein Teil dieser Stadt waren. Sie waren Bremer und wurden geschützt durch Bremer. Nur außerhalb der Stadtmauern lauerte Gefahr.

»Wo sind die Kinder?«, unterbrach Margrite ihre Gedanken.

»In ihren Betten. Ich wollte sie nicht beunruhigen und habe ihnen gesagt, dass ihr Vater bald kommen würde. Nachdem sie eingeschlafen waren, bin ich zu dir gekommen. Was soll ich jetzt nur tun?«

Margrite stand auf. »Du gehst zurück zu deinen Kindern und wachst über ihren Schlaf. Ich werde mich darum kümmern, dass sich gleich morgen in aller Frühe die Büttel auf die Suche begeben.« Sie schenkte der anderen ein aufmunterndes Lächeln. »Wirst schon sehen, Lena. Ehe du dich versiehst, sitzt dein Lorenz wieder bei dir am Tisch und schaufelt mit den Kindern den Morgenbrei in sich hinein.«

Lena schluchzte. »Ich bete darum, dass du recht hast.« Sie drückte sich kurz an die Ältere. An der Tür angekommen, drehte sie sich noch einmal um. »Und du glaubst wirklich, dass alles gut wird, ja?«

»Aber natürlich wird es das.« Margrite bemühte sich, ihrer Stimme einen festen Klang zu verleihen, obwohl sie das Schlimmste befürchtete.

»Gib mir Bescheid, sowie du etwas hörst.« Lena trat hinaus, zog trotz der Wärme, die auch am Abend noch in den Gassen Bremens lag, ihren Umhang fester um sich und hastete mit eiligen Schritten das kurze Stück bis zu ihrem kleinen Schusterhaus zurück.

Margrite sah ihr noch nach, als sie schon außer Sichtweite war. Das ungute Gefühl war noch immer da, sogar stärker als zu Beginn von Lenas Besuch. Sie blickte ein letztes Mal die menschenleere Gasse hinauf und hinunter, als erwarte sie, Lorenz dort jeden Moment auftauchen zu sehen. Mit einem Seufzer schloss sie die Tür hinter sich. Sie wusste, wie es war, einen geliebten Menschen zu verlieren. Neun Jahre war es jetzt her, dass Anderlin, der Mann, mit dem sie zusammengelebt und den sie mehr als irgendjemand sonst auf dieser Welt geliebt hatte, sein Leben gegeben hatte, um das ihre und Annas zu retten. Bis zu seinem letzten Atemzug hatte er alles getan, um sie zu schützen und ihnen die Flucht zu ermöglichen. Kein einziger Tag war seither vergangen, an dem Margrite nicht an ihn gedacht hatte. Bis heute hatte sie es nicht wieder fertiggebracht, sich zu einem anderen zu legen. Und glaubte inzwischen auch nicht mehr, dass sie dies je wieder tun würde. Mit Anderlin war ein Teil von ihr gestorben, und das Glück, das sie damals empfunden hatte, würde sich wohl nie wieder über sie legen. Hoffentlich bliebe Lena diese Erfahrung erspart.

In der Nacht hatte Margrite kein Auge zugetan. Irgendwann in den frühen Morgenstunden, lange bevor die Dunkelheit an Kraft verlor, war sie aufgestanden und hatte mit dem Seifensieden begonnen. Mit ihren Gedanken war sie bei Lena, die sicher ebenso keinen Schlaf finden und sich in Sorgen um ihren Ehemann von einer Seite auf die andere wälzen würde. Arme Lena! Margrite wusste, wie sehr sie ihren Lorenz liebte. Ein Herz und eine Seele waren die beiden, und sie mochte sich kaum ausmalen, was es für die Familie mit ihren drei Kindern bedeuten mochte, kehrte Lorenz womöglich nicht heim.

Sie nahm ein Stück fertige Seife und atmete tief den Lavendelduft ein, den diese verströmte. Ihre Atmung verlangsamte sich, die Schultern lockerten sich und eine große innere Ruhe überkam sie. Schon vor vielen Jahren hatte sie die wohltuende Wirkung der Düfte auf sich entdeckt, und es war vor allem dieser Duft – weit mehr als das gesamte Haus mit all seinen Möbelstücken darin -, der ihr das Gefühl von Heimat gab. Noch einmal atmete sie tief ein, legte das Stück Seife dann zurück und ging in ihre Kammer, um sich zu waschen und anzukleiden. Die ersten Lichtstrahlen des Tages drangen durch die kleinen Fenster. Noch schwach, doch es würde nicht mehr lange dauern, bis sie den Weg zum Rathaus einschlagen könnte, um dort die Bitte vorzutragen, die Büttel mit der Suche nach Lorenz zu beauftragen.

Nachdem sie aufgebrochen war, mahnte sie sich bei jedem ihrer Schritte selbst zur Ruhe. Obgleich sie sich Lena gegenüber so zuversichtlich gezeigt hatte, war es keineswegs sicher, dass man ihrer Bitte Gehör schenken würde. Zu viele Widrigkeiten trieben die Bürger Bremens in dieser Zeit um. Die Büttel hatten auch so schon genug zu tun, um die Ordnung aufrecht zu erhalten. Ein verschwundener Schuhmacher, der sich noch dazu selbst in Gefahr gebracht hatte, indem er die sicheren Stadtmauern verließ, würde wahrscheinlich nicht wichtig genug sein, um die wenigen verbliebenen Stadtbüttel nach ihm suchen zu lassen. Mit gemischten Gefühlen betrat sie das Rathaus und traf sogleich auf einen Wachmann, der wahrscheinlich die Nachtwache im Gang übernommen hatte. Die Müdigkeit war ihm ins Gesicht geschrieben, und Margrite empfand Mitleid mit dem übernächtigten Kerl.

»Seid gegrüßt. Ich bin die Bürgerin Margrite Schonau und möchte zum Stadtvogt.«

Der Wachmann straffte seinen Körper. »Der Stadtvogt ist noch nicht da. Kann ich Euch helfen?«

»Es geht um einen Neubürger, der verschwunden ist.«

»Hm, da ist in der Tat der Vogt gefragt. Ich könnte nach ihm schicken lassen, oder Ihr wartet, bis er kommt. Meist ist er dieser Tage recht früh im Haus.«

»Dann werde ich gern auf ihn warten, wenn es Euch nichts ausmacht.«

»Dort drüben stehen Bänke. Macht es Euch auf einer von ihnen bequem.«

Margrite nickte lächelnd und musterte ihn erneut. Er war ein gestandener Mann, etwa in ihrem Alter und trotz der frühen Stunde ausgesprochen höflich. Er hatte irgendetwas an sich, was ihr gefiel. Es war das erste Mal seit Anderlins Tod, dass sie einen Mann auf diese Weise betrachtete und dessen Vorzüge abwog. Zwar würde sie nicht so weit gehen, sich auf eine Plänkelei mit ihm einzulassen, doch es tat ihr gut, zu spüren, dass der Schmerz über den unsagbaren Verlust nach so vielen Jahren offensichtlich an Kraft verlor.

Sie hätte nicht sagen können, wie lange sie gewartet hatte, als ihr Blick auf das Eingangsportal fiel, durch das in diesem Moment der Stadtvogt trat. Sofort stand sie auf und strich sich die Röcke glatt.

»Diese Bürgerin wünscht Euch zu sprechen, Vogt«, beschied ihm der Wachmann und begleitete ihn zu Margrite hinüber.

»Guten Morgen, Vogt. Mein Name ist Margrite Schonau. Ich bin Seifensiederin. Ein Neubürger, er ist Schuhmacher und heißt Lorenz, wird seit gestern vermisst.«

»Wartet Ihr schon lange auf mich? Warum habt Ihr nicht nach mir schicken lassen?« Er sah den Wachmann an.

»Ich wollte nicht, dass Ihr allzu früh gestört werdet«, wandte Margrite ein. »Euer Büttel hier bot mir sehr wohl an, nach Euch rufen zu lassen. Doch ich habe es abgelehnt.«

»Dann ist es ja gut. Begleitet mich in mein Schreibzimmer, Bürgerin. Dort werden wir alles Weitere besprechen.«

Margrite folgte ihm und beschrieb ihm, nachdem beide Platz genommen hatten, anhand der vagen Angaben, die Lena ihr gemacht hatte, was sie über das Verschwinden des Schuhmachers wusste.

»Ich hoffe, es steckt nicht das dahinter, was ich vermute«, murmelte der Vogt.

Seine Besucherin musste nicht erst fragen, was er damit meinte. Der dunkle Schatten, der derzeit über allen Neubürgern schwebte, war zu groß, um ihn nicht bemerkt zu haben.

»Und? Werdet Ihr nach ihm suchen lassen?«

»Das ist nicht so einfach.« Der Vogt stand auf, trat ans Schreibpult und legte seine gefalteten Hände darauf. »Wir haben kaum Leute. Viele gute Männer befinden sich in der Gefangenschaft des Feindes.«

Margrite presste die Lippen aufeinander.

»Aber ich werde schon ein paar Männer auftreiben, die nach dem Schuhmacher suchen. Wir werden die Neubürger nicht im Stich oder gar fallenlassen.«

Er fuhr mit den Armen durch die Luft. Seine letzte Bemerkung und Geste wirkte auf Margrite, als glaubte der Vogt, vor einer großen Menschenmenge zu sprechen. Sie stand nun ebenfalls auf.

»Ich danke Euch. Und glaubt mir, ich weiß, wie schwierig es für Euch ist, in diesen Zeiten Euren Aufgaben nachzukommen, obwohl Ihr kaum Hilfe habt. Umso mehr sollt Ihr Gottes Segen erfahren für Eure Taten.«

Der Vogt senkte den Kopf zum Dank, trat um das Schreibpult herum und öffnete ihr die Tür. »Ich werde eine Nachricht an des Schuhmachers Weib schicken lassen, sobald es etwas zu berichten gibt. Gebe der Herr, dass es keine schlechte Botschaft sein möge.«

»Gebe es der Herr«, wiederholte Margrite.

Vom Rathaus ging Margrite direkt zu dem Haus, in dem Lorenz und Lena mit ihren Kindern lebten. Kaum dass sie geklopft hatte, wurde die Tür auch schon aufgerissen.

»Margrite! Weißt du etwas Neues? Suchen die Büttel nach Lorenz?«

Die Seifensiederin trat ein und umarmte Lena. »Der Vogt hat mir zugesichert, dass sie sich auf die Suche nach ihm machen werden. Sobald sich etwas tut, schickt dir der Vogt eine Nachricht. Ich werde hier gemeinsam mit dir warten.«

»Ich danke dir so sehr!« Lenas Augen füllten sich mit Tränen.

Götz, mit seinen sieben Jahren der älteste Sohn des Schuhmacherpaares, trat aus der angrenzenden Kammer und rieb sich verschlafen die Augen.

»Tante Margrite?« Er trottete zu dem frühen Besuch und lehnte sich gegen die Hüfte der Seifensiederin. »Ich bin noch so müde.«

»Dann legst du dich am besten wieder hin, mein Kleiner. Ich habe sowieso noch etwas mit deiner Mutter zu besprechen. Und gib acht, dass du deine Geschwister nicht weckst.«

Ohne ein weiteres Wort trottete Götz die wenigen Schritte in die Kammer zurück und schloss die Tür hinter sich. Angestrengt lauschten die beiden Frauen einen Augenblick. Als kein Geräusch von der Schlafstatt zu ihnen nach draußen drang, bedeutete Lena Margrite mit einem Fingerzeig, ihr in die Arbeitskammer samt Herdstelle zu folgen.

»Was soll ich ihnen nur sagen, wenn sie wach werden?«

»Erst einmal gar nichts. Wenn sie nach Lorenz fragen, sagst du einfach, dass er etwas Wichtiges zu erledigen hatte.«

»Und was, wenn er nicht wiederkommt?« Lenas Stimme war nicht mehr als ein Flüstern.

»Daran darfst du nicht einmal denken.«

»Ich bemühe mich ja, aber der Gedanke kommt immer wieder. Ich habe solche Angst. Was soll denn dann aus uns werden?«

»Ganz ruhig. Erst einmal warten wir ab, welche Nachricht die Büttel bringen. Vielleicht kommt dein Lorenz ja schon im nächsten Moment zur Tür herein. Dann hast du dir vollkommen umsonst solche Sorgen gemacht.«

»Ach, wenn's doch nur so wäre.«

Die Stunden vergingen. Götz, Bruno und die kleine Jutte hatten bereits gefrühstückt und spielten nun draußen auf der Gasse. Mit der von ihrer Mutter gegebenen Erklärung, der Vater hätte etwas Dringendes zu erledigen, hatten sich die Kinder zufriedengegeben. Margrite bezweifelte zwar, dass sie Lenas bedrückte Stimmung nicht bemerkt hatten. Doch nur Götz zögerte kurz, als seine Mutter alle drei zum Spielen hinausschickte. Eine Weile stand er noch unter der Tür, unschlüssig, ob er noch einmal nachfragen sollte. Dann aber hatte auch er kehrtgemacht und war seinen kleineren Geschwistern nach draußen gefolgt.

Nervös spielte Lena mit ihren Fingern. Schon eine Weile hatten Margrite und sie kein Wort mehr gesprochen. Jeder hing seinen eigenen Gedanken über Lorenz' mögliches Schicksal nach. Als es heftig an der Tür klopfte, setzte Lenas Herzschlag einen Augenblick lang aus.

»Lorenz!«

Sie sprang auf, stürmte zur Tür und riss sie rückartig auf. Zwei Männer standen ihr gegenüber. Lena sah flehend von einem zum anderen, unfähig, ein Wort über die Lippen zu bringen.

»Seid Ihr das Weib des Schuhmachers Lorenz?«

Sie nickte.

Der Größere der beiden wollte soeben etwas sagen, als Lena ihm ins Wort fiel.

»Ihr habt ihn gefunden, ja? Meinem Lorenz geht es gut, nicht wahr?« Sie blickte hastig zwischen den Männern hin und her. Ein hoffnungsvolles Lächeln huschte über ihr Gesicht.

Margrite trat hinter ihr an die Tür. Ein einziger Blick in die Augen der Stadtbeauftragten genügte ihr, um zu wissen, welche Nachricht sie brachten. Mit einer fürsorglichen Geste umfasste sie Lenas Schultern.

Der Büttel, der Lena angesprochen hatte, trat von einem Fuß auf den anderen, die Augen starr auf seine Lederschuhe gerichtet. Er warf seinem Kameraden einen verstohlenen Seitenblick zu, mit dem er ihn aufforderte, das Wort zu ergreifen. Doch der andere schwieg.

»Es tut mir leid«, kam er nun doch selbst seiner Pflicht nach. »Wir haben Euren Mann gefunden.«

»Geht es ihm gut?«

Der Büttel kniff die Augen zusammen, warf einen verwirrten Blick auf Margrite und schüttelte dann langsam den Kopf.

»Du solltest jetzt ins Haus gehen, Lena. Ich werde alles Weitere hier klären.« Margrite verstärkte den Griff um Lenas Schultern und zog sie sanft zurück. »Komm, komm jetzt«, forderte sie mit leiser Stimme.

Stocksteif stand Lena da. Es war, als habe sie weder gehört noch verstanden, was der Mann und Margrite ihr gerade bedeutet hatten. Ganz im Gegenteil meinte sie nun:

»Aber ich muss warten. Sonst wird Lorenz sich wundern, wo ich bin, wenn er heimkommt.«

»Aber, habt Ihr denn nicht verstanden, was …«

Margrite bedeutete dem Büttel mit einer Handbewegung, nicht weiterzusprechen.

»Komm, Lena. Geh hinein.« Margrite zog die Jüngere nun entschieden in die Diele und schob sie in die Arbeitskammer. »Setz dich dort hinein. Ich komme gleich.« Sie sah Lena in die Augen. Deren Gesichtsausdruck hatte sich verändert. Verklärt, mit einer Art glückseligen Gleichmuts, blickte sie die Seifensiederin an.

»Sagst du Lorenz, dass die Kinder noch draußen spielen? Er hat sie heute ja noch gar nicht gesehen.«

Margrite lief ein kalter Schauer über den Rücken. Lena schien ihr vollkommen entrückt, fast schon wirr und nicht mehr von dieser Welt zu sein. Die Nachricht war anscheinend noch immer nicht zu ihr durchgedrungen, oder aber sie hatte sie einfach weit von sich fortgeschoben, weil sie sie nicht wahrhaben wollte.

»Setz dich und warte hier auf mich. Ich komme gleich wieder.« Margrite drehte sich um und ging die paar Schritte über den Flur bis zur geöffneten Eingangstür, an der die Büttel noch immer ausharrten.

»Ist alles mit ihr in Ordnung?« Der Büttel warf einen besorgten Blick in Richtung der Kammer.

»Gar nichts ist in Ordnung. Aber ich werde mich um sie kümmern«, versprach Margrite. »Wo habt Ihr ihren Mann gefunden?«

Wieder warf er seinem Kollegen einen Blick zu, der daraufhin zum ersten Mal das Wort ergriff. »Wir haben kaum nach ihm suchen müssen. Jemand hatte das, was von ihm übrig war, vor das geschlossene Stadttor gelegt. Die Wachen auf den Türmen haben nichts bemerkt. Es muss mitten in der Nacht geschehen sein, als nicht einmal der Mond genug Licht spendete, um etwas sehen zu können.«

»Wo ist der Leichnam jetzt?«

»Wir haben ihn zum Medikus in der Langenstraße gebracht. Zwar konnte niemand mehr etwas für ihn tun, doch hat der Vogt befohlen, ihn zunächst dort hinzubringen. Er wollte nicht, dass die Witwe ihren Mann in diesem Zustand sieht.« Er schluckte schwer. »Fürwahr, ein schöner Anblick war das nicht.«

Margrite fragte nicht nach, um sich selbst die genaueren Einzelheiten zu ersparen.

»Was kann ich dem Medikus sagen, wann der Leichnam abgeholt wird?«

»Sagt ihm, so schnell wie möglich.« Es klang ungehaltener, als Margrite es beabsichtigt hatte. »Verzeiht, aber ich muss mich nun um sie kümmern.« Sie deutete mit dem Kopf ins Innere des Hauses.

»Es tut uns leid, dass wir keine bessere Nachricht bringen konnten.«

Die unbeholfene Geste, mit der der Büttel die Worte vorbrachte, rührte Margrite. Sie lächelte, nickte ihnen zum Abschied zu und schloss dann zögernd die Tür.

Drinnen lehnte sie sich einen Moment lang gegen das rauhe Türblatt. Die unterschiedlichsten Gedanken gingen ihr durch den Kopf. Was sollte sie jetzt tun? Würde sie zu Lena durchdringen? Könnte sie sie trösten, und was sollte sie ihr sagen, wie es weiterginge? Sie wusste auf keine dieser Fragen eine Antwort, nahm jedoch all ihren Mut zusammen, stieß sich von der Tür ab und ging in die Arbeitskammer. Mit einem tiefen Seufzer betrat sie den Raum.

3. KAPITEL

»Man sollte ihn im Turm aufhängen und die Glocke mit seinem leblosen Körper schlagen.« Die Faust des Ratsmannes Johannes Grote sauste auf die Platte des großen Eichentisches im Arbeitszimmer Bürgermeister Doneldeys nieder.

Sie hatten darauf verzichtet, im Ratssaal zusammenzukommen, da es ihrer nur noch vier an der Zahl waren, die über das Wohl und Weh der Bremer zu entscheiden hatten. Siegbert von Goossen hatte zusammen mit Heinrich Doneldey von den Verhandlungen berichtet, die sie mit den beiden Grafen von Hoya über die Auslösung der Gefangenen geführt hatten. Als er die Summe nannte, die die Grafen von ihnen verlangten, zog Berthold von Hoheneck geräuschvoll die Luft ein, und Johannes Grote war nach seiner Geste beinahe vom Stuhl aufgesprungen.

»Da können sie unsere Leute ja auch gleich am nächsten Galgen aufknüpfen. So viel können wir nicht auftreiben, und das wissen diese Schweinehunde ganz genau.«

»Was ist mit den Steuern aus dem Weinhandel?« Doneldey rieb sich die schmerzenden Augen.

»Du denkst also allen Ernstes darüber nach, zu bezahlen?«

»Hast du einen besseren Einfall?«

»Was ist, wenn wir alle uns noch verbliebenen Männer zusammenziehen und unsere Leute mit Gewalt zurückholen?« Johannes Grotes Augen blitzten gefährlich auf.

»Wir wissen ja noch nicht einmal, wo sie gefangen gehalten werden«, gab Siegbert von Goossen zu bedenken. »Und wo wollen wir noch Kämpfer hernehmen? Die besten Leute, die wir in Bremen haben, befinden sich unter den Gefangenen.«

»Sie befreien zu wollen, ist aussichtslos«, urteilte Bürgermeister Doneldey. »Wir würden dabei nur noch mehr unserer Leute ans Messer liefern.« Er stand auf, ging zum Fenster hinüber und ließ nachdenklich seinen Blick nach draußen schweifen. Einen Augenblick beobachteten die anderen ihn schweigend, bis er sich ihnen wieder zuwandte. »Wir müssen das Lösegeld auftreiben und ein für alle Mal den Krieg mit Hoya beenden. Das ist die einzige Möglichkeit.«

Ohne die Reaktion der anderen abzuwarten, stand Siegbert von Goossen auf und öffnete die Tür, vor der ein Wachmann stand, um möglichen Besuchern den Zutritt zu verwehren.

»Der Kämmerer soll zu uns kommen«, trug von Goossen ihm auf.

»Ja, Herr.«

»Und er soll seine Listen mitbringen!«, rief er der Wache noch hinterher, als diese sich eilte, den Auftrag des Ratsherrn so schnell wie möglich auszuführen.

Siegbert trat an den Tisch zurück, setzte sich kurz, stand im nächsten Moment wieder auf und ging erneut zur Tür. Auf dem Gang war niemand zu sehen.

»Wache!«

Es dauerte nur einen Wimpernschlag, bis ein weiterer Büttel die Stufen des Rathauses hochgeeilt kam.

»Ratsherr von Goossen?« Er deutete eine Verbeugung an.

»Schick nach dem Erzbischof. Wenn er keine Zeit haben sollte, ins Rathaus zu kommen, so fragt ihn, wann die Ratsherren der Stadt Bremen zu ihm kommen können.«

»Ja, Herr!«

»Und das Treffen muss noch heute stattfinden.«

»Ich werde es ausrichten, Herr.«

Der Wachmann machte auf dem Absatz kehrt, und die Sohlen seiner Schuhe verursachten bei jedem seiner Schritte die Treppen hinab ein klackendes Geräusch, das noch länger nachhallte.

»Der Erzbischof?« Der Bürgermeister sah seinen Freund fragend an.

»Wir haben ihm beigestanden, als es darum ging, Gottfried von Arnsberg aus der Stadt zu jagen. Ich denke, jetzt schuldet der Erzbischof uns Bremern etwas.«

»Und du glaubst, dass er über die nötigen Mittel verfügt?«

»Er selbst vielleicht nicht. Die Kirche hingegen schon. Wir müssen ihm womöglich ein paar Zugeständnisse machen, was seine Machtbefugnisse angeht. Doch wenn wir dafür unsere Leute freikaufen können, soll es mir recht sein.«

Bürgermeister Doneldey nickte schweigend.

Schnelle Schritte näherten sich dem Zimmer. Obwohl die Tür offen stand, klopfte der Stadtkämmerer an.

»Ihr habt mich rufen lassen?«

Heinrich Doneldey ging auf ihn zu. »Markus. Vielen Dank, dass Ihr so schnell unserer Bitte gefolgt seid. Nehmt Platz.«

Noch während sich Siegbert und Heinrich wieder setzten, begann Letzterer auch schon, dem Stadtkämmerer die vertrackte Situation zu erklären.

»Puh, das ist eine gewaltige Summe.« Der Kämmerer schlug die Ledermappe auf, nahm das oberste, unbeschriebene der sorgsam gestapelten Pergamente zur Hand und legte es rechts neben sich auf den Tisch.

Als Nächstes zog er aus einem kleinen Beutel einen Federkiel und ein Tintenfässchen hervor, stellte beides sorgsam auf eine quadratische Samtunterlage, die er zuvor auf dem Tisch ausgebreitet hatte, und begann sogleich, die beschriebenen Pergamentseiten vor sich zu überfliegen.

»Hier sind sämtliche Steuereinnahmen aus Handel und Handwerk einzeln aufgeführt. Auch alle erhobenen Zölle und weiteren Abgaben sind getrennt voneinander aufgelistet.« Er sortierte die Pergamente in acht Stapel, griff nach dem Federkiel und rechnete die einzelnen Zahlen danach neu zusammen. Hierbei lugte er jeweils auf das letzte Blatt jedes Stapels und übertrug die dort stehende Endsumme auf das noch leere Pergament vor sich.

Schweigend verfolgten die Ratsherren sein zielgerichtetes Tun.

»Wir haben noch die Möglichkeit, von den Handwerks- und Handelsbetrieben bis zum Ende dieses Monats eine Zwischenabrechnung einzufordern und die Abgaben mit einzurechnen. Allerdings gebe ich zu bedenken, dass damit sämtliche Außenstände Bremens aufgezehrt sind.«

Er sah in die Runde, um mögliche Fragen zu beantworten.

»Ihr beherrscht Eure Aufgabe«, lobte der Bürgermeister. »Wenn alle ihre Geschäfte so führen würden wie Ihr die Bücher der Stadt, müssten wir uns keine Gedanken mehr um das Fortkommen Bremens machen.«

Der Kämmerer nahm die Worte mit einem dankbaren Kopfnicken zur Kenntnis.

»Soll ich also die Abrechnungen zum Ende des Monats hin in Auftrag geben und Boten zu den Gewerken schicken lassen?«

»Noch nicht«, schaltete sich Siegbert ein. »Lasst uns erst das Gespräch mit dem Erzbischof abwarten, bevor wir Handwerker, Händler und Bürger in Unruhe versetzen. Die Zeiten sind schon schwer genug. Da genügt ein kleines Feuer, um einen Flächenbrand auszulösen.«

»Was ist, wenn der Erzbischof es ablehnt, uns zu helfen?«, warf Johannes Grote in die Runde.

»Vielleicht sollte ich allein mit ihm sprechen«, schlug von Goossen vor. »Wenn nötig, werde ich ihn daran erinnern, was er der Stadt und ihren Bürgern schuldig ist.«

»Ohne uns?« Berthold von Hoheneck blickte ihn fragend an.

»Wenn wir alle eine offene Forderung gegen ihn aussprechen, könnte er sich in die Enge gedrängt fühlen und keinen Fußbreit nachgeben, um sich nur ja keine Blöße zu geben. Spreche aber nur ich mit ihm, ist es eine geschäftliche Unterredung zwischen zwei Männern. Das könnte es ihm leichtermachen, einzulenken.«

»Wohl überlegt, Siegbert. Ich stimme dir zu. Sprich allein mit dem Erzbischof und gib uns danach Nachricht.« Der Bürgermeister wandte sich wieder dem Kämmerer zu.

»Wir brauchen alles Geld, das die Stadt flüssig machen kann innerhalb von zwei Tagen. Ich wünsche eine Aufstellung darüber.«

Der Angesprochene nickte, schloss das Tintenfässchen und wickelte den Federkiel in die samtene Unterlage, um dann alles zusammen wieder in seinem kleinen Beutel zu verstauen. Sorgsam legte er die Pergamente zurück in die Ledermappe und klappte sie zu.

»Dann werde ich mich jetzt entschuldigen.« Er erhob sich. »Ich habe noch einiges zu tun.« Der Kämmerer nickte den Anwesenden zu und ging.

»Es scheint, als gäbe es für ihn nur seine Zahlen«, murmelte von Hoheneck. »Die Schilderung der Situation, in der sich die Gefangenen befinden, hat ihn jedenfalls kaltgelassen.«

»Er ist ein guter Mann, pflichtbewusst und klar auf Lösungen bedacht.« Johannes Grote schmunzelte. »Aber ich gebe dir recht: Besonders mitfühlend scheint er nicht zu sein. Kein Wunder, dass er kein Weib hat, das ihm das Bett wärmt.«

»Wahrscheinlich findet er mehr Gefallen an seinen Rechnungsbüchern. Aber das kann uns nur recht sein. So stellt er seine ganzen Bemühungen in den Dienst unserer Stadt.«

Es klopfte, und nach der Aufforderung des Bürgermeisters, einzutreten, öffnete der Wachmann die Tür, den Siegbert zum Erzbischof geschickt hatte.

»Und? Was hat er gesagt?«, fragte von Goossen sogleich. »Wird er ins Rathaus kommen?«

Dem Boten war anzusehen, dass er nach den richtigen Worten suchte. »Ehm, der Erzbischof bittet Euch, ihn doch bitte in seinem Amtssitz aufzusuchen. Bis zum Mittag wird er dort aufhältig sein.«

»Hat er das so gesagt?« Der Spott in der Stimme des Bürgermeisters war unüberhörbar. »Lasst es gut sein, Ihr braucht darauf nicht zu antworten«, fügte er hinzu. »Wir können uns schon denken, wie freundlich er sich geäußert hat. Das ist dann alles.«

Der Büttel deutete eine Verbeugung an und verließ das Zimmer.

»Deine Einschätzung war gewiss richtig«, wandte sich Doneldey wieder an Siegbert. »Der Bischof hat mit seinen Machtspielchen schon begonnen. Es ist eine gute Entscheidung, dass du ihn allein aufsuchst.«

Von Goossen nickte. »Gibt es sonst noch etwas zu besprechen? Ansonsten schlage ich vor, dass ich mich alsbald auf den Weg zum Erzbischof mache und euch Nachricht schicke, sobald das Gespräch beendet ist.« Er überlegte kurz. »Oder noch besser, kommt ihr am frühen Abend alle in mein Haus. Dort können wir alles Weitere klären.« Er blickte sich missmutig im Zimmer um. »Im Rathaus zu sitzen, mit nicht einmal einer Handvoll Männern, lässt die Situation nur noch trostloser wirken.« Er stand auf, und auch die anderen erhoben sich.

Nach einer kurzen Verabschiedung ging ein jeder seiner Wege.

Siegbert von Goossen war nie ein zurückhaltender Mensch gewesen. Auch seinen Reichtum zu zeigen, hatte ihn stets mit einer gewissen Genugtuung erfüllt. Der Bischofssitz, der wohl eher die Bezeichnung Palast verdient hätte, war jedoch auch ihm zu viel der Prachtentfaltung. Zwar wusste er, dass nur wenige bauliche Veränderungen auf die Amtszeit von Moritz von Oldenburg entfielen und dessen Vorgänger Gottfried von Arnsberg ihm an Eitelkeiten noch einiges voraus hatte, was so manche neue Grundsteinlegung betraf. Dennoch war der jetzige Erzbischof Moritz alles andere als ein Muster an Bescheidenheit.

Noch bevor Siegbert die Stufen emporgestiegen war, stellte sich ihm ein Wachmann breitbeinig in den Weg.

»Mein Name ist Siegbert von Goossen. Der Erzbischof erwartet mich.«

»Davon ist mir nichts bekannt.« Die Miene des Hünen zeigte keine Regung.

»Dann fragt nach.« Siegbert knirschte mit den Zähnen. Er hatte noch nie viel mit dem Oberpfaffen, wie er den Erzbischof insgeheim nannte, anzufangen gewusst. »Wird's bald?«

Der Wachmann reagierte sofort, drehte sich um und ging ins Haus. Er wechselte einige Worte mit einer zweiten Wache im Inneren des Hauses und kam dann wieder zurück.

»Bitte, tretet ein.«

Mit selbstgefälliger Miene schritt Siegbert an ihm vorbei in den Eingangsbereich, der weit weniger feudal war, als es die Außenansicht vermuten ließ. Ob es Moritz von Oldenburg folglich nur wichtig war, nach außen hin möglichst vielen Menschen seine Macht zu demonstrieren, es dagegen aber nicht mehr für nötig hielt, dieses Bild gegenüber den wenigen, die ins Innere des Hauses vorgelassen wurden, aufrechtzuerhalten, wusste Siegbert nicht so recht zu sagen.

»Ratsherr von Goossen, welch Glanz in meiner bescheidenen Behausung.« Der Erzbischof trat auf ihn zu und bot ihm die Hand zum Kuss.

Mit einem scheelen Grinsen griff Siegbert nach Moritz' Rechter und schüttelte sie ihm.

»Erzbischof! Wie Ihr ja wisst, habe ich nicht allzu viel mit der Kirche zu schaffen.«

»Eine etwas laxe Bemerkung, findet Ihr nicht? Ein weniger toleranter Kirchenmann als ich würde Euch dafür anzeigen.«

»Ich bin zu alt, um mich darum zu sorgen, wie meine Worte bei meinem Gegenüber ankommen. Dafür kann es sich aber immer sicher sein, dass ich ehrlich mit ihm bin. Ob es ihm nun gefällt oder nicht.«

»Eine bemerkenswert kluge und doch unüberlegte Antwort, wie ich meine.«

»Ich habe keine Zeit für lange Überlegungen, und es ist auch nicht die Stunde hierfür. Ich suche Euch in einer für die Stadt wichtigen Angelegenheit auf und erwarte Eure Hilfe.«

»So fordernd?« Der Erzbischof zog die Augenbrauen hoch. »Dabei könnt Ihr froh sein, mich überhaupt in Bremen anzutreffen. Offiziell bin ich gar nicht hier und reise auch sogleich wieder im Auftrag des Herrn und seiner Heiligkeit, des Papstes, ab. Woher wusstet Ihr, dass ich mich zurzeit im Bischofssitz aufhalte?«

»Alles, was in dieser Stadt geschieht oder auch nicht geschieht, kommt mir zu Ohren, Erzbischof. Auch wenn Ihr Euer Kommen und Hiersein den Oberen nicht durch einen Boten habt ankündigen lassen, weiß ich doch, was in diesem Palast vor sich geht.«

»Ihr lasst mich bespitzeln?«

»Wie auf jeden anderen habe ich auch auf Euch ein wachsames Auge, Erzbischof. Es sind gefährliche Zeiten. Ihr solltet

Euch freuen, nicht nur dem Schutze Eurer eigenen Leute zu unterstehen.«

Moritz von Oldenburg war die Wut über Siegberts Worte deutlich anzusehen. Doch er bezwang sich, lächelte und bedeutete Siegbert mit einer Geste seiner Hand, sich in eines der angrenzenden Zimmer zu begeben.

»Was kann ich also für Euch tun?«

Siegbert nahm auf dem ihm angebotenen, vor dem Schreibtisch des Erzbischofs stehenden Stuhl Platz. Der Kirchenmann selbst ließ sich ihm gegenüber nieder.

Der Ratsherr kam sofort auf den Punkt. In kurzen Worten schilderte er das Ergebnis der Verhandlungen und die Forderungen der verhassten Gegner.

»Und was habe ich damit zu tun?«

»Bremen hat nicht die finanziellen Mittel, um die geforderte Summe allein zu stellen.«

Moritz von Oldenburg hob in einer Geste des Bedauerns die Arme.

»Ich bin ein Diener Gottes. Wie kommt Ihr darauf, dass ich Euch helfen könnte?«

»Ihr habt die Kirche hinter Euch. Und wir brauchen uns wohl nicht darüber zu unterhalten, dass es für diese ein Leichtes wäre, das notwendige Geld zu beschaffen.«

»Nun, ich werde Euer Anliegen gern vortragen, kann Euch aber nur wenig Hoffnung machen. Die Zeiten sind für uns alle schlecht, das bekommt auch unsere heilige Gemeinschaft zu spüren. Und sich in Euren Krieg einzumischen, entspricht weder unserem geistlichen Auftrag noch unserem Plan.«

»So? Und dessen seid Ihr Euch sicher? Meiner Meinung nach tätet Ihr gut daran, die Eurigen zu überzeugen.«

»Wie soll ich das verstehen?«

»Wie Ihr wisst, hat sich Gottfried von Arnsberg auf die Seite der Hoyaer Grafen geschlagen. Wollt Ihr zusehen, wie diese an Macht gewinnen?«

»Mir ist Gottfried einerlei.« Moritz fuchtelte mit der Hand vor seinem Gesicht herum, als müsse er eine lästige Fliege verscheuchen.

»Ach ja?« Siegbert beugte sich weiter nach vorne. »Was glaubt Ihr wohl, was geschieht, wenn Bremen nicht bezahlt und dadurch den Hoyaer Grafen die Möglichkeit gibt, hier auch nur einen kleinen Teil der städtischen Macht zu übernehmen? Wen werden sie dann wohl doch noch auf den Stuhl des Erzbischofs hieven?«

Moritz' Gesichtsausdruck veränderte sich. »Ich verstehe.«

»Auch solltet Ihr nicht vergessen, wer Euch seinerzeit dabei geholfen hat, von Arnsberg aus der Stadt zu jagen. Wie Ihr Euch erinnern werdet, habt Ihr es vor allem meinem Geld und meinem Einfluss zu verdanken, dass Ihr heute hinter diesem Schreibtisch sitzt. Überzeugt Eure Kirche, sich auf die Seite Bremens zu stellen und uns zu unterstützen, dann wird dieser Stuhl noch lange der Eure sein.«

»Wie schnell braucht Ihr das Geld?«

»Sofort!« Siegbert stand auf. »Wir dürfen keine Zeit mehr verlieren und müssen dem Gegner umgehend eine Nachricht übermitteln, dass das Lösegeld gezahlt wird. Gewiss können wir noch ein paar Tage heraushandeln. Doch ich habe den Grafen von Hoya in die Augen gesehen. Diese Männer sind zu allem entschlossen. Wenn wir versuchen, sie hinzuhalten, krepieren unsere Leute, die Ratsherren zuerst.«

Auch der Erzbischof erhob sich nun. »Ich werde Euch eine Nachricht senden lassen, sobald das Geld bereitliegt. Ihr könnt Euch auf mich verlassen.«

Siegbert streckte ihm die Hand entgegen. »Vielleicht sollte ich mein Urteil über Kirchenmänner doch noch einmal überdenken. Eure Entschlussfähigkeit steht der eines Ratsherren in nichts nach.«

»Ich nehme an, dass Ihr das als Kompliment meint, wenngleich ich mich schwer tue, es als solches zu nehmen.«

»Dann nehmt es als persönliche Anerkennung für einen Mann, dem ich Respekt zolle.«

Der Erzbischof nickte und erwiderte den Händedruck.

»Ihr hört von mir!«

»Danke! Ich finde allein hinaus.«

4. KAPITEL

Du musst mir jetzt zuhören.« Margrite hatte Lenas Schultern umfasst und schüttelte sie leicht. Es war offenkundig, dass die junge Witwe die letzten Stunden in einer Traumwelt verbracht hatte. Die Aufforderung der Freundin, sich hinzulegen und ein wenig auszuruhen, hatte sie mit der Begründung zurückgewiesen, dass sie nicht schlafen wolle, wenn Lorenz nach Hause käme. Margrites Antwort, dass ihr Geliebter nie mehr zurückkäme, schien Lena überhört zu haben.

»Lena, du musst an eure Kinder denken. Sie werden dich jetzt mehr denn je brauchen.«

»Du hast recht.« Die Witwe seufzte. »Ich sollte das Essen kochen. Die Kinder werden hungrig sein, wenn sie kommen. Wo Lorenz nur bleiben mag?« Sie streckte den Hals und sah zum Fenster hinaus. In diesem Augenblick verpasste Margrite ihr eine schallende Ohrfeige.

Erschrocken riss Lena die Augen auf und hielt sich die Wange.

»Was soll das?«

Margrite betrachtete Lena genauer. Sie schien ihr das erste Mal seit der Nachricht vom Tode ihres Mannes wieder ganz bei sich zu sein.

»Lena!«, sagte sie mit fester Stimme und sah sie durchdringend an. »Lorenz ist tot.« Mit angehaltenem Atem wartete sie auf die Reaktion der Jüngeren.

»Was?« Lena riss die Augen auf. Fassungslos starrte sie Margrite an.

So schrecklich es auch war, empfand die Seifensiederin doch Erleichterung.

»Lorenz ist tot«, wiederholte sie. »Die Stadtbüttel waren vorhin da.«

»Aber, das kann doch nicht sein.« Lenas Lippen zitterten. »Was ist geschehen?«

Margrite setzte sich auf einen Schemel, zog Lena auf den Stuhl neben sich und erzählte ihr mit ruhiger Stimme, was die Stadtbüttel berichtet hatten. Auch wo sich Lorenz' Leichnam befand, ließ sie nicht unerwähnt.

Lena schlug sich die Hand vor den Mund. »Weiß man, wer ihm das angetan hat?«

Margrite schüttelte den Kopf. »Davon haben sie nichts gesagt.«

»Aber was soll ich denn jetzt nur tun?« Lena zuckte zusammen, als sie die Schritte ihrer Kinder im Eingang vernahm. Hastig sah sie Margrite an.

»Kinder!«, rief diese. »Kommt ihr bitte in die Küche? Wir müssen euch etwas berichten.« Sie griff nach der Hand der Witwe und bedeutete ihr, dass sie die schwere Aufgabe übernehmen würde, die Kinder vom Tode ihres Vaters zu unterrichten.

Wie ein Lauffeuer hatte die Nachricht vom Tode des Schuhmachers in der Stadt die Runde gemacht. Während des gesamten Tages strömten Nachbarn und Freunde in das Haus der Witwe, um dieser ihre Unterstützung zuzusichern. Die Kinder hatten sich in die Schlafkammer verkrochen und kamen über Stunden nicht heraus. Als einer der letzten Besucher verließ Judith das Haus, die mit ihrem Mann Andres und den beiden Kindern gekommen war, um Lena zu trösten und ihr Beistand zu leisten. Die beiden Frauen kannten sich schon seit vielen Jahren und waren bereits Nachbarn gewesen, als die Schuhmacherfamilie noch Leibeigene der Grafen von Hoya gewesen war. Ihre zwei ältesten Kinder waren nur ein paar Tage hintereinander auf die Welt gekommen, und Judiths Tochter und Lenas zweiter Sohn trennten ebenfalls nur wenige Wochen. Gemeinsam hatten die Familien den Aufbruch aus Hoya gewagt und sich in Bremen niedergelassen. Während Lorenz sich dem Schuhmacherhandwerk verschrieb, hatte Andres sogleich eine Anstellung als Zimmermann bei Gawin gefunden. Die Nachricht vom Tode Lorenz' traf auch Andres' Familie wie ein Faustschlag in die Magengrube. Sie alle waren wie gelähmt, und sein grausamer Tod und Verlust ließ sie trostlos zurück.

Stundenlang hatten sie bei Lena gesessen, kaum miteinander gesprochen sondern schweigend ihre Anteilnahme bekundet. Judith war, als habe sich durch Lorenz' Tod alles gewandelt. Die für sie zuvor nur vage greifbare Bedrohung durch zwei vergrämte Grafen und ihre Anhänger war nun mit aller Macht gewaltsam und auf die denkbar grausamste Weise zur Wirklichkeit geworden. Sie schämte sich, weil sich in ihre Trauer um Lorenz auch die Angst um ihre eigene Familie mischte. Sie mochte nicht einmal daran denken, was aus ihr und den Kindern werden würde, wäre ihr Mann erschlagen vor dem Stadttor gefunden worden. Noch während sie Lena zum Abschied umarmte, schweiften ihre Gedanken erneut ab. Sollten sie Bremen vielleicht verlassen und nach Hoya in die verhasste Leibeigenschaft zurückkehren, um wenigstens am Leben zu bleiben? Denn was würde geschehen, sollte auch ihr Mann Andres, der Ernährer der Familie, womöglich durch einen Hinterhalt ums Leben kommen? Einer Frau in einer solchen Situation blieben nicht viele Möglichkeiten, um ihre Kinder und sich selbst durchzubringen. Über kurz oder lang müsste sie sich als Hure verdingen. Erschrocken riss sie die Augen auf. Stand Lena am Ende genau dieses Schicksal bevor?

»Wir werden nicht zulassen, dass sie sich fremden Männern hingeben muss, um ihre Kinder zu ernähren«, sagte sie zu ihrem Mann, kaum dass sie die Tür des Schuhmacherhauses hinter sich ins Schloss gezogen hatte.

Andres schüttelte verneinend den Kopf. »Selbstverständlich nicht. Lieber arbeite ich jeden Tag von der Früh bis spät in die Nacht.«

Erleichtert atmete Judith aus, schlang die Arme um Andres' Hals und drückte ihm einen Kuss auf die Lippen. »Du bist ein guter Mann. Und ich werde zusehen, ob ich Anna gegen ein kleines Entgelt in der Schneiderei helfen kann.«

»Ich kann meine Familie allein ernähren.«

Liebevoll tätschelte sie seine Wange. »Gewiss, das hast du auch all die Jahre bewiesen. Doch jetzt gibt es noch eine Familie, die durchgefüttert werden muss. Lass mich dir dabei helfen. Dann wird es für alle leichter.«

Einen Moment lang sah Andres seine Frau nachdenklich an. »Vielleicht sind es tatsächlich zu viele Mäuler, um sie vom Zimmermannslohn satt zu bekommen.«

Sie hakte sich bei ihm unter, als sie die Gasse überquerten. »Aber wir werden in Bremen bleiben, nicht wahr?«

Diesmal blieb Andres stehen und sah seine Frau erneut an. »Aber selbstverständlich bleiben wir. Hier ist unser Zuhause und alles, was ich auf dieser Welt liebe.«

Margrite war so müde, dass sie im Stehen hätte einschlafen können. Und doch machte sie noch einen Schwenk zum Goossen'schen Anwesen, um Anna zu berichten, was sich zugetragen hatte. Den ganzen Tag über war sie bei Lena geblieben, hatte gekocht und sich der Kinder angenommen, während im Haus ein einziges Kommen und Gehen herrschte. Halb Bremen war gekommen, um der jungen Witwe sein Beileid auszusprechen. Manch einer aber auch sicher deshalb, so mutmaßte Margrite, weil er sich unter keinen Umständen die Einzelheiten von Lorenz' Tod entgehen lassen wollte.

Für einen kurzen Moment hoffte sie, dass ihr zu so später Stunde nicht mehr geöffnet werden würde, als sie an die Tür klopfte. In ihrem zerschlagenen Zustand war es ein äußerst verlockender Gedanke, zumindest versucht zu haben, Anna zu informieren, sodann aber unverrichteter Dinge nach Hause gehen zu können. Doch schon hörte sie von drinnen eine Stimme fragen, wer Einlass begehrte. Als sie ihren Namen nannte, wurde quietschend der Riegel beiseitegeschoben. Der Wachmann blickte grimmig drein, seine Miene wurde jedoch sofort freundlicher, als er sah, wie erschöpft die Seifensiederin war.

»Es ist schon spät, doch tretet bitte ein.« In unterwürfiger Geste öffnete er die Tür noch weiter. »Ich werde sogleich Bescheid geben, dass Ihr da seid. Bitte nehmt so lange auf der Bank Platz.«

»Danke.«

Er eilte die Stufen hinauf, klopfte zaghaft an Annas Kammertür und flüsterte einige Worte. Nur einen Moment später trat Anna an das Treppengeländer und sah mit besorgtem Gesichtsausdruck zu Margrite hinunter.

»Ich komme.«

Gemeinsam gingen sie in Annas Nähstube. Margrite berichtete mit kargen Worten, was geschehen war. Zu oft schon hatte sie an diesem Tage die immer gleiche Geschichte von Lorenz' Tod erzählen müssen.

»Ich habe davon gehört«, erklärte Anna. »Es bestürzt mich, dass man es nicht mehr wagen kann, einen Schritt vor die Stadttore zu setzen.«

»Ich bin hier, weil ich dich um Hilfe für Lena und die Kinder bitten will.«

»Selbstverständlich. Wären die Ratsmänner heute nicht bei uns ein und aus gegangen, hätte ich die Witwe auch schon aufgesucht. Doch die derzeitigen Umstände lassen keinen von uns einen klaren Gedanken fassen, geschweige denn, ein normales Leben führen.«

Margrite nickte verständnisvoll. Sie wusste, dass Anna als Enkelin eines der bedeutendsten Ratsherren Bremens oftmals mehr vom politischen Geschehen mitbekam, als sie preisgeben durfte. Zwar waren ihr die wichtigen Gespräche, die im Goossen'schen Haus über das Wohl und Weh der Handelsstadt geführt wurden, normalerweise einerlei. Doch dieses Mal, wo Freunde betroffen waren, verhielt es sich anders.

»Was wird nun weiter geschehen? Irgendwann müssen diese Feindseligkeiten doch endlich einmal beigelegt werden.«

Anna zuckte mit den Schultern. Dann griff sie nach der Hand der Freundin. »Du weißt doch, dass ich über das Ergebnis der Beratungen nicht sprechen darf.«

»Aber …«

Mit einer Handbewegung brachte Anna sie zum Schweigen. »Kein Aber, Margrite. Dennoch verrate ich dir jetzt im Vertrauen das wenige, das ich weiß. Es muss aber unter uns bleiben. Es gibt eine unglaublich hohe Lösegeldforderung, für die wir unsere Leute freikaufen können. Mein Großvater strebt eine Einigung an, doch der Herr allein weiß, ob es gelingt, eine solch enorme Summe aufzubringen. Es ist gerade mal eine Stunde her, dass Bürgermeister Doneldey gegangen ist. Seither hatte ich noch keine Gelegenheit, mit Siegbert zu sprechen.«

Margrite nickte. »Und was soll nun aus Lena und den Kindern werden?«

»Ich verspreche dir, dass ich ihr aushelfen werde, damit sie fürs Erste über die Runden kommt. Alles Weitere wird sich finden.«

Margrite wollte schon einwenden, dass sie selbst und viele andere, die Lena heute ihre Anteilnahme ausgedrückt hatten, die Versorgung der kleinen Familie sicherstellen wollten, nahm sich dann aber zurück. Zu lange war sie schon auf dieser Welt, um nicht zu wissen, dass es mit solchen Hilfeversprechen oft nicht weit her war.

»Dann werde ich jetzt nach Hause gehen und ein wenig schlafen. Ich fühle mich vollkommen ausgelaugt, und die nächsten Tage und Wochen werden mir wohl alle Kraft abfordern, die ich aufbringen kann.«

Anna beugte sich zu der Freundin hinüber und drückte sie. »Ich werde nach Rudolf schicken lassen, damit er dich begleitet.«

Margrite sah sie an. »Du weißt, dass ich sehr gut allein auf mich achten kann.«

»Keine Widerrede, er wird dich bis zu deiner Haustür bringen. Allein ob er dabei neben dir oder hinter dir geht, soll mir gleich sein.« Anna griff nach einer Glocke auf dem Tisch und läutete. Nur wenige Lidschläge später hatte sie einer Magd die Order für Rudolf aufgegeben.

»Ist etwas geschehen? Du bist doch sonst nicht so besorgt?«, fragte Margrite, nachdem die Magd die Kammer wieder verlassen hatte.

Anna rang mit sich, erinnerte sich jedoch an das Versprechen, das sie erst kurz zuvor ihrem Großvater gegeben hatte. »Rudolf wird dich begleiten. Über alles andere sprechen wir in den nächsten Tagen.« Sie warf Margrite ein beruhigendes Lächeln zu.

Gemeinsam standen sie auf und gingen in die Diele, wo Rudolf bereits auf sie wartete.

»Rudolf, bitte begleite Margrite nach Hause und warte dort so lange, bis sie die Tür von innen verriegelt hat. Ich werde aufbleiben und dich wieder einlassen, sobald du zurückkehrst.«

Der Angesprochene nickte dienstbeflissen, öffnete sogleich die Tür und wartete auf die Seifensiederin.

»Ich weiß, dass hier etwas nicht stimmt«, stellte diese klar. »Doch ich verstehe, dass du nicht darüber sprechen kannst.« Sie beugte sich vor und umarmte Anna. »Lass von dir hören, wenn du Seifenstreifen benötigst, oder wenn dir nach Reden zumute ist.«

»Ich glaube kaum, dass ich in nächster Zeit viel zum Nähen kommen werde. Aber ich verspreche dir, dich zu besuchen, sobald es meine Zeit nur irgendwie zulässt.«

Margrite nickte. »Pass auf dich auf, meine Kleine.«

Anna lächelte. »Gute Nacht.«

Es dauerte nicht lange, bis Rudolf zurückkehrte und Anna die Tür hinter ihm verriegelte. Nur einen Wimpernschlag später huschte sie die Stufen hinauf und verschwand in ihrer Kammer, in der Gawin bereits tief und fest schlief. Ganz vorsichtig, um ihn nicht zu wecken, schlüpfte sie unter die Decke und kuschelte sich an ihn. Der Geruch und die Wärme seines Körpers ließen sie augenblicklich einschlummern. Doch ihr Schlaf war unruhig. Als am nächsten Morgen die ersten Sonnenstrahlen auf die Dielen der Kammer fielen, hatte Anna das Gefühl, gerade erst eingeschlafen zu sein. Wilde Träume hatten sie die Nacht über gequält. In einem davon hatte sie ihren schon vor Jahren verstorbenen Vater vor sich gesehen, einen sadistischen Tyrannen, den sie in einem verzweifelten Kampf selbst getötet hatte. Übergroß war er vor der Bremer Stadtmauer aufgetaucht, in der Rechten seine Armbrust, mit der er so viele Menschen getötet hatte. Mit seiner Linken hielt er den

Hals ihres Sohnes Rafael umfasst und drückte die Armbrust mit einem kalten Lächeln um die Lippen herum ab. Im Traum schrie Anna gellend auf, kletterte über die Stadtmauer, um ihr sterbendes Kind zu erreichen. Auf dem höchsten Punkt der Mauer angekommen, sah sie auf einmal ein Schlachtfeld voller Toter vor sich, alle mit einem Pfeil aus einer Armbrust in der Stirn. Unter ihnen befand sich ihre ganze Familie. Neben dem soeben getöteten Rafael lagen sein Zwillingsbruder Robert und seine kleine Schwester Sophie, etwas weiter entfernt Siegbert, Bürgermeister Doneldey und Margrite. Als Anna laut nach ihrem Mann rief, weckte dieser sie aus dem Alptraum und nahm sie zärtlich in den Arm.

»Was ist denn? Hast du schlecht geträumt?«

Ihr Atem ging rasch. Unfähig, zu beschreiben, was sie gesehen hatte, drückte sie sich fester an ihn und schüttelte zur Antwort nur den Kopf. Danach war sie immer wieder eingenickt, um nur wenig später wieder aufzuwachen. Nun fühlte sie sich wie gerädert. Müde schob sie die Decke beiseite und setzte sich auf. Benommen blieb sie eine Weile auf der Bettkante sitzen, nicht sicher, ob ihre bleischweren Beine sie nach dem Aufstehen tragen würden.

Ihr Ehemann rollte sich auf die Seite und sah sie an. »Guten Morgen. Du hast sehr schlecht geschlafen, nicht wahr?«

»Ja, es war grauenhaft. Ich habe im Traum meinen Vater gesehen.«

Gawin wusste um Annas Vergangenheit und die Qualen, die ihr Vater Helme ihr zugefügt hatte. Fast neun Jahre waren seit seinem Tod ins Land gezogen, und die Alpträume, in denen er Anna erschienen war, hatten schon längst der Vergangenheit angehört. Dass sie jetzt zurückgekehrt waren, beunruhigte ihn.

»Er ist tot und begraben. Er kann dir nichts mehr tun.«

»Ich weiß.« Es war kaum mehr als ein Flüstern. »Doch alles, was in den letzten Monaten geschehen ist, macht mir solche Angst.«

Sanft strich er ihr die Haare aus der Stirn. »Mach dir keine Sorgen. Bald wird eine Lösung gefunden sein und wieder Ruhe in die Stadt einkehren.«

»Und wenn nicht?«

Er setzte sich auf, rutschte noch näher an sie heran und zog sie an seine Brust. »Du musst Vertrauen haben. Es wird alles wieder gut.«

»Aber wie viele werden bis dahin noch ihr Leben lassen müssen? Ich habe Angst, Gawin! Angst um die Kinder. In meinen Träumen sehe ich sie ermordet.« Sie schlug die Hände vors Gesicht und begann leise zu weinen.

Ihr Mann wiegte sie sanft in seinen Armen. »Es sind nur Träume. Sieh mal, du weißt doch, dass Helme tot ist und niemandem mehr etwas zuleide tun kann. Du machst dir einfach zu viele Sorgen.«

Sie seufzte. »Unser Leben hier war so schön, bevor diese elende Fehde ausbrach.«

»Und das wird es auch wieder sein, sobald eine Einigung erzielt ist.«

Anna schmiegte sich an seine Brust. »Ich weiß ja, dass du recht hast. Und wahrscheinlich messe ich dem Geschehen auch viel zu große Bedeutung bei. Aber diese ständige Geheimniskrämerei, wenn wieder etwas geschehen ist oder etwas zu befürchten steht. Mir liegt das einfach nicht.«

»Was meinst du damit?«

Anna löste sich aus seiner Umarmung und sah ihn aufgeregt an. »Richtig. Das weißt du ja noch gar nicht. Ich habe es auch erst gestern erfahren, als Heinrich Doneldey Siegbert darüber berichtet hat.«

Gawin sah sie auffordernd an. »Und?«

»Nach dem Tod des Schuhmachers gab der Bürgermeister den Auftrag, die Wachen an den Stadttoren zu befragen, ob eine von ihnen etwas Ungewöhnliches bemerkt hätte.«

»Und?«

»Nun, der Wächter an der Heimlichenpforte war in der besagten Nacht nicht auf seinem Posten.«

»Wo war er dann?«

Anna zuckte mit den Schultern. »Das weiß niemand. Er ist zunächst zum Dienst erschienen und danach spurlos verschwunden, wie vom Erdboden verschluckt. Der Bürgermeister hat gleich, nachdem er davon erfahren hat, überall nach ihm suchen lassen. Vergebens.«

»Das ist wirklich beunruhigend.« Gawin bemühte sich um ein Lächeln. »Aber das muss noch nichts heißen. Vielleicht hat er nur bei seiner Liebsten die Zeit vergessen.« Er merkte selbst, wie weit hergeholt seine Begründung klang, doch ihm war in der Schnelle nichts Besseres eingefallen, um seine Frau zu beruhigen.

»In diesen Zeiten soll er seinen Posten für ein Stelldichein verlassen haben? Das glaubst du doch nicht wirklich? Außerdem ist noch etwas anderes sehr beunruhigend an dieser Geschichte.«

»Nämlich?«

»Die Pforte war von innen verschlossen. Niemand hat sie gewaltsam geöffnet. Wenn der Wachmann seinen Posten also nicht tatsächlich einfach nur verlassen hat, ist derjenige, der ihn dazu brachte, zu verschwinden, oder ihn gar ermordet hat, innerhalb der Stadtmauern Bremens.« Anna schüttelte es bei diesen Worten. Die Vorstellung, dass die sonst so sicheren Mauern ihrer Familie und ihr selbst womöglich keinen Schutz mehr boten, ließ sie das Schlimmste befürchten.

»Glaubt der Bürgermeister, dass es sich dabei um einen Spitzel der Hoyaer handelt?«

»Er hat nicht gesagt, was er vermutet. Aber er schien sehr beunruhigt über den Vorfall.«

»Ob das Verschwinden der Wache vielleicht in irgendeiner Weise mit dem Mord am Schuhmacher zusammenhängt?«

»Das habe ich mich auch schon gefragt. Doch der Mord fand vor den Stadttoren statt, nicht innerhalb der Mauern. Auf diesem Weg hat sich gewiss niemand Eintritt verschafft.«

»Es sei denn ...?« Gawin führte den Gedanken nicht zu Ende.

»Es sei denn, was? Was denkst du?«

Rasch stand er auf. »Ich muss mit Siegbert sprechen.«

»Würdest du mir bitte sagen, was los ist?«

»Komm mit!«

Hastig legte Anna sich ein Tuch um die Schultern und folgte ihrem Mann, der schon über den oberen Gang eilte und an die Tür zur Kammer ihres Großvaters klopfte.

»Siegbert, bist du schon auf?«

»Ich bin hier unten«, schallte die Stimme des Ratsmannes herauf.

Rasch lief das Paar ins Erdgeschoss hinab und betrat die Wohnkammer, wo Siegbert am Tisch saß und nachdenklich einen irdenen Becher mit beiden Händen umschlossen hielt.

»Ihr seid früh auf!«

»Genau wie du.«

Sie setzten sich zu ihm an den Tisch, und Gawin kam sofort zur Sache.

»Anna hat mir von dem verschwundenen Wachmann an der Heimlichenpforte berichtet.«

»Ja?«

»Mir kam da ein Gedanke. Haben die Büttel auch wirklich alle Wachleute befragt, ob und wann sie den Schuhmacher Lorenz durch das Stadttor haben gehen sehen?«

»Den toten Schuhmacher? Was soll der denn damit zu tun haben? Er wurde außerhalb der Mauern gefunden.«

»Das ist es ja.«

»Ich verstehe nicht, worauf du hinauswillst.«

»Wie sah der Schuhmacher aus, als man ihn fand? Hatte er seine Kleider noch an?«

»Ja.«

»Hm.« Gawin wiegte nachdenklich den Kopf. »Dann habe ich mich wohl geirrt.«

»Weshalb? Was dachtest du denn?«

Gawin warf einen kurzen Blick auf Anna. Er wollte sie nicht unnötig beunruhigen. Zögernd erklärte er: »Ich dachte mir, wenn der Mörder Lorenz womöglich vor den Stadttoren überfallen und seinen Leichnam dann gezielt vor dem Tor abgelegt hat, damit man ihn schnell findet, wenn man nach ihm sucht, hätte er womöglich in dessen Kleidern das Tor passieren können, ohne von den Wachen daran gehindert zu werden. Denn die haben den Schuhmacher ja zuvor rausgehen sehen. Mit dessen Kleidung und einem tief ins Gesicht gezogenen Hut wäre der Mörder vielleicht nicht erkannt worden, weil man ihn für Lorenz gehalten hätte.«

Siegbert lehnte sich zurück und verschränkte mit nachdenklicher Miene die Arme vor dem Bauch. »Da könnte was dran sein. Niemand hat, soweit ich weiß, die Wachen befragt, ob sie den Schuhmacher hinaus- und wieder hineingehen gesehen haben. Er lag ja direkt vor dem Tor. Da erübrigte sich die Frage.« Rasch stand er auf. »Ich muss zum Rathaus.«

»Willst du nicht erst etwas essen? Der Tag hat ja gerade erst begonnen.«

Es klang liebevoll, und Siegbert war ob der besorgten Frage seiner Enkelin gerührt. »Das werde ich später nachholen. Es gilt jetzt, keine weitere Zeit zu verlieren.« Er lächelte sie an, nickte Gawin zu und machte sich dann auf den Weg.

Nachdenklich sah Anna ihm nach. »Ich mache mir aufrichtig Sorgen um ihn. Wenn nicht bald wieder Ruhe in die Stadt einkehrt, weiß ich nicht, was geschieht.«

»Du hast recht.« Liebevoll hob Gawin ihr Kinn an und gab ihr einen Kuss. »Doch Bremen braucht deinen Großvater jetzt, und er ist sich seiner Pflicht bewusst. Hätten wir mehr Männer wie ihn, ginge es der Stadt besser.«

»Ja, ich weiß.« Anna stand auf. »Aber du wirst etwas essen, bevor du aufbrichst.«

Er lächelte sie an, erhob sich und gab ihr einen weiteren zärtlichen Kuss. »Wie könnte ich dir widersprechen?«

5. KAPITEL

»Hängen sollst du, du elender Mistkerl!« Mit verzerrter Miene schwang er das Schwert und hieb auf seinen Gegner ein. Erbittert versuchte dieser, den Schlägen auszuweichen.

»Auch wenn ich sterbe, werden wir den Krieg gewinnen.«

»Das werden wir ja sehen!«

Wieder holte er aus, der andere stolperte und ging zu Boden. Mit einem breiten, siegesgewissen Grinsen hielt er ihm die Schwertspitze an die Kehle. »Sag, dass du dich ergibst und ich gewonnen habe, dann lasse ich dich leben.«

»Nein!«

»Aber das musst du.« Trotzig stampfte Robert mit dem Fuß auf dem Boden auf. »Ich habe dich besiegt. Wenn du also am Leben bleiben willst, musst du eingestehen, dass du geschlagen bist.«

»Das mach ich nicht.« Rafaels Augen verengten sich zu schmalen Schlitzen.

»Dann musst du sterben.«

»Mach doch! Aber dann kriegst du Ärger mit unserer Mutter.«

»Ich spiel nicht mehr mit dir! Nie hältst du dich an die Regeln.« Wütend machte Robert kehrt und stapfte davon. Sophie huschte zu Rafael hinüber und zog ihn hoch.

»Du hast verloren. Warum konntest du's nicht einfach zugeben?«

»Bist ja nur ein Mädchen und hast keine Ahnung. Das war eine Kriegslist. Jawohl!«

»Ich fand's dumm von dir. Jetzt habt ihr wieder Streit, und am Ende müsst ihr euch ja doch vertragen.«

Hierauf wusste Rafael nichts zu sagen.

»Und Mutter hat schon so genug Sorgen.«

»Stimmt doch gar nicht. Vater und Urgroßvater kümmern sich um alles. Mutter ist eine Frau und muss sich um gar nichts kümmern. Also hat sie auch keine Sorgen.«

»Ha! Du bist ja noch dümmer, als ich dachte. Vater schuftet den ganzen Tag in der Zimmerei und verdient trotzdem kaum Geld, weil die Bremer ihn nicht bezahlen können. Wenn unsere Mutter aber eines ihrer Duftkleider für eine reiche Kaufmannsfrau näht, bekommt sie viele Groschen.«

»Wir haben genug Geld, auch wenn Mutter ihre dummen Gewänder nicht fertigen würde.«

»Wie kommst du nur auf diesen Unsinn?«

»Frauen können nichts als Kinder gebären, das weiß doch jeder. Nur weil du selbst ein Mädchen bist, verstehst du's nicht.«

Sophie stemmte erbost die Hände in die Hüften. »Ich werde einmal eine bedeutende Näherin, genau wie Mutter. Und ich werde selbst Handel treiben und niemals heiraten und keinen Mann für mich sprechen lassen. Schon gar keinen wie dich!«

»Bist ja auch meine Schwester. Dich würd ich sowieso nicht heiraten.«

»Schön!« Sie drehte ihm den Rücken zu.

»Schön!« Er wandte sich in die andere Richtung, linste aber immer wieder über die Schulter, um zu sehen, ob seine Schwester zu ihm herüberblickte. Was Sophie aber nicht tat.

»Du bist der dümmste Mensch in ganz Bremen!«, sagte sie stattdessen nach einer Weile und ging dann wütend davon.

Er blickte sich um. Ganz allein in der Gasse, kam er sich verloren vor, wollte aber auf keinen Fall seinen Geschwistern folgen. Rafael trat gegen einen Stein, der vor seinen Füßen lag, und trieb diesen die Straße entlang vor sich her. Düstere Gedanken gingen ihm durch seinen Kopf. Nie verstand ihn jemand, nicht einmal der Vater. Und auch sein Urgroßvater Siegbert tat seine Überzeugungen als die Reden eines kleinen Jungen ab. Dabei war er schon acht Jahre alt. Aber die würden sich alle noch wundern, wenn er erst einmal alt genug war, um als Bürgermeister die Führung der Stadt zu übernehmen. Zwar hatte der Vater ihm erklärt, dass er eines Tages gemeinsam mit Robert die Werkstatt innehaben würde und dass Zimmermänner nie Mitglieder des Rates werden würden, nachdem er diesem von seinen großen Zukunftsplänen berichtet hatte. Doch da würde er sich schon etwas einfallen lassen. Immerhin war er gescheiter als alle anderen. Es konnte unmöglich nur der Zunftangehörigkeit geschuldet sein, nicht zum höchsten Bürger der Stadt aufsteigen zu können. Als er seinen Vater danach fragte, warum ein Zimmermann denn kein Ratsherr werden konnte, hatte der ihm auch nichts anderes gesagt, als dass dies schon immer so gewesen sei. Eine Antwort, die für Rafael keinesfalls zufriedenstellend war. Aber bis es so weit war, würde tatsächlich noch einige Zeit ins Land gehen und er das Beste aus seinem tristen Dasein neben seinen Geschwistern machen. Mit einem kräftigen letzten Tritt schoss er den Stein in das ruhige Wasser der Balge. An der Stelle, an der er sich befand, legten normalerweise die Handelsschiffe mit den feinen Kräutern und Gewürzen aus fernen Ländern an. Doch heute war kein Schiff zu sehen, wie schon seit vielen Tagen nicht mehr. Die Fehde mit Hoya hatte einen Großteil des Handelsverkehrs zum Erliegen gebracht. Rafael kannte die genauen Zusammenhänge nicht, weil keiner der Erwachsenen sich die Mühe machte, sie ihm zu erklären. Dabei hätte er so gern gewusst, was es bedeutete, wenn sie von den Zöllen der elenden Hoyaer sprachen oder von Wegelagerei. Seine Mutter pflegte stets zu sagen, dass er diese Dinge noch nicht verstehen müsse. Wahrscheinlich, so mutmaßte er, weil sie selbst nicht Bescheid wusste. Rafael ging ein Stück näher an die Kaimauer. Täuschte er sich, oder kam der helle Stein, den er soeben in die Balge geschossen hatte, langsam wieder an die Oberfläche? Gebannt starrte er auf das Wasser. Tatsächlich: Wie durch Hexenhand bewegt, trieb der Stein nun auf der Wasseroberfläche. Er sah genauer hin und kniff die Augen zusammen. Die Sonnenstrahlen brachen sich auf dem Wasser, das das helle Licht spiegelte. Erst bei nochmaligem Hinsehen erkannte Rafael, weshalb der Stein wieder nach oben gekommen war: Er lag auf dem Rücken einer Leiche, die vom Grund der Balge nach oben gestiegen sein musste.

»Zwei Messerstiche in die Brust, direkt nebeneinander«, stellte der Medikus fest, der sich über den blassen, aber noch nicht aufgequollenen Körper beugte.

»Ich muss dem Bürgermeister Meldung machen.« Der Büttel, ein junger Mann mit dem ersten Bartflaum im Gesicht und breiten Schultern, wirkte geschäftig. »Und Ihr seid sicher, dass der Tote der Wachmann ist, der an der Heimlichenpforte Dienst hatte und verschwunden war?«

»Solltest du das als Büttel nicht selbst wissen?« Der Schmied schüttelte verärgert den Kopf. »Groß gewachsen, aber dennoch ein junger Bengel. Und so was will Stadtbüttel sein. Da sehen wir, wie's um Bremen bestellt ist.« Er schnaubte verächtlich. »Ja, das ist der Wachmann von der Heimlichenpforte. Ich selbst habe sein Schwert geschmiedet.«

»Viel genützt hat ihm die Waffe ja nicht«, gab der Jüngere die bissigen Bemerkungen des Schmieds zurück.

Der machte eine ausholende Handbewegung. »Büttel oder

nicht. Pass auf, dass ich dir nicht eins hinter die Ohren gebe, damit du trocken dahinter wirst.«

Rafael hatte das Geschehen mit Staunen verfolgt. Nachdem er den toten Körper in der Balge entdeckt hatte, war er zum erstbesten Haus gerannt und hatte um Hilfe gebeten. Die Haushälterin, eine knittrige Alte, hatte sich um alles Weitere gekümmert. Es ärgerte ihn ein wenig, dass er nun, da der Leichnam geborgen und vom Schmied erkannt worden war, wieder in die Bedeutungslosigkeit seines kindlichen Daseins zurückgedrängt wurde. Nur zu gern hätte er den Leuten seine Geschichte wieder und wieder erzählt, ein paar erfundene, schaurige Details hinzufügt und damit die Aufmerksamkeit aller auf sich gezogen. Nun aber, so musste Rafael erkennen, gab es für die Erwachsenen keinen Grund mehr, ihn weiter zu beachten, und er beschloss, nach Hause zu laufen und seiner Familie von seinem wichtigen Fund zu berichten. Wenigstens Robert könnte er damit ärgern, dass er den Leichnam gefunden hatte. Vielleicht sollte er vorher aber noch einen Abstecher zum Marktplatz machen. Womöglich wären einige Jungen dort, denen er die Geschichte erzählen konnte, bevor sie in der ganzen Stadt die Runde machte. Schnell schlug er den Weg zum Markt ein. Zu seiner Enttäuschung war aber außer ein paar Händlern, die mit ihren wenigen Auslagen ein trauriges Bild boten, niemand dort. Rasch machte er kehrt und lief zum Goossen-Haus. In der Tür wäre er fast mit seinem Urgroßvater zusammengestoßen.

»Rafael! Eines Tages rennst du mich noch um.« Siegbert war einer der wenigen Menschen, der die Zwillinge auf den ersten Blick zu unterscheiden vermochte.

»Ich hab was zu erzählen!«

»Ja, mein Junge, gern. Doch nicht jetzt. Ich muss ins Rathaus. Es ist dringend.«

»Geht es um den Toten?«

Abrupt blieb Siegbert stehen. »Woher weißt du davon?«

»Ich habe ihn gefunden!« Stolz reckte Rafael die Brust.

»Du?«

»Ja! In der Balge. Ich habe einen Stein auf ihn geworfen.«

»Du hast was?«

»Das war so ...«

Mit erhobener Hand brachte Siegbert seinen Urenkel zum Schweigen. »Mir läuft die Zeit davon, Rafael. Begleite mich doch zum Rathaus und erzähl mir deine Geschichte unterwegs. Immerhin bist du ein wichtiger Zeuge.«

Rafael strahlte, nickte eifrig und fasste die ihm dargebotene Hand. »Ich werde euch alles genau berichten«, versprach er dienstbeflissen und hüpfte vor Freude auf und ab.

»Das hast du sehr gut gemacht, mein Junge.«

Das Lob des Bürgermeisters hüllte Rafael wie ein wärmender Mantel ein. Dankbar und ein wenig verlegen senkte er den Kopf. »Danke sehr, Onkel Heinrich.«

»Hast du deiner Mutter schon davon berichtet?«

Rafael stutzte. »Nein, Onkel Heinrich.«

»Dann solltest du jetzt zu ihr laufen und ihr deine Geschichte erzählen.« Er lächelte.

»Aber, ich könnte noch bleiben und helfen, den Mörder zu fangen. Es war Mord, ganz sicher. Der Medikus hat gesagt, dass der Tote zwei Messerstiche dicht nebeneinander hat.«

»Es ist nett von dir, dass du uns helfen willst, doch den Mörder zu finden, überlassen wir lieber den Bütteln. Und nun lauf nach Haus.«

Rafael überlegte fieberhaft, was er dagegen einwenden könnte. Gerade eben noch war er überglücklich gewesen, vor den vier Ratsherren seine Geschichte erzählen zu dürfen.

Man hatte ihn gelobt und ernst genommen. Doch nun schickten sie ihn fort, wie es die Erwachsenen immer machten, wenn sie eines Kindes überdrüssig waren. Seine Hand ballte sich unter dem Tisch zur Faust. Unter den Blicken der Männer mühte er sich allerdings, seine Wut zu bezähmen.

»Dann gehe ich jetzt.« Langsam erhob er sich, deutete noch eine Verbeugung an und verließ den Saal.

»Ein prächtiger, kleiner Bursche«, hörte er noch die anerkennenden Worte des Ratsherrn Grote, während sich die Tür hinter ihm schloss. Doch das tröstete ihn kaum.

Einzig die Aussicht auf den neidischen Blick seines Zwillingsbruders, wenn er seine Geschichte zu Hause ein letztes Mal erzählte, beflügelte ihn.

»Wahrscheinlich habe ich den Stein so heftig geworfen, dass der Leichnam einen Stoß erhielt und dadurch an die Wasseroberfläche stieg. Vielleicht war der Mann sogar noch nicht ganz tot, und ich habe ihm den Rest gegeben. Kann ich deswegen Ärger bekommen?« Fragend blickte Rafael seine Mutter an.

Robert tippte sich mit dem Finger an die Stirn. »Jetzt verblödest du langsam völlig.«

»Kann doch sein!«

»Kann nicht sein!«

»Schluss damit! Geht euch jetzt waschen. Und nein, Rafael, deswegen bekommst du keinen Ärger, denn du hast den Mann gewiss nicht getötet. Im Übrigen ist das auch nichts, dessen du dich rühmen solltest.«

»Hab ich doch gar nicht gemacht!« Trotzig stapfte er davon.

Die kleine Sophie bemühte sich, mit ihm Schritt zu halten. Robert hingegen verdrehte die Augen und folgte seinem Bruder so langsam, dass Rafael ihm bereits wieder entgegenkam, bevor er die Badestube erreichte.

»Wo bleibst du denn so lange?«, fragte ihn seine Schwester ungehalten, erhielt aber außer einem Schulterzucken keine Antwort. Gründlich spülte Sophie die Seife von ihren Fingern.

»Bist du neidisch, weil du die Leiche nicht gefunden hast?«

»So ein Unsinn! Wie kommst du denn darauf?«

»Weil ich es bin«, gab sie zu. »Rafael will immer, dass alle ihm zuhören und ein einziger Wirbel um ihn gemacht wird. Und nun hat er's geschafft.«

»Mir doch egal.«

Sophie griff nach dem trockenen Leinen. »Mir aber nicht.« Behende sprang sie von dem Schemel, auf den sie jedes Mal klettern musste, wenn sie die Waschschale erreichen wollte. Und sie wusch sich oft, zumindest weit öfter als andere Kinder in ihrem Alter. Dies allerdings nicht, weil es nötig war, sondern um die Seife benutzen zu können, die es in den wenigsten Haushalten gab. Genüsslich sog sie ihren Duft ein. Sophie wusste, dass sich nur sehr reiche Menschen Seife leisten konnten. Doch selbst die benutzten sie nicht häufig, und schon gar nicht zum Händewaschen. Durch die Arbeit ihrer Mutter, die sich als Duftnäherin Bremens einen Namen gemacht hatte, lag im Goossen'schen Haus jedoch immer ein Stückchen Seife bereit. Eigentlich war ihre Mutter Näherin und hatte vor vielen Jahren, Sophie war damals noch nicht auf der Welt gewesen, den Einfall gehabt, in die Kleider der reichen Damen Seife einzunähen, um diese stets mit einem Hauch von Duft zu umgeben. Anfangs, so erzählte ihre Mutter, musste sie noch kleinere Stücke mit einem Messer vom Seifenblock abkratzen und so lange drücken und formen, bis sie in die Naht passten. Im Laufe der Jahre hatte sie das Verfahren mit Hilfe von Sophies Vater und ihrer Freundin Margrite, der Seifensiederin, jedoch verfeinert. Gawin fertigte Holzklötze, die gut zwei Ellen lang waren, und kerbte schmale Rinnen darin ein. Diese legte Anna mit einem Seidenstreifen aus und ließ Margrite danach die noch flüssige Seife hineingießen. Wenn die Seife ausgehärtet war, hob ihre Mutter vorsichtig den Stoffstreifen aus der hölzernen Gussform und nähte ihn zu. Später verband sie die mit Seife gefüllten Stoffstücke dann mit der Unterseite des Kleides. Früher hatte Anna die Duftnähte kurz vor der Übergabe an die Käuferin außerdem mit einigen Tropfen Wasser benetzt, um den berauschenden Duft auf diese Weise noch zu verstärken. Heute war dies jedoch Sophies Aufgabe, und sie liebte den Augenblick, wenn ein Kleid fertiggestellt war und sie ihren Teil zur Vollendung eines solchen Kunstwerks beitragen durfte.

»Kommst du?« Sie drehte sich zu ihrem Bruder um, der mit mürrischem Blick die Hände in die Waschschale tunkte.

»Ja, gleich.«

»Du bist schon genauso meckerig wie Rafael.«

Robert wollte seiner kleinen Schwester schon eine schnippische Antwort geben, als er ihren schelmischen Blick bemerkte, der ihn unwillkürlich lächeln ließ.

»Du willst wohl ganz schrecklich durchgekitzelt werden, was?«

Ihre Augen blitzten auf. »Dazu müsstest du mich erst mal kriegen!«

»Na warte!« Er warf das Leinen neben die Waschschale und machte einen Satz auf sie zu. Sophie quietschte vor Vergnügen und rannte los. Mit lautem Gebrüll nahm er die Verfolgung auf, holte sie auf dem Gang vor der Küche ein und packte sie. Lachend warf sie sich zu Boden und versuchte vergebens, ihn abzuwehren. Erst als er glaubte, sie würde vor lauter Gekicher keine Luft mehr bekommen, ließ er von ihr ab. Sie strahlte ihn an.

»Aber nächstes Mal kriegst du mich nicht.«

Sie hörten ihre Mutter rufen, doch endlich zum Essen zu kommen. Robert zog Sophie hoch, und sofort veranstalteten sie ein weiteres Wettrennen, wer zuerst am Tisch sein würde.

»Ich werde noch heute einen Boten mit der Nachricht senden, dass wir auf die Lösegeldforderung eingehen.«

»Wäre es nicht besser, einer von uns würde reiten, um sogleich die Modalitäten für die Übergabe auszuhandeln?«

»Nein«, widersprach Siegbert dem Vorschlag des Ratsmannes Grote. »Wir werden die Bedingungen vorgeben. Schließlich wollen die Grafen Gerhard und Johann das Geld.«

»Und wenn sie sich nicht darauf einlassen?«

»Dann werden wir rund um Hoya verlauten lassen, dass wir den Grafen das Geld geben wollten, diese aber ihr Wort gebrochen haben. Wir werden außerdem durchblicken lassen, dass Gerhard und Johann nun versuchen, über die Bauern zu ihrem Geld zu kommen. Was glaubst du wohl, was daraufhin los sein wird?«

»Aber dann werden unsere Leute sterben.«

»Da hat er recht«, urteilte Bürgermeister Doneldey.

Siegbert von Goossen beugte sich über den Tisch und sah die beiden Männer nacheinander an. »Glaubt mir. Es ist nicht das erste Mal in meinem Leben, dass ich mit solchen Kerlen zu tun habe. Halsabschneider sind nun einmal Halsabschneider, auch wenn sie sich Grafen schimpfen. Wenn sie vorhaben, unsere Leute zu meucheln, werden sie es tun, gleichgültig ob wir nun zahlen oder nicht. Wenn sie aber nur das Geld wollen, wird ihr Augenmerk darauf gerichtet sein, und sie gehen auf die Bedingungen ein, die wir vorgeben.«

Einen Moment sagte keiner der anderen etwas.

»Es stimmt«, durchbrach Bürgermeister Doneldey das Schweigen. »Wir werden drei Leute schicken, alle mit derselben Botschaft, um sicherzugehen, dass sie die Hoyaer auch erreicht.« Er ballte die Hand zur Faust und schlug auf den Tisch. »Und wenn diese Schweinehunde unseren Männern auch nur ein Haar gekrümmt haben und der Handel platzt, werden wir das gesamte Geld nehmen und an die abscheulichsten und blutrünstigsten Kerle geben, damit sie den beiden Grafen den Garaus machen und an den höchsten Galgen ihrer Grafschaft knüpfen.«

Siegbert legte ihm die Hand auf die Schulter. »So weit wird es nicht kommen. Die Grafen sind gierig und werden nur auf das Geld schielen, glaub mir, Heinrich.«

»Gebe Gott, dass du recht behältst.«

6. KAPITEL

Die Rückkehr der ausgelösten Bremer wurde weder überschwenglich gefeiert noch von großer Erleichterung begleitet. Vielmehr schleppten sich die durch die Gefangenschaft sichtlich geschwächten und völlig erschöpften Menschen wie geprügelte Köter durch das Stadttor zu ihren Häusern und Familien zurück. Hinzu kam noch, dass es weit weniger als die einhundertfünfzig Seelen waren, die nach der Schlacht an der Aller unfreiwillig »Gäste« der Hoyaer Grafen geworden waren. Über das Schicksal derer, die nicht heimkehrten, konnte außerdem keiner von ihnen Auskunft geben. Anfangs wurde vermutet, dass es sich um eine List Gerhards und Johanns handelte, um eine nochmals höhere Lösegeldforderung herauszuschlagen. Als in den folgenden Tagen aber immer wieder Nachzügler aus der Gefangenschaft heimkehrten, wurde offenbar, dass einige den Weg nach Bremen wohl nur langsamer zurückgelegt hatten als der erste große Trupp Heimkehrer. Sicher würden nicht alle die Rückkehr schaffen. Doch was die Gegner anging, musste man nun zugeben, dass sich diese an die Vereinbarung gehalten hatten.

Ob die Fehde mit Hoya damit ein für alle Mal beendet war oder nur für eine gewisse Zeit ruhte, wusste weder die eine noch die andere Seite zu sagen. Vorrangig ging es den Bremern nach der horrenden Summe, die sie hatten zahlen müssen, jedoch darum, ihre Stadt vor dem endgültigen Ruin zu retten. Die vielgerühmte Unabhängigkeit, auf die man seit dem Austritt aus dem Bündnis der Hanse vor einigen Jahren gepocht hatte, wurde nun zum Fluch und brachte die Geschäfte der Stadt fast zum Erliegen. Die vom Rat beschlossene Vermögenssteuer, der Schoss, führte darüber hinaus zu

Unruhen unter den wohlhabenden Familien Bremens. Allein auf sich gestellt, versuchte jeder Kaufmann, seine Geschäfte wieder voranzubringen, jedoch mit nur sehr geringem Erfolg.

»Wenn wir uns nicht bald etwas einfallen lassen, können wir die Stadttore gleich für unsere Feinde offen stehen lassen. Dann gibt es hier sowieso nichts mehr zu holen.« Augustin Hess war noch immer gezeichnet von den Qualen, die er in der Gefangenschaft erduldet hatte. Zwar saß er wieder auf seinem vertrauten Stuhl im Ratssaal, war nach dem Erlebten jedoch nur noch ein Schatten seiner selbst.

Wie auch die anderen Ratsmänner, die ihre Plätze wieder eingenommen hatten, sprach Augustin nicht über das, was in den Kerkern Hoyas mit ihnen geschehen war. Ob aus Scham oder weil es nichts weiter zu berichten gab, wusste man nicht. Der furchtbare Anblick der ehemals stattlichen Männer ließ jedoch Ersteres vermuten. Zwei Stühle waren noch immer unbesetzt, und man hoffte, dass auch ihre Inhaber noch heil nach Bremen und in den Kreis des Rates zurückkehren würden. Doch die Hoffnung hierauf schwand mit jedem Tag, der verging, ein wenig mehr.

»Habt ihr von der Handelssperre der Hanse gegen Flandern gehört?« Johannes Grote lehnte sich nachdenklich in seinem Stuhl zurück.

»Ach, die Hanse!« Berthold von Hoheneck verzog angewidert das Gesicht. »Was interessiert es uns, was die Hanse treibt? Wir sind nicht mehr im Bündnis, hast du das schon vergessen?«

Grote beugte sich wieder vor. »Genau darauf will ich ja hinaus. Wir gehören dem Städtebündnis unter der Führung Lübecks nicht mehr an. Und wenn die Hanse eine Handelssperre gegen Flandern beschließt, heißt das doch, dass

Brügge seine Waren zukünftig von jemand anders beziehen muss.«

»Kein schlechter Gedanke.« Siegbert von Goossen rieb sich nachdenklich das Kinn. »Aber wenn nun wir die Brügger Kaufleute den Interessen der Hanse zuwider beliefern und deren Blockade durchbrechen, werden die Lübecker gewiss nicht begeistert davon sein.«

»Schert die Lübecker denn, was mit den Bremern ist?« Johannes Grote erhob die Stimme. »Die interessiert es doch kein bisschen, dass wir nur noch einen Bruchteil unserer früheren Geschäfte machen.« Er sprang auf und lief aufgeregt im Saal hin und her. »Bald wissen wir nicht mehr, wie wir unsere Familien ernähren sollen. Diese verdammte Lösegeldzahlung hat uns in den Ruin getrieben.«

Die sechs bis vor kurzem noch gefangenen Ratsherren senkten fast zeitgleich betreten ihre Köpfe.

»Was nicht an euch liegt, meine Freunde!« Bürgermeister Doneldey warf Johannes Grote einen finsteren Blick zu.

»Was?« Erst jetzt schien dieser zu begreifen. »Bitte, verzeiht! Ich rege mich nur so über die maßlose Forderung dieser hinterlistigen, ehrlosen Hoyaer auf.« Versöhnlich legte er dem am nächsten sitzenden Ratsherrn, Augustin Hess, die Hand auf die Schulter. »Wir sind froh, dass ihr sicher in unsere Mitte zurückgekehrt seid. Keinesfalls wollte ich mit meinen Worten zum Ausdruck bringen, dass einen von euch die Schuld an der misslichen finanziellen Lage der Stadt trifft.«

Augustin hob den Kopf, schaute Grote an und nickte dann. »Es stimmt ja. Wenn Bremen das Lösegeld nicht hätte bezahlen müssen, wäre unsere Lage nicht gar so verzweifelt.«

»Aber das liegt nicht an euch und den anderen Gefangenen, sondern am Feind. Und das sollten wir nie vergessen«, mahnte Siegbert von Goossen.

»Ganz recht«, stimmte Heinrich Doneldey zu und wandte sich darauf wieder an Grote. »Johannes, was wolltest du wegen der Handelssperre vorschlagen?«

»Flandern braucht Waren, und Bremen braucht Käufer. Wir müssen dafür sorgen, dass der Handel wieder in Schwung kommt. Keiner weiß, wie lange Hoya Ruhe geben wird, und ob die Fehde wirklich beendet ist. Wir müssen die Zeit deshalb nutzen, um so viele Waren wie möglich herbeizuschaffen und wieder zu verkaufen.«

»Das stimmt. Außerdem müssen wir mit allen Zunftmeistern Bremens reden. Wir müssen mehr Waren herstellen und damit Handel treiben. Was wir nicht dringend für uns selbst brauchen, wird verkauft.« Der Bürgermeister ließ seinen Blick über die Runde der Ratsherren schweifen. »Ich gebe zu, dass ich einen offenen Konflikt mit der Hanse scheue, doch uns bleibt keine andere Wahl.«

»Wie ihr alle wisst, verfügt mein Haus über gute Kontakte nach Köln. Womöglich können wir diese nutzen, um ein breites Angebot verschiedener Waren in großen Mengen einzuführen. Wenn wir Kaufleute Bremens uns zusammenschließen und nicht nur jeder für sich versucht, seine Geschäfte abzuwickeln, haben wir am Ende alle mehr davon«, brachte Siegbert ein.

»Aber Köln ist gleichfalls im Hansebündnis. Meinst du nicht, dass das zu Schwierigkeiten führen wird?«, erwiderte Doneldey.

»Doch«, gestand Siegbert zu. »Und es würde mich nicht wundern, wenn die Kölner oder auch die Hanse versuchen werden, unseren Handel mit Flandern unterbinden zu wollen.«

»Was schlägst du vor?«, fragte Doneldey.

»Wir sollten die Geschäfte mit Flandern so lange betreiben, bis uns die Kölner, die Hanse oder auch beide zusammen das Messer auf die Brust setzen. Bis dahin müssen wir handeln, was wir nur können.«

Der Bürgermeister nickte zustimmend. »Wir sollten die Bürger auf die neue Situation vorbereiten, damit sie sich darauf einstellen können. Aber nicht in einer großen Versammlung, sondern jeder Einzelne von uns sollte bestimmte Händler und Zunftmeister aufsuchen und diesen gezielt unser neues Vorgehen schmackhaft machen. Die Wahrscheinlichkeit, dass sich einer von ihnen im Vieraugengespräch dagegen auflehnt, ist weitaus geringer als in einer großen Gruppe.«

»Das halte ich für klug.« Johannes Grote nickte zustimmend und sah die anderen auffordernd an. »Was meint ihr?«

Es gab keine Einwände. Ein Schreiber wurde gerufen, um eine Liste aller Händler und Zunftmeister zu erstellen, die zu benachrichtigen waren und danach den einzelnen Ratsherren zugeteilt wurden. Darüber vergingen mehrere Stunden angestrengter Arbeit.

»Ich denke, wir können mit dem Ergebnis zufrieden sein.« Bürgermeister Doneldey stand auf. »Jeder weiß nun, mit wem er zu sprechen hat. Himmel tut das gut, endlich wieder die Geschäfte in die Hand zu nehmen und nicht nur abzuwarten, was die Hoyaer sich als Nächstes einfallen lassen.«

Auch die anderen erhoben sich von ihren Stühlen.

»Wir werden aus Bremen wieder das machen, was es einmal war.« Die Tür schon geöffnet, drehte sich der Bürgermeister noch einmal zu den Ratsherren um. »Eine Stadt voller Reichtum und Glanz mit glücklichen Bürgern ist unser Ziel! Lasst uns anfangen.«

»Ich soll Esther belügen, um an die Waren zu kommen?« Anna traute ihren Ohren nicht.

»Doch nur um ihrer eigenen Sicherheit willen.« Siegbert langte über den Tisch und griff nach der Hand seiner Enkelin. »Wenn du ihr sagst, dass Bremen die Waren benötigt, weil es die Blockade der Hanse gegenüber Flandern umgehen will, bringst du sie damit in einen schweren Konflikt.«

»Aber sie ist meine Geschäftspartnerin und Freundin. Ich vertraue ihr.«

»Und so soll es auch bleiben. Doch zu Dingen, über die sie nichts weiß, kann sie auch niemand zwingen, etwas zu sagen.«

Anna überlegte einen Moment. »Entschuldige, Großvater, aber das ist Augenwischerei. Und es kommt mir so vor, als würdest auch du mich belügen, damit ich tue, was der Rat verlangt.«

»Anna!« Böse funkelte Siegbert sie an und ließ ihre Hand los. »Wie kannst du es wagen?«

Sofort bereute sie ihre Worte. »Bitte, verzeih.« Sie hatte Siegbert noch nie so wütend ihr gegenüber erlebt und merkte, dass sie mit ihrer Bezichtigung zu weit gegangen war. »Das hätte ich nicht sagen dürfen. Ich habe nur Angst, Esther in Schwierigkeiten zu bringen.«

Sie sah das Gesicht ihrer jüdischen Freundin wieder vor sich, als sie sich zuletzt voneinander verabschiedet hatten. Drei lange Jahre war das nun her, und seither war kein Tag vergangen, an dem sie nicht zumindest kurz an Esther dachte. Fast ein Jahr hatten sie in Bremen zusammengelebt. Esther war von dem Kölner Patrizier Wyland während des fürchterlichen Pogroms, dem im Jahre 1349 Hunderte Juden zum Opfer fielen, gerettet und zu seinem alten Freund Siegbert von Goossen nach Bremen in Sicherheit gebracht worden. So hatten sie sich kennengelernt. Esther hatte Anna dabei geholfen, die von ihr gefertigten Kleider mit edlen Stickereien zu verzieren. Viele Monate später hatte sie dann dem Werben Wylands nachgegeben und war schweren Herzens mit ihm nach Köln zurückgekehrt – in die Stadt, die sie nach der sogenannten Judenschlacht nie wieder hatte betreten wollen –, war dem damaligen Morden doch auch Esthers Vater zum Opfer gefallen. Doch die Liebe zu Wyland war stärker gewesen als der Hass auf die Mörder. So kam es, dass die Freundinnen ihre gemeinsame Arbeit selbst dann noch über die Stadtgrenzen hinweg fortsetzten, als Esther an der Seite ihres Mannes zu einer so selbstbewussten Kaufmannsfrau heranreifte, dass sie kaum noch Zeit fand, ihre geliebten Stickereien an Annas Kleidern eigenhändig zu fertigen. Nach und nach waren sie deshalb dazu übergangen, dass Esther sich um den Erwerb großer Mengen edelster Stoffe kümmerte und diese dann an Anna weiterleitete. Anna wiederum beschäftigte zwischenzeitlich zehn Schneiderinnen, die nach ihren Anweisungen nähten. Nur die versteckten Duftnähte fügte Anna nach wie vor selbst hinzu, wollte sie doch nicht, dass jemand anderes hinter das Geheimnis kam, wie diese entstanden und zu setzen waren.

»Anna, habe ich dich denn je belogen?« Siegberts Stimme riss sie aus ihren Gedanken.

»Nein.« Sie senkte den Blick.

»Was ist denn dann mir dir, mein Liebes?«

Anna kämpfte mit den Tränen. »Es war in letzter Zeit einfach zu viel. Die Morde am Schuhmacher und dem Wachmann, die schlechten Geschäfte, der Krieg und jetzt auch noch der Plan, die Handelssperre zu umgehen. Ich weiß manchmal kaum noch, wo mir der Kopf steht.«

»Ich werde dir jetzt etwas sagen, das dir nicht gefällt. Und ich bitte dich, nicht wütend zu werden oder es mir nachzutragen. Doch es muss gesagt werden.«

Sie blickte auf. »Was denn?«

Siegbert holte tief Luft. Es fiel ihm sichtlich schwer, so deutlich gegenüber seiner geliebten Enkelin zu werden. »Du bist zu ängstlich geworden! Ich weiß, es ist nicht schön, doch erinnere dich daran, wie du früher warst, bevor du seinerzeit nach Bremen kamst.«

Anna riss die Augen auf. An die Schrecken der Vergangenheit erinnerte sie sich nur äußerst ungern. Und seitdem sie im Hause ihres Großvaters lebte, musste sie das auch nicht mehr.

»Ich habe damals, als ich deine Mutter fortschickte, einen großen Fehler und ein furchtbares Unrecht an ihr begangen. Ich weiß auch, dass ich dies nie mehr gutmachen kann, solange ich auf dieser Welt bin. Doch seitdem du in mein Leben getreten bist und wir zueinander gefunden haben, habe ich alles getan, um es richtig zu machen.«

»Warum erinnerst du mich daran? Weshalb tust du mir das an?«

Siegbert konnte ihrem flehenden Blick nicht lange standhalten. Rasch stand er auf, ging zum Fenster und sah auf den Hof hinaus.

»Weil du vergessen hast, woher du kommst und dass du kämpfen musst, um etwas zu erreichen.« Er drehte sich wieder zu ihr um. »Dein früherer Mut und deine Entschlossenheit haben dich zu dem gemacht, was du heute bist. Dein Einfallsreichtum ließ dich zur ›Duftnäherin Bremens‹ werden, wie sie dich in der Stadt alle nennen. Doch nun sitzt du da, bemitleidest dich zunehmend und wagst kaum noch, einen Schritt vor die Tür zu setzen, weil du Angst hast, dir oder den Deinen könnte etwas geschehen.« Sein Gesicht war rot vor Erregung.

Anna starrte ihn nur an. Noch nie hatte er so zu ihr gesprochen. Sie wollte aus der Kammer laufen, sich auf ihr Lager werfen und weinen. Weinen vor Wut und Enttäuschung … weil ihr Großvater ihr so übel mitspielte. Doch genau dieser Gedanke ließ sie plötzlich innehalten. Ihr eben noch weinerlicher Blick klärte sich. Sie hob ihr Kinn, stand mit einem Ruck auf und sah Siegbert fest in die Augen. »Beim Herrn, du hast recht. Wie konnte es nur so weit kommen?«

Erleichtert atmete Siegbert aus. Er hatte nicht mit Annas Einsicht gerechnet, sondern eher vermutet, dass sie weinend aufspringen und aus der Kammer rennen würde. Umso entspannter breitete er nun die Arme aus und ging auf sie zu. Anna trat ihm ihrerseits entgegen und drückte sich an ihn. »Du bist einfach zu glücklich geworden und hast geglaubt, dass es immer so bleiben würde, meine Kleine. Das hat jeder von uns schon einmal erlebt.« Er fasste sie an den Schultern und schob sie ein Stück weit von sich weg, damit er ihr in die Augen sehen konnte.

»Es ist gut, diese Erfahrung zu machen. Noch wichtiger ist es aber, aus ihr zu lernen.«

»Was soll ich tun?«

»Stark sein! Sei eine von Goossen! Du besitzt den gleichen Starrkopf, wie ihn alle Goossens schon seit Generationen auf dem Rumpf tragen. Versuche immer, das Beste zu erreichen. Gib dich nie mit weniger zufrieden. Du hast mehr Mumm und Verstand in dir als die meisten Kerle. Nutze deinen Liebreiz, auf dass man dich unterschätzt, und dann hol dir, was du haben willst.«

»Das werde ich!«

»Verzweifle nicht angesichts einer schwierigen Situation, sondern lächle ihr entgegen. Du kannst es, weil du es willst, hörst du?«

Annas Herz pochte wie wild. Fast schwindlig wurde ihr bei Siegberts Worten. Sie war aufgewühlt und entschlossen, sich nie mehr ängstlich und klein in sich selbst zurückzuziehen und der Dinge zu harren, die auf sie zukamen.

»Ja, so werde ich es machen«, murmelte sie und nickte.

Von Goossen drückte sie zärtlich an sich. »Und bei alldem, bleibe immer der Mensch, der du bist. Du sollst ja mitfühlen, helfen und für andere da sein. Doch das heißt noch lange nicht, sein Leben in Angst fristen zu müssen.«

Anna stellte sich auf die Zehenspitzen und gab ihm einen Kuss auf die Wange. »Ich habe verstanden, was du mir sagen wolltest. Und es war gut, dass du es getan hast. Ich war ja beinahe schon wie gelähmt vor lauter Bedenken und habe mich selbst nicht mehr wiedererkannt. Ich danke dir.«

Noch einmal drückte Siegbert sie fest an sich. Anna kam es fast so vor, als stünden Tränen der Rührung in seinen Augen.

»Ich habe einen Boten nach Florenz zu Marquardt gesandt und diesen angewiesen, alle Waren im dortigen Kontor zu barer Münze zu machen. Ich weiß nicht, wann wir mit dem Geld rechnen können. Doch auf Marquardt ist Verlass.«

»Ich hoffe, er wird selbst kommen. Schon viel zu lange haben wir ihn nicht mehr zu Gesicht bekommen. Doch auch wir sollten zusehen, wie wir die Geschäfte hier bestmöglich voranbringen können.« Sie hob den Kopf. »Wollen wir uns setzen und uns besprechen?«

»Wenn die Duftnäherin Bremens mich darum bittet. Wie könnte ich da nein sagen?«

Nervös sehnte Anna in den folgenden Wochen das Ankommen der Kogge herbei. Denn schon in Bälde wurde auch der Gesandte der flandrischen Kaufmannschaft in Bremen erwartet. Dann keine Handelswaren vorweisen zu können, käme einer Katastrophe gleich.

Aus dem Eingangsbereich drangen Stimmen zu ihr nach oben. Rasch legte sie das Kleid, an dem sie nähte, beiseite und trat aus der Nähstube.

»Großvater! Hast du Nachricht vom Hafen? Ist die Kogge da?«

»Nein, es ist etwas geschehen.« Er deutete auf seine Arbeitskammer.

Siegberts Miene verriet nichts Gutes. Inständig hoffte sie, dass es nichts mit der Schiffsladung zu tun hatte.

»Was ist passiert? Ist etwas mit den Waren geschehen?«

Fest schloss er hinter sich die Tür. »Viel schlimmer.« Kraftlos ließ er sich auf einen Stuhl fallen, runzelte die Stirn und rieb sich über die müden Augen. »Es hat wieder einen Mord gegeben.«

»Was?«

»Andres.«

»Der Zimmermann Andres? Er ist tot?«

»Nein, er nicht. Aber seine Frau und seine beiden Kinder.«

Zitternd ließ sich nun auch Anna auf einem der Stühle nieder.

Fassungslos schlug sie sich die Hand vor den Mund. »Aber das kann doch nicht sein. Wann?«

»Gestern Abend. Es ist geschehen, während Andres bei der Arbeit war. Ihnen wurden die Kehlen durchgeschnitten.«

»Oh, mein Gott! Wer hat sie gefunden?«

»Andres selbst.«

In Annas Ohren rauschte es.

»Deine Freundin Margrite war es, die dazukam. Sie wollte offenbar noch etwas mit Judith besprechen. Als sie auf ihr Klopfen hin keine Antwort bekam, ging sie ins Haus und fand Andres dort weinend auf dem Boden sitzend vor, mit seiner toten Frau in den Armen. Die Kinder lagen gleich daneben. Offenbar war er gerade erst nach Hause gekommen und hatte seine Familie so aufgefunden.«

Übelkeit stieg in Anna auf. »Wer tut so etwas?«

Siegbert seufzte schwer. »In Notzeiten tun sich immer mehr Abgründe auf als in guten. Im Krieg zu töten, ist das eine. Doch ein wehrloses Weib und seine Kinder zu meucheln … das hat nichts Menschliches mehr an sich.«

Es klopfte an der Tür.

»Ja?«

Vorsichtig öffnete Rudolf die Tür. »Herr, ein Bote hat die Nachricht gebracht, dass drei Koggen angelegt haben und dass deren Waren bereits abgeladen werden.«

Schwer stützte Siegbert sich auf der Tischplatte ab, als er aufstand. Die letzten Wochen hatten ihn viel Kraft gekostet.

»Danke, Rudolf. Gib ihm eine Münze und lass ausrichten, dass ich gleich komme.« Er schob seinen Stuhl wieder an den Tisch zurück.

»Ja, Herr.«

Anna erhob sich mit einem besorgten Blick auf Siegbert. Ihre Beine zitterten, und sie fühlte sich schrecklich. Doch dieses Mal wollte sie sich ihren Ängsten stellen. »Ich werde dich begleiten.«

»Bist du sicher?«

»Ich kann jetzt nichts für Andres tun, als für ihn zu beten und den Herrn zu bitten, dass dieser abscheuliche Mörder bald gefasst wird. Aber wir haben dieser Tage ein wichtiges Geschäft abzuwickeln – im Sinne der Bremer Bürger.«

Siegbert nickte und hielt ihr die Tür auf. Schweigend verließen sie das Haus in Richtung Hafen.

»Herr van Laaken. Darf ich Ihnen meine Enkelin Anna vorstellen, die Duftnäherin Bremens?«

Für einen Augenblick stockte dem Brügger Kaufmann der Atem. Nie zuvor hatte er eine solch schöne Frau gesehen. Ihre Haut war ebenmäßig und makellos, ihr hellblondes langes Haar, das unter dem Eheschleier hervorragte, glänzte im Sonnenlicht, und ihre Augen schimmerten im gleichen, tiefen Blau wie das Samtkleid, das sie trug. Als er näher trat, tauchte er in eine Duftwolke von Lavendel ein. Jean schluckte und räusperte sich.

»Es ist mir eine Freude.« Seine Stimme klang belegt. Erneut räusperte er sich. »Verzeiht, doch Eure Schönheit hat mir im wahrsten Sinne des Wortes die Sprache verschlagen.«

Anna wurde weder rot noch verlegen, senkte nur geschmeichelt den Kopf und bot ihm die Hand. »Auch für mich ist es eine Freude.«

Siegbert hatte Mühe, ein Grinsen zu unterdrücken. Er wusste nur zu gut um die Wirkung, die Anna auf Männer hatte. Heimlich nannten einige Bremer sie auch »die Madonna«, weil sie der geschnitzten Jungfrau im Dom bis aufs Haar glich. Sie hatten schlichtweg vergessen, dass die Statue vor Jahren von Gawin gefertigt und Annas Gestalt und Gesichtszügen in der Tat nachempfunden worden war.

»Ich hoffe, Eure Reise war nicht zu anstrengend?« Siegberts Worte ließen van Laaken fast unmerklich zusammenfahren. Rasch zwang er sich, seinen Blick von Anna zu lösen, und wandte sich von Goossen zu.

»Ehm, danke. Ich kann mich nicht beklagen.«

»Im Rathaus ist ein Mahl zu Euren Ehren vorbereitet, wir sollten daher bald aufbrechen. Falls Ihr Euch zuvor aber noch ein wenig erfrischen wollt, zeige ich Euch das Badehaus.«

»Das wäre schön. Sagt«, wandte van Laaken sich Anna erneut zu, »werdet Ihr gleichfalls bei dem Mahl zugegen sein?«

Anna lächelte. »Selbstverständlich. Und ich freue mich auf den Abend.«

Sie spielt ihren Charme voll aus, stellte Siegbert mit einer gewissen Befriedigung fest. Seitdem er ihr vor kurzem ihr ängstliches Verhalten vorgehalten hatte, war eine bemerkenswerte Veränderung mit ihr vorgegangen. Selbstbewusst und stolz trat sie auf, ohne dabei den Blick für die Sorgen der Menschen zu verlieren. Einen Wimpernschlag lang sah sie an van Laaken vorbei, direkt in Siegberts Augen. Mit einem Lächeln gab er ihr zu verstehen, was er dachte.

»Ist es für eine Frau denn nicht schwierig, in der Welt des Handels akzeptiert zu werden?« Van Laaken beugte sich weiter als nötig zu Anna hinüber, um ihre Antwort zu hören.

Siegbert ließ die beiden nicht aus den Augen. Außer dem gesamten Rat waren noch acht weitere Händler anwesend und Anna die einzige Frau in ihrer Runde. Er selbst hatte dafür gesorgt, dass seine Enkelin während des Gastmahls neben dem Gast aus Brügge saß, und stellte zufrieden fest, wie klug diese Entscheidung gewesen war. Der Gesandte hing förmlich an ihren Lippen, beobachtete sie, während sie sprach, und ließ auch immer wieder unauffällig seinen Blick auf ihr ruhen, sobald ein anderer das Wort ergriff und Anna ihm zuhörte.

Von dem erfolgreichen Geschäftsabschluss dieses Abends hing die Zukunft Bremens ab. Esther hatte sämtliche Bestellungen Annas nach Bremen geliefert, ob Kräuter und Gewürze, Weine, buntes Fensterglas oder byzantinische Tuche, nichts fehlte.

In der Annahme, dass nicht alles lieferbar sein würde, hatten die Bremer große Mengen geordert. Sollte das Geschäft mit dem Brügger nun nicht zustande kommen, säßen sie auf einem mit edelsten Waren vollgestopften Kontor und könnten nicht einmal einen Bruchteil davon bezahlen. Sie hatten alles Geld, das sie noch hatten, als Anzahlung zusammen mit der Bestellung nach Köln geschickt. Anna hatte Esther in ihrem beigefügten Brief erklärt, dass die Hoyaer Fehde fürs Erste beigelegt sei, und dass die Bremer ihre Geschäfte wie zu den besten Zeiten wieder aufnehmen wollten. Die neu geknüpften Kontakte zu Flandern hatte sie dabei unerwähnt gelassen und war damit der Erklärung ihres Großvaters gefolgt, dass es keinen Sinn machen würde, Esther durch zu große Offenheit in eine Notlage zu bringen.

»Sehen Sie sich diese wunderbaren Händler doch an, Herr van Laaken«, beantwortete Anna mit gewinnendem Lächeln seine Frage. »Sie nennen mich die ›Duftnäherin Bremens‹ und sehen gleichzeitig eine Händlerin in mir. Keiner dieser Herren hat es je abgelehnt, Geschäfte mit mir zu machen, nur weil ich eine Frau bin.« Sie nickte den Anwesenden zu und behielt das Wissen für sich, dass sie nur deshalb nicht von ihnen übervorteilt worden war, weil sie sich vor der Macht ihres Großvaters fürchteten.

Dieser nickte ihr zufrieden zu.

»Das ist eine weltoffene Einstellung, die ich so noch nirgendwo kennengelernt habe.«

»Sie haben vorhin eines unserer Lagerhäuser gesehen«, mischte Bürgermeister Doneldey sich ein. »Wir sind unabhängig von der Hanse und können dennoch die gesamte Bandbreite an Warenvielfalt bieten. So etwas ist nicht zu schaffen, wenn man sich Neuem gegenüber verschließt.«

Van Laaken nickte bedächtig. »Wohl gesprochen. Das Handelshaus meiner Familie ist schon sehr alt, über zweihundert Jahre. Und wie Sie wissen, bin ich heute nicht nur im Namen meiner Familie hier, sondern als Unterhändler der gesamten Brügger Kaufmannschaft. Bei einer so langen Tradition und derart großen Verpflichtung verliert man gelegentlich den Blick für neue Wege.«

»Darauf sollten wir trinken!« Siegbert erhob das Glas. »Auf die neuen Wege, die wir gemeinsam gehen werden. Seite an Seite, als verlässliche Partner.«

Gespannt sahen alle zu van Laaken. Der zögerte kurz und sah dann zu Anna. Die lächelte und nickte ihm zu.

Schwungvoll hob er sein Glas. »Auf unsere gemeinsamen Wege und gute Geschäfte!«

»Auf gute Geschäfte!«, riefen alle wie aus einem Munde.

Der Bund war besiegelt.

7. KAPITEL

»Ach, du meine Güte, Kindchen, was hast du dir denn nur dabei gedacht?« Margrite schüttelte verständnislos den Kopf.

»Aber ich sage dir doch: Ich habe geträumt. Und dass ich im Schlaf spreche, ist doch nicht meine Schuld.«

»Nun ja, das kann man nun so oder so sehen.«

»Wie soll ich das denn verstehen?«

»Ich bitte dich, Anna. Wenn du tagsüber nicht an diesen van Laaken denken würdest, käme es wohl kaum dazu, dass du deinem Mann im Traum seinen Namen ins Ohr flüsterst.« Die Seifensiederin verdrehte die Augen. »Wie hat Gawin darauf reagiert?«

»Nicht gut.« Es klang schuldbewusst. »Angeschrien hat er mich, wenn das noch mal vorkäme, verließe er das gemeinsame Bett und würde sich eine andere Kammer suchen.«

»Hoffentlich nicht auch ein anderes Bett, das von einer anderen Frau gewärmt wird.«

»Margrite!«

»Aber es stimmt doch. Und ich kann ihn sogar verstehen.«

Anna seufzte. »Ich ja auch. Aber was soll ich tun? Immerzu muss ich an Jean denken.«

»Siehst du, genau das meinte ich! Allein die Art, wie du seinen Namen aussprichst.«

»Er heißt nun einmal so. Wie soll ich ihn denn sonst nennen?«

»Zum einen ist es nicht hilfreich, dass ihr euch derart freundschaftlich ansprecht. Und zum anderen hat deine Stimme einen besonders warmen Klang, sobald du seinen Namen sagst.«

»Das stimmt nicht.«

»O doch. Und wie! Da brauchst du dich nicht zu wundern, wenn dein Mann verstimmt ist.«

»Aber ich habe Jean doch nie ermuntert, bin ihm nie zu nahe gekommen oder hätte zugelassen, dass er mir zu nahe tritt. Wir machen Geschäfte miteinander. Das ist alles, und ich kann nun wirklich nichts dafür, wenn er öfter nach Bremen kommt, als er müsste.«

»Zumindest das gibst du wenigstens zu.«

»Aber ja. Und ich weiß auch seine Blicke zu deuten.«

»Es ist nicht richtig von ihm, dich in diese Lage zu bringen. Schließlich weiß er, dass du verheiratet bist.«

»Aber das ist es doch, Margrite.« Anna hob die Hände zum Himmel. »Er macht ja nichts. Kein eindeutiges Angebot, keine unerlaubte Berührung. Er spricht mit mir, wir verhandeln, begehen das Lagerhaus, und er kauft und kauft, als gäbe es kein Morgen. Wenn ich ihn nicht schon mehrfach dabei ertappt hätte, wie er mich von der Seite anstarrt, würde ich sogar glauben, dass ich mir seine Schwärmerei nur einbilde.« Sie schloss die Augen und legte ihren Kopf in den Nacken. »Was mache ich jetzt nur?«

»Wir sind unter uns. Gawin wird nie etwas von diesem Gespräch erfahren.« Margrite griff nach Annas Händen. »Hast du dich in den Flamen verliebt?«

Anna seufzte. »Ich weiß es nicht.«

»Wenn du es nicht weißt, hast du dich verliebt«, stellte Margrite fest.

»Und nun?«

»Nun? Aber das liegt doch auf der Hand. Du verlässt Gawin, nimmst deine Kinder und folgst dem Flamen, sobald er das nächste Mal in Bremen anlegt.«

Anna sprang auf. »Bist du verrückt geworden? Niemals würde ich Gawin wegen Jean verlassen!«

»Ha! Siehst du? Dann weißt du also doch, was du zu tun hast. Gawin zu verlassen kommt für dich nicht in Frage. Es ist also an der Zeit, diesem Herrn van Laaken deutlich zu machen, dass du eine verheiratete Frau bist.«

Anna atmete mehrmals tief ein und aus. »Ich weiß ja, dass du recht hast. Es ist nur so schwer.«

»Nein, das ist es nicht. Du fühlst dich geschmeichelt, und womöglich reizt dich auch ein wenig die Gefahr. Es liegen schwere Zeiten hinter uns allen. Alldem mit einer kleinen Schwärmerei entfliehen zu wollen, ist verständlich.« Sie suchte den Blick der Jüngeren. »Doch es ist falsch, Anna, und du weißt es. Es kann alles, was dir lieb und teuer ist, zerstören, obgleich es ohne Bedeutung ist. Das kannst du nicht wollen.«

»Es stimmt ja, was du sagst.« Anna hielt den Kopf gesenkt.

»Und eines darfst du nicht vergessen.«

»Was?«

»Hinter Gawin liegen ebenso schwere Monate wie hinter dir. Vielleicht sogar noch härtere. Und er hat alles getan, damit es euch während der Krise gutging. Ich weiß es von Andres. Der hat mir im Vertrauen erzählt, dass es deinem Mann nicht immer leichtgefallen ist, ihn zu entlohnen, weil er oft selbst nicht von den Leuten bezahlt wurde.«

»Das wusste ich ja gar nicht.«

»Hm, es ist kein gutes Zeichen, dass er sich dir diesbezüglich nicht anvertraut hat. Es muss schwer auf ihm gelastet haben.«

Anna schüttelte nachdenklich den Kopf. »Wenn er Geldsorgen hatte, weshalb hat er dann nichts gesagt? Zwar wusste ich, dass es Schwierigkeiten gab, weil ihm viele Kunden seine Arbeit nicht bezahlten. Doch dass die Lage so ernst war …«

»Ist dir wirklich nicht klar, warum er es bei einem einfachen Hinweis belassen hat?«

»Du meinst wegen seines Stolzes?«

Margrite nickte. »Allerdings. Was glaubst du wohl, wie er sich fühlt? Er ist mit der schönsten Frau der Stadt verheiratet, mit der Duftnäherin Bremens. Während er in der Werkstatt schuftet und Hölzer schleift, um am Ende einen Hungerlohn zu bekommen, verkaufst du ein einziges Kleid und verdienst damit weit mehr als er in einem Monat. Und nun flüsterst du ihm des Nachts auch noch den Namen eines reichen und gutaussehenden Kaufmanns ins Ohr. Er sieht doch gut aus, oder?«

Anna nickte.

»Eben.« Die Seifensiederin sah ihre Freundin ernst an. »So etwas kann ins Unglück führen, glaube mir.«

»Ich will Gawin nicht verlieren.«

»Dann zieh dich von dem Flamen zurück. Lass künftig jemand anderen mit ihm verhandeln. Vielleicht verkaufst du dann das eine oder andere Kleid weniger, aber das sollte dir dein Mann wert sein.«

Anna stand auf. »Ich werde jetzt gehen und meinen Großvater bitten, einen Mann seines Vertrauens für die weiteren Handelsgeschäfte mit Brügge einzusetzen.« Sie seufzte schwer.

»Ich weiß, dass es nicht leicht ist. Doch du wirst sehen, es ist richtig so.«

Margrite brachte die Freundin noch zur Tür. »Was ich dich noch fragen wollte: Gibt es schon einen Hinweis auf den oder die Mörder?«

»Nicht, dass ich wüsste. Gerade vor ein paar Tagen habe ich mit Siegbert darüber gesprochen. Er und Gawin haben immer noch den Verdacht, dass sich ein Hoyaer nach dem Mord an Lorenz als dieser ausgegeben hat und auf diese Weise in die Stadt gekommen ist. Siegbert hat dies auch beim Stadtvogt vorgebracht. Doch da Lorenz seine Kleider noch am Leib hatte und lediglich sein Hut fehlte, wurde diese Möglichkeit wieder verworfen. Nur Gawin hält noch daran fest.«

»Aber Lorenz war bekannt. Glaubst du nicht, dass das aufgefallen wäre?«

»Wenn ein Mann mit seinem Hut und vielleicht der gleichen Körpergröße durchs Tor ging, möglicherweise nicht. Doch weshalb er auch den Büttel an der Heimlichenpforte und vor allem Judith und die Kinder getötet haben soll, bleibt ein Rätsel. Wenn es überhaupt ein und derselbe Mörder war. Abgesehen davon ist in den letzten Wochen kein Fremder in Bremen aufgefallen.«

»Hoffentlich wird der Kerl bald gefasst. So weiß man nie, ob jemand hinter der nächsten Ecke lauert.«

Anna öffnete die Tür. »Weißt du, wie es Lena und den Kindern geht? Ich habe ihr Geld schicken lassen, doch auch damit wird es für sie nicht leicht sein, sich und die Kinder durchzubringen.«

»Lena geht es gut. Nur, dass sie ihren Lorenz ganz arg vermisst. Außerdem hat Andres jetzt die Rolle des Versorgers übernommen, er kümmert sich um sie und um die Kinder. Er tut alles, um ihnen ein normales Leben zu ermöglichen.«

»Lena und Andres?«, fragte Anna verblüfft.

Rasch schüttelte Margrite den Kopf. »Nein, nicht so, wie du denkst. Ich glaube, es hilft ihm einfach, nicht ständig an seinen eigenen Verlust denken zu müssen, wenn er Lena beistehen kann.«

»Verstehe. Ich muss aufbrechen, Margrite. Und vielen Dank, dass du mir dein Ohr geliehen hast. Ich werde jetzt nach Hause gehen und meine Ehe in Ordnung bringen.«

»Mach das, meine Kleine. Zeig deinem Gawin, dass du ihn und keinen anderen willst.« Sie zwinkerte ihr mit dem rechten Auge zu. »Und das so lange, bis du's selber wieder glaubst.«

Anna lachte, umarmte Margrite herzlich und ging.

Wochen waren vergangen, seitdem Anna den flandrischen Händler zuletzt gesehen hatte. Meist hatte sie sich wegen einer Unpässlichkeit entschuldigen lassen. Siegbert hatte die Geschäfte für sie abgewickelt, die neuen Bestellungen angenommen und sich auch um die Zuordnung der in Brügge georderten Waren auf die jeweiligen Bremer Händler gekümmert.

Anna wollte es sich nicht eingestehen, doch sie vermisste Jean. Nur wenige Nächte waren seit ihrem klärenden Gespräch mit Margrite vergangen, in denen sie sich nicht leidenschaftlich ihrem Mann hingegeben hatte. Sie wollte alles wieder in Ordnung bringen, das Glück ihrer Familie bewahren, doch innerlich litt sie Qualen.

Ihr fehlten die Gespräche mit Jean, die gemeinsam verbrachte Zeit, wenn sie ihm bei jedem seiner Besuche eine der Sehenswürdigkeiten der Stadt gezeigt hatte. Als sie seinerzeit den Dom besuchten und sein Blick auf die von Gawin gefertigte Madonna fiel, hatte er sich kaum von ihrem Anblick losreißen können. In gelöster Stimmung hatten sie die Momente genossen, bis die Koggen beladen waren und es für ihn keinen erklärbaren Grund mehr gab, länger in Bremen zu verweilen. Schweren Herzens hatten sie sich dann voneinander getrennt. Nie war es zwischen ihnen zu einer Berührung gekommen, nie hatte es nur die leiseste Andeutung gegeben, die nicht schicklich gewesen wäre. Nur ihre Blicke waren wie in einer leidenschaftlichen Umarmung ineinander versunken, und wenn das Schiff dann ablegte und Jean mitsamt der Waren nach Brügge zurückkehrte, war es Anna stets so vorgekommen, als segle ein Teil von ihr mit ihm fort.

Von Tag zu Tag fühlte sie sich schlechter. An diesem Morgen nun war ihr derart übel, dass sie kaum aufzustehen vermochte.

»Ist dir nicht wohl?« Gawin strich ihr besorgt über das Haar.

»Es geht schon.« Sie wollte ihm nicht sagen, dass ihre monatliche Blutung schon seit Wochen überfällig war. Sie bemerkte nicht die gleichen körperlichen Veränderungen an sich wie damals bei den Zwillingen oder Sophie, weshalb sie auch nicht glaubte, guter Hoffnung zu sein. Vielmehr meinte sie, dass die Trennung von Jean der Grund für ihr Unwohlsein war. Sie seufzte und schwang ihre Beine aus dem Bett.

»Ich wollte heute mal wieder zusammen mit Sophie in die Werkstatt kommen. Passt es dir, wenn wir euch später besuchen?«

»Aber gewiss. Gibt es einen bestimmten Grund?«

»Ach, weißt du, Robert ist ja glücklich, wenn er am Holz arbeiten kann. Aber Rafael würde lieber mit Siegbert ins Rathaus gehen und ich möchte ihn ein bisschen aufmuntern.«

»Ins Rathaus? Was will er denn da?«

»Er hat sich in den Kopf gesetzt, bei einer Ratssitzung mit dabei zu sein. Großvater hat es mir gestern erzählt. Rafael hat zu ihm gesagt, dass er schon jetzt genau lernen wolle, was im Rat geschieht. Immerhin würde er eines Tages Bürgermeister dieser Stadt werden.«

»Hat Siegbert ihm nicht gesagt, dass ein Zimmermann niemals Bürgermeister von Bremen wird?«

»Ach, was weiß ich? Ich habe dem Jungen schon so oft ins Gewissen geredet, doch ich scheine überhaupt nicht zu ihm durchzudringen. Er traut sich nicht, es mir gegenüber laut auszusprechen, doch ich weiß, dass er nichts auf meine Worte gibt, weil ich eine Frau bin.«

»Was? Aber du bist doch schließlich seine Mutter?«

»Und als solche eben eine Frau und kein Mann.«

Gawin setzte sich neben sie auf die Bettkante. »Ich glaube, das redest du dir nur ein. Der Junge liebt und bewundert dich. Genau wie sein Vater.« Er zog sie zärtlich an sich und küsste sie.

»Ich glaube, Rafaels Dickschädel wird uns noch einige schlaflose Nächte bereiten.« Sie seufzte. »Aber vielleicht liegen wir ja auch falsch. Was spricht eigentlich dagegen, dass wir mit dem Zunftmeister sprechen und versuchen, ob Rafael nicht doch Kaufmann wird und eines Tages Siegberts Kontor übernimmt? Du hast immer noch Robert für die Zimmerei.«

»Hältst du das für klug? Wo die beiden schon jetzt viel zu sehr miteinander konkurrieren.«

»Gerade deshalb halte ich es doch für einen guten Gedanken. Du weißt selbst, dass Rafael nie das handwerkliche Können Roberts besitzen wird. Er ist einfach nicht fürs Schreinern gemacht.«

Gawin schüttelte nachdenklich den Kopf. »Obwohl sie Zwillinge sind, könnten sie unterschiedlicher nicht sein.«

»Ob unterschiedlich oder nicht.« Anna stand mit einem Ruck auf. »In einer Sache gleichen sie einander: Sie haben immer Hunger! Und wenn ich mich jetzt nicht eile, werden sie Gertrud in der Küche noch den letzten Nerv rauben.«

»Ich komme auch gleich.« Gawin ging zur Waschschale hinüber. Bevor er Anna kennengelernt hatte, wusste er kaum, wie Seife aussah. Jetzt genoss er es, nach ihr zu duften, bevor er das Haus verließ und sich in der Zimmerei der Holzstaub auf seine Haut legte.

Es war bereits fast Mittag, als Anna mit Rafael und Sophie ins Goossenhaus zurückkehrte. Rafael hatte mit viel Bettelei erreicht, die Arbeit beenden und mit seiner Mutter und Schwester gehen zu dürfen. Robert war in der Zimmerei geblieben und half Andres dabei, die von einem Gastwirt bestellten Bänke zu fertigen. Es war erstaunlich, wie geschickt er für sein Alter die Nägel gleichmäßig im Holz versenkte. Sein Vater widmete sich derweil einer neuen Statue, die von Jean van

Laaken in Auftrag gegeben worden war. Allerdings wusste van Laaken nicht, dass Gawin derjenige war, der sie ihm schnitzen würde, denn er hatte das Kunstwerk anlässlich seines letzten Besuchs in Bremen bei Siegbert von Goossen bestellt. Es sollte ein Ebenbild der Madonnenfigur werden, die im Dom zu bewundern war. Siegbert ließ sich nicht anmerken, dass er die Schwärmerei des Brüggers für seine Enkelin sehr wohl bemerkt hatte und sich durchaus seinen Reim aus dem Umstand zu machen wusste, weshalb van Laaken die Marien-Statue derart bewunderte. Aber dass der Mann seiner Enkelin der Künstler war, der diese gefertigt hatte, ließ er unerwähnt. Für ihn war ein Geschäft ein Geschäft. Und der Rat hatte nun einmal beschlossen, dass so viele Waren wie nur möglich in fremde Länder verkauft werden sollten. Um diesen Handel nicht zu gefährden, verschwieg er deshalb auch Gawin, an wen die Statue geliefert werden sollte.

»Mutter, wirst du später die Duftnähte in das dunkelgrüne Kleid einnähen?«

»Ja, mein Schatz. Ich habe gestern schon damit angefangen, als du spielen warst. Gleich morgen will ich es seiner Käuferin überbringen lassen. Natürlich erst, wenn du deinen Teil der Arbeit erledigt hast.«

Sophie quietschte vor Vergnügen. Die Tatsache, dass kein einziges Gewand das Haus verließ, ohne dass sie ihren Beitrag zu seiner Veredelung geleistet hatte, erfüllte die Sechsjährige mit Stolz.

»Und was soll ich machen, während Robert in der Zimmerei ist? Ich habe überhaupt nichts zu tun.« Unzufrieden trat Rafael gegen ein Stuhlbein.

»Du hättest ja auch in der Zimmerei bleiben können. Im Moment sind dein Vater und ich noch nachsichtig mit dir. Doch das wird nicht mehr lange so weitergehen. Schon in wenigen Monaten wirst du zu Meister Jeremies in die Lehre kommen. Dann kannst du keine Ausreden mehr finden. Es wäre besser, du würdest dich darauf vorbereiten.« Anna wollte ihm ihre Überlegungen, tatsächlich Verhandlungen mit der Zunft zu führen, nicht mitteilen. Bevor nicht feststand, dass es auch nur die Möglichkeit für ihn geben könnte, wollte sie ihm keine falschen Hoffnungen machen. Ganz abgesehen hiervon hatte sie Mühe, sich ihre Verärgerung über das Verhalten ihres Sohnes nicht allzu deutlich anmerken zu lassen. Sie wusste ja, dass er mit dem Handwerk seines Vaters nichts anzufangen wusste. Gleichzeitig sah sie aber auch, dass er nicht den geringsten Versuch machte, es zu erlernen. Sogar Gawins Aufforderung, ihm bei der Arbeit an der Statue zu helfen, hatte Rafael, ohne auch nur einen Wimpernschlag lang darüber nachzudenken, ausgeschlagen. Robert hingegen lechzte nach Gawins Aufmerksamkeit, nahm begeistert jede Arbeit an und freute sich über jedes noch so kleine Lob seines Vaters, wenn ihm etwas gelang.

»In der Werkstatt ist es langweilig. Und überall sind Holzspäne. Ich habe keine Lust, mich den ganzen Tag zu kratzen, weil der Staub sich durch meine Kleidung frisst.«

»Du bist zu verwöhnt, das ist alles. Außerdem hast du keine andere Wahl. Dein Vater ist nun einmal Zimmermann, und du wirst auch einer werden.«

Dem Jungen stiegen Tränen in die Augen, und er blieb abrupt stehen. »Sophie und Robert dürfen machen, was sie wollen. Nur ich nicht.«

Anna drehte sich zu ihrem Sohn um. »Robert hilft im Betrieb deines Vaters und wird wie du eine Zimmermannslehre machen, und Sophie geht mir beim Nähen zur Hand. Da du dir für beide Arbeiten zu schade bist, ist es an dir allein, dich mit etwas anderem nützlich zu machen«, antwortete Anna entschieden, zwischen ihrem Zorn und ihrer Liebe zu Rafael hin- und hergerissen.

Wütend funkelte er sie an. Tränen liefen ihm über die Wangen. Verzweifelt suchte er nach Worten.

Mit einem Seufzer ging Anna auf ihn zu und bückte sich zu ihm hinab. »Ach, Rafael.«

Er erwartete eine neuerliche Zurechtweisung und wollte schon etwas sagen, als sie ihn zärtlich an sich drückte.

»Vielleicht bist du ja wirklich nicht zum Handwerk geboren. Aber du bemühst dich auch zu wenig darum.« Sie fasste ihn nun an beiden Schultern und sah ihm fest in die Augen. »Was hältst du davon, wenn wir beide ins Kontor gehen, sobald ich mit dem neuen Kleid fertig bin? Dann kann ich dir die Waren zeigen und die Grundlagen des Handels erklären. Würde dir das gefallen?«

Seine Augen wurden groß. »Wirklich?«

»Wirklich! Da du dich so sehr dafür interessierst. Aber die Lehre wirst du dennoch machen müssen.«

Fast riss er sie um, als er fest ihre Hüfte umklammerte und sich an sie drückte. Wieder stiegen Tränen in ihm auf, doch dieses Mal waren es Tränen des Glücks.

»Ihr habt Gäste«, kündigte Rudolf an, nachdem er den Besuchern die Tür geöffnet und sie hatte eintreten lassen.

»Ja? Wen denn? Ich erwarte niemanden.«

»Glaubt mir, dieser Besuch wird Euch erfreuen.« Der Wachmann lächelte breit. »Sie warten in der Wohnkammer auf Euch.«

Einen Augenblick lang schien Annas Herz stillzustehen. War Jean van Laaken überraschend gekommen? Nein, das konnte nicht sein, denn Rudolf hätte es niemals gewagt, anzudeuten, dass sie sich über den Besuch des Brüggers freuen könnte. Außerdem hatte er Jean noch nie gesehen und wusste auch nichts von ihren Gefühlen für ihn. Rasch ging sie zur

Tür der Wohnstube. Sophie zwängte sich neugierig zwischen ihren Röcken und dem Rahmen hindurch, um zu sehen, wer dort auf ihre Mutter wartete.

Anna verschlug es fast die Sprache. »Esther?« Es war kaum mehr als ein Flüstern. Zu sehr überraschte sie der Besuch der Freundin, die gemeinsam mit ihrem Ehemann angereist war. Die Frauen fielen sich in die Arme und hielten einander lange fest. »Was für eine wunderbare Überraschung.«

»Tante Esther!« Sophie hüpfte auf und ab.

»Das kann doch unmöglich meine kleine Patentochter sein?« Esther bückte sich und nahm die Sechsjährige auf den Arm, während Anna auch Wyland herzlich umarmte.

»Es ist so schön, dass ihr gekommen seid.«

»Leider nicht nur aus reiner Freundschaft«, gestand Wyland mit ernster Miene ein.

Anna sah ihn an. »Ist es geschäftlich?«

Schweigend nickte der Patrizier, und Anna presste die Lippen aufeinander.

»Aber wer ist denn das?« Esther stellte Sophie wieder auf den Boden und sah zu ihrem Bruder hinüber. »Bist du Robert oder Rafael?«

»Rafael.« Er traute sich, einige Schritte näher zu kommen.

Esther streckte ihm die Rechte entgegen. »Oder erlaubst du mir, dich zu umarmen?«

Verlegen nickte er und ließ es zu.

»Ich bin schon froh, dass ihr Kinder überhaupt noch wisst, wer ich bin. Ihr wart noch so klein, als wir uns das letzte Mal gesehen haben, dass es mich nicht wundern würde, könntet ihr euch nicht mehr an mich erinnern.«

»Ja, wir haben uns schon viel zu lange nicht mehr gesehen«, bekräftigte Anna und blickte zum Tisch hinüber. »Hat man euch denn nichts zu trinken angeboten?«

»Noch nicht, aber wir sind ja auch gerade erst eingetroffen und haben noch nicht einmal Platz genommen.«

»Ich werde Gertrud Bescheid geben, uns etwas zu bringen.« Anna ging hinaus und kam nur Augenblicke später mit einem Tragebrett wieder herein. »Gertrud bereitet euch rasch eine Kleinigkeit zu essen. Ihr seid gewiss hungrig von der langen Reise.«

»Ich fand es weniger anstrengend als sonst«, meinte Esther. »Obwohl ich die Fahrt eigentlich mühsamer finden müsste.« Sie legte in einer eindeutigen Geste die Hand auf ihren Bauch.

»Nein!« Anna strahlte sie an. »Du bist guter Hoffnung?«

Esther nickte. »Noch ganz am Anfang. Aber endlich schenkt der Himmel uns ein Kind.«

Wieder umarmten sich die Frauen. Auch Wylands Miene, dem die Anspannung wegen des Anlasses für ihren Besuch deutlich ins Gesicht geschrieben stand, entspannte sich sichtlich.

»Wegen Esthers Schwangerschaft wollte ich eigentlich auch allein herreisen. Aber du siehst ja, wie gut ich mich durchsetzen konnte.«

Esther knuffte ihren Ehemann in die Seite. »So ist es doch viel schöner. Jetzt, wo wir nicht mehr lange zu zweit sein werden, genieße ich die Stunden mit dir umso mehr.« Sie bedachte ihn mit einem zärtlichen Blick und strich ihm liebevoll über die Wange.

Fast beneidete Anna die beiden um ihr Glück. Nicht, dass sie sich selbst noch weitere Kinder wünschte. Aber so innig, wie sich die beiden ansahen, erinnerten ihre Blicke sie an Gawins und ihre eigene Verliebtheit. Und es kam ihr, zumindest in diesem Augenblick, so vor, als läge diese schon viele Jahre zurück.

»Rafael, wärst du so lieb, zur Werkstatt deines Vaters zu laufen und ihm Bescheid zu geben, wer zu Besuch gekommen ist? Und nimm Sophie mit.«

»Ich kann allein dorthin gehen.« Rafael verdrehte die Augen. »Außerdem ist Sophie zu langsam. Immer muss ich auf sie warten.«

»Ich bin nicht langsam«, protestierte seine Schwester.

Anna griff nach seiner Hand. »Rafael, würdest du jetzt tun, was ich dir aufgetragen habe.«

Er wollte etwas erwidern, dachte aber an das Versprechen seiner Mutter, mit ihm das Lagergebäude zu begehen.

»Für dich mach ich's«, stellte er fest.

»Gut.« Sie hauchte ihm einen Kuss auf die Wange, was er nur widerwillig geschehen ließ.

»Komm, Sophie«, forderte Rafael seine Schwester auf und ging zur Tür.

»Wirst schon sehen, dass ich gar nicht langsam bin.« Sophie drängte sich an ihrem Bruder vorbei und schimpfte sogar noch vor sich hin, als die beiden bereits die Gasse entlangliefen.

»Ich kann mir schon vorstellen, weshalb ihr gekommen seid.« Anna sah ihre Gäste bedauernd an. »Doch erzählt erst einmal, wie es euch die letzten Jahre ergangen ist. Auch hier ist viel geschehen. Das Geschäftliche hat sicher noch bis nachher Zeit, wenn Siegbert aus dem Rathaus zurück ist.«

»Du hast recht«, bestätigte Wyland. »Er sollte ohnehin dabei sein, da wir dem Bremer Rat offizielle Mitteilungen der Stadt Köln zu überbringen haben.«

Anna wurde mulmig bei dieser Ankündigung.

»Doch jetzt«, fuhr Wyland fort, »sind wir erst einmal nur alte Freunde, die sich viel zu erzählen haben.«

Esther griff nach seiner Hand, drückte sie und warf ihrem Mann einen dankbaren Blick zu. Und so vergaßen sie in den nächsten Stunden fast, dass dies ihr letzter Besuch in der Stadt sein würde, sollten die Bremer nicht einlenken.

8. KAPITEL

»Ich schäme mich und traue mich kaum mehr anzunehmen, was Andres alles für uns tut.« Lena reinigte Becher und Schalen, während sie mit Margrite sprach. »Es scheint, als wollte er Lorenz' Platz einnehmen.«

»Bedrängt er dich?«

Sofort drehte sich die Angesprochene um. »Nein! So meinte ich das nicht. Er ist mir nie zu nahe getreten, kein einziges Mal.«

»Dann ist doch alles in Ordnung. Warum fällt es dir so schwer, seine Hilfe anzunehmen?«

Lena stellte die Schale ab, die sie gerade in der Hand hielt, und setzte sich an den Tisch. »Weil es weit über das hinausgeht, was man von Freunden erwarten kann. Ich habe Lorenz verloren, ja. Aber Andres seine Frau und zudem noch die Kinder. Er spricht nie darüber und tut so, als hätte nur ich einen Verlust erlitten.«

»Vielleicht ist es seine Art, damit umzugehen, und es gibt ihm Halt, dass er nun wenigstens für dich und die Kinder sorgen kann. Er hat niemanden mehr außer euch.«

»So habe ich das noch nicht gesehen.«

»Womöglich seid ihr der einzige Grund dafür, dass er sich tagaus, tagein aus dem Bett erhebt und zur Arbeit geht. Was hätte er sonst noch, wofür es sich zu leben lohnt?«

»Glaubst du wirklich?«

»Andres ist ein ehrlicher, einfacher Mann. Was soll er anfangen, wenn er niemanden mehr hat, für den er sorgen muss?« Gutmütig tätschelte sie die Hand der Jüngeren. »Nimm an, was dir das Leben leichtermacht. Dein Schicksal ist wahrlich schon schwer genug.«

»Danke, Margrite.«

Die Seifensiederin erhob sich. »Ich muss jetzt gehen. Drück mir die Kinder, wenn sie wieder da sind. Wo sind die drei überhaupt?«

»In der Werkstatt bei Andres. Gawin fertigt eine Statue wie die im Dom. Die wollen sie sich ansehen.«

»Fast schon wie eine richtige Familie.«

Ein verlegenes Lächeln war Lenas Antwort.

Als Margrite vor die Tür trat und eilig um die nächste Hausecke bog, wäre sie beinahe mit einem Mann zusammengestoßen.

»He, passt doch auf!«, rief sie verärgert und wich, wenngleich ihr Gegenüber ein breitschultriger Kerl war, keinen Schritt vor ihm zurück.

Tief hatte der Mann seinen Hut ins Gesicht gezogen. Sein Gesicht konnte sie nicht erkennen. Doch von der Gestalt her erinnerte er sie einen Augenblick an Lorenz.

»Entschuldigung«, nuschelte er und berührte zum Gruß seine Hutkrempe.

»Kein Wunder, dass Ihr nichts seht, wenn Eure Augen unter Eurer Kopfbedeckung verschwinden. Fast wäre ich gestürzt.«

Etwas an ihm kam ihr bekannt vor. Sie wusste nicht zu sagen, was es war, aber ein Gefühl riet ihr zur Vorsicht.

»Kenne ich Euch nicht?«

»Ich muss gehen.« Schon machte er einen Schritt an ihr vorbei.

Sie hätte selbst nicht sagen können, was sie antrieb, doch sie griff rasch nach dem Hut des Fremden und riss ihn ihm vom Kopf. Ihre Blicke trafen sich, und Margrite taumelte rückwärts. »Mein Gott! Du?« Der Hut glitt ihr vor Schreck aus den Händen. Dann machte sie kehrt und rannte, als sei der Leibhaftige persönlich hinter ihr her, davon.

Das Lachen mehrerer Personen hallte durchs Haus, als Siegbert eintrat.

»Die Kölner sind da«, raunte ihm Rudolf zu, als er die Tür hinter seinem Herrn schloss.

Siegbert stockte. Er war erschöpft. Die letzten Monate waren anstrengend gewesen. Und dass der Besuch der Kölner nicht rein freundschaftlich war, konnte er sich denken.

Er atmete einmal tief durch, bevor er die Tür zur Wohnstube öffnete.

»Esther, Wyland, welche Freude!«, begrüßte er die Gäste und ging mit offenen Armen auf sie zu.

Nicht lange nach Siegberts Eintreffen war man zum geschäftlichen Teil übergegangen. Gawin wollte sich schon zurückziehen, um später wieder zu ihnen zu stoßen, sobald das vertrauliche Gespräch zwischen den Parteien, das den Bremer Rat und die Kaufmannschaft betraf, beendet wäre. Doch Anna fasste ihn am Arm und bat ihn, zu bleiben. Ihre Geschäfte, meinte sie, seien auch die seinen. Und wenngleich es Gawin nicht gestört hätte, diesen Teil der Unterredung auszulassen, freute es ihn andererseits, dass Anna ihn diesmal miteinbeziehen wollte und er sich nicht wie sonst überflüssig vorkam, sobald sie sich mit ihrem Großvater über Geschäftliches unterhielt.

Wie zu erwarten gewesen war, hatten die Kölner mittlerweile Kenntnis davon erlangt, dass die Stadt Bremen die gegen Flandern ausgesprochene Handelssperre der Hanse umging. Anna hatte damit gerechnet, seitdem sich Bremen zu diesem Schritt entschlossen hatte. Welche Auswirkungen dies aber für ihre Freundin und deren Ehemann haben würde, hatte sie jedoch nicht vorhergesehen. Esther berichtete davon, dass sie sowohl von der Hanse als auch von der Kölner Kaufmannschaft massiv unter Druck gesetzt wurden, die Geschäfte mit Bremen und dem Hause von Goossen sofort einzustellen. Andernfalls drohte ihnen der Ausschluss aus beiden Handelsgemeinschaften. Nur die deutliche Klarstellung Wylands vor dem Kölner Rat, nichts von den Absichten der Bremer gewusst zu haben und die Versicherung, sich nachdrücklich vom Vorgehen der Familie von Goossen zu distanzieren, hatte sie bisher hiervor bewahrt.

»Ich habe der Stadt Bremen die klare Forderung des Kölner Stadtrates und der Hanse zu überbringen, sofort den Handel mit Flandern einzustellen.«

»Wir kennen und schätzen uns schon so viele Jahre, Wyland. Und sosehr es mich auch betrübt, dass unsere Freundschaft darunter leiden wird, muss ich dir als Bremer entgegenhalten, dass wir Geschäfte machen, mit wem wir wollen. Und zwar ohne die Hanse zu fragen, ob es ihr recht ist.« Siegbert hatte deutlich Mühe, zu verhindern, dass seine Stimme einen gar zu harschen Tonfall annahm.

»Die Handelssperre wurde aus gutem Grunde ausgesprochen.« Auch Wyland rang sichtlich um Fassung. »Flandern hat vom Hansebündnis profitiert und uns dennoch übervorteilt, indem es uns mehrfach hintergangen hat und sich nicht an die Vorgaben der Hanse hielt. Ich bin überrascht, dass du mit Betrügern Geschäfte machst.«

»Wir haben Waren geliefert und wurden dafür bezahlt. Betrügerische Machenschaften kann ich da nicht feststellen.«

»Ich erkenne dich nicht wieder, Siegbert.«

»In aller Freundschaft, Wyland, aber wir müssen das Überleben Bremens sichern. Wie viele Geschäfte hast du in deinem Leben schon gemacht, die du gern vermieden hättest?«

Das Schweigen des Kölners war ihm Antwort genug. »Eben. Ich bitte dich, zu verstehen, dass wir keine andere Wahl hatten.«

»Dass Bremen nicht mehr Mitglied der Hanse ist und daher auch keine Unterstützung mehr durch sie erfährt, ist eure eigene Schuld. Oft wurde euch nach eurem Austritt außerdem die Hand gereicht, aber ihr habt sie ausgeschlagen.«

»Weil wir bessere Geschäfte machen, wenn wir unabhängig bleiben.«

»Bist du dir da sicher? Unabhängigkeit hat einen hohen Preis.«

»Nämlich?«

»Schutzlos zu sein.«

Siegbert lief rot an vor Zorn. »Willst du mir drohen?«

»Ich nicht«, stellte Wyland klar. »Und gewiss wäre es von Vorteil gewesen, die Worte, die uns aus Lübeck erreichten und euch übermittelt werden sollten, genauer abzuwägen. Doch wir sind zu lange befreundet, als dass ich ein solches Spielchen mit dir treibe.«

»Was haben die Lübecker denn konkret gesagt?«

Wyland setzte sich gerade hin. »Sagt dir der Name Johann Hollemann etwas?«

Siegbert ahnte, worauf die Frage abzielte. »Ich weiß, dass er Handel treibt.«

»Ha!« Wyland schlug mit der flachen Hand auf den Tisch. »Siegbert, nun hör aber auf! Ich bin als dein Freund hier, doch jetzt beleidigst du mich. Hollemann treibt keinen Handel, er ist ein Seeräuber, der die von ihm erbeuteten Waren an den Erstbesten verschachert.«

»Und? Was habe ich damit zu tun?«

»Du selbst gar nichts. Doch Hollemann ist Bremer, wie du sehr wohl weißt. Und dass er die Schiffe der Hanse beraubt, trägt nicht gerade dazu bei, die angespannte Lage zwischen den Parteien zu beruhigen.«

»Das kann die Hanse uns unmöglich zum Vorwurf machen. Schließlich haben wir Hollemann ja nicht damit beauftragt, auf irgendwelche Streifzüge für uns zu gehen.«

»Das vielleicht nicht, doch ihr unternehmt auch nichts dagegen.«

»Es sind schwierige Zeiten, in denen ein jeder sehen muss, wo er bleibt.«

»Großvater?« Anna riss die Augen auf. »Das kannst du nicht ernst meinen.«

Siegbert stockte. Erst jetzt schien er zu begreifen, wie leichtfertig und verantwortungslos seine Antwort geklungen hatte. »Du hast ja recht, Anna, genau wie Wyland. Natürlich kann uns nicht gleichgültig sein, was Hollemann treibt.« Er hob die Hände. »Wir haben nur selbst so viele Sorgen, seitdem uns die elenden Hoyaer in die Enge getrieben haben, dass wir nach jedem Strohhalm greifen, um den Ruin Bremens zu verhindern.« Siegbert raufte sich die Haare. »Was ist nur aus unserer stolzen Stadt geworden, dass wir zusehen, wie Schurken und Diebe ehrliche Händler überfallen?«

Anna strich ihm beruhigend über den Arm.

»Ich bin erleichtert, dass du das sagst.« Wyland atmete hörbar aus.

»Doch wir werden eure Hilfe brauchen, wenn wir die Sperre unterstützen sollen.«

»Bei aller Freundschaft, Siegbert. Doch die Bremer sind nicht in der Position, Forderungen zu stellen.«

»Hier geht es nicht um Forderungen, sondern um die Tatsache, dass wir auf den Handel angewiesen sind. Das Bündnis der Hanse kann es sich leisten, wegen kleinlicher Privilegien auf die Geschäfte mit Flandern zu verzichten und auf andere Handelsstädte auszuweichen. Wir Bremer können das nicht.« Er schnaufte. »Hast du dich auf dem Weg vom Stadttor bis zu meinem Haus einmal in Bremen umgesehen?« Siegbert machte eine ausladende Handbewegung, als breite er ein Bild der Stadt auf dem Tisch aus. »Früher drängten sich die Händler eng an eng auf dem Marktplatz, und viele andere mehr warten darauf, irgendwann einen Standplatz für sich zu ergattern. Und heute? Die paar Ständler, die nicht aufgeben wollen, können noch von Glück sagen, wenn sie Speisen feilzubieten haben, die sie am Abend wieder mit heimnehmen können, um davon ihre Familie zu ernähren.«

»Das verstehe ich ja. Jeder weiß, wie schwer es eure Stadt derzeit hat. Doch sich neue Feinde zu machen und mit dem Bündnis der Hanse dazu noch einen der größten, ist nicht klug. Ihr müsst umdenken, sonst seid ihr verloren.«

Siegbert rieb sich nachdenklich das Kinn. »Nehmen wir an, Bremen würde der Hanse wieder beitreten, könnten wir dann auf deren sofortige Unterstützung zählen?«

Wyland rutschte unruhig auf seinem Stuhl hin und her. Es fiel ihm sichtlich schwer, hierauf zu antworten. »Sosehr ich es bedaure, doch zum jetzigen Zeitpunkt ist es alles andere als wahrscheinlich, dass die Hanse Bremen wieder aufnehmen wird.«

Siegberts Augen verengten sich. »Dann gibt es diesbezüglich nichts mehr zwischen uns zu besprechen.«

»Siegbert, um Himmels willen, nimm doch Vernunft an!«

»Von meiner Vernunft allein kann kein Bremer Bauch gefüllt werden. Wie stellst du dir das vor? Unsere Stadt soll zukünftig die Sperre der Hanse gegen Flandern unterstützen und darauf verzichten, Geschäfte mit den Brüggern zu machen, obwohl die Hanse gleichzeitig eine Mitgliedschaft Bremens ablehnt? Und als Lohn für unser Einlenken sollen wir dann auch noch zusehen, wie unsere Frauen und Kinder verhungern? Wyland, ich bitte dich! Wie soll das denn gehen?« Seine Faust donnerte auf den Tisch.

Esther und Anna warfen sich einen ängstlichen Blick zu. Rasch griffen sie sich stumm an den Händen, als gälte es, ihre Freundschaft vor der Zerrüttung zu bewahren.

»Ich gebe dir ja recht«, lenkte der Kölner ein. »Die Lübecker haben ihre Befehle nicht zu Ende gedacht.«

»Die Lübecker?«, echote von Goossen. »Die Kölner lassen sich Befehle von den Lübeckern erteilen? Und ich dachte bislang immer, dass nur wir Bremer tief gesunken seien.«

Wyland sprang von seinem Stuhl auf. Esther griff nach seinem Gewand und bat ihn mit flehendem Blick, als er sich ihr zuwandte, die Lage nicht weiter eskalieren zu lassen. Wütend funkelte er Siegbert an, setzte sich jedoch wieder hin.

»Du weißt ebenso gut wie ich, dass niemand sich dem Einfluss der Lübecker entziehen kann. Lübeck ist nun einmal die stärkste und reichste Handelsstadt der Hanse und ein einflussreicher Verbündeter. Oder eben ein mächtiger Feind.«

»Ich muss darüber nachdenken.« Siegbert stand auf. »Außerdem kann ich die Entscheidung, mit Flandern zu brechen, nicht allein treffen. Ich werde den Rat einberufen.«

Wyland erhob sich ebenfalls. »Esther und damit auch ich haben dir viel zu verdanken, Siegbert. Deshalb haben wir euch die Waren mitgebracht, die ihr bestellt habt. Doch es wird die letzte Lieferung aus Köln sein, sollten wir keine Einigung erzielen. Wir werden im Gasthaus unterkommen. Lass uns wissen, wie der Rat entschieden hat.«

Anna sprang auf. »Aber ich dachte, ihr würdet unsere Gäste sein. Wir haben genug Platz«, sagte sie bittend.

Esther und Wyland tauschten einen Blick, ebenso Gawin und Anna. Dann sah Anna ihren Großvater auffordernd an.

Dieser atmete vernehmlich aus. »Ich bitte euch, Esther, Wyland. Wir haben ein Zerwürfnis bezüglich des Handels. Lasst nicht zu, dass es ein ebensolches zwischen unseren Familien wird. Ihr wart unsere Freunde und werdet es immer sein. Das soll sich auch durch eine Entscheidung unserer beider Städte nicht ändern.«

Wyland warf seiner Frau einen erleichterten Blick zu. »Ich stimme Siegbert vollkommen zu«, sagte er und nickte in die Runde. »Nur zu gern nehmen wir eure Gastfreundschaft an.«

Siegbert ging um den Tisch und legte den Arm um die Schulter des Kölners. Wortlos zog er den Freund kurz an sich und ging dann zur Tür. »Ich werde tun, was ich kann«, versprach er, bevor er das Zimmer verließ, strahlte dabei aber keinerlei Zuversicht aus.

Die Stunden vergingen, und Anna und Esther plauschten über die Zeit, als die Neukölnerin noch im Goossen'schen Haus gelebt hatte. Wie Schwestern hatten sie damals alles miteinander geteilt, zusammen genäht und gelacht. Und als die Zwillinge auf die Welt kamen, hatte Esther ihrer Freundin Beistand geleistet und deren Hand gehalten. Sie war es auch gewesen, die dem vor der Kammer wartenden Gawin seine Söhne in die Arme gelegt hatte. Doch wollte sich während des Gesprächs nicht mehr die frühere Leichtigkeit einstellen, die die beiden Frauen von früher her kannten. Viel zu sehr schwang die ganze Zeit über die Angst mit, dass ihre Freundschaft die jetzige Auseinandersetzung nicht unbeschadet überstehen würde.

Als Siegbert heimkehrte, war es schon Abend geworden, und die anderen hatten bereits das Abendmahl zu sich genommen.

»Darf ich Euch noch etwas bringen, Herr?« Gertrud war aus der Küche getreten, als sie die Stimme des Ratsherrn im Eingang vernahm.

»Ich habe schon im Rathaus gegessen. Bring mir nur einen Becher. Sind unsere Gäste in der Wohnstube?«

Die Haushälterin nickte. Sie hatte sich an das ständige Kommen und Gehen im Haus gewöhnt. Nur dass sie dadurch kaum mehr Gelegenheit hatte, ihren Herrn angemessen zu versorgen, störte sie daran. Hätte sie nicht die Kinder gehabt, um die sie sich wie eine Großmutter kümmerte, wäre es noch schlimmer für sie gewesen. So verschwand sie wortlos in der Küche und reichte Siegbert den Becher hinaus, mit dem er im Speisezimmer verschwand.

»Hast du etwas erreicht?« Anna lief ihm entgegen und nahm ihm den Becher ab, um ihn mit Wein zu füllen.

»Allerdings. Zwar weiß ich noch nicht, wie wir es anstellen wollen. Aber Bremen wird sich der Handelssperre der Hanse anschließen und Flandern nicht mehr beliefern.«

Wyland atmete erleichtert aus. »Das sind gute Nachrichten.«

»Nur die Waren, die ihr uns bis zum heutigen Tag geschickt habt, werden noch ausgeliefert. Ich selbst werde mich darum kümmern und sie nach Brügge bringen, um unsere Partner von der neuen Entwicklung in Kenntnis zu setzen.«

»Vielleicht sollten wir das gegenüber dem Kölner Rat und den Lübeckern besser unerwähnt lassen«, schlug Wyland vor.

»Das ist deine Entscheidung. Wir haben gute Geschäfte mit Flandern getätigt. Nur deshalb waren wir überhaupt in der Lage, die letzten Monate zu überstehen. Es käme einem Verrat gleich, die Brügger nicht einmal über die Aufkündigung der bisherigen Handelsbeziehungen in Kenntnis zu setzen.«

»Ich bin sehr erleichtert«, stieß Esther hervor.

»Wenn ich wüsste, wovon wir künftig leben sollen, würde es mir wahrscheinlich auch so gehen«, grummelte Siegbert.

»Es nützt doch nichts, wenn wir die ganzen Argumente noch einmal von vorne durchspielen«, befand Gawin. »Wir haben gute und fähige Handwerker und Kaufmänner in der Stadt. Dann werden wir unsere Waren eben nicht mehr in so großer Stückzahl wie in den letzten Wochen, aber doch langsam und stetig wachsend in anderen Hafenstädten verkaufen.

Jetzt, wo die Hoyaer uns nicht mehr in die Quere kommen, können wir unseren Handel nach und nach wieder aufbauen. Es dauert nur länger.«

Anna war stolz auf ihren Ehemann. Wenn es um Geschäfte ging, hielt er sich stets sehr bedeckt. Umso mehr freute sie sich nun über die zutreffenden, aufmunternden Worte aus seinem Mund.

»Ja«, stimmte sie Gawin zu. »Wir werden es schon schaffen. Und zwar auf die Art und Weise, wie wir es immer getan haben: Offen, ehrlich und fleißig.«

»Darauf trinke ich!« Wyland hob seinen Becher.

Die anderen taten es ihm gleich, und die irdenen Gefäße schlugen geräuschvoll aneinander. Die Erleichterung aller war deutlich zu spüren, wenngleich Siegbert die Sorge darüber, wie es mit Bremen weitergehen würde, deutlich ins Gesicht geschrieben stand.

9. KAPITEL

»Wenn ich es Euch doch sage!« Margrite trat noch näher an den Büttel heran. »Der Mann ist gefährlich. Und er hat nichts in Bremen zu suchen. Er wurde der Stadt verwiesen.«

Endlich schien sie seine Aufmerksamkeit zu besitzen.

»Der Stadt verwiesen«, echote er. »Für wie lange?«

»Für fünf Jahre, wenn ich mich recht erinnere.« Kaum hatte sie die Worte ausgesprochen, bereute sie auch schon, die Wahrheit gesagt zu haben.

»Und wie lange ist das her? Ich selbst stehe fast seit sieben Jahren im Dienste der Stadt. Und mir sagt sein Name nichts.«

»Es ist neun Jahre her«, gab sie leise zu.

»Was wollt Ihr dann?«

Margrite rang die Hände. Was sollte sie sagen? Dass es ihr nicht passte, ihn wieder in Bremen zu wissen?

»Er könnte der Mörder des Schuhmachers sein.«

Die Augen des Büttels verengten sich. »Wie kommt Ihr darauf?«

»Er sieht dem Toten ähnlich«, brachte sie triumphierend vor.

»Na und? Nur weil er ihm ähnlich sieht, soll er den armen Hund umgebracht haben?«

Margrite stemmte empört die Hände in die Hüften. »Fast glaube ich, Ihr wollt mich nicht verstehen.«

Der Büttel zuckte mit den Schultern.

»Was soll ich denn verstehen?«

Sie verdrehte die Augen. »Ja, habt Ihr denn noch gar nicht gehört, wie der Mörder in die Stadt gelangt sein soll?«

Ohne ihm eine Gelegenheit zur Antwort zu geben, fuhr sie fort: »Man vermutet, dass der Mörder des Schuhmachers sich dessen Hut aufgesetzt hat und auf diese Weise durchs Tor in die Stadt gelangt ist. Die Wachen haben bestätigt, dass sie Lorenz gesehen haben, wie er mit dem gesammelten Holz wieder das Stadttor passierte. Wenn nun Hanno, so heißt der Mann, den ich Euch beschrieben habe, derjenige war, den die Wachen für den toten Lorenz hielten, wofür sehr viel spricht, muss er auch Lorenz' Mörder sein. Es geht ja gar nicht anders.«

»Habt Ihr diesen Hanno vielleicht gefragt, wie er in die Stadt kam?«

»Seid Ihr noch bei Sinnen?«, fragte Margrite entsetzt und tippte sich dabei mit dem Zeigefinger an die Stirn. »Glaubt Ihr wirklich, dass ich einen Mörder danach frage?«

»Hm.« Der Büttel zögerte. »So ganz einleuchten will mir Eure Geschichte nicht, Seifensiederin. Und ich weiß auch nicht, ob es stimmt, dass dieser Kerl der Stadt verwiesen wurde.«

»Ihr könnt Euch darauf verlassen, dass es so war. Ich war selbst dabei. Und wenn Ihr mir nicht glaubt, fragt im Rathaus nach.«

»Aber wie Ihr sagtet: Das Verbot galt für fünf Jahre, die längst um sind. Warum also sollte er nicht nach Bremen zurückkehren? Womöglich hat er noch Freunde hier, die er aufsuchen will.«

»Hanno hat in Bremen keine Freunde«, stellte sie klar. »Die wenigen, die er je in seinem Leben hatte, sind ihm zum Feind geworden. Auch das kann ich Euch versichern.«

»Weshalb? Was hat er ihnen getan?«

»Nun«, um ihre Mundwinkel zuckte ein Lächeln, »er ließ einen von ihnen bei lebendigem Leibe auf dem Marktplatz kochen und weitere wollte er für die Morde büßen lassen, die er selbst zusammen mit seinen Kumpanen begangen hatte.«

»Jetzt wird's mir aber gar zu unwahrscheinlich, Weib. Hätte der Kerl einen Mord begangen, wäre er nicht nur für fünf Jahre der Stadt verwiesen worden.«

»Na schön, er selbst hat ihn nicht begangen. Aber er wusste, wer es war, und hat doch einen anderen dafür büßen lassen.«

Der Büttel überlegte einen Augenblick. »Ich muss zugeben, dass ich nicht mehr weiß, wovon Ihr überhaupt sprecht. Doch ich will auch nicht riskieren, dass es mir an den Kragen geht, weil ich Euch nicht geglaubt habe. Also geht Ihr jetzt zum Schreiber und macht Eure Angaben. Ich werde dem Vogt Meldung machen. Aber wehe Euch, Ihr wollt Euch nur wichtigtun.« Er hielt ihr den Zeigefinger vor die Nase.

»Ha! Dass ich nicht lache. Gerade ich.« Empört hob sie die Röcke und ging die Treppe zum Schreibzimmer hinauf. Bei ihrem letzten Besuch hatte sie diesen Büttel noch ansprechend, sogar ganz reizend gefunden. Nun ärgerte sie sich über seine Unterstellungen. Die Kerle waren doch alle gleich.

»Du hattest es mir versprochen.« Rafaels Augen verengten sich.

Anna beugte sich zu ihm herab. »Das weiß ich doch.« Sie drückte seinen kleinen Körper an sich, doch er drehte den Kopf weg. »Es tut mir ja auch leid. Aber ich konnte doch nicht ahnen, dass Esther und Wyland zu Besuch kommen.«

»Ursprünglich wollten wir zusammen ins Warenlager, doch dann durfte ich nicht einmal mit dir sprechen, solange die Kölner da waren.«

»Wer hat gesagt, dass du nicht mit mir reden darfst?«

»Gertrud. Ich musste ihr versprechen, dass ich nichts sage, bis die Kölner wieder weg sind.«

Anna seufzte. Die Haushälterin hatte es nur gut gemeint. Und in den Tagen, in denen Esther und Wyland bei ihnen gewohnt hatten, war sie froh gewesen, dass Gertrud sich um die Kinder gekümmert hatte.

»Nun sind sie ja wieder fort.« Sie strich ihrem Sohn über das Haar.

»Aber schon bald werden die Waren für die Brügger aufgeladen. Dann ist das Kontor so gut wie leer.« Rafael bemühte sich nicht, seine Enttäuschung zu verbergen. »Und du bist auch gleich wieder fort und lieferst deine Kleider aus. Es ist so ungerecht!«

Anna fasste einen Entschluss. »Du denkst wohl, du seist ein ganz Schlauer, was? Aber ich habe keineswegs vor, jetzt Kleider auszuliefern.«

»Ach nein?« Neugierig wartete er darauf, dass sie weitersprach.

»Nein, mein Lieber. Ich gehe jetzt ins Lagerhaus, um mir alle Waren genau anzusehen und zu berechnen, was sie uns einbringen werden. Ich würde dich ja bitten, mich zu begleiten, aber du hast gewiss schon etwas Besseres vor, nicht wahr?«

Mit einem gellenden Schrei umarmte er sie stürmisch. Prompt verlor Anna das Gleichgewicht, und beide kippten um. Lachend rollten sie auf dem Boden herum. »Na warte, du kleiner Lump.« Flink kniff sie ihm in die Seiten und kitzelte ihn durch. Er gluckste und lachte, bis er kaum mehr Luft bekam. Da stemmte sie sich hoch und reichte ihm die Hand. »Was ist nun? Willst du mit, oder muss ich allein gehen?«

Überglücklich griff er zu und kam auf die Füße. Wenn es doch nur immer so sein könnte, ging es ihm durch den Kopf.

Einmal mehr war es an Gertrud, sich um die Kinder zu kümmern. Um nur zwei von dreien, aber immerhin. Anna hatte es Robert und Sophie strikt untersagt, Rafael und sie zu begleiten. Allzu sehr spürte sie, dass ihr Sohn sie in diesem Moment für sich allein brauchte.

Abwartend blieb er in der geöffneten Tür zum Lager stehen.

»Na, komm schon, willst du nicht hineingehen?«

Rafael staunte mit offenem Mund. Ein ähnliches Gefühl hatte er bisher nur gehabt, wenn er den Dom betreten und die wunderbaren Fresken bestaunt hatte, die Künstler aus verschiedenen Ländern dort an den Wänden verewigt hatten. Und ähnlich kunstvoll kam ihm jetzt auch der Anblick der vielen Waren und Güter vor, die in der Fremde neuen Besitzern übergeben werden würden. Es roch nach Kräutern und Fellen. Tuche waren ebenso gestapelt wie Fässer, geschliffene Hölzer und Krüge.

»Wo kommen all die Waren her, Mutter?«

»Von überall. Sieh mal, hier.« Sie ging zu einem der Tuchballen und ließ sanft ihre Finger über das Gewebe gleiten. »Das ist byzantinische Seide. Wunderschön, nicht wahr?«

»Aber warum verkaufen wir sie? Brauchst du sie denn nicht selbst, um deine schönen Kleider fertigen zu können?«

»Ja, schon. Doch diese hier wurde von den Brüggern bestellt. Also behalten wir nur einen kleinen Teil davon für uns und verkaufen den Rest weiter, um den Geldfluss am Laufen zu halten.«

»Den Geldfluss?« In Rafaels Vorstellung reihte sich Münze an Münze am Ufer der Balge entlang.

»So nennt man es, wenn man Handel treibt und die Waren, die man erhält, weiter verkauft.« Sie sah seinen verständnislosen Gesichtsausdruck.

»Stell dir Folgendes vor: Ein Kaufmann in Konstanz bringt ein Weinfass auf den Weg. Es ist bis obenhin mit feinstem Würzwein gefüllt.«

»Geht auch Bier?« Rafael sah sie fragend an.

»Ja, das geht auch. Also dieses Fass, das randvoll mit Bier gefüllt ist …«

Rafael nickte eifrig.

»… wird auf ein Rheinschiff geladen und macht einen Zwischenhalt in Worms. Die Wormser schöpfen daraus für sich einen Krug ab und schicken das Geld für das gesamte Fass nach Konstanz.«

»Nur einen Krug?«

»Ja, nur einen einzigen Krug.«

»Es gibt wohl nicht viele Menschen in Worms, oder?«

Anna schmunzelte. »Lass mich erst weitererzählen, ja?«

Rafael nickte.

»Nun gut. Also schickt nun ein Wormser Kaufmann, nachdem er seinen Krug gefüllt, aber das gesamte Fass bezahlt hat, dieses weiter nach Köln.«

»Zu Tante Esther?«

»Ja, genau. Tante Esther hat großen Durst. Sie ist ja guter Hoffnung, wie du weißt. Für das Fass berechnet ihr der Wormser Kaufmann einen Pfennig mehr, als er selbst dafür bezahlt hat. So hat er seinen Krug Bier und noch ein bisschen Geld dafür erhalten, dass er das Fass weiterschickt. Tante Esther nimmt sich gleichfalls einen Krug, füllt ihn mit Bier und bezahlt dem Wormser Kaufmann den von ihm geforderten Betrag für das Fass.«

»Das verstehe ich.« In Rafaels Stimme schwang Stolz.

»Auf diese Weise geht es immer weiter. Wenn das Fass dann schließlich in Bremen ankommt, ist noch genau ein Krug voll Bier darin. Also bezahlen wir das Geld für diesen Krug an den Händler, schöpfen das Bier und trinken es.«

»Und was hat das mit dem Geldfluss zu tun?« Die Stirn des Jungen legte sich nachdenklich in Falten.

»Ganz einfach. Von diesem einen Fass hat sich jeder seinen Teil genommen und sowohl dafür als auch für den fortlaufenden Transport des Fasses bis zu ihm bezahlt. So ging es durch viele Hände und jeder hat einen kleinen Gewinn dabei gemacht. Bier wie auch Geld sind durch viele Hände geflossen. Deshalb der Begriff: Geldfluss.«

Rafael strahlte. Einen derart komplexen Handelsvorgang verstanden zu haben, ließ sein Herz schneller schlagen. Er rannte zu einem der Fässer hinüber und klopfte darauf. »Und hier ist das Bier drin, das aus Konstanz kommt?«

Anna ging hinüber. »Nein, da ist etwas ganz anderes drin.« Sie zog ihr Essmesser hervor und hebelte den Deckel auf. »Na, was glaubst du, ist das?«

Rafael steckte den Finger hinein, zog ihn wieder heraus und leckte daran. »Butter!«

»Genau. Aber die Butter hier drin ist nicht die eigentliche Handelsware.«

»Ist sie nicht? Was ist es dann?«

»In dieser Butter stecken bunte Glasscheiben aus Murano. Die Stadt ist dafür bekannt, das beste und klarste Glas der ganzen Welt herzustellen.«

Rafael beugte sich tief über das Fass. »Und warum steckt das Glas in der Butter?«

»Kannst du dir das nicht vorstellen? Überleg mal!«

»Ha, ich weiß! Damit das Glas auf dem Weg hierher nicht zerbricht?«

Stolz zog sie ihn an sich. »Ganz genau! Du bist ein blitzgescheiter kleiner Kaufmann.«

Rafael strahlte von einem Ohr bis zum anderen. Dann begann er, geschwungene Linien in die Butter zu zeichnen.

»Was tust du da?«

»Ich zeichne den Geldfluss«, gab er zufrieden zurück.

»Lässt du das wohl?« In gespielter Empörung gab sie ihm einen Klaps auf die Finger. »Was sollen denn die Brügger denken, wenn sie die Wellenlinien in ihrer Butter entdecken?« Anna verschloss das Fass wieder mit dem Deckel.

»Komm! Es gibt noch viel zu sehen. Und Großvater will die Waren schon am Nachmittag verladen lassen. Oder reicht es dir bereits?«

»Auf keinen Fall!« Rafael lief los und ließ sich jede Ware im Lager zeigen und genau erklären. Es dauerte lange, bis sie wieder aus dem Kontor heraustraten. Für den Jungen waren es die glücklichsten Stunden, die er in seinen acht Jahren bisher erlebt hatte.

Die Kogge war voll beladen und lag tief im Wasser, als sie den Hafen von Bremen verließ. Anna stand mit den Kindern am Kai und winkte Siegbert nach. Da ging sie nun hin, die letzte Fuhre nach Flandern. Einen Moment lang hatte Anna überlegt, ob sie ihren Großvater bitten sollte, Jean van Laaken ein persönliches Schreiben von ihr zu überbringen. Doch was hätte sie ihm sagen sollen? Dass sie es bedauerte, ihn wahrscheinlich nie wieder zu sehen? Dass es noch immer Nächte gab, in denen sie von ihm träumte und sich nach ihm verzehrte? Dass sie ihm hätte gehören wollen, wären da nicht Gawin und die Kinder? Nein, all das durfte sie weder denken noch schreiben. Und so hatte sie Siegbert zuletzt nur angeboten, ihn auf dieser schwierigen Fahrt zu begleiten. Gutmütig, aber bestimmt hatte er ihr geantwortet, dass ihr Platz in Bremen sei, an der Seite ihrer Familie. Sie traute sich daraufhin nicht mehr, weiter zu insistieren, war sie sich doch sicher, dass er dann den wahren Grund für ihr Angebot sofort durchschaut hätte. Denn Jeans Blicke hatte er wie jeder andere ganz gewiss bemerkt. Wie es um Annas Gefühle Jean gegenüber stand, mochte ihr Geheimnis geblieben sein. Doch es gab keinen vernünftigen Grund, den sie sonst noch hätte anführen können, um mit nach Brügge zu fahren. So blieb ihr nichts anderes übrig, als ihrem Großvater nun zum Abschied mit einem Tuch in der Hand zu winken, bis die Kogge außer Sichtweite war.

»Warum weinst du, Mutter?«

Sophie ruckte an ihrer Hand und holte sie aus ihren Gedanken. Rasch wischte sich Anna die Augen.

»Ich bin traurig, weil wir Großvater so lange nicht mehr bei uns haben werden.« Anna lächelte tapfer.

»Aber er kommt doch wieder«, versuchte ihre Tochter, sie zu trösten.

»Das stimmt, meine Kleine.« Sie drehte sich um. »Kommt, ihr drei. Wenn man traurig ist, isst man am besten ein Stück Honigfrucht.«

»Warst du in letzter Zeit oft traurig?«, fragte Sophie kritisch.

»Weshalb?« Anna fühlte sich ertappt, sie glaubte, dass Sophie ihr diese Frage stellte, weil sie bemerkt hatte, dass ihre Mutter in letzter Zeit oft schwermütig ihren Gedanken an Jean nachhing. Doch sie irrte sich.

Die Kleine legte ihre Hand auf den Leib ihrer Mutter. »Weil du dicker geworden bist.«

»Bin ich nicht!«

»Bist du wohl«, stimmte Rafael seiner Schwester zu.

»Na wartet!« Mit drohender Gebärde und düsterem Blick näherte Anna sich ihren Kindern. Sie jauchzten vor Vergnügen und ließen sich auf das Spiel ein.

»Mutter ist dick geworden«, brüllte nun auch Robert, um im nächsten Moment einen Haken zu schlagen, damit seine Mutter ihn nicht erreichte.

Die Kinder rannten los und ließen sich von Anna bis zum Goossen'schen Haus jagen, wo sie ausgelassen gegen die Tür trommelten.

»Macht auf! Ein Monster ist hinter uns her!« Robert trommelte in gespielter Verzweiflung gegen die Tür.

Rasch wurde geöffnet, gerade in dem Moment, da Anna die Kinder eingeholt hatte. Lachend und johlend stolperten sie in den Flur.

Der Wachmann schmunzelte, besann sich jedoch sogleich wieder seiner Pflichten. »Ihr habt Besuch«, meldete er.

»So? Wen denn?«

In diesem Augenblick trat Margrite aus dem Nähzimmer, was dem Wachmann die Antwort ersparte.

Die Seifensiederin stemmte die Hände in die Hüften. »Also wenn ihr nach Hause kommt, kriegt das sogar noch der letzte Bremer am Ende der Straße mit.«

Die Kinder stürmten auf sie zu und umarmten sie herzlich.

»Wir waren am Hafen und haben Großvater verabschiedet«, erklärte Rafael.

Obgleich Siegbert von Goossen der Urgroßvater der Kinder war, hatten sie die Anrede ihrer Mutter für ihn im Laufe der Jahre übernommen.

»Ja?« Margrite schien überrascht. »Bringt er selbst die Waren nach Brügge?«

Anna lächelte gequält. »Ja, es ist die letzte Lieferung.«

Ihre Freundin nickte ihr wissend zu.

»Nun, und dennoch wollen viele hohe Damen weiterhin Duftkleider kaufen. Also habe ich dir einen Kasten Seifennähte gebracht.«

Mit einer ausholenden Handbewegung deutete Margrite auf das Nähzimmer.

»Ich habe sogar noch einen kleinen Vorrat da«, gestand Anna und folgte der Freundin in den Raum. »In letzter Zeit habe ich kaum ein Gewand fertiggestellt. In diesem Haus herrschte ein einziges Kommen und Gehen. Meine Nachricht, dass die Kölner hier waren, hat dich doch erreicht?«

Margrite nickte. »Wie geht es Esther?«

»Ganz wunderbar. Sie ist guter Hoffnung. Und nachdem nun auch die Streitigkeiten um Flandern nicht mehr zwischen uns stehen, ist sie frohen Mutes nach Köln zurückgereist. Es ist eine wahre Freude, Wyland und Esther zusammen zu erleben.«

Margrite lächelte. Auch sie kannte Esther noch aus der Zeit, da sie bei der Familie Goossen Zuflucht gefunden hatte. Sie gönnte der Jüdin von Herzen, ihr Glück gefunden zu haben.

Staunend betrachtete Anna den Flechtkorb, in dem Margrite die Seife transportiert hatte.

»Du hast ja sogar schon die Seidenstreifen zugenäht«, sagte sie erstaunt.

»Ich habe schlecht geschlafen dieser Tage«, gestand Margrite. »Da hab ich mir alle Arbeit gesucht, die ich finden konnte, um mich abzulenken.«

»Was ist denn los?«

Mit einer Kopfbewegung deutete Margrite auf die Kinder. Anna verstand die Geste ihrer Freundin sofort.

»Robert, Rafael, Sophie! Geht zu Gertrud und lasst euch etwas zu essen geben.«

»Mit Honig überzogene Früchte?«

Anna lächelte gutmütig. »Ja, aber nicht so viele.«

»Ja!«

Ohne sich noch einmal umzusehen, rannten die drei los und waren augenblicklich aus dem Blickfeld der Frauen verschwunden.

»Setz dich«, bot Anna Margrite einen der Stühle vor dem Fenster an und nahm dann selbst Platz. »Was ist geschehen?«

»Ich brauchte selbst ein paar Tage, um den Schrecken zu verdauen.« Margrite sog tief die Luft ein. »Hanno ist in der Stadt.«

»Was?«

»Du hast richtig gehört. Er ist es, ohne Zweifel. Ich habe selbst mit ihm gesprochen.«

»Was will er hier?« Anna war blass geworden.

Margrite zuckte mit den Achseln. »So viel haben wir nun auch wieder nicht miteinander gesprochen. Und genau genommen, ist es mir auch egal. Aber ich will, dass er wieder von hier verschwindet, dieser Tunichtgut, und das so schnell wie möglich.«

Anna überlegte. Ein heftiges Ziehen im Unterleib ließ sie ihr Gesicht vor Schmerz verziehen.

»Ich habe im Rathaus Meldung gemacht. Doch ich glaube nicht, dass viel dabei herauskommen wird. Ist alles in Ordnung mit dir, Kleines? Du bist ja ganz blass geworden.«

»Es ist nur ...« Anna legte die Hand auf ihren leicht gewölbten Bauch. »Es ist nichts.«

Margrite musterte ihre Freundin. »Sag, bist du in anderen Umständen?«

»Wie kommst du darauf?«

»Ich frage nur. Du bist ein bisschen rundlicher geworden, seitdem wir uns das letzte Mal gesehen haben. Und gerade hast du die Hand unwillkürlich in einer schützenden Bewegung auf deinen Leib gelegt. Oder täusche ich mich?«

»Ich weiß es selbst nicht genau. Möglich wär's.«

»Wann hattest du deine letzte Blutung?«

»Das ist schon einige Wochen her. Doch ich habe ihr Ausbleiben bislang auf die viele Arbeit und die Aufregungen geschoben.«

»Weiß Gawin davon?«

Anna schüttelte mit dem Kopf. »Noch nicht. Ich möchte noch ein wenig warten, um mir ganz sicher zu sein, bevor ich es ihm sage.«

Margrite nickte.

»Doch zurück zu Hanno. Weshalb sagtest du, hast du im Rathaus Meldung über ihn gemacht?«

Die Seifensiederin war überrascht. »Na, weil er gar nichts in Bremen zu suchen hat. Er wurde doch der Stadt verwiesen, erinnerst du dich nicht mehr?« Und um dem möglichen Einwand der Verjährung vorzugreifen, fügte sie rasch noch hinzu: »Ich weiß, ich weiß, das ist schon länger als fünf Jahre her, so dass er die Stadt durchaus wieder betreten darf. Doch da war noch etwas anderes, etwas Merkwürdiges, als ich auf ihn traf.«

»So? Was denn?«

»Er erinnerte mich im ersten Moment an Lorenz.«

Anna rief sich Hannos Erscheinung in Erinnerung. Tatsächlich entsprach seine Größe und Statur der des Schuhmachers, doch darüber hinaus konnte sie keine Ähnlichkeit zwischen den beiden Männern feststellen.

»Ich bin fast mit ihm zusammengestoßen, und er hatte sich den Hut ganz tief ins Gesicht gezogen. Gewiss damit ihn niemand erkennt. Aber im allerersten Augenblick dachte ich sogar, Lorenz sei von den Toten auferstanden. Du kannst dir nicht vorstellen, wie erschrocken ich war. Deshalb habe ich dem Mann ja auch den Hut vom Kopf gezogen, und erst dann erkannt, dass es sich um Hanno handelt.«

»Und was hast du daraufhin zu ihm gesagt?«

»Kaum etwas. Ich war einfach zu überrascht. Aber findest du es nicht eigenartig, dass ein solcher Lump, mit ganz ähnlicher Gestalt wie Lorenz, sich in der Stadt rumtreibt, während überall nach dessen Mörder gesucht wird? Mir kam sogleich der Gedanke, dass er womöglich derjenige war, der sich mit dem Hut des Schuhmachers auf dem Kopf durchs Stadttor geschlichen hat.«

»Ja, das Gleiche habe ich mir gerade auch gedacht«, gestand Anna.

»Deshalb habe ich ja sofort Meldung im Rathaus gemacht. Doch seitdem habe ich von dort nichts mehr gehört.«

»Glaubst du, es würde etwas nützen, wenn ich einmal nachfrage?«

»Ich wollte dich nicht darum bitten. Doch nun, da du es von dir aus anbietest.«

»Komm, lass uns gemeinsam dorthin gehen und zwar direkt zum Bürgermeister. Er wird mich gewiss vorlassen, wenn ich vorbringe, eine wichtige Nachricht für ihn zu haben.«

Die beiden Frauen standen auf und verließen das Zimmer. Anna ging noch rasch in die Küche, um Gertrud zu bitten, die Kinder noch etwas länger im Auge zu behalten, was diese mit Freude versprach. Wieder durchzog ein heftiger Schmerz Annas Unterleib, doch sie ließ sich nichts anmerken. Sollte sie guter Hoffnung sein, wuchs jedenfalls ein kleiner Störenfried in ihrem Bauch heran. So viel war sicher. Doch im Moment gab es Wichtigeres, um das sie sich zu kümmern hatte.

10. KAPITEL

Sechs weitere Wochen waren vergangen, und Anna erwartete Siegbert jeden Tag zurück. Selbst als Bremens Beauftragter für die Verhandlungen mit Hoya war er noch nie so lange fort gewesen, und er fehlte ihr von Tag zu Tag mehr.

Einiges war während seiner Abwesenheit in der Stadt geschehen. Auf Annas Drängen hin war Hanno einer Befragung unterzogen worden, vordergründig, um den Grund für seinen Aufenthalt in der Stadt zu erfahren, in Wahrheit aber, um Licht ins Dunkel der fünf Morde zu bringen, die noch immer rätselhaft und mysteriös waren. Doch die Befragung hatte nichts ergeben, denn Hanno gab an, erst zwei Tage nach dem Tode Lorenz' und des Wachmanns an der Heimlichenpforte nach Bremen gekommen zu sein. Und es gab niemanden, der das Gegenteil bezeugen konnte. Der Wirt, bei dem Hanno Unterschlupf gefunden hatte, bestätigte seine Angaben, wenngleich dies für Anna noch lange kein Beweis für Hannos Unschuld war. Seitdem dieser vor neun Jahren in die sogenannten Meistermorde verwickelt gewesen war, und er und seine Leute Gawin bezichtigt hatten, die Morde begangen zu haben, misstraute sie ihm ebenso wie Margrite. Die vier waren einmal Freunde gewesen, bis Hanno sie dann aufs Schändlichste hinters Licht geführt hatte. Nein, sie konnte und wollte ihm nicht verzeihen, und dass er zeitgleich zu den Morden wieder in Bremen aufgetaucht war, war für sie kein Zufall.

Doch der Stadtvogt konnte und wollte nichts weiter unternehmen, außer es meldeten sich noch Zeugen, die Hanno mit den Morden eindeutig in Verbindung brachten.

Hannos Auftauchen in der Stadt hatte Anna außerdem nicht nur verunsichert, sondern auch zu einer gewaltigen Auseinandersetzung mit ihrem Ehemann geführt. Es war erst zwei Tage her, dass sie Gawin gemeinsam mit den Kindern in der Werkstatt besucht hatte und fast rückwärts wieder aus ihr hinausgestolpert war, als sie sah, wer dort an einer Holzbank arbeitete. Dass ihr Mann ausgerechnet Hanno Arbeit geben würde, hätte sie sich niemals träumen lassen. Doch Gawin hatte nur gemeint, sie beide hätten sich ausgesprochen und irgendwann müsse ja auch mal Gras über die alten Geschichten wachsen. Er habe Anna bislang nur nichts von Hannos Anstellung erzählt, weil er genau gewusst hätte, wie sie darauf reagieren würde. Seitdem herrschte eisiges Schweigen zwischen ihnen, nur in Anwesenheit der Kinder redeten sie das Nötigste miteinander.

Anna zuckte zusammen, als sie es kräftig an der Haustür klopfen hörte. In der Hoffnung, es könnte ihr Großvater sein, ging sie zum Eingang, wo Rudolf gerade die Tür öffnete und Bürgermeister Doneldey begrüßte.

»Heinrich, welche Überraschung! Ich dachte schon, Siegbert würde heimkehren.«

»Können wir kurz miteinander reden, Anna?«

Seine Miene war ernst. Mit einer Handbewegung deutete Anna auf die Wohnkammer. »Darf ich dir einen Becher Würzwein bringen lassen?«

»Danke, nicht jetzt.«

Er reichte ihr wortlos einen Brief, gleich nachdem sie die Tür der Kammer hinter ihnen geschlossen hatte.

»Hier. Der ist von Jean van Laaken, der im Auftrag der Brügger Kaufmannschaft anfragt, wann mit der Warenlieferung aus Bremen zu rechnen ist.«

Mit klopfendem Herzen überflog Anna die Zeilen. »Aber Großvater hätte doch schon vor Wochen in Brügge eintreffen müssen.« Augenblicklich packte sie eine solche Angst, dass ihre Beine zu zittern begannen und sie sich setzen musste.

»Ich weiß.« Bürgermeister Doneldey seufzte schwer. »Aber es sieht so aus, als wäre er nie dort angekommen.«

Anna zitterte nun am ganzen Körper. Ein heftiger Schmerz durchzog ihren Unterleib. »Das kann nicht sein. Ihm darf einfach nichts geschehen sein.«

»Gebe Gott, dass es so ist, wie du sagst. Womöglich hat van Laaken den Brief aber auch unmittelbar, bevor Siegbert in der Stadt eingetroffen ist, geschrieben, und unsere Sorge ist damit überholt. Dennoch müssen wir etwas unternehmen.«

»Was schlägst du vor?«

»Wir müssen Siegbert Männer hinterherschicken, und das so schnell wie möglich.«

Anna nickte und starrte schweigend auf den Brief in ihrer Hand.

»Doch das ist nicht die einzige schlechte Nachricht, die ich dir zu überbringen habe.«

Sie blickte auf und sah ihn fragend an.

»Als der Brief kam, haben das einige Kaufleute im Rat natürlich mitbekommen. Ich hatte deshalb keine andere Möglichkeit, als ihnen zu sagen, was van Laaken geschrieben hat. Sie warten auf das Geld, das Siegbert als Erlös für den Verkauf der Waren mit nach Hause bringen sollte. Wenn er nicht bald heimkehrt, könnte es ungemütlich werden.«

»Was soll das heißen?«

»Dass die Bremer ihr Geld wollen.«

Anna sprang von ihrem Stuhl auf. »Und Großvater wird es ihnen geben, sobald er eingetroffen ist.« Sie wollte noch etwas hinzufügen, wurde aber durch ein Klopfen an der Tür unterbrochen. Es war Rudolf, der kurz danach eintrat und Anna zögernd meldete: »Entschuldigt, doch draußen … draußen stehen ein paar Männer, die Euch dringend zu sprechen wünschen.«

»Was für Männer, und haben sie dir nicht den Grund für ihr Kommen genannt?«

Als Rudolf darauf nur den Kopf schüttelte, stand Anna kurzentschlossen auf und ging, gefolgt von Bürgermeister Doneldey, nach draußen. Erschrocken blieb sie vor der geöffneten Eingangstür stehen. Auf der Straße bis hin zu den wenigen Stufen, die ins Haus führten, hatten sich gut zwanzig Mann postiert.

»Was wollt ihr?«, fragte Anna schroffer, als sie es beabsichtigt hatte.

Der dickwanstige Gewürzhändler Gieselbert, offensichtlich der Sprecher der Gruppe, machte daraufhin einen Schritt nach vorn. »Ist es wahr, dass Siegbert unsere Waren bislang nicht in Brügge abgeliefert hat?«

Bürgermeister Doneldey ergriff nun das Wort. »Es ist richtig, dass die Stadt einen Brief von Jean van Laaken bekommen hat, in dem er anfragt, wo die Ware bleibt. Allerdings kann sich das Verschicken des Briefes zeitlich mit dem Eintreffen Siegberts überschnitten haben. Eine weitere Möglichkeit ist, dass Siegbert auf der Reise durch Krankheit oder schlechtes Wetter aufgehalten wurde. Wir werden unmittelbar Boten ausschicken, um Genaueres zu erfahren.«

»Und wenn nichts von alledem zutrifft? Wo sind unsere Waren dann?«

»Was wollt ihr damit sagen?« Annas Angst und Entsetzen waren mittlerweile wachsender Empörung gewichen.

Der Knochenhauer Hartmann zog nun seinen Hut vom Kopf und sagte, während er ihn nervös mit den Händen bearbeitete: »Bitte, verzeiht uns, doch wir sind in Sorge. Ich habe Siegbert ein Dutzend großer Schinken mit auf den Weg nach

Flandern gegeben. Wenn ich das Geld hierfür nicht bald bekomme, weiß ich nicht mehr, wie es weitergehen soll.«

»Das verstehe ich ja«, nickte Anna. »Doch das ist keine Entschuldigung für euer Auftreten hier, mit dem ihr offen euer Misstrauen meinem Großvater gegenüber zum Ausdruck bringt und ihn gar des Betruges bezichtigt.«

Der Knochenhauer senkte betreten den Kopf.

»Und doch müssen wir an unser Geld kommen.« Der Gewürzhändler hatte wieder das Wort ergriffen und reckte seine Faust in die Luft. »Wir müssen unsere Frauen und Kinder ernähren.«

»O ja«, schleuderte Anna ihm entgegen. »Du ganz besonders, schließlich hast du ja mehrere Frauen und eine noch größere Anzahl Kinder mit ihnen.«

Die Männer lachten auf, während ihnen der Gewürzhändler wütende Blicke zuwarf.

»Ja, stell dir vor, das weiß ich, Gieselbert. Und ich weiß auch, dass es mein Großvater war, der dir ein ums andere Mal mit Geld aus der Klemme geholfen hat.« Sie ließ ihren Blick über die Gesichter der Männer schweifen. »Und du«, sie deutete mit dem Finger auf einen Mann in der letzten Reihe. »Als deine Frau niederkam, das Kind in ihr stecken blieb und du nicht mehr ein noch aus wusstest, wer hat da die Wehmutter rufen lassen und sie bezahlt?«

Der Angesprochene blickte beschämt zu Boden.

»Und ihr dort«, zeigte Anna auf mehrere Männer, »befändet euch heute noch in der Gefangenschaft der Hoyaer, hätte mein Großvater nicht seine Privatschatulle geöffnet, um den Rest des geforderten Lösegeldes zu bezahlen.«

Bürgermeister Doneldey nickte zustimmend.

»Soll ich fortfahren? Denn ich kann zu jedem von euch hier eine ähnliche Geschichte erzählen. Teilweise sogar mehrere.

Nun?« Keiner der Männer wagte es daraufhin mehr, auch nur ein Wort zu sagen. Es war mucksmäuschenstill auf der Straße.

»Ich verstehe eure Sorgen ja«, fuhr Anna nun in versöhnlicherem Tonfall fort. »Und glaubt mir, auch für das Haus von Goossen hängt viel von der sicheren Heimkehr meines Großvaters ab. Mit dem Geld, das ich erwarte, könnten wir viele Monate gut über die Runden kommen. Was ich aber nicht verstehe, ist euer Auftreten hier. Denn ihr alle kennt Siegbert und wisst um seine Ehrlichkeit und Loyalität.«

»Es stimmt, was sie sagt!«, rief da einer der Männer. »Lasst uns deshalb gehen und für die sichere Heimkehr Siegberts beten.«

»Hab Dank! Doch ich werde noch mehr tun.« Anna hob den Kopf. »Ich werde mich selbst auf den Weg nach Brügge machen und den Sachverhalt aufklären. Gebe der Herr, dass Siegbert mir bereits auf halbem Wege entgegenkommt.«

»Das ist zu gefährlich«, wandte Bürgermeister Doneldey ein.

»Heinrich, ich kann nicht anders, und das weißt du.«

»Aber was ist mit deiner Familie? Deinen Kindern und deinem Mann?« Doneldey fasste Anna mit Nachdruck an den Schultern.

»Ich muss wissen, was geschehen ist, und ob die Waren Flandern erreichten. Und ob mein Großvater noch lebt«, fügte sie leiser hinzu.

»Wir werden für Euch beten, Anna!«, rief der Knochenhauer.

Sie nickte. »Geht jetzt nach Hause. Ich werde mich um alles Weitere kümmern und euch so schnell wie möglich Nachricht zukommen lassen.« Mit diesen Worten wandte sie sich um und ging zurück ins Haus.

Die Vorbereitungen für die Reise dauerten einen halben Tag. Gleich am nächsten Morgen beaufsichtigte Gawin persönlich das Verladen der Madonnen-Skulptur, die vor kurzem fertig geworden und nun die einzige Handelsware war, die das Boot mit sich führte. Keiner der Bremer Händler wollte riskieren, womöglich weitere Waren zu verlieren. Abgesehen hiervon war die Stadt entschlossen, um Wiederaufnahme in die Hanse zu bitten, was eine unbedingte Durchsetzung der Handelssperre erforderte. Anna standen Tränen in den Augen, als sie ihre Kinder an sich drückte, um ihnen für unbestimmte Zeit Lebewohl zu sagen. Der Abschied von Gawin hingegen fiel kühl aus. Auch in dieser Situation konnte und wollte sie nicht verstehen, wie er einem Menschen wie Hanno vertrauen konnte. So gab sie ihm nur einen flüchtigen Kuss auf die Wange, griff dann nach Rudolfs Hand und ließ sich von ihm an Bord helfen. Letzterer hatte darauf bestanden, sie auf ihrer Fahrt nach Brügge zu begleiten. Er wischte alle Einwände Annas mit dem Hinweis beiseite, dass ihr Großvater ihm genau dies und nichts anderes aufgetragen hätte, wenn er hier gewesen wäre. Seine Aufgaben und Pflichten übertrug er kurzentschlossen einem anderen Wachmann. Für Annas Sicherheit nicht selbst einzustehen, hätte er sich niemals verziehen. Und so ließ ihn Anna gewähren und war insgeheim froh, ihn in ihrer Nähe zu wissen.

Sie hatten sich für die Route über die Nordsee entschieden. Zwar bestand auf dem Meer stets die Gefahr, auf Seeräuber zu stoßen. Doch Anna wollte keine unnötige Zeit verlieren und glaubte auch nicht, dass ihr kleines Boot auf üppige Beute schließen ließ. Im Nachhinein ärgerte sie sich, ihren Großvater nicht gefragt zu haben, welchen Seeweg er nehmen würde. Womöglich befand er sich bereits auf dem Rückweg, wenn ihm nichts zugestoßen war, und treidelte in mäßiger Geschwindigkeit über kleinere Flüsse, während sie auf offener See nach ihm Ausschau hielt. Doch war das immer noch besser, als untätig und in Ungewissheit zu Hause darauf zu warten, dass er endlich heimkehrte.

»Wir werden uns dicht an der Küste halten. Kaum anzunehmen, dass uns dort jemand aufzubringen versucht«, vermeldete der Bootsführer. »Außerdem liegt das Boot dann ruhiger, als wenn wir weiter rausfahren. Für einen Stadtmagen wie den Euren dürfte das angenehmer sein.« Er lachte kehlig auf.

Anna nahm es mit einem gutmütigen Lächeln hin, wenngleich sie sich über die Art des Mannes ärgerte. Er verdiente gutes Geld dafür, dass er sie mitnahm, und sie und Rudolf waren gewiss eine angenehmere Fracht, als die trunkenen Kerle, mit denen er sein Boot sonst hätte füllen müssen. Doch sie musste wohl oder übel die nächsten zwei Wochen mit ihm verbringen. Ihn gleich am ersten Tag zu rügen, wäre daher gewiss nicht von Vorteil.

Versonnen saß sie an der Reling und ließ die Küstenlandschaft an sich vorüberziehen. Alles sah vom Wasser aus betrachtet vollkommen anders aus. Sie war noch nie zuvor auf hoher See gewesen, nicht einmal eine Treidelfahrt hatte sie gemacht. Wäre die Sorge um ihren Großvater und der beunruhigende Gedanke an das Wiedersehen mit Jean in Brügge nicht gewesen, hätte sie die Fahrt genossen. Wie es wohl sein würde, Jean nach so langer Zeit wieder gegenüberzustehen?

Ihre Stimmung während der Reise befand sich in stetigem Fluss. Während der ersten zwei Tage dachte sie viel darüber nach, was sie wohl in Brügge erwarten würde, vor allem aber trieb sie die Sorge um, was ihrem Großvater widerfahren sein könnte. Innerlich versuchte sie sich gegen das Schlimmste zu wappnen. Gleichzeitig dachte sie immer wieder mit gemischten Gefühlen, die zwischen freudiger Erwartung und nagenden Schuldgefühlen hin und her schwankten, an Jean. Ab dem dritten Tage setzten ihr dann sowohl Übelkeit als auch das Wissen zu, noch mindestens weitere zehn Tage auf diesem Kahn festzusitzen, während Siegbert womöglich ihre Hilfe brauchte und die Bremer nicht mehr wussten, woher sie das Geld für ihr Überleben nehmen sollten. Die gewaltige Verantwortung, die auf ihren Schultern lag, erdrückte sie bisweilen genauso wie die Sorge, dem sich selbst auferlegten Auftrag nicht gewachsen zu sein.

Besonders unerträglich waren die Nächte, das permanente Schaukeln, das Liegen auf den harten Planken und die ständigen Geräusche der Männer an Bord. Geradezu irrsinnig kam es ihr dann vor, sich auf diese Fahrt begeben zu haben. Was hatte sie sich nur dabei gedacht? Einzig Rudolf, der ihren Gemütszustand zu erahnen schien, war ihr eine Hilfe.

»Euch fehlen die Kinder, nicht wahr?« Es war der sechste Tag auf See, und die fünfte Nacht, die Anna schlaflos verbracht hatte.

»Mehr, als ich sagen kann.«

»Mir auch!«

Anna lächelte. »Ach ja? Und das, obwohl ich schon so manches Mal den Eindruck hatte, es wird dir zu viel, wenn sie wieder einmal gar zu ungestüm sind und dir das Leben schwermachen.«

»Sie sind schon recht. Eben genauso, wie Kinder ihres Alters sein müssen.«

»Manchmal mache ich mir Sorgen um sie«, sagte Anna mehr zu sich selbst als an Rudolf gerichtet.

»Darf ich Euch fragen, weshalb?«

»Sie sind so unterschiedlich, weißt du? Robert ist immer sehr besonnen, klug und gelassen. Er versteht, was man ihm sagt und macht, was gemacht werden muss. Und er kümmert sich rührend um Sophie, die es nicht immer leicht hat mit ihren Brüdern. Aber Rafael …« Sie seufzte.

»Bitte, versteht mich nicht falsch, Herrin, doch er ist mir der Liebste von den dreien.«

»Wirklich? Ich dachte immer, jeder sieht in ihm nur den Störenfried.«

Rudolf schüttelte den Kopf und sah nachdenklich über die Reling in Richtung Küste. »Nein. Er ist wild, doch er weiß, was er will.« Er wandte sich ihr zu. »Um ihn sorgt Ihr Euch am meisten, nicht wahr?«

Anna nickte.

»Glaubt mir. Von allen dreien, wird er am mühelosesten seinen Weg gehen. Vielleicht könnt Ihr es selbst nicht sehen, doch er ist Euch sehr ähnlich. Euch und Eurem Großvater.« Er hielt inne. »Gebe der Herr, dass wir ihn wohlbehalten vorfinden, wenn wir Brügge erreichen.«

»Das glaube ich kaum«, gab Anna zu bedenken. »Wenn ihm nichts geschehen ist, wird er längst wieder auf dem Rückweg nach Bremen sein.«

»Auch damit könnte ich gut leben.« Rudolf bemühte sich um ein Lächeln.

»Wie viele Jahre stehst du schon in seinen Diensten?«

»Lasst mich nachdenken. Wie alt seid Ihr jetzt, Herrin?«

»Fünfundzwanzig.«

Der Wachmann schien verblüfft. »Sieh an, dann sind es jetzt wohl an die neunundzwanzig Jahre, seitdem er mich in seinen Dienst genommen hat.«

»Wirklich?« Anna brauchte einen Moment, um zu begreifen. »Dann kanntest du meine Mutter noch?«

Er hob den Kopf. »O ja!«, schwärmte er. »Katharina von Goossen. Es gab keinen unter den Wachleuten, der nicht sein Leben für sie gegeben hätte.«

»Du warst in sie verliebt, nicht wahr?«

Erschrocken blickte er sie an, entspannte sich jedoch, als er ihr Lächeln sah. Rudolf stützte den Kopf in seine Hände. »So verliebt, wie man in einen Menschen nur sein kann.«

Annas Gesichtsausdruck verriet ihm, dass sie von seinem Geständnis nicht peinlich berührt war.

»Was für ein Mensch war sie?«

Er blickte sie fragend an.

»Ich war noch zu klein, als sie starb, um das beurteilen zu können. Wie haben die Erwachsenen sie gesehen? War sie ein guter Mensch?«

»Ja. Sie war das reinste Geschöpf, das mir je begegnet ist. Nur«, er zögerte, »viel zu gutmütig. Euer Vater war nicht gut für sie, aber das wisst Ihr ja längst.«

Betreten nickte Anna. Sie dachte nicht gern an ihn, und seine plötzliche Erwähnung veränderte ihre Stimmung. Rudolf bemerkte es sofort.

»Ihr habt das Gesicht Eurer Mutter«, fuhr er fort. »Und ihre Haare.«

»Und wie ist es mit ihrer Wesensart?«

»Darf ich ganz offen sprechen?«

»Ich bitte darum.«

Er schien mit sich zu ringen. »Auch Ihr, so fürchte ich, seid zuweilen zu freundlich, vor allem aber zu gutgläubig. Ihr denkt, weil Ihr niemandem etwas Böses wollt, will Euch auch keiner etwas Schlechtes.« Er bewegte den Finger mahnend hin und her. »Doch das stimmt nicht. Eine Frau mit Eurem Aussehen, Euren Fähigkeiten und Mitteln, zieht die Neider an.«

»Das ist mir wohl bewusst.«

»Aber sind Euch auch die Folgen bewusst, die es haben könnte, finden wir nicht heraus, welches Schicksal Euren Großvater ereilt hat?«

Anna öffnete den Mund und schloss ihn sogleich wieder. Sie wollte Rudolf zurechtweisen, nicht so von Siegbert zu sprechen, als wäre er bereits tot. Dann aber zog sie es vor, nichts zu sagen. Vor ihr saß ein gestandener Mann, der Siegbert über Jahrzehnte hinweg treu gedient hatte. Es stand ihr nicht zu, ihn zurechtzuweisen, nur weil er offen ansprach, was im Bereich des Möglichen lag.

»Sag mir, was du denkst.«

»Die Situation ist verfahren. Auf der einen Seite mag ich mir nicht ausmalen, was meinem Herrn alles zugestoßen sein könnte. Womöglich ist er sogar in die Hände von Seeräubern gefallen. Dann kann er noch von Glück sagen, wenn sie ihm nur die Ware abgenommen haben. Nehmen wir also an, er lebt, wurde jedoch beraubt und kehrt nun ohne Waren und Geld nach Bremen heim.«

»Ja?«

»Nun, Ihr habt die Kauf- und Zunftleute selbst erlebt. Jetzt stellt Euch zusätzlich noch den Pöbel vor. Kaum einer wird Euch noch die Butter auf Eurem Brot gönnen. Das heißt, wenn Euer Großvater die Situation nicht noch weiter verschärfen will, wird er den Schaden aus seiner eigenen Schatulle bezahlen müssen.«

»Aber so viel haben wir nicht.«

»Ich weiß. Niemand hat so viel. Deshalb hoffe ich nur, dass Euer Großvater so besonnen ist, in Brügge zu bleiben und nicht nach Bremen zurückzukehren, sollte er auf dem Hinweg beraubt worden sein.«

»Um die Sache auszusitzen, während wir alle die Folgen aus dem Verlust der Waren zu tragen haben? Das tut Siegbert niemals.«

»Das befürchte ich auch. Aber die lange Zeit seiner Abwesenheit spricht dagegen, dass er auf der Hinfahrt beraubt und sogleich wieder nach Bremen zurückgekehrt ist.«

»Ganz offen, Rudolf: Was glaubst du, ist geschehen?«

Er hob die Hände zum Himmel. »Das weiß nur der Herr allein. Ich bete zu Gott, dass wir Euren Großvater in Brügge antreffen. Alle anderen Möglichkeiten mag ich mir nicht ausmalen.«

Die nächsten Stunden schwiegen sie betreten. Stumm hingen sie ihren Gedanken nach. In den folgenden Tagen sprachen sie über dies und das, kamen jedoch kein einziges Mal mehr auf Siegbert zu sprechen. Erleichtert vernahm Anna daher am Morgen des zwölften Tages die Worte des Bootsführers, dass sie in weniger als einer Stunde Brügge erreichen würden.

11. KAPITEL

Was für eine Pracht! Anna brauchte ihre Vorstellungskraft nicht zu bemühen, um zu erahnen, wie groß in dieser Stadt der Bedarf an Waren aus aller Welt war. Schon im Hafen reihte sich Verkaufsstand an Verkaufsstand. Auslagen säumten die breiten Gassen in die Stadt hinein. Es roch nach allerlei Gewürzen und gebratenem Fleisch. Weine zum Probieren wurden ebenso von Jungen angeboten wie süße Früchte. Damen in edelsten Gewändern flanierten an den Ständen entlang, warfen einen Blick auf die Vielzahl der Waren, um dann ihre hinter ihnen herlaufenden Mägde hier- und davon eine Kleinigkeit erwerben zu lassen.

Anna ging staunend durch die Reihen. Fast fand sie ihr schimmerndes Gewand zu einfach für all den hier zur Schau getragenen Prunk. Ihr in Bremen auffälliges Kleid war in Brügge nur eines von vielen, und niemand schien Notiz von ihr zu nehmen, während die Menschen in ihrer Heimatstadt sie ehrfurchtsvoll betrachteten.

Soeben schlenderten zwei Frauen an ihr vorbei, betrachteten sie dabei unverhohlen und tuschelten miteinander. Ihre farbenfrohen Hauben waren kostbar und besaßen Formen, wie sie Anna noch nie zuvor gesehen hatte. Der durchaus kostbare Schleier, mit dem sie züchtig ihr eigenes Haar bedeckt hielt, kam ihr im Vergleich dazu schlicht und grau vor.

»Kämen die nach Bremen, würde man meinen, Gaukler seien in der Stadt«, raunte Rudolf ihr von hinten ins Ohr und brachte Anna damit zum Lachen.

»Hast du schon jemals eine solche Vielfalt gesehen?«

Rudolf schloss zu ihr auf. »Nein, nicht einmal zu Bremens besten Zeiten.«

Langsam gingen sie weiter. Rudolf hatte den Bootsführer und seinen Helfer angewiesen, die Statue erst abladen zu lassen, wenn er zurückkäme und ihnen den Befehl dazu gab. Zu unsicher war er, was sie in Brügge erwarten würde.

»Wie lehrreich das alles für mich ist«, brachte Anna hervor. »Ich brauche mich nur umzudrehen, schon bekomme ich eine neue Anregung.« Was für erstaunliche Kleider könnte sie hier fertigen! Hier war den hochwohlgeborenen Frauen nichts zu auffällig und extravagant, als dass sie es nicht mit Stolz und Hochmut präsentiert hätten. Ganz im Gegenteil.

Ein Gedanke schoss ihr durch den Kopf, nur einen kurzen Augenblick, doch lange und intensiv genug, um sie zu erschrecken: Wie herrlich müsste es sein, in dieser Stadt zu leben und zu arbeiten. Sofort schalt sie sich selbst. So etwas durfte sie nicht denken, keinen einzigen Wimpernschlag lang. Doch schon trat ihr das Bild Jean van Laakens vor Augen, mit einem Lächeln, das ihr die Knie weich werden ließ.

»Wir sollten uns eilen.« Sie raffte ihre Röcke und ging schnellen Schrittes voran.

Rudolf bemerkte die Veränderung an Anna, fragte jedoch nicht weiter nach, zumal er zu wissen glaubte, was in ihr vorging. Seine Herrin war einfach einen Moment lang abgelenkt gewesen von all der Pracht und Vielfalt. Jetzt aber besann sie sich wieder auf ihre Aufgabe und die Tatsache, dass das Schicksal ihres Großvaters noch immer ungewiss war.

»Ja, Herrin«, antwortete er daher nur und registrierte die Blicke der ihnen entgegenkommenden Menschen, die Anna musterten. Selbst hier, in dem bunten Treiben des lebendigen Umschlagplatzes stach die Schönheit seiner Herrin den Leuten ins Auge. Dabei war es nicht allein ihr Aussehen. Auch ihrer Ausstrahlung vermochte sich so leicht niemand zu entziehen.

Endlich traten sie aus dem Gedränge, und Anna blieb an der Ecke eines etwas abseits liegenden Hauses stehen, bis Rudolf sie erreicht hatte.

»Ich habe keine Ahnung, wo van Laaken wohnt. Ob uns die Leute hier wohl verstehen?«

»Fragen wir sie.« Der Wachmann zwinkerte ihr aufmunternd zu.

Anna sah sich um. Ihr Blick fiel auf einen Mann mittleren Alters in feinem Tuch, vermutlich ein gutgestellter Kaufmann, der sich ebenfalls gerade aus dem schlimmsten Gedränge herauslöste. Rasch ging sie zu ihm hinüber. »Entschuldigt bitte, aber sprecht Ihr meine Sprache?«

»Nun, das will ich annehmen, Madame.« Er hatte den gleichen Akzent wie Jean van Laaken, was sie erneut unruhig werden ließ. Doch sie ließ sich nichts anmerken, lächelte den Mann freundlich an und meinte dann: »Wie wunderbar. Dann könnt Ihr mir sicher sagen, wo ich das Haus von Jean van Laaken finde.«

Der Fremde musste nicht lange überlegen. »Oui, das kann ich Euch sagen.« Er drehte sich um und wies mit dem Finger auf eine Gasse. »Ihr müsst nur in dieser Richtung weitergehen, bis ihr zum Markt kommt.« Er deutete mit dem Finger ein Stück höher. »Seht Ihr den Kirchturm dort oben?«

Anna nickte.

»Behaltet ihn im Auge, dann erreicht Ihr den Markt mühelos. Dort angekommen, überquert Ihr den Platz und wendet Euch nach links. Haltet Ausschau, wo sich die höchsten und prächtigsten Gebäude dicht an dicht drängen. Dann könnt Ihr es gar nicht verfehlen. Denn Monsieur van Laakens Haus weist als einziges Figuren am Dach auf.«

»Vielen Dank!«

»Oh, ich danke Euch. Euer Lächeln wird mich durch den Tag tragen.«

Anna errötete leicht, als der Fremde ihre Hand nahm und einen Kuss darauf hauchte.

»Ganz schön übertrieben«, grummelte Rudolf, als der Mann außer Hörweite war.

»Manch einer würde ihn als galant bezeichnen«, stellte Anna fest.

»Euer Großvater würde ihn einen aufgeblasenen Gockel nennen. Aber mir steht eine solche Bemerkung natürlich nicht zu.«

Anna lachte auf. »Du bist wirklich ein Original, Rudolf. Komm, gehen wir den nächsten Gockel aufsuchen.« Sie machte Anstalten, sich bei ihm einzuhaken.

Erst wollte er zurückweichen, so sehr überraschte ihn die vertraute Geste. Doch er tat es nicht. Zwar fühlte er sich nicht ganz wohl dabei, doch ihr Verhältnis zueinander hatte sich während der gemeinsamen Fahrt verändert, und das stille Einvernehmen, das nun zwischen ihnen herrschte, erinnerte ihn an das, das ihn auch mit Siegbert von Goossen verband. Nicht ohne Stolz hob er daher seinen Arm an, und nur einen Augenblick später gingen sie vertraulich eingehängt im Gleichschritt nebeneinander her.

Anhand der Beschreibung fanden sie van Laakens Haus sofort, und nur kurze Zeit später klopfte Rudolf an dessen Tür und trat dann zurück, um seiner Herrin den Vortritt zu lassen.

»Ja?« Ein Wachmann, um einige Jahre jünger als Rudolf, öffnete die Tür.

»Ich möchte gern mit Jean van Laaken sprechen. Ist er da?« Annas Stimme klang zerbrechlich. Sie musste mehrmals schlucken, bis sie ihr gehorchte. Im gleichen Moment ärgerte sie sich jedoch darüber, dass sie sich so klein und verwundbar fühlte. Du bist die Duftnäherin Bremens, erinnerte sie sich wieder an die Worte ihres Großvaters, mit denen er sie zurechtgewiesen hatte, und fand augenblicklich zu dem ihr eigenen sicheren Auftreten zurück.

»Mein Herr ist beschäftigt.«

Anna straffte ihren Körper. »Das sollte er auch sein«, entgegnete sie mit arroganter Miene. »Doch danach habe ich dich nicht gefragt. Sag deinem Herrn, Anna von Goossen ist hier und wünscht ihn umgehend zu sprechen.«

Verdutzt sah der Wachmann sie an. Die befehlsgewohnte Art der Frau ließ ihn sofort gehorchen.

»Bitte tretet doch ein und geduldet Euch einen Augenblick.« Er gab die Tür frei.

Der Anblick der Eingangshalle übertraf Annas Erwartungen bei weitem. Sie war nicht nur prunkvoll, sie war auch von ihren Ausmaßen her gigantisch. Jean van Laaken wusste, wie man Besucher beeindruckte.

Der Wachmann verschwand aus ihrem Blickfeld, und als sich die Tür zu dem angrenzenden Raum, in dem er verschwunden war, wieder öffnete, trat Jean höchstpersönlich heraus.

»Ich wollte die Nachricht zuerst gar nicht glauben, die mir gerade überbracht wurde.« Mit ausgebreiteten Armen ging er auf Anna zu und besann sich erst im letzten Moment. Abrupt blieb er stehen, ergriff ihre Hand und hauchte einen Kuss darauf.

»Anna! Nie hätte ich damit gerechnet, dass du selbst nach Brügge kommst.«

»Der Inhalt deines Schreibens an den Bremer Stadtrat ist natürlich auch zu mir vorgedrungen. Doch sag mir, Jean, war mein Großvater zwischenzeitlich bei dir?«

»Siegbert? Hier bei mir?«

Anna spürte Übelkeit in sich aufsteigen. »Er ist vor über acht Wochen zu dir aufgebrochen, um euch die bestellten Waren höchstpersönlich zu bringen.«

»Mein Gott!« Jean griff nach Annas Händen und umschloss sie mit den seinen. »Doch kommt erst einmal herein.« Er wandte sich Rudolf zu. »Lass dich von meiner Wache in die Küche bringen und trinke und speise dort ausgiebig. Es soll dir an nichts fehlen.«

»Danke, Herr.«

Rudolf wartete, bis der Wachmann, der ihnen geöffnet hatte, wieder bei ihm war. Im stillen Einvernehmen nickten die beiden Männer sich zu und verschwanden dann in einem der hinteren Räume.

»Komm hier herein.« Van Laaken führte seine Besucherin in das Zimmer, aus dem er soeben gekommen war, nahm ihr den Umhang ab und bedeutete ihr, auf der umlaufenden Sitzbank in der Fensternische Platz zu nehmen. Er selbst setzte sich ihr gegenüber.

»Ich warte seit Wochen auf das Eintreffen der Waren«, begann er die Unterredung. »Bisher glaubte ich, dass euch eure Lieferanten womöglich im Stich gelassen hätten und dass sich dadurch alles verzögern würde.«

»Wenn es nur so wäre.«

»Es tut mir so leid, Anna. Doch du darfst die Hoffnung noch nicht aufgeben. Vielleicht hat Siegbert ja irgendwo haltgemacht, weil er verletzt ist oder krank darniederliegt.«

Ihr Blick verriet ihm, dass sie nicht mehr an diese Möglichkeit glaubte. »Er wollte auf direktem Wege zu dir, Jean. Daran besteht kein Zweifel.«

»Verdammt noch mal!«, fuhr er plötzlich auf.

Anna zuckte zusammen.

»Diese elenden Seeräuber. Sie machen die ganze Gegend unsicher.«

»Dann glaubst du also auch …« Sie brachte den Satz nicht zu Ende.

Rasch stand er auf und kniete vor ihr nieder. »Das heißt noch lange nicht, dass Siegbert etwas geschehen sein muss. Diese Kerle wollen meist nur reiche Beute machen.«

»Aber wo ist er dann nur jetzt?«

Hierauf wusste der Brügger keine Antwort.

Tränen stiegen Anna in die Augen. Rasch senkte sie den Kopf, damit Jean es nicht bemerkte.

Van Laaken räusperte sich. »Ich werde uns etwas zu essen bringen lassen. Du musst völlig erschöpft und ausgehungert sein.«

»Danke, aber ich habe keinen Hunger.«

»Dennoch solltest du etwas zu dir nehmen.« Er stand auf und verließ den Raum. Anna seufzte schwer. Sie fror plötzlich erbärmlich, und ihre Zähne schlugen aufeinander. Zusätzlich zu ihrer Sorge um Siegbert wurde ihr klar, dass es nun an ihr sein würde, Jean über den Abbruch der Handelsbeziehung zwischen Bremen und Flandern in Kenntnis zu setzen. Da sie nicht wusste, wie er darauf reagieren würde, fühlte sie sich schwach und hilflos. Als er wieder zurückkam, stand sie auf.

»Es gibt noch etwas, das ich dir sagen muss«, kündigte sie ihm an, während die Haushälterin hinter ihm eintrat und ein üppig mit Speisen beladenes Brett auf den Tisch stellte.

Jean nahm zwei fein gearbeitete Gläser zur Hand, füllte sie mit Wein und reichte ihr eines. »Unwichtig, was du mir zu sagen hast und wie verheerend die Umstände auch sein mögen: Ich bin froh, dass du gekommen bist.«

Vorsichtig stieß sie ihr Glas gegen seines und nahm einen kräftigen Schluck.

Erst als er ordentlich gegessen hatte und schon nicht mehr wusste, worüber er mit der Haushälterin reden sollte, die ihm immer wieder vorlegte, erhielt Rudolf von Anna den

Befehl, zum Hafen zu gehen und den Bootsmann die georderte Holzfigur abladen zu lassen. Jean van Laaken gab ihm einen Karren und zwei Männer als Begleitung mit, die das Kunstwerk auf direktem Weg in sein Haus transportieren sollten.

Dem Bootsmann schien es recht zu sein, als Rudolf ihm zudem die Weisung erteilte, dem Hafenmeister das Liegegeld für eine Nacht zu überbringen. Die Rückreise noch am selben Tag anzutreten, hätte kaum einen Vorteil gehabt, und so konnte er einen Teil der Münzen, die er mit der Fahrt nach Brügge verdient hatte, zu seiner Freude gleich in Bier und Frauen anlegen. Das war ihm allemal lieber, als in der Dunkelheit zurücksegeln zu müssen.

Rudolf hingegen wäre am liebsten sofort zurückgefahren. Irgendwas an Brügge gefiel ihm nicht. Der Umstand, dass sein Herr die Waren nicht überbracht hatte, verhieß nichts Gutes, und er bereute es einmal mehr, diesen nicht begleitet zu haben. Zwar war fraglich, ob er hätte verhindern können, was das Schicksal seinem Herrn auferlegt hatte. Doch ihn dem Wohl und Wehe einfacher Schiffer ausgesetzt zu haben, die meist nur aufs Geld schielten und denen es an Pflichtbewusstsein mangelte, war schlichtweg ein Fehler gewesen. Nun konnte er nichts weiter tun, als wenigstens auf dessen Enkelin so gut wie möglich aufzupassen. Und so schwor er sich, dass zumindest Anna nichts geschehen würde, solange noch ein Tropfen Blut durch seine Adern floss.

»Ich weiß einfach nicht, wie es weitergehen soll.« Anna nippte nur mehr an dem edlen Wein. Auch ihr Abendessen hatte sie kaum angerührt, und der tiefe Schluck, den sie zuvor genommen hatte, hatte sofort Wirkung gezeigt. Doch war ihr seitdem wenigstens etwas leichter zumute, und sie musste nicht mehr die ganze Zeit an ihren geliebten Großvater denken.

Jean sah sie nur an. Seine Augen ruhten abwechselnd auf ihrem Gesicht und ihrem Körper, und seine Bewunderung und Einfühlsamkeit taten ihr wohl. Sie fühlte sich trotz ihrer entsetzlichen Befürchtungen in seiner Gegenwart geborgen, und wenn es ihr möglich gewesen wäre, hätte sie in diesem Augenblick die Zeit angehalten.

»Ohne Siegbert wird es schwer für dich werden, deine Stellung in Bremen zu behaupten.«

Ihre Augen verengten sich. »Sprich nicht, als wenn er schon tot wäre.«

»Entschuldige. Ich wollte nicht …«

Sie hob die Hand, um ihn zum Schweigen zu bringen. »Ich weiß ja, dass du es nicht so meinst. Ich weiß auch, dass ich den Tatsachen ins Auge sehen muss. Wenn wir morgen nach Bremen zurückfahren und er bei unserer Ankunft noch immer nicht dort eingetroffen ist, müssen wir mit dem Schlimmsten rechnen und wohl jede Hoffnung aufgeben.«

Erneut erwiderte Jean nichts, sondern sah sie nur an.

»Es tut mir leid, dass wir künftig keine Geschäfte mehr miteinander machen werden«, brachte sie das Gespräch in eine andere Richtung.

»Mir auch.« Es klang tieftraurig. »Und nicht nur der Waren wegen.«

Ihre Blicke trafen sich, und Anna spürte, wie ihr das Blut ins Gesicht stieg. Sie wollte etwas sagen, suchte nach einem unverfänglichen Gesprächsthema.

»Rudolf sagte mir vorhin, dass die Kammer, die du ihm für die Nacht zugeteilt hast, das edelste Schlafgemach ist, das er je gesehen hat.«

Jean trank einen großen Schluck aus seinem Glas, nahm die Karaffe und wollte ihnen Wein nachfüllen. »Es freut mich, wenn es ihm gefällt.«

»Für mich bitte nichts mehr.« Anna hielt die Hand über ihr Glas, doch Jean schenkte ihr dennoch ein und prostete ihr zu.

»Wahrscheinlich ist das heute der letzte Abend, den wir miteinander verbringen werden.«

Sie deutete mit dem Glas in Richtung Tür. »Du hast zumindest eine Holzfigur von mir. Mir hingegen bleiben nur meine Erinnerungen an dich.«

Bei diesen Worten stieg Hitze in ihr auf, danach wurde ihr ganz kalt, und ihre Atmung ging rascher. Er sah sie nur an, schweigend, traurig, nachdenklich. Dann veränderte sich sein Blick. Er nahm ihr das Glas aus der Hand und stellte es neben seinem auf dem Tisch ab. Zärtlich nahm er sie bei der Hand, stand auf und zog sie an sich. Er küsste sie so leidenschaftlich, dass sich alles um sie herum zu drehen schien.

»Komm.«

Mehr sagte er nicht, und sie folgte ihm, als sei es ganz selbstverständlich, leise die Treppen hinauf, wo er die Tür zu seiner Schlafkammer öffnete. Sanft zog er sie hinein, verschloss die Tür von innen und strich ihr über das Haar. Vorsichtig löste er die Bänder an ihrem Rücken, öffnete ihr Kleid und ließ es zu Boden gleiten.

Anna wehrte sich nicht, streifte dann selbst ihr Unterkleid ab und blieb hüllenlos vor ihm stehen. Sie wusste, dass es falsch war. Sie wusste, dass sie ihm widerstehen müsste. Sie wusste, dass es nicht geschehen durfte. Doch sie wollte es. Sie wollte ihn spüren, küssen, riechen, ihn berühren und von ihm berührt werden. Sie wollte leben – eine Frau sein, die begehrt wurde. Sein Atem ging rasch, als er sich seiner Kleidung entledigte und sie nackt voreinander standen. Sein Glied reckte sich ihr entgegen. Anna trat ihm einen Schritt entgegen, presste ihren Körper an den seinen. Halb trug er sie, halb rollten oder bewegten sie sich auf allen vieren über den Boden, sich immer wieder küssend und ineinander verschlungen, Richtung Bett. Keinen Wimpernschlag später war er auf ihr, in ihr, und sie liebten einander ohne Scham und hemmungslos in dem Bewusstsein, das es nur dieses eine Mal für sie geben würde.

Nach dem Orgasmus lagen sie stumm, mit noch zitternden Gliedern und völlig nassgeschwitzt nebeneinander. Nach einer Weile stemmte Jean sich aus den Kissen, stützte seinen Kopf in die Hand und betrachtete Anna von der Seite.

»Damit hatte ich nicht gerechnet«, sagte er.

»Lass uns nicht sprechen«, bat ihn Anna, die noch nicht in die Wirklichkeit zurückkehren mochte.

»Darf ich dir wenigstens sagen, wie wunderschön du bist?«

Er fuhr mit den Fingerspitzen über ihre Schulter, ihren Hals, ihre Brüste. »Wunderschön und aufregend.« Küsse gesellten sich zu seinen Berührungen. »Und berauschend, hinreißend, wunderschön und unendlich begehrenswert …«

»Wunderschön sagtest du schon.«

»Ach ja? Sagte ich das? Und sagte ich auch schon, dass ich nicht genug von dir kriegen kann?«

»Nein, das sagtest du noch nicht.« Sie lachte und spürte, dass sein Glied sich bereits wieder regte. Erneut umschlangen sie einander, liebten sich ein zweites Mal wild, leidenschaftlich und atemlos wie im Rausch. Und so ging es weiter, bis sie schließlich völlig erschöpft voneinander abließen und Anna in einen traumlosen, tiefen Schlaf fiel. Ihr letzter Gedanke war der, dass der Morgen nie kommen möge.

12. KAPITEL

Sie seufzte gedankenverloren. Er sah so gut aus. Und wenn sie ihn dabei beobachtete, wie er gleichmäßig die Feile über das Holz zog, fand sie, dass es wie ein zärtliches Streicheln aussah.

»Das sieht so schön aus«, schwärmte Sophie.

»Was? Ist doch bloß 'ne Bank.« Götz blickte nur kurz auf und widmete sich sogleich wieder seiner Arbeit.

»Aber nicht viele Siebenjährige können schon die Arbeit von Erwachsenen verrichten.«

»Ich hab keinen Vater mehr, und einer muss die Reparaturen im Haus ja machen. Je früher, desto besser.«

»Aber so habe ich das doch nicht gemeint.« Sophie kaute nervös auf ihrer Unterlippe.

»Interessiert mich nicht.«

Wieder seufzte sie, diesmal vor Kummer. Warum fand Götz nie ein nettes Wort für sie? Er sah so gut aus und war viel netter als all die anderen Jungen, die sie kannte. Zumindest war es bis zum Mord an seinem Vater so gewesen. Heute sprach und lächelte er allerdings kaum noch.

»Ich glaube, Sophie wollte dir nur sagen, wie sehr sie dich bewundert für die Arbeit, die du leistest.«

Andres legte ihm väterlich die Hand auf die Schulter. Doch Götz zuckte nur mit den Achseln und widmete sich wieder der Holzbank.

»Du bist weit gekommen heute«, sagte Gawin, als er die Arbeit des Schuhmachersohnes betrachtete. »Ich habe übrigens noch mal mit den zwei Zunftmeistern gesprochen. Wenn du dich weiterhin so geschickt anstellst, werden sie eine Ausnahme für dich machen, und du kannst von der Schuhmacher- zur Zimmermannslehre überwechseln. Ich würde mich freuen, dich bei mir zu behalten. Für heute solltest du jedoch die Arbeit ruhen lassen und noch ein wenig mit den anderen spielen gehen.«

»Erst wenn ich fertig bin.«

Gawin warf Andres einen vielsagenden Blick zu. Anfangs hatte er gehofft, die Arbeit in der Werkstatt würde den Jungen von der Trauer um seinen Vater ablenken, so dass er sich mit der Zeit wieder etwas fangen würde. Die finanzielle Lage seiner Mutter war nicht so schlecht, dass er das Geld benötigte. Andres kümmerte sich um Lena und die Kinder, als wäre es seine eigene Sippschaft. Doch Götz schien es sich in den Kopf gesetzt zu haben, von nun an die Rolle seines Vaters als Versorger der Familie übernehmen zu müssen. Sämtliche Versuche Gawins, ihn eines Besseren zu belehren, waren bislang gescheitert.

»Meine Frau befindet sich zurzeit auf einer Handelsreise, wie du weißt.«

Götz legte die Feile beiseite und sah auf. »Ja?«

»Und ich habe nicht die Zeit, mich so um Sophie zu kümmern, wie ich es gerne hätte.«

»Warum kommt sie dann mit in die Werkstatt?«

Gawin schmunzelte über den berechtigten Einwand. Dass Götz selbst der Grund dafür war, warum die Sechsjährige sich jeden Tag auf die Zimmerwerkstatt freute, wollte er dem Jungen selbstverständlich nicht verraten. »Weil ihr daheim langweilig wäre.«

Götz zuckte erneut mit den Achseln.

»Könntest du mir den Gefallen tun, und draußen ein wenig mit Sophie spielen? Die staubige Luft hier drin ist auf Dauer nichts für sie. Ihr könntet vielleicht Steine um die Wette werfen.«

»Sie würde ja doch nur verlieren. Außerdem muss ich Geld verdienen.«

»Du arbeitest fleißiger als alle anderen und hast deinen Lohn längst verdient. Du erhältst ihn deshalb auch, wenn du einmal spielen gehst.«

»Wirklich?« Für einen Augenblick kam Leben in die sonst so traurig dreinblickenden Augen des Jungen. »Aber es wäre nicht recht, Euer Geld zu nehmen und meine Zeit mit Spielen zu verbringen.«

Gawin packte den Jungen an den Schultern und drehte ihn zu sich herum. »Doch, mein Junge, das wäre es. Dein Vater wäre sehr stolz auf dich. Aber er würde in keinem Fall wollen, dass du dich krumm und bucklig arbeitest. Und deine Mutter auch nicht. Wenn ich dir also sage, du hast dir dieses Geld verdient, darfst du das nicht anzweifeln, hörst du?«

»Ja.« Betreten sah Götz zu Boden.

Gawin beugte sich vor und brachte seinen Mund ganz dicht an Götz' Ohr. »Oder ist es wegen Sophie? Du kannst sie wohl nicht leiden, was?«

»Doch!« Die Antwort kam schneller und lauter, als Götz es beabsichtigt hatte. Rasch linste er zu Sophie hinüber, die neugierig zu ihnen herüberblickte. Dann beugte er sich seinerseits zu Gawin vor. »Und was ist mit Robert und Rafael? Warum können sie nicht mit ihr spielen?«

»Weißt du«, flüsterte der Zimmermann zurück, »die beiden waren noch nicht so fleißig wie du und müssen deshalb noch länger arbeiten.«

Das schien dem Siebenjährigen einzuleuchten. Schließlich hatte er selbst schon öfter gedacht, dass die Zwillinge sich bei der Arbeit nicht gerade überschlugen.

»In Ordnung«, willigte er ein.

»Gut. Dann bring mir Sophie später aber auch nach Hause, ja? Und pass gut auf sie auf. Ich kann mich doch auf dich verlassen? Schließlich vertraue ich dir meine einzige Tochter an.«

»Selbstverständlich.« Götz straffte seinen Körper.

»Gut, gut. Dann geht jetzt. Und wenn du sie später im Goossen'schen Haus ablieferst, warte noch so lange, bis dir Gertrud ein Stück Schinken mitgibt. Deine Mutter wird sich darüber freuen.«

Nun huschte doch noch ein Lächeln über das Gesicht des Siebenjährigen, und Gawin freute sich darüber, dass es ihm gelungen war, die schwere Last, die auf seinen jungen Schultern ruhte, ein wenig leichter zu machen.

»Früher hast du aber viel mehr geredet.« Sophie wollte es nicht wie einen Vorwurf klingen lassen, doch dass Götz kaum noch ein Wort mit ihr redete, brannte ihr so sehr auf der Seele, dass sie es endlich aussprechen musste.

»Es gibt eben nichts, was ich sagen will.«

Dem Mädchen kam ein Gedanke. »Kennst du keine Geschichte, die du mir erzählen kannst? Eine ganz spannende? Du kannst dir auch eine ausdenken, wenn du willst.« Sie war Feuer und Flamme.

»Nein.« Götz trieb mit jedem Schritt einen Stein vor sich her.

»Aber ich kenne Geschichten. Ganz viele sogar. Soll ich dir eine erzählen?« Sie hüpfte neben ihm her.

»Mach doch, wenn du willst. Mir ist es gleichgültig.«

Abrupt blieb sie stehen.

»Dann können wir auch zur Werkstatt zurückgehen, wenn dir sowieso alles gleichgültig ist.« Sie funkelte ihn böse an.

»Von mir aus.«

Kaum hatte er den Satz ausgesprochen, hörte er auch schon, wie sich ihre Schritte entfernten. Er drehte sich um und sah sie in die andere Richtung davongehen.

»Dann erzähl doch deine blöden Geschichten. Ich hör dir auch zu.«

Sie drehte sich zu ihm um. Wut stand in ihren Augen. »Meine Geschichten sind nicht blöd. Und du bist bestimmt der Letzte, dem ich sie erzähle.« Sie stampfte trotzig auf den Boden. »Und dich hatte ich mal gern! Doch jetzt nicht mehr. Sei meinetwegen so lange traurig, wie du willst. Ist ja doch das Einzige, was dich interessiert.« Sie kam ein paar Schritte zurück. »Es tut mir leid, dass dein Vater tot ist. Sogar ganz schrecklich leid. Aber du willst ja gar nicht mehr froh werden. Du willst viel lieber mit diesem miesepetrigen Gesicht durch die Gegend laufen. So! Aber ich werde dir nicht länger dabei zugucken. Ich nicht!« Sie wandte sich um und rannte weg.

Götz war sprachlos, er wollte ihr etwas Passendes hinterherrufen. Doch ihm fiel nichts ein. Schon war Sophie in einer anderen Gasse und damit aus seinem Blickfeld verschwunden.

Was bildete sich diese verwöhnte Göre eigentlich ein? Ihn auf diese Weise zu beschimpfen, und das, obwohl er seinen Vater verloren hatte. Tränen der Wut stiegen ihm in die Augen. Sollte sie doch fortlaufen, ihm war es einerlei. Er brauchte sie nicht. Weder jetzt noch sonst irgendwann. Er war jetzt der Mann im Haus und hatte sich um seine Mutter und seine kleinen Geschwister zu kümmern, auch wenn Andres so tat, als wäre das seine Aufgabe. Er musste Geld verdienen und Verantwortung übernehmen, anstatt sich mit kleinen Mädchen abzugeben und sich deren Geschichten anzuhören. Andererseits hatte er Sophie immer gern gehabt. Doch der Tod seines Vaters hatte alles verändert. Kein einziges Mal mehr hatte er seitdem gelacht, und er schämte sich dafür, dass er es manchmal gern getan hätte. Wie schön waren doch die Erinnerungen an die Zeit, da er noch unbeschwert mit seinen Freunden umhergetollt war. Und Sophie? Sie war die kleine Schwester seiner zwei besten Freunde und stets für eine Überraschung gut. Was hatte es für einen Spaß gemacht, die fette Kröte zu fangen, in den Topf zu setzen und zu warten, bis Gertrud, die Haushälterin der von Goossens, den Deckel abnahm. Alle vier hatten sie auf den Stufen gehockt und sich königlich gefreut, als endlich ein markerschütternder Schrei in der Küche ertönte und Gertrud mit in der Luft fuchtelnden Armen durch die Tür gerannt kam. Götz hatte sich vor lauter Lachen beinahe nicht mehr auf den Stufen halten können. Oder das andere Mal, als der alte Rudolf auf seinem Stuhl eingenickt war, Rafael einige Holzstücke holte und sie ihm damit das Gesicht schwärzten, während ihn Sophie immer dann, wenn er aufzuwachen drohte, mit sanften Worten wieder zum Einschlafen brachte. Auch damals hatten sie ihren üblichen Beobachtungsplatz auf der Treppe bezogen. Als es klopfte, war Rudolf dann augenblicklich zur Tür geeilt, um seinen Herrn, Siegbert von Goossen, einzulassen. Götz hätte nicht mehr zu sagen gewusst, ob der Ratsherr bei Rudolfs Anblick, oder aber die Kinder, deren Plan voll aufgegangen war, in diesem Augenblick lauter gelacht hatten.

»Sophie!«, rief er laut. Mit einem Mal kam Unruhe in ihm auf. Er hatte Gawin versprochen, auf sie aufzupassen, und nun war sie ihm davongelaufen. Im Laufschritt stolperte er die Straße entlang und bog in die Gasse ab, in der seine Freundin, wie er meinte, zuvor verschwunden war.

»Sophie?«

Er lauschte. Doch weder konnte er sie irgendwo sehen, noch vernahm er irgendeinen Laut. »Das ist nicht lustig, Sophie! Komm raus!« Wieder wartete er, ob er etwas hörte. Nichts.

Götz rannte weiter bis zum Ende der Gasse, hinein in die nächste. Immer wieder rief er dabei ihren Namen, erhielt jedoch keine Antwort. Schneller und schneller trugen ihn seine Beine. Mitten auf dem Marktplatz blieb er stehen und drehte sich suchend in alle Richtungen. Nicht mehr lange, und es würde dunkel werden. Was, wenn er sie bis dahin nicht gefunden hätte?

»Sophie!«, brüllte er aus voller Kehle, lauschte und lief weiter.

Hatte eben jemand ihren Namen gerufen? Kurz blieb sie stehen. Nein, sie musste sich getäuscht haben. Wer hätte sie auch rufen sollen? Götz war der Einzige, der in Frage kam, aber der würde bestimmt nicht nach ihr suchen. Und selbst wenn, interessierte sie das jetzt auch nicht mehr. Tränen liefen ihr über die Wangen. Wo sollte sie nur hingehen? Ihre Mutter war schon seit einer Ewigkeit weit fort, ihr Vater noch in der Werkstatt, und Gertrud würde sicher mit ihr schimpfen, weil sie sich einfach auf und davon gemacht hatte. Nach Hause konnte sie also nicht gehen. Margrite! Aber nein, womöglich würde die Freundin ihrer Mutter sie nur zu Gertrud bringen, und das, bevor der Vater da war. Also rannte sie ziellos weiter. Es hatte zu regnen begonnen, und auf ihrem Kleid zeichneten sich bereits dunkle Wasserflecken ab. Die Feuchtigkeit verstärkte den Geruch der Lavendelseife in den Nähten ihres Gewandes, der sie an ihre Mutter erinnerte. Rasch lief sie weiter, um sich einen Unterschlupf zu suchen. Bei den Lagerhäuschen, in denen die schnell umzuschlagenden Waren zwischengelagert wurden, machte sie halt, als sie eine Tür entdeckte, die wohl aus Versehen nur angelehnt, anstatt verschlossen worden war. Sie öffnete sie und erschrak so heftig bei dem Anblick, der sich ihr bot, dass sie aufschrie, als stecke sie am Spieß.

Götz' Herz setzte einen Schlag lang aus. Ein durchdringender Schrei ließ ihn erstarren.

»Sophie!«

Wie von Sinnen rannte er in die Richtung, aus der der Schrei gekommen war. Sofort kamen ihm die einfachen Hütten in den Sinn, in denen die Händler ihre Güter lagerten. Schon war er dort, sah den offenen Türspalt und stürzte, wie vom Teufel gejagt, in die Hütte hinein. Dabei hätte er Sophie fast über den Haufen gerannt.

Sein Blick folgte dem seiner Freundin, zuerst noch voller Anspannung, dann amüsiert.

Die Frau des Knochenhauers stand nackt über einen Stapel Tuchballen gebeugt, hinter ihr mit heruntergelassener Hose der Gewürzhändler Gieselbert. Die Brüste der Frau hingen, als gehörten sie nicht zum Rest des Körpers, wie zwei gefüllte Schweinsblasen nach unten. Entsetzt riss sie die Hände nach oben, um sich notdürftig zu bedecken, während Sophie und Götz sie weiterhin wie vom Donner gerührt anstarrten.

Keiner brachte einen Ton heraus. Mit aufgerissenen Augen und offenem Mund drehte Sophie sich nun zu Götz um. Der grinste daraufhin breit, dann brachen beide in schallendes Gelächter aus.

»Macht, dass ihr rauskommt!« Das Gesicht des Gewürzhändlers war vor Scham oder Wut rot angelaufen.

Götz griff nach Sophies Hand und zog sie mit sich. Sie lachten und lachten, während sie sich immer weiter von dem Häuschen entfernten. Der Regen prasselte auf sie nieder, doch es störte sie nicht weiter. Nach einer Weile gelangten sie an eine Scheune, in der sie schon oft gespielt hatten. Der Junge prüfte, ob die Tür offen war. Dann trat er beiseite und ließ seiner Freundin den Vortritt.

Sophie rieb sich die klammen Arme.

»Wir warten ab, bis der stärkste Regen vorbei ist«, sagte Götz, der sein Lachen auch jetzt nur mühsam unterdrücken konnte.

Sophie grinste. »Im ersten Moment war ich ganz erschrocken, als ich die beiden sah.« Sie wurde rot. »Dieses Gekeuche und dann …«

»Dann was?« Götz sah sie aufmunternd an.

Sie machte mit den Händen zwei Kreisbewegungen vor ihrem Körper. »Diese riesengroßen Brüste! Bei jedem Stoß von ihm baumelten sie hin und her und klatschten gegeneinander.«

Götz prustete erneut los und schlug sich vor Vergnügen immer wieder auf die Schenkel. Es dauerte einige Zeit, bis sie sich beruhigt hatten.

Dann wurde Götz' Gesichtsausdruck von einem Moment auf den anderen plötzlich ernst. »Was du da vorhin gesagt hast, ich meine, dass ich immer nur unglücklich sein will …«

»Aber ich …«, wollte Sophie erklären, wurde aber von Götz unterbrochen.

»Du hattest recht.«

Überrascht starrte sie ihn an und wusste nicht, was sie hierauf sagen sollte. Ohne nachzudenken, rückte sie näher an ihn heran und stellte sich auf die Zehenspitzen, um ihm ihren Arm um die Schultern legen zu können. »Ist doch nicht schlimm.«

»Ich glaube«, begann er zögerlich, »das war deshalb, weil ich mich irgendwie mitschuldig am Tod meines Vaters fühle.«

»Aber weshalb denn?«

»Als er aufbrach, hätte ich ihn begleiten sollen. Doch ich habe verschlafen, und meine Mutter hat mich nicht geweckt. Sie sagte, Vater hätte gemeint, ich könne ruhig noch etwas länger liegen bleiben.«

Sophie presste die Lippen aufeinander.

»Aber wenn ich dabei gewesen wäre, wäre mein Vater vielleicht noch am Leben.«

»Oder du gleichfalls tot«, sagte sie leise. Sie nahm ihren Arm von seiner Schulter und griff nach seiner Hand. »Wenn jemand es mit einem Mann wie deinem Vater aufgenommen hat, was glaubst du, hätte er erst mit dir angestellt?«

»Aber ich hätte versuchen können ...« Er brach ab.

»Nein«, stellte Sophie mit einem Kopfschütteln klar. »Hättest du nicht. Und wenn, wärst du jetzt bestimmt ebenfalls mausetot.« Sie beugte sich noch weiter vor und suchte seinen Blick. »Der Einzige, der Schuld am Tod deines Vaters trägt, ist der Mörder. Nicht du oder sonst wer. Du hättest es nicht verhindern können.« Sie nahm all ihren Mut zusammen, um weiterzusprechen. »Und du bist auch nicht dafür zuständig, deine Familie zu ernähren.«

»Wie meinst du das?«

Sophie sah zu Boden. »Ich habe einmal meine Eltern sagen hören, dass sie sich um dich sorgen.«

»Um mich?«

Sie nickte. »Weil du dich krumm arbeitest, obwohl es nicht nötig wäre. Deine Mutter erhält von allen Seiten viel Unterstützung, nicht nur von Andres. Viele Leute haben deinem Vater etwas zu verdanken und möchten es euch nun zurückgeben, indem sie für euch da sind. Warum kannst du sie nicht einfach gewähren lassen?«

Hierauf wusste Götz nichts zu sagen. Schon wollte er wieder auffahren und der Freundin sagen, dass sie einfach keine Ahnung hatte. Doch gleichzeitig berührten ihn ihre Worte, und er erwiderte ihren Händedruck.

»Vielleicht sollte ich tatsächlich etwas weniger arbeiten.«

Da hob sie den Kopf, und er sah in ihren Augen wieder das

Leuchten, das er so sehr an ihr liebte. Sie nickte eifrig. »Dann könnten wir wieder mehr miteinander spielen.«

Er zwickte sie in die Backe. »Hab ich's doch gewusst, dass die Sache einen Haken hat.«

»Oh, du!« Sie stürzte sich auf ihn und kitzelte ihn. Götz wehrte sich, und sie balgten sich, bis sie erschöpft nebeneinander liegen blieben. Schon bald drang nur noch wenig Licht durch die Ritzen der Holzbretter, doch keiner von ihnen machte Anstalten, nach Hause zu gehen. Zu sehr genossen sie ihre traute Zweisamkeit und verschwendeten keinen Gedanken daran, dass sich ihre Lieben zu Hause um sie sorgen könnten.

»Aber er müsste längst da sein.« Vorsichtig drückte Gawin Lena auf einen der Stühle. Sie zitterte vor Angst, dass Götz etwas geschehen sein könnte. Seit Lorenz' Tod war sie ängstlicher geworden und achtete noch strikter als zuvor darauf, dass ihre Kinder vor Einbruch der Dunkelheit zurück waren. Deshalb war sie auch sofort zur Werkstatt geeilt, um ihren Sohn abzuholen, als dieser nicht zur üblichen Zeit zurückkam.

»Ich habe ihn und Sophie spielen geschickt«, erklärte ihr Gawin. »Aber das ist schon einige Stunden her. Sie müssten beide längst zu Hause sein.«

»Spielen? Mein Götz? Und er hat sich darauf eingelassen?«

»Nach kurzem Widerstand.« Er versuchte, sich seine eigene Angst nicht anmerken zu lassen. »Bestimmt hat er Sophie nach Hause gebracht und dort über Gertruds gutem Essen die Zeit vergessen.«

»Meinst du?« Lenas Kinn zitterte.

»Bestimmt.« Gawin nahm sie fürsorglich in den Arm. »Mach dir keine Sorgen. Den beiden geht's gut.«

Andres war aus dem Nebenraum der Werkstatt getreten und stutzte, als er die beiden in vertrauter Umarmung sah. Schnell nahm Gawin den Arm von Lenas Schulter.

»Götz ist noch nicht zu Hause«, erklärte er. »Ich habe Lena gesagt, dass er bestimmt bei uns ist. Meine Jungen habe ich auch längst heimgeschickt. Wäre Sophie nicht dort, hätten sie mir gewiss Bescheid gegeben.«

Lena war nun etwas beruhigter. »Dann werde ich mich jetzt auf den Weg zu euch machen.«

»Warte!«, bat Gawin. »Ich werde dich begleiten. Es ist schon zu dunkel, um noch allein unterwegs zu sein.«

»Das kann ich auch machen«, bot Andres an.

»Komm mit, wenn du willst. Aber ich wollte ohnehin gleich gehen.«

Andres überlegte kurz. »Dann mache ich lieber noch die Bank fertig. Hanno hat sie nicht so geschliffen, wie ich sie haben will, sondern ist einfach gegangen.«

Gawin schüttelte den Kopf. Schon wieder hatte Hanno sich einfach davongemacht, ohne seine Arbeit vernünftig beendet zu haben. Erst diesen Nachmittag hatte er ihn wegen seiner laschen Arbeitseinstellung gerügt und ihm zu verstehen gegeben, dass er sich eine neue Anstellung suchen müsse, wenn sich das nicht ändern würde. »Ich werde morgen mit ihm sprechen.«

Andres nickte, warf noch einen Blick auf Lena und ging dann zurück an seine Arbeit.

»Ist Sophie da?«, fragte Gawin den Mann, der an Rudolfs Stelle den Wachdienst versah.

»Nein, Herr. Soweit ich weiß, nicht.«

»Robert, Rafael!« Laut hallte Gawins Stimme durchs Haus. Lena blieb stumm hinter ihm stehen und beobachtete, wie die Zwillinge die Treppen heruntergeeilt kamen.

»Da bist du ja!« Die beiden stürmten auf ihren Vater zu.

»Ist Sophie zu Hause?«

»Nein, wieso? Ist sie nicht bei dir?«

Gawin wurde es eiskalt. »Ihr habt doch mitbekommen, dass Götz und sie gemeinsam die Werkstatt verlassen haben.«

»Ja, schon. Aber als wir nach Hause kamen, und sie nicht da waren, dachten wir, sie wären in die Werkstatt zurückgegangen.«

»Oh, mein Gott«, hauchte Lena. »Nicht auch noch Götz.«

»Wir müssen sie suchen.« Gawin erteilte dem Wachmann den Auftrag, so viele Helfer wie möglich aufzutreiben. Dann machte er sich mit Lena zusammen sogleich wieder auf den Weg.

»Wir sollten uns trennen«, sagte sie auf der Straße.

Gawin nickte. »Ich laufe zum Hafen, du Richtung Markt. Wer sie zuerst findet, bringt sie hierher und wartet, bis der andere eintrifft.«

In diesem Moment kamen Robert und Rafael aus dem Haus gelaufen. »Können wir mitkommen? Bitte! Wir wollen euch beim Suchen helfen!«

Gawin überlegte kurz. »In Ordnung. Ihr begleitet Lena. Schaut in jeden Winkel.«

Er nickte den dreien noch einmal zu, dann drehte er sich um, während Lena die Jungen an die Hand nahm und in die andere Richtung davoneilte.

Ihre Angst wuchs mit jedem Schritt. Fast quetschte sie die Hände der Zwillinge schon, und immer verzweifelter schrie sie Sophies und Götz' Namen in die Dunkelheit.

Gawin rannte bis zum Hafen, sah in alle Richtungen und rief gleichfalls nach den Kindern. Er dachte an Anna. Zwischen ihnen stand es schon seit Wochen nicht mehr zum Besten, und nun, da sie das erste Mal fort war und sich nicht selbst um die Kinder kümmerte, war er nicht einmal in der Lage, ihre sechsjährige Tochter zu beaufsichtigen. Noch nie hatte er sich Anna gegenüber so klein gefühlt wie in diesem Moment. Der Regen hatte mittlerweile aufgehört, und Wind kam auf. Ein Stückchen von ihm entfernt schlug die nur angelehnte Tür eines Lagerhäuschens gegen den Rahmen. Rasch ging Gawin hinüber und blickte in die Hütte. Er ärgerte sich, keine Fackel mitgenommen zu haben. »Sophie? Götz?«

Keine Antwort. Er trat wieder hinaus und bemerkte aus den Augenwinkeln gerade noch eine Bewegung, da traf ihn schon ein heftiger Schlag auf den Hinterkopf. Er taumelte, versuchte sich aufzurichten, aber da ging bereits der nächste Hieb auf ihn nieder und ließ ihn lautlos zu Boden gehen.

Sie rannten durch die Gassen. Plötzlich blieb Robert stehen. »Mir fällt da was ein. Weißt du noch, Rafael, die alte Scheune, in der wir oft gespielt haben? Dort waren wir auch mit Götz. Vielleicht sind sie ja dort.«

Rafael nickte eifrig. »Womöglich, um sich vor dem Regen zu schützen.«

»Zeigt mir diese Scheune«, forderte Lena, dann hasteten sie weiter.

Das Gebäude war zerfallener, als Robert es in Erinnerung hatte. Vorsichtig öffnete er die knarrende Tür. Das Geräusch ließ ihm einen kalten Schauer über den Rücken laufen.

»Sophie?«, fragte er leise und lauschte. Täuschte er sich, oder hatte er gerade ein Rascheln gehört. »Sophie?«

»Robert?«

Die Stimme seiner Schwester ließ ihn hörbar ausatmen. »Ist Götz auch da drin?«

»Ich bin hier«, klang die verschlafene Stimme des Jungen.

Robert trat nun wieder aus der Tür und verkündete den beiden anderen froh: »Wir haben sie gefunden«, als die zwei auch schon aus der Scheune traten.

»Mein Gott, ich habe mir solche Sorgen gemacht!« Lena ging in die Knie und umarmte alle beide. Jetzt, da sie die Kinder in Sicherheit wusste, stieg Zorn in ihr auf.

»Wie konntet ihr das nur tun? Gawin und ich waren krank vor Sorge.«

»Entschuldige, Mutter.«

»Es ist meine Schuld«, sagte Sophie kleinlaut. »Ich bin vor Götz weggelaufen, und als wir die beiden im Lagerhäuschen gesehen haben und es so regnete, haben wir uns hier verkrochen. Dann sind wir eingeschlafen.«

»Wen habt ihr gesehen?« Lena blickte fragend von einem zum anderen.

Die Kinder prusteten los. »Die Frau des Knochenhauers und den Gewürzhändler«, stieß Götz lachend hervor.

Lena begriff und fragte lieber nicht weiter.

»Ihr macht das nie wieder, habt ihr verstanden?«

»Bestimmt nicht, Mutter.«

»Na, dann kommt«, meinte sie und stand auf. »Gawin wird erleichtert sein, dass wir euch gefunden haben.«

Wieder verging eine schier endlose Zeit des Wartens, diesmal auf den Vater der Kinder. Lena ging unruhig im Eingangsbereich des Goossen'schen Hauses auf und ab und bat den Wachmann immer wieder, nach draußen zu gehen und nachzusehen, ob jemand die Gasse entlangkam. Der verließ nur ungern seinen Posten, tat Lena aber den Gefallen, auch wenn er jedes Mal wieder unverrichteter Dinge zurückkehrte.

»Ich begreife nicht, wo er so lange bleibt«, sagte Lena. »Wir hatten doch vereinbart, uns nach der Suche am Hafen und auf dem Markt wieder hier zu treffen.«

»Wahrscheinlich sucht er immer noch«, mutmaßte der Wachmann.

»Ich gehe jetzt selbst nachsehen.« Sie warf sich ihren Umhang über die Schultern und lauschte noch einmal, ob aus den Zimmern oben Geräusche zu ihr nach unten drangen. Götz hatte sich zu Robert und Rafael schlafen gelegt, die Kinder waren müde gewesen und hatten kaum noch die Augen aufhalten können. Alles war still, und sie konnte nur hoffen, dass ihre jüngeren Kinder zu Hause ebenfalls schon schlafend in ihrer Bettstatt lagen. Zum Glück hatte sie Margrite noch gebeten, auf die Kleinen achtzugeben, bevor sie zu Gawin in die Werkstatt gegangen war.

Sie trat auf die Straße und machte sich in die Richtung auf, in die Gawin vorhin gegangen war. Plötzlich blieb sie stehen. Ein Mann, offensichtlich betrunken, kam gerade um die nächste Gassenecke gewankt. Sie zögerte und wartete lieber in einer Hausnische, nicht allzu weit vom Goossen-Haus entfernt, ab, bis er an ihr vorüber war. Erst da erkannte sie, wer gerade unsicheren Schritts langsam an ihr vorbeigegangen war.

»Gawin, um Himmels willen!« Lena rannte zu ihm hin und stützte ihn, kaum dass sie ihn erreicht hatte. Durch ihr Rufen alarmiert, eilte nun auch der Wachmann zu ihnen herüber. Beide legten sich die Arme des Schwerverletzten über die Schultern und trugen ihn mehr, als dass er ging, ins Haus.

Erst im Lichtschein des Hauses bemerkte Lena das viele Blut, das seinen gesamten Hinterkopf, den Hals und einen Teil der Schulter bedeckte. Vorsichtig setzten sie ihn auf einem Stuhl ab. Kraftlos sank Gawin in sich zusammen, und nur der raschen Reaktion des Wachmannes war es zu verdanken, dass er nicht zur Seite kippte und zu Boden fiel.

»Mein Gott, was ist geschehen?« Lena besah ihre Hand, die über und über mit Gawins Blut besudelt war.

»Schnell«, sagte sie zu dem Wachmann, »wir brauchen einen Medikus. Er muss sofort kommen.«

Der rannte augenblicklich davon und kam auch bald wieder mit dem Heiler zurück, dennoch schien Lena bis zu seiner Rückkehr eine Ewigkeit zu vergehen. Gawin hatte bis dahin sein Bewusstsein nicht wiedererlangt, und die Kraftanstrengung, mit der sie seinen schlaffen, schweren Körper auf dem Stuhl festzuhalten versuchte, zuletzt mit der Hilfe Gertruds, ließ sie am ganzen Leib zittern.

Gemeinsam trugen sie den Schwerverletzten in die Ehekammer und legten ihn aufs Bett. Die Haushälterin brachte alles herbei, was der Medikus ihr aufgab. Vorsichtig säuberte er die Wunde mit feuchten Leinenstreifen.

Gawins Kopfhaut war an mehreren Stellen aufgeplatzt, darunter war weiches Gewebe zu sehen.

Als der Arzt endlich mit der Wundversorgung fertig war, wusch er sich die Hände und fuhr sich anschließend müde über die Augen.

»Wo ist seine Frau?«

»Auf einer Handelsreise, Herr.« Der Wachmann richtete sich gerade auf.

»Gebe der Herr, dass sie bald heimkehrt. Denn ich kann nicht garantieren, dass er am Leben bleibt.«

13. KAPITEL

Der Abschied von Jean war von solch einem heftigen Gefühl der Ausweglosigkeit und des Schmerzes bestimmt, wie es Anna noch nie gekannt hatte. Im Laufe der letzten Nacht war sie zu der Überzeugung gelangt, in Brügge ein neues Leben beginnen zu wollen. Zusammen mit Jean, in einer Stadt, die vor Weltoffenheit, Farbenpracht und Schönheit nur so strotzte, würde alles anders sein. Doch nur ein einziger Gedanke an ihre Kinder genügte, um sie wieder zur Besinnung zu bringen.

Nun stand sie hier, schwor sich, keine Träne zu vergießen und die Situation so würdevoll wie nur möglich zu meistern. Sie konnte nur vermuten, was in Rudolf vorging, als er sich verlegen abwandte, während Jean sie zum Abschied umarmte.

»Lebe wohl, Anna. Ich werde dich niemals vergessen. Doch wenn unser Gott wirklich ein gnädiger Gott ist, werden sich unsere Wege wieder kreuzen.«

»Leb wohl, Jean.« Anna schloss die Augen und schluckte schwer. Ihr war, als würde man ihr das Herz aus dem Leib reißen. Mit einem Ruck löste sie sich von ihm und hob abwehrend die Hand.

»Bitte, begleite uns nicht mehr bis zum Hafen. Es ist besser, wenn Rudolf und ich alleine gehen.«

Jeans Blick fiel auf die Skulptur, die seit gestern in der Eingangshalle stand. »Ein Stück von dir wird immer hier bei mir sein«, er zeigte auf die Holzfigur, »und in meinem Herzen.«

Sie versuchte zu lächeln, konnte aber nicht verhindern, dass ihre Augen sich mit Tränen füllten. Ohne ein weiteres Wort wandte sie sich ab und ging zur Tür. Dort drehte sie sich ein letztes Mal zu ihrem Geliebten um. Sie zögerte. Ein heftiger

Schmerz durchzog ihren Leib, doch sie ließ sich nichts anmerken.

»Leb wohl«, sagte sie noch einmal und trat dann ruckartig nach draußen.

Rudolf folgte ihr schweigend und hatte Mühe, im lebhaften Straßengetümmel nicht den Anschluss zu verlieren. Sie überquerten den großen Platz, hielten sich Richtung Hafen und passierten die Stände, an denen lauthals Waren angepriesen wurden. Alles war wie am Vortag, doch nicht für Anna. Für sie hatte sich alles verändert.

Wie sollte sie nur nach Bremen zurückkehren, nach allem, was geschehen war? Sie war nicht mehr dieselbe Frau wie gestern, und die Vorstellung, stillschweigend an Gawins Seite weiterzuleben, als wäre nichts gewesen, war unvorstellbar für sie. Und was war mit Siegbert? Während all der leidenschaftlichen Momente hatte sie ihn und sein Schicksal völlig verdrängt, wofür sie sich fast noch mehr schämte als für den Betrug an ihrem Mann. Gleich würde sie das Schiff betreten und nur mit dem Geld für die Madonnen-Figur, das Jean ihr gegeben hatte, wieder heimfahren. So viele Hoffnungen hatte sie in diese Reise gesetzt, musste nun aber erkennen, dass dadurch alles nur noch komplizierter geworden war. Kurz blieb sie stehen und atmete mehrmals tief durch. Ihr war übel, und sie fühlte sich wackelig auf den Beinen.

»Ist Euch nicht wohl, Herrin?« Rudolf war sogleich an ihrer Seite und stützte sie.

»Es geht schon.« Der Boden unter ihr schien zu schwanken. Kleine Lichtpunkte tanzten vor ihren Augen. »Mir ist in der Tat etwas übel heute Morgen«, erklärte sie.

Rudolf sah sich in alle Richtungen um. »Wollt Ihr Euch einen Augenblick auf die Mauer dort setzen und Euch ausruhen?«

Anna schüttelte den Kopf. »Es geht schon. Hab Dank.« Sie lächelte ihn an, doch in ihren Augen stand tiefe Traurigkeit.

Er hatte Mitleid mit ihr, wenngleich er das liederliche Verhalten, das sie heute an den Tag gelegt hatte, nicht vergessen konnte. In seiner Achtung war sie tief gesunken, und er wusste, dass er sie nie wieder mit den gleichen Augen betrachten würde, wie er es gestern noch getan hatte. Zu Hause warteten ihr Mann und ihre Kinder auf sie, aber Anna hatte die erstbeste Gelegenheit für ein Stelldichein mit diesem dahergelaufenen Kerl genutzt. Dann aber rief sich Rudolf zur Ordnung. Es stand ihm nicht zu, über sie zu richten, und er bemühte sich, sich keinerlei Veränderung in seinem Verhalten ihr gegenüber anmerken zu lassen.

Obgleich die Herbstsonne vom wolkenlosen Himmel herabschien, fröstelte Anna erbärmlich. Gleich würden sie auf dem Schiff sein und die Heimreise antreten. Jeder Schritt, den sie machte, fiel ihr unendlich schwer. Sie stützte sich auf Rudolfs Arm. Er sah sie an und tätschelte aufmunternd ihre Hand.

Immer langsamer wurde ihr Gang, und Anna konnte bereits das Schiff erkennen, das sie hergebracht hatte und gleich nach Bremen zurückfahren würde.

Als sie den Kai erreichten, rief Rudolf nach dem Bootsführer, der mit zerknittertem Gesicht und rot unterlaufenen Augen an Deck trat. Obwohl man ihm die durchzechte Nacht ansah, schien er bester Laune zu sein.

»Seid gegrüßt. Es ist alles bereit. Wir können sogleich ablegen.«

Anna nickte stumm, ließ sich von Rudolf an Bord helfen und setzte sich auf eine der Kisten, die an der Reling standen. Mit Tränen in den Augen verfolgte sie das geschäftige Treiben im Hafen, hörte die Befehle des Bootsführers an seinen Helfer und registrierte, dass Rudolf schweigend neben ihr stand und ihrem Blick folgte.

Sie sah einen Jungen, der einen Hund mit einem Stock beschäftigte. Kinder liefen zwischen den Ständen umher und wurden von den Kaufleuten verscheucht. Betuchte Herren betrachteten Waren und feilschten, feine Damen schlenderten die Reihen entlang.

Das Schiff legte ab. Noch immer verfolgte Anna den Trubel, die Kinder lachten und feixten. Ihr Blick fiel auf zwei Frauen in edlen Gewändern … und blieb an ihnen hängen. Das Herz schlug ihr plötzlich bis zum Hals. Sie sprang auf, beugte sich weit über die Reling und schaute genauer hin. Das konnte doch nicht wahr sein! Sie griff nach Rudolfs Arm und zerrte an seinem Ärmel.

»Wir müssen umkehren! Sofort!«

»Aber was ist denn?«

»Sag es dem Bootsführer! Er soll sofort wenden.«

Rudolf sah sie verständnislos an.

»Los doch!«, befahl sie, und als er noch immer nicht reagierte, rannte sie selbst zum Bug.

»Haltet ein! Haltet ein! Wir müssen umkehren!«

Doch auch der Bootsführer schaute sie verständnislos an.

»Kehrt sofort um, oder ich springe über Bord und schwimme zurück.«

Rudolf und der Bootsmann warfen sich einen fragenden Blick zu.

»Tut, wie Euch geheißen!«, forderte Rudolf schließlich.

Der Angesprochene nickte. Langsam wendete er das Schiff und fuhr es in den Hafen zurück, während Anna wieder ihren Beobachtungsposten bezog und den Kai keinen Wimpernschlag lang aus den Augen ließ.

»So beeilt Euch doch!«

Endlich hatte das Schiff seinen ursprünglichen Anlegeplatz wieder erreicht, und der Bootsführer sputete sich, die Planke auszulegen. Kaum war dies geschehen, lief Anna auch schon darüber und eilte zielgerichtet zu den beiden Frauen hinüber, denen sie sich in den Weg stellte. Die sahen sie erschrocken an.

»Was wollt Ihr?«

Anna antwortete nicht, sondern trat nun dicht an eine der Frauen heran und fasste nach dem Stoff ihres Kleides.

»Was erlaubt Ihr Euch? Wollt Ihr etwa, dass ich den Büttel zu Hilfe rufe?«

Erst jetzt schien Anna ihre Stimme wiederzufinden. »Das ist ein wunderbares Kleid. Woher habt Ihr es?«

Die Angesprochene entspannte sich auf diese Frage hin sichtlich. »Ja, es ist ganz besonders, nicht wahr?«

»Venezianische Seide, und es duftet nach Lavendel.«

»Das erkennt Ihr auf den ersten Blick?« Stolz hob die Frau den Kopf. »Es ist einzigartig. Ich habe ein Vermögen dafür bezahlt.«

»Ja, das glaube ich«, sagte Anna und trat beiseite. »Entschuldigt, dass ich Euch aufgehalten habe.«

Die Damen nickten ihr daraufhin zu und setzten ihren Weg fort.

Annas Herz klopfte wie wild. Sie war fassungslos. Doch dann stürmte sie los und wäre fast gegen Rudolf geprallt, der die Szene aus kurzer Entfernung verfolgt hatte.

»Hast du Münzen bei dir?«

Rudolf stutzte, zog aber sogleich seine Geldkatze hervor.

»Danke.« Ohne eine Erklärung rannte sie los, stieß mit mehreren ihr entgegenkommenden Menschen zusammen, die daraufhin zu schimpfen oder gar zu fluchen begannen. Doch das kümmerte Anna nicht. Sie blieb stehen, blickte sich um, und machte ein Stück weit von sich entfernt mehrere kleine Jungen aus, zu denen sie hinüberlief.

»Ihr kennt euch hier doch gewiss gut aus!«

»Oui!«, kam die einstimmige Antwort zurück.

»Nun gut«, sie zog eine Münze hervor. »Der von euch, der mich zum Kontor Jean van Laakens führt, bekommt diese hier.«

»Ich mache es!«, rief sofort einer von ihnen und trat ihr vor lauter Eifer fast aufs Kleid.

»Dann komm!«

»Erst das Geld!«, forderte er mit starkem, belgischem Akzent.

»Sobald wir das Kontor erreicht haben«, stellte sie klar.

Er murrte daraufhin etwas, setzte sich aber in Bewegung. So rasch sie konnte, folgte sie ihm. Sie liefen in entgegengesetzter Richtung den Kai entlang, und es dauerte nicht lange, bis er anhielt.

»Da ist es, Madame!« Er deutete mit dem Finger auf ein langgestrecktes, gemauertes Gebäude.

»Darin lagert Jean van Laaken seine Waren?«

»Oui, Madame.« Er hielt die Hand auf, und sie gab ihm die Münze, die sofort in seiner Tasche verschwand. Dann machte er stehenden Fußes kehrt. Anna zwang sich zur Ruhe, bevor sie zum Lagerhaus hinüberging. Ein Mann stand vor dem Eingang zum Gebäude, das er offenbar bewachte.

Langsam schritt sie auf ihn zu und schenkte ihm ein freundliches Lächeln.

»Seid gegrüßt!«

Kurz zögerte er, dann trat er ihr entgegen.

»Kann ich Euch mit etwas behilflich sein?«

»Ja, hat Euch Euer Herr denn noch nicht Bescheid gegeben? Ich bin hier, um die Waren zu sehen.«

Er hob nichtwissend die Schultern. »Mir hat niemand etwas gesagt. Was denn für Waren?«

»Na, die im Lager. Womöglich kommen Jean van Laaken und ich miteinander ins Geschäft, doch ich möchte schon bald die Heimreise antreten und habe nicht mehr viel Zeit.«

»Es tut mir leid, Madame, doch mir hat niemand etwas gesagt. Und ohne Erlaubnis kann ich Euch nicht hineinlassen.«

»Nun«, meinte Anna und streckte ihr Gesicht mit geschlossenen Augen der Sonne entgegen, »dann warten wir eben so lange, bis der Bote mit der Weisung Eures Herrn kommt.«

»Gut«, befand der Wachmann und sah in Richtung Hafen.

Eine Weile sagte keiner von ihnen etwas, und Anna verharrte in ihrer Position. Dann öffnete sie die Augen.

»Die Boten Eures Herrn sind wohl nicht besonders zuverlässig?«, fragte sie nun mit ungeduldigem Tonfall. »Dabei hatte er mir versichert, gleich jemanden zu schicken. Ihm schien das Geschäft ebenso wichtig zu sein wie mir. Doch womöglich habe ich mich getäuscht. Wenn er sich das viele Geld entgehen lassen will, soll mir das auch gleich sein.«

Der Wachmann trat unruhig von einem Bein aufs andere.

»Dabei will ich nur einen kurzen Blick hineinwerfen. Schließlich muss ich mich davon überzeugen, dass er die Waren nicht nur gelagert hat, sondern dass sie auch in entsprechendem Zustand sind. Wie würde ich sonst vor der Kaufmannschaft dastehen, wenn ich ein Vermögen für Güter ausgebe, die ich nie gesehen und geprüft habe?«

Sie stemmte die Hände in die Hüften.

»Ich habe keine Zeit, länger zu warten. Richtet Eurem Herrn also von mir aus, dass ich nicht mehr an dem Geschäft interessiert bin.«

»Aber, Madame, es tut mir leid …«

Eben noch wütend, veränderte sich nun ihr Blick. »Ach, Ihr könnt ja nichts dafür. Ich will nur hoffen, dass Herr van Laaken nicht Euch dafür verantwortlich machen wird.«

»Mich?«

»Aber ja. Wenn sein Bote sich an den Ständen hat aufhalten lassen, was glaubt Ihr, wer dann am Ende die Schuld dafür bekommt.« Sie ließ ihre Worte einen Moment wirken.

»Aber mir kommt da ein Gedanke.«

»Ja?«

»Ich sehe mir die Waren kurz an, und Ihr begleitet mich dabei. Damit seid Ihr Eurer Pflicht nachgekommen, und ich kann meiner Kaufmannschaft berichten, dass alles mit rechten Dingen zugeht.«

»Ein guter Einfall«, sagte der Mann erleichtert. »Wartet, ich öffne Euch.«

Sofort machte er sich am Schloss des Lagerhauses zu schaffen und ließ Anna eintreten.

Sie blickte die hölzernen Regale entlang, die bis an die Decke reichten und über und über mit Waren gefüllt waren. Selbst das größte Handelskontor, das Bremen zu bieten hatte, bot nicht ansatzweise eine solche Vielfalt wie das van Laakens, das Anna wie ein Basar mit Gütern aus aller Welt vorkam.

»Seht Ihr«, sagte der Wachmann, »mein Herr hat Euch nicht zu viel versprochen. Er kann alle Waren liefern, die Ihr wünscht.«

»Ihr habt recht.« Sie ging weiter und besah sich die einzelnen Gegenstände, die teils mit Tüchern umwickelt, teils unverpackt waren, bis sie plötzlich stehen blieb.

»Was ist in diesen Fässern?«

Der Wachmann zuckte die Achseln. »Das weiß ich nicht.«

»Gebt mir Euer Messer, damit ich nachsehen kann.«

Er zögerte.

»Na, los doch!«

Auf diesen harschen Ton hin, nickte er, kniete sich selbst vor das Fass und hebelte den Deckel auf. »Ihr könntet Euch sonst die Finger zerkratzen.«

Sie lächelte ihm dankend zu, konnte jedoch nur schwer ihre Anspannung verbergen.

Mit einem Ruck löste er den Deckel, nahm ihn ab und trat dann einen Schritt zurück, damit Anna einen Blick hineinwerfen konnte.

»Butter. Wahrscheinlich werden Glasscheiben darin geschützt. Das hat mir ein Bootsmann erklärt, der …«, sagte der Wachmann, hielt dann aber erschrocken inne, als er Anna ansah. Die junge Frau war kreidebleich geworden und zitterte heftig am ganzen Körper zu. »Ist Euch nicht wohl?«

Doch Anna war unfähig, ihm zu antworten. Gebannt starrte sie in das Fass und auf die Butter, in deren glatte Oberfläche feine Linien gezeichnet waren. Sie sah wieder Rafael vor sich, wie er die Wellen mit den Fingern hineingemalt hatte, bevor Siegbert mit den Waren nach Brügge aufgebrochen war. Haltsuchend machte sie ein paar Schritte rückwärts.

»Ich wünschte, du wärst einfach heimgekehrt«, hörte sie da die Stimme Jeans hinter sich, die sie aus ihrer Erstarrung riss. Langsam drehte sie sich um.

»Siegbert hat Brügge also erreicht«, sagte sie leise. »Diese Waren hier beweisen es.«

»Und das willst du an einem Butterfass erkennen?« Es klang spöttisch.

»Die Linien dort hat mein Sohn in die Butter gemalt, und zwar genau an dem Tag, an dem Siegbert seine Reise hierher antrat.«

Jeans Blick wurde kalt. »Mach den Deckel wieder drauf«, wies er seinen Wachmann schroff an. »Und dann verschwinde.«

»Ja, Herr!« Rasch tat der Mann, wie ihm geheißen. Bevor er sich davonmachte, warf er noch einen letzten Blick auf Anna. Er schien unsicher, ob er gehen sollte, besann sich dann jedoch und schloss die Tür von außen.

»Mir hat die letzte Nacht sehr gefallen.« Jean strich ihr über die Wange.

Übelkeit stieg in ihr auf. »Was hast du mit meinem Großvater gemacht?« Sie schlug seine Hand fort.

»Das mag ich so an dir, deine Leidenschaft. Du bist eine wahrhaft aufregende Frau.« Wieder streckte er die Hand nach ihr aus und erhielt diesmal eine schallende Ohrfeige. Überrascht fasste er sich an die brennende Wange und schlug dann im nächsten Moment ebenso hart zurück. Anna taumelte, fing sich aber sogleich wieder.

»Was hast du mit meinem Großvater gemacht?«, wiederholte sie.

»Was hast du mit meinem Großvater gemacht?«, äffte er sie nach. »Mein Großvater, mein Großvater.«

Sie sah ihn verwirrt an. Vor ihr stand ein vollkommen anderer Mensch als der, den sie vor Monaten kennengelernt, ja sogar geliebt hatte. Wie war das nur möglich? Doch wie dem auch war, er hatte sie und ihren Großvater aufs Schändlichste betrogen.

»Er ist weg. So!«

»Wo ist er?«

»Wo ist er? Wo ist er?« Wieder veränderte sich seine Stimme, verzog sich sein Gesicht zur Grimasse.

Anna schien es, als verliere er den Verstand. Wut stieg in ihr auf. Sie machte einen Schritt auf ihn zu und packte ihn am Kragen seines Gewandes. »Wo ist er?«, brüllte sie.

Freundlich blickte er sie an, grinste und begann schließlich laut zu lachen. »Du könntest ihm begegnet sein, irgendwo auf hoher See.« Sie ließ ihn los, und er begann, mit einem amüsierten Gesichtsausdruck vor ihr auf und ab zu gehen.

»Ja, ja, ich denke, du bist ihm begegnet. Aber, o ja, schwierig, ihn zu erkennen. Schwierig, schwierig, in der Tat.«

Anna wurde eiskalt. Van Laaken war offensichtlich vollkommen verrückt geworden.

»Mit dem Sack überm Körper und den Steinen darin, sank er hin, sank er hin«, trug er rhythmisch vor und setzte gleichzeitig seine Füße, als würde er zu einer Melodie tanzen.

»Du hast ihn ertränkt?« Anna brachte die Worte kaum heraus.

Er hielt in der Bewegung inne, legte sich den Finger auf die Lippen und schien intensiv nachzudenken. »Nein«, befand er schließlich und lächelte sie an. »Ich denke, da war er schon tot. Und ein Toter kann ja nicht mehr ertrinken, nicht wahr?« Er lachte auf, erst leise, dann immer lauter.

»Du bist wahnsinnig!«, flüsterte sie. Dann rannte sie los, kam aber nur wenige Meter weit, bis er sie eingeholt hatte und von hinten am Hals packte.

»Na, na, wo willst du denn hin?« Er drückte zu, bis sie kaum noch Luft bekam. »Es ist aber auch zu schade. Warum nur wollt ihr lieber Geschäfte mit der bösen Hanse machen als mit mir?« Er verstärkte den Druck seiner Hände, während Anna röchelte und verzweifelt versuchte, sich zu befreien. Dabei redete er unaufhörlich weiter auf sie ein.

»Dein Duft ist berauschend, herrlich.« Er küsste sie auf den Mund.

Anna schwanden die Sinne, kleine Lichter tanzten vor ihren Augen. Das Rauschen in ihrer Ohren wurde immer lauter – als wäre sie unter Wasser und über ihr schlügen die Wellen zusammen. Plötzlich sah sie die Gesichter ihrer Kinder vor sich. Und Gawins. Er lächelte sie an, kam mit ausgebreiteten Armen auf sie zu. Dann veränderte sich sein Gesicht. Nun war es das von Siegbert, der ihr die Hand reichte und sie lächelnd mit sich zog.

Dass ihre Beine nachgaben, wurde sie schon nicht mehr gewahr. Doch langsam ließ das Rauschen wieder nach, ihr Großvater lockerte seinen Griff und gab ihre Hand frei. Ihr Körper wurde hin und her geschleudert. Sie spürte, dass sie nach oben gezerrt wurde. Mühsam öffnete sie die Augen und erkannte Rudolf, der sie auf den Arm genommen hatte und mit ihr eine Straße entlangrannte. Sie wusste nicht, was geschehen war. Immer wieder fielen ihr die Augen zu, und ihr Kopf kippte nach hinten in den Nacken. Sie konnte ihn aus eigener Kraft nicht mehr anheben. Dann verlor sie erneut das Bewusstsein.

Rudolf brüllte die ihm entgegenkommenden Menschen an, damit sie ihm rechtzeitig Platz machten und den Weg freigaben. Er rannte, so schnell er nur konnte, Annas leblosen Körper auf seinen Armen, bis er den Hafen erreichte. Schon von weitem rief er dem Bootsführer zu, er solle sich bereithalten. Dann überquerte er die Planke, die der Seemann sogleich geistesgegenwärtig wieder einzog. In Windeseile machten sie die Leinen los. Rudolf ließ Anna zu Boden gleiten, zog seinen Trinkschlauch hervor und flößte ihr vorsichtig Wasser ein. Ein gurgelndes Geräusch, gefolgt von einem nicht enden wollenden Hustenanfall. Zitternd tastete sie nach dem Trinkschlauch, um ihn von ihrem Mund wegzuschieben. Die junge Frau war kreidebleich, ihr Hals schmerzte furchtbar, sie vermochte kein einziges Wort hervorzubringen. Sie mühte sich, ihres Körpers wieder Herr zu werden, und bedeutete Rudolf, ihr aufzuhelfen und sie auf eine Kiste nahe der Reling zu setzen. Vorsichtig kam Rudolf ihrem Wunsch nach. Dabei fiel sein Blick auf van Laaken, der vom Kai aus zusah, wie sie langsam den Hafen verließen. Anna zog japsend die Luft ein und lehnte sich kraftlos an Rudolf. Jetzt hatte auch sie Jean entdeckt, und ihre Blicke trafen sich. Sein Gesichtsausdruck veränderte sich. Eben noch der eines eiskalten Mörders, lächelte er sie nun an und warf ihr eine Kusshand zu.

Anna schaffte es gerade noch, sich an der Reling hochzuziehen und sich über sie zu beugen, bevor sich ihr Magen entleerte.

Danach starrte sie in Richtung Hafen, selbst als dieser schon lange nicht mehr zu sehen war. Bis Rudolf sie vorsichtig von der Reling fortzog.

»Er hat ihn umgebracht, Rudolf«, flüsterte sie. »Van Laaken hat meinen Großvater ermordet. Er hat es mir selbst gesagt.«

»Ich weiß«, sagte Rudolf leise. »Ich habe einen Teil des Gesprächs mitbekommen, als ich im Lagerhaus eintraf.«

»Er hat ihn einfach umgebracht und im Meer ertränkt.« Sie schüttelte fassungslos den Kopf. »Und er lachte, als er es mir sagte.« Sie begann, am ganzen Körper heftig zu zittern.

Rudolf umfasste ihre Schultern, um sie zu beruhigen.

»Ich habe aber keine Erinnerung mehr an das, was danach passiert ist, ich meine, nachdem er versuchte, mich umzubringen. Kannst du es mir sagen?«

Rudolf nickte.

»Ich bin Euch vom Hafen zum Kontor nachgelaufen. Als ich dort ankam, stand der Wachmann vor der Tür. Ich sagte ihm, dass ich in Eurem Dienst stehe und deshalb hineinwolle, doch er versperrte mir den Weg. Da habe ich ihn niedergeschlagen. Im Lagerhaus hörte ich dann die Stimme van Laakens und was er Euch sagte. Ich habe gelauscht.« Bei den letzten Worten senkte Rudolf kurz den Kopf. »Da habe ich es gehört. Ich konnte nicht sehen, was vorging. Deshalb habe ich auch viel zu spät bemerkt, dass er Euch würgte, während er mit Euch sprach. Es tut mir leid.«

»Es gibt nichts, was dir leidtun muss. Du hast mir das Leben gerettet. Ich danke dir.«

»Kommt jetzt. Ihr müsst jetzt etwas trinken, und wenn Ihr könnt, auch etwas zu Euch nehmen.«

Zitternd setzte Anna den Trinkschlauch an ihre Lippen und ließ das kühle Nass ihre Kehle hinunterrinnen. Das Schlucken fiel ihr schwer. Ihr Hals war ein einziger brennender Schmerz, in ihrem Kopf hämmerte es ununterbrochen. Ihr war eiskalt, und sie zitterte unkontrolliert am ganzen Körper. Rudolf legte ihr einen Umhang um die Schultern, doch der Stoff konnte sie nicht wärmen. Das Dröhnen im Kopf wurde zu einem schrillen Pfeifton in ihren Ohren. Sie konnte nichts mehr hören. Langsam blickte sie zum Bug, sah den Bootsführer, der schweigend die Kogge steuerte. Oder sagte er gerade etwas zu seinem Helfer? Zumindest bewegte er die Lippen. Das Rauschen und Pfeifen in ihren Ohren übertönte jedes andere Geräusch. Langsam drehte sie den Kopf. Merkwürdig. Sie spürte, dass Rudolf ihren Oberkörper stützte. Aber stand er dafür nicht viel zu weit von ihr entfernt? Schwankte das Schiff so stark, oder bewegte sich ihr Beschützer so rasch von einer Stelle zur anderen? Tief holte sie Luft, schloss die Augen und öffnete sie wieder. Doch jetzt bewegten sich die Menschen noch schneller um sie herum. Das ganze Schiff drehte sich im Kreis. Sie konnte die Augen nicht länger offen halten, und ein heftiges Zittern, noch stärker als zuvor, peinigte ihren Körper. Schwärze umfing sie. Dass Rudolf sie auffing, als sie von der Kiste zu Boden glitt, spürte sie schon nicht mehr.

14. KAPITEL

Sophie hatte das Haus seit Tagen nicht mehr verlassen. Stunde um Stunde saß sie am Krankenbett ihres Vaters, der noch immer nicht die Augen aufgeschlagen hatte. Nur wenn Gertrud die tägliche Waschung an Gawin vornahm, verließ sie den Raum. Sie machte sich schreckliche Vorwürfe. Wäre sie nicht fortgelaufen und in dem Verschlag eingeschlafen, hätte der Vater nie nach ihr gesucht und wäre auch nicht überfallen worden. Der Medikus, der inzwischen nicht mehr täglich vorbeischaute, weil er meinte, ohnehin nichts ausrichten zu können, machte ihnen nur wenig Hoffnung. Sophie fühlte sich so hilflos und verlassen wie noch nie zuvor in ihrem jungen Leben. Ihr Urgroßvater war verschwunden, ihre Mutter zusammen mit Rudolf in Flandern und ihr Vater siechte mehr dahin, als dass er lebte. Zwar kümmerte sich Gertrud rührend um sie, sobald es ihr ihre Zeit erlaubte, und auch Margrite kam täglich, um nach ihr und ihren Brüdern zu sehen. Dennoch war es, als stünde das Leben im Haus still. Robert und Rafael stritten nicht einmal mehr miteinander, sondern kauerten meist neben ihr am Bett des Vaters. Auch hatten sie es inzwischen aufgegeben, ihr Mut zu machen, dass alles wieder gut werden und der Vater schon wieder aufwachen würde. Denn Gawin wachte nicht auf, und Sophie fragte sich, ob es an ihr lag und an seiner Enttäuschung über ihr Verhalten.

Käme doch nur ihre Mutter endlich zurück! Jeden Morgen, wenn Sophie die Augen aufschlug, hoffte sie, dass dies der Tag wäre, an dem Anna heimkehren würde. Und jeden Abend, wenn es Zeit war, sich schlafen zu legen, und die Mutter wieder nicht heimgekehrt war, lag sie noch lange Zeit wach oder hatte schlimme Träume. Inzwischen hatte sie nicht einmal mehr Tränen, um sich in den Schlaf zu weinen. Und gestern hatte sie sogar zum ersten Mal vergessen, zu beten, weshalb sie sich nun noch schlechter fühlte, fest die Hände aneinander presste und den Herrn am Krankenlager ihres Vaters inbrünstig um Hilfe bat. Sie lauschte, nachdem sie geendet hatte, um nur ja kein Zeichen Gottes zu verpassen, mit dem er ihr bedeutete, sie erhört zu haben. Doch da war nichts. Sie wusste, dass der Herr gütig war. Immer wieder hatte ihre Mutter ihr Geschichten erzählt, in denen er den Menschen auf barmherzige Weise geholfen hatte. Doch Sophie wusste auch, dass Gott sich von den Menschen abwandte, wenn sie zu viele Sünden begangen hatten. Und war ihr Fortlaufen nicht eine solch sträfliche Tat gewesen, die ihn nun dazu brachte, ihre Gebete nicht mehr zu erhören? Ein Schauer lief ihr über den Rücken bei diesem Gedanken. Wie sollte sie ohne den Beistand des Herrn ihrem Vater helfen? Und, schlimmer noch: Wie sollte sie ohne sein Geleit weiterleben?

Plötzlich erschrak sie. Sie glaubte, gespürt zu haben, dass der Vater kurz ihre linke Hand gedrückt hatte, die in der seinen lag. Sie stand von ihrem Stuhl auf, beugte sich dicht über sein Gesicht und studierte es genau. Erst zögerte sie, zog dann aber doch sein Augenlid in die Höhe, genauso wie sie es in den vergangenen Tagen stets beim Medikus beobachtet hatte. Angestrengt prüfte sie, ob sie eine Veränderung feststellen konnte, musste sich aber schließlich eingestehen, dass sie nicht einmal wusste, worauf der Heiler geachtet hatte. Also ließ sie das Augenlid sinken und nahm seufzend wieder Platz. Sie öffnete die Hand ihres Vaters und legte vorsichtig ihren Kopf hinein. Sachte bewegte sie ihn hin und her, so dass es fast war, als streichle er ihr die Wange. Sophie schloss ihre

Augen und sah sich an der Hand ihres Vaters durch die Gassen Bremens spazieren. Vergnügt sprang sie neben ihm her, erzählte ihm, was sie erlebt und was für aufregende, neue Geschichten sie gehört hatte. Dann wieder sah sie sich auf seinem Schoß sitzen, spürte, wie er sie hielt. Wie sicher und geborgen sie sich doch immer bei ihm gefühlt hatte. Und wie sehr sehnte sie sich jetzt nach den Dingen, die sie stets für selbstverständlich gehalten hatte. Schon wurde ihr das Herz wieder schwer. Unwillkürlich dachte sie an den Dom und das überwältigende Spiel der Orgel, unter deren Klängen das Haus Gottes gar zu erzittern schien. In diesem Moment kam ihr ein Gedanke, fast wie eine Erleuchtung. War dies das göttliche Zeichen, auf das sie gewartet hatte? Plötzlich wusste sie, was zu tun war. Rasch hob sie den Kopf und stand auf. Vielleicht erwartete Gott von ihr, dass sie in seinem Haus für die Genesung ihres Vaters und die baldige Heimkehr ihrer Mutter und ihres Urgroßvaters betete. Schnell drückte sie Gawin einen Kuss auf die Wange und verließ hastig das Krankenzimmer.

Eilig lief sie die Treppe hinab.

»Wo willst du hin?«, hörte Sophie Roberts Stimme hinter sich fragen und verharrte auf der letzten Stufe.

»Zum Dom.«

Ihr Bruder kam langsam zu ihr herunter und blieb neben ihr stehen. »Zum Dom? Und was willst du da?«

»Beten.«

Er stellte sich neben ihr in Position und verschränkte die Arme vor der Brust. »Das kannst du auch hier.«

»Aber ich muss unbedingt dorthin.«

»Kommt nicht in Frage«, urteilte er und schüttelte entschieden den Kopf.

»Was kommt nicht in Frage?«

Robert sah zu Rafael hinauf, der am Treppengeländer des oberen Gangs lehnte und zu ihnen herabsah. »Dass sie zum Dom geht.«

»Was willst du denn da?«, wollte Rafael wissen.

Sophie verdrehte die Augen. Immer musste sie alles zweimal erklären.

»Ich will für Vater beten.«

»Warum kannst du das nicht hier?«

Robert warf seiner Schwester einen triumphierenden Blick zu. »Siehst du? Rafael sieht's genauso wie ich.«

»Immer müsst ihr mich bevormunden!« Sophie sprang wütend die letzte Treppenstufe hinab.

»Weil du unsere kleine Schwester bist«, sagte Robert nun versöhnlich. »Und da weder Vater noch Mutter derzeit dafür sorgen können, dass dir nichts geschieht, ist es unsere Aufgabe.«

Eben noch wütend, war Sophie von seinen Worten nun berührt. Doch sie wollte sich unter keinen Umständen von ihrem Vorhaben abbringen lassen.

»Dann helft mir!«, forderte sie.

»Wobei? Beim Beten?« Rafael kam mit ruhigen Schritten die Treppe herab.

»Nein. Dabei, in den Dom zu kommen.«

»Die werden dich sowieso nicht reinlassen.«

»Deshalb brauche ich ja eure Hilfe.«

»Und wie stellst du dir das vor?«

Sophie kaute auf ihrer Unterlippe. »Ich weiß es nicht«, musste sie zugeben.

»Siehst du? Dann schlag dir dein Vorhaben aus dem Kopf, und lass uns stattdessen lieber Gertrud fragen, ob sie etwas Leckeres für uns zu essen hat.«

Rafael erreichte die beiden, und Robert trat an Sophies Seite und legte den Arm um sie. Seine kleine Schwester machte aber keine Anstalten, sich von der Stelle zu rühren und sich von ihrem Bruder in die Küche führen zu lassen. Starr hielt sie den Blick zu Boden gerichtet.

»Sag mal, weinst du etwa?«

Sie konnte die Tränen nicht länger zurückhalten. »Versteht doch! Ich habe vorhin gebetet, an Vaters Bett. Und auf einmal hörte ich die Musik, die auch immer während des Gottesdienstes gespielt wird. Und da wusste ich es.«

»Was?«, kam es von den Zwillingen wie aus einem Mund.

Sophie schluckte. »Da wusste ich, dass Gott von mir erwartet, dass ich zu ihm in den Dom komme und dort für Vater bete.«

»Hat er dir auch gesagt, wo du den Schlüssel herbekommst?«

»Verspotte sie nicht!« Rafael funkelte seinen Bruder wütend an.

Robert wollte schon aufbegehren, nahm sich dann aber zurück. Zu viel hatten die Geschwister in letzter Zeit ertragen müssen. Auch das Schicksal Siegberts und der Mutter waren ungewiss. Sie mussten jetzt zusammenhalten. »Verzeih bitte, Sophie. Das war nicht nett von mir.«

Rafael nickte ihm unmerklich zu. Kein Triumph lag in seinen Augen. Nur stilles Einvernehmen mit seinem Bruder.

»Dann helft ihr mir also?«

Die Jungen sahen sich an. Sie brauchten nicht mehr als einen Wimpernschlag, um zu einer Übereinkunft zu kommen.

»Und du bist sicher, dass Gott dann auf uns hört, ja?« Rafael verzog sein Gesicht zu einer Grimasse.

»Ganz sicher!«, bekräftigte Sophie strahlend.

»Na dann.« Rafael hakte sich bei seiner Schwester unter und wartete, bis Robert es ihm gleichtat. »Auf zum Dom. Aber Gertrud sagen wir, dass wir noch kurz in die Werkstatt wollen. Sonst lässt sie uns nicht weg.«

»Und du meinst, dann dürfen wir gehen?« Robert zog zweifelnd die Augenbrauen hoch.

Rafael zuckte mit den Achseln. »Du weißt doch, wir müssen nur lang genug auf sie einreden. Irgendwann will sie dann einfach nur noch ihre Ruhe haben und fragt nicht weiter nach.«

Ein Glücksgefühl stieg in Sophie auf, wie sie es schon lange nicht mehr empfunden hatte. Endlich würde sie etwas wirklich Hilfreiches für den Vater tun können. Rasch drückte sie den beiden einen schnellen Kuss auf die Wange. »Ihr seid die besten Brüder der Welt.«

Rafael sollte recht behalten, Gertrud scheuchte die drei relativ rasch aus ihrer Küche und ließ sie ihrer Wege gehen. Die Kinder huschten daraufhin schnell zur Haustür hinaus, bevor die Haushälterin es sich vielleicht noch einmal anders überlegte.

»Wir müssen noch in der Werkstatt vorbei«, kündigte Rafael an.

»Weshalb?«, fragte Robert im Laufen.

»Ich weiß jetzt, wie wir in den Dom gelangen.« Er zwinkerte seinem Bruder verschwörerisch zu.

Sophie lief voraus, und die Zwillinge hatten fast ein wenig Mühe, mit ihrer kleinen Schwester Schritt zu halten. Sie war froh darüber, dass ihre Brüder seit so langer Zeit endlich wieder einmal am selben Strang zogen und sich nicht stritten. Robert und Rafael einer Meinung zu erleben, kam so gut wie nie vor. Umso mehr genoss sie es, beide an ihrer Seite zu wissen. Wenn doch nur die Mutter hier wäre und sie auf diese Weise vereint erleben könnte. Für einen Augenblick krampfte das Herz des Mädchens. Wenn Mutter und Urgroßvater wieder nach Hause kämen, würde alles gut werden, dessen war sie sich gewiss. Doch noch waren sie nicht zu Hause, und Sophie musste sich zusammenreißen, um dem Gefühl der Hoffnungslosigkeit, das erneut in ihr aufstieg, keinen Raum zu geben. Immer einen Schritt nach dem anderen, genau so, wie Siegbert es ihr beigebracht hatte.

»Sophie! Wo willst du denn hin?«

Sofort blieb sie stehen. Hätte Rafael sie nicht gerufen, sie wäre an der Werkstatt ihres Vaters vorbeigelaufen, sosehr war sie in Gedanken.

Sie wollte sich erklären, schüttelte dann aber nur den Kopf.

»Also, was wollen wir nun hier?«

»Das werdet ihr gleich sehen.« Rafael öffnete schwungvoll die Tür.

»Grüß dich, Andres. Sag bitte, wo sind die Schnitzvorlagen für das Chorgestühl?«

Der Angesprochene kratzte sich am Kinn. »Für das Chorgestühl im Dom?«

Rafael nickte.

»Die sind da hinten im Werkraum deines Vaters. Was willst du denn damit?«

»Ich bringe sie später zurück. Und ich brauche auch noch ein Stück Pergament und Kohle.«

»Du findest alles dort hinten.« Andres wandte sich wieder seiner Arbeit zu, schaute dann aber doch noch einmal auf. »Sag, ist dein Vater etwa aufgewacht?«

Rafael blieb stehen und senkte traurig den Kopf. »Leider nicht.«

»Aber wozu brauchst du dann …« Er brach ab. »Wie gesagt, du findest alles im Werkraum. Aber mach nichts kaputt.«

Rafael nickte, jagte zum Arbeitsplatz seines Vaters und kam nur einen Augenblick später mit einer Mappe gefüllt mit Pergamenten und Malutensilien zurück.

»Bis später, Andres. Wir werden nicht lange brauchen.«

»Ist schon recht«, brummte dieser, während er bereits die nächsten Nägel ins Holz trieb.

Kaum dass Rafael aus der Werkstatt getreten war, begutachtete Robert die mitgeführten Sachen. Breit grinste er den Bruder an. »Ich glaube, jetzt weiß ich, was du vorhast.«

»Ich immer noch nicht«, erkannte Sophie. »Aber ist mir auch nicht wichtig. Entscheidend ist allein, dass ich in den Dom komme und beten kann. Dann wird endlich alles gut.«

Zwar verriet ein Blickwechsel zwischen den Brüdern, dass sie die Überzeugung ihrer Schwester nicht zu teilen vermochten, doch das sagten sie ihr nicht. Ob es nun half oder sinnlos war, schaden konnte es auf keinen Fall. Und ihr den Glauben zu nehmen, mit einem Gebet im heiligen Dom alles zum Guten wenden zu können, brachte keiner von beiden übers Herz.

Mit heftig klopfenden Herzen schritten die Geschwister die Stufen zum Portal hinauf, an dessen rechter und linker Seite je ein Wachmann postiert war.

»Was wollt ihr?« Das Gesicht des Mannes war grimmig.

Rafael schob sich vor seine Schwester. »Unser Vater ist der Zimmermann Gawin, der das Chorgestühl fertigt. Er benötigt eine Skizze der bereits bestehenden Verzierungen.«

Der Wachmann warf seinem Kameraden einen fragenden Blick zu. Dieser zuckte nur mit den Schultern. »Und dafür schickt euer Vater euch drei hierher?«

Rafael stemmte empört die Hände in die Hüften. »Mein Bruder und ich lernen in der Zimmerei, und wir haben den Auftrag erhalten, die Zeichnungen zu fertigen, damit unser Vater die neuen Verzierungen entsprechend fertigen kann. Jeder in der Stadt weiß, dass er ein ausgezeichneter Bildhauer ist. Schließlich hat er auch die Madonna gefertigt. Wenn wir die Zeichnungen nicht machen können, kann unser Vater nicht rechtzeitig fertig werden.«

Er beobachtete die Reaktion des Wachmanns genau.

»Dann eben nicht«, befand Rafael, griff nach Sophies Arm und machte kehrt. »Kommt, lasst uns zurückgehen und berichten, dass uns der Zutritt verwehrt wurde. Ist ja nicht unsere Schuld, wenn die beiden dann Schwierigkeiten mit den Oberen bekommen, weil die Arbeit am Chorgestühl nicht zeitgerecht fertig wird. Wir waren hier und wollten unseren Auftrag ausführen. So haben wir jetzt wenigstens frei.«

»Nichts da, ihr wartet.« Der Wachmann erreichte sie mit wenigen Schritten und hielt Rafael fest. »Ihr werdet gefälligst tun, wozu euer Vater euch hergeschickt hat.«

»Wie Ihr meint«, antwortete Rafael betont gleichgültig und ging dann mit seinen Geschwistern langsam zum Kirchenportal zurück. Robert meinte, Sophie, deren kleine Hände vor lauter Aufregung zu Fäusten geballt waren, würde sie am Ende doch noch verraten. Sanft berührte er sie am Arm und bedeutete ihr mit einem Blick, dass sie keine Angst mehr zu haben bräuchte und sie ihr Ziel erreicht hätten. Ein kurzes Lächeln war die Antwort.

»So, aber passt auf, dass ihr mir nichts kaputt macht.« Der Wachmann schloss ihnen die riesige Flügeltür auf und ließ sie eintreten.

»Damit wir Ärger bekommen? Bestimmt nicht.«

Robert bewunderte seinen Bruder für die Selbstsicherheit, mit der er antwortete. Seine eigene Stimme hätte bei diesen Worten gewiss gezittert oder ihm gar den Dienst versagt. Rafael hingegen schien solche Befürchtungen nicht einmal zu kennen.

»Wir werden draußen stehen bleiben und die Tür wieder abschließen. Das ist Vorschrift. Ihr müsst also klopfen, wenn ihr rauswollt.«

»Wir werden nicht lange brauchen«, versicherte Rafael. »Aber geht ja nicht weg, so dass wir am Ende noch den ganzen Tag im Dom verbringen müssen.«

Der Wachmann grinste und schloss dann sorgfältig hinter den dreien die Tür ab.

Sophie sah sich um. Ein Schauer lief ihr über den Rücken. Noch nie zuvor war sie in dem Gotteshaus gewesen, wenn so wenige Menschen darin waren. So leer wirkte es noch viel überwältigender auf sie, als wenn sich die Bremer dicht an dicht drängten, miteinander tuschelten und schwatzten, bis der Gottesdienst begann und der Pfarrer das Wort an sie richtete. Ohne jedes geschäftige Treiben und die kirchlichen Rituale, die sie vollziehen musste, fühlte sie sich dem Herrn viel näher als sonst.

»Nun, dann mach mal«, forderte Robert sie auf.

Sie nickte nur stumm, konnte ihre Ergriffenheit nicht verbergen.

»Was hast du denn?«

»Spürt ihr das nicht auch?« Sie sah ihre Brüder fragend an. »Ich meine …« Sie suchte nach Worten. »Gott!«

»Na, seinetwegen sind wir doch hierhergekommen«, meinte Rafael leichthin, doch der ernste Blick seiner kleinen Schwester verriet ihm, dass sie seine Bemerkung für fehl am Platz hielt.

»Geh nach vorn und sprich dein Gebet«, sagte Robert.

Sophie nickte schweigend und schritt andächtig den Mittelgang entlang. Ihr Herz pochte heftig, schließlich blieb sie mitten im Hauptschiff stehen, senkte den Kopf und presste die Hände gegeneinander. Kurz blickte sie sich um. Robert und Rafael waren tatsächlich zum Chorgestühl gegangen und hielten dort die Umrisse der Verzierungen auf Pergament fest. Sophie atmete erleichtert aus. Einen Moment lang hatte sie das beklemmende Gefühl, bei ihrem Gespräch mit Gott beobachtet zu werden. Dann aber schloss sie die Augen, kniete sich nieder und sprach langsam ein stilles Gebet. Obgleich sie sicher war, dass er bereits alles wusste, berichtete sie ihrem Schöpfer von all ihren Ängsten und Sorgen. Vom Verschwinden ihres Urgroßvaters, dem Ausbleiben ihrer Mutter, dem gemeinen Überfall auf ihren Vater und dass dieser sein Bewusstsein nicht wiederzuerlangen vermochte. Kurz überlegte sie, ob Gott es ihr wohl übelnehmen würde, wenn sie nicht nur für ihre Lieben, sondern auch für sich selbst bitten würde.

»Bitte mach, dass alles gut wird und …«, sie zögerte, »dass ich nicht mehr so einsam bin. Amen.« Sie stand auf und bekreuzigte sich.

»Bist du fertig?« Roberts Frage hallte durch das riesige Gotteshaus.

Sophie nickte und ging zu ihren Brüdern hinüber. »Jetzt wird alles gut.«

»Hat Gott dir das gesagt?« Es lag keine Häme in Roberts Stimme, wie Sophie bemerkte, eher Zweifel.

»Selbstverständlich hat er das.«

Robert zog eine Augenbraue hoch.

»Na dann«, mischte Rafael sich ein, »müssen wir jetzt nur noch nach Hause gehen und warten, wie schnell seine Wunder geschehen.«

Sophie nickte glücklich, sie hatte die leichte Ironie, die in den Worten ihres Bruders mitschwang, nicht bemerkt. Mit festem Schritt stapfte die Sechsjährige zur Tür und klopfte.

»Wir sind fertig! Öffnet!«

Rafael sah Robert an und verzog anerkennend das Gesicht. »Ganz schön befehlsgewohnt, unsere kleine Schwester.«

Sie hörten, wie sich daraufhin quietschend der Schlüssel im Schloss drehte, und schon im nächsten Moment schlug ihnen frische Luft entgegen. Robert hielt dem Wachmann die von ihm gefertigten Zeichnungen vors Gesicht. »Hier. Wir haben, was wir brauchen.«

Der Angesprochene nickte nur und wartete, bis die drei das Gebäude wieder verlassen hatten. Dann warf er einen Blick ins Innere, um zu prüfen, ob sie auch wirklich nichts beschädigt hatten. Zufrieden stellte er fest, dass zumindest bei einer ersten flüchtigen Prüfung nichts dergleichen zu erkennen war. Und da auch keine Geräusche nach draußen gedrungen waren, die auf irgendeine Form der Zerstörung hätten schließen lassen, beließ er es erst mal dabei.

Erneut nickte er den Kindern zu, die daraufhin einen Gruß murmelten und die Stufen hinabhüpften. Erst gingen sie langsam, dann immer schneller, bis sie schließlich rannten und keuchend das Goossen'sche Anwesen erreichten.

15. KAPITEL

Mit einem feuchten Stofffetzen betupfte Rudolf Annas Stirn. Zu Beginn ihrer Rückreise war seine Herrin zwar immer wieder in tiefe Bewusstlosigkeit gefallen, aus der sie aber auch immer wieder erwacht war. Doch seit dem gestrigen Abend hatte sie das Bewusstsein nicht wiedererlangt.

»Wie lange noch?«, fragte Rudolf den Bootsführer mit zitternder Stimme.

»Drei Tage, im besten Falle zwei. Und das wird sich auch nicht ändern, nur weil ihr mich stündlich danach fragt.«

Rudolf wollte ihn schon harsch zurechtweisen, ließ es dann aber bleiben. Es würde seiner Herrin nicht helfen, wenn er sich mit dem Schiffsführer anlegte. Doch er war verzweifelt. Seit Tagen hatte Anna nichts Essbares mehr zu sich genommen, allein der Versuch, ihr etwas in den Mund zu legen, hatte jedes Mal einen so heftigen Brechreiz bei ihr ausgelöst, dass er meinte, sie würde ersticken. Hinzu kam die Sorge, was mit dem Kind in ihrem Leib geschehen mochte. Schon vor ihrer Reise hatte Rudolf vermutet, dass seine Herrin erneut ein Kind trug. Doch nun war er sich dessen sicher, hatte er während des Verlaufs der beinahe vierwöchigen Reise doch bemerkt, dass sich ihr Leib zunehmend rundete und ihr Bauch sich immer deutlicher unter dem Kleid abzeichnete. Anna war stets zierlich und schmal gewesen, doch nun war ihr Körper abgezehrt. Sie musste einfach etwas essen, wollte sie das Kind nicht verlieren. Doch erst einmal musste Rudolf den Kampf gegen ihre Bewusstlosigkeit gewinnen.

Er hob ihren Oberkörper an und schüttelte sie. Zunächst sanft, dann kräftiger.

»Herrin! Kommt zu Euch! Ich bitte Euch!«

Der Bootsführer hatte seinem Helfer das Steuer überlassen und hockte sich neben Rudolf auf die Planken. »Wenn sie nicht endlich etwas isst, stirb sie uns weg.«

Die Männer tauschten einen Blick.

»Wenn Ihr einen Rat oder guten Einfall habt. Ich bin für alles dankbar.«

»Dann verzeiht mir, was ich nun tue.«

Ehe Rudolf reagieren konnte, holte der Bootsführer aus und versetzte Anna mehrere Ohrfeigen. Rudolf schnaubte vor Wut und funkelte ihn wütend an, bis er merkte, dass die Schläge Wirkung zeigten. Denn Anna stöhnte daraufhin. Sofort packte er sie fester bei den Schultern und schüttelte sie erneut.

»Herrin, bitte!«

Ihre Unterlippe begann zu zittern, und ihre Augenlider flatterten leicht.

»So ist es gut«, sprach Rudolf ihr zu. »Kommt! Kommt zurück zu uns.«

Es schien, als wolle Anna etwas sagen. Langsam öffnete sie ihren Mund, schloss ihn dann aber wieder, ohne etwas gesagt zu haben. Immer noch hing sie leblos in Rudolfs Armen.

»Gebt mir den Trinkschlauch.«

Rasch folgte der Schiffsführer Rudolfs Aufforderung. Ganz vorsichtig, damit sie sich nicht verschluckte, flößte er Anna wenige Tropfen in den leicht geöffneten Mund. Es schien, als rinne das kühle Nass ohne jedes Zutun Annas ihre Kehle hinab. Immer wieder setzte er den Schlauch nun an ihre Lippen, bis sie endlich selbständig schluckte.

»So ist es gut«, flüsterte er sanft. »Trinkt weiter. Immer weiter.«

Kurz vergewisserte er sich, dass sie, wie in den letzten Tagen, nicht krampfte und sich übergeben musste. Doch als die befürchtete Reaktion ausblieb, führte er den Trinkschlauch erneut zu ihrem Mund.

»Hoffen wir, dass es drinbleibt.« Der Bootsführer beäugte Anna sorgenvoll. »Wollen wir versuchen, ob sie auch etwas Haferbrei hinunterbringt?«

Rudolf betrachtete die Kranke. »Vielleicht warten wir noch etwas, damit wenigstens das Wasser nicht wieder mitkommt, sollte sie den Brei erbrechen.«

»Allzu viel Zeit sollten wir aber nicht mehr vergehen lassen.« Der Schiffsführer wandte sich zum Gehen. »Sonst ist's womöglich zu spät«, fügte er leise hinzu.

Rudolf umfasste Annas schmalen Körper und wiegte sie in seinen Armen wie ein kleines Kind. Sie hatte sich versündigt, doch elendiglich auf diesem Boot zu krepieren, hatte sie keinesfalls verdient. Ich werde sie nicht sterben lassen, ging es Rudolf durch den Kopf. Nein!

Jahrzehntelang war er der Begleiter ihres Großvaters gewesen, hatte sich um ihre Mutter gekümmert und auch auf Anna selbst immer ein wachsames Auge gehabt. Nur im Lagerhaus van Laakens wäre er fast zu spät gekommen. Aber was geschehen war, war geschehen. Er konnte es nicht mehr rückgängig machen. Doch hier und jetzt würde er ihren geschwächten Körper nicht kampflos Gevatter Tod überlassen. Rudolf schluckte mehrmals, um die aufsteigenden Tränen der Verzweiflung zurückzudrängen.

Wortlos trat der Bootsführer wieder heran und reichte ihm eine Schale mit Brei.

Rudolf nickte ihm dankbar zu, und ebenso ruhig, wie er gekommen war, ging der Schiffsführer wieder zu seinem Platz am Bug zurück.

Ganz vorsichtig setzte Rudolf Anna auf und stützte ihren Oberkörper.

»Ihr müsst ein bisschen essen«, flüsterte er zärtlich. Noch immer hatte sie das Bewusstsein nicht wiedererlangt. So blieb ihm nur zu hoffen, dass ihr Körper von sich aus auf die Speise reagieren und sie hinunterschlucken würde. Obwohl er befürchtete, dass er sie mit dem Brei womöglich ersticken könnte, führte er seinen Finger mit einer kleinen Portion Brei darauf an ihren Mund, den er zuvor vorsichtig geöffnet hatte, streifte den Brei an der Innenseite ihrer Zähne ab und zog seine Finger dann wieder heraus.

Doch Anna machte weder Anstalten, den Brei zu kauen, noch ihn hinunterzuschlucken. Also griff Rudolf erneut nach dem Trinkschlauch und flößte ihr tröpfchenweise Wasser ein. Zufrieden sah er, dass die Kranke nun alles zusammen hinabschluckte. Wieder strich er ihr etwas Brei in den Mund und beobachtete, wie er seinen Weg in ihren Magen fand. Und endlich öffnete sie auch die Augen und schenkte ihm ein kleines Lächeln.

»Mir ist so kalt«, brachte sie stockend hervor.

»Bootsführer, bringt weitere Decken!«, rief Rudolf sofort zum Bug hinüber und rieb Anna die Arme. »Gleich wird Euch wärmer werden, Herrin.«

Ein einziger Blick des Schiffsführers genügte, um seinem Helfer zu bedeuten, Rudolfs Bitte unverzüglich nachzukommen. Rasch holte dieser zwei Decken herbei, wovon eine ihm selbst gehörte, und brachte sie den beiden Mitreisenden.

Sorgsam breitete Rudolf sie über Annas Körper aus, der darunter noch einmal hagerer und zerbrechlicher wirkte und nun auch heftig zu zittern begann.

»Ich friere noch immer.« Mühsam drehte Anna den Kopf und sah Rudolf an. »Ist das der Tod, der seine kalte Hand nach mir ausstreckt?«

Ein heftiges Frösteln überkam ihn, wusste er doch nur zu gut, wie geschwächt Anna war, und dass der Tod seinen dunklen Schatten bereits über sie geworfen hatte, um sie im richtigen Augenblick zu ergreifen und mit sich fortzuzerren.

»Aber nein«, lächelte er und strich ihr zärtlich eine Haarsträhne aus dem Gesicht. »Das ist nur der Wind, Herrin. In wenigen Tagen werden wir wieder zu Hause in Bremen sein, wo ein Feuer für Euch entzündet wird, an dem Ihr Euch wärmen könnt, so lange Ihr wollt.«

»Ich glaube nicht, dass ich den Tag erleben werde, an dem wir den Hafen erreichen.«

»Aber, Herrin! So etwas dürft Ihr nicht sagen! Denkt an Eure Kinder. Sie erwarten gewiss ungeduldig Eure Rückkehr!«

»Meine Kinder.« Ein schwaches Lächeln huschte über ihr Gesicht.

»Und Euer Gatte wird Euch ebenso voller Ungeduld erwarten.«

Sofort bereute Rudolf, Gawin erwähnt zu haben, als er die Veränderung auf Annas Gesicht bemerkte.

»Gawin«, hauchte sie.

»Genau!« Rudolf bemühte sich, seine Stimme heiter klingen zu lassen.

Eine einzige Träne lief Annas Wange hinab. »Gawin.« Sie lächelte, doch nur einen Wimpernschlag später wirkte ihr Gesicht wie versteinert. »Ich bin eine Hure, Rudolf.« Ihre Stimme war auf einmal laut und bestimmt, als würde ihr die Schuld und Verzweiflung wegen ihrer Untreue Kraft geben.

»So dürft ihr nicht sprechen, Herrin.«

Ein plötzlicher, heftiger Hustenanfall ließ ihren Körper erbeben. Es dauerte, bis er vorüber war und sie wieder sprechen konnte.

»Aber es ist wahr«, presste sie hervor.

»Seid ruhig. Ihr müsst Euch jetzt erholen.«

»Es ist wahr«, wiederholte sie. »Und du weißt es.«

Worauf Rudolf Annas Oberkörper etwas anhob und sie tröstend an sich drückte. Leise schluchzte sie an seiner Brust. So sehr er auch verabscheute, was sie getan hatte, tat sie ihm jetzt nur noch leid. »Ihr habt einen Fehler begangen, und Ihr werdet den Herrn um Verzeihung dafür anflehen müssen.« Er schob sie sanft von sich und sah ihr in die Augen. »Doch ein jeder hat schon einmal etwas getan, worauf er nicht stolz ist. Dass es Euch quält, zeigt nur, dass Ihr ein guter Mensch seid.«

Es rührte sie, dass Rudolf sie nicht verurteilte, sondern sogar Verständnis für sie aufbrachte. Doch die bittere Galle, die die Erinnerung an die Nacht mit van Laaken in ihr aufsteigen ließ, verhinderte, dass sie ihm dafür ihre Dankbarkeit zeigte.

»Ich möchte schlafen.«

Rudolf nickte. »Ja, doch esst zuvor noch drei Löffel von dem Brei. Danach könnt Ihr ausruhen.«

Sie gehorchte willenlos und ließ sich wie ein kleines Kind von ihm füttern. Erleichtert bemerkte Rudolf, dass sich ihre Gesichtszüge entspannten, nachdem sie die kleine Mahlzeit zu sich genommen und auch noch etwas getrunken hatte.

»Nun schlaft. Ich werde auf Euch aufpassen.« Einen Augenblick war er sogar versucht, ihr einen Kuss auf die Stirn zu hauchen, fühlte er sich doch fast wie ein Vater, der seine hilflose Tochter zu schützen trachtete.

Das über ihre Köpfe gespannte Tuch konnte den Regen nur unzureichend abhalten. Mit jedem Windstoß fuhr er unter die Plane, und Rudolf mühte sich, so gut er konnte, die Nässe von Anna fernzuhalten, indem er sie in seinen Armen hielt und mit seinem Körper schützte. Wie sehr sehnte er doch den Augenblick herbei, da sie in Bremen anlegen würden.

Irgendwann musste er eingeschlafen sein, denn jetzt hörte er, wie jemand seinen Namen rief und dabei kräftig an seiner Schulter rüttelte.

»Werdet wach! Seht nur!« Die Stimme des jungen Bootshelfers klang aufgeregt.

Rudolf brauchte einen Augenblick, um zu begreifen, was der junge Mann ihm zeigen wollte. Er folgte dessen Fingerzeig mit den Augen und erschrak, als er die kleine Blutlache seitlich von Anna entdeckte.

Sofort legte er die junge Frau neben sich auf dem Boden ab und stand auf. »Herrin, was ist mit Euch? So werdet doch wach!«

In seiner Hilflosigkeit erinnerte er sich daran, dass der Schiffsführer sie zuletzt geohrfeigt hatte, damit sie das Bewusstsein wiedererlangte. Er zögerte, dann rüttelte er sie nochmals kräftig. »Herrin!«

Doch Anna bewegte sich nicht. Rudolf befahl dem Hilfsburschen, Anna vorsichtig auf die Arme zu nehmen.

»Haltet sie, es wird nicht lange dauern!«

Sofort tat der Hilfsbursche, wie ihm geheißen worden war.

Vorsichtig hob Rudolf die Decken an. Er keuchte, als er den blutdurchtränkten Saum ihres Kleides sah.

»Was ist denn da hinten los?« Die Stimme des Bootsführers drang wie von weit her an Rudolfs Ohr. Er ließ die Decken wieder fallen. »Werdet wach, so werdet doch wach!«, rief er seiner Herrin verzweifelt ins Ohr.

Auf einen weiteren Ruf des Bootsführers hin verlagerte der Helfer das Gewicht der Kranken in seinen Armen.

»Haltet Ihr sie wieder«, meinte er. »Ich werde nach vorne gehen und ihm berichten, was geschehen ist.«

Rudolf nahm ihm Anna ab und legte sie behutsam wieder auf dem Boden ab. Rasch zog er seinen Umhang aus und stopfte ihn unter ihren Kopf. Noch einmal hob er vorsichtig die Decken an und bemerkte, dass der Blutfleck auf Annas Gewand immer größer wurde.

»Was ist geschehen?«

Der Schiffsführer hatte dem Bootsjungen das Ruder überlassen und war zu seinen Mitreisenden geeilt.

»Ich weiß es nicht.« Nochmals hob Rudolf die Decken an und gewährte dem Mann einen Blick auf das blutbefleckte Kleid. »Sie hat etwas gegessen und ist danach eingeschlafen. Genau wie ich«, fügte er zähneknirschend hinzu.

»Sie erwartete ein Kind, nicht wahr?«

Rudolf nickte. »Ganz recht.«

Langsam schüttelte der Bootsführer den Kopf. »Ich fürchte, jetzt nicht mehr.«

»Ihr meint …?«

»Ja, ich meine.«

»Dann müssen wir sofort im nächsten Hafen anlegen. Sie braucht einen Medikus oder zumindest eine Wehmutter.«

»Das würde nichts nützen.«

Rudolf sprang auf und packte sein Gegenüber am Kragen. »Seid Ihr wahnsinnig? Sie wird sterben, wenn wir ihr nicht helfen!« Seine Stimme überschlug sich.

Der Schiffsführer tat einen Schritt rückwärts. »Begreift doch, Mann! Es gibt keinen sicheren Anlegehafen. Der nächste ist Bremen!«

»Aber das wird sie nicht überleben.« Die Erkenntnis legte sich wie ein Mühlstein auf Rudolfs Brust und machte ihm das Atmen schwer.

»Wenn wir hier irgendwo am Ufer anlegen, erwartet uns kein Medikus, sondern nur ein Pack von Dieben und Wegelagerern. Dann sind wir alle tot.«

»Lasst mich an Land, um nach einem Medikus zu suchen. Ihr könnt sofort wieder in die Mitte des Flusses fahren und in sicherer Entfernung warten.«

»So begreift doch, Mann!« Der Schiffsführer packte Rudolf bei den Schultern. »Die Zeit, die wir in jedem Falle benötigen werden, um einen Heiler zu finden und ihn herzubringen, wird die gleiche sein, die wir noch brauchen, um Bremen zu erreichen.«

Er löste seinen Griff, und Rudolf, aus dem alle Kraft gewichen war, sank hilflos neben Anna auf die Knie. »Aber wir müssen doch etwas für sie tun.« Seine Stimme brach.

Dem Schiffsführer war nicht wohl bei dem Gedanken, ob er vorschlagen sollte, was ihm das Vernünftigste schien, entschied sich dann aber doch dafür. »Hebt ihr Gewand an und seht nach, ob mehr als nur Blut aus ihrem Leib gekommen ist.«

Rudolf riss die Augen auf. »Das werde ich nicht tun! Und solltet Ihr auch nur versuchen, sie zu berühren, schlage ich Euch den Schädel ein, so wahr ich hier sitze.«

»Es ist Eure Entscheidung. Dann bleibt eben hocken und wartet, bis sie gestorben ist.« Der Schiffsführer drehte sich um und ging wieder in Richtung Bug.

»Wartet!« In Rudolfs Schädel pochte es. Was sollte er nur tun? Er konnte seine Herrin doch unmöglich auf diese Weise berühren? Doch wenn er nur dasaß, würde sie in seinen Armen sterben.

Der Bootsführer war stehen geblieben und sah zu, wie Rudolf vorsichtig Annas Gewand anhob und einen Blick darunter warf. Als er es wieder sinken ließ, drehte er den Kopf und sagte: »Dort ist nur Blut.«

»Dann können wir nichts mehr für sie tun. Erst wenn der Leib des Kindes von selbst aus ihr herausgespült wird, können wir versuchen, die Blutung zu stoppen.«

Rudolf war zu schockiert, um etwas erwidern zu können.

»Kontrolliert von Zeit zu Zeit, ob ihr Körper die Frucht freigegeben hat. Und dann gebt mir Bescheid.« Ohne ein weiteres Wort ging er zurück zum Bug und übernahm wieder das Ruder.

Rudolf zitterte am ganzen Körper. Immer fester drückte er den leblosen Körper seiner Herrin an sich. Nach einigen fehlgeschlagenen Versuchen hörte er jedoch auf, sie aus ihrer Ohnmacht holen zu wollen. Immer wieder lauschte er, ob Anna noch atmete, bis plötzlich ohne jede Vorwarnung ein heftiger Krampf ihren Körper erfasste und sie mit einem gellenden Schrei die Augen aufriss. Rudolf erschrak so sehr, dass er meinte, sein Herz würde aufhören zu schlagen.

Sofort kam der Bootsführer herbeigerannt.

»Es ist so weit. Setzt Euch hinter sie und stützt ihren Rücken.«

Sofort folgte Rudolf seiner Anordnung, ohne zu wissen, was der Schiffsführer vorhatte.

Der kniete sich nun neben Anna und suchte ihren Blick. »Ich werde jetzt Euren Bauch berühren und mit meinen Händen fest an ihm hinabstreichen.«

»Nein!« Anna bewegte langsam ihren Kopf. »Mein Kind.«

»Für das Kind gibt es keine Rettung mehr.« Er schlug die Decken beiseite und gewährte Anna einen Blick auf das viele Blut, das ihr Kleid mittlerweile fast bis zur Hüfte hinauf durchtränkt hatte. »Euer Kind ist bereits tot. Und wenn Ihr leben wollt, müssen wir es schaffen, den toten Körper aus Eurem Leib zu bekommen.«

Anna fröstelte heftig, und auch Rudolf konnte sich nicht gegen das Zittern wehren, das ihn überkam.

»Macht es!«, forderte er den Schiffsführer auf, ohne Annas Entscheidung abzuwarten.

»Ihr habt noch drei Kinder, die Euch brauchen«, flüsterte er ihr ins Ohr. »Sammelt also alle Kraft, die ihr noch habt, und bleibt am Leben.«

Der Schiffer atmete mehrmals tief ein und sammelte sich, bevor er seine Hände auf Annas Leib sinken ließ.

»Fertig?« Er suchte ihren Blick, doch sie starrte nur auf seine Finger.

Es durchfuhr sie wie ein Schwerthieb, als er kraftvoll auf ihren Bauch drückte und in einer langsamen Bewegung bis zu ihrer Scham strich, seine Hände wieder hob und den Vorgang noch mehrmals wiederholte.

So sehr sie sich auch bemühte, sich ihre Schmerzen nicht anmerken zu lassen, entfuhren ihr doch ab und an gellende Schreie, die Rudolf übel werden ließen.

Dann sank sie plötzlich bewusstlos in sich zusammen.

»Ist es geschafft?« Der Wachmann sah den Bootsführer fragend an.

Der hob den Kleidersaum an und schüttelte langsam den Kopf, als er ihn wieder sinken ließ. »Wir werden sie verlieren, wenn ihr Körper den kleinen Leib nicht freigibt.«

Er stützte sich mit einer Hand am Boden ab und richtete sich auf. »Ich werde Wasser erwärmen und ihr heiße Wickel auf den Bauch legen. Doch wenn auch das nicht hilft, weiß ich mir keinen Rat mehr.«

»Kann ich irgendetwas tun?«, fragte Rudolf mit belegter Stimme.

Der andere schüttelte den Kopf. »Nur um ein Wunder beten.« Er blickte noch einmal mitleidig auf Anna hinab, die leichenblass war. »Nur noch beten«, murmelte er nochmals, bevor er sich umwandte und ging.

Rudolf wusste nicht mehr zu sagen, wie viele heiße Wickel er schon auf Annas Bauch gelegt und nach einer Weile durch neue ersetzt hatte. Sie hatte das Bewusstsein nicht wiedererlangt, und das Kind schien sie lieber mit sich in den Tod nehmen zu wollen, als den Leib seiner Mutter zu verlassen.

Fast lethargisch stand er auf und streckte seine Beine, die sich ebenso taub anfühlten wie sein übriger Körper. Erneut ging er in die Knie, hob ihr Gewand und erstarrte. Annas Beine waren nun ein wenig gespreizt und am Ausgang ihres Geburtskanals meinte Rudolf trotz all des Blutes ein winzig kleines Gebilde erkennen zu können, das zuvor noch nicht da gewesen war.

»Schiffsführer!«, brüllte er aus vollem Hals.

Der war schon im nächsten Augenblick bei ihm, erfasste die Lage und rief seinem Gehilfen zu, noch mehr heißes Wasser zu bringen. Er drückte Rudolf beiseite und nahm seinen alten Platz wieder ein.

»Stützt ihren Rücken!«, befahl er, und Rudolf befolgte seine Anweisung umgehend.

»Wir müssen sie unbedingt wachbekommen. Richtet sie noch höher auf und schlagt ihr auf die Wangen. Sie muss uns helfen, den Körper vollends herauszupressen.«

Doch Anna war durch nichts aufzuwecken. Und so sehr sich die beiden Männer auch mühten, wurden sie der Situation einfach nicht Herr. Das Kind wollte einfach nicht aus seiner Mutter herausgleiten.

»Wenn ich ihr noch fester über den Unterleib streiche, presse ich womöglich noch das letzte Blut aus ihr heraus.«

»Hat die Blutung denn noch immer nicht aufgehört?« Rudolf schrie gegen den anhaltend starken Wind und Regen an.

Die Antwort des Bootsführers war ein Kopfschütteln.

»Es muss aufhören! Es muss!« Rudolf konnte die Tränen nicht länger zurückhalten, aber es war ihm gleichgültig, alles war ihm gleichgültig, allein der Wille, seine Herrin zu retten, hielt ihn jetzt noch aufrecht.

»Haltet Ihr sie!«, sagte er und wartete, bis der Bootsführer seinen Platz eingenommen hatte.

»Was habt Ihr vor?«, wollte dieser wissen.

»Ich werde das Kind aus ihr herausziehen!«

»Was? Seid Ihr wahnsinnig geworden?«

Aber schon kniete sich Rudolf zwischen Annas gespreizte Beine und griff nach ihrer Hand. »Verzeiht mir!«, flüsterte er ihr zu, und das Grauen, angesichts dessen, was er nun zu tun gedachte, stand ihm ins Gesicht geschrieben. Dennoch: Sein Entschluss stand fest, und nun nickte ihm auch der Bootsführer auffordernd zu.

Er hielt Anna fest, während Rudolf ihr das Gewand nach oben schob und mit einem der Tücher ihre Scham reinigte, um besser sehen zu können. Danach griff er vorsichtig nach dem Gebilde am Ausgang des Geburtskanals, schob seine Finger an ihm vorbei in Annas Körperinneres und zog beherzt den toten Körper mit einem Ruck aus ihm heraus.

»Herr im Himmel!«, entfuhr es dem Bootsführer.

Rudolf wickelte das leblose Gebilde sofort in seinen Umhang, doch der kurze Augenblick hatte dem Schiffsführer gereicht, um dessen schwere Fehlbildungen zu erkennen.

»Werft es über Bord! Sofort!«

Rudolf nickte schweigend, zog sein Messer hervor und durchtrennte die Nabelschnur.

»Ich will diese Missgeburt keinen Wimpernschlag länger auf meinem Schiff haben.«

»Ja doch. Ich will ihm nur noch einen Namen geben, damit der Herr es in die Ewigkeit aufnehmen kann.«

Der andere machte einen schnellen Schritt auf ihn zu und baute sich drohend vor ihm auf. »Nichts da. Ich habe dieses

Ding gesehen, dem Ihr einen Namen geben wollt. Keines seiner Glieder sitzt dort, wo es hingehört. Schmeißt es in die See, oder ich mache es für Euch. Wenn so etwas auf die Welt kommt, dann nur, weil der Teufel es geschickt hat.« Er blickte auf Anna hinunter und nahm dann Rudolf erneut ins Visier. »Ich weiß nicht, welche Sünde sie begangen hat, um eine solche Kreatur hervorzubringen. Doch ich sage Euch, dass sie von Glück sagen kann, dass ihr der Anblick dieser verklumpten Fleischmasse erspart geblieben ist. Und nun werft es endlich über Bord.«

Rudolfs Miene zeigte keine Regung. Mit einer behutsamen Geste zog er die Totgeburt unter seinem Mantel hervor und wickelte sie in eines der blutverschmierten Tücher ein, das er von den Schiffsplanken aufnahm.

Der Schiffsführer hörte ihn etwas murmeln und beobachtete im Gehen, wie sich der Wachmann an die Reling stellte.

»Ich kann dich nicht so taufen, wie es ein Priester tun würde«, flüsterte Rudolf dem kleinen Körper zu. Kurz drehte er sich zu Anna um und prüfte, ob sie überhaupt noch am Leben war. So falsch es sich auch für ihn anfühlte, den toten Kindskörper dem Allmächtigen zu überantworten, wusste er doch, dass es die beste Lösung war.

Er sah auf das blutverschmierte, eng um den kleinen Leib geknotete Tuch und hob das Bündel an seinen Mund. »Der Herr allein weiß, warum du nicht leben darfst. Aber was auch immer der Grund dafür ist, glaube mir, deine Mutter ist ein guter Mensch. Wenn es an dir ist, für ihre Sünden zu büßen, so danke ich dir dafür, dass du diese Last auf deine Schultern genommen hast. Und auch, wenn es mir nicht zusteht, so taufe ich dich auf den Namen Siegbert und gebe dir auf, in Gottes Reich Einzug zu halten. Dein Urgroßvater und Namensgeber ist dir bereits vorausgegangen, und ich weiß, dass er sich gut um dich kümmern wird. Also geh nun zu ihm, kleiner Siegbert, und richte ihm aus, dass ich mich um seine Enkelin kümmern werde, soweit es in meinen Kräften steht.« Er machte eine kurze Pause und atmete tief durch. »Und du, o Herr, nimm diese kleine unschuldige Seele auf und befreie meine Herrin von ihren Sünden. Lass sie am Leben bleiben, o Herr. Ich weiß, dass sie auf dieser Welt noch einige Aufgaben zu erfüllen hat.« Er senkte das Haupt, vergewisserte sich, dass der Stoff fest zugebunden war, und hauchte einen Kuss auf die Stelle, an der sich der Kopf des Kindes befand. Dann streckte er beide Arme nach vorne, und ein Lächeln huschte über sein Gesicht. »Hier, Siegbert, ist der kleine Siegbert. Pass gut auf ihn auf.« Er öffnete die Hände und ließ das Bündel ins Wasser fallen.

Eineinhalb Tage später erreichten sie Bremen.

16. KAPITEL

Der Wachmann am Eingang machte sich nach dem heftigen Klopfen sofort kampfbereit. Dann öffnete er mit einem schnellen Ruck die Tür.

»Was fällt euch ein, hier …« Er riss die Augen auf. »Großer Gott, Rudolf.« Sofort trat er beiseite und gab den Eingang frei.

»Hol sofort den Medikus!«, befahl ihm Rudolf, nachdem er mit dem leblosen Körper seiner Herrin auf dem Arm die Hausschwelle überschritten hatte. »Und eine Wehmutter soll auch kommen.«

Der Angesprochene nickte und eilte dann ohne ein weiteres Wort davon. Im selben Moment kam Gertrud, durch den Lärm aufgeschreckt, aus der Küche.

»Was zum Grundgütigen ist denn hier … o Herrgott!« Erschrocken schlug sie sich die Hände vors Gesicht. »Rudolf! Was ist geschehen?« Sie stürzte zu ihm und legte sogleich ihre Hand auf Annas Stirn, dann ihr Ohr an deren Mund. »Sie atmet ja kaum noch.« Ihre letzten Worte waren fast nicht mehr zu verstehen.

»Der Medikus wird gleich kommen.« Rudolf staunte selbst, wie gefasst er klang. »Ich bringe sie nach oben in ihre Kammer.«

Gertrud brauchte einem Moment, um ihre Gedanken zu ordnen. »Nicht in ihre Schlafkammer. Dort liegt ihr Ehemann.« Kurz überlegte sie, doch schien es ihr nicht der richtige Zeitpunkt zu sein, Rudolf zu erklären, was Gawin während seiner Abwesenheit widerfahren war.

»Bringt sie einstweilen in Siegberts Kammer. Gewiss wird er es verstehen, wenn er heimkehrt und …«

Rudolfs Blick ließ sie innehalten. Schweigend schüttelte er den Kopf. »Er wird nicht heimkehren. Nie mehr.« Damit ließ er sie stehen und trug Annas leblosen Körper die Treppe hinauf.

Sophie weinte bitterlich und trommelte immer wieder verzweifelt gegen die Tür. Weder Robert noch Rafael gelang es, sie zu beruhigen. Gertrud hatte Siegberts Kammer von innen verriegelt, während sie Anna entkleidet und nur der Wehmutter und kurze Zeit später dem Medikus den Zutritt gestattet hatte. Sophies Schluchzen war im ganzen Haus zu hören, wurde von den Menschen in der Kammer jedoch nicht weiter beachtet. Viel zu schlecht ging es der Kranken, die nicht nur ihr Kind, sondern auch Unmengen an Blut verloren hatte.

»Erst der Vater und jetzt auch noch die Mutter. Wie viel müssen die armen Kinder dort draußen denn noch ertragen?« Der Medikus verstaute seine Gerätschaften, die ihm bei der Behandlung ohnehin nicht von Nutzen gewesen waren, wieder in seiner ledernen Beuteltasche. »Es gibt nichts, was wir noch für sie tun können. Oder seht Ihr das anders?« Er sah die Wehmutter interessiert an. Die straffte ihren Körper. Der Medikus, der schon so vielen Bremern in den letzten Monaten das Leben gerettet und diesen auch weit über rein medizinische Belange hinaus beigestanden hatte, war einige Jahre jünger als sie. Fast hätte er ihr Sohn sein können. Doch noch nie zuvor war es ihr widerfahren, dass ein Medikus Notiz davon genommen hätte, was sie zu einem Frauenleiden zu sagen hatte. Oft war ihrer Meinung nicht einmal dann Bedeutung beigemessen worden, wenn sie aufgrund ihrer langen praktischen Erfahrung überzeugt gewesen war, dass ein Medikus eine Kranke nicht richtig behandelte. Der Vorgänger des jetzigen Medikus im Amt des Stadtarztes war ein alter, schlecht gelaunter und übelriechender Kerl gewesen, der bis zu seinem Lebensende vor zwei Wintern genau genommen nur ein Bader gewesen war. Doch seine Meinung war allgemein anerkannt und von jedermann geschätzt worden. Im Gegensatz zu der ihren, die ja lediglich die eines Weibes war, das zwar schon viele Patientinnen gesehen hatte, dem man aber nicht zutraute, aus deren Leiden eine fundierte Lehre für die Behandlung der nachfolgenden zu ziehen. Sie machte sich nichts vor. Sobald jemand über genügend Geld verfügte, kam er ganz sicher nicht mehr zu ihr, um sie um Hilfe zu bitten. Umso überraschter war sie gewesen, als ein Diener der Familie von Goossen sie gebeten hatte, rasch zu kommen. Und nun fragte sie auch noch der Medikus nach ihrer Meinung. Verblüffter hätte sie nicht sein können.

»Ich habe gute Erfahrungen mit einem Kräutersud aus Beifuß gemacht, der ihr zum einen eingeflößt, zum anderen aber auch …«, sie suchte nach einer möglichst harmlos umschreibenden Formulierung, »nun ja, Ihr wisst schon, eben auch rückseitig verabreicht wird.«

»Ich habe noch zu wenig Erfahrung mit Frauen, die ihre Kinder verloren haben. Also sollten wir auf Euer langjähriges Wissen vertrauen.«

»Habt vielen Dank.« Sie beugte fast ehrfürchtig das Haupt vor dem Medikus. Dann wandte sie sich an Gertrud. »Hast du alles im Haus, um einen solchen Sud zu brauen?«

»Ich bin mir nicht sicher, werde aber sogleich nachsehen. Können wir denn sonst wirklich gar nichts für sie tun?«

Der Medikus schüttelte langsam den Kopf. »Ich fürchte, ihr Leben liegt nun allein in Gottes Hand.«

Gertrud nickte und seufzte tief. »Dann sollten wir dafür beten, dass der Herr diesem Haus seine Gnade nicht schon vollends entzogen hat.«

Weder der Medikus noch die Wehmutter erwiderten etwas, sahen ihr nur nach, als sie mit gesenktem Haupt das Zimmer verließ. Kaum dass sie die Tür geöffnet hatte, versuchte Sophie, sich an ihren Beinen vorbei in den Raum zu zwängen. Doch Gertrud packte sie sofort am Arm und hielt sie fest.

»Du tust mir weh«, kreischte das Mädchen und wollte sich aus ihrem Griff befreien.

»Hör mir jetzt zu«, zischte Gertrud, suchte den Blick der Kleinen und sah dann auch ihre Brüder an, die die Szene wortlos verfolgten. »Wenn du etwas für deine Mutter tun willst, dann geh in deine Kammer und bete für sie. Jede noch so kleine Störung könnte ihren Tod bedeuten.«

Sophie hatte Mühe, ihr Schluchzen zu unterdrücken. »Aber …«

Da fasste Rafael vorsichtig nach ihrem anderen Arm. »Komm, Sophie. Wir gehen in unsere Kammer und beten gemeinsam für sie. Komm«, wiederholte er.

Die Tränen liefen Sophie in Strömen die Wangen herab. Gertrud lockerte ihren Griff, blieb aber noch so lange stehen, bis sich die Kleine wimmernd von ihren Brüdern fortführen ließ und sich die Tür zu ihrer Kammer leise hinter den dreien geschlossen hatte. Dann machte sie sich rasch auf den Weg in die Küche, um dort den Kräutersud zuzubereiten.

Nach einer Weile kam Rudolf zu ihr herein und ließ sich schwer auf einen der Schemel fallen. Gertrud sah ihn kurz an, füllte ihm einen Krug mit Bier und stellte ihn wortlos vor ihm auf dem Tisch ab.

Es dauerte einc Weile, bis Rudolf das Wort ergriff. »Ich war gerade in der Kammer des Herrn Gawin. Was ist mit ihm geschehen?«

Gertrud rührte in dem Sud, der langsam zu kochen begann. Sie drehte sich nicht um, sondern starrte in den Topf. »Niedergeprügelt wie einen räudigen Köter haben sie ihn. Er liegt schon seit Wochen so da. Der Medikus hat ihm anfangs etwas gegen die Schmerzen gegeben. Seit einigen Tagen hat sich auch eine Veränderung eingestellt. Er ist immer mal wieder für kurze Zeit aufgewacht. Danach aber wieder eingeschlafen, als wolle er nie wieder zu Bewusstsein kommen. Der Medikus sagt, es sei ein gutes Zeichen, dass er wache Momente hat. Doch ich habe die Hoffnung verloren, dass er je wieder der Alte sein wird.«

Rudolf trank einen Schluck. »Weiß man, wer das getan hat?«

Gertrud drehte sich mit der Schöpfkelle in der Hand zu ihm um. »Nein, aber ich kann dir sagen, was ich mit demjenigen, der's war, machen werde, wenn wir ihn finden.« Sie schnaubte wütend, dann veränderte sich ihre Miene, und sie drehte sich wieder um, so dass Rudolf ihr Gesicht nicht länger sehen konnte. »Du sagtest vorhin, unser Herr Siegbert käme nicht mehr nach Hause?« Ihre Stimme brach.

Rudolf seufzte. »Er ist tot, Gertrud. Umgebracht von dem flandrischen Kaufmann, dem er vertraut hat.« Bitter stieß er die Worte hervor.

Eine Weile sagte keiner von beiden etwas. Gertrud wischte sich mit dem Handrücken die Tränen von den Wangen.

»Und die Herrin? Ist hierfür auch der Brügger verantwortlich?«

»Ja. Auch dafür.«

Gertrud ließ die Kelle in den Topf gleiten und drehte sich rasch zu Rudolf um. »Ach, Rudolf.« Sie machte einen Schritt auf ihn zu. Er seufzte, stand auf, trat zu ihr und schloss sie in seine Arme. Nie waren sie sich in all den Jahren, die sie einander nun schon kannten, so nah gekommen. Gertrud schluchzte. »Was soll denn jetzt nur werden?«

»Scht, scht«, machte Rudolf, wusste er doch nicht, was er sagen könnte, um sie zu trösten. So blieben sie einen Augenblick stehen, ohne dass einer von ihnen sprach. Schließlich machte Gertrud sich frei.

»Ich muss den Sud nach oben bringen.« Sie wischte sich die letzten Tränen fort. »Gebe der Herr, dass er helfen möge.«

Rudolf nickte. »Ich werde nach der Seifensiederin schicken lassen. Die Herrin vertraut ihr über alle Maßen. Sie soll wissen, was geschehen ist.« Er warf Gertrud einen nachdenklichen Blick zu. »Und ich selbst werde zum Bürgermeister gehen und ihm berichten, was geschehen ist.«

»Ja, richtig.« Gertrud sah ihn an. »Die Waren? Was ist mit ihnen?«

»Auf deren Erlös werden die Bremer vergeblich warten, fürchte ich.«

»Aber ...« Mehr brachte Gertrud nicht hervor. Rasch wischte sie sich ihre Hände an der Schürze ab und griff nach einem irdenen Krug, in den sie die brodelnde Flüssigkeit füllte, während Rudolf kehrtmachte und wortlos die Küche verließ.

Im Hauseingang beauftragte er einen der Burschen, sich auf den Weg zu Margrite zu machen, auf dass sie, so rasch es ihr möglich wäre, herkommen sollte. Er selbst trat vor das Haus und zog seinen Umhang enger um sich, um sich wenigstens einigermaßen vor dem niederprasselnden Regen zu schützen. Der Himmel schien all seine Schleusen geöffnet zu haben und wahre Fluten zur Erde herniederzuschicken. Missmutig stapfte Rudolf die wenigen Schritte zum Marktplatz und von dort bis zum Rathaus hinüber.

»Rudolf, Wachmann im Hause von Goossen für den Bürgermeister«, meldete er sich an, als er den Eingangsbereich mit den zwei davorstehenden Bewaffneten erreichte. Der eine gab dem anderen ein Zeichen, worauf dieser im Innern des

Hauses verschwand. Auch wenn Rudolf es sich nicht eingestehen mochte, hoffte er doch insgeheim, dass er ungelegen käme und Bürgermeister Doneldey ihn nicht empfangen würde. Nur allzu gerne hätte er den Moment, in dem er dem ersten Mann der Stadt berichten musste, was sich zugetragen hatte, noch ein bisschen hinausgezögert. Doch schon hörte er drinnen den Wachmann lauthals nach ihm rufen, und als er eintrat, beschied ihm dieser, er möge sich doch in den oberen Stock begeben, der Bürgermeister erwarte ihn. Mit schweren Schritten schleppte Rudolf sich die Stufen hinauf. In seinem ganzen Leben war er nie so niedergedrückt gewesen wie in diesem Moment. Er wusste, was Trauer war, auch was Verzweiflung, körperlicher und seelischer Schmerz. Doch hatte er stets auf die Kraft seines Körpers und der Zeit, auf seinen klaren Verstand und nicht zuletzt auf Gottes Führung vertraut, die ihm in so manch auswegloser Situation den richtigen Weg gewiesen hatten. Und auf einen Mann, der ihm ein Freund gewesen war und in dessen Dienst er beinahe neunundzwanzig Jahre gestanden hatte. Doch jetzt war Siegbert von Goossen tot, ermordet von einem hinterlistigen Brügger, der nichts als seinen Profit im Sinn hatte. Ein Schurke, der sowohl seinen Herrn als auch dessen Enkelin getäuscht und für seine eigenen Zwecke missbraucht hatte. Ein gotteslästerlicher Hundsfott, der sich, kaum dass man ihm den Rücken zudrehte, feige gestohlen hatte, was ihm nicht gehörte. Rudolf seufzte, als er den oberen Treppenabsatz erreichte. Er würde dem Bürgermeister alles sagen, was er über die Taten dieses elenden Flamen wusste. Jean van Laaken hatte Siegbert von Goossen den Fischen zum Fraß vorgeworfen und dessen Waren gestohlen. Hieran bestand kein Zweifel. Und seiner Enkelin hatte er vorgegaukelt, dass die Waren der Bremer ihn nie erreicht hätten. Rudolf ballte die rechte Hand zur Faust.

Wenn er nur die Gelegenheit gehabt hätte, sich diesen Kerl vorzunehmen. Doch er hatte sich um die Sicherheit seiner Herrin kümmern müssen. Alles andere war in diesem Moment unwichtig gewesen. Allerdings hatte er sich geschworen, den Brügger für all das, was er den Bremern, vor allem aber der Familie von Goossen angetan hatte, noch teuer bezahlen zu lassen. Mit diesem Gedanken trat er in den Rahmen der offen stehenden Tür, wartete, bis der Bürgermeister den Wachmann anwies, ihn einzulassen, und ging dann bis zu Doneldeys riesigem Arbeitstisch. Rasch zog er sich den nassen Hut vom Kopf und deutete eine Verbeugung an.

Der Bürgermeister erhob sich. »Rudolf! Gott sei es gedankt, du bist heimgekehrt.« Er kam um seinen Tisch herum, reichte seinem Besucher die Rechte und klopfte ihm mit der Linken freundschaftlich auf die Schulter. Dann veränderte sich der Blick des Ratsmannes. Eben noch freundlich, sah er ihn nun besorgt an. Heinrich Doneldey deutete auf den Stuhl vor seinem Arbeitstisch. »Doch du wärst nicht hier, wäre die Reise so verlaufen, wie wir alle es uns gewünscht haben. Nimm Platz und berichte mir.«

Bürgermeister Doneldey ging zur Tür, befahl einem der Wachleute, ihnen Wein zu bringen und kehrte dann zu Rudolf zurück. Müde ließ er sich auf seinen Stuhl sinken. »Sag, Rudolf. Was hat sich ereignet? Und sind Siegbert und Anna von Goossen wohlbehalten mit dir heimgekehrt?«

Doneldey stellte die Frage in einer Art und Weise, als ahnte er bereits, dass die Antwort nicht so ausfallen würde, wie er es sich erhoffte. Langsam schüttelte Rudolf den Kopf. Gerade wollte er zu sprechen beginnen, da betrat ein Knecht den Raum und stellte zwei Weinkrüge vor ihnen ab. Doneldey dankte es ihm mit einem Kopfnicken und wartete dann schweigend so lange, bis er das Zimmer wieder verlassen hatte.

»Nun, Rudolf«, sagte er dann fragend.

Der Angesprochene räusperte sich, richtete den Blick auf seinen Hut und blickte dann auf. »Mein Herr ist tot. Siegbert von Goossen wurde feige ermordet.«

Heinrich Doneldey wurde augenblicklich blass. Er rang sichtlich um Fassung und brauchte eine Weile, bis ihm seine Stimme wieder gehorchte. »Siegbert ist tot, sagst du?« Dann stand er auf und trat ans Fenster. »Sag mir, was geschehen ist.«

»Ich kann es nicht mit letzter Sicherheit sagen«, begann Rudolf zögernd. »Als ich Anna von Goossen zu van Laakens Lagerhaus folgte, musste ich dort, kaum dass ich eingetroffen war, eingreifen. Sonst wäre auch Anna des Todes gewesen. Aber zuvor habe ich noch genug gehört.« Er sah den fragenden Gesichtsausdruck Heinrich Doneldeys, dann fuhr er fort und berichtete ihm, was er über Siegbert von Goossens Ermordung mitangehört hatte. Immer wieder stockte er, machte kurze Pausen, brach zeitweise ganz ab, wenn seine Gefühle ihn zu übermannen drohten. Jedoch erwähnte er mit keinem Wort, was sich im Privathaus van Laakens abgespielt hatte. »Ich werde mir nie verzeihen, dass ich meinen Herrn allein habe reisen lassen. Und ob Anna überlebt, ist auch noch nicht gewiss«, endete er.

»Und das hast du mit deinen eigenen Ohren gehört?« Heinrich Doneldey trat einen Schritt neben das Fenster und drehte sich wieder zu Rudolf um. Er schien während Rudolfs Bericht um Jahre gealtert zu sein. »Und bist du auch bereit, vor Gott zu schwören, dass dies die Wahrheit ist? Dass van Laaken Siegbert ermordet und auch Anna zu töten versucht hat?«

Rudolf sah dem Bürgermeister fest in die Augen. Seine Stimme war leise, aber fest. »Das schwöre ich, bei allem was mir heilig ist, Herr.«

Heinrich Doneldey lehnte sich erschüttert gegen die Wand. Dann sagte er nach einer Weile: »Und was ist mit den Waren, die unsere braven Bremer an ihn geschickt haben?«

»Sie sind angekommen Herr, zusammen mit Siegbert von Goossen. Der Brügger hat sie ihm gestohlen und meinen Herrn für seine Ehrlichkeit ersäuft. Ersäuft, wie einen räudigen Köter. Und genau das hatte Anna herausgefunden, wenn ich auch noch immer nicht weiß, wie.«

Der Bürgermeister atmete mehrmals tief ein und wieder aus. Langsam drehte er sich erneut zum Fenster und sah hinaus. »Damit wird er nicht durchkommen«, murmelte er schließlich und kam dann mit schnellen Schritten an den Schreibtisch zurück, wo er Rudolf eindringlich in die Augen blickte. »Ich muss meine Gedanken ordnen. In welchem Zustand befindet sich Anna?«

»Sie ist …«, Rudolf zögerte, »verletzt. Schwer verletzt, Herr.«

»Wird sie es schaffen?«

»Ich weiß es nicht, Herr. Wir können nur für sie beten.«

»Hab Dank für dein Kommen.« Er streckte Rudolf die Rechte entgegen. »Ich werde den Rat einberufen und ihm schildern, was geschehen ist. Lass mich wissen, wenn es deiner Herrin bessergeht.«

»Das werde ich«, versprach Rudolf, stand auf und erwiderte den Händedruck des Bürgermeisters. Dann ging er zur Tür.

»Herr?«

»Ja, Rudolf?«

»Ich weiß, dass es mir nicht zusteht, Euch darum zu bitten.« Wieder blickte er auf den Hut in seinen Händen.

»Sprich. Was kann ich für dich tun?«

»Würdet ihr mir Nachricht senden lassen, wenn feststeht, was der Rat mit dem Flamen vorhat?«

»Wie lange standest du im Dienst Siegbert von Goossens, Rudolf?«

»An die neunundzwanzig Jahre Herr.«

»Du warst ihm ein Freund und enger Vertrauter, das weiß ich. Und Siegbert hatte eine hohe Meinung von dir. Ich werde dir nicht nur mitteilen lassen, was die anderen Ratsherren gesagt haben, sondern dich auch zu Rate ziehen, wenn es darum geht, wie wir es dem Brügger heimzahlen können.«

»Habt Dank! Möge Gott es Euch vergelten.«

»Möge der Herr uns die Fertigkeit geben, dass der Flame, wenn wir mit ihm fertig sind, mit jedem Atemzug bereut, was er unserem Freund angetan hat.« In der Stimme des Bürgermeisters schwang Bitterkeit mit.

»Wir werden dafür sorgen«, gab Rudolf mit Nachdruck zurück. Dann nickte er und verließ den Raum.

Der Regen hatte fast aufgehört, als Rudolf das Rathaus verließ. Nur noch wenige Tropfen zersprangen in den Pfützen, die sich überall gebildet hatten. Trotz des heftigen Regens der vergangenen Wochen lag noch immer Wärme über der Stadt. Rudolf blickte zum Himmel hinauf. Er war viele Wochen unterwegs gewesen, und plötzlich fühlte er sich fremd in der Stadt, die Jahrzehnte lang sein Zuhause gewesen war. Ohne Siegbert von Goossen war Bremen für ihn ein anderer Ort geworden, einer, an dem er sich nur noch schwerlich wohl fühlen würde.

»Es stimmt also doch, was geredet wird.« Der Gerber Franz trat auf Rudolf zu. »Lange haben wir auf Euch warten müssen. Dem Herrn sei gedankt, dass die von Goossens endlich mit unserem Geld heimgekehrt sind.«

Rudolf wusste auf die plötzliche Ansprache nur wenig zu sagen. »Ganz recht, wir sind heimgekehrt«, brachte er kurz hervor, tippte mit dem Finger an seine Hutkrempe und machte sich auf den Rückweg.

Als er das Haus betrat, hörte er von oben Stimmen und sah hinauf. Auf den Treppenstufen saßen Robert, Rafael und Sophie und sprachen leise miteinander. Sophie entdeckte ihn als Erste.

»Rudolf!« Sie flog geradezu die Treppenstufen hinab. Er beugte sich vor und öffnete die Arme. Die Kleine stürzte sich hinein und begann dann leise zu weinen. Robert und Rafael folgten der Schwester, und Rafael berührte sanft Sophies Haar, die ihr Gesicht vollständig in Rudolfs Wams vergraben hatte.

»Ist es wahr?«, fragte Rafael leise.

Rudolf blickte ihn nur an. Auch ohne, dass der Junge seine Frage vollendet hatte, wusste er, worauf er hinauswollte. Langsam nickte er und drückte Sophie dabei noch fester an sich. »Es ist wahr. Siegbert ist nicht mehr am Leben.«

Sophie schluchzte auf. Robert presste die Lippen fest aufeinander, um nicht in Tränen auszubrechen.

»Aber du hast unsere Mutter gerettet«, brachte Rafael hervor. Er machte noch einen Schritt auf Rudolf zu und drückte sich kurz an ihn. »Danke.«

Robert nickte zustimmend, während Sophie sich zögerlich aus Rudolfs Umarmung löste. »Wird sie wieder gesund?«

»Das wird sie«, schallte eine Stimme vom oberen Flur nach unten. Margrite hatte die Tür zu Annas Kammer hinter sich geschlossen und kam nun ruhigen Schritts die Treppe hinunter. Ihr Gesicht drückte Entschlossenheit und Zuversicht aus. »Eure Mutter ist eine Kämpferin«, sagte sie. »Sie ist zwar sehr krank, doch sie wird es überstehen.« Margrite hatte den unteren Flur erreicht.

»Wirklich?«, fragte Sophie und sah sie flehend an. »Sie wird nicht sterben?«

Margrite bückte sich zu der Kleinen hinab. »Nein, mein Liebes. Das wird sie nicht. Sie wird sich nur noch längere Zeit ausruhen und schonen müssen. Doch schon morgen dürft ihr für einen kleinen Moment zu ihr.«

»Wirklich?« Roberts Gesicht hellte sich auf.

»Aber ja. Das wird ihr sogar helfen, schneller wieder gesund zu werden. Da bin ich mir sicher.« Margrite strich ihm zärtlich über den Kopf.

»Was hat sie denn für eine Krankheit?«, fragte Rafael.

Margrite sah Rudolf an. Dieser räusperte sich. »Wisst ihr, Kinder, die Fahrt auf dem Kahn nach Brügge war sehr, sehr lang. Davon können Menschen krank werden, und eure Mutter hat eine ganz besonders schwere Seekrankheit bekommen. Doch jetzt ist sie wieder hier bei euch zu Hause und hat festen Boden unter den Füßen.«

»Ist Urgroßvater auch von der Fahrt krank geworden?«, fragte Robert. »Ist er daran gestorben?«

Rudolfs Gesicht wirkte plötzlich wie versteinert. »Nein.« Er ballte die Hand zur Faust und stand auf. »Für Siegberts Tod ist ein Mann verantwortlich, der dafür büßen wird. Das schwöre ich euch.«

Er sah die Kinder und Margrite noch einen Augenblick an, dann wandte er sich ruckartig ab. »Ich werde mich jetzt waschen gehen und mir den elenden flandrischen Dreck vom Körper spülen.« Mit diesen Worten schritt er durch die Hintertür in den Hof.

17. KAPITEL

Kann ich deine Herrin sprechen?« Bürgermeister Doneldey streckte vorsichtig den Kopf zur Tür herein.

»Bitte, tretet ein.« Rudolf deutete eine Verbeugung an. »Doch ich fürchte, ich darf noch niemanden zu ihr lassen. Sie ist nach wie vor sehr schwach.«

Heinrich Doneldey blickte sich kurz um. Erst jetzt bemerkte der Wachmann, dass noch sechs weitere Männer mit dem Bürgermeister zusammen zum Goossen'schen Anwesen gekommen waren und die Unterredung gespannt verfolgt hatten.

Doneldey bedeutete den anderen mit einer Geste, auf ihn zu warten. Dann trat er ein, und der Wachmann schloss hinter ihm die Tür.

»Sie liegt oben in ihrer Kammer, Herr. Soweit ich weiß, hat sie heute Morgen zwar die Augen aufgeschlagen, aber ich glaube nicht, dass es möglich sein wird, mit ihr zu sprechen. Außerdem ist der Medikus gerade bei ihr.«

Heinrich Doneldey schien zu überlegen. »Dann warte ich, bis ich wenigstens mit diesem sprechen kann.« Er deutete auf die Tür. »Ich werde den anderen Bescheid geben, dass es sich noch etwas hinziehen kann. Vielleicht zwingt sie das ja ein wenig zur Ruhe.«

Der Wachmann verstand seine letzte Bemerkung nicht und runzelte die Stirn. Aber es stand ihm nicht zu, den Bürgermeister danach zu fragen, wie seine Worte denn gemeint gewesen waren. Doch der schien auch so zu begreifen, was in Rudolf vorging.

»Dass deine Herrin gestern heimgekehrt ist, weiß bereits die ganze Stadt. Und alle wollen ihr Geld für die Waren, die sie nach Brügge geliefert haben. Allein mit guten Worten werden wir nicht viel ausrichten können.« Doneldey atmete schwer, als er die Tür öffnete und sich wieder vor das Haus begab. Die Gruppe der Wartenden hatte sich derweil vergrößert. Zu den Ratsherren, die ihn begleitet hatten, waren inzwischen noch einige Handwerker, Händler und neugierige Bürger hinzugekommen.

»Und? Was hat sie gesagt? Wann kriegen wir unser Geld?«

Der Bürgermeister konnte nicht sagen, zu wem die Stimme gehörte. Dann trat jedoch ein Mann vor die Gruppe. Es war Franz, der Gerber, und schon im nächsten Moment bahnte sich auch der Gewürzhändler seinen Weg durch die wartenden Menschen. Insgesamt mochten es nun an die dreißig Seelen sein, die sich vor dem Haus versammelt hatten.

Heinrich Doneldey wusste um die Sorgen, die die Bremer umtrieben. Er war ihr Bürgermeister, begleitete sie seit vielen Jahren durchs Leben und kannte jeden Einzelnen von ihnen. Er hatte sie zu führen verstanden und ihnen Sicherheit gegeben. Unter ihm hatten sie den Dom erweitert, Handel getrieben, Mörder gerichtet und die Pest ebenso bekämpft wie die verfluchten Hoyaer. Manch verzweifelte Stunde hatten sie gemeinsam durchgestanden. Und er war ihnen stets vorangegangen und hatte klug für sie entschieden. Dabei war immer ein Mann an seiner Seite gewesen, auf den er sich bedingungslos verlassen konnte, dem er blind vertraute und dessen Scharfsinn ihn stets zu weisem Handeln bewogen hatte. Siegbert von Goossen war ihm wie ein Bruder gewesen, und die Tatsache, dass dieser tot war und er ihn nie mehr wiedersehen sollte, hatte sich wie ein giftiger Pfeil durch seine Brust gebohrt. Doneldey hörte die Stimmen der Menschen vor sich wie ein einziges an- und wieder abschwellendes Rauschen, und so unklar, als hätte er sich ein dickes Tuch um die Ohren gebunden. Siegbert von Goossen war tot, und der Mensch, der ihm der wichtigste auf der Welt gewesen war, lag schwer verletzt im Haus. Und niemand anders als er selbst konnte sich jetzt noch schützend vor Anna stellen. Immer lauter wurden die Stimmen, als hinter Doneldey plötzlich die Tür geöffnet wurde.

»Was herrscht hier für ein Lärm?« Rudolf baute sich in voller Größe auf den Stufen auf. »Dort drin liegt eine schwerkranke Frau, und der Medikus schickt mich, euch zur Ruhe zu bringen.«

»Wir wollen unser Geld!« Der Gewürzhändler Gieselbert hob drohend die Faust.

Rudolf verschränkte die Arme vor der Brust. »Eure Waren wurden gestohlen. Wir haben das Geld nicht, das ihr fordert.«

Aufgebracht redeten nun alle durcheinander. Bürgermeister Doneldey hob den Arm, um sich Ruhe zu verschaffen. Doch keiner der Anwesenden nahm davon Notiz. Die Zurufe und Forderungen wurden bedrohlicher. Rudolf legte die Hand auf den Griff seines Schwertes.

»Wir haben deinem Herrn vertraut und ihm unsere Waren übergeben. Wo ist er abgeblieben? Soweit ich weiß, ist er nicht nach Bremen zurückgekehrt.«

»Mein Herr ist tot!«, schnaubte Rudolf. »Er wurde gemeuchelt wegen der Waren, die er brachte.«

Kurz sagte keiner mehr ein Wort, dann durchbrach Gieselberts schneidende Stimme abermals die Stille. »Wer sagt das?«

»Ich habe es mit meinen eigenen Ohren gehört.«

»Von wem?«

»Von dem Mann, der ihn getötet hat.« Rudolf nahm seine Hand vom Schwert, behielt jedoch seine kampfbereite Positur bei.

»Was hast du mit ihm gemacht?«

»Gar nichts. Er wollte auch meine Herrin töten. Ich brachte sie in Sicherheit. Wir mussten aus Brügge fliehen.«

Gieselbert drehte sich zu den anderen in der Gruppe um, sah in deren Gesichter. Dann spuckte er zu Boden. »Und diese Geschichte willst du uns wirklich weismachen? Ein Kaufmann, der einen anderen erschlägt, um an dessen Waren zu kommen, und dann auch gleich noch dessen Enkelin niedermachen will. Ein reicher Händler?« Er lachte bitter auf. »Willst du uns für dumm verkaufen?« Gieselberts Gesicht war vor lauter Wut hochrot geworden. »Wer sagt uns denn, dass der große Siegbert von Goossen sich in Brügge nicht ein schönes Leben macht und das Geld, das er für unsere Waren gekriegt hat, versäuft und verhurt?«

Rudolf zog sein Schwert. Nur dem schnellen Dazwischentreten Doneldeys war es zu verdanken, dass Rudolf den Gewürzhändler nicht mit einem Streich niedermachte.

»Du wagst es?«, brüllte Rudolf. »Ich werde deinen fetten Wanst aufschlitzen und deine Gedärme den Hunden zum Fraß vorwerfen!«

Zwei weitere Männer sprangen auf Rudolf zu, um den Bürgermeister in seinem Bemühen zu unterstützen, diesen festzuhalten. Der Gewürzhändler funkelte ihn wütend an.

»Es ist unser Geld!« Er stieß den Arm in die Höhe. »Lasst uns alles aus dem Haus tragen, was wir zu Geld machen können«, versuchte er, die anderen anzustacheln. »Kommt!«, brüllte er abermals.

Die Händler und Zunftleute tauschten Blicke untereinander aus, da riss auch der Gerber seinen Arm hoch. »Gieselbert hat recht! Wir holen uns, was uns zusteht!«

Doneldey blickte hastig von einem zum anderen. »Das könnt ihr nicht tun! Seid ihr des Teufels? Dafür werde ich euch alle vor den Stadtrichter bringen.« Doch seine Worte zeigten keine Wirkung. Die Menge setzte sich in Bewegung, kam bedrohlich die Stufen hinauf. In diesem Moment wurde die Tür geöffnet.

Der Anblick, der sich den Bremern bot, ließ sie einen Schritt zurückweichen.

Anna war durch die Tür getreten, leichenblass und bis auf die Knochen abgemagert, das lange Haar wirr und offen, stand sie schwankend, nur in ein weißes Nachtkleid gehüllt, in der Türschwelle. Rudolf sprang ihr sofort zur Seite und stützte sie. »Bitte! Ihr dürft das Bett noch nicht verlassen.«

Ein jeder konnte sehen, dass Anna sich kaum auf den Beinen halten konnte. Keiner wagte mehr, etwas zu sagen. Alle starrten sie nur erschrocken an.

Sie brauchte einen Moment, um all ihre Kraft zu sammeln, hob dann den Kopf und ließ ihren Blick über die vor ihrem Haus stehenden Menschen wandern.

»Ich konnte hören, was ihr gerufen habt«, sagte sie leise mit brüchiger Stimme. »Und es bricht mir das Herz, wie ihr über meinen geliebten Großvater, der euch allen sooft geholfen und beigestanden hat, gesprochen habt.« Sie sah dem Gewürzhändler in die Augen, der ihrem Blick nicht lange standhalten konnte.

»Jeder Einzelne von euch wird das Geld bekommen, das ihm für seine gelieferten Waren zusteht.«

»Woher willst du diese Summe nehmen?«, fragte Bürgermeister Doneldey leise und sah sie sorgenvoll an.

»Auch wenn ich alles verkaufen muss, was ich besitze, wird die Familie von Goossen keinem von euch etwas schuldig bleiben, das schwöre ich bei der unsterblichen Seele meines Großvaters, der für jeden von euch sein Leben gelassen hat.«

Eine Frau trat vor. »Bitte! Ihr solltet Euch lieber wieder hinlegen. Auch könnt Ihr kein Versprechen einlösen, sollte der Herr Euch zu sich holen.« Sie klang sorgenvoll.

Anna reckte ihr Kinn. »Ich mag krank sein, doch ich bin eine von Goossen. Und jeder von euch, der auf mich und mein Wort vertraut, wird am Ende mehr bekommen, als er erwartet hat. Ich bitte euch nur, mir ein wenig Zeit zu lassen, um euch die Summe auszahlen zu können, die euch zusteht. Einen Teil kann ich euch gleich geben. Seid ihr mit diesem Angebot zufrieden?«

Kurz kam Gemurmel auf, dann rief Franz: »Das sind wir!« Er versicherte sich mit einem Blick in die Runde, dass auch die anderen seiner Meinung waren. »Wir vertrauen Euch!«

»Gut«, nickte Anna erleichtert, aber sichtlich erschöpft. Dann verhärtete sich ihr Blick. »Du«, sie zeigte auf den Gewürzhändler, »du bekommst sofort dein Geld. Jetzt gleich.« Sie sah Bürgermeister Doneldey an. »Begleitest du uns bitte hinein, um zu bezeugen, dass ihm seine gesamte Ware bezahlt wurde?«

Heinrich Doneldey bejahte.

»Aber«, brachte Gieselbert kleinlaut hervor, »ich brauche die gesamte Summe auch nicht auf einmal. Ihr müsst verstehen, dass wir nur unsere …«

Weiter kam er nicht. »Nein!«, schnitt ihm Anna das Wort ab. »Du erhältst alles sogleich. Und es wird das letzte Mal sein, dass ein Mitglied der Familie von Goossen mit deinem Haus einen Handel abgewickelt hat.«

»Aber ich«, wagte Gieselbert abermals einen Einwand.

»Sei still!«, zischte Anna. »Und nur, damit du es weißt: Die Familie von Goossen wird gestärkt aus dieser Sache hervorgehen und besser dastehen als jemals zuvor. Wir werden weder weichen noch untergehen. Und wir werden nicht vergessen. All jene, die uns am Boden sehen wollten, werden selbst Staub zu schlucken haben und an ihm ersticken. Und wenn es überstanden ist, werden wir die Waren in unserem Lager noch um ein großes Gewürzangebot erweitern und stets die besten Preise in Bremen und der gesamten Umgebung bieten.«

Nun war Gieselbert blass geworden. »Aber ich bin hier der Gewürzhändler«, wandte er ein.

»Du bist nichts mehr«, brüllte nun Rudolf.

»Keinen Einzigen von euch werde ich enttäuschen«, wandte Anna sich abschließend wieder an die Versammelten und öffnete dann die Tür.

»Komm, Gieselbert, hol dir dein Geld ab.« Der Blick, den sie ihm dabei zuwarf, zeigte nichts als Verachtung.

Nur einen Tag später nahm Anna die Geschäfte wieder auf. Sie war noch immer schwach und blass, ein Schatten ihrer selbst. Doch immer wieder dachte sie an ihren Großvater und wie er sie vor einigen Monaten zurechtgewiesen hatte: »Vergiss nie, woher du kommst.« Seine Worte hatten sie zunächst tief getroffen und verletzt. Doch nicht nur das. Sie hatten auch die alte Stärke und den früheren Kampfgeist wieder in ihr geweckt, der in all den Jahren der Geborgenheit, des Wohlstands und gesicherten Lebens gewichen war.

Am Morgen war sie zuallererst in Gawins Kammer gegangen und hatte eine geraume Zeit an dessen Bett gesessen und seine Hand ebenso zärtlich wie nachdenklich gestreichelt. Er war nicht bei Bewusstsein, und sie war dankbar dafür. Zu sehr quälte sie ihr schlechtes Gewissen, zu schwer war ihre Sünde, die er gewiss in ihren Augen hätte lesen können, wäre er wach geworden. Mit einem Ruck hatte sie sich schließlich erhoben und war in das Arbeitszimmer ihres Großvaters gegangen. Nur zögernd hatte sie sich auf dessen Stuhl gesetzt. Aber er würde nicht wiederkommen. Nie mehr. Und deshalb war es nun ihre Aufgabe, die Geschäfte fortzuführen und alles in ihrer Macht stehende zu tun, um die Familie von Goossen und ihre Gefolgschaft nicht untergehen zu lassen. Sie nahm die Liste zur

Hand, auf der alle Händler, mit denen die von Goossens Geschäfte machten, samt ihrem Sortiment aufgeführt waren. Den Gewürzhändler hatte sie gestern in barer Münze ausbezahlt. Seine kriecherischen Beteuerungen, dass seine Forderungen nur dem Eifer des Gefechts geschuldet gewesen wären, hatten sie kaltgelassen. Sie waren ebenso ins Leere gegangen wie sein Versuch, Anna zum Einlenken zu bewegen. Kein Wort hatte sie mehr mit ihm gesprochen, sondern sich lediglich mit Bürgermeister Doneldey unterhalten, der die Übergabe des Geldes schriftlich bestätigte. Danach hatte sie Gieselbert die Tür gewiesen und Rudolf in seinem Beisein die Order erteilt, dafür Sorge zu tragen, dass dieser Abschaum ihr Haus verließ. Noch nie zuvor hatte sie solche Worte über einen Menschen verloren, und wundersamer Weise hatte sie sich noch nie stärker und mächtiger gefühlt als in diesem Augenblick. Dann hatte sie gemeinsam mit dem Bürgermeister eine erste Auflistung erstellt, wem welche Summe sofort auszuzahlen sei und wie viel danach zuzüglich Zinsen in welchem Zeitraum aufzubringen war. Es waren horrende Forderungen, die sie auszugleichen hatte. Dabei hatte ihr Großvater bereits einen Großteil des Goossen'schen Vermögens dafür aufgewandt, die Lösegeldforderung der Hoyaer Grafen zu erfüllen. Woher sollte sie nur all das restliche Geld nehmen, um die Bremer zu bezahlen?

Es klopfte, und schon im nächsten Moment betrat Margrite den Raum und trat mit ausgebreiteten Armen auf Anna zu. »Meine Kleine.«

Anna stand auf, vorsichtig, weil ihr Unterleib noch immer höllisch schmerzte und begrüßte die Freundin mit einer Umarmung. »Ach, Margrite. Es ist alles so furchtbar.«

»Ich weiß. Doch du darfst jetzt noch nicht das Bett verlassen. Gestern war ich mir noch nicht einmal sicher, ob du überleben würdest. Und nun finde ich dich hier vor. Rasch, setz dich wieder hin.« Sie führte Anna zu ihrem Stuhl zurück und nahm dann ihr gegenüber am Schreibtisch Platz.

»Willst du mir erzählen, was geschehen ist?«

Anna schluckte schwer. Ihre Stimme war nicht mehr als ein Flüstern. »Mein Großvater ist tot. Jean van Laaken hat ihn ermordet.«

»Das weiß ich«, gab Margrite ebenso leise zurück, griff über den Tisch nach Annas Hand und streichelte sie. »Rudolf hat es mir erzählt.«

Anna senkte den Kopf. »Was hat Rudolf dir sonst noch erzählt?«

»Dass du dein Kind verloren hast auf der Rückreise nach Bremen.«

»Und was noch?«

Margrite verstand nicht und suchte Annas Blick, doch diese starrte noch immer auf die Tischplatte. »Mehr nicht. Weshalb? Ist sonst noch etwas geschehen?«

Anna saß da und antwortete nicht. Margrite ließ ihr Zeit, spürte sie doch, wie sehr die Freundin mit sich kämpfte. Schließlich hob diese den Kopf. »Ich bin eine Hure, Margrite. Eine nichtswürdige, elende Hure.«

Margrite runzelte die Stirn, noch immer verstand sie nicht, was Anna ihr sagen wollte. Sie sah die Jüngere an, fragend, prüfend. Doch deren Blick war leer und ins Nichts gerichtet.

»Wie meinst du das?«

»Genau so, wie ich es gesagt habe.« Jetzt senkte Anna wieder den Kopf. »Ich bin sündiger als jede Hübschlerin in den einfachsten Schenken der Stadt.«

Margrite schüttelte den Kopf, aber langsam dämmerte ihr, was Anna damit meinen könnte. Doch der Gedanke war zu abwegig, zu gotteslästerlich, zu unglaublich, als dass er wirklich wahr sein konnte.

Anna hob den Kopf, legte eine Hand auf ihren Unterleib. »Du hast mich schon richtig verstanden. Ich kann es in deinen Augen lesen. Nur zu. Geh. Ich kann dich gut verstehen. Auch ich würde mit einer wie mir nichts mehr zu tun haben wollen.«

Margrite konnte es nicht fassen. Wenn es wirklich so war, wie sie dachte, widersprach das völlig dem Bild, das sie bisher von ihrer Freundin gehabt hatte. Obwohl sie sich seit so vielen Jahren kannten. Margrite hatte Anna schon vor ihrer Eheschließung mit Gawin getroffen und damit weit vor der Geburt deren Kinder. Sie hatte sie damals vor ihrem rachsüchtigen und mordlüsternen Vater beschützt, ihr in den Anfängen geholfen und sie bei sich aufgenommen, als Anna noch keine Arbeit gehabt hatte. Sie streckte der Freundin auch das Geld für die Stoffe vor, mit denen sie ihre ersten Gewänder fertigte. Und nun saß sie vor ihr, und die Schande war ihr ebenso ins Gesicht geschrieben wie ihr schlechtes Gewissen. Was sollte sie tun? Die Freundin fallenlassen? Das Haus verlassen und sie wegen Ehebruchs anzeigen, auf dass sie mit Schimpf und Schande aus der Stadt gejagt werden würde? Margrites Gedanken überschlugen sich. Wie hatte Anna das nur tun können? Sie sah der Jüngeren ins Gesicht. Welche Trauer und Niedergeschlagenheit doch in ihren Augen stand.

»Auch wenn ich nicht das Recht dazu habe, möchte ich dich um eines bitten: Zeig mich nicht sofort an«, sagte Anna da. »Ich schwöre hiermit, vollständig über das, was ich getan habe, Zeugnis abzulegen. Doch zuerst muss ich noch die Geschäfte regeln, um den Bremern den entstandenen Schaden zu bezahlen. Danach werde ich für meine Sünden einstehen.«

»Warum hast du das getan? Ich weiß, dass du Gawin liebst. Aus keinem anderen Grund habt ihr euch vor Gott vereint.«

»Ach, Margrite, du kannst dir gar nicht vorstellen, wie oft ich mir diese Frage schon gestellt habe.« Anna sprang von ihrem Stuhl auf, beugte sich dann aber unvermittelt mit schmerzverzerrtem Gesicht nach vorne und verharrte in dieser Position. Sofort erhob sich auch Margrite, ging mit raschen Schritten um den Tisch herum und stützte die Freundin. »Setz dich wieder, bitte. Du hättest das Bett gar nicht erst verlassen, geschweige denn, deine Arbeit wiederaufnehmen dürfen.« Mit sanftem Druck setzte Margrite die Jüngere wieder auf den Stuhl. »Soll ich dir etwas zu trinken holen?«

Anna schüttelte den Kopf. Sie war noch blasser als zuvor. »Hab Dank. Es geht schon wieder. Ich muss es nur vermeiden, mich in der nächsten Zeit so rasch zu bewegen.«

Margrite streichelte ihr zärtlich über den Kopf. »Ich kann nicht verstehen, warum du das getan hast. Doch es steht mir nicht zu, über dich zu urteilen.«

Anna riss sich zusammen, um nicht in Tränen auszubrechen. »Doch, Margrite, es steht dir zu. Du bist mir die liebste Freundin und einzige Vertraute. Und ich konnte eben in deinen Augen lesen, was du von mir denkst. Ich will mein Tun dir gegenüber auch gar nicht beschönigen. Einzig die Geschäfte lass mich bitte noch in Ordnung bringen.«

»Ich werde dich nicht anzeigen«, sagte Margrite leise.

»Das ist einerlei«, antwortete Anna resigniert. »Ob du es tust, oder ob ich mich selbst stelle, macht keinen Unterschied. Nur der Zeitpunkt ist mir noch wichtig.«

»Willst du mir nicht endlich erzählen, was geschehen ist?«

Anna seufzte. »Um es mir von der Seele zu reden? Dazu habe ich kein Recht.«

»Nicht, um es dir von der Seele zu reden. Ich möchte es verstehen.«

Margrite ging wieder um den Tisch herum und setzte sich. Wieder wartete sie, gab Anna Zeit, bis diese endlich leise und emotionslos zu sprechen begann. Einzig und allein, dass sie die Erinnerung an die Nacht im Haus des Flamen noch immer erregte, verschwieg sie Margrite. Sie erzählte von den Lügen, die er ihr aufgetischt hatte, berichtete, wie sie ihm zunächst geglaubt habe, dass ihr Großvater Brügge nie erreicht hatte. Auch die Hilflosigkeit und Verzweiflung, die sie bei dem Gedanken erfüllten, was Siegbert von Goossen alles zugestoßen sein mochte, schilderte sie. Ebenso, wie sie sich Jean van Laaken hingegeben hatte, die vollkommene Leidenschaft, die sie empfunden hatte; das Gefühl, nicht mehr nur Mutter oder Händlerin zu sein, sondern Frau. Als sie schließlich an die Stelle ihres Berichts gelangte, wo sie, kurz nachdem das Schiff abgelegt hatte, am Ufer zwei Frauen erblickte, von denen eine das Kleid trug, das sie unmittelbar vor Siegberts Reise nach Brügge fertiggestellt hatte, verhärtete sich ihr Gesicht.

»Ich habe es sofort erkannt, konnte und wollte es zunächst aber nicht glauben.«

»Was hast du dann getan?«

»Ich habe den Schiffsführer sofort umkehren lassen.« Ihre Stimme brach. Sie strich sich mit beiden Händen über die Oberarme, die sich mit einer Gänsehaut überzogen hatten. Anna fröstelte, als sie fortfuhr zu erzählen, wie sie das Lagerhaus des Flamen ausfindig gemacht und abgesucht hatte. »Ich fand das Fass mit den Glasscheiben aus Murano, die in Butter eingelassen waren. Rafael hatte mit dem Finger Wellenlinien hineingezeichnet.«

Margrite streckte ihre Hand über den Tisch und wartete, bis Anna sie ergriff.

»Da wusste ich es.« Anna senkte den Kopf. »Nein, das stimmt nicht, ich habe es schon vorher gewusst. Doch ab da konnte ich mich nicht länger selbst belügen.« Sie hob wieder den Kopf, sah Margrite traurig an. »Ich habe alles verraten, was mir lieb und teuer ist, und mich auch noch ausgerechnet dem Mann hingegeben, der meinen Großvater getötet hat. Der Teufel hat seine Klauen nach meiner Seele ausgestreckt, und er wird sie bekommen.«

Margrite wusste nichts zu sagen. Kein Wort des Trostes wollte ihr einfallen, mit dem sie der Freundin hätte Zuspruch leisten können. Anna tat ihr von Herzen leid. Sie hatte gesündigt, ja. Doch daran war auch dieser Flame schuld, der sie verführt und in die Irre geleitet hatte. Margrite wusste, dass sich Anna dies nie verzeihen würde.

»Wie ist dein Großvater gestorben?«

Wieder rieb Anna sich die Oberarme. Sie fror furchtbar, obwohl es warm im Raum war. »Jean van Laaken hat ihn ertränkt und seinen Körper der See überlassen.«

Margrite schloss einen kurzen Moment die Augen, nun fröstelte auch sie.

»Er ist tot, Margrite, und ich kann es noch immer nicht fassen.« Ihre Augen füllten sich mit Tränen. »Er ist tot und wird nie wiederkommen.«

»Es tut mir so leid, meine Kleine.« Die Seifensiederin streichelte der Freundin zärtlich über die Hand. Ihr Mitgefühl ließ in Anna einen Damm brechen. Sie weinte und schluchzte, hatte Mühe, sich wieder zu beruhigen.

»Ich weiß, dass Siegbert sterben musste, weil ich Schande über alle von Goossens gebracht habe.«

»Nein«, widersprach Margrite heftig. »Das ist nicht wahr. Du hast einen schrecklichen Fehler begangen. Aber da war dein Großvater schon tot. Was du in Brügge getan hast, hatte nichts mit dem Verbrechen an Siegbert zu tun.«

»Vielleicht doch. Vielleicht war es die Strafe Gottes dafür, dass ich mich van Laaken schon lange, bevor ich nach Brügge reiste, hingeben wollte.« Sie schüttelte den Kopf. »Und auch wieder nicht. Ich fühle mich so unendlich schuldig, Margrite.«

»Ich weiß.« Die Seifensiederin seufzte. Sie war hin- und hergerissen. So verachtenswert sie Annas Verhalten in Brügge auch fand, tat sie ihr doch wegen Siegbert van Goossens Tod unendlich leid. Margrite wusste, wie viel er Anna bedeutet hatte. Und allein die Vorstellung, dass sie sich dem Mann hingegeben hatte, der für den Tod ihres Großvaters verantwortlich war, musste unvorstellbar quälend für die Freundin sein. Sosehr sie es daher auch missbilligte, was Anna getan hatte, war ihr Entschluss doch gefasst.

»Es nützt niemandem etwas, wenn du dich selbst anzeigst und damit auch Gawin und deinen Kindern die Grundlage nimmst, weiterhin in Bremen zu leben, und das, obwohl du die Geschäfte wieder in Ordnung gebracht und alle Schulden beglichen hast. Also lass es sein.«

»Aber es ist das einzig Richtige.«

»Nein!«, widersprach Margrite laut. »Es ist das Einzige, was du nicht tun darfst. Du hast nicht das Recht dazu, die Menschen, die dir am nächsten stehen, für dein Fehlverhalten büßen zu lassen.«

»Was soll ich denn nur tun?«

»Das, was dein Großvater von dir erwarten würde.«

»Großvater«, sagte Anna liebevoll und traurig zugleich.

»Was denkst du, würde er in deiner Lage getan haben?«

»Er hätte sich nie so dumm, so unbedacht und schmutzig verhalten wie ich.«

»Nun hör aber auf!«, ereiferte sich Margrite zornig. »Siegbert von Goossen war in der Tat ein Mann, der großen Respekt verdiente. Doch er hat auch nicht alles richtig gemacht in seinem Leben. Wie niemand von uns. Du weißt, wie schwer er daran trug, deiner Mutter unrecht getan zu haben, indem er sie fortschickte.«

»Was willst du damit sagen?«

»Dass du mit dieser Sünde leben musst.«

»Ist das dein Ernst?« Anna sah die Freundin mit weit aufgerissenen Augen an.

»Ach, Anna! Ich sag es ganz offen heraus: Ich bin alles andere als glücklich über das, was du getan hast. Aber wem nützt es, wenn du nun vor die Tür gehst und es laut hinausrufst?« Sie sah Anna fragend an und fuhr dann, als diese nicht antwortete, fort: »Siehst du, du weißt es nicht zu sagen, und zwar ganz einfach deshalb, weil es niemandem nützt. Folglich musst du dir die Frage anders herum stellen: Wem schadet es?« Margrite nickte mehrmals. »Und es schadet vor allem denen, die reinen Herzens sind und nichts für das, was du getan hast, können. Also lass es sein!«

Anna starrte sie fassungslos an. Einen Moment später stand die Seifensiederin auf. »So. Genug damit. Die Entscheidungen, die du in letzter Zeit getroffen hast, waren nicht zu deinem Besten. Also werden wir nun darauf vertrauen, dass ich alles in die richtigen Bahnen lenke.« Sie ging zu Anna hinüber und zog sie von ihrem Stuhl auf. »Du wirst mir jetzt etwas versprechen.« Margrite sah Anna tief in die Augen.

»Was denn?«

»Dass du niemals, wirklich niemals und ganz gleich, wie falsch es sich auch für dich anfühlen mag, je wieder mit irgendjemandem darüber sprechen wirst, was sich im Hause des Flamen zugetragen hat.«

»Aber ich …«

»Nein«, fiel Margrite ihr ins Wort. »Niemals! Versprich es mir. Schwör es mir beim Leben deiner Kinder.«

»Rudolf weiß es«, wagte Anna einen letzten Einwand.

»Das lass meine Sorge sein. Und jetzt versprich es.«

Anna starrte Margrite an, doch schließlich leistete sie der Forderung ihrer Freundin Folge. »Ich verspreche es«, sagte sie leise.

»Gut.« Margrite zog sie kurz zu sich heran und drückte sie. »Und jetzt werde ich dir helfen. Sag mir, was wir tun können, umso schnell wie möglich so viel wie möglich zu verdienen.«

Anna brauchte einen kleinen Moment, um sich zu sammeln. Dann griff sie nach der Liste auf dem Tisch. »Das ist es ja gerade. Selbst wenn ich alles verkaufe, was ich habe, wird das Geld nicht reichen.«

»Hm«, machte Margrite und rieb sich nachdenklich das Kinn. Anna setzte sich vorsichtig wieder hin.

»Was hat denn Heinrich Doneldey wegen der geraubten Waren gesagt?«

»Wir haben so gut wie gar nicht darüber gesprochen. Aber er ist wohl auch der Ansicht, dass ich das Geld aufbringen und den entstandenen Schaden ausgleichen muss.«

Margrite fuhr herum. »Um all das zu bezahlen, was ein anderer gestohlen hat? Das kann unmöglich geltendem Recht entsprechen.« Sie schüttelte aufgebracht den Kopf. »Bist du kräftig genug, um vor den Rat zu treten?«

Anna fühlte sich alles andere als gesund und munter. Dennoch hob sie den Kopf und dachte an Siegbert. »Ja, das bin ich«, antwortete sie mit fester Stimme.

»Gut. Dann werde ich jetzt einen Boten mit der Nachricht zum Bürgermeister senden, dass dieser den Rat einberufen und uns wissen lassen soll, wenn er versammelt ist.«

»Und dann, was soll ich den Ratsherren sagen?« Anna hatte Mühe, ihre Unsicherheit zu bezwingen.

»Das fragst du noch?« Margrite zwinkerte ihr verschwörerisch zu. »Du ziehst jetzt dein schönstes Duftkleid an, machst dir die Haare zurecht, ziehst deinen zartesten Schleier darüber und nimmst deine ganze Kraft zusammen. Und dann wirst du im Rathaus darauf pochen, dass der Bremer Rat ein offizielles Schreiben aufsetzt, mit dem er die Brügger Kaufmannschaft dazu auffordert, Jean van Laaken für den Diebstahl und den Mord an deinem Großvater zur Verantwortung zu ziehen.«

Anna dachte eine Weile über Margrites Worte nach, dann sagte sie: »Du hast recht. So und nicht anders werde ich vorgehen.«

»Gut. Und nun zieh dich um. Oder willst du hier Wurzeln schlagen?«

18. KAPITEL

»Ein solches Begehr wurde noch nie an eine Kaufmannschaft gerichtet.« Berthold von Hoheneck lehnte sich in seinem Stuhl zurück.

»Weil es auch noch nie einen Kaufmann gegeben hat, der gestohlen und gemordet hat, um an Waren zu kommen, die ihm nicht gehören«, warf Heinrich Doneldey ein. »Doch Anna hat recht. Wir können unmöglich dulden, dass dieser elende Hundsfott damit durchkommt.«

»Also willst du nach Brügge reisen und das Anliegen der Stadt Bremen dort vortragen?«, fragte Johannes Grote.

»Nein, nicht ich.« Bürgermeister Doneldey schüttelte den Kopf. »Einer von euch wird an meiner statt dorthin reisen und unsere Forderungen überbringen. Und er wird von einem Mann begleitet werden, der mit Anna von Goossen in Brügge war und deshalb Zeugnis darüber ablegen kann, welch ungeheuerliche Taten der Flame begangen hat.«

»Wer?«, fragte Johannes Grote.

Bürgermeister Doneldey gab dem Wachmann am Eingang einen Wink. »Lass ihn hereinkommen.«

Der Angesprochene öffnete die Tür, und im nächsten Moment betrat Rudolf den Raum. »Ich habe nach ihm schicken lassen, Anna. Dies war doch sicher auch in deinem Sinne, nicht wahr?«, meinte Doneldey erklärend.

Anna wurde heiß und kalt. Es war zeitlich gesehen so gut wie ausgeschlossen, dass Margrite bereits mit Rudolf gesprochen hatte. Kurz schloss sie die Augen. So lange sie Rudolf kannte, war er stets der aufrechte und zuverlässige Vertraute ihres Großvaters gewesen, auch wenn er im Rang weiter unter diesem gestanden hatte. Seine Auffassung von Ehre, Rechtschaffenheit und Bürgerpflicht war mit der Siegberts deckungsgleich gewesen, soweit sie dies beurteilen konnte. Sie öffnete wieder die Augen, suchte seinen Blick. Doch er sah nicht in ihre Richtung, sondern zu Bürgermeister Doneldey, der ihn gerade anwies, sich auf einen der leeren Stühle zu setzen.

»Rudolf. Hab Dank, dass du so rasch hergekommen bist.«

Der Angesprochene nickte. »Sagt mir, womit ich Euch dienen kann.«

»Wie du dir sicher denken kannst, geht es um den betrügerischen flandrischen Kaufmann und um das, was sich in Brügge zugetragen hat.«

Bei Doneldeys letzten Worten spürte Anna, wie ihr die Schamesröte ins Gesicht stieg.

»Ja, ich habe es vermutet, doch worum genau geht es Euch dabei?«

»Wir werden einen Ratsherrn mit einem Forderungsgesuch nach Brügge senden, Jean van Laaken des Mordes und Diebstahls bezichtigen und einen Prozess gegen ihn anstrengen. Er soll sowohl für seine ruchlosen Taten bestraft werden, als auch das Geld zurückzahlen, das er uns Bremern schuldet.«

»Und was kann ich dazu beitragen?«

»Du warst mit Anna von Goossen in Brügge und hast mitbekommen, was sich dort ereignet hat, nicht wahr?«

»Ja, Herr, ich habe alles mitbekommen.«

Abermals wurde es Anna heiß und kalt.

»Dann erzähle uns zunächst mit deinen eigenen Worten, was sich dort zugetragen hat.«

Rudolf atmete vernehmlich aus. Es fiel ihm sichtlich schwer, über all das Auskunft zu erteilen, was er gesehen und gehört hatte. Als er mit seinem Bericht an der Stelle angelangt war, wo sie das Haus Jean van Laakens erreicht hatten, hielt Anna die Luft an.

»Und nachdem Ihr das Haus betreten hattet, deutete da irgendetwas darauf hin, dass der Flame Euch belogen haben könnte und die Waren längst in seinem Kontor waren?«, vergewisserte sich der Ratsmann Augustin Hess.

»Nein, Herr. Als meine Herrin und ich eintrafen, gab sich der Kaufmann van Laaken äußerst zuvorkommend und freundlich. In seinem Verhalten war nichts, was darauf hinwies, dass er ein doppeltes Spiel mit uns trieb.«

»Und wie ging es danach weiter?«

»Meine Herrin und der Kaufmann nahmen gemeinsam ein Mahl ein, während ich in der Gesindeküche etwas aß. Dann wurden uns unsere Kammern für die Nacht zugewiesen, und am nächsten Tag sind wir in aller Frühe wieder aufgebrochen.«

Annas Herz klopfte wie wild. Sie hoffte im Stillen, dass Rudolfs Aussage nicht weiter hinterfragt wurde. Doch es kam anders.

»Ihr habt also im Hause dieses Kaufmanns genächtigt«, bohrte Johannes Grote nach.

»Ja, Herr.«

»Und während des gesamten Abends kam kein Argwohn bei Euch auf, geschweige denn ein Verdacht?«

»Nein, Herr.«

»Habt Ihr denn mitbekommen, was Anna von Goossen mit dem Brügger besprochen hat?«

Rudolf warf Anna einen raschen Blick zu. »Das meiste, ja.«

»Und seid Ihr auch zur gleichen Zeit zu Bett gegangen?« Johannes Grotes Stimme hatte etwas Lauerndes.

»Was soll die Frage?«, mischte sich da Bürgermeister Doneldey verärgert ein.

»Das will ich dir sagen, Heinrich.« Grote schnaubte laut vernehmlich. »Wir alle hier«, er wies mit der Hand in die Runde, »haben miterlebt, wie der Brügger Anna von Goossen während seiner Besuche in unserer Stadt angesehen hat. Wir dürfen nicht riskieren, dass es am Ende noch heißt, die beiden hätten womöglich gemeinsame Sache gemacht, die Bremer betrogen und Siegbert von Goossen ums Leben gebracht, um unsere Waren und«, er beugte sich zu Anna hinüber, »bitte verzeiht mir, das Goossen'sche Erbe einzusacken.«

Heinrich Doneldey schnappte nach Luft. Auch die anderen Ratsherren waren sichtlich schockiert.

»Johannes, wie kannst du es wagen?« Der Bürgermeister schäumte vor Wut.

Rudolf reckte die Hand in die Höhe. »Wenn ich etwas dazu sagen darf?«, bat er.

»Bitte, Rudolf, sprich.«

»Ich weiß, dass es nicht recht war«, begann er.

Anna schloss die Augen. Das Herz schlug ihr bis zum Hals.

»Doch ich konnte nicht umhin, einen Teil des Gespräches bei Tisch mitzuhören.«

»Und?«

»Der Flame hat sich eingeschmeichelt und alles versucht, um Anna von Goossen, unsere Duftnäherin, auf seine Seite zu ziehen. Sie hat ihm geglaubt. Und das muss ich sagen, Ihr hohen Herren, ich glaubte ihm ebenfalls.«

»Und?«, bohrte Johannes Grote nach.

»Sie gingen spät gemeinsam nach oben, wo sich die Schlafräume befinden.«

Keiner im Raum sagte ein Wort. Aller Augen waren auf Rudolf gerichtet.

»Anna von Goossen ging in das ihr zugewiesene Gemach, Jean van Laaken in das seine. Ich wartete noch, bis dieser die Tür hinter sich schloss. Dann klopfte ich bei meiner Herrin, ließ mir von ihr drei Kissen herausreichen und nahm meinen Wachposten vor ihrer Tür ein.«

»Und hast diesen erst am nächsten Morgen wieder verlassen?«, hakte Heinrich Doneldey nach.

»Ganz recht. Genau, wie es meine Aufgabe ist.«

In Anna stiegen Tränen der Rührung auf. Niemals würde sie Rudolf für das danken können, was er soeben für sie getan hatte.

»Und wie ging es weiter?«

»Nach dem Morgenmahl verließen wir das Haus und gingen an Bord unseres Schiffes. Wir hatten sogar schon abgelegt. Doch dann überschlugen sich die Ereignisse.«

Bürgermeister Doneldey nickte wissend. »Als Anna eine Brüggerin in einem ihrer Kleider sah, das sie selbst erst kurz vor Siegberts Aufbruch gefertigt hatte.«

»Ganz recht, Herr«, erwiderte Rudolf folgsam und berichtete sodann von seinem Eintreffen im Lagerhaus des Brüggers und dem Versuch Jean van Laakens, auch Anna das Leben zu nehmen.

»Und hast du auch gehört, wie er den Mord an unserem treuen Freund und Ratsherrn Siegbert von Goossen gestanden hat?«

»Ja, Herr, genau wie ich es Euch schon sagte.«

»Dann ist es entschieden.« Heinrich Doneldey ließ seinen Blick über die Anwesenden schweifen, um sich zu vergewissern, dass diese mit ihm einer Meinung waren. Danach drehte er sich wieder zu Rudolf. »Du reist mit einem der Bremer Ratsherrn nach Brügge, bezeugst unsere Anschuldigungen vor dem dortigen Rat und forderst ihn zum Handeln auf.«

Zustimmende Rufe wurden laut.

»Wer von uns soll denn nach Brügge reisen?«, fragte Johannes Grote.

»Wenn ihr mir euer Vertrauen schenken wollt, so würde ich dies gern übernehmen«, bot Augustin Hess sich an. Allgemeines Kopfnicken unter den Ratsherren. Heinrich Doneldey nickte Hess verbunden zu. »Ich danke dir, Augustin. Und nun werde ich euch auch den Grund sagen, warum ich nicht selbst reisen werde.« Er legte eine Pause ein. »Um Bremen steht es schlechter denn je. Wir müssen handeln.«

Rudolf erhob sich rasch. »Wenn Ihr erlaubt, würde ich mich jetzt gern entfernen.«

»Rudolf, ja gewiss. Hab vielen Dank.« Bürgermeister Doneldey erhob sich, ging zu ihm hinüber und verabschiedete ihn per Handschlag. »Möge der Herr dich auf deiner Reise beschützen und für eine sichere Heimkehr sorgen.«

Rudolf deutete eine Verbeugung an. »Habt vielen Dank, Herr.« Er blickte kurz zu Anna hinüber, nickte den anderen Ratsherren zu und verließ dann den Raum.

Heinrich Doneldey ging zu seinem Stuhl zurück. »Nun gut. Widmen wir uns dem Fortkommen Bremens.«

»Dann sollte ich Euch wohl ebenfalls verlassen«, sagte Anna.

»Nein, meine Liebe. Gerade dich möchte ich bitten, mir bei meinem Vorhaben zu helfen.«

»Mich?«

»Ganz recht.« Er legte seine Hände auf den Tisch. »Ich werde nach Lübeck reisen und dort um Wiederaufnahme in die Hanse bitten.« Die Ratsherren warfen einander vielsagende Blicke zu.

»In die Hanse? Und du glaubst, nach all dem, was wir uns erlaubt haben, nehmen sie uns wieder auf?« Johannes Grote zog die Augenbrauen in die Höhe.

»Wir müssen zumindest alles dafür tun«, antwortete Heinrich. »Bernhard, deine Familie, die von Dettenhusens, sitzen schon seit Generationen im Rat Bremens. Dein Name steht für die Ehre und das Gewissen dieser Stadt, ebenso wie für ehrlichen Handel. Deshalb möchte ich dich bitten, mich nach

Lübeck zu begleiten, genauso wie ich dich, Anna, darum bitten möchte. Wenn es gelingen soll, dann nur mit euch beiden an meiner Seite.«

Bernhard von Dettenhusen nickte dem Bürgermeister bejahend zu. »Ich soll mitkommen?«, war das Einzige, was Anna hervorbrachte.

»Ja. Ich sage es nicht gern, doch ohne deinen Liebreiz und deine Sachkenntnis werden sie uns wohl kaum lange genug zuhören, damit wir unser Begehr überhaupt vorbringen können.«

»Und du glaubst, sie fallen darauf herein?« Johannes Grote wirkte skeptisch.

»Wenn du einen besseren Einfall hast.« Bürgermeister Doneldey streckte die Arme aus. »Ich bin für jeden Vorschlag dankbar.«

»Nein«, musste der Angesprochene eingestehen, »das habe ich nicht.«

»Siegbert von Goossen ist vielen Lübecker Kaufleuten als ehrlicher und verlässlicher Händler bekannt. Nach seinem Tod mit seiner Enkelin dort um Anhörung zu bitten, scheint mir nicht der schlechteste Gedanke zu sein«, bemerkte Doneldey.

»Aber mein Gemahl ist noch nicht einmal wieder aufgewacht und die Kinder …« Anna brach ab und richtete sich dann kerzengerade auf. »Was hätte ich dort zu tun?«

»Demütig sein. Wir müssen unseren Stolz in Bremen zurücklassen und auf dem Boden kriechend um die Milde der Lübecker flehen.«

»Und das willst du tun? Vor den Lübeckern, zum Vergnügen der Hamburger?« Augustin Hess sah Heinrich ungläubig an.

»Um meinen Bremern das Überleben zu sichern? Ja, allerdings. Genau das werde ich tun.«

»Heinrich hat vollkommen recht«, bekräftigte nun Bernhard von Dettenhusen dessen Vorhaben. »Wie ihr alle wisst, hatte ich Bedenken geäußert, das von der Hanse ausgesprochene Handelsverbot gegen Flandern zu umgehen. Und wir alle spüren nun die Folgen, die uns daraus erwachsen, dass wir uns nicht an die Sperre gehalten haben. Dass wir genauso vorgehen, wie unser Bürgermeister es nun vorgeschlagen hat, ist der einzige Weg, um Bremen nicht untergehen zu lassen.«

Das bedrückende Gefühl, dass ein Großteil dessen, was geschehen war, ihre Schuld war, breitete sich erneut und mit körperlicher Übelkeit einhergehend in Anna aus. Sie hatte bereits jetzt nicht mehr genug Geld, um die Schulden zu bezahlen, die aus dem gescheiterten, letzten Handelsgeschäft aufgelaufen waren. Ihr Mann lag mehr tot als lebendig darnieder, und wie es mit ihr und den Ihren in den nächsten Monaten weitergehen würde, wusste sie nicht zu sagen. Und ihr Großvater, der stets ihr starker Fels in der Brandung gewesen war, lag ermordet auf dem Meeresgrund. Auswegloser konnte ihre Lage nicht mehr werden.

»Was immer du wünschst, Heinrich«, sagte Anna deshalb rasch und verdrängte ihr schlechtes Gewissen gegenüber ihrem Mann und den Kindern. »Ich werde mitkommen und alles tun, was notwendig ist, damit wir unser Ziel erreichen.«

»Ich danke dir, Bernhard, ebenso dir, Anna. Auf dich ist ebenso Verlass wie auf deinen Großvater. Du bist eine wahre von Goossen. Und darum wird unser Vorhaben gelingen. Ich weiß es.«

Als Anna in ihr Haus zurückkehrte, fragte sie den Wachmann, ob er Rudolf gesehen habe. »Er ist schon vor geraumer Zeit eingetroffen«, antwortete dieser. »Wenn ich mich nicht täusche, müsste er bei Gertrud in der Küche sein.«

»Hab Dank.« Anna legte ihren Umhang ab. Im Haus war es ungewöhnlich still. Von ihren Kindern war weit und breit nichts zu hören. »Wo sind meine Kinder?«, wandte sie sich nochmals an den Wachmann.

»Sie sind mit Andres in die Werkstatt gegangen.«

»Alle drei?«

»Ja, Herrin.«

»Gut. Danke.« Sie überlegte kurz, nach oben zu gehen und nach Gawin zu sehen. Doch zunächst wollte sie mit Rudolf sprechen. Kurzentschlossen öffnete sie die Tür zur Küche und steckte den Kopf hinein. »Rudolf. Könnte ich dich kurz sprechen?«

»Gewiss.« Er erhob sich und trat aus der Küche. Anna deutete auf den Arbeitsraum. »Wollen wir dort hineingehen?«

Er nickte, ohne etwas zu erwidern, und wartete, bis seine Herrin vor ihm den Raum betrat, dann schloss er hinter ihnen die Tür.

»Hab Dank«, sagte sie rasch.

»Ist schon gut.«

»Nein, das ist es mitnichten. Ich hätte dich nie darum bitten dürfen, auch nicht durch Margrite.«

Rudolf schaute sie verwirrt an. »Wie meint Ihr das, Herrin? Ihr habt mich um nichts gebeten.«

»Aber Margrite hat doch mit dir …« Sie brach ab.

»Ich habe die Seifensiederin seit unserer Rückkehr kaum gesprochen«, stellte Rudolf klar. »Es war meine Entscheidung, zu sagen, was ich gesagt habe.«

Anna senkte den Kopf. »Weshalb? Weshalb hast du das getan?«

»Weil es das einzig Richtige war.«

»Dafür könntest du in die Hölle kommen.«

»Ich könnte mir dadurch, wegen all des Leids, das Euch bereits widerfahren ist, aber auch einen Platz direkt neben dem Herrgott gesichert haben. Das weiß niemand so genau.«

Anna war verblüfft. Noch nie zuvor hatte sie Rudolf in dieser Weise sprechen hören.

»Es war nicht richtig, was Ihr getan habt, und ich kann es weder verstehen noch billigen. Doch es steht mir auch nicht zu, darüber zu urteilen.«

»Doch, Rudolf, das tut es! Du warst meinem Großvater treu ergeben, du hast mich gerettet, und ich vertraue dir.«

Rudolf seufzte. »Nun gut.« Er blickte zur Tür, um sich zu versichern, dass sie auch wirklich geschlossen war und sie von niemandem belauscht werden konnten. »Dann werde ich Euch jetzt sagen, was Euch wohl auch Siegbert gesagt hätte, wenn er noch unter uns wäre: Wie konntet ihr das nur tun?«, zischte er leise zwischen den Zähnen hindurch.

»Ich, ich …« Weiter kam sie nicht. Rudolf hob die Hand.

»Nein, ich möchte keine Antwort von Euch! Ich wollte es nur gesagt haben. Ich wollte den Vorwurf aussprechen, ebenso, wie ihn Euer Großvater ausgesprochen hätte.« Sein Gesichtsausdruck wurde wieder weicher. Dann nahm er sie bei den Schultern. »Und nun ist es gesagt. Es gibt daher keinen Grund, jemals wieder darauf zurückzukommen.«

»Darf ich dir noch eine letzte Frage stellen?«

»Gewiss!«

»Wenn Siegbert hier wäre, würde ich ihn statt deiner fragen, ob ich es Gawin erzählen soll.«

»Und seine Antwort wäre: Niemals. Niemals!« Er legte seine Hand an ihre Wange, drehte sich dann abrupt um und verließ den Raum.

Anna lehnte sich gegen die Tischplatte. Ihr war übel, und alles schien ihr zu viel zu werden. Am liebsten hätte sie sich ins Bett gelegt und sich die Decke über den Kopf gezogen. Die wenigen Momente, in denen sie sich nicht für das, was sie getan hatte, schämte, lastete eine tiefe allumfassende Trauer auf ihr. Siegbert war tot, und sie konnte es noch immer nicht fassen. Er war ihr Halt gewesen, sie hatte zu ihm aufgeblickt und ihn wegen seiner Stärke, seinem Mut und seiner Klugheit bewundert, seiner Ausstrahlung, der sich niemand hatte entziehen können, sobald er den Raum betrat. Wie sehr sie sich doch wünschte, dass Heinrich Doneldey mit seinen Worten recht behielte und sie tatsächlich in die Fußstapfen ihres Großvaters treten könnte. Sie sah ihn wieder vor sich, stolz und besonnen, mit einer Ruhe und Ausgewogenheit bei allem, was er dachte und machte. Das Erbe, das sie anzutreten hatte, war so groß wie der Bremer Dom. Und das in einer Situation, die selbst Siegbert alles abgefordert hätte. Seine Fußstapfen waren einfach zu groß für sie. Die Vereinbarungen, die sie mit den Bremer Händlern geschlossen hatte, waren kaum einzuhalten. Sie hatte noch nichts von Marquardt gehört, nach dessen Rückkehr sie durch den Verkauf der Waren aus dem Goossen'schen Lager in Florenz zumindest einen Teil der Schulden abdecken konnte. Doch selbst das war nur ein Tropfen auf den heißen Stein. Es gab nur einen einzigen Weg. Sie musste Tag und Nacht Kleider fertigen und mit ihnen handeln, als gäbe es kein Morgen. Wieder kam ihr Siegbert in den Sinn, für den es tatsächlich kein Morgen mehr gab, und für den sie nun alles geben musste, wollte sie nicht, dass sein Name, seine Kaufmannsehre und sein Vermächtnis zusammen mit ihm gestorben waren. Sie hatte keine Zeit mehr zu verlieren. Und so sehr es sie auch schmerzte, unter diesen Umständen nicht für Gawin und ihre Kinder da sein zu können, und Letztere schon wieder in Margrites und Gertruds Obhut geben zu müssen, wusste sie doch, dass sich mit den nächsten Schritten, die sie unternahm, erweisen würde, ob sie des Erbes, das sie nun antrat, würdig war. Sie stieß sich von der Tischplatte ab und richtete sich auf. Sie war Anna von Goossen, die Duftnäherin Bremens, und sie würde sich und allen anderen dort draußen beweisen, dass sie die legitime Nachfolgerin ihres Großvaters war.

»Herrin!« Gertrud kam aufgeregt, ohne zuvor an die Tür geklopft zu haben, ins Zimmer gestürmt.

»Was ist?« Anna riss die Augen auf. »Ist etwas mit den Kindern?«

»Nein, Herrin.« Gertrud strahlte über das ganze Gesicht. »Euer Ehemann. Er ist aufgewacht und hat nach Euch gefragt. Und er hat zum ersten Mal wieder gesprochen, Herrin.«

Anna saß an Gawins Bett und küsste jeden einzelnen seiner Finger. Er war aschfahl im Gesicht, und sein rechter Mundwinkel hing leicht nach unten. Dennoch hätte er ihr vertrauter nicht sein können. Etwas hatte sich verändert, sie hatte sich verändert, und ihr sehnlichster Wunsch war es nun, ganz eng, ganz nah bei ihm zu sein und ihn nie wieder verlassen zu müssen.

Sofort, nachdem Gertrud ihr Bescheid gegeben hatte, war sie zu einem der Wachmänner geeilt und hatte ihm den Auftrag gegeben, in die Werkstatt zu eilen und ihre Kinder zu holen, die nach der langen Zeit des Bangens um ihren Vater nun endlich wieder aufatmen konnten.

Schon wenig später hörte Anna, wie sie die Treppe hinaufstürmten, und nur einen Moment später wurde die Tür aufgestoßen.

»Vater?« Robert stoppte abrupt und musterte Gawin, als könne er seinen Augen nicht trauen.

»Ja, mein Sohn«, antwortete Gawin mit schwacher, wenn auch warmer Stimme.

»Vater!«, sagte Rafael gleichfalls und schien sich wie seine Geschwister nicht zu trauen, zu ihm ans Bett zu treten.

»Na, kommt her ihr drei«, forderte Anna sie daraufhin auf und lächelte sie aufmunternd an. Nun gab es kein Halten mehr. Robert umarmte Gawin heftig und immer wieder, Sophie krabbelte auf sein Bett und Rafael setzte sich auf Annas Schoß, um sowohl ihr als auch seinem Vater möglichst nahe zu sein. Sophie schmiegte sich eng an Gawin und ließ ihren Tränen freien Lauf. »Dann wird jetzt alles wieder gut?«, schluchzte die Kleine.

Gawin drückte ihr zärtlich einen Kuss auf die Stirn. »Ja, meine Kleine. Jetzt wird alles wieder gut.«

19. KAPITEL

Anna war erleichtert, als sie sich in Hamburg endlich vom Pferd gleiten lassen konnte. Ihr Rücken schmerzte fast ebenso sehr wie ihr Unterleib, und noch immer hatte sie den Abschied von den Ihren in Bremen nicht verdaut, der ihr weit schwerergefallen war als der bei ihrem Aufbruch nach Brügge. Es war gerade mal einen Tag her, dass sie gemeinsam mit Heinrich Doneldey, Bernhard von Dettenhusen und sechs Bütteln das Bremer Stadttor passiert und ihren Bettelgang angetreten hatte. Doch schon jetzt fehlten ihr Gawin und die Kinder so sehr, dass sie an kaum etwas anderes denken konnte. Zuvor hatte sie ihrem Mann noch das Versprechen abgenommen, sich nicht auf die Suche nach dem Kerl zu machen, der ihn niedergeschlagen hatte. Sie bat ihn inständig, so lange damit zu warten, bis sie wieder aus Lübeck heimgekehrt war. Zu groß war ihre Angst, dass er sich unnötig in Gefahr bringen und ihm erneut etwas zustoßen könnte. Nur widerwillig hatte er zugestimmt, und so konnte sie nur hoffen, dass er sich an sein Versprechen halten würde. Ihr wäre wohler gewesen, hätte sie wenigstens Rudolf an seiner Seite gewusst. Doch der war bereits am Vortag gemeinsam mit Augustin Hess und vier weiteren Männern nach Brügge aufgebrochen, um dort der Kaufmannschaft die Klagen der Bremer vorzutragen.

»Es ist lange her, dass ich zuletzt Hamburger Boden betreten habe«, sagte Heinrich Doneldey nachdenklich und blickte sich neugierig in der Stadt um.

»Und gewiss wird man uns hier alles andere als freundlich empfangen«, erwiderte von Dettenhusen.

»Die Hamburger hetzen gegen die Bremer, und die Bremer gegen die Hamburger«, erwiderte Heinrich ruhig. »Solange ich denken kann, war das schon so und wird wohl auch immer so bleiben. Doch genau wie wir haben die Hamburger schwer unter der Pest gelitten. Sie haben ihre Last zu tragen, genau wie wir die unsere. Am Ende sind wir gar nicht so verschieden.«

Anna wusste nicht genug über die Feindschaft der beiden Städte, um zu verstehen, worüber Doneldey und Dettenhusen gerade sprachen. Sicher, auch ihr Großvater hatte die Hamburger nicht gerade zu seinen besten Freunden gezählt, doch wusste sie, dass er mit ihnen trotzdem gern Geschäfte gemacht hatte. Deshalb konnte sie nur hoffen, dass ihr Name dem einen oder anderen Kaufmann hier ein Begriff war und sich der Widerstand gegen ihr Anliegen in Grenzen hielt. In Lübeck hingegen würden sie – so viel war jetzt schon sicher – einen mehr als schweren Stand haben.

Langsam führten sie ihre Pferde am Ufer der Elbe entlang, bis Heinrich ihnen bedeutete, in eine kleine Gasse einzubiegen. Die Bremer Büttel, die sie zu ihrem Schutz begleiteten, hielten sich nur eine Pferdelänge hinter ihnen.

»Wir müssen hier entlang.« Doneldey deutete mit dem Arm die Gasse hinauf. »Das Haus meines Freundes, bei dem wir die Nacht verbringen werden, befindet sich ganz am Ende der Straße. Doch dafür wohnen wir gleich am Rathausplatz.«

»Wie heißt denn dein Freund?«, fragte Bernhard.

»Wilhelm Jensen, er ist Weinhändler. Dir müsste der Name eigentlich auch etwas sagen, Anna.«

»Wilhelm Jensen«, wiederholte sie nachdenklich. »Aber natürlich. Großvater und er waren befreundet. Doch sie haben sich lange nicht mehr gesehen, soweit ich weiß.«

»Ich habe einen Boten zu Wilhelm geschickt und ihm unser Kommen angekündigt. Es ist lange her, dass wir uns zuletzt gesehen haben. Ich kann nur hoffen, dass unsere freundschaftliche Verbundenheit im Laufe der Zeit nicht abgenommen hat.« Bürgermeister Doneldey wirkte nachdenklich. Zu viele Schläge hatte er in den letzten Monaten einstecken müssen, und zu oft hatte er schon erlebt, sich nicht mehr auf diejenigen verlassen zu können, denen er vertraut hatte.

Schweigend gingen sie bis ans Ende der Gasse und bogen dann nach links ab. Anna sah sich um. Sie befanden sich auf einem großen viereckigen Platz, auf dem sich an Markttagen sicher eine Menge Stände aneinanderreihten. Die Häuser ragten hoch in den Himmel und waren mit reichen Verzierungen versehen. Sie erinnerten Anna an die reichen Bürgerhäuser Bremens.

»Wir sind da«, sagte Heinrich und brachte sein Pferd zum Stehen. Er drückte Bernhard die Zügel seines Tieres in die Hand und stieg etwas schwerfällig die Stufen zu dem hohen Gebäude hinauf. Dabei spürte er deutlich, dass er in letzter Zeit viel von seiner alten Kraft eingebüßt hatte. Die Nachricht vom Tode seines besten Freundes hatte ihn über alle Maßen getroffen und aus dem Gleichgewicht gebracht. Er konnte nur hoffen, sein eigenes Leben wie das seiner Bremer, die fester denn je auf ihn bauten, in Kürze wieder in geregelte Bahnen bringen zu können. Keinen einzigen von ihnen wollte er enttäuschen. Er klopfte laut an die Tür, die sogleich von einem Wachmann geöffnet wurde.

»Heinrich Doneldey, Anna von Goossen und Bernhard von Dettenhusen für Wilhelm Jensen«, meldete er sich und seine Begleiter an.

Der Wachmann hatte offenbar Schwierigkeiten, sich die drei Namen zu merken, die ihm genannt worden waren. »Doneldey, ja?«, hakte er nach.

»Ganz recht.«

»Wartet. Ich werde nachfragen.« Kurz zögerte der Wachmann, drückte die Tür dann sicherheitshalber aber doch lieber wieder vor Heinrichs Nase ins Schloss. Der drehte sich zu seinen Begleitern um und verzog missmutig das Gesicht. »Wenn es noch freundlicher wird, werden wir geradezu in einem Meer der Herzlichkeit versinken«, merkte er spöttisch an. Es dauerte nicht lange, bis die Tür erneut geöffnet wurde. Diesmal vollzog der Wachmann eine Verbeugung und bat sie untertänigst, einzutreten, während er die Stufen hinuntereilte. »Erlaubt, dass ich Eure Tiere übernehme. Ich werde sie gut versorgen lassen.«

»Die Büttel dort gehören zu uns.« Doneldey deutete mit ausgestrecktem Arm auf die etwas abseits stehen gebliebenen Männer.

Der Wachmann nickte. »Ich werde sogleich in der Küche Bescheid geben, dass ihnen aufgedeckt wird.«

»Danke«, brachte Heinrich knapp hervor, als in diesem Augenblick Wilhelm Jensen unter die Tür trat und mit ausgebreiteten Armen auf ihn zukam. »Heinrich Doneldey, wie viele Jahre ist es jetzt her, dass wir uns zuletzt gesehen haben? Fast wollte ich es nicht glauben, als der Bote Euch ankündigte.«

»Wilhelm.« Doneldey begrüßte den Hausherrn herzlich. Dann deutete er auf seine Begleiter, die nun ebenfalls das Haus betraten. »Darf ich bekannt machen: Bernhard von Dettenhusen und Anna von Goossen.«

Wilhelm Jensen ging mit ausgestreckter Hand zunächst auf Anna zu, deutete eine Verbeugung an und begrüßte danach auch Bernhard. »Ihr tragt große Namen. Anna von Goossen, ja? Auch wenn ich Euch noch nie gesehen habe, so seid Ihr mir doch vertraut. Euer Großvater, mein lieber Freund Siegbert, hat mir oft von Euch erzählt. Sagt bitte, wie geht es ihm, und warum begleitet er Euch nicht? Es wäre mir eine Freude, ihn einmal wiederzusehen.«

Anna war, als hätte sie einen Schlag in die Magengrube bekommen. »Es tut mir leid, Euch sagen zu müssen, dass mein Großvater vor kurzem gestorben ist.«

Jensen schlug sich erschrocken die Hand vor den Mund. »Siegbert ist tot? Das kann nicht sein. Er war doch stets so kräftig und gesund wie ein um die Hälfte jüngerer Mann.«

»Er wurde ermordet«, flüsterte Anna, den Blick starr zu Boden gerichtet und um Fassung bemüht.

»Ermordet? Was ist denn um Himmels willen geschehen?«

»Das würden wir dir gern später in aller Ruhe erklären«, mischte sich nun Heinrich Doneldey ein.

»Aber gewiss, wo bleiben meine Manieren?« Er wandte sich Bernhard zu. »Und Ihr? Wir sind uns, so meine ich, noch nie begegnet. Doch mit Eurem Herrn Vater habe ich schon so manches Geschäft abgeschlossen.«

»Das stimmt«, bestätigte der Angesprochene. »Und mein Vater, der Euch übrigens herzlich grüßen lässt, spricht nur in den allerhöchsten Tönen von Euch.«

Wilhelm Jensen nahm es mit einem wohlwollenden Nicken zur Kenntnis. »So kommt doch erst einmal richtig an und lasst Euch auftragen. Gewiss seid ihr erschöpft von der anstrengenden Reise.« Er deutete mit dem Arm auf eine Kammer und ging ihnen dann voraus, um ihnen die Tür zu öffnen. »Bitte, setzt Euch.«

»Der Weg hierher war angenehmer als gedacht«, begann Heinrich das Gespräch. »Wir haben uns die Zeit genommen, in einem Gasthaus direkt an der Elbe zu übernachten, und sind erst heute Morgen übergesetzt.«

Es klopfte, und zwei junge Mägde betraten den Raum. Sie reichten eine Holzplatte mit kaltem Fleisch, geschnittenem Schinken und Brot an, dazu auf einem anderen Brett Fisch. Außerdem stellten sie vier Becher und zwei Karaffen mit

Wein ab. Wilhelm dankte den beiden Frauen freundlich, die sogleich wieder den Raum verließen.

»Ich hoffe, die Nachricht unseres Kommens hat dich nicht zu sehr überrascht?«

»Aber ich bitte dich, Heinrich. Ich habe mich sehr darüber gefreut. Mein Haus ist das Eure, solange es Euch beliebt.« Wilhelm füllte die Becher und verteilte sie dann. »Greift zu. Und Anna, Bernhard, bitte sprecht mich mit meinem Vornamen an. Ich hoffe, es ist euch recht?«

Anna lächelte. »Ja, sehr sogar! Danke!«

Bernhard von Dettenhusen hob den Becher. »Was für eine großzügige Gastfreundschaft dürfen wir hier bei dir erleben. Hab gleichfalls vielen Dank dafür, Wilhelm.«

Die vier unterhielten sich eine Weile über die Dinge des Lebens und über das, was in den letzten Jahren geschehen war. Dann kam Wilhelm Jensen auf den Tod Siegberts zu sprechen und fragte vorsichtig, ob Anna ihm nicht mitteilen wolle, was geschehen sei. Sie fasste in knappen Sätzen das Geschehen rund um den Handel mit Flandern und das Eingeständnis Jean van Laakens zusammen, Siegbert ermordet zu haben.

»Ihr wart zu keiner Zeit gut beraten, das Handelsverbot zu umgehen«, bemerkte Wilhelm grimmig.

»Du hast recht«, sagte Heinrich. »Und wir haben dies mehr als teuer bezahlen müssen.«

Wilhelm lagen schon weitere Zurechtweisungen auf der Zunge, doch er verkniff sie sich.

»Ihr müsst die Brügger darüber informieren. Gewiss bin ich nicht gut auf die flandrische Kaufmannschaft zu sprechen, doch dass sich ein Dieb und Mörder unter ihnen befindet, dürfte ihnen nicht schmecken.«

»Wir haben bereits eine Abordnung dorthin gesandt. Es bleibt abzuwarten, welches Ergebnis sie erzielen wird.«

Heinrich Doneldey atmete tief durch. »Und wir sind auf der Durchreise nach Lübeck, um dort die Wiederaufnahme in die Hanse zu beantragen.«

Wilhelm zog die Augenbrauen in die Höhe. »Ihr seid Gäste meines Hauses und mir herzlich willkommen. Doch lasst mich offen sprechen: Den Weg nach Lübeck könnt ihr euch sparen.«

»Man wird uns dort doch wenigstens Gehör schenken«, warf Bernhard ein.

»Nachdem ihr nicht zum Hansetag erschienen seid und dann auch noch das Handelsverbot mit Brügge umgangen habt?« Die Stimme des Hausherrn klang spöttisch.

»Dass wir nicht am Hansetag teilgenommen haben, hatte weder etwas mit unserer Einstellung zur Hanse noch mit unserer Entscheidung zu tun, die Handelssperre zu umgehen. Wir haben uns zu dieser Zeit im Krieg befunden. Die Schlacht an der Aller hat viele unserer Leute das Leben gekostet«, warf Doneldey ein.

»Das mag wohl sein, doch wird man euch das wegen eures weiteren Vorgehens kaum glauben.« Wilhelm Jensen trank einen Schluck. »Bitte, versteht mich nicht falsch, doch ihr Bremer habt euch in der vergangenen Zeit einfach zu viel geleistet, als dass man euch die Rückkehr in den sicheren Bund erlauben würde. Gerade die Hamburger haben sich immer wieder gegen eine erneute Aufnahme Bremens ausgesprochen.«

»Wir haben Fehler begangen, Wilhelm, das wissen wir. Doch auch wir müssen Handel treiben. Und die Hanse hat sich uns gegenüber ebenfalls nicht immer als Freund gezeigt.«

»Aber auch nicht als Feind oder Vandalen, so wie ihr Bremer es getan habt.« Wilhelms Ton war merklich schärfer geworden.

»Wenn ihr erlaubt«, brachte sich nun Anna ins Gespräch ein. »Es scheint, als hätten wir Bremer uns darin geirrt, wer unsere wahren Freunde sind. Nun können wir nur hoffen, dass wir die Verbundenheit mit unseren alten Freunden wiederherstellen und beweisen können, dass es ein solches Zerwürfnis nie wieder geben wird.«

Wilhelm schmunzelte. »Du hast die Klugheit und das Geschick, die richtigen Worte zu finden, von deinem Großvater. Und dazu noch ein liebreizendes Aussehen.« Er nickte anerkennend und sah dann zu Doneldey hinüber. »Du hast vortrefflich entschieden, wer dich auf deiner Reise nach Lübeck begleitet, Heinrich.«

»Und was den Handel betrifft, steht sie Siegbert ebenfalls in nichts nach«, antwortete der Bürgermeister und lachte gutmütig.

»Was können wir tun, um wieder in die Hanse aufgenommen zu werden?«, brachte Bernhard von Dettenhusen das Gespräch wieder auf ihr eigentliches Anliegen zurück.

Wilhelm zuckte mit den Schultern. »Ich weiß es nicht. Ein Anfang wäre gewiss ein klares Bekenntnis gegen alles und jeden, der der Hanse Schaden zufügt.«

»Das ist selbstverständlich«, erwiderte Doneldey.

»Ist es das?«, fragte Wilhelm wiederum spöttisch.

»Ja«, bekräftigte Heinrich. »Oder zielst du mit deiner Bemerkung auf etwas Bestimmtes ab?«

»Ja, und zwar auf Johann Hollemann.«

Doneldey verzog verärgert das Gesicht. »Was Johann Hollemann macht, steht nicht in unserem Ermessen. Wir haben ihn nicht zur Seeräuberei aufgefordert.«

»Aber auch nicht davon abgehalten.«

»Wie sollten wir das wohl tun?« Auch Doneldeys Ton war nun schärfer geworden. »Außerdem, lieber Wilhelm, obwohl ich Hollemanns Tun genauso verurteile wie jeder andere aufrechte Bürger, sollten wir auch nicht verkennen, wie er zu dem wurde, was er heute ist.«

Wilhelm lehnte sich in seinem Stuhl zurück, trank langsam einen Schluck Wein und ließ Heinrich Doneldey dabei keinen Moment aus den Augen. »Und das meinst du wie?«, fragte er beherrscht und doch hörbar angespannt.

»Johann Hollemann war ein braver Bürger und Kaufmann, wie wir alle hier am Tisch. Erst als die Hamburger ihn gefangen nahmen und alles beschlagnahmten, was er hatte, sah er sich zu unlauterem Handeln gezwungen.«

»Und diese Lügengeschichte glaubst du?«, polterte Wilhelm.

»Dass er in Gefangenschaft geriet und nur durch eine List wieder freikam, ist unbestritten«, gab Heinrich ebenso heftig zurück.

»Doch es ist nicht bewiesen, dass es Hamburger waren, die ihn festnahmen«, versuchte Bernhard, die Wogen zu glätten.

»Bei aller Freundschaft, ich bitte dich.« Doneldey beugte sich über den Tisch. »Er wurde gefangen genommen und bis zu seiner Flucht in Hamburg festgehalten. Das Schiff, auf dem seine Waren lagerten, lag im Hamburger Hafen. Wer sollte es denn sonst gewesen sein, wenn nicht die Hamburger?«

Wilhelm schlug mit der Hand auf den Tisch. »Aber selbst wenn es so war, gibt ihm das noch lange nicht das Recht, so viele Hamburger Schiffe wie nur möglich aufzubringen. Sollte er die Wahrheit sprechen, was ich bezweifle, dann war es ein einzelner Hamburger, der ihm Unrecht getan hat. Und doch bestiehlt er uns alle, und ein Menschenleben ist ihm auf seinen Beutezügen nichts wert.«

»Ich heiße gewiss nicht gut, was Johann Hollemann treibt. Doch bin ich auch nicht dafür verantwortlich.« Heinrichs Gesicht war rot vor Wut.

»Aber er ist Bremer. Hast du deine eigenen Leute nicht im Griff?«

»Wilhelm! Du weißt genau …«

Anna legte rasch ihre Hand auf Doneldeys Unterarm. Sie hatte schon einige Geschichten über Johann Hollemann gehört. Und einer Sache war sie sich ganz und gar sicher: Wenn Bremen wieder in die Hanse aufgenommen werden wollte, musste es eindeutig gegen Johann Hollemann Position beziehen.

»Keinem ehrlichen Kaufmann kann es gefallen«, ergriff sie nun das Wort, »wenn ein Schiff aufgebracht und seine Ladung gestohlen wird. Und zwar ganz gleich, ob es hier auf der Elbe oder anderswo geschieht. Deshalb verurteilen die Bremer Hollemanns Verhalten ebenso wie die Hamburger, Lübecker, Kölner und alle anderen Handelsstädte – und dies ungeachtet der Gründe, warum Hollemann zu dem wurde, der er heute ist.« Heinrich Doneldey schenkte Anna einen dankbaren Blick. Und auch Wilhelm schien sich daraufhin wieder etwas zu beruhigen.

»Es geht ja auch gar nicht darum, was ich meine, sondern was die Hamburger von der ganzen Sache halten, die in der Hanse gegen eure Wiederaufnahme hetzen. Und das tun sie, glaubt mir.«

»Was können wir also tun?« Doneldey sprach nun wieder in seinem gewohnt sachlichen Tonfall.

Wilhelm Jensen breitete etwas hilflos die Arme aus. »Ich kann es euch wirklich nicht sagen. Aber eines weiß ich: Die Hamburger sind es leid, von den Bremern so behandelt zu werden, wie es in der jüngsten Vergangenheit der Fall war.«

Anna, die sah, dass sich Heinrichs Blick daraufhin erneut verdüsterte, fragte daher rasch: »Und das nur wegen Johann Hollemann?«

»Er stellt jedenfalls ein gewaltiges Ärgernis dar. Der Hamburger Rat hat sich sogar mit einem Schreiben bei eurem Erzbischof Moritz von Oldenburg beklagt und diesen zum Handeln aufgefordert. Doch bisher ist nichts geschehen.«

»Warum wendet ihr euch an den Erzbischof? Es wäre Aufgabe des Rates gewesen, sich um die Angelegenheit zu kümmern.«

»Ganz recht Heinrich, es wäre die Aufgabe des Rates gewesen«, wiederholte Wilhelm ungehalten. »Doch der Rat hat nichts getan. Gar nichts. Obwohl wir uns an ihn gewandt und ihn keineswegs übergangen haben.«

»Das lag nur daran«, beeilte sich Doneldey zu versichern, »dass wir gegen die elenden Hoyaer Grafen kämpfen und unsere Leute wieder aus der Gefangenschaft auslösen mussten. Wären wir nicht in dieser misslichen Lage gewesen, glaube mir, Wilhelm, wir hätten niemals in Erwägung gezogen, gegen das ausgesprochene Verbot Geschäfte mit Flandern zu machen.«

»Ihr hättet uns um Hilfe bitten können. Doch stattdessen habt ihr in geradezu kriegerischer Weise die Handelssperre für eure krummen Geschäfte genutzt.«

»Kriegerisch? Wilhelm, jetzt gehst du zu weit.«

Der Angesprochene atmete geräuschvoll ein und presste kurz die Lippen aufeinander. »Du hast recht, Heinrich, und ich entschuldige mich dafür auch bei euch allen. Es ist nicht immer leicht, in Hamburg zu leben und dennoch mit Bremern befreundet zu sein.« Er hob seinen Becher. »Lasst uns also gemeinsam trinken und einen Weg finden, wie ihr in den sicheren Schoß der Hanse zurückkehren könnt.«

»Darauf trinke ich nur zu gern«, stimmte Bernhard von Dettenhusen zu.

Sie aßen von dem Fleisch und tranken mehrere Becher, bis die Karaffen leer waren und Wilhelm Jensen sein Dienstmädchen anwies, weiteren Wein zu bringen. Die Stimmung war nun von einem freundschaftlichen, beinahe heiteren Ton geprägt, und zunehmend näherte man sich einander wieder an, auch das Thema Johann Hollemann wurde noch einmal von allen Seiten beleuchtet und schließlich abgehakt. Danach redeten sie über den Handel im Allgemeinen. Und über den Markt in Konstantinopel, den von ihnen bisher nur Wilhelm Jensen mit eigenen Augen gesehen hatte und dessen Pracht und Vielfältigkeit er ihnen auf eine solch unvergleichliche, beeindruckende Art und Weise beschrieb, dass Anna sich fragte, wie viel von seinen Erzählungen wohl der Wahrheit entsprach. Denn selbst wenn nur die Hälfte davon stimmte, musste die gesamte Stadt ein einziger riesengroßer Verkaufsstand sein, dessen Angebot an Breite und Menge nicht zu überbieten war. Annas Gedanken schweiften ab. Schon so manches Mal hatte sie sich gewünscht, selber eine der großen Handelsrouten zu bereisen, Dinge zu sehen, die sie noch nie zuvor gesehen hatte, und Stoffe und Seifen in den Händen zu halten, deren Existenz sie sich nie hätte träumen lassen. Siegbert war mehr als nur einmal in Konstantinopel gewesen, und Anna hatte es immer geliebt, wenn er ihr von seinen dortigen Eindrücken und Erlebnissen berichtete, wenngleich er nie von solch wilden Zuständen gesprochen hatte, wie Wilhelm Jensen sie gerade zum Besten gab.

»… und im nächsten Moment schrie er auf: ›Diebe, elende Diebe!‹, und hielt mit einem dümmlichen Gesichtsausdruck die obere Hälfte seines Lederbeutels in die Höhe, in dem sich einen Augenblick zuvor noch das Geld befunden hatte, mit dem er so geprahlt hat«, führte dieser gestenreich aus, und die Männer prusteten vor Lachen. Anna schmunzelte, wenngleich sie so gut wie nichts von der Geschichte mitbekommen hatte. Zu weit weg war sie mit ihren Gedanken gewesen.

»Doch das ist schon lange her«, sagte Wilhelm nun nachdenklich. »Ich war kaum ein halbes Jahr wieder zu Hause, als die Pest ins Land kam und Tod und Verderben über uns brachte. Danach war nichts mehr wie zuvor und an weite Handelsreisen nicht mehr zu denken. Wir waren schon froh, wenn uns unsere Lieben nicht unter den Händen wegstarben, oder wir selbst nicht mit den schwarzen Flecken gezeichnet wurden.« Er nahm einen tiefen Schluck.

»Ja, uns hat es ebenso hart getroffen. Jeder dritte Bürger Bremens fiel dem Schwarzen Tod zum Opfer.« Heinrich Doneldey seufzte schwer.

»Jeder dritte? Bei uns war es jeder zweite. Hamburg war wie ausgestorben. Ich kenne keine einzige Familie, die keine Toten zu beklagen hatte.«

»Ja, es war eine schlimme Zeit für uns alle. Wir wissen nun, wie sich Verlust anfühlt«, sagte Bernhard von Dettenhusen.

»Wir Hamburger haben uns bis heute nicht davon erholt. Gute acht Jahre ist es nun schon her, doch der einstige Wohlstand, der zuvor herrschte, hat seitdem nicht mehr Einzug in unsere Stadt gehalten.«

»So teilen wir ein gemeinsames Schicksal«, nahm Anna den letzten Gedanken Bernhards auf. »Und umso wichtiger ist es auch, dass wir nun vereint, Seite an Seite und im Schutze des Hansebundes, unsere Städte wieder zu dem machen, was sie einmal waren.«

»Und Johann Hollemann?« Jensen sah Doneldey ernst an.

»Johann Hollemann muss von uns Bremern für seine Taten zur Rechenschaft gezogen und mit aller Härte bestraft werden, um unsere Freundschaft mit den Hamburgern zu bezeugen und zu festigen.«

Wilhelm Jensen erhob abermals seinen Becher. »Darauf trinke ich mit Vergnügen! Und nach Lübeck werde ich euch begleiten und dort euer Fürsprecher sein, wenn ihr vor den Bund der Hanse tretet. Was dies allerdings bewirken kann, vermag ich nicht zu sagen.«

»Das ist wunderbar und weit mehr, als wir je zu hoffen gewagt haben. Hab Dank, wir stehen tief in deiner Schuld.« Anna lächelte ihn an.

»Lasst es mich niemals bereuen, diesen Schritt getan zu haben.« Wieder hob Jensen den Becher.

»Niemals!«, bekräftigte Doneldey.

»Auf die Freundschaft«, stimmte von Dettenhusen ein und warf Anna einen freudestrahlenden Blick zu.

Sie beobachtete die Männer, die ihre Abmachung immer ausgelassener begossen. Es vermittelte ihr ein gutes Gefühl. Einzig die Frage, ob sie sich morgen auf ihren Pferden würden halten können, bereitete ihr Sorgen. Doch das sagte sie nicht, sondern lächelte zufrieden in sich hinein.

20. KAPITEL

»Seid Ihr wirklich sicher, dass Ihr schon wieder aufstehen wollt?«

»Aber ja, Gertrud. Hab Dank, doch ich bin mir sicher. Außerdem halte ich es nicht länger im Bett aus.« Gawin fasste sich mit der Hand an den Rücken. »Deine Pflege war mehr als gut, doch meine Haut ist vom langen Liegen so wund, dass ich mich endlich wieder bewegen muss.«

»Herr, darf ich Euch etwas fragen?«

»Was immer du willst, Gertrud.«

»Es ist wegen, nun ja, es ist, weil Ihr doch so lange geschlafen habt. Ich habe mit dem Medikus darüber gesprochen, und er sagte mir, dass es durchaus möglich sei, dass Ihr trotz Eures Zustandes gehört habt, was wir sprachen. Ist das so?«

Gawin lächelte. Die ehrliche Anteilnahme der Haushälterin, die dem Alter nach seine Mutter hätte sein können, rührte ihn. »Es waren keine klaren Worte oder Sätze, doch glaube ich, die Stimmen der Kinder gehört zu haben. Auch habe ich Berührungen gespürt, wenngleich immer nur kurz. Dann wieder war mir, als würde ich träumen und gleichzeitig auch wieder nicht.« Er atmete laut aus. »Du siehst also«, er streckte die Arme aus, »dass ich deine Frage nicht mit absoluter Gewissheit beantworten kann. Doch eure Sorgen, die habe ich gespürt.«

»Ich danke Euch für Eure Offenheit, Herr.«

»Ach, meine Gertrud.« Er ging auf sie zu und umarmte sie herzlich. »Was würden wir nur ohne dich tun?«

Sie blieb stocksteif stehen. Einerseits freute sie sich über seine Geste der Zuneigung, die sie so in all den Jahren noch nie erfahren hatte, andererseits wusste sie nicht so recht, wie sie darauf reagieren sollte. Schließlich warf sie ihm einen letzten schnellen Blick zu, eilte dann nach draußen, die Treppe hinunter und verschwand verstört in der Küche.

Gawin war noch nicht so sicher auf den Beinen, wie er es gern gewesen wäre, fühlte sich aber mit jedem Schritt besser. Am oberen Treppenabsatz angelangt, wurde ihm jedoch mulmig, nachdem er einen Blick nach unten geworfen hatte und für einen kurzen Moment das Gleichgewicht zu verlieren drohte.

»Vater, du bist auf?« Sophie juchzte von unten zu ihm herauf und eilte ihm begeistert entgegen. Um seine Unsicherheit zu überspielen, setzte er sich auf den Treppenabsatz und wartete, bis seine Tochter ihn erreichte. Dann zog er sie lächelnd auf seinen Schoß.

»Allerdings bin ich auf. Schließlich gibt es viel zu tun.« Er streichelte ihr über den Rücken. »Wo sind Rafael und Robert?«

»In der Werkstatt.« Sophie zog eine Schnute. »Immer sind sie mit irgendetwas beschäftigt, nie spielen sie mit mir.«

»Ach, meine Kleine. Wie wäre es, wenn wir gleichfalls in die Werkstatt gehen und dort nach dem Rechten sehen?«

»Aber dann arbeitest du doch gleich wieder, während ich nur rumstehen kann.« Sie seufzte schwer.

»Nein, Sophie, heute werde ich die Arbeit ganz sicher noch nicht aufnehmen. Wir gehen nur dorthin, um zu sehen, ob alles in Ordnung ist.« Er stupste sie zärtlich an. »Womöglich ist Götz ja auch da.« Er suchte in ihrem Gesicht nach einem Anzeichen von Freude, doch ihre Mimik veränderte sich nicht. Sie pulte an ihren Fingern und hielt den Blick nach unten gerichtet. »Ach, Götz!«, gab sie mit einem enttäuschten Unterton von sich. »Seit dem Abend, an dem du niederge… also, seit dem Abend, an dem Götz und ich nicht nach Hause gekommen sind und das mit dir passiert ist, redet er gar nicht mehr mit mir.«

»Und warum nicht? Hast du ihn das gefragt?«

»Ja, hab ich.«

»Und?« Gawin suchte den Blick seiner Tochter. Sie zögerte, schaute in die Luft, schlang schließlich ihre Arme um seinen Hals und drückte sich noch fester an ihn. »Götz hat gesagt, es sei alles seine Schuld. Er würde nur allen Unglück bringen, die etwas mit ihm zu tun haben. Erst die Sache mit seinem Vater. Damit hat ja alles angefangen. Dann die Frau und die Kinder von Andres und jetzt auch noch du.« Wieder seufzte sie schwer. »Und dabei war an diesem Abend zwischen uns schon alles wieder gut gewesen. Götz und ich haben so lachen müssen, als wir die beiden in dem Schuppen gesehen haben.« Sie musste sich ein Schmunzeln verkneifen.

»Welche beiden?«

Sophie überlegte eine Weile. Dann prustete sie los. »Die Frau vom Knochenhauer und den Gewürzhändler.« Sie gluckste vor Vergnügen. »Wir haben sie gesehen und mussten so lachen, dass wir ganz die Zeit darüber vergessen haben.«

Gawin kitzelte seine Tochter durch. »Solche Sachen seht ihr euch also an. Solche Sachen?« Er zwickte sie in die Seiten, ließ seine Finger flink über ihren Bauch krabbeln. Sophie lachte lauthals und wehrte sich nach Leibeskräften. Sie brauchte eine Weile, bis sie sich wieder einigermaßen beruhigt hatte.

»Ich finde, jetzt sollten wir erst recht in die Werkstatt gehen und allen dort einen Besuch abstatten.«

»Meinst du?«

»Aber ja.« Gawin ließ die Kleine von seinem Schoß hinuntergleiten. Die kurze Balgerei mit seiner Tochter hatte ihn erschöpft, was er sich aber nicht anmerken lassen wollte. Auch fiel es ihm schwer, sich selbst einzugestehen, dass noch ein langer Weg vor ihm lag, bis er wieder ganz der Alte sein würde. Die allergrößte Sorge bereitete ihm die leichte Lähmung in seinem rechten Arm, die sich zeitweise auf die gesamte rechte Körperseite ausdehnte. Auch hatte er beim Greifen Mühe und konnte nur hoffen, dass sich dies möglichst bald gab, wollte er jemals wieder die Kunstwerke fertigen, für die er über die Grenzen Bremens hinaus bekannt war.

Sophie griff nach seiner rechten Hand, mit der linken umfasste er den Handlauf der Treppe. Die Kleine warf ihm einen besorgten Blick zu, als sie bemerkte, dass er Schwierigkeiten hatte, die Stufen zu bewältigen.

»Ist alles gut, Vater?«

»Aber ja, meine Hübsche. Ich muss nur noch ein bisschen Obacht geben, weil ich so lange keinen Schritt mehr gemacht habe«, wiegelte er ab, obwohl ihm seine Beine nicht länger gehorchen wollten. »Na los, lauf schon mal vor«, sagte er deshalb zu seiner Tochter, »und gib Gertrud Bescheid, dass wir zur Werkstatt gehen. Nun lauf.«

Sophie schien ein wenig unsicher, ob sie der Aufforderung ihres Vaters Folge leisten sollte, der ihr die Treppen gar zu wackelig nach unten ging.

»Ich glaube, ich halte dich lieber noch«, wandte sie ein.

»So weit kommt es noch, dass ich mich auf meine sechsjährige Tochter stütze«, empörte Gawin sich. »Du kannst wohl nur nicht mehr so schnell rennen wie früher, was?«

Das Lächeln kehrte in das Gesicht der Kleinen zurück. »Ha! Das ist überhaupt nicht wahr.« Rasch ließ sie seine Hand los und sprang fröhlich die Stufen hinab. »Siehst du, ich bin ja schon fast unten, während du noch immer dort oben bist. Ich bin viel schneller als du.« Sie sprang die letzten beiden Stufen hinab und lief sogleich in die Küche.

Als sie wieder herauskam, saß Gawin auf der vorletzten Stufe. »Das nennst du schnell?«, zog er seine Tochter auf. »Ich sitze hier schon seit einer Ewigkeit und warte auf dich.«

Wieder kam Sophie heran und legte ihre Ärmchen um seinen Hals. »Es ist so schön, dass du wieder aufgewacht bist. Weißt du eigentlich, dass wir im Dom waren und zu Gott gebetet haben, dass er dich wieder gesund macht?«

»Im Dom?«

Sie nickte heftig mit dem Kopf. »Robert, Rafael und ich. Und Gott hat auf uns gehört und dich wieder gesund werden lassen.«

»Nur ihr drei wart allein im Dom? Und man hat euch dort hineingelassen?«

Sie blinzelte ihn verschwörerisch an. »O ja. Wir mussten zwar ein bisschen flunkern, aber ich glaube, das war nicht weiter schlimm. Sonst hätte Gott uns ja nicht unsere Bitte erfüllt.«

»Da hast du völlig recht, meine Hübsche.« Gawin drückte sich mit den Händen von den Stufen ab und stand auf. Wieder war da dieses Schwindelgefühl. Er fixierte einen Punkt an der ihm gegenüberliegenden Eingangstür, bis es nachließ.

»Alles in Ordnung?«, fragte Sophie.

»Aber ja doch.« Er reichte ihr die Hand. »Und nun komm. Sonst schaffen wir es heute nicht mehr bis in die Werkstatt.«

Während des gesamten Weges erzählte Sophie ihrem Vater jede Kleinigkeit, die sich während seines langen Schlafes in Bremen ereignet hatte. Hierbei ließ sie auch nicht unerwähnt, was sie vom Tod ihres Urgroßvaters mitbekommen hatte und wie einige Bremer nun von ihnen sprachen. Sie selbst konnte sich die genauen Zusammenhänge nicht wirklich erklären. Doch sie wusste, wie verzweifelt ihre Mutter gewesen war, weil die Bremer das Geld, das Siegbert ihnen eigentlich aus

Brügge hätte mitbringen sollen, nun von den von Goossens zurückforderten.

»Mutter hat immer wieder gesagt, dass wir nur hoffen können, dass Marquardt bald mit guten Einnahmen aus Fordenz heimkehrt.«

»Aus Florenz«, korrigierte sie Gawin.

»Meinetwegen. Hauptsache, er kommt bald.«

Als sie die Werkstatt erreichten, hatte Gawin über Sophies Gerede den Schwindel und das taube Gefühl in seinem Arm beinahe vergessen und war überrascht, wie schnell sie den Weg zurückgelegt hatten. Sophie ging ihm voraus und öffnete die Tür.

Der Geruch von Holz strömte ihnen entgegen, und ein Gefühl der Vertrautheit, sogar fast des Nach-Hause-Kommens, breitete sich in Gawin aus.

»Das ist ja beinahe wie ein Wunder!«, kam Andres mit ausgebreiteten Armen auf ihn zu, als er die Zimmerei betrat.

»Ich habe Vater hergebracht«, verkündete Sophie stolz, als ihre beiden Brüder, durch die Stimmen angelockt, aus dem Nebenraum traten.

»Vater?« Robert starrte Gawin ungläubig an.

»Ja, ich bin's. Was dachtest du denn?«

Rafael brachte kein Wort heraus. Beim Anblick seines Vaters überkam ihn auf einmal ein solch intensives Gefühl der Erleichterung, dass er am liebsten in Tränen ausgebrochen wäre. Nun würde endlich wieder so etwas wie Normalität in ihrer aller Leben einziehen.

»Ich bin so froh, dich hier zu sehen«, sagte er schließlich.

Götz legte das Stuhlbein, an dem er gerade gearbeitet hatte, beiseite und trat dann zusammen mit Hanno aus dem Nebenraum. »Wie schön, wir hatten schon fast nicht mehr zu hoffen gewagt«, meinte der und klopfte Gawin auf die Schulter.

»So schnell bringt mich nichts um«, scherzte Gawin, der nun doch die Anstrengung spürte, die ihn der Weg hierher gekostet hatte.

»Ich würde mich gern setzen und mir ansehen, woran ihr arbeitet.« Sofort holte Rafael einen Schemel und stellte ihn neben Gawin ab. »Danke, mein Sohn. Und?« Er sah von einem zum anderen. »Was hat sich in der Zwischenzeit so ereignet?«

Das allgemein betretene Schweigen, das sich daraufhin einstellte, zeigte ihm nur zu deutlich, dass es Schwierigkeiten gab, auf die jedoch keiner zu sprechen kommen wollte. Hanno durchbrach die Stille als Erster. »Es ist alles in Ordnung. Wir haben genug Aufträge und können uns vor Arbeit kaum retten.«

Gawin sah erst ihn, dann Andres an. »Hier stimmt doch etwas nicht. Es ist meine Werkstatt, also los, sprecht.«

Andres gab ihm mit den Augen ein Zeichen, das soviel wie: »Nicht vor den Kindern!« bedeutete, und Gawin reagierte sofort. »Na schön, wer von euch will mir zuerst zeigen, woran er arbeitet?«, fragte er beiläufig.

»Ich fertige zusammen mit Götz einen Stuhl«, hob Rafael zögerlich an. »Soll ich ihn dir zeigen?«

»Sehr gern, mein Sohn.« Sofort lief Rafael los und kam mit zwei Holzbeinen unter dem Arm zurück. Götz ging währenddessen zu seiner Werkbank hinüber und holte gleichfalls zwei Beine. »Die sind wirklich sehr gut gearbeitet. Ihr wollt wohl, dass ich hier nichts mehr zu tun habe, was?«, scherzte Gawin, wurde aber das ungute Gefühl nicht los, dass es mit der Werkstatt nicht zum Besten stand.

»Ich finde es auch sehr schön«, lobte Sophie und warf Götz einen bewundernden Blick zu. Der nahm seine beiden Beine wieder an sich und brachte sie nach nebenan.

»Und woran arbeitest du, Robert?«

»An den Verzierungen für das Rathausgeländer. Ich bin noch nicht so weit, wie ich gern wäre, aber ich kann holen, was ich fertig habe.«

»Ja, mach das.«

Robert beeilte sich, ein etwa vier Ellen langes und zwei Ellen breites Holzstück zu holen, das einen Teilabschnitt des Musters darstellte, das später zwischen den Pfosten des Treppengeländers angebracht werden sollte.

Gawin betrachtete es ausgiebig und sah seinen Sohn verblüfft an. »Robert, mein Junge, das ist dir mehr als gelungen.« Schon immer hatte er in den Arbeiten und Zeichnungen seines erstgeborenen Sohnes seine eigenen Fähigkeiten im Umgang mit Holz wiedererkannt, doch jetzt entwickelte Robert auch einen ganz eigenen, unverkennbaren Stil. Gerade die feinen, kniffligen Arbeiten lagen ihm mehr als die grundlegenden, gröberen wie Sägen, Hobeln, Stemmen und Stechen. Seine Liebe zum Werkstoff und der Blick für jedes einzelne, noch so kleine Detail, schienen die Holzfiguren zum Leben zu erwecken.

»Ich bin sehr stolz auf dich, Robert. Noch nie habe ich derart schöne Arbeiten gesehen, und schon gar nicht von einem Jungen deines Alters.« Als er Rafaels Blick sah, fügte er rasch hinzu: »Ihr beide und Götz ergänzt einander so wunderbar, wie man es sich nur wünschen kann. Ich bin unendlich stolz auf euch.«

Doch Gawin wusste mit nur einem Blick in Rafaels Gesicht, dass sein nachträglicher Versuch, ihre Werkstücke alle gleichermaßen zu loben, gründlich gescheitert war. Mit grimmiger Miene packte Rafael die von ihm gefertigten Stuhlbeine und trug sie zu seinem Arbeitsplatz im Nebenraum. Als er nach einer Weile zu den anderen zurückkam, war deutlich zu sehen, dass er geweint hatte.

»Wisst ihr, Kinder, nun, da ich wieder auf den Beinen bin und ihr in nächster Zeit nicht mehr so viele meiner Aufgaben übernehmen müsst, solltet ihr heute einmal früher Schluss machen. Götz, geh doch mit Rafael, Robert und Sophie zu uns und lasst euch ein paar eingelegte Zuckerfrüchte von Gertrud geben.«

Die sahen einander nur an und kamen dann stillschweigend zu der Übereinkunft, dass sie dieser Aufforderung nur allzu gerne nachkamen. Nur wenige Augenblicke später verabschiedeten sie sich von den drei Erwachsenen und verließen die Werkstatt.

»Zieht eure Schemel heran«, bat Gawin. »Und dann erzählt mir, was euch bedrückt.«

Sie sprachen lange miteinander. Andres berichtete von der schlechten Stimmung, die seit Annas Rückkehr aus Flandern in ganz Bremen herrschte. Deutlich brachte er zum Ausdruck, dass viele Mitbürger die Familie von Goossen für ihre schlechte finanzielle Situation verantwortlich machten und lieber heute als morgen ihr Geld zurückhaben wollten, um endlich wieder vernünftig leben zu können.

»Der Wirt vom ›Roten Ochsen‹, Edelfried, hat uns die Tische und Bänke für seine Schenke nicht bezahlt«, berichtete Andres. »Ich hab ihm gesagt, dass er das Geld herausrücken soll. Doch er meinte nur, der Kannengießer könne ihm den Schnaps nicht bezahlen, den er bei ihm versoffen habe, weil Anna von Goossen ihm noch immer das Geld aus dem Handel schuldig sei.«

»Es ist nicht die Schuld meiner Frau«, stellte Gawin deutlich klar.

»Das musst du mir nicht sagen.« Andres zuckte mit den Schultern. »Doch so wie Edelfried haben es nun schon mehrere gehalten. Wir wissen deshalb bald selbst nicht mehr, womit wir unser Essen bezahlen sollen. Ich will nicht undankbar erscheinen, doch ich muss auch an Lena und die Kinder denken. Sie haben nur noch mich, und selbst Götz konnte ich kaum mehr die Pfennige geben, die ihm für seine Arbeit in der Werkstatt zustehen.«

»Dann haben wir nichts mehr?«

»Nicht nur nichts, sondern sogar noch weniger als nichts. Um das Nötigste an Holz kaufen zu können, hat uns Hanno sein eigenes Geld vorgestreckt.«

Hanno winkte ab. »Ist nicht der Rede wert. Ich hab ja auch keine Familie, für die ich aufkommen muss. Und für das bisschen Brot, das ich brauche, hat es noch immer gereicht.«

Gawin schwindelte es erneut, aber diesmal nicht wegen der Tiefe, die sich am Treppenabsatz vor ihm aufgetan hatte, sondern weil er sich absolut hilflos fühlte und nicht wusste, was er unternehmen konnte, um möglichst schnell an Geld zu kommen.

»Siegbert hat noch vor seiner Abreise nach Brügge nach einem Vertrauten geschickt, dessen Ankunft wir täglich erwarten. Er wird die benötigten Summen mitbringen, dessen bin ich mir sicher.«

»Dann gebe der Herr, dass er bald ankommt«, murmelte Andres missmutig. »Denn viel Zeit bleibt uns nicht mehr, bis wir die Arbeit endgültig einstellen müssen.«

»Wir hatten schon so manch schwierige Zeit, und immer haben wir es geschafft.«

»Ich sage es nicht gern, Gawin, doch früher konnten wir uns auch stets auf das Geld deiner Frau verlassen.«

Auch wenn es nicht Andres' Absicht war, hatte er Gawin mit seiner Bemerkung doch tief getroffen. »Nie habe ich auch nur einen Pfennig von Anna erhalten. Nie!«, antwortete er Andres wütend.

»Das habe ich auch nicht behauptet. Aber jedermann war klar, dass du mit einer der reichsten Frauen der Stadt verheiratet bist. Das hat gereicht, um die Leute ruhigzustellen. Doch das ist jetzt vorbei. Es ist kein Geheimnis, dass Anna vielen Bremern hohe Summen schuldet. Noch halten sie still, weil sie abwarten wollen, was Doneldey und Anna in Lübeck erreichen. Sollten die beiden jedoch mit leeren Händen zurückkehren, weiß ich nicht, was geschieht.«

Kurz kam Unsicherheit in Gawin auf, dann aber meinte er entschieden: »Sie wird nicht mit leeren Händen heimkehren, nicht meine Anna. Und nun genug davon. Mich treibt etwas ganz anderes um«, erklärte er und rieb sich die Finger der rechten Hand, die sich wieder taub anfühlten und sich nur schwer bewegen ließen.

Andres und Hanno blickten ihn abwartend an.

»Was?«, fragte Andres schließlich.

Es war Hanno, der an Gawins Stelle antwortete: »Wer dir das angetan hat, nicht wahr?«

Gawin nickte.

»Hast du einen Verdacht oder gar jemanden erkannt?«, fragte Hanno.

Gawin schüttelte den Kopf. »Er kam von hinten. Ich konnte ihn nicht sehen.«

»Hat er etwas gesagt?«

»Nichts. Gar nichts. Das Letzte, woran ich mich erinnere, ist, dass ich nach Sophie gesucht habe.« Mit einem Blick auf Andres ergänzte er: »Sophie und Götz. Sie waren spielen und sind nicht nach Hause gekommen.« Er rieb seine Hände aneinander und fuhr dann nach einer Weile fort: »Lena und ich haben uns aufgeteilt. Sie hatte die Jungen bei sich.«

»Sie haben Sophie und Götz gefunden und sicher nach Hause gebracht«, erklärte Andres.

»Ich weiß. Gertrud hat es mir erzählt, als ich wieder wach wurde.«

Einen Moment schwiegen sie.

»Gibt es schon einen Hinweis, wer deine Frau und die Kinder getötet haben könnte?«, fragte Gawin schließlich Andres. »Verzeih mir, wenn ich dich daran erinnere. Doch ein Gefühl sagt mir, dass der Mann, der das getan hat, auch für den Mord an Lorenz und dem Wachmann an der Heimlichenpforte verantwortlich ist.« Gawin fasste sich an den Kopf. »Und auch hierfür.«

»Margrite war hier, während du bewusstlos lagst«, berichtete Hanno. »Sie hat mich beschuldigt, für all die Morde verantwortlich zu sein, und mich angebrüllt, ich solle aus der Stadt verschwinden.«

»Und?«

»Wie du siehst, bin ich geblieben.«

»Das meine ich nicht.« Gawin sah Hanno fest in die Augen. »Bist du dafür verantwortlich?«

Hanno hielt seinem Blick stand. »Nein, das bin ich nicht.« Er presste die Lippen aufeinander. »Ich habe dir einmal schreckliches Unrecht angetan. Und ich weiß, ich kann es nie mehr gutmachen. Doch das ist viele Jahre her, und ich schwöre dir, das wird nie wieder geschehen.«

Gawin stand auf und legte ihm die Hand auf die Schulter. »Ich glaube dir, Hanno. Doch ich musste es aus deinem eigenen Mund hören.« Er ließ sich schwer auf den Schemel zurückfallen. »Es ist eine dunkle Zeit für Bremen. Und die Dunkelheit zieht üble Gestalten an, die sich an der Angst der Menschen laben und es genießen, deren Furcht noch zu steigern.«

»Du glaubst, dass das der Grund für die Morde ist?« Hanno hob zweifelnd die Augenbrauen. »Unschuldige zu töten, nur, um Angst und Schrecken zu verbreiten?«

»Ich halte es für möglich, ja«, antwortete Gawin. »Was denkst du, Andres?«

»Ich denke, die Hoyaer sind dafür verantwortlich. Sie wollen, dass wir in die Knechtschaft zurückkehren, und haben sich in Bremen eingeschlichen, um uns in Angst dorthin zurückzutreiben, woher wir gekommen sind.«

»Wir müssen die Morde aufklären, erst dann wird wieder Ruhe in die Stadt einkehren.«

»Es wird wieder Ruhe einkehren, wenn es den Menschen bessergeht«, widersprach Andres. »Bremen muss Handel treiben, damit erneut Geld in die Stadt fließt.«

»Und deshalb soll der Mörder ungestraft davonkommen?«

»Vielleicht ist er ja schon längst wieder verschwunden.«

»Warum? Gerade eben sagtest du noch selbst, dass er innerhalb der Stadtmauern lebt, um Angst zu verbreiten und euch Neubürger auf diese Weise wieder zurückzutreiben. Weshalb sollte er sich also davongemacht haben?«, fragte Gawin.

Andres zuckte mit den Schultern. »Was weiß ich? Doch seit dem Überfall auf dich ist nichts mehr geschehen.«

»Ich sehe das wie Gawin«, warf Hanno darauf ein. »Wenn es jemand ist, der von den Hoyaern geschickt wurde, geht er nicht so einfach wieder, es sei denn, man wäre ihm auf die Schliche gekommen. Doch davon hätten wir gehört.«

»Oder er wäre nach Hause beordert worden«, warf Andres ein.

»Jetzt? Wo es so schlecht um Bremen steht und die Hoyaer alle Möglichkeiten nutzen müssen, um am Ende doch noch die Macht in der Stadt an sich zu reißen?«, gab Hanno zu bedenken. »Das glaube ich nicht.«

»Oder es hat gar nichts mit den Hoyaern zu tun, sondern etwas ganz anderes steckt hinter den Morden.« Gawin rieb sich das Kinn. »Nur was? Was haben Lorenz, der Wachmann, deine Familie und ich gemeinsam? Und wenn es immer ein und derselbe Mann war, warum bin ich dann noch am Leben? Nur ein weiterer Schlag, und ich würde heute nicht vor euch sitzen.«

»Fragen über Fragen«, entgegnete Andres unwirsch, »während die Arbeit ruht und darauf wartet, erledigt zu werden.« Er stand auf.

»Mach für heute ein Ende«, bot ihm Gawin an. »Ich werde auch gleich wieder gehen und Götz einen Schinken mitgeben, den ihr heute Abend essen könnt. Lena wird sich gewiss freuen.« Er zögerte. »Oder esst ihr nicht mehr zusammen?«

Andres schien das Thema nicht besonders angenehm. »Ich sehe Lena nach wie vor jeden Tag, doch es ist nicht so, dass ich an ihrer Seite lebe.«

Gawin schmunzelte. »Glaub mir, mein Freund. Das wird schon noch kommen. Du musst Geduld haben, immerhin ist es noch nicht lange her, dass ihr beide eure bessere Hälfte verloren habt.«

»Wer sagt denn, dass ich das überhaupt will?« Andres wurde wütend. »Wer sagt das, wer?«

»Niemand«, versuchte Gawin, ihn zu beschwichtigen. »Bitte verzeih. Ich wollte damit nicht gesagt haben, dass du den Tod deiner Frau bereits überwunden hast.«

»Schon gut«, grummelte Andres, wandte sich ab und ging ohne ein weiteres Wort an seine Arbeit.

Hanno sah Gawin an und zog die Augenbrauen hoch. »Dann werde ich auch mal wieder etwas tun.« Er legte seine Hand auf Gawins Schulter, der noch immer auf dem Hocker saß. »Schaffst du es auch wirklich allein bis nach Hause? Du siehst nicht so aus, als wärst du schon kräftig genug.«

Gawin stand auf. »Für den kurzen Weg wird es schon reichen.« Er ging zur Tür. »Ich danke euch für alles, was ihr für mich getan habt. Wir werden diese schlimme Zeit überstehen, glaubt mir.«

Hanno nickte, doch Andres reagierte nicht auf seine Worte. Er hobelte mit ernstem Gesicht einen Balken.

»Ich werde morgen wiederkommen und wenigstens für ein paar Stunden meine Arbeit wiederaufnehmen.« Mit diesen Worten trat er auf die Straße, wo er mehrmals tief durchatmete. Er hatte sich wohl doch zu viel zugemutet. Jeder Schritt kostete ihn unendlich viel Kraft. Langsam setzte er einen Fuß vor den anderen und stützte sich dabei mit den Händen an den Häuserwänden ab. Die Stadt war wie ausgestorben. Nur einmal kam ihm eine junge Frau entgegen, vermutlich eine Magd, die im Auftrag ihrer Herrin unterwegs war. Er konnte sich nicht erinnern, Bremen jemals so menschenleer erlebt zu haben. Nur als die Pest gewütet und jeder Bürger um sein Leben gefürchtet hatte, war es ähnlich ruhig auf den Straßen zugegangen. Und da war er wieder, der Gedanke an den Mörder, der in Bremen sein Unwesen trieb. Es war nicht nur die schlechte Handelssituation, die die Menschen in ihren Häusern bleiben ließ, erkannte Gawin. Es war nackte Angst. Die Angst, der Nächste zu sein, der mitten auf der Straße niedergemacht wurde.

Plötzlich begann sein Herz wie wild zu rasen. Das Wissen um seine körperliche Schwäche und das daraus resultierende Gefühl der Hilflosigkeit lähmten ihn. Er blickte sich um. Doch er war vollkommen allein in der Gasse. Dennoch hatte er das Gefühl, beobachtet zu werden. Schnell drehte er sich um, und zuckte zusammen, als er sah, wie eine Gestalt rasch näher kam. Er blinzelte gegen die Sonne, konnte im Gegenlicht kaum etwas erkennen. Dann wurde ihm schwindelig, und er lehnte sich mit dem Rücken an die Wand, um nicht zu stürzen. Da hatte der Mann ihn schon erreicht und packte fest zu.

»Ich hab mir schon gedacht, dass dir das Gehen schwerfallen würde. Du bist noch längst nicht so kräftig, wie du's gern hättest.«

Hanno stützte Gawin, dessen Beine im selben Moment nachgaben. Dann legte er sich Gawins rechten Arm um die Schultern. »Na komm, das kleine Stückchen Weg schaffen wir schon.«

Die Kräfte hatten Gawin vollends verlassen, als sie vor dem Anwesen der Familie von Goossen ankamen. Hanno war froh, als ihm die Tür sofort geöffnet wurde und der Wachmann ihnen half. Er hätte nicht zu sagen vermocht, ob er Gawin noch sehr viel länger hätte schleppen können.

»Er hat sich etwas übernommen«, sagte Hanno knapp und ließ Gawin mit Hilfe des Wachmanns auf der Bank nieder.

»Ist schon wieder etwas geschehen?«, fragte Sophie erschrocken, die gerade aus der Küche kam.

»Nein, nein«, beruhigte Hanno sie. »Deinem Vater geht es gut. Er ist nur noch nicht wieder ganz gesund. Aber das wird schon. Es braucht eben noch ein bisschen Zeit.«

21. KAPITEL

Anna hatte während der Nacht kaum ein Auge zugetan. Zu sehr quälten sie die Erinnerungen an Jean van Laaken. Als sie gegen Morgen dann endlich eingeschlafen war, hatten sie heftige Alpträume heimgesucht. Im Traum sah sie sich in Brügge, direkt am Hafen. Gemeinsam mit ihren Kindern schlenderte sie an den Verkaufsständen entlang. Sie aßen kandierte Früchte, lachten, tollten umher. Schließlich war Jean van Laaken direkt vor ihr die Stufen aus dem Hafenbecken heraufgestiegen und hatte sie zur Begrüßung zärtlich geküsst. Dann jedoch veränderte sich von einem Moment zum anderen sein Gesichtsausdruck, und ganz plötzlich griff er sich Sophie, die er ins Hafenbecken warf, das nun nicht mehr mit Wasser gefüllt war, sondern mit einer feurigen Masse, die glühende Steine emporschleuderte. Anna hatte daraufhin laut aufgeschrien und war von ihren eigenen Schreien aufgewacht. Keuchend hatte sie sich den Schweiß von der Stirn gewischt und versucht, ihre Atmung zu beruhigen. In der Dunkelheit hatte sie die Konturen der Gegenstände im Zimmer nur schwer erkennen können, das Wilhelm Jensen ihr als Schlafkammer zugedacht hatte. Sie starrte in die Dunkelheit und lauschte, ob sie vielleicht jemanden aufgeweckt hatte. Doch im Haus war es ruhig geblieben. Sie war erleichtert. Es war ohnehin schon schwer genug, sich als Frau unter Kaufmännern zu behaupten. Ihnen allzu ängstlich zu erscheinen, wollte sie um jeden Preis vermeiden. Sie zog die Decke bis zu ihrer Nasenspitze hoch und dachte an Gawin. Wie sehr sie sich in diesem Moment doch nach ihm sehnte. Wäre er neben ihr gelegen, hätte sie sich an ihn geschmiegt. Allein schon seine Körperwärme hätte ihr das Gefühl gegeben, alles würde wieder gut werden. Doch konnte es überhaupt jemals wieder gut werden? Wie sollte sie nur die Bilder ihrer Nacht mit van Laaken, die noch immer in ihr hochkamen, ein für alle Mal verdrängen? Wie hatte sie sich nur so vergessen können? Je mehr sie darüber nachdachte, desto unglaublicher kam es ihr vor, dass sie Gawin so schändlich hatte verraten können. Sie wartete auf einen Gedanken, auf ein Zeichen des Herrn. Irgendetwas, das sie hoffen ließ, ihre Seele eines Tages wieder von dieser Schuld zu befreien. Oder bestand genau darin ihre Strafe und Buße? Dass sie mit dem Gefühl weiterleben musste, an dem wichtigsten Menschen in ihrem Leben Verrat begangen zu haben? Noch lange lag sie auf ihrem Lager und weinte still vor sich hin, während sich ihre Gedanken im Kreis drehten und sie die Bilder aus Brügge wieder und wieder verfolgten. Kurz nachdem sie dann in einen Dämmerschlaf gefallen war, hörte sie aus der Küche erste Geräusche. Der Tag hatte begonnen, und es war an der Zeit, die Nacht hinter sich zu lassen und sich für die schwere Aufgabe, die ihnen heute bevorstand, bereit zu machen. Müde und mit schmerzendem Unterleib schwang sie die Beine aus dem Bett. Schlaftrunken stand sie auf, ging zur Waschschale hinüber und nässte sich immer wieder das Gesicht. Dann trocknete sie sich ab, nahm den neben der Schale liegenden Metallspiegel zur Hand und betrachtete sich darin. Ihre Augenlider waren rot und geschwollen. Missmutig legte sie den Spiegel wieder ab. Nicht einmal auf ihren Liebreiz, auf den sie sich sonst stets verlassen konnte, würde sie in Lübeck bauen können. Sie ging zum Fenster hinüber, ließ die frische, feuchte Morgenluft in die Kammer und atmete tief durch. Es war eine Wohltat, wie die trüben Gedanken der Nacht zunehmend der Geschäftigkeit des neuen Tages wichen. Sie blieb noch einen Augenblick stehen, um sich dann, als sie bemerkte, dass unten auf dem Rathausplatz die ersten Menschen auszumachen waren, rasch anzuziehen. Sorgsam kämmte sie ihr Haar und steckte ihren Schleier fest. Dann war sie bereit, sich vom kommenden Tag in die Pflicht nehmen zu lassen.

Leise zog sie die Tür hinter sich ins Schloss.

»Anna. Guten Morgen.« Bernhard von Dettenhusen trat ebenfalls gerade aus seiner Kammer, die direkt neben der ihren lag.

»Guten Morgen«, gab sie mit einem Lächeln zurück.

»Bereit für die Schlacht?«

»Ich hoffe doch, dass es nicht allzu kriegerisch werden wird«, gab Anna auf seine halb ernst, halb scherzhaft gemeinte Bemerkung zurück.

»Nein, du hast recht, kriegerisch wohl nicht. Aber an einem harten Wortgefecht werden wir wohl nicht vorbeikommen.«

»Nun, darauf dürften wir eingestellt sein«, meinte Anna siegessicher. »Und wie mein Großvater immer zu sagen pflegte: ›Denk nicht darüber nach, wie du dich am besten verteidigen kannst, sondern beuge dich weit im Sattel vor, damit dein Gegner den Angriff scheut‹.«

Von Dettenhusen nickte anerkennend. »Siegbert hat dir viel beigebracht. Auch gestern hast du geschickt zwischen den Parteien vermittelt und dich für unsere Sache eingesetzt. Du bist ein weit besserer Verhandlungspartner als viele Männer, die ich kenne und schätze.«

»Danke.« Sie nickte selbstbewusst. »Ich hatte eben einen sehr guten Lehrer.«

»Anna.« Er trat noch einen Schritt näher. Irritiert blieb sie stehen und wartete auf das, was er ihr zu sagen hatte.

»Ja?«

»Ich gebe zu, dass ich anfänglich nicht besonders angetan von Heinrichs Gedanken war, dich als Abgesandte unserer Stadt mit auf die Reise nach Lübeck zu nehmen.«

Anna machte eine abwiegelnde Handbewegung.

»Nein, bitte. Ich möchte dir das sagen. Bisher habe ich dir noch nicht einmal in angemessener Form mein Beileid zum Tod deines Großvaters ausgedrückt. Bitte entschuldige. Ich bedauere deinen Verlust wirklich sehr.«

»Hab Dank.«

»Und nach dem gestrigen Abend besitzt du auch meine uneingeschränkte Hochachtung als Geschäftsfrau. Heinrich und ich können uns glücklich schätzen, eine so kluge und schöne Verhandlungspartnerin an unserer Seite zu haben.«

Anna lächelte. Sie hatte nicht das Gefühl, dass Bernhard ihr mit seinen Worten schmeicheln wollte, sondern dass sie ehrlich gemeint waren.

»Wir sollten nach unten gehen«, beendete Anna das Gespräch. »Es liegt ein langer Tag vor uns.«

Aus dem unteren Flur drangen bereits Stimmen zu ihnen nach oben. Heinrich Doneldey und Wilhelm Jensen nahmen das Morgenmahl ein und unterhielten sich dabei angeregt.

»Ah, das seid ihr ja«, begrüßte Wilhelm die beiden freundlich, als sie den Raum betraten. »Wir sind auch eben erst nach unten gekommen.«

Die beiden Mägde von gestern trugen ihnen erneut reichlich auf, zu reichlich, wie Anna fand. Es fiel ihr schwer, nach der letzten Nacht auch nur einen Bissen hinunterzubringen. Sie fühlte sich fahrig und kraftlos. Hinzu kamen die Unterleibsschmerzen, die ihr zu einem ständigen Begleiter geworden waren.

»Ist dir nicht wohl?« Heinrich Doneldey sah sie besorgt an. Er wusste von der Fehlgeburt, die sie erlitten hatte, und auch, dass sie gesundheitlich noch längst nicht wieder stabil war.

Nichtsdestotrotz hatte er sie darum gebeten, von Dettenhusen und ihn nach Lübeck zu begleiten. Doch jetzt machte er sich ernsthafte Sorgen um ihre Gesundheit und hoffte nur, dass er es rechtzeitig merken würde, wenn ihr die Anstrengungen zu viel wurden.

»Mir geht es gut, danke.« Anna nippte an ihrem Becher.

»Ich hoffe doch, du hast gut geschlafen?«, fragte Wilhelm Jensen. »Habt ihr die zwei Betrunkenen auf der Gasse heute Nacht auch gehört? Als ich wegen des Lärms, den sie veranstalteten, ans Fenster trat, um den Inhalt der Waschschale auf sie hinabzuschütten, waren gerade zwei Wachleute dazugekommen. Wie die Hunde haben sie die beiden fortgeprügelt. Ich glaube kaum, dass die sich ein zweites Mal trauen werden, unser geliebtes Hamburg um seinen Schlaf zu bringen.«

Bernhard von Dettenhusen lachte kehlig auf. »Ich hab die Kerle auch gehört, wollte aber mein warmes Lager nicht verlassen. Es ist überall das Gleiche: Am Tag lungern sie herum und scheuen jede Arbeit, und am Abend lassen sie sich volllaufen und machen die Gassen unsicher. Ob in Hamburg, Bremen oder sonst wo in der Welt.«

»Sagt, habt ihr euch die Beweggründe und Erklärungen gut zurechtgelegt, die ihr in Lübeck vortragen wollt?«, brachte Wilhelm Jensen das Gespräch auf das Vorhaben des heutigen Tages.

Heinrich Doneldey zuckte mit den Achseln. »Es wird wohl auf das hinauslaufen, was wir gestern schon besprochen haben. Danach können wir nur auf das Wohlwollen und auf die Nachsichtigkeit der Lübecker hoffen.«

»Ich habe noch einmal gründlich darüber nachgedacht«, führte Wilhelm weiter aus. »Wenn ihr meinen Rat wollt, dann bietet der Hanse großzügige Unterstützung bei der Bekämpfung der Seeräuber an.«

»Und du glaubst, das wird sie überzeugen?« Bernhard von Dettenhusen schien skeptisch.

»Das vermag ich nicht zu sagen, doch bereitet die Piraterie der Hanse große Sorgen. Behaltet diesen Punkt daher als letztes Angebot zurück, solltet ihr sie mit keinem anderen Vorschlag zum Einlenken bringen können.«

Heinrich Doneldey knirschte mit den Zähnen. »Wir werden nicht eher gehen, als bis sie uns wieder aufgenommen haben. Unser schönes Bremen liegt darnieder und wird offen mit Füßen getreten. Halunken und Gaunerpack fühlen sich angezogen und wagen es, uns zu bestehlen. Doch damit hat es nun ein Ende.« Er trank hastig einen letzten Schluck Milch. »Anna, wann können wir uns auf den Weg machen?«

»Ich muss nur noch meine Sachen von oben holen. Wir können sogleich reiten.«

»Gut. Dann lasst uns sofort aufbrechen, auch wenn deine Gastfreundschaft dazu verlockt, noch länger in deinem Haus zu verweilen, Wilhelm. Aber unsere Bremer Bürger verlassen sich darauf, dass wir alsbald mit guten Nachrichten heimkehren. Wir haben keine Zeit zu verlieren.«

Alle erhoben sich vom Tisch.

»Du hast recht, Heinrich. Ich lasse die Pferde satteln. Dieser Tag wird in die Geschichte eingehen, ganz gleich, wie er endet.«

Anna merkte, dass Wilhelm ihnen mit seinen Worten Mut machen wollte, in seinem tiefsten Inneren aber nicht an einen guten Ausgang glaubte. Mit einem beklemmenden Gefühl verließ sie den Raum und ging nach oben, um ihre Sachen zu holen. Nur wenig später brachen sie auf.

Lübeck! Was für eine Pracht. Hatte Anna am gestrigen Tage noch die Vielfalt Hamburgs bewundert, konnte sie jetzt nur noch staunen. Schon die Stadtbefestigung war um einiges massiver als die aller anderen Städte, in denen sie bislang gewesen war. Insbesondere wurde die Bewachung der Mauern und Tore hier strenger und gründlicher gehandhabt. Soweit Anna wusste, verrichteten stets mehrere Büttel und Wachmänner an den Toren einer Stadt ihren Dienst. Doch hier in Lübeck stellten sie sich einem offen in den Weg. Niemand sollte die Stadt betreten, der hier nichts zu suchen hatte und möglicherweise nichts Gutes im Schilde führte. Dabei war sowohl ihr als auch ihren Begleitern auf den ersten Blick anzusehen, dass sie höheren Standes waren. Vielleicht war die scharfe Überwachung auf die Reichsfreiheit der Stadt zurückzuführen, auf die die Lübecker sehr stolz waren. Wilhelm hatte ihr auf dem Weg hierher von dem entsprechenden Erlass im Jahre 1226 erzählt. Seither unterstand die Stadt Lübeck nur noch einer Instanz: Dem Kaiser. Keine geistliche Macht und auch keine andere weltliche Macht konnten in der Stadt seitdem noch irgendjemandem irgendetwas anordnen. Anna empfand diese Art der rechtlichen Unabhängigkeit von Kirchenfürsten und Lehnsherren als großartig, eröffnete sie den Menschen doch noch einmal ganz andere Möglichkeiten.

Es hatte nicht lange gedauert, bis Heinrich Doneldey und Wilhelm Jensen den Wachen glaubhaft erklärt hatten, zu welchem Zweck die kleine Gruppe, gefolgt von sechs eigenen Wachleuten, Eintritt in ihre Stadt begehrte. Bernhard von Dettenhusen und Anna hielten sich während des Gesprächs im Hintergrund und sagten nichts. Erst als die Wachmänner beiseitetraten und ihnen höflich zunickten, erwiderten sie deren Gruß.

Heinrich wollte sogleich zum Rathaus reiten und die Abgeordneten der Hanse um ein Gespräch bitten. Wilhelm riet ihm jedoch davon ab. Er hielt es für klüger, zunächst einen Boten dorthin zu senden, der, sobald es den Herren genehm wäre, um die Gunst bat, von ihnen empfangen zu werden. Sie teilten dem Wachmann, den sie mit dieser Botschaft losschickten, noch mit, in welchem Gasthaus sie unterkommen würden. Dann schlugen sie den Weg dorthin ein, mieteten sich Kammern und ließen ihre Pferde versorgen. Nur wenig später kamen sie in der Gaststube des Wirtshauses zusammen. Die fünf Wachleute nahmen an einem gesonderten Tisch Platz, während alle zusammen auf die Rückkehr ihres Kameraden warteten.

»Womöglich lassen sie uns hier einige Tage lang schmoren, bevor sie uns Antwort schicken«, grummelte Heinrich Doneldey. »Ich glaube, es war ein Fehler, nicht selbst und unmittelbar wegen einer Zusammenkunft vorzusprechen.«

»Vertrau mir, Heinrich.« Wilhelm legte ihm beruhigend die Hand auf den Unterarm. »Es ist genau richtig so. Nichts hassen die Lübecker so sehr, wie wenn ihnen ein anderer sagt, was sie wann zu tun haben. Diese Stadt und ihre Menschen sind durch und durch selbstbestimmt. Das müssen wir immer bedenken.«

»Und doch sollten sie so viel Anstand haben, zu wissen, dass es nur recht und billig ist, einen Bürgermeister und seine hohen Gefolgsleute willkommen zu heißen, sobald diese die Stadt betreten.«

»Heinrich, warte ab und hab Vertrauen«, beschwor Wilhelm ihn abermals. »Du bist schon jetzt viel zu aufgebracht, um die Verhandlungen ruhig und besonnen führen zu können. Bedenke immer, was auf dem Spiel steht.«

»Daran denke ich ohne Unterlass, das kannst du mir glauben.«

»Wilhelm hat recht«, bekräftigte Anna. »Womöglich kommt der Bote schon gleich zurück und teilt uns mit, dass wir im Rathaus erwartet werden. Was ist denn nur geschehen, dass du gar so erbost bist?«

»Die Wachen am Stadttor«, erklärte Heinrich. »Ihr hättet ihre Gesichter sehen sollen, als ich ihnen sagte, wer ich bin. Als ob ich die Pestzeichen im Antlitz hätte.«

»Du übertreibst«, sagte Wilhelm. »Ich gebe zu, dass sie kurz ihre Mienen verzogen, als sie hörten, dass du der Bürgermeister von Bremen bist. Aber, Heinrich, kannst du es ihnen wirklich verdenken? Was glaubst du denn, was hier über euch Bremer gesprochen wird?«

Bernhard von Dettenhusen hatte dem Wirt einen Fingerzeig gegeben, worauf dieser nun vier Bierkrüge auf dem Tisch abstellte. Dann ging er zurück und holte fünf weitere für die Wachmänner am Nebentisch.

»Wohl bekomm's.« Damit verschwand er wieder in den Schankraum.

Heinrich hob seinen Krug an und trank einen tiefen Schluck. »Ja, ja, ich weiß schon«, gestand er ein. »Doch es ist schwer. Früher einmal, als Bremen in Blüte stand und überall als reiche Handelsstadt wahrgenommen wurde, die die wunderbarsten Waren überallhin lieferte und von überall her bezog, wurde ich mit einer Verbeugung begrüßt, wenn ich sagte, welches Amt ich bekleide. Und jetzt …« Er trank einen Schluck Bier. »Jetzt muss ich einen Wachmann vorschicken, damit mir überhaupt die Gnade zuteilwird, dass man mit mir spricht.« Er wandte sich Anna zu. »Glaub mir, wäre Siegbert jetzt hier, er würde sich ebenso fühlen wie ich. So viele Jahre haben wir Seite an Seite gearbeitet und Tag und Nacht alles getan, um aus Bremen die Stadt zu machen, die sie war. Und nun das. Nicht nur Siegbert ist gestorben. Mir ist, als ob auch ein Teil der Stadt mit ihm in den Tod gegangen wäre. Fast so, als würde mir ein Arm langsam und Stück für Stück von einer schleichenden Krankheit genommen werden.«

Anna sah ihn schockiert an. Noch nie hatte sie ihn so entmutigt reden hören. Es war das erste Mal, dass sie daran zweifelte, dass sie und ihre Gefolgsleute ihr Ziel erreichen konnten. Vor allem aber fragte sie sich, ob Heinrich Doneldey überhaupt in der Lage war, vernünftige Verhandlungen zu führen, wenn ihm der Groll ob all der Veränderungen, die stattgefunden hatten, dergestalt den Blick vernebelte.

»Es ist eine Prüfung«, hörte sie sich auf einmal sagen. Die Worte waren so rasch aus ihr herausgesprudelt, dass sie selbst ganz verdutzt war.

»Was sagst du da?« Heinrich Doneldey sah sie eindringlich an. Und auch Bernhard und Wilhelm, die dem Bürgermeister und Anna gegenübersaßen, warteten gespannt auf ihre Antwort.

»Es ist eine Prüfung«, wiederholte sie, diesmal mit erhobenem Haupt und fester Stimme. »Gott stellt uns diese Aufgabe, um zu sehen, ob wir seiner Gnade würdig sind. Ob es uns nun gefällt oder nicht. Ich habe miterlebt, wie Bremen in voller Blüte stand und die Menschen ausgelassen ihr Leben feierten. Nicht alles, was in dieser Zeit in Bremen geschah, wird dem Herrn gefallen haben.«

»Wir waren nicht besser oder schlechter als andere Städte auch«, wiegelte Heinrich ab.

»Weißt du das so genau?« Anna sah ihm in die Augen. Sie nahm ein Funkeln in ihnen wahr, das sie warnte, doch gleichzeitig spürte sie auch das Kämpferherz ihres Großvaters wild in ihrer Brust schlagen. Einen Moment lang sagte keiner von beiden etwas. Es war Bernhard von Dettenhusen, der die Stille durchbrach.

»Heinrich, einen besseren Berater als diese Frau hast du nie an deiner Seite gehabt – von Siegbert einmal abgesehen. Du kannst von Glück sagen.«

Heinrich sah Anna noch einen Moment an. Kurz schien er verärgert, dann tätschelte er väterlich ihren Arm. »Mag sein, dass du recht hast. Also ist es an uns, das Wohlwollen des Herrn zurückzugewinnen und den Bund der Hanse davon zu überzeugen, uns wieder in seine Reihen aufzunehmen.«

In diesem Moment betrat der Wachmann, den sie als Boten ausgeschickt hatten, die Gaststube. Sofort waren aller Blicke auf ihn gerichtet.

»Und?«, fragte Heinrich schlicht.

»Ich soll ausrichten, dass man den Rat der Hansevertreter zusammenrufen wird. Ihr mögt Euch in einer Stunde im Ratssaal einfinden.«

»Eine gute Botschaft«, stellte Heinrich zufrieden fest. »Wirt!«, rief er laut. »Wir brauchen noch Bier.«

Der Wachmann setzte sich zu seinen Leuten an den Tisch.

»Es scheint, als wolle der Herr uns helfen, die Steine, die wir uns selbst in den Weg gelegt haben, wieder beiseitezuräumen.« Der Bürgermeister sah seine Mitstreiter zufrieden an.

»Darauf trinke ich«, sagte Wilhelm Jensen und hob den Krug.

»Auf die Wiederaufnahme in die Hanse«, prostete Bernhard von Dettenhusen, und auch Anna hob ihr Gefäß. Die Zuversicht, die ihre Begleiter ausstrahlten, wollte sich bei ihr jedoch nicht einstellen.

22. KAPITEL

Gleich nach seinem Besuch in der Werkstatt hatte Gawin sich für eine Stunde hingelegt, um wieder etwas Kraft zu schöpfen. Als er ausgestreckt auf seinem Bett lag, dachte er an Anna und erinnerte sich daran, wie weich sich ihre Haut anfühlte und wie gut ihre Haare rochen. Die andauernde Hoyaer Fehde und die damit einhergehende schwierige Lage der Stadt waren auch an Anna und ihm nicht spurlos vorübergegangen. Sie hatten schon glücklichere Zeiten erlebt. Dabei ging es weniger um das fehlende hereinkommende Geld, das ihn so manche Nacht um den Schlaf brachte, als um die Art, wie seine Frau manchmal versonnen ins Nichts starrte, wenn sie sich unbeobachtet glaubte. Womöglich malte er ja schwarz in schwarz, dennoch war er überzeugt, dass sie sich ihm zunehmend entfremdete. Ob es daran lag, dass sie weit mehr verdiente und auch im Ansehen der Bremer höher stand als er? Als er sie kennenlernte, hatte keiner von ihnen etwas besessen, außer dem unbändigen Willen, sich ein besseres Leben aufzubauen. Dass sie die Enkeltochter eines der reichsten Männer Bremens war, hatte sie nicht gewusst, als sie damals gemeinsam die Stadt betraten, um einen Neuanfang zu wagen. Das war nun fast ein Jahrzehnt her, und seitdem hatte sich viel getan. Sie hatten Verwandte und Freunde verloren, doch manchmal waren diese, wie Hanno, auch wieder in ihr Leben zurückgekehrt. Gawin drehte sich auf den Rücken, verschränkte die Arme hinter dem Kopf und starrte an die Decke. Hanno. Anna hatte ihm abgeraten, ihm abermals zu vertrauen, war er doch derjenige gewesen, der Gawin vor neun Jahren schändlich verraten und mit seinen Lügen fast an den Galgen gebracht hatte. Nun war er wieder hier, und trotz allem, was sich ereignet hatte, gab es für Gawin nach einem Blick in dessen Augen keinen Zweifel daran, dass ein ihm verbundener Freund heimgekehrt war. Hanno hatte schwere Fehler begangen, doch er hatte sie bereut und aus ihnen gelernt, dessen war sich Gawin sicher. Er griff unwillig nach seinem rechten Arm, der in dieser Position bereits wieder taub wurde. Gawin musste ihn mit seiner Linken unter dem Kopf hervorziehen und wieder neben sich ablegen. Er fluchte leise. Wer hatte ihn nur angegriffen und ihm die Schläge auf den Kopf versetzt? Hanno schloss er als Täter aus, ganz gleich, was Anna oder Margrite von ihm hielten. Aber standen die Morde in Bremen nun miteinander in Zusammenhang, oder waren die Opfer schlichtweg zufällig so kurz hintereinander von durch die Stadt ziehendem Lumpenpack getötet worden? Doch warum er? Er war nicht ausgeraubt worden, obwohl er die Geldkatze mit den Tageseinnahmen aus der Tischlerei bei sich getragen hatte. Es wäre dem Angreifer ein Leichtes gewesen, den Beutel unter seinem Wams hervorzuziehen und vom Band zu schneiden. Doch um Geld war es ihm offenbar nicht gegangen. Aber um was dann? Was hatte er getan, oder wen hatte er so sehr verärgert, dass er von ihm niedergeschlagen worden war? Oder war er nur zur falschen Zeit am falschen Ort gewesen? Die Gedanken rasten durch seinen Kopf. Schritt für Schritt ging er die einzelnen Momente bis zum Überfall noch einmal durch. Er erinnerte sich noch genau daran, dass Lena und er sich aufgeteilt hatten, um Sophie und Götz zu suchen. Lena hatte Rafael und Robert mitgenommen. Er selbst war laut rufend durch die Gassen gelaufen, hatte verzweifelt den Namen seiner Tochter geschrien. Eine Gänsehaut zog über seinen ganzen Körper. War er verfolgt worden? Zumindest hatte ihn während der Suche nach den beiden Kindern ständig ein ungutes Gefühl begleitet. Doch er hatte nicht weiter darauf geachtet; hatte es in der Sorge um seine einzige Tochter beiseitegedrängt. Aber jetzt, in der Ruhe und Abgeschiedenheit seiner Kammer, wusste er auf einmal: Er war die ganze Zeit über beobachtet worden. Da war eine dunkle Gestalt gewesen, die es auf ihn abgesehen hatte. Gawin richtete sich auf. Er war nicht das unwillkürliche Opfer eines Überfalls geworden. Jemand hatte ihn und niemand anderen treffen wollen. Die Erkenntnis ließ die Stelle am Kopf, an der ihn der Holzknüppel getroffen hatte, abermals schmerzen. Langsam ließ er sich in die Kissen zurücksinken. Anna war zu diesem Zeitpunkt noch nicht wieder aus Brügge zurück gewesen. Also konnte er ausschließen, dass es sich um jemanden handelte, der aus Ärger über den Verlust seines Geldes auf ihn eingedroschen hatte. Er kniff die Augen zusammen, dachte fieberhaft nach. Wenn er sich nicht täuschte und tatsächlich beobachtet worden war, wollte also jemand ihm und nicht der Familie von Goossen an den Kragen. Blieb wiederum die Frage: Wer? Wem hatte er ein Unrecht getan? Wem war er etwas schuldig geblieben? Aber ihm fiel niemand ein. Oder wollte ihn jemand beiseiteschaffen, um auf diese Weise Anna zu schaden? Sicher hatte sie eine Menge Neider, doch würde einer von ihnen wirklich so weit gehen? Ein anderer Gedanke, ein äußerst unangenehmer, drängte sich ihm auf: War er von jemandem angegriffen worden, der Anna nicht schaden, sondern sie für sich gewinnen wollte? Hatte Anna einen heimlichen Bewunderer, der sogar bereit war, ihren Ehemann zu töten, um an dessen Stelle zu treten? Er sah seine wunderschöne Frau vor sich. Ihre außergewöhnlich hellen Haare, das madonnenhafte Gesicht, ihre zierliche Gestalt, die er sogar in einer Skulptur verewigt hatte. Plötzlich wurde Gawin eiskalt. Er musste an den versonnenen, geistesabwesenden Blick seiner Frau denken. An die Abnahme zärtlicher Berührungen und Gesten zwischen ihnen. Sehnte sich Anna womöglich nach einem anderen Mann? Hatte sie gar einen Liebhaber? Und hatte ihn dieser niedergeschlagen? Die Schmerzen in seinem Kopf wurden immer schlimmer. Mit einem Ruck setzte er sich auf und schwang die Beine über die Bettkante. Nur mühsam gelang es ihm, die quälenden Gedanken zu verscheuchen. Dann fasste er einen Entschluss. Er würde sich selbst um die Aufklärung der Morde kümmern und den- oder diejenigen finden, die dafür verantwortlich waren. Ebenso würde er herausfinden, ob der oder die Täter auch hinter dem Anschlag auf ihn steckten, oder ob es da noch jemand ganz anderen gab, der es auf sein Leben abgesehen hatte. Womöglich würde derjenige es wieder versuchen, doch ab jetzt war Gawin gewarnt und auf der Hut. Entschlossen stand er auf. Er würde die Wahrheit herausfinden. Die ganze Wahrheit. Auch über Anna. Konnte es tatsächlich sein, dass sie sich einem anderen hingegeben hatte? Womöglich sogar mit ihm unter einer Decke steckte und den Überfall auf ihn gebilligt, vielleicht sogar gewollt hatte? Nein, unmöglich, er kannte seine Frau, vertraute ihr, wusste, was sie umtrieb. Es konnte nicht sein. Es durfte nicht sein. Mit einem Ruck öffnete er die Tür und trat auf den Flur. Von unten drangen Geräusche zu ihm herauf. Die Kinder spielten, lachten, Sophie quiekte vor Vergnügen. Gawin verbot sich, je wieder so über die Mutter seiner Kinder zu denken. Doch der Verdacht hatte sich in seinem Hinterkopf eingenistet und ließ sich nicht mehr aus ihm vertreiben.

»Ich möchte mit dem Stadtvogt sprechen.« Gawin trat dem Wachmann entschlossen entgegen. Der nickte nur, fragte weder nach Gawins Namen noch nach dem Grund für seinen Besuch. Offenbar kannte er den Zimmermann vom Sehen. Kurz verschwand er hinter der Tür des Amtszimmers, um nur kurze Zeit später wieder herauszukommen und Gawin eintreten zu lassen.

»Habt Dank, dass Ihr mich so rasch empfangt, Vogt.«

»Meister Gawin. Tretet näher und setzt Euch. Ich habe nicht mit Eurem Erscheinen gerechnet, doch ungelegen kommt Ihr nicht.«

Gawin nickte dankend und nahm auf dem ihm gewiesenen Stuhl Platz.

»Nun, was kann ich für Euch tun?«

»Es geht um den Überfall auf mich«, kam Gawin ohne lange Vorrede zum Thema. »Ich nehme an, Ihr hörtet davon?«

»Schlimm so etwas, wirklich. Ich war erschüttert. Mitten in unserem schönen Bremen. Meine Büttel und ich haben alles getan, um den Schuldigen zu finden.« Er breitete bedauernd die Arme aus. »Doch leider haben wir keinen Anhaltspunkt, wer Euch das angetan haben könnte.«

»Und die Morde?«

»Die Morde?«, echote der Vogt.

»Ganz recht. Die Morde, die sich ereignet haben. Habt Ihr da einen Verdächtigen? Befindet er sich gar im Kerker?«

»Wir wissen, wer dafür verantwortlich ist, falls das Eure Frage war, Meister Gawin.«

»Wirklich?« Gawins Herz schlug schneller. »Wer?«

»Hoyaer Lumpenpack. Doch seid unbesorgt. Die sind aus der Stadt vertrieben.«

»Vertrieben? Sie wurden also nicht festgenommen?«

»Nein. Wir haben sie das Fürchten gelehrt und sie aus der Stadt gejagt.«

Gawin beäugte sein Gegenüber zweifelnd. »Wer war es?«

»Das sagte ich doch bereits.«

»Nein, das tatet Ihr nicht. Ihr spracht vom Hoyaer Lumpenpack. Einen Namen nanntet Ihr jedoch nicht.«

»Weil diese Verbrecher es nicht wert sind, einzeln benannt zu werden.«

Gawin seufzte. »Ihr habt also keine Ahnung, wer dafür verantwortlich ist, richtig?«

»Ihr wagt es?« Der Vogt richtete sich auf.

Gawin sah ihn ungerührt an. »Was Ihr mir gerade erzählt habt, ist die Version, die Ihr in Bremen verbreiten lasst, um die öffentliche Ruhe wiederherzustellen, nicht wahr?«

Der Vogt rang sichtbar mit sich.

»Ich verstehe das«, kam Gawin dem Vogt entgegen und sah ihm dann fest in die Augen. »Ich verstehe es sogar nur zu gut. Ihr müsst tun, was das Beste für die Bremer Bürger ist. Die Zeiten sind schwer. Viele sind gestorben, der Handel liegt darnieder. Wenn jetzt auch noch Morde geschehen, die nicht aufgeklärt werden können, kann das die Menschen dazu bewegen, ihr Heim zu verlassen und anderswo ihr Glück zu suchen. Was Ihr um jeden Preis vermeiden müsst.«

Der Vogt sah ihn nur abwartend an.

»Doch ich muss den Kerl finden, der mir das angetan hat.« Er legte schwerfällig seinen rechten Arm auf den Tisch. »Seht Ihr das?«

Der Vogt blickte auf die Hand, begriff aber nicht, worauf der Zimmermann hinauswollte. Dieser streckte und krümmte seine Finger mehrmals, bis diese schließlich so sehr zu zittern begannen, dass er sie mit der anderen Hand festhalten musste.

»Durch den Schlag auf den Kopf habe ich mehr zurückbehalten als nur eine Beule. Wie Ihr seht, kann ich meine Finger nicht mehr richtig bewegen und damit auch meine Arbeit«, er schluckte schwer, »gerade die Holzschnitzereien und feinen Drechslerarbeiten, nicht mehr verrichten.« Er hielt kurz inne, bevor er dann aussprach, was ihm seit seinem Erwachen größte Sorge bereitete. »Tritt keine grundlegende Besserung ein, werde ich mir künftig mein Brot nicht mehr verdienen können.«

Der Vogt schwieg einen Moment betroffen. »Das wusste ich nicht«, sagte er schließlich. »Ich bedaure das aufrichtig.«

»Niemand weiß bislang davon. Und ich bitte Euch, dass das auch so bleibt.«

»Ich gebe Euch mein Wort.«

»Ich vertraue darauf. Doch versteht Ihr jetzt vielleicht, warum es mir so wichtig ist, den Kerl zu finden, der mir das angetan hat?«

Der Vogt nickte verständnisvoll. »Doch was hat der Überfall auf Euch mit den Morden zu tun?«

»Ich denke, dass ein und derselbe Schlot dafür verantwortlich ist.«

»Wie kommt Ihr darauf, Meister Gawin?«

Gawin kam in Erklärungsnot. Denn es war nicht mehr als ein Gefühl, dass ein Zusammenhang zwischen den Taten bestand. Beweisen konnte er rein gar nichts.

»Ich kann nicht darüber sprechen«, antwortete er rasch.

»Wie meint Ihr das?«

»Es wurde mir im Vertrauen mitgeteilt, und ich musste schwören, es für mich zu behalten.« Er lehnte sich etwas weiter vor. »Ihr versteht doch?«

Der Vogt nickte bedächtig.

»Deshalb frage ich Euch jetzt noch einmal«, fuhr Gawin fort. »Habt Ihr irgendetwas in Erfahrung gebracht oder auch nur eine Vermutung, wer hinter den Morden steckt? Und bitte, kommt mir nicht wieder mit den Hoyaern daher.«

Der Vogt atmete geräuschvoll aus, dann breitete er in einer hilflosen Geste die Arme aus. »Bisher haben meine Büttel nichts in Erfahrung bringen können. Wir haben mit jedem Einwohner Bremens gesprochen und uns bemüht, einen unter ihnen auszumachen, dem die Morde von Nutzen sein könnten. Nichts. Lorenz, der Schuhmacher, hatte sogar noch seine Geldkatze um den Hals, als er gefunden wurde. Nicht einmal bestohlen worden ist er.« Das Gesicht des Vogts lief rot an. »Und der Wachmann an der Heimlichenpforte. Er trug gute, feste Stiefel. Wer auch immer ihn getötet hat, um Diebstahl ging es ihm nicht.«

»Doch um was dann? Was haben die Ermordeten miteinander zu tun?«, überlegte Gawin laut.

»Und denkt nur an die Frau und die Kinder des Zimmermanns, der bei Euch arbeitet«, fuhr der Vogt in seiner Aufzählung fort. »Wem sollte ihr Tod von Nutzen sein?«

Gawin rieb sich das Kinn. »Es scheint kein Zusammenhang erkennbar«, murmelte er. »Und doch muss es einen geben.«

»Sowohl der Schuhmacher als auch die Frau und die Kinder waren aus Hoya«, konstatierte der Vogt, um abermals seinen Verdacht gegen den unliebsamen Nachbarn zu bekräftigen. »Der Wachmann nicht, aber er war eben ein Wachmann. Er könnte versucht haben, ein Verbrechen zu verhindern oder jemandem den Zugang zu unserer schönen Stadt zu verwehren.«

»Oder etwas gesehen haben«, sagte Gawin nachdenklich.

»Etwas gesehen haben?«, echote sein Gegenüber. »Was sollte das gewesen sein?«

»Der Schuhmacher verließ die Stadt durch das Stadttor, das haben übereinstimmend mehrere Wachleute ausgesagt. Und einige meinten auch, gesehen zu haben, dass er später wieder in die Stadt zurückgekommen war.«

Der Vogt rief sich die Aussagen ebenfalls ins Gedächtnis. »Das ist richtig. Zwei Büttel gaben übereinstimmend an, gesehen zu haben, wie der Schuhmacher wieder durch das Tor trat.«

»Versucht Euch zu erinnern, was genau sie sagten. Haben sie ihn angesprochen?«

»Nein, es regnete stark an diesem Tag. Sie haben mir berichtet, den Schuhmacher nur vom Wachturm aus gesehen zu haben.«

»Er kam also wieder herein, wurde dann aber später, ohne dass er wieder hinausgegangen war, direkt vor dem Tor gefunden.«

Der Vogt sah Gawin an, als dämmerte ihm langsam, worauf dieser hinauswollte.

»Keiner der Büttel hat ihn ein zweites Mal hinausgehen sehen«, schlussfolgerte er.

»Aber als die beiden Wachen ihn wieder die Stadt betreten sahen, woran haben sie ihn da erkannt? Ihr sagtet vorhin, es regnete stark?«

»Der Hut«, gab der Vogt nachdenklich zurück. »Er hatte den Hut des Schuhmachers auf. Doch darunter hätte jeder stecken können, der in etwa Lorenz' Statur hatte.«

Gawin atmete lautstark aus. Er war erleichtert, dass der Vogt von selbst draufgekommen war und nicht weiterhin versuchte, den Mord ausschließlich auf die Hoyaer abzuwälzen.

»Ganz recht. Und wie Ihr sagtet: Die Geldkatze war noch da, als man Lorenz fand.«

»Nur seinen Hut hatte der Mörder an sich genommen«, vollendete der Vogt den Gedankengang.

»Aber womöglich hat ihn sich der Wachmann an der Heimlichenpforte genauer angesehen, vielleicht sogar angesprochen, und musste deshalb sterben.«

»So könnte es gewesen sein.«

»Aber warum Andres' Frau und Kinder?«

Der Vogt riss die Augen auf. »Die Familien waren schon seit mehreren Jahren hier ansässig und bekannt, sie sind sogar seinerzeit zusammen hierhergezogen. Was, wenn die Frau ...

ich meine die Frau von Andres«, er suchte offenbar nach ihrem Namen.

»Ihr Name war Judith«, half Gawin ihm aus.

»Richtig, Judith. Was wäre, wenn sie Lorenz' Hut auf dem Kopf des Mörders erkannt und dieser geglaubt hat, sie könnte ihn verraten?«

»Aber es lagen doch einige Tage zwischen den Morden. Hätte Judith nach Lorenz' Verschwinden etwas Verdächtiges beobachtet, hätte sie gewiss sogleich Meldung gemacht.«

»Das stimmt«, gab der Vogt nachdenklich zu. »Doch womöglich hat sie ja Bescheid gegeben, nur nicht auf direktem Weg, so dass ihre Botschaft weder bei den Bütteln noch bei mir angekommen ist.«

»Woran denkt Ihr?«

»Womöglich hat sie Andres, ihrem Ehemann etwas gesagt. Es wäre nicht nur denkbar, sondern auch klug, sich zunächst an den eigenen Gatten zu wenden.«

»Das glaube ich nicht. Denkt Ihr wirklich, dann hätte Andres nach ihrer Ermordung nicht sofort Meldung gemacht oder den Kerl gar selbst zur Rede gestellt?«

»Das mag schon sein, aber denkbar wäre auch, dass er ein schlechtes Gewissen hat, weil er seiner Ehefrau nicht glaubte und ihr verboten hatte, sich damit an mich zu wenden.«

Gawin hatte Zweifel, ob es so gewesen war. Für ihn passte an dieser Geschichte viel zu viel nicht zusammen.

Plötzlich veränderte sich der Gesichtsausdruck des Vogts und er setzte sich kerzengerade hin. »Womöglich …«, er zog das Wort in die Länge, »natürlich nur womöglich, hat Andres denjenigen, den seine Frau mit dem Hut des Schuhmachers gesehen hat, ja sogar darauf angesprochen.«

Gawin hob die Augenbrauen. »Glaubt Ihr wirklich, dass Andres Lorenz' Mörder auf den Verdacht seines Weibes hin anspricht, diesen Verdacht aber nicht einmal dann weitergibt, nachdem auch sein Weib und seine Kinder ermordet wurden? Das klingt mir ganz und gar nicht nach Andres.«

»Was wäre, wenn er keine andere Möglichkeit für sich gesehen hat, als zu schweigen, weil er von der betreffenden Person abhängig ist?« Der Vogt hatte die Worte zwischen den Zähnen hervorgepresst. Wütend funkelte er Gawin an. »Was wäre, wenn er sich in sein Schicksal ergeben hätte, um seine Anstellung in dieser schweren Zeit nicht zu verlieren, weil er befürchtete, dann nach Hoya zurückkehren zu müssen?« Immer schärfer spie er die Worte aus. »Was wäre, wenn er weiterhin geschwiegen hätte, weil er sich nun auch noch für die Versorgung der Schuhmacherfamilie verantwortlich fühlte? Was wäre, wenn er es schließlich nicht mehr ausgehalten hätte und demjenigen, der ihm all das angetan hat, einen Knüppel über den Schädel gezogen hat?«

Gawin riss die Augen auf. Erst jetzt verstand er, worauf der Vogt hinauswollte. »Aber …«

»Wie groß seid Ihr, Meister Gawin? Ihr dürftet in etwa die Körpergröße des Schuhmachers haben, oder täusche ich mich da?«

Gawin bemühte sich um Fassung. »Wie könnt Ihr … das ist …« Er brach ab, schloss für einen Atemzug die Augen, blickte den Vogt dann wieder an. »Warum hätte ich das tun sollen?« Noch bevor der Vogt antworten konnte, hob Gawin seine rechte Hand. »Und glaubt Ihr wirklich, dass ich wegen eines Schlags auf den Kopf zu Euch gekommen wäre, wäre ich ein Mörder?«

Der Vogt blickte zum Fenster hinüber, schien seine Gedanken zu ordnen. Eine Weile schwieg er, dann veränderte sich seine Haltung. Eben noch hochaufgerichtet, sank er nun in sich zusammen. »Verzeiht mir, Meister Gawin.« Er wandte sich seinem Besucher wieder zu. »Es ist diese schreckliche Zeit, die uns allen sosehr zusetzt.«

Gawins Herz pochte noch immer heftig in seiner Brust. Einen Moment lang hatte er sich bereits in den Kerker wandern sehen. In jedem Fall würde er in Zukunft vorsichtiger sein. »Ich verstehe Euch.« Er stand auf. »Und mir ist klargeworden, dass Ihr andere Sorgen habt, als Euch darum zu kümmern, wer mir den Schlag verpasst hat. Verzeiht die Störung, Vogt.«

»Ihr müsst nicht, ich …« Der Vogt brach ab, erhob sich ebenfalls und reichte Gawin die Hand. »Gehabt Euch wohl, Meister Gawin. Ich wünsche Euch eine vollständige Heilung.«

»Habt Dank.« Damit wandte er sich ab und ging hinaus.

»Und ich bete für die sichere Heimkehr Eures Eheweibs!«, rief ihm der Vogt noch nach, doch Gawin drehte sich nicht mehr zu ihm um.

23. KAPITEL

Anna hatte noch zweimal den Abtritt aufgesucht, so nervös war sie, bevor sie gemeinsam mit Wilhelm Jensen, Bernhard von Dettenhusen und Heinrich Doneldey den Ratssaal der Stadt Lübeck betrat. Das Gebäude, so hatte Wilhelm Jensen ihnen während des Marsches hierher berichtet, war bereits vor über fünfzig Jahren nach langer Bauzeit fertiggestellt worden. Anna war bemüht, sich ihr Staunen über die einmalige Architektur nicht anmerken zu lassen, konnte es aber nicht ganz verbergen. Zwei Wachmänner hatten die Türen für sie geöffnet und ihnen so den Blick freigegeben auf die sechs Hansevertreter, die sich unter dem Vorsitz von Bertram Vorrade und Johann Wittenborg anhören wollten, was die Bremer Gesandtschaft ihnen mitzuteilen hatte. Den hohen Herren, die an einem U-förmigen Tisch saßen, war ihre Überraschung deutlich anzusehen, als sie eine Frau an der Seite der drei Handelsleute den Ratssaal betreten sahen.

»Seid gegrüßt, Ihr hohen Herren.« Heinrich Doneldey war ein wenig außer Atem, als er jedem der Anwesenden zunickte. »Heinrich Doneldey, Bürgermeister von Bremen«, stellte er sich vor und deutete dann mit einer Handbewegung jeweils auf seine Begleiter. »Wilhelm Jensen dürftet Ihr ebenso kennen wie Bernhard von Dettenhusen.« Er streckte Anna die Hand entgegen und zwang sie auf diese Weise, einen Schritt vorzutreten. »Und diese liebreizende Dame ist keine Geringere als Anna von Goossen, Enkelin und Alleinerbin des verstorbenen Siegbert von Goossen.«

Johann Wittenborg, der zusammen mit Bertram Vorrade am Kopfende des Tisches saß, hob überrascht die Augenbrauen. »Wir grüßen Euch. Doch sagt uns bitte: Siegbert von Goossen ist tot? Seit wann?«

»Erst seit einigen Wochen«, gab Anna leise zurück.

»Seid unseres aufrichtigen Mitgefühls gewiss.« Wittenborg nickte ihr zu, und Anna erwiderte die Geste.

Johann Wittenborg deutete daraufhin auf die linker und rechter Hand neben ihm sitzenden Männer. »Ich stelle Euch nun meinerseits kurz die anwesenden Hansevertreter vor, für den Fall, dass Ihr Euch noch nicht begegnet seid. Ihre Namen werdet Ihr zweifelsohne kennen. Ganz außen zu meiner Rechten haben wir Hans Kämmerer, neben ihm sitzt Georg Riemenschneider.« Dann legte er seinem unmittelbaren Nachbarn die Hand auf die Schulter. »Bertram Vorrade und mir wurde die Ehre zuteil, diese Anhörung zu leiten und im Sinne der Hanse zu sprechen. Und links von mir haben wir noch Dietrich Fassbinder und Gabriel Weinmann, die unsere Runde vervollständigen.«

Jeder der Hansevertreter nickte, als Wittenborg seinen Namen nannte. Die zwei Wachmänner, die soeben die Türen zum Saal geöffnet hatten, holten nun vier Stühle herbei, so dass die Besucher der Reihe nach mitten im Raum gegenüber den Lübeckern Platz nehmen konnten.

Zunächst sagte niemand ein Wort, bis Heinrich Doneldey sich räusperte und damit die bedrückende Stille im Saal durchbrach.

»Nun denn«, begann Wittenborg schließlich, »Ihr batet um dieses Treffen und habt nun unser Ohr.«

»Habt Dank, werter Amtsbruder Wittenborg.« Heinrich Doneldey setzte sich gerade hin. »Gewiss könnt Ihr Euch denken, weshalb wir gekommen sind.«

Keiner der Lübecker erwiderte etwas darauf, alle warteten still ab. Unmut stieg in Doneldey auf. Diese Lübecker wollten es ihnen anscheinend nicht nur schwer-, sondern sogar unmöglich machen, ihr Anliegen ohne Gesichtsverlust vorzutragen.

»Wir sind hier, um die Wiederaufnahme Bremens in die Hanse zu …«, er zögerte, »zu erbitten«, vollendete er den Satz. Ihm hatte bereits das Wort »fordern« auf den Lippen gelegen, bevor er sich im letzten Moment noch eines Besseren besann.

Weinmann und Fassbinder tuschelten miteinander, die Blicke der anderen waren dagegen weiterhin starr auf die Besucher gerichtet.

Bertram Vorrade beugte sich etwas vor. »Nun, gewiss sind wir nicht überrascht. Die Schwierigkeiten, die Ihr Bremer Euch durch Eure Weigerung zugezogen habt, Euch dem Bündnis zu fügen, sind uns bekannt. Doch warum, muss ich Euch fragen, sollte die Hanse noch daran interessiert sein, Euch erneut Aufnahme zu gewähren? Die Hanse kommt sehr gut ohne Euch zurecht.« Überheblich lehnte er sich nun wieder in seinem Stuhl zurück.

Doneldey mühte sich, die in ihm aufsteigende Wut über die Herablassung, mit der man ihnen begegnete, im Zaum zu halten. »Es war ein Fehler, den Bund zu brechen«, gab er kleinlaut von sich.

»Das wissen wir«, kam es erneut hochmütig von Vorrade zurück. Seine offensichtliche Genugtuung ärgerte nicht nur Doneldey, sondern auch von Dettenhusen. Dennoch legte er dem Bürgermeister beruhigend seine Hand auf den Unterarm.

»Ihr klugen Lübecker«, begann von Dettenhusen. »Wie Ihr wisst, war ein Bündnis mit Bremen noch nie zu Eurem Schaden.«

»Zu unserem Nutzen jedoch auch nicht.« Wittenborg verschränkte die Arme vor seinem Rock.

»Soll das heißen, Ihr habt keine guten Geschäfte mit uns gemacht?« Doneldey konnte seinen Zorn nicht länger unterdrücken.

»Das war früher einmal«, entgegnete Wittenborg. »Doch die Zeiten haben sich geändert. Und wir haben uns diesen Veränderungen angepasst, während Ihr zurückgeblieben seid.«

Doneldey lief rot an vor Wut. »Zurückgeblieben?«, presste er durch die Lippen hervor.

»Aber ja. Ihr tretet auf der Stelle, kommt nicht voran. Der Mensch ist dafür gemacht, Handel zu treiben. Doch niemand interessiert sich mehr für die Waren, die Ihr anzubieten habt.«

»Was erlaubt Ihr Euch?«, polterte Doneldey los.

»Wir«, kam Vorrade seinem Nebenmann zu Hilfe, »wollen Euch nicht mit unangebrachten Höflichkeiten langweilen, sondern sprechen aus, was jeder weiß.«

Abermals legte von Dettenhusen seine Hand auf Doneldeys Unterarm, dessen Körper vor Wut bebte. »Ihr habt recht«, sagte von Dettenhusen rasch, wofür Doneldey ihn von der Seite anzischte. »Was zum ...« Weiter kam er nicht.

»Ja, so ist es«, bekräftigte von Dettenhusen. »Das Blut, das in unseren Adern fließt, ist das von Handelsmännern. Wenn wir keinen Handel treiben können, sterben wir.« Er atmete tief aus. »Nicht nur, weil wir Bremer dann unsere Familien nicht mehr ernähren können, sondern weil das, wofür der Herr uns geschaffen hat, nicht mehr gegeben ist.« Bedauernd senkte er den Kopf. »Wir haben eine schwere Zeit hinter uns«, holte er weiter aus. »Die Pest hat uns schwere Wunden geschlagen.«

»Wie jedem überall im Land«, wandte Vorrade ein.

»Ganz recht«, nahm Bernhard seine Rede wieder auf. »Unser Wilhelm Jensen hier, seht ihn Euch an. Hamburg hat es besonders schlimm erwischt, und dennoch ist er voller Hoffnung und Zuversicht.«

Jensen nickte ihm bekräftigend zu.

»Wir Bremer jedoch, haben es über die Pest hinaus aber noch mit unersättlichen, bitteren und kriegerischen Nachbarn zu tun gehabt, die uns das Leben schwermachten und uns in Kämpfe hineinzogen, die wir niemals führen wollten. Viele unserer Männer wurden getötet, andere gefangen genommen. Wir mussten hohe Lösegeldsummen zahlen, um sie freizukaufen.«

»Wir haben davon gehört. Doch warum wart Ihr nicht so klug und habt die Sache einfach ausgesessen? Hoyas Arme dürften schließlich nicht so weit reichen wie die Bremens«, stellte Wittenborg fest.

»Sie wollten unsere Männer verhungern lassen«, antwortete von Dettenhusen.

»Das ist eines Kriegsmannes unwürdig«, empörte sich Hans Kämmerer.

»Ja«, stimmte Bernhard zu. »Und doch waren sich die Hoyaer Grafen dafür nicht zu schade.«

Die Lübecker sprachen leise miteinander. Bernhard von Dettenhusen spürte, dass es ihm gelungen war, eine Bresche in ihre Mauer der Verweigerung zu schlagen. »Und eben in genau dieser Situation, die für uns in so vielerlei Hinsicht verheerend war, erreichte uns die Nachricht, aus der Hanse ausgeschlossen worden zu sein. Die Hanse, unser treuer, steter Freund, auf den wir uns immer verlassen haben. Könnt Ihr Euch die Verzweiflung vorstellen, in der wir uns befanden?«

»Und dennoch …«, setzte Vorrade an, doch Wittenborg stoppte ihn mit einer Handbewegung. »Lass ihn aussprechen.«

Bernhard merkte, dass er einen kleinen Sieg errungen hatte. Nun war es an ihm, sie zu überzeugen.

»Danke.« Er nickte Wittenborg ergeben zu. »Ihr seid stolze, erfahrene Handelsmänner. Also könnt Ihr Euch vorstellen, wie schwer es uns gefallen ist, heute vor Euch zu treten, ohne Euch auch nur das Geringste anbieten zu können, und allein auf Eure Gnade, Güte und Weisheit zu vertrauen. Wir bitten Euch, nehmt uns erneut in das Bündnis der Hanse auf und verhelft unserer Stadt damit erneut zu der Kraft und Blüte, die ihr einst zu Eigen war.«

Wittenborg sah seine Mitstreiter einen nach dem anderen an. Gesprochen wurde nicht, lediglich Blicke ausgetauscht. Anna beobachtete die Männer genau. Während Dettenhusens Worte Wittenborg offenbar nachdenklich gemacht hatten, wirkte Vorrade nach wie vor völlig unbewegt. Fast meinte sie sogar, er würde sie wütend ansehen, als sich ihre Blicke für einen Moment trafen. Doch konnte es sein, dass er etwas gegen sie ganz persönlich hatte? Sie kramte in ihren Erinnerungen. Vorrade. Der Name sagte ihr etwas. Siegbert hatte ihn ein- oder zweimal erwähnt, doch wusste sie nicht mehr in welchem Zusammenhang.

»Was bietet Ihr uns, sollten wir uns Euer Ersuchen überlegen?«, fragte nun Wittenborg und riss sie aus ihren Gedanken.

Doneldey breitete in hilfloser Geste die Arme aus. »Was könnten wir Euch bieten? So sehr wir es uns auch wünschen, wissen wir doch nicht, womit wir unser Wiederaufnahmeersuchen untermauern könnten.« Der Bürgermeister dachte an das Gespräch, das sie erst gestern mit Wilhelm Jensen geführt hatten. Würden die Lübecker tatsächlich Johann Hollemanns Kopf von ihnen fordern? Solange er auch darüber nachgedacht hatte, was diesbezüglich zu tun war, hatte er noch keine

Entscheidung getroffen. Hollemann war immerhin einer der wenigen Bremer, die noch Geld in die Kassen der Stadt spülten – unabhängig davon, ob es Doneldey nun gefiel oder nicht, woher Hollemann das Geld hernahm. Ihn ans Messer zu liefern, würde sie einer der letzten Einnahmequellen berauben, die sie noch besaßen. Ganz abgesehen davon, dass der Einfluss Hollemanns nicht zu unterschätzen war. Es war noch nie leicht gewesen, die Stadt zu lenken und die Verantwortung für so viele Menschen zu tragen. Doch in diesem Moment fragte sich Doneldey erstmals, ob er dieser Aufgabe in Zukunft überhaupt noch gewachsen war, zumal er seinen alten Freund Siegbert von Goossen nicht mehr an seiner Seite wusste.

»Ihr habt uns etwas zu bieten, auch wenn es Euch selbst nicht so erscheinen mag«, holte Wittenborg ihn aus seinen Gedanken.

»Sagt es uns«, forderte Doneldey. »Es wird uns eine Freude …«

»Johann Hollemann«, unterbrach ihn Vorrade. »Liefert uns Hollemann aus.«

Betretenes Schweigen. Alle Augen waren nun auf Doneldey gerichtet. Er hatte es geahnt.

»Er leistet seine Abgaben und verhilft der Stadt somit zu dem Geld, das wir dringend brauchen.«

»Er ist ein Seeräuber und bestiehlt unsere Bündnispartner. Ihr schützt einen Verbrecher innerhalb Eurer Stadtmauern«, brachte es Wittenborg auf den Punkt.

»Aber er ist ein Bremer Bürger. Was wäre ich für ein Bürgermeister, wenn ich ihn ergreifen und an Euch ausliefern würde?«

»Was seid Ihr für ein Bürgermeister, wenn Ihr einen Verbrecher schützt und dafür alle anderen Bremer langsam krepieren lasst?« Erstmals hatte sich Dietrich Fassbinder zu Wort gemeldet.

Doneldey atmete laut vernehmlich aus.

»Betrachtet es als einen Handel«, setzte Wittenborg nach. »Hollemann ist die einzige Ware, die Ihr uns zu bieten habt. Liefert ihn uns aus, und wir könnten uns womöglich«, er betonte das letzte Wort, »auf einen Handel einlassen. Die Ware Hollemann gegen die Aussicht, den Bund zu erneuern. Was sagt Ihr dazu?«

Heinrich Doneldey rückte unruhig auf seinem Stuhl hin und her. »Versucht, uns zu verstehen«, begann er. »Selbst wenn Ihr werten Herren in Weisheit und Ehrfurcht vor unserem höchsten Herrn zu dem Entschluss kämt, uns den Wiedereintritt in die Hanse zu gewähren, so wird es doch Monate dauern, wenn wir wieder Gewinne erzielen können. Johann Hollemann ist einer der wenigen, der noch über Mittel verfügt. Wenn wir ihn zum jetzigen Zeitpunkt fassen und an Euch übergeben, werden wir unserer letzten Gelder und Einnahmen beraubt und müssen jämmerlich krepieren. Und das, obwohl nicht einmal gesichert ist, dass er getan hat, was man ihm vorwirft.«

»Das kann unmöglich Euer Ernst sein«, empörte sich Vorrade da so laut, dass Anna erschrocken zusammenzuckte. »Johann Hollemann ist ein Dieb und Mörder.«

»Er hat niemals auch nur einem Bremer ein Haar gekrümmt und auch keinen einzigen bestohlen«, wagte Doneldey einen letzten, verzweifelten Einwand.

»Dafür aber unsere Brüder im Hansebund«, brüllte Vorrade. »Und es ist eine gar gotteslästerliche Dummheit von Euch, ihn auch noch verteidigen zu wollen.« Er war von seinem Stuhl aufgesprungen und hatte mit der Faust auf den Tisch geschlagen. Nun schien er geradezu auf ein weiteres Wort von

Doneldey zu lauern, um sich weiterhin auslassen zu können. Doch der Bürgermeister sagte nichts mehr. In sich zusammengesunken saß er da. Wittenborg gab den weiteren Hansevertretern ein Zeichen, die sich hierauf erhoben und warteten, was ihr Sprecher zu sagen hatte.

»Wir geben Euch bis morgen Bedenkzeit und treffen uns zur gleichen Stunde wieder hier. Doch schon jetzt muss ich Euch sagen, dass mich Eure Weigerung davor zurückschrecken lässt, Euch wieder in den Bund der Hanse aufzunehmen. Es scheint, als wäre Bremen nicht mehr der Handelspartner, den wir früher einmal hatten. Doch wer sich mit Lumpenpack ins Bett begibt, muss sich nicht wundern, wenn die Flöhe ihn beißen.« Mit diesen Worten verließ er festen Schrittes den Saal. Die anderen Lübecker folgten ihm, ohne die Bremer auch nur noch eines Blickes zu würdigen.

Der Wachmann nickte ergeben, als Anna ihm zum Lohn für seine Dienste einige Münzen in die Hand drückte. Sie fragte sich, ob sie das wenige Geld, das sie noch besaß, nicht ebenso gut auf die Gasse hätte werfen können. Rasch raffte sie den Saum ihres Gewandes, verabschiedete sich von dem Wachmann und begab sich in ihre Kammer. Sie musste sich beeilen, wollte sie nicht zu spät zu der zweiten Zusammenkunft im Rathaus kommen. Immer wieder spielte sie ihr Vorhaben in Gedanken durch. Wenn ihr Plan nicht aufging, bliebe ihr nicht mehr viel. Und wovon sie dann die Bremer bezahlen sollte, stand in den Sternen. Sie dachte an Marquardt. Womöglich war er ja bereits in Bremen eingetroffen und hatte dort einen Teil ihrer Schulden beglichen. Wie sehr sie sich doch schämte. Ihr Großvater war einer der reichsten Männer der Stadt gewesen. Aber das hohe Lösegeld an die Hoyaer, der schlechtgehende Handel und vor allem der hinterlistige Diebstahl van

Laakens hatten die von Goossens ruiniert. Womöglich würde sie schon bald aus dem Stammhaus der Familie direkt am Marktplatz ausziehen und in einer wesentlich ärmlicheren Behausung unterkommen müssen. Der Gedanke ließ sie schaudern. Nicht nur, weil sie sich an ein Leben mit vielen Annehmlichkeiten und Gesinde gewöhnt hatte. Sondern weil es das Haus war, in dem ihre drei Kinder geboren worden waren und in dem sie über so viele Jahre glücklich mit ihrer gesamten Familie gelebt hatte. Das Haus, in dem ihr Siegbert eine Nähstube und sogar ein kleines Arbeitszimmer eingerichtet hatte. Das Haus, in dem die reichen und mächtigen Bürger der Stadt ein und aus gegangen waren. Sie musste an die Zeit vor über neun Jahren zurückdenken, als sie das Leid ihrer Jugendtage abgestreift hatte und ihr Leben wie ein wundervoller, farbenfroher Traum gewesen war. Und jetzt war sie dabei, all dies zu verlieren. Siegbert war tot, der Ruf der Familie von Goossen schwer beschädigt. Van Laaken! Er war an all dem schuld. Er hatte sie und die Bremer bestohlen und Siegbert umgebracht. Er hatte sie umgarnt und ihr Liebe vorgegaukelt. Er … nein, sie selbst war an allem schuld. Sie war so naiv gewesen, ihm zu glauben. Sie hatte sich von ihm geschmeichelt gefühlt, Ehebruch mit ihm begangen und sich zur Hure gemacht. Anna spürte, wie ihr Gesicht vor Scham zu glühen begann. Rasch betrachtete sie sich im Spiegel. Noch einmal träufelte sie etwas Wasser aus der Schale über die Nähte ihres Kleides und steckte züchtig den Schleier an ihrem Haar fest. Dann eilte sie den Männern hinterher, die sie vorhin mit der Versicherung vorausgeschickt hatte, ihnen unverzüglich zu folgen.

Sie war ein wenig außer Atem, als sie den Ratssaal erreichte und die Wachen ihr bereitwillig die Türen öffneten. Alle anderen waren bereits da, und die Szenerie glich der vom Vortag wie ein Ei dem anderen.

»Bitte verzeiht«, bat sie atemlos, neigte entschuldigend den Kopf und ging dann zu dem Stuhl, auf dem sie bereits gestern gesessen und den ihre Begleiter für sie frei gelassen hatten. Kurz drehte sie sich noch einmal zur Tür, um zu sehen, ob sich dort bereits etwas tat. Doch noch war nichts zu sehen und zu hören.

»Da wir nun vollzählig sind, können wir beginnen«, kündigte Wittenborg an. »Wobei es eine kurze Unterredung werden wird, wie ich vermute.«

Gerade wollte Doneldey etwas sagen, als Anna von ihrem Stuhl aufsprang. »Bitte, Ihr hohen Herren, würdet Ihr mich anhören?« Wieder drehte sie sich kurz Richtung Saaltür um.

Doneldey war angesichts von Annas Vorstoß verblüfft, doch ungelegen kam er ihm nicht. Er hatte sich am gestrigen Abend noch lange mit Bernhard und Wilhelm unterhalten, nachdem Anna bereits zu Bett gegangen war. Er wusste, dass es für Bremens Wiederaufnahme in die Hanse unabdingbar war, Johann Hollemann ans Messer zu liefern. Dennoch wollte er ihn unter keinen Umständen ausliefern. Sein Ansehen hatte in den letzten Monaten schwer gelitten. Es gab nicht mehr viel, das er den Bremern versprechen konnte. Wenn er nun auch noch auf Druck der Hanse hin einen der ihren auslieferte, würde das wahrscheinlich sogar im Rat, der bisher immer hinter seinen Entscheidungen gestanden hatte, Widerstand auslösen. Und wann und ob überhaupt sich dadurch der Handel wieder in der früheren Größenordnung beleben würde, konnte niemand voraussagen. Aus diesem Grund war Hollemann für Bremen unentbehrlich, und genau das würde er den Lübeckern gleich kundtun.

»Unser verehrter Bürgermeister, Heinrich Doneldey«, hörte er Anna nun sagen und blickte zu ihr hinüber, »hat mich Euch hohen Herren gestern vorgestellt. Ich bin die Enkelin

Siegbert von Goossens, des großen und ehrenvollen Bremer Kaufmanns.« Sie sprach langsam, um Zeit zu gewinnen und sah erneut möglichst unauffällig über ihre Schulter zur Tür.

»Was möchtet Ihr uns sagen?«, fragte Wittenborg nun.

Sie lächelte ihn freundlich an. »Dass Ihr mich überhaupt hier sprechen lasst, zeigt Eure Klugheit ebenso wie Eure Weltoffenheit«, lobte sie und deutete eine Verbeugung an. »Denn glaubt mir, meist habe ich es andersherum erleben müssen, obwohl ich bereits seit vielen Jahren …« Endlich hörte sie das erlösende Klopfen an der Tür, und einer der Wachleute betrat den Raum.

»Was gibt es?«, fragte Wittenborg ungehalten.

»Hier sind …«, der Wachmann räusperte sich, »also, sie wollen nicht gehen, und wir wissen nicht …«

»Was stammelst du denn da herum, Mann?«

In diesem Moment drängte sich eine Frau in den Saal, indem sie den Wachmann unsanft zur Seite drückte. »Gib den Weg frei oder du lernst mich kennen«, murrte sie. Direkt hinter ihr betraten fünf weitere, gut gekleidete Damen den Ratssaal.

»Dorothea!« Wittenborg war von seinem Stuhl aufgesprungen. »Das ist eine Zusammenkunft der Hanse. Was willst du hier?«

»Wir«, entgegnete sie und deutete auf die anderen Frauen, »wurden zu dieser Zusammenkunft hinzugebeten und würden gern hören, was nunmehr gesprochen wird.«

»Das kommt überhaupt nicht in Frage«, fuhr nun auch Hans Kämmerer auf. »Ursel, du gehst sofort wieder nach Hause.« Er deutete mit dem ausgestreckten Arm Richtung Tür.

Die Angesprochene blieb jedoch stehen, wo sie war.

»Das hier ist kein Ort für Frauen«, setzte Wittenborg nach, bereute es jedoch im gleichen Augenblick.

»Und weshalb darf dann sie hier sein?«, gab Dorothea zurück und deutete auf Anna.

»Sie ist, sie ist … eine Händlerin.«

Anna entschied, dass es an der Zeit war, ihr Spielchen nicht zu weit zu treiben. »Bitte verzeiht.« Sie senkte demütig den Kopf. »Ich bin diejenige, die Eure Ehefrauen hat herbitten lassen.«

»Und warum, wenn ich fragen darf?« Vorrades Gesicht war rot vor Zorn.

»Weil sie sind, was sie sind«, hielt Anna seinem wütenden Angriff stand. »Sie sind Frauen, genau wie ich. Sie sind Mütter, genau wie ich. Sie wissen, wie man hauswirtschaftet, und vermögen, die Preise auf dem Wochenmarkt genauer wiederzugeben, als irgendein Mann in dieser Runde. Sie kümmern sich um ihre Kinder, wissen um deren Sorgen und Nöte. Sie sind diejenigen, die mit den Mägden sprechen, sie sind die, die beurteilen können, was richtig und falsch ist. Und bitte verzeiht mir, wenn ich nunmehr sage, das können sie besser als jeder Mann.«

Vorrade wollte etwas erwidern. Ein Blick zu seinem eigenen Weib ließ ihn jedoch verstummen.

»Würdet Ihr bitte Stühle für diese edlen Damen bringen?«, fragte Anna einen der Wachmänner. Die kamen ihrer Bitte sofort nach, nachdem von Seiten der Lübecker, die sichtbar um ihre Fassung rangen, kein Widerspruch erging.

»Habt Dank«, sagte Anna, nachdem alle Frauen Platz genommen hatten. Sie selbst setzte sich nicht wieder hin, sondern ging nun vor den Männern der Hanse auf und ab. »Unsere Situation ist verzweifelt«, sagte sie mit einem Blick zu den Frauen. »Wir Bremer haben falsche Entscheidungen getroffen und Menschen vertraut, die dieses Vertrauen nicht wert waren. Dafür wurden wir bitter bestraft. Und das völlig zu Recht«, fügte sie rasch hinzu. »Unser Verhalten war alles andere als klug, doch wir können es nicht mehr rückgängig machen.« Sie streckte hilflos die Arme aus. »Man nennt mich zu Hause die Duftnäherin Bremens.« Sie ging ganz nah an den Frauen vorbei und drehte sich dabei zweimal um ihre eigene Achse. »Riecht Ihr das?«

»Das reicht! Diese Gaukelei hat jetzt ein Ende«, schnauzte Vorrade.

»Ich möchte hören, was sie zu sagen hat«, wandte Fassbinder ein und erntete hierfür einen wohlwollenden Blick seines Eheweibs.

Anna lächelte. »Riecht Ihr es?«

»Es duftet wunderbar«, antwortete Dorothea Wittenborg. »Es ist das Kleid, nicht wahr?«

»Ganz recht. Alle meine Kleider duften so. Und nicht nur meine. Jede Frau in Bremen, die sich ein solches Gewand leisten kann, besitzt eines.«

»Was kostet so ein Kleid?«

»Dorothea, bitte.« Wittenborg machte eine hilflose Geste. »Es geht hier schließlich um die Wiederaufnahme der Bremer in die Hanse.«

Seine Frau nickte. »Du hast recht. Entschuldige, Johann.«

»Worum es mir eigentlich geht«, setzte Anna abermals an, »ist Folgendes. Es gibt eine Menge Bremer, die einzigartige und wunderschöne Handelswaren herstellen, so wie dieses Kleid. Wir haben die fähigsten Handwerker in unserer Stadt und Waren, die jedermann haben möchte. Aus Not und Verzweiflung heraus haben wir diese Waren an einen Händler in Brügge geliefert. Wir haben alles dorthin gesandt, was wir noch hatten.«

»Und?« Vorrade runzelte die Stirn.

»Mein Großvater, Siegbert von Goossen, hat die Waren selbst dorthingebracht. Wochen später erhielt unser Bürgermeister eine Nachricht von dessen Brügger Handelspartner, Jean van Laaken, in der dieser mitteilte, dass die Waren noch nicht bei ihm eingetroffen wären.« Sie holte tief Luft. »Ich bin daraufhin in großer Sorge um meinen Großvater nach Brügge gereist – und in der Hoffnung, dass dieser auf seiner Reise nur aufgehalten worden wäre, sein Ziel letztendlich aber noch erreicht hat.«

»Aber er war nicht angekommen?«, fragte Wittenborg vorsichtig nach.

Anna nickte. »So hieß es, doch wie sich später herausstellte, war er das sehr wohl. Van Laaken hatte gelogen, meinen Großvater ermordet, ertränkt wie einen räudigen Köter und ihm seine Waren, die Waren der Bremer, gestohlen.«

Die Anwesenden erschraken sichtlich, wirkten betroffen.

»Die Familie van Laaken besitzt einen ausgezeichneten Ruf«, wandte Kämmerer vorsichtig ein.

»Dieser van Laaken nicht«, stellte Anna mit fester Stimme fest. »Er ist ein Dieb und Mörder, und ich werde dafür sorgen, dass ihm der Prozess gemacht wird.«

Betretenes Schweigen erfüllte den Saal. Kurz stützte Anna sich auf die Lehne ihres Stuhles. Bernhard von Dettenhusen stand auf und ging zu ihr hinüber, doch sie bedeutete ihm mit einer Handbewegung, dass es schon wieder ginge.

»Ich erzähle Euch dies, damit Ihr versteht, welche Ereignisse uns in letzter Zeit heimgesucht haben und dass wir am Boden sind.« Sie sah zu Doneldey hinüber. »Ja, Heinrich, wir müssen es eingestehen. Und aus diesem Grunde«, nun wandte sie sich wieder den Frauen zu, »habe ich auch um Euer Kommen gebeten. Ich bin Mutter dreier Kinder und als solche nur eine von vielen Bremerinnen. Wir alle sind fleißige Frauen, die gottesfürchtig unser Leben in den Dienst des Herrn stellen.« Bei diesen Worten versagte ihr, in Erinnerung an ihren Ehebruch, beinahe die Stimme. Doch sie durfte ihrer Schwäche jetzt nicht nachgeben. Sie musste weiterreden und hier und jetzt alles geben, um die Lübecker zu überzeugen. »Ihr wollt Johann Hollemann.« Mit einem Ruck richtete sie sich wieder auf. »Und wir wollen überleben.«

»Anna, wir können nicht …«

»Bitte, Heinrich, lass mich aussprechen. Sollte Johann Hollemann jemals ein Schiff überfallen, wenn Bremen wieder anerkanntes Mitglied der Hanse ist, müssen wir ihn als unseren Feind betrachten und ausliefern, da er dann auch uns, die Bremer selbst, um unsere Waren und Leute gebracht hat.«

Wittenborg schnappte nach Luft, unterbrach sie aber nicht.

»Würden wir Hollemann jedoch zum jetzigen Zeitpunkt der Gerichtsbarkeit der Hanse überstellen, würde man sowohl uns als auch dem Verbund der Hanse vorwerfen können, ein krummes Abkommen getroffen zu haben, da wir Hollemann dann lediglich auf das Versprechen hin, wieder in die Hanse aufgenommen zu werden, überstellt hätten. Das kann niemand der Anwesenden wollen und zulassen.«

Die Lübecker begannen untereinander zu murmeln.

»Ich weiß, das reicht Euch nicht«, setzte Anna nach. »Deshalb habe ich Euch noch etwas anderes anzubieten, das denjenigen unter Euch, die es betrifft, erhebliches Ansehen und Geld einbringen wird.

»Und das wäre?«, fragte Vorrade.

»Ich möchte niemanden bloßstellen. Aus diesem Grunde werde ich auch keinen der hier versammelten Kaufmänner mit Namen nennen, schon gar nicht in Anwesenheit ihrer Frauen. Schließlich möchte niemand in einer öffentlichen Runde daran erinnert werden, seine Schulden in der Vergangenheit nicht beglichen zu haben.«

Unruhe kam auf, und Doneldey warf Anna einen warnenden Blick zu.

»Zwei von Euch«, sie streckte Zeige- und Mittelfinger in die Luft, »schuldeten meinem Großvater noch immer erhebliche Summen, und damit nun mir. Doch seid nochmals versichert, dass ich Eure Namen hier ebenso wenig preisgeben werde, wie mein Großvater es getan hätte, wäre er heute hier. Stattdessen biete ich Euch an, dass wir zum einen Johann Hollemann auf Schritt und Tritt beobachten lassen werden und ihn, sobald er irgendeine Lumperei zu Lasten der Hanse begeht, gefangen nehmen und in den Kerker werfen lassen. Zum anderen erlasse ich den beiden Kaufmännern in Eurer Runde, die dem Hause von Goossen noch Geld schulden, die gesamte …«, sie ließ ihren Blick langsam über jeden der anwesenden Hansevertreter schweifen, »Ihr habt richtig gehört, die gesamte geschuldete Summe.«

Vorrade war nicht überzeugt. »Was ist, wenn die Schulden, die angeblich zwei von uns bei Euch haben, gar gering sind und es sich insoweit gar nicht lohnt, auf Euren Vorschlag einzugehen?« Er beobachtete Anna wie ein Habicht, der eine Maus erspäht hat.

Anna lächelte. »Das fragt Ihr, Bertram Vorrade?«

»Was soll das heißen? Wollt ihr mir etwa unterstellen …?«

»Ihr sprecht besser nicht weiter«, fuhr Anna ihn an. »Ihr könntet Euch sonst in Rage reden und diese Runde einer Peinlichkeit aussetzen, die einer Hansevertretung unwürdig ist.«

»Aber ich …«

»Ruhig«, zischte Wittenborg ihn an und wartete, bis er sicher war, dass Vorrade nichts mehr erwiderte. »Was ist, wenn wir nicht darauf eingehen?«, fragte Wittenborg.

»Nun, dann wird Johann Hollemann uns allen erhalten bleiben«, antwortete Anna.

»Ihr wisst genau, was ich meine«, gab Wittenborg zurück. »Was wäre in diesem Fall mit den Schulden, die zwei von uns beim Hause von Goossen haben sollen?«

»Nun, ich sage es nicht gern, aber ich müsste dann nicht nur auf deren sofortiger Begleichung bestehen«, meinte sie mit einem Blick auf die Frauen, »was mir aufrichtig leidtäte, da dies einen schweren Einschnitt in Eure Geldsäcke bedeuten würde.« Sie drehte sich wieder zu den Männern. »Ich würde dann auch keine Gelegenheit auslassen, unter Vorlage der Schuldscheine überall zu verkünden, dass die Hansevertreter ihren Verpflichtungen nicht nachkommen wollen und deshalb ihre betreffenden Handelspartner aus der Gemeinschaft ausschließen und übervorteilen.«

»So weit würdet Ihr wirklich gehen?« Vorrade wirkte verstört.

Anna sah ihn eine Weile schweigend an, dann senkte sie den Kopf. »Nein«, sagte sie schließlich leise. »Nein, so weit würde ich nicht gehen. Ich möchte Euren Frauen und Familien diese Schmach nicht antun. Verzeiht mir meine Worte. Es war die Verzweiflung, die aus mir sprach.« Damit ging sie zu ihrem Stuhl zurück und sank kraftlos auf ihn nieder.

Schon am nächsten Morgen machten sich die Bremer auf den Weg zurück in ihre Heimatstadt. Eine Weile ritten sie schweigend hintereinander her. Anna hatte noch immer mit Unterleibsschmerzen zu kämpfen, ließ sich aber nichts anmerken.

»Anna?« Bernhard von Dettenhusen schloss zu ihr auf und brachte sein Pferd nun dicht neben das ihre.

»Ja?«

»Die halbe Nacht lang hat mich eine einzige Frage wachgehalten.«

»Und die wäre?«

»Welche Hansevertreter so hohe Schulden bei den von Goossens haben. Es sind Vorrade und Weinmann, nicht wahr?«

Anna schmunzelte. »Denkst du?«

»Ich bin nicht sicher«, gab er zu. »Wittenborg glaube ich nicht, bei Fassbinder bin ich mir nicht sicher. Vielleicht ist es ja doch Kämmerer?«

Annas Lächeln wurde breiter. »Nein.«

»Wie nein? Ich habe bereits fünf Namen genannt. Du sagtest, es wären zwei von den sechs. Also muss doch …« Er brach ab und begann dann, lauthals zu lachen. »Nicht einer von ihnen hat Schulden bei dir, richtig?«

»Glaubst du wirklich, dass ich, wenn dem so wäre, dann nicht schon lange das Geld von ihnen eingetrieben hätte?« Sie stimmte in sein Lachen mit ein, und vergaß darüber sogar eine Weile ihre Schmerzen.

24. KAPITEL

Gawin ging nach dem Gespräch beim Vogt aufgeregt und ziellos durch die Gassen Bremens, stieß in Gedanken versunken ein ums andere Mal mit ihm Entgegenkommenden zusammen. Er würde vorsichtig sein müssen. Zum einen war es durchaus möglich, dass derjenige, der ihn niedergeschlagen hatte, noch immer hinter ihm her war. Zum anderen hatte er soeben erleben müssen, wie schnell eine Situation kippen und sich in ihr Gegenteil verkehren konnte. Die Überlegungen des Vogts mochten an den Haaren herbeigezogen sein, doch dem Vogt waren sie glaubwürdig erschienen. Zwar hatte er sich am Ende einsichtig gezeigt, doch konnte Gawin darauf vertrauen? Und wem konnte er überhaupt noch trauen, wenn sogar Anna …? Während er auf dem Bett gelegen und über sie nachgedacht hatte, waren ihm immer mehr Zweifel gekommen. Womöglich hatte er ja monatelang nicht sehen und begreifen wollen, dass sie ihn belogen und betrogen hatte.

Es war bereits dämmrig geworden, doch Gawin schlug nicht den gewohnten Weg durch die Gassen nach Hause zu seinen Kindern ein. Er war im Viertel der Knochenhauer und blieb kurz stehen, als er die Schenke »Zur roten Sau« erreichte. Er ging nicht oft in Schenken, fast nie. Doch heute würde wohl ein Teil der Münzen, die er noch in seiner Geldkatze hatte, für reichlich Bier und Schnaps an den Wirt gehen. Als er eintrat, war er überrascht, Andres an einem der Tische sitzen zu sehen. Er gab ein jämmerliches Bild ab. Ein Kerl von einem Mann, der in sich zusammengesunken dasaß und den Krug vor sich umklammert hielt. Er sprach mit niemandem, starrte ins Leere. Gawin ging zu ihm hinüber und blieb direkt vor ihm stehen, doch Andres blickte, im Gegensatz zu den vier Männern, die mit ihm am Tisch saßen, nicht einmal auf.

»Meister Gawin, welch seltener Gast. Setz dich zu uns. Hoffentlich bist du ein bisschen gesprächiger als der Kerl da.« Der Mann, der Gawin angesprochen hatte, deutete mit einem Kopfnicken zu Andres hinüber. Gawin kannte ihn nur flüchtig. Soweit er wusste, war er Bürstenmacher und sein Name Arnulfin.

Gawin begrüßte die Männer und nahm Andres gegenüber Platz. Dieser sah nun erstmals auf. »Du hier?«

»Ja, warum nicht?« Gawin gab dem Wirt mit einem Fingerzeig zu verstehen, dass er sechs weitere Krüge bringen sollte. Es dauerte nicht lange, bis dieser mit der schweren Last zurückkam und die Gefäße scheppernd auf den Tisch stellte.

»Die Runde geht auf mich.« Gawin forderte die Männer am Tisch auf, die Biere weiterzureichen. Diese quittierten die freundliche Geste, indem sie nach den Krügen griffen und ihm lautstark zuprosteten.

Andres machte keine Anstalten, sich mit Gawin oder einem der anderen Männer zu unterhalten. Nach wie vor stierte er mürrisch vor sich hin.

»Was hast du?«

»Nichts.«

»Du sitzt also jeden Abend hier und starrst ins Nichts?«, versuchte Gawin einen Scherz.

»Ich habe zu Hause ja niemanden, der auf mich wartet.«

Gawin bereute augenblicklich, Andres' Gedanken auf seinen offenkundigen Verlust gelenkt zu haben. »Verzeih«, brachte er knapp hervor. »Ich wollte nicht …«

»Du hast sie ja nicht umgebracht.« Andres nahm einen tiefen Schluck.

»Und Lena?«

»Was soll mit ihr sein?«

»Na ja, ich hatte den Eindruck, dass sie froh und dankbar wäre, dich zu haben. Als Freund«, fügte Gawin schnell hinzu, bevor Andres die Bemerkung falsch verstehen konnte.

»Ein Freund bin ich ihr.« Es klang bitter. Abermals nahm Andres einen Hieb. »Doch das ist auch alles. Versteh mich nicht falsch. Ich habe meine Judith immer noch im Herzen. Doch ich dachte …«

Gawin wartete einen Moment ab, doch Andres brachte seinen Satz nicht zu Ende.

»Du dachtest, dass mehr daraus werden könnte?«

»Ja, irgendwann, wenn sie über Lorenz' Verlust einigermaßen hinweg ist.«

»Ich verstehe«, entgegnete Gawin, wenngleich er überrascht war, wie gut Andres den Verlust seiner eigenen Familie verkraftete, und dass er bereits wieder an eine andere Frau dachte. Er selbst hätte sich nicht vorstellen können, so bald nach einer neuen Ausschau zu halten, sollte Anna und den Kindern je Derartiges widerfahren. Ein Schauer lief ihm bei diesem Gedanken über den Rücken. Nein! So etwas durfte niemals geschehen!

»Und was machst du hier? Warum gehst du nicht nach Hause, wo deine Kinder auf dich warten?«

»Ich wollte noch einen Krug trinken. Es gibt viel, was mir derzeit im Kopf herumgeht.«

»Wem nicht?«

»Da hast du recht. Eigentlich sollte ich auf dem Weg nach Hause sein. Doch ich komme gerade vom Vogt, und nach meinem Besuch bei ihm war mir seit langer Zeit wieder nach einem Bier zumute.«

Zum ersten Mal schien Andres interessiert. »Beim Stadtvogt? Was wolltest du dort?«

»Na, was wohl? Ich muss unbedingt wissen, wer mir das angetan hat.« Er tippte sich mit dem Finger gegen den Kopf.

»Und? Weiß der Vogt, wer's war?«

»Was denkst du wohl? Er hat nicht die geringste Ahnung, wer dafür verantwortlich ist. Er schiebt's auf die Hoyaer, wie er und die Stadtoberen immer alles auf die Hoyaer schieben, sobald etwas geschieht.«

»Verflucht aber auch!«, schimpfte Andres plötzlich los, so dass Gawin kurz zusammenzuckte.

»Hoya, Hoya, Hoya. Wären wir doch nur nie von dort fortgegangen.«

Gawin presste die Lippen zusammen und nickte zustimmend. »Ihr seid in der denkbar schlechtesten Zeit hierhergekommen. Bremen ist nicht mehr die Stadt, die sie noch vor einigen Jahren war.«

»Lorenz und ich waren Freunde, damals in Hoya, weißt du.«

»Das wart ihr hier doch auch.«

»Schon, aber nicht mehr so eng.«

Einen Moment schwiegen sie betreten. »Du bist ihm hier immer noch ein Freund, indem du dich um seine Familie kümmerst. Und wer weiß? Womöglich ändert sich Lenas Meinung ja noch.«

»Ich glaub nicht daran.« Andres trank seinen Krug leer.

»Soll ich dir was verraten? Wenn es nach dem Vogt geht, hast du mir den Knüppel über den Schädel gezogen.«

Andres sah ihn mit weit aufgerissenen Augen an. »Ich?«

Gawin war über das erschrockene Gesicht des Freundes amüsiert. »Allerdings.« Er senkte die Stimme, so dass ihn am Tisch nur noch Andres verstehen konnte. »Und weißt du, warum?«

»Nein, warum?«

»Weil ich selbst für die Morde verantwortlich bin.« Wie vor ihm Andres hob Gawin nun seinen Krug und trank ihn in einem Zug aus.

Andres sah ihn noch einen Moment an, dann begann er schallend zu lachen.

»Wenn der Vogt das gesagt hat«, krächzte Andres noch immer amüsiert, wurde dann aber schlagartig wieder ernst, »können wir sicher sein, dass keiner von den Stadtoberen«, er deutete mit dem Finger in die Luft, »auch nur die geringste Ahnung hat, wer die Taten begangen hat.«

»Genauso sehe ich das auch.«

»Wie kam es dazu, dass der Vogt dich plötzlich verdächtigte?«

»Ich habe ihn im Grunde selbst darauf gebracht.« In kurzen Sätzen berichtete Gawin, was er mit dem Vogt gesprochen hatte.

»Wenn du mich fragst«, entgegnete Andres, »ist der Mörder nicht mehr innerhalb der Stadtmauern. Du kannst aufhören, nach ihm zu suchen.«

»Ach ja? Warum glaubst du das?«

»Wie ich neulich schon sagte, weil nichts mehr geschehen ist. Weil er erledigt hat, was er vorhatte.«

»Woher willst du das so genau wissen?«

Andres hob gleichgültig die Schultern. »Ich denke es mir einfach. Es gab keine Morde mehr. Seit dem Überfall auf dich sind keine Opfer mehr zu beklagen.«

Gawin musste seine Gedanken ordnen. »Aber«, brachte er zögerlich hervor, »willst du denn gar nicht, dass der Mörder deiner Frau und Kinder zur Rechenschaft gezogen wird? Soll er wirklich ungestraft davonkommen?«

Mit einem Satz beugte sich Andres über den Tisch und brachte sein Gesicht bedrohlich nah an Gawins. »Ich will das alles vergessen, hörst du? Und wenn sie hundert Männer in den Kerker werfen, davon wird meine Judith auch nicht wieder lebendig.«

Die anderen Männer am Tisch blickten interessiert zu ihnen herüber. Andres nahm es wahr, setzte sich wieder hin und senkte den Kopf. Gawin erschrak, als sich ihm in diesem Moment eine Hand auf die Schultern legte. »Dich habe ich hier lange nicht mehr gesehen.« Hanno hatte unbemerkt von ihm die Schenke betreten. »Hanno«, sagte Gawin. »Zieh dir einen Schemel ran und setz dich zu uns.«

Mit einem Ruck stand Andres auf. »Du kannst dich auf meinen Platz setzen. Für mich wird es Zeit.« Eine eigenartige Spannung lag in der Luft, und Hanno blickte Gawin fragend an, während Andres ohne ein weiteres Wort an ihnen vorbei zum Wirt ging, um seine Zeche zu bezahlen. Zur Verabschiedung tippte er sich gerade noch mit zwei Fingern an den Hut. Dann verließ er die Schenke.

»Was ist denn mit ihm?«, wollte Hanno wissen, bevor er dem Wirt bedeutete, ihm ebenfalls einen Krug zu bringen.

»Zwei!«, rief Gawin und versicherte sich mit einem Blick, dass der Biereinschenker ihn verstanden hatte.

»Was ist mit uns, Zimmermann?«, fragte einer der Männer, die mit ihnen am Tisch saßen.

»Ihr hattet euren Krug.«

»Nur einen Krug für solch gestandene Kerle wie uns? Wie sollen wir da bei Kräften bleiben?« Er lachte kehlig auf.

»Da ihr kräftig genug zum Arbeiten seid, könnt ihr euch euer Bier auch selbst kaufen.«

»Ach, lass ihn«, mischte sich der Nebenmann ein. »Seine Frau hat ihm wohl nicht genug Münzen mitgegeben. Weiß doch jeder, dass sie nicht mehr so reich ist wie früher und ihren Liebsten nun wohl kürzer hält.« Alle lachten los.

Hanno funkelte den Rädelsführer wütend an und beugte sich zu ihm hinüber, um ihm entsprechend zu antworten, als Gawin ihm mit dem Kopf ein Zeichen gab, es bleiben zu lassen. »Das ist es nicht wert.«

In diesem Moment brachte ihnen der Wirt die frischen Krüge. Es war Hanno deutlich anzusehen, dass es in ihm brodelte, doch er setzte sich wieder aufrecht hin. »Früher hättest du dir das nicht gefallen lassen«, sagte er ungehalten.

»Früher hatte ich auch noch keine Frau und Kinder, für die ich verantwortlich bin. Was die neben uns über mich denken, interessiert mich außerdem nicht.« Dennoch hatte Hannos Bemerkung Gawin einen Stich versetzt.

»Was war eben mit Andres los?«, fragte Hanno.

»Ich habe ihm von meinem Besuch beim Vogt berichtet.« Gawin senkte die Stimme. »Von dem wollte ich erfahren, wer mich niedergeschlagen und die Morde begangen haben könnte.«

»Und? Gibt es etwas Neues?«

Gawin schüttelte den Kopf. »Die Hoyaer waren's, wie immer«, sagte er spöttisch.

Hanno trank einen großen Schluck Bier.

»Was glaubst du, was hinter den Morden steckt?« Gawin beobachtete Hanno genau.

»Keine Ahnung. Den Mord am Schuhmacher kann ich mir ja noch erklären. Außerhalb der Stadtmauern, da kann jeder auf ihn eingeprügelt haben. Aber der Wachmann und vor allem Andres' Frau und Kinder, darauf weiß ich mir keinen Reim zu machen.«

»Der Schuhmacher wurde nicht bestohlen«, stellte Gawin so leise wie möglich fest.

»Nicht?«, fragte Hanno überrascht. »Das wusste ich bisher nicht. Dann ergibt der Überfall auf ihn aber keinen Sinn. Weshalb hat man ihn dann ermordet?«

»Das genau ist die Frage. Lorenz hatte, soweit ich weiß, keine Feinde. Er war ein unauffälliger Mann, fleißig, ein einfacher Arbeiter eben. Wer sollte so einem an den Kragen gehen, wenn er ihm danach nicht einmal die Münzen abnimmt, die er bei sich trägt? Das Einzige, was fehlte, war Lorenz' Hut.«

»Hm.« Hanno rieb sich nachdenklich das Kinn. »Vielleicht war es eine Verwechslung.«

»Eine Verwechslung mit wem?«

»Ich weiß es nicht.«

»Aber glaubst du wirklich, dass einer draußen vor den Stadtmauern darauf lauert, dass irgendein armer Teufel, der einem anderen ähnlich sieht, in aller Herrgottsfrühe zum Holzsammeln geht, um ihn dann niederzuschlagen?«

Hanno kräuselte nachdenklich die Stirn. »Stimmt, das wäre Unsinn.«

»Die Wachen am Tor haben den Schuhmacher vom oberen Wehrgang aus wieder hereinkommen sehen«, fuhr Gawin in seinem Bericht fort, und rief sich noch einmal jede Einzelheit, die er vom Vogt erfahren hatte, ins Gedächtnis zurück. »Sie haben ihn an seinem Hut erkannt, wie sie später aussagten. Also ist Lorenz entweder tatsächlich wieder hereingekommen, und sie haben nicht gemerkt, dass er später abermals hinausgegangen ist, oder aber ein anderer hat sich seinen Hut aufgesetzt und ist statt seiner zurückgekehrt.«

»Hatte er Holz dabei?«

»Was?«

»Na, du sagtest eben, dass dieser Lorenz in aller Frühe Bremen verlassen hat, um Holz zu sammeln. Als er dann wiederkam, hatte er da Holz bei sich?«

»Das weiß ich nicht«, antwortete Gawin, der dieses Detail bisher völlig außer Acht gelassen hatte. Er nickte anerkennend.

Nachdenklich nahm Hanno einen Schluck Bier. »Ich denke, man sollte die Wachen hierzu noch einmal befragen. Wenn er kein Holz bei sich hatte, können wir ziemlich sicher sein, dass es entweder Lorenz' Mörder war, der zurückkam, oder aber noch einmal ein ganz anderer Mann, der mit dem Mord nichts zu tun hat. Schließlich wird es nicht nur einen Mann in ganz Bremen mit solch einem Hut geben.«

»Mit so einem schon. Ich erinnere mich noch sehr gut an den Hut. Er war geflochten, nicht aus Stoff, und hatte hinten eine viel breitere Krempe als vorne.«

Hanno nickte wissend. »Gut, so was gibt es wirklich nicht alle Tage.« Er wirkte nachdenklich. »Aber sag mal, wenn es noch so früh am Tage war, hatten doch bestimmt noch nicht viele Leute die Stadt verlassen, oder?«

»Ich weiß nicht.«

»Na, überleg doch mal. Womöglich sind den Wachen ja noch weitere Bremer aufgefallen, die durch die Tore gingen und diese später erneut zurückpassieren mussten. Es sei denn, sie haben den von uns Gesuchten deshalb nicht gesehen, weil er unter Lorenz' Hut steckte.« Wieder trank er.

»Warum habe ich daran bisher nicht gedacht?«, ärgerte sich Gawin über sich selbst. Hastig trank er. »Ich gehe gleich noch einmal zum Vogt und werde ihn bitten, die Wachen befragen zu dürfen.«

»Um diese Zeit? Davon würde ich dir abraten.«

Gawin sah zum Fenster hinaus. Draußen war es bereits stockdunkel. »Du hast recht. Es ist wohl besser, ich gehe erst morgen dorthin.«

»Du würdest dort heute auch gewiss niemand mehr antreffen.« Hanno brachte den letzten Schluck durch seine Kehle. »Was meinst du? Wollen wir aufbrechen? Deine Kinder warten sicher schon auf dich.«

Gawin packte das schlechte Gewissen. Robert, Rafael und Sophie waren in letzter Zeit meist viel zu oft sich selbst oder Gertruds Obhut überlassen gewesen, was alles andere als gut war. Margrite ließ sich immer seltener blicken, seitdem Anna fort war und Gawin sich weigerte, Hanno aus seinem Leben zu verbannen. Alles geriet ins Wanken, und es war an der Zeit, dass er sein eigenes Leben und das seiner Familie wieder in den Griff bekam. Er war fest entschlossen, keinen weiteren Tag mehr mit Selbstmitleid oder Untätigkeit zu verschwenden. Er würde nicht nur den Mörder fassen, sondern auch seine Werkstatt zu neuem Leben erwecken. Und er würde sich um Anna kümmern, sobald sie aus Lübeck zurückkam. Er spürte, wie neue Lebenskraft durch seine Adern floss. Er selbst würde alles richten. Die anderen würden schon sehen.

Hanno begleitete ihn noch bis vor das Goossen'sche Anwesen, wo er sich von Gawin verabschiedete und noch so lange wartete, bis dieser sicher das Haus betreten hatte. Dann schlug er den Weg nach Hause ein, eine kleine Kammer, die er in der Langenstraße bei einer Witwe angemietet hatte. Seitdem er wieder in Bremen war, fühlte er sich hin- und hergerissen. Vor zehn Jahren, als er gemeinsam mit Anna, Gawin, Margrite und Anderlin Bremen zum ersten Mal betreten hatte, war es ihm so vorgekommen, als würde er in eine völlig neue Welt eintauchen. Doch schnell hatte er sich verführen lassen, war mit den falschen Leuten umhergezogen, hatte Gawin, den einzigen Menschen, der stets vorbehaltlos zu ihm gehalten hatte, eines Verbrechens beschuldigt und ihn um ein Haar an den Galgen gebracht. Anderlin hatte damals sein Leben gelassen, und Hanno war für fünf Jahre aus Bremen verbannt worden. Eigentlich hatte er nie wieder in die Stadt zurückkehren wollen. Er war jetzt fast dreißig Jahre alt, fast sein ganzes Leben lang umhergezogen und hatte es zu nichts anderem gebracht, als sich das zu ergaunern, was er zum Leben brauchte. Schon vor zwei Jahren hatte daher alles in ihm danach geschrien, nach Bremen zurückzukehren und es dieses Mal besser zu machen. Ja, er war fest entschlossen, hierzubleiben und sein Glück zu finden. Doch er spürte, dass die Geschehnisse der letzten Zeit es ihm nicht leichtmachen würden.

»Hanno, bist du das?«, hörte er die krächzende Stimme der Witwe, kaum dass er das Haus betrat.

»Ja, ich bin es. Ich habe auch schon den Riegel vorgeschoben und gehe jetzt in meine Kammer.« Er hörte sie daraufhin noch etwas sagen, antwortete ihr aber nicht mehr. Zwar wollte er künftig ein besserer Mensch werden und sich nicht wieder in Dinge hineinziehen lassen, die ihm nur Ärger einbrachten. Aber sich deshalb immer wieder ihre Geschichten von besseren, längst vergangenen Tagen anzuhören, war ihm jetzt trotzdem zu viel des Guten.

Kaum dass Gawin das Haus betreten hatte, stürmte Rafael ihm auch schon entgegen. »Wo warst du nur so lang?«, fragte er vorwurfsvoll. »Komm rasch und sieh, wer da ist.« Ohne eine Antwort abzuwarten, fasste er seinen Vater bei der Hand und zog ihn mit sich in die Wohnstube.

»Marquardt!« Aus Gawins Tonfall sprachen sowohl seine grenzenlose Erleichterung wie auch Überraschung.

Marquardt erhob sich von dem Stuhl, auf dem er nun schon seit einer Stunde in Gesellschaft der Kinder saß und diesen Geschichten aus dem fremden Florenz erzählte.

»Gawin! Wie schön, dich zu sehen.« Die Männer umarmten sich. »Wir hatten schon fast keine Hoffnung mehr. Es ist so viel geschehen«, sagte Gawin und begrüßte dann auch Sophie und Robert. Kaum hatte er sich gesetzt, kletterte Sophie auch schon auf seinen Schoß und lehnte sich zufrieden an seine Brust.

»Marquardt hat uns von Florenz erzählt. Seit der Pest handeln die Menschen dort auch weniger. Genau wie in Bremen. Aber die Märkte sind schön, und es gibt dort ganz viele bunte Stoffe. Können wir auch einmal nach Florenz, Vater?«

»Bestimmt, meine Kleine. Doch jetzt lass mich erst einmal mit Marquardt sprechen.« Er wandte sich seinem Gast zu, der gleichfalls wieder Platz genommen hatte. »Hat Gertrud dir bereits zu essen und zu trinken gebracht?«, vergewisserte er sich.

»Mehr als genug.« Marquardt war ein gertenschlanker Mann. Und es schien Gawin, als hätte er seit ihrer letzten Begegnung sogar noch weiter an Gewicht verloren. Es wirkte jedenfalls eigenartig, wie er sich nun über den nicht vorhandenen Bauch strich, um zu demonstrieren, dass ihn die Haushälterin geradezu gestopft hatte.

»Und, wie war die Reise? Sehr beschwerlich?«

»Die Zeiten sind nicht besser geworden«, begann Marquardt seinen Bericht. »Ich musste allein schon einige Münzen dafür aufwenden, um mir ein paar Männer als Begleitschutz zu kaufen, die mich vor so manchem Diebsgesindel und Lumpenpack schützten. Es tut mir leid, doch hätte ich es nicht getan, wäre ich wahrscheinlich ohne jede Münze hier aufgetaucht, womöglich auch gar nicht.«

»Doch du hast Geld mitgebracht?«, vergewisserte sich Gawin.

»O ja. Ich habe das gesamte Lagerhaus aufgelöst, wie Siegbert es angeordnet hat. Es ist ein kleines Vermögen.«

Gawin war erleichtert. Wenn jetzt auch noch Anna sicher aus Lübeck zurückkäme, würde alles gut werden. Kurz überlegte er, ob er in Anwesenheit der Kinder auf Siegbert zu sprechen kommen sollte. Doch schließlich wussten sie ohnehin schon Bescheid, und er wollte Marquardt nicht weiter im Unklaren lassen, also fragte er ihn: »Hast du bereits von der Sache mit Siegbert erfahren?«

Marquardts Miene versteinerte. Er presste die Lippen zusammen und nickte. »Gertrud hat es mir vorhin gesagt. Was ist geschehen?«

»Ihr drei, habt ihr bereits gegessen und gebadet?«

»Aber wir wollen hierbleiben und noch weitere Geschichten aus Florenz hören«, murrte Rafael.

»Marquardt ist doch ab jetzt eh wieder hier«, beschwichtigte ihn Gawin. »Ihr werdet ihn jeden Tag fragen können, ob er euch nicht eine neue Geschichte aus Florenz erzählen will.«

»Immer müssen wir rausgehen, wenn ihr Erwachsenen euch unterhaltet«, beschwerte sich nun auch Robert. Dann stand er auf, sagte Marquardt gute Nacht und griff nach der Hand seiner Schwester, die sich nach einem kurzen Drücken vom Schoß ihres Vaters ziehen ließ. »Komm, Sophie.«

»Morgen ist auch noch ein Tag«, versuchte Gawin es noch einmal, doch die drei trabten enttäuscht hinaus und drehten sich nicht mehr um.

»Ich hole uns noch Wein«, kündigte Gawin an und folgte seinen Kindern nach draußen. »Robert, Rafael, Sophie, kommt mal her.« Die drei folgten seiner Aufforderung. Er beugte sich zu ihnen hinunter. »Hört mal kurz zu. Ihr wisst, dass Marquardt eben erst heimgekehrt und von der Reise sehr erschöpft ist. Außerdem ist es schon spät, und ich möchte ihm noch in aller Ruhe erzählen, was sich während seiner langen Abwesenheit ereignet hat.«

»Ja, Vater.« Sophie hielt den Kopf gesenkt.

»Jetzt, wo Marquardt mit neuem Geld zurückgekehrt ist, und auch ich von Tag zu Tag wieder kräftiger werde, wird im

Haus bald alles wieder so sein, wie es einmal war. Das verspreche ich euch.« Und als er keine Antwort darauf erhielt, fügte er noch hinzu: »Ich weiß, dass ihr das noch nicht verstehen könnt. Doch die letzte Zeit war für uns alle sehr schwer. Nun kommt schon. Ein kleines Lächeln, bevor ihr geht.«

Die drei blickten sich verstohlen an. »Aber nur ein kleines«, stellte Sophie fest, zog eine Grimasse, drückte Gawin einen Kuss auf die Wange und rannte los. »Wer zuerst in der Badestube ist!«, brüllte sie, und ihre Brüder folgten ihr, so schnell sie konnten.

Über mehrere Stunden hinweg erzählte Gawin Marquardt, was sich in den Monaten seiner Abwesenheit in Bremen, Brügge und vor allem im Hause von Goossen ereignet hatte. Der Schmerz über Siegberts Tod stand Marquardt dabei deutlich ins Gesicht geschrieben. Die beiden Männer hatten sich seit Jahrzehnten gekannt, und Siegbert war so etwas wie ein Vaterersatz für Marquardt gewesen. Seine Eltern waren reiche Bauern in Böhmen, die bei dortigen Unruhen ums Leben gekommen waren, als Marquardt gerade einmal sechzehn Jahre alt war. Siegbert von Goossen hatte ihn damals aus den Händen seiner Häscher freigekauft. Nur der Himmel wusste, was sonst aus ihm geworden wäre. Schon nach kurzer Zeit hatte sich der damals noch junge Mann Siegbert unentbehrlich gemacht, dessen Waren geprüft und sich bei so manchem Handelsgeschäft als zäher, geschickt taktierender Einkäufer erwiesen, der sich von niemandem übervorteilen ließ. Nach und nach lernte er lesen und schreiben und wurde nur wenige Jahre später Siegberts Buchhalter, der ihm in allen finanziellen Dingen sein vollstes Vertrauen schenkte. Als dann Jahre später Anna in das Leben ihres Großvaters trat, war es Marquardt gewesen, der ihr beim Aufbau ihres eigenen Geschäfts mit Duftkleidern zur Seite stand, die Stoffe, Bänder und Garne einkaufte, die sie zur Fertigung benötigte, und schließlich auch die Zahlungen der Kundinnen oder besser gesagt deren Ehemänner, abwickelte. Vor vier Jahren nun hatte Siegbert ihn nach Florenz geschickt, um dort ein weiteres Handelskontor der Familie von Goossen zu eröffnen und zu leiten. Der Erfolg hatte nicht lange auf sich warten lassen. Marquardt hatte seinen Dienstherrn auch dieses Mal nicht enttäuscht und sich durch seine Kompetenz und sein Geschick zu einem angesehenen Kaufmann entwickelt, der treu im Interesse seines Herrn handelte. Und die Gewinne, die regelmäßig aus Florenz nach Bremen strömten, hatten Siegberts Erwartungen weit überstiegen. Dass dieser nun tot war, umgekommen auf eine so abscheuliche, niederträchtige Art und Weise, rief in dem sonst so ruhigen, besonnenen Kaufmann bisher ungeahnte Gefühle wach: Rachegelüste gegen den Mann, der seinen langjährigen Freund und Arbeitgeber zu Tode gebracht hatte.

»Die Familie van Laaken ist sehr angesehen«, sagte Marquardt nachdenklich und spielte mit dem Weinbecher in seinen Händen. »Ich kann kaum glauben, dass einer von ihnen wirklich etwas Derartiges getan haben soll.«

»Aber es besteht kein Zweifel daran«, entgegnete Gawin. »Anna hat die Waren, die Brügge angeblich nie erreicht haben, mit ihren eigenen Augen gesehen. Und van Laaken hat ihr den Mord an Siegbert zudem gestanden. Das kann auch Rudolf bezeugen.«

»Van Laaken selbst?« Marquardt zog die Stirn in Falten. »Warum hat er das getan? Ihm musste doch klar sein, dass Anna dies nicht auf sich beruhen lassen wird.«

Gawin schluckte schwer. »Er dachte nicht, dass sie noch die Gelegenheit bekäme, jemandem davon zu erzählen. Wäre Rudolf nicht im letzten Moment dazugekommen, hätte er auch Anna getötet.«

»Beim Herrn!«, entfuhr es Marquardt. »Wie hat deine Frau es verkraftet?«

Gawin zuckte mit den Achseln. »Ich weiß es nicht.« Nachdenklich starrte er ins Nichts, bis er wieder aufsah und Marquardt direkt in die Augen blickte. »Nachdem ich niedergeschlagen worden war, lag ich viele Wochen in einem tiefen Schlaf. Gertrud glaubte schon, dass ich nie wieder erwachen würde. Der Medikus sagte mir, dass sich mein Körper die Zeit genommen hat, die er brauchte, um wieder in Gang zu kommen. Doch Anna ...« Er machte eine Pause. »Ich weiß kaum, wie ich es dir sagen soll.« Er senkte den Blick. »Sie hatte eine Fehlgeburt auf dem Rückweg von Brügge. Rudolf sagte mir, dass das Kind tot zur Welt gekommen ist. Sie haben den kleinen Körper der See übergeben.«

Marquardt schloss für einen Augenblick die Augen. »Was ihr erleiden musstet, ist mehr, als manche Familie ertragen kann.«

»Und doch habe ich den Mut nicht verloren«, erwiderte Gawin rasch. »Gerade heute ist mir klargeworden: Ja, wir haben viel zu beklagen. Aber wie viel haben wir auch, wofür es sich zu kämpfen lohnt! Bremen ist geschwächt, seitdem die Pest uns tiefe Wunden geschlagen und der Krieg mit den Hoyaern auch noch unsere letzten Kräfte und Reserven aufgezehrt hat. Das hat viel Pack in unsere Stadt getrieben, das glaubt, für seine Untaten nicht bestraft zu werden. Und zu guter Letzt ist da noch Jean van Laaken, dieser Hundsfott, dieses dreckige Stück Vieh, das uns bestohlen und den besten, gütigsten und klügsten Mann ermordet hat, dem ich je begegnet bin. Aber jetzt reicht es! Jetzt hat es ein Ende mit diesem Treiben. So wahr ich hier sitze, werde ich nicht länger zusehen, wie Bremen und die braven Menschen, die hier leben, vor die Hunde gehen. Gleich morgen werden wir mit dem Geld, das du mitgebracht hast, den Bremer Händlern die Summen zahlen, die sie durch den Diebstahl van Laakens verloren haben. Und sobald Anna zurück ist, werden wir einen Weg finden, uns jede einzelne Münze von diesem elenden Brügger zurückzuholen.«

»Wie viel schuldet ihr den Bremern?«

»Viel.« Genauer wusste Gawin es nicht zu sagen.

»Kann ich die Bücher sehen, um mir einen Überblick zu verschaffen?«

»Das fragst du noch? Wer wäre besser dafür geeignet als du, Marquardt?« Der Angesprochene fühlte sich geschmeichelt und auch ein wenig erleichtert, dass sich an seiner Position in der Familie von Goossen trotz Siegberts Tod offenbar nichts geändert hatte.

»Ich würde dir gern etwas sagen, Gawin, und ich hoffe, du verstehst mich nicht falsch.«

»Nur heraus damit.«

»Ich habe dich nie zuvor so aufgebracht und ...«, er zögerte, »so stark erlebt«, vollendete er seinen Satz und hoffte, sein Gegenüber würde ihn nicht missverstehen.

»Und das war ein Fehler, wie ich jetzt weiß.« Gawin machte nicht den Eindruck, als hätten Marquardts Worte ihn gekränkt.

»Wie meinst du das?«

»Im Vertrauen, mein Freund, ich habe viel nachgedacht, seitdem ich wieder wach bin.«

»Und das heißt?«

Es fiel Gawin nicht leicht, auszusprechen, was ihn umtrieb. »Ich war zu schwach«, gestand er schließlich ein.

»Aber ...«, wollte Marquardt einwenden, doch Gawin schüttelte den Kopf.

»Es ist nett von dir, dass du mir widersprechen willst, doch es ist wahr. Und ich denke, du weißt, dass ich recht habe.« Er seufzte. »Seit Jahren ist meine Frau eine der reichsten in der ganzen Stadt. Und das nicht nur, weil ihr Großvater Siegbert von Goossen ist. Sie hat durch ihre einzigartigen Fertigkeiten ein wahres Vermögen angehäuft und in diese Familie eingebracht. Und zwar wesentlich mehr als ich, und das ist nicht gut für einen Mann.«

Marquardt wollte etwas einwenden, doch ihm fiel nichts ein, um Gawins Worte zu entkräften.

»Wenn meine Kunden in die Werkstatt kamen, ja, dann war ich Meister Gawin, der Zimmermann. Aber darüber hinaus war ich für alle nur der Mann der Duftnäherin, mehr nicht. Und das war ja auch sehr bequem für mich«, fuhr er mit bitterem Unterton fort. »Doch wir beide wissen, dass ein Mann, der sich seiner Verantwortung bewusst ist, nicht für ein solches Leben gemacht ist. Er ist derjenige, der die Familie zu ernähren hat, er muss mit seiner Hände Arbeit für den Wohlstand sorgen, nicht umgekehrt.«

»Weiß Anna, dass du so darüber denkst?«

Langsam schüttelte Gawin den Kopf. »Wohl kaum. Wie auch? Diese Erkenntnis habe ich erst vor wenigen Tagen gewonnen.«

»Und was willst du nun tun?«

»Einen Schritt nach dem anderen machen und dafür sorgen, dass jeder bekommt, was er verdient.«

Obwohl es ihm unangemessen erschien, empfand Marquardt so etwas wie Stolz auf Gawin. »Kann ich dir dabei helfen?«

»Das kannst du«, versicherte der Zimmermann. »Ich bitte dich, unser ganzes Geld dafür herzunehmen, unsere Schulden bei den Bremern zu begleichen.«

Marquardt wiegte bedächtig den Kopf. »Doch was ist, wenn Anna mit schlechter Kunde aus Lübeck heimkehrt? Wenn die Hanse Bremen nicht wieder aufnimmt, wird es kaum noch Handel in dieser Stadt geben. Wovon sollen die von Goossens dann leben?«

»Ich werde das Geld verdienen«, verkündete Gawin bestimmt.

»Die Menschen bezahlen kaum noch, was sie bei mir in Auftrag gegeben haben, weil Anna ihnen das Geld nicht geben konnte, das sie aus dem Verkauf ihrer Waren erhalten sollten. Du und ich, werden also erst einmal ausgleichen, was die von Goossens ihnen schuldig sind und dabei gleich gegenrechnen, was sie mir bislang nicht bezahlt haben. «

»So minderst du zwar die Summe, die Anna zu bezahlen hat, doch damit ist noch lange kein neues Geld verdient.«

»Und doch werde ich es schaffen. Meine Anna wird außerdem einen Weg finden, dass die Lübecker Bremen erneut in das Bündnis der Hanse aufnehmen. Das ist so sicher, wie du hier und heute vor mir stehst. Und wenn das geschafft ist, werden die Bremer uns nicht nur etwas schuldig sein, sondern auch ihrer Rechtschaffenheit wieder nachkommen wollen.«

»Du denkst an die Morde?«

»Ganz recht. Sobald das Ansehen der Familie von Goossen wiederhergestellt ist, werde ich selbst mit Hilfe der Wachen, Büttel und des Vogts die Morde und den Überfall auf mich aufklären. Und wir werden nach Brügge reisen. Auch dort gibt es einen Dieb und Mörder, der darauf wartet, seiner gerechten Strafe zugeführt zu werden.« Gawins Wangen glühten. Er spürte ein so leidenschaftliches Feuer in sich brennen, wie schon lange nicht mehr.

»Die Brügger werden einen ihrer reichsten Bürger zu schützen versuchen.«

»Wir müssen einen Weg finden.«

»Wo ist Rudolf?« Marquardt sah sich um. »Wenn er seinerzeit dabei war, kann er uns in Brügge eine große Hilfe sein.«

»Er ist mit Augustin Hess, vier weiteren Ratsherren und einem Dutzend Bütteln und Wachleuten nach Brügge aufgebrochen, um dem dortigen Stadtrat die Klagen der Bremer Bürger zur überbringen.«

»Wird er den Kaufmann auch des Mordes an Siegbert bezichtigen?«

»Das wird er.«

»Gut. Er ist genau der richtige Mann dafür. Siegbert und ihn verband eine lange und tiefe Freundschaft.«

»Ich weiß. Rudolf wird dafür sorgen, dass den Bremern Gehör geschenkt wird.«

Marquardt verzog verächtlich das Gesicht. »Auch wenn mir solche Gefühle sonst fremd sind, freue ich mich doch auf den Moment, in dem ich diesen van Laaken zwischen die Finger bekomme.«

Gawin lächelte schief. »Freu dich nicht zu früh. Es wird nicht mehr viel von ihm da sein, wenn ich ihn vor dir zu fassen kriege.«

»Wir sollten uns etwas für ihn überlegen.« Marquardt hob den Becher und prostete Gawin zu. »Etwas, das diesem Herrn angemessen ist.«

25. KAPITEL

Obwohl Anna es kaum mehr erwarten konnte, Bremen zu erreichen, erschien ihr der Rückweg in ihre Heimatstadt längst nicht so lang und beschwerlich wie der Hinweg. Ihren Begleitern ging es wohl ebenso, wollten sie den Bremern doch möglichst schnell die frohe Kunde überbringen, dass sie wieder in die Arme der Hanse zurückgekehrt waren. Auf ihrem Weg nach Hamburg begegneten sie kaum einem Menschen, und Anna hatte das Gefühl, dass mit dem Wiedereintritt in die Hanse auch ihr eigenes Leben eine gute Wende nehmen würde. Jedenfalls fasste sie neuen Mut, nachdem sie mit ihrer kleinen List die Lübecker letztendlich zum Einlenken bewegt hatte. Natürlich fragte sie sich, ob die Herren sich im Nachhinein wohl darüber austauschen würden, wer von ihnen seine Schulden beim Hause von Goossen bis jetzt nicht beglichen hätte. Gewiss wären sie zornig, sobald sie begriffen, dass Anna sie hinters Licht geführt hatte. Doch sie bezweifelte, dass es überhaupt so weit käme. Schon, um keinen aus ihrer Runde bloßzustellen, würden sie die Angelegenheit auf sich beruhen lassen. Abgesehen davon, konnten sie ihren Beschluss im Nachhinein ohnehin nicht mehr widerrufen, da dieser sofort protokolliert worden war. Bremen war wieder Mitglied der Hanse und ganz gleich, wie es dazu gekommen war, Anna würde alles dafür tun, damit dieser Bund nicht erneut brach. Sie war mit sich und der Welt zufrieden und unterhielt sich gelöst mit Wilhelm Jensen. Sie waren kurz vor den Hamburger Stadttoren, und der Weg hierher war so leicht und ohne jede Störung verlaufen, dass die kleine Gruppe nicht gelöster hätte sein können. Niemand hatte ihnen aufgelauert, hatte sie ausrauben oder gar ums Leben bringen wollen. Und so waren die Wachmänner ebenso entspannt wie ihre Herrschaften, als sie Hamburg erreichten.

»Ich muss dich loben, liebe Anna. Keiner von uns hat so sehr zum Gelingen unseres Vorhabens beigetragen wie du. Dein Großvater wäre gewiss sehr stolz auf dich.«

»Danke, Wilhelm. Das hoffe ich.«

Wilhelm schmunzelte. »Hast du die wütenden Blicke ihrer Frauen gesehen, als sie ankündigten, für Bremen kaum einen Weg zurück in die Hanse zu sehen«, amüsierte er sich. »Ich habe sie genau beobachtet, liebe Anna. Es war nicht zuletzt deine zwischen einer starken Händlerin, Mutter und möglichen Geldverleiherin hin und her wechselnde Rolle, mit der du vor allem die anwesenden Damen überzeugt hast. Und dann dein Schlusswort.«

»Mein Schlusswort?«

»Nun gut, dann eben deine einlenkende Schlussgeste, mit der du deutlich gemacht hast, lieber mit vermeintlich leeren Händen heimkehren zu wollen, als einem der Anwesenden zu schaden.« Er hob mahnend den Zeigefinger. »Ich werde mich also vor dir in Acht nehmen, wenn du mich irgendwann einmal von etwas zu überzeugen versuchst.«

Sie lachte schelmisch auf. »Nun, da du mich durchschaut hast, wende ich mich wohl besser gleich an deine Frau.«

»So schön und so durchtrieben.« Er schüttelte den Kopf und stimmte dann in ihr Lachen mit ein.

»Es wird eine große Anstrengung von uns Bremern erfordern, die Auflagen der Hanse zu erfüllen. Allein die Anzahl an Wachleuten, die wir bereitstellen müssen, um einen sicheren Handel zu gewährleisten, wird die Stadt erst einmal schwächen. Doch ich bin mir sicher, dass wir es schaffen werden, Wilhelm. Wir werden die Hanse nicht noch einmal enttäuschen.«

»Davon bin ich überzeugt«, gab er zufrieden zurück.

Sie ritten durch das Hamburger Stadttor ein, welches lediglich mit zwei Wachen besetzt war. Wilhelm wunderte sich darüber, hielten sich doch sonst allein schon zehn bis zwölf Männer auf dem Mauerbogen auf. Es beunruhigte Jensen auf eine Weise, die er nicht hätte erklären können. Doch Anna merkte ihm an, dass etwas nicht stimmte. »Alles in Ordnung, Wilhelm?« Er tippte an seinen Hut, um die Diensthabenden zu grüßen, dann meinte er an Anna gewandt:

»Die Wachmänner. Sonst sind es fünf- oder sechsmal so viel.«

»Und was bedeutet das?«

»Ich habe keine Ahnung. Doch mein Gefühl sagt mir, dass es nichts Gutes verheißt.«

Annas Herz klopfte schneller. Brach nach gerade einmal einem unbeschwerten Tag schon die nächste Katastrophe über sie herein? Doch selbst wenn etwas Schlimmes in der Stadt geschehen war, hätte es wohl kaum etwas mit ihr zu tun, überlegte sie dann. Immerhin unterhielt sie mit Hamburg so gut wie keine Geschäftsverbindungen und hatte hier auch keine Feinde, soweit sie wusste. So leid es ihr auch für Wilhelm täte, war sie doch froh, dass sie und ihre Familie dieses Mal verschont bleiben würden. Zwar schämte sie sich für diesen Gedanken, doch spürte sie, dass sie in den letzten Wochen und Monaten ein solches Übermaß an Kraft hatte aufbringen müssen, dass sie einfach keine weiteren Kämpfe mehr durchstehen konnte.

Bernhard von Dettenhusen und Heinrich Doneldey hatten zu ihnen aufgeschlossen, als Wilhelm sein Pferd abrupt zum Stehen brachte und schwungvoll abstieg.

»Was ist?«, fragte Heinrich, zügelte sein Reittier und stieg gleichermaßen ab. Nach einem kurzen Blickwechsel folgten auch Anna, Bernhard und die sie begleitenden Wachmänner seinem Beispiel.

»Siehst du das?«, fragte Wilhelm.

»Was?«

»Es sind kaum Menschen auf der Straße. Diese Stadt ist sonst ein einziges emsiges Treiben. Doch jetzt«, er machte eine ausladende Armbewegung, »nichts.«

»Du hast recht«, erkannte Doneldey. »Was hat das zu bedeuten?«

»Ich weiß es nicht. Doch ich habe kein gutes Gefühl. Bitte halte kurz die Zügel.« Er drückte Heinrich die Lederriemen in die Hand, wandte sich um und ging zum Stadttor zurück. »Was ist geschehen?«, brüllte er zu den Wachleuten nach oben. »Wo sind denn alle abgeblieben?«

»Am Hafen«, gab einer der beiden zur Antwort. »Es hat einen Überfall gegeben. Sie schleppen die ›Pandita‹ zurück, oder besser das, was von ihr übrig geblieben ist.«

Wilhelm Jensen krampfte das Herz in der Brust. »Die ›Pandita‹«, sagte er mehr zu sich selbst als zu den Wachmännern. »Danke«, brachte er dann noch rasch hervor, bevor er sich umwandte und zu den anderen zurückging.

»Was ist geschehen?«

»Das Schiff eines meiner ältesten Freunde, Hartmann Tüchlein, wurde aufgebracht.« Seine Aufregung war ihm deutlich anzumerken. »Ich muss sofort zum Hafen.«

»Wir begleiten dich«, erwiderte Doneldey, um sich sodann durch einen kurzen Blickwechsel mit seinen Begleitern zu versichern, dass diese einer Meinung mit ihm waren.

»Es muss nicht gleich das Schlimmste bedeuten«, sagte Anna begütigend und legte ihre Hand auf Wilhelms Arm.

»Gebe es Gott, meine Liebe, gebe es Gott.«

Wilhelm stieg auf sein Pferd und trieb das Tier mit heftigem Wadendruck an. Auch wenn es sonst nicht seine Art war, galoppierte er nun durch die Straßen und Gassen Hamburgs und konnte von Glück sagen, dass ihm dabei niemand begegnete, denn er hätte ihn sonst unweigerlich umgeritten. Seine Freunde hatten Mühe, ihm zu folgen, und einmal meinte Heinrich gar, ihn ganz aus den Augen verloren zu haben. Schließlich sahen sie ihn nach einigen Abzweigungen wieder vor sich, um nur kurze Zeit später den Hafen zu erreichen und zu ihm aufzuschließen. Wilhelm sprang von seinem Reittier und bahnte sich seinen Weg durch die gaffende Menge, die gebannt verfolgte, wie die »Pandita« von vier Fischerbooten in den Hafen gezogen wurde. Eine gespenstische Stille lag über dem Kai, als traue sich keine Menschenseele, das Schweigen zu durchbrechen. Heinrich entschuldigte sich mehrfach, als er sich, Wilhelm folgend, seinen Weg durch die Menschenmenge suchte. Unmittelbar vor der Hafenmauer blieb Jensen stehen. Er schlug sich die Hand vor den Mund, sosehr erschreckte ihn, was er sah. Der Zustand des Schiffes hätte schlimmer nicht sein können. Lediglich der Rumpf der »Pandita« schien noch einigermaßen unversehrt. Die Takelage war komplett in Flammen aufgegangen, und die Masten ragten zwei tiefschwarzen und verkohlten Stecken gleich in den Himmel. Das Schiff glich einem dahingleitenden Grab, und noch immer stieg an manchen Stellen, an denen das Feuer noch bis vor kurzem gewütet haben musste, Qualm auf. Erschrockene Rufe wurden laut, und erst da begriff Wilhelm Jensen, wohin all die um ihn herumstehenden Menschen starrten. Am höchsten Mast war ein Kopf mit weit heraushängender Zunge aufgespießt worden. Obwohl ihm bei diesem Anblick sein Herz im Brustkorb zu zerspringen drohte, mahnte Wilhelm sich zur Ruhe, bis er den übel zugerichteten

Kopf deutlicher sehen konnte. Seine Beine gaben unter ihm nach, als er erkannte, auf wessen Schultern er einmal gesessen hatte. »Hartmann«, raunte er leise und spürte in diesem Moment den festen Griff Heinrich Doneldeys um seine Schultern. »Mein Gott, in welchen Zeiten leben wir nur!«, brachte der Bremer fassungslos hervor.

»Nein!« Ein durchdringender Schrei hallte über den Kai. Eine Frau drängte sich durch die Menschenmenge, schluchzte und rief immer wieder den Namen ihres Mannes.

»Reusin!« Wilhelm Jensen schob sich zu ihr durch. Als er sie erreichte, drehte er sie zu sich um und barg ihren Kopf an seiner Schulter. »Sieh nicht hin, Reusin. Nicht hinsehen. Das ist nicht der Hartmann, der dir in Erinnerung bleiben soll.«

»Die Mörder!«, stieß sie nun völlig kraftlos aus. »Diese verdammten Mörder.« Hätte Wilhelm sie nicht gestützt, wäre sie zu Boden gegangen.

»Bitte, Herrin, kommt mit mir nach Hause«, flehte eine junge Frau, vermutlich die Magd der Tüchleins. Ein weiterer Mann stützte die Witwe, die sich nun von den beiden fortziehen ließ. Wilhelm überlegte kurz, ob er sie begleiten sollte. Doch sein Platz war hier. Er wollte herausfinden, was geschehen war. Danach würde er zur Reusin gehen und sehen, was er für sie tun konnte.

Langsam zogen die Ruderboote die »Pandita« bis an die Hafenmauer heran. Ein junger Mann, nicht älter als siebzehn oder achtzehn Lenze, hockte zusammengekauert und wimmernd an Deck. Er hatte, wie es aussah, überhaupt noch nicht wahrgenommen, was um ihn herum geschah. »Wirf das Tau rüber«, brüllte ihm ein Mann vom Kai aus zu. »Nun mach schon, Junge, sonst können wir das Schiff nicht festmachen.«

Doch der Mann an Deck bewegte sich weder, noch reagierte er sonst in irgendeiner Weise. Die Männer in den Fischerbooten wurden unruhig, konnte die »Pandita« aufgrund ihrer Größe doch ihre Fischerkähne gewaltig beschädigen, würde sie durch die Strömung noch weiter auf sie zugetrieben. Als das Schiff mit einem schleifenden Geräusch an der Hafenmauer entlangscharrte, fasste sich einer der Hafenhelfer schließlich ein Herz, nahm Anlauf und griff im Sprung nach der Reling des Schiffes. Schnell zog er sich an ihr nach oben und schwang sein rechtes Bein über sie. Kaum stand er auf dem Deck, warf ihm auch schon ein anderer von unten ein Tau zu, das er, ohne zu zögern, ergriff und am Heck des Schiffes festmachte. Jeder Handgriff saß, dann warteten die Männer, bis die »Pandita« ganz ruhig dalag. Erst jetzt wurde das ganze Ausmaß des Verbrechens deutlich. Über das gesamte Schiffsdeck hinweg lagen mehrere Leichen verteilt. Auf den ersten Blick waren mindestens sechs arme Seelen zu erkennen, die grausam abgeschlachtet worden waren. Einer hing rücklings über dem Ruder. Der Schaft eines Messers ragte aus seiner Kehle. Überall war Blut, und ein Geruch nach verbranntem Fleisch lag über dem Schiff. Eine Planke wurde ausgelegt, und der Mann, der soeben vom Kai aus an Bord gesprungen war, zog den am ganzen Leib zitternden Bootsmann in den Stand und führte ihn dann behende über das Brett ans sichere Land.

Wilhelm Jensen drängte sich bis zu ihm heran. »Wie heißt du, mein Junge, und was ist geschehen? Sprich.«

Doch der sah ihn nur mit großen Augen an, schwankte und konnte sich kaum auf den Beinen halten. »Bist du der Einzige, der überlebt hat?«, drängte Jensen weiter. Jetzt nickte der Mann.

»Mein Name ist Wendel. Ich bin der Einzige«, stammelte er. »Sie haben uns alles geraubt. Nur mich haben sie am Leben gelassen, weil ich etwas ausrichten soll.«

»Und das wäre?«

Der Mann wischte sich die Tränen aus dem Gesicht. »Johann Hollemann sendet allen Hamburgern herzliche Grüße.«

»Wilhelm, ich bitte dich, versuche doch, dich zu beruhigen. Es nützt doch nichts, wenn wir jetzt die Nerven verlieren«, beschwor Heinrich Doneldey seinen Freund. »Ich verstehe dich ja nur zu gut, doch eine Vergeltungsmaßnahme wird nur weiteres Unglück nach sich ziehen.«

»Wir sollen diesen elenden Dreckskerl also damit durchkommen lassen?« Jensen war rot angelaufen vor Wut.

»Aber um Himmels willen. Nein, das auf gar keinen Fall. Aber wenn du jetzt einen Trupp zusammenstellst, um ihm den Garaus zu machen, gibt es auf beiden Seiten nur neue Verletzte und Tote, und es ist nicht einmal sicher, dass du ihn zu fassen kriegst.«

»Weil die Bremer ihn schützen«, fuhr Wilhelm ihn an. Anna zuckte zusammen.

»Nein, das werden sie nicht«, wandte sie leise ein. »Wenn er die ›Pandita‹ und ihre Männer auf dem Gewissen hat, wird ihn kein Bremer mehr beschützen.«

»Wenn? Sagtest du wirklich wenn?« Wilhelm bebte vor Wut.

Anna senkte den Kopf. »Dein Blick ist durch den Tod deines Freundes getrübt.«

»Mein Blick ist nicht getrübt«, brüllte Jensen nun so laut, dass man es noch fünf Häuser weiter hören konnte.

»Nur eine Frage«, bat sie ruhig. »Wenn du solch ein furchtbares Verbrechen begehen würdest, wärst du dann so dumm, einen Mann überleben zu lassen, der dich als Täter ausmachen kann, ja, sogar bezeugen soll, dass du diese Schandtat verübt hast?«

»Wenn ich ein hochmütiger, widerwärtiger, verdorbener, gottloser Mistkerl ohne jede Ehre wäre, ja.«

Anna nickte. »Nun, der deinem Freund und seinen Bootsleuten das angetan hat, ist mit Gewissheit ein solcher Mensch, da gebe ich dir recht. Und dennoch frage ich dich: Warum sollte er den Hamburgern diese Botschaft mit seinem Namen senden?«

»Weil er es genießt, weil er von Sinnen ist. Weil er der Teufel selbst ist, und es ihm nicht reicht, zu stehlen und zu brandschatzen. Weil er es genießt, zu morden und sich an dem Leid und Schrecken anderer zu laben.«

Anna lag eine weitere Erwiderung auf der Zunge, doch sie sah davon ab. In Wilhelms jetziger Verfassung machte dies keinen Sinn.

»Komm mit uns«, entgegnete von Dettenhusen. »Komm mit uns nach Bremen und lass auch den Überlebenden von der ›Pandita‹ mit uns reisen. Wenn er in Bremen Hollemann gegenübersteht, kann er uns sagen, ob er der Mann ist, der seine Leute überfallen hat.« Er warf einen kurzen Blick zu Heinrich Doneldey hinüber, um sich zu vergewissern, dass er auch in seinem Sinne sprach. »Wenn es wirklich Johann Hollemann war, könnt ihr Hamburger euch aussuchen, ob wir ihn euch gefesselt mit Riemen und Strick in eure Stadt bringen oder ihn gleich bei uns richten sollen. Wo auch immer, muss jedoch zunächst ein Urteil über ihn gesprochen werden.«

Wilhelm Jensen hatte sich wieder etwas beruhigt. Dennoch blickte er die Bremer misstrauisch an.

»Ich weiß, was du denkst, Wilhelm«, hob Heinrich Doneldey nun an. »Wut und Hass ist alles, was du jetzt fühlst. Und glaub mir, wir verstehen dich. Du hast uns geholfen, wieder in die Hanse aufgenommen zu werden. Ohne deine Anwesenheit und Fürsprache wären wir womöglich nicht einmal zu den Hansevertretern vorgelassen worden. Wir haben es, was die Ereignisse auf dem Schiff betrifft, mit einem verabscheuungswürdigen Verbrechen zu tun. Wer das getan hat, muss dafür bestraft werden. Ob Hamburger, Bremer oder Lübecker. Kein aufrechter, gottesfürchtiger Mann kann so etwas geschehen lassen, ohne den dafür Verantwortlichen so lange zu verfolgen, bis er in der Hölle schmort.« Heinrich Doneldey atmete tief aus, während Wilhelm sich erstmals setzte, seitdem sie in seinem Haus angekommen waren.

»Du hast recht, Heinrich«, sagte er kraftlos. »So recht. Hartmann war ein so guter Mensch, der niemandem je ein Leid zugefügt hat. Er hat ehrliche Geschäfte gemacht, sich an seinen heranwachsenden Töchtern und seiner Frau erfreut, die er geradezu abgöttisch geliebt hat. Wahrlich, er hat einen solchen Tod nicht verdient.«

»Niemand hat das, mein Freund.« Doneldey tätschelte ihm die Schulter.

»Lass es uns machen, wie Bernhard vorgeschlagen hat. Ich werde nach dem Bootsmann schicken lassen. Wenn er nicht in der Lage ist zu reiten, lass ich ihn notfalls auf einem Ochsenkarren liegend nach Bremen schaffen, damit er Hollemann dort ins Gesicht sehen und uns sagen kann, ob er derjenige war, der die ›Pandita‹ aufgebracht hat.«

Heinrich, Bernhard und Anna sahen sich an. Ihr Einzug in Bremen mit der guten Nachricht, wieder Mitglied der Hanse zu sein, würde einen bitteren Beigeschmack bekommen. Doch es musste sein. Das waren sie Wilhelm Jensen, den toten Schiffsleuten und nicht zuletzt ihrem erneuten Verbündeten, der Hanse, schuldig.

Noch am selben Tage brachen sie auf und setzten nur wenige Stunden später über die Elbe. Obgleich Heinrich bezweifelte, dass auch nur einer von ihnen in dieser Nacht ein Auge zumachen würde, kamen sie in einem Wirtshaus unter und ritten erst am nächsten Tag in aller Herrgottsfrühe weiter. Neben Anna, Heinrich, Bernhard und den Wachmännern, die sie aus Bremen den ganzen Weg bis nach Lübeck und zurück begleitet hatten, waren mit Wilhelm Jensen und dem Bootsmann Wendel noch weitere zehn Bewaffnete aus Hamburg mit ihnen gereist, die den Auftrag hatten, Johann Hollemann nötigenfalls tot nach Hamburg zu schaffen. Die Forderung Doneldeys, dass dieser von Wendel jedoch vorab als derjenige wiedererkannt werden müsste, der mit seinen Männern die »Pandita« aufgebracht und die Schiffsleute ermordet hatte, war vom Stadtrat allerdings nicht erhört worden. Zu groß waren der Zorn und die Wut der Hamburger gewesen, die eigenen Leute nicht weit vom eigenen Hafen ermordet und zusätzlich gleich einer Trophäe gedemütigt und verspottet zu sehen. Heinrich sann mit einem flauen Gefühl im Magen darüber nach, was wohl geschehen würde, wenn sie Bremen erreichten und vor dem Hause Johann Hollemanns Stellung bezogen.

»Wie geht es dir, Anna?« Bernhard von Dettenhusen hatte, von Anna unbemerkt, zu ihr aufgeschlossen und ritt nun neben ihr. »Die letzten Tage müssen sehr kraftraubend für dich gewesen sein.«

»Das waren sie, und ich bin froh, bald wieder zu Hause zu sein und in meinem eigenen Bett schlafen zu können. Und du? Wie geht es dir?«

»Mir geht es wie dir. Doch steht uns zuvor noch die Sache mit Johann Hollemann bevor. Glaubst du, dass er dafür verantwortlich ist?«

»Ich kenne ihn nicht gut genug. Doch erscheint es mir nach wie vor eigenartig, ein derartiges Verbrechen zu begehen und danach offen mit dem eigenen Namen zu versehen. Wer weiß, was wirklich dahintersteckt.«

»Was vermutest du denn?«

»Nun ja. Die Kunde, dass Bremen wieder in die Hanse aufgenommen wurde, kann Hamburg vor unserem gestrigen Eintreffen unmöglich erreicht haben. Deshalb war es vielleicht jemand, der Hollemann die Schuld zuschieben will, damit wir nicht wiederaufgenommen werden.«

»Daran habe ich auch schon gedacht. Doch wer?«

Sofort kam Anna Jean van Laaken in den Sinn. Ihm war eine solche Tat durchaus zuzutrauen, dann aber erschien ihr dieser Gedanke doch zu abwegig. »Ich weiß es wirklich nicht.« Sie zuckte mit den Achseln. »Lass uns abwarten, was Hollemann dazu zu sagen hat.«

Bernhard streckte seinen Rücken durch, was das Pferd unter ihm unruhig werden ließ. »Dem Herrn sei Dank, dass es nicht mehr weit ist. Lange kann ich nicht mehr im Sattel sitzen.«

»Mir geht es ebenso.«

»Also dafür, dass wir es vor allem dir zu verdanken haben, dass wir wieder aufgenommen wurden und damit unser Ziel erreicht haben, wirkst du nicht besonders glücklich.«

Anna fühlte sich ertappt. Sie hatte zuvor an ihre Kinder und an Gawin gedacht. Letzterem gegenüber plagte sie ein so schlechtes Gewissen, dass sie meinte, jeder müsse es ihr ansehen. Hinzu kamen die Forderungen ihrer Mitbürger, die sie trotz Wiederaufnahme in die Hanse nicht binnen absehbarer Zeit würde begleichen können. »Es ist weiter nichts.«

»Sicher?«, hakte er nach.

Bernhard war ihr während ihrer gemeinsamen Reise ein guter Freund geworden. Also fasste sie den Entschluss, ihm gegenüber offen zu sein. In welch schwieriger Situation sie sich befand, war in Bremen ohnehin jedem bekannt. Über Gawin wollte sie jedoch kein Wort verlieren. »Nun ja, gewiss freue ich mich über das Einlenken der Lübecker. Doch wie du weißt, erwarten die Bremer von mir, dass ich den Schaden ausgleiche, den sie durch den Flamen erlitten haben. Und ich weiß nicht, wie es mir gelingen soll, in so kurzer Zeit die erforderliche Geldsumme zu beschaffen. Auch wenn wir wieder Mitglied der Hanse sind, wird es einige Zeit dauern, bis der Handel erneut floriert und Geld in unsere Kassen spült.«

»Eine schwierige Lage, das ist wahr. Doch wenn ich dir einen Rat geben darf: Es gibt keinen Grund, weshalb du für die Taten dieses Brüggers allein einstehen solltest. Ich weiß, es wird, wenn du dies aussprichst und einforderst, gewiss nicht einfach für dich sein, die Vorwürfe und Flüche der Bremer an dir abprallen zu lassen. Du bist ein zartes Geschöpf. Aber vergiss nicht, dass du auch eine Kauffrau bist. Es darf dir nichts ausmachen, was die Leute reden, schon gar nicht, wenn du dich im Recht befindest. Du bist Händlerin, also kümmere dich um deine Geschäfte und lass dich nicht ablenken.« Er machte eine kurze Pause. »Außerdem gibt es Menschen, die dir und deinen Fähigkeiten über die Maßen vertrauen und dir helfen werden, wenn es gar zu aussichtslos wird.« Er lächelte. »Einer von ihnen reitet neben dir.«

»Ich danke dir.« Anna war gerührt. So viel ihr in den letzten Wochen auch an Unglück widerfahren war, gab es doch auch immer wieder Momente, die sie dankbar sein ließen.

»Sieh nur!« Er deutete mit ausgestrecktem Arm auf das Land vor ihnen. »Bremen.«

»Ja, Bremen«, hauchte sie erleichtert. Sie hatten es geschafft.

26. KAPITEL

»Sie sind zurück!« Vor dem Haus rannte ein Stadtbüttel mit einer Glocke in der Hand vorbei, mit der er unentwegt klingelte. »Sie sind aus Lübeck zurück. Unser Bürgermeister ist heimgekehrt. Kommt alle zusammen. Kommt auf den Marktplatz. Sie sind zurück!«

Gawin ging mit raschen Schritten zur Tür und riss sie auf, doch er konnte den Büttel nur noch um die Ecke der nächsten Gasse rennen sehen.

»Hast du das gehört?« Gawin drehte sich zu Marquardt um, der hinter ihm in den Flur getreten war. Zwei Tage war es nun her, dass dieser aus Florenz heimgekehrt war. Seither hatten Gawin und er viel Zeit miteinander verbracht und über den Rechnungsbüchern gebrütet. Am gestrigen Abend hatten sie sich dann gemeinsam betrunken und hitzig darüber disputiert, was sie mit van Laaken anstellen würden, um Siegberts Tod zu rächen. Gawin war von der Wut, die ihn beherrschte, selbst überrascht gewesen. Empfand er über Siegberts Tod doch weniger angemessene Trauer als brennenden Hass, der, wie er wusste, selten ein guter Ratgeber war.

Sophie kam aufgeregt aus der Küche gerannt. »Was hat der Mann gerufen?«

Gawin hob seine Tochter in die Luft, dass ihre Beine nur so flogen. »Sie sind zurück, meine Kleine. Deine Mutter ist heimgekehrt.« Kurz überkam ihn ein flaues Gefühl, dass Anna womöglich etwas geschehen sein könnte. Schließlich hatte der Rufer lediglich die Heimkehr des Bürgermeisters verkündet. Dann riss er sich jedoch zusammen, wollte sich nicht mehr erlauben, in seine frühere Lethargie zu verfallen. Es klopfte an der Tür. Rasch öffnete Gawin. Doch nicht Anna, sondern

Margrite stand vor ihm. »Habt ihr es gehört? Sie sind zurück. Die Menschen sollen auf dem Marktplatz zusammenkommen. Das kann nur bedeuten, dass sie mit guten Nachrichten zurückgekommen sind. Es muss einfach so sein.« Sie war so aufgeregt, dass sie Marquardt zunächst gar nicht bemerkte. Dann aber winkte sie ihm mit einem Lächeln zu.

»Wo sind Rafael und Robert?«, fragte sie Sophie, die sich, nachdem ihr Vater sie wieder zu Boden gelassen hatte, zur Begrüßung gegen Margrites Beine drückte. »Die sind in der Werkstatt. Wie immer«, fügte Sophie mit einem Augenrollen hinzu.

»Niclaus«, sprach Marquardt den Wachmann an, der soeben seinen Platz an der Tür wieder eingenommen hatte, nachdem er durch die Rufe alarmiert aus der Küche gekommen war. »Geh, so rasch du kannst, zur Werkstatt und hole die Söhne deines Herrn. Wir gehen derweil zum Marktplatz und werden am Westeingang der Liebfrauenkirche auf euch warten. Beeil dich.«

»Ja«, entgegnete der Angesprochene und lief augenblicklich los.

Margrite fasste Sophie daraufhin bei der Hand. Die beiden führten die kleine Vierergruppe an, doch Sophie konnte es nicht schnell genug gehen. »Komm schon, Margrite, meine Mutter ist zurück. Sie ist wieder da, Margrite, sie ist wieder da!« Die Wangen der Kleinen glühten vor Aufregung.

»Gleich fällst du noch hin und zerreißt dein schönes Kleid«, mahnte die Seifensiederin, die kaum mit dem Mädchen Schritt halten konnte.

Kaum bogen sie um die nächste Ecke, befanden sie sich auch schon hinter einer Menschenmenge, die sich in Richtung Markt und Podest drängte. Alle Bremer schienen gekommen zu sein; es war ein einziges Geschiebe und Geschubse.

»He du, ich hab hier ein Kind. Stoß mich noch ein einziges Mal, und dein Kopf wird dort unten im Matsch landen.« Margrite funkelte den Kerl, der sie gerade grob zur Seite gedrängt hatte, wütend an. Er wollte etwas erwidern, doch ein Blick in ihre Augen genügte, um zu wissen, dass dieses Weib ihm gewaltigen Ärger machen würde. Er murmelte etwas Unverständliches und machte ihr schließlich Platz.

Nach einer Weile hatten sich die vier endlich bis zur Liebfrauenkirche durchgeschlängelt, um dort am Westeingang auf den Wachmann Niclaus mit Robert und Rafael zu warten.

Vor dem Podest auf dem Marktplatz drängten die Bremer dicht an dicht, obgleich weit und breit noch kein Mensch zu sehen war, der zu ihnen sprechen würde. Gawin konnte von seiner Position aus weder den Bürgermeister und dessen Begleiter, noch seine Anna sehen. Rasch zog er Sophie zu sich heran und hob sie über seinen Kopf. »Kannst du deine Mutter sehen?«

Die Kleine schaute in alle Richtungen. »Nein.«

»Und Heinrich?«

»Auch nicht«, gab sie enttäuscht zurück.

»Gewiss wird es nicht mehr lange dauern«, meinte Margrite, doch es klang unsicher. Kurz warfen Gawin und sie sich einen Blick zu.

»Da seid ihr ja!«, rief plötzlich Marquardt, als er Robert und Rafael in der Menge ausmachte. Niclaus war sichtlich außer Atem. Offenbar waren die Zwillinge einen Teil des Weges gerannt, und es hatte ihn einiges gekostet, ihnen auf den Fersen zu bleiben.

»Dann kommt jetzt«, sagte Gawin entschlossen und ging los. Er bahnte der kleinen Gruppe einen Weg durch die Menge und drehte sich von Zeit zu Zeit um, um zu sehen, ob ihm die anderen auch folgten. Direkt hinter ihm gingen seine Kinder, gefolgt von Margrite, die diese mit Argusaugen bewachte. Plötzlich stolperte die kleine Sophie, und Margrite schrie auf. Beherzt griff sie nach ihrem Arm und bewahrte sie vor einem Sturz, noch bevor Gawin reagieren konnte. Niclaus schob sich an Marquardt vorbei. »Ich nehme sie«, sagte er und setzte die Kleine auf seine Schultern.

»Bleibt schön dicht zusammen, damit ihr nicht stürzt und am Ende gar noch totgetrampelt werdet«, mahnte Margrite Robert und Rafael.

Die Jungen nickten. Auch ihnen war der Menschenauflauf nicht ganz geheuer. Allerdings hätten sie nie zugelassen, von einem der Erwachsenen auf den Arm genommen zu werden. Schließlich waren sie schon groß, und einer ihrer Freunde hätte sie womöglich sehen können. Also mühten sie sich, stets dicht hinter ihrem Vater zu bleiben.

»Ich sehe Mutter immer noch nicht!«, rief Sophie enttäuscht und richtete ihren kleinen Körper weiter auf. Niclaus musste sie noch fester an den Beinen packen, damit sie nicht das Gleichgewicht verlor.

Anna reckte den Hals. Zu gern wäre sie gleich nach ihrer Ankunft in Bremen nach Hause geritten, um ihre Kinder und Gawin in die Arme zu schließen. Doch schon am Stadttor hatte es wegen der Heimkehr der Gesandtschaft solche Aufregung gegeben, dass in den Gassen nur wenig später kein Durchkommen mehr gewesen war. Auch Heinrich Doneldey hatte seinen Plan schnell aufgeben müssen, zunächst zum Hause Johann Hollemanns zu reiten, um den Überfall auf Hartmann Tüchleins Schiff zu klären. Wendel, der Bootsmann der »Pandita«, der die Bremer gemeinsam mit Wilhelm Jensen begleitet hatte, wirkte sichtlich eingeschüchtert ob all der vielen Menschen, die sich um das Podest drängten, hinter dem die kleine Gruppe bereits Aufstellung genommen hatte. Der Bürgermeister wartete offenbar, bis der geeignete Zeitpunkt gekommen war, aufs Podium zu steigen, um seiner Ankündigung die nötige Wirkung zu verleihen.

»Bald ist es ja geschafft«, versuchte Bernhard von Dettenhusen, Anna zu beruhigen.

Sie lächelte ihm dankbar zu. »Wahrscheinlich befindet sich meine Familie auch schon unter den hier versammelten Menschen. Es ist mir nicht recht, dass ich sie nach so langer Zeit wiedersehe, ohne sie zuvor begrüßt haben zu können.«

»Mir geht es genauso. Doch sie werden es verstehen. Wir haben alles erreicht, was wir mit unserer Reise nach Lübeck erreichen wollten. Auch wenn es schwerfällt, müssen wir diese letzte Sache hier«, er wies mit dem Kinn auf das Podest, »jetzt noch erledigen. Danach können wir in unsere Häuser zurückkehren und das Gefühl genießen, der Stadt und ihren Bürgern einen großen Dienst erwiesen zu haben.«

»Auch wenn wir viel geschafft haben, liegt noch ein langer steiniger Weg vor uns.« Anna seufzte leise.

»Aber, Anna, meine liebe Anna. Wir haben bereits ganze Felsbrocken vor uns weggeräumt.« Er hob mit seinem Zeigefinger ihr Kinn an. »Besonders du. Da werden wir uns doch jetzt von ein paar Steinchen, kleiner als die Hand deiner Tochter, nicht schrecken lassen.«

»Gewiss nicht.« Sie musste ob Bernhards Vergleich lächeln.

»Was auch immer geschieht, vergiss niemals, wer du bist und was du erreicht hast. Das wird all deine Bedenken zerstreuen, glaub mir.«

»Wir sollten uns bereitmachen«, sagte Heinrich Doneldey und beendete damit ihre Unterhaltung. Er reckte den Hals, um zu sehen, ob noch immer weitere Menschen aus den Gassen nachrückten. Doch aus seiner Position heraus, mit dem Podium vor der Nase, war dies ein aussichtloses Unterfangen. »Kommt«, sagte er daher entschieden und stieg nun mit festen Schritten die vier Stufen zum Podest hinauf. Das Volk begann augenblicklich zu jubeln, und Anna, die gleich hinter Doneldey das Podium erklommen hatte, schämte sich ein wenig, von den Menschen ihrer Stadt auf diese Weise begrüßt zu werden. Sie verschränkte ihre Finger vor dem Körper und wartete, dass Heinrich zu sprechen begann. Der schien den Jubel und die lauten Zurufe im Gegensatz zu ihr jedoch zu genießen, und dachte nicht daran, seine Stimme jetzt schon zu erheben. Wilhelm Jensen war derweil unten stehen geblieben und beobachtete von dort aus das Geschehen. Er freute sich aufrichtig, dass das Wiederaufnahmeersuchen der Bremer in die Hanse von Erfolg gekrönt war. Doch seine Gedanken schweiften immer wieder zu Hartmann Tüchlein und dessen aufgespießtem Kopf ab, ein Anblick, den er zeitlebens nicht mehr vergessen würde. Er konnte es kaum mehr erwarten, diesen Johann Hollemann durch Wendel der Tat zu überführen und gebunden hinter seinem Pferd bis nach Hamburg zu schleifen, um ihn dort dem Pöbel zum Fraß vorzuwerfen. Dann schüttelte er auf einmal den Kopf. So kannte er sich gar nicht. Doch gab es offenbar Geschehnisse im Leben eines Mannes, die sein Denken und seine Einstellung so stark verändern konnten, wie er es selbst nie für möglich gehalten hätte. Deshalb hoffte er auch inständig, dass die Verlautbarung Heinrich Doneldeys nicht allzu lang dauern würde und er den Auftrag erfüllen könnte, dessentwegen er nach Bremen gereist war.

»Da ist Mutter!«, brüllte Sophie aus voller Kehle und deutete nach vorn. »Dort! Seht doch! Sie ist da! Sie ist wieder da!«

Es genügte ein kurzer Blick der Jungen, schon nahmen Marquardt und Gawin die beiden auf ihre Schultern. Dort folgten sie dem Fingerzeig ihrer Schwester und begannen zusammen mit dieser wie wild zu winken, doch der Blick ihrer Mutter veränderte sich nicht. Die Kinder konnten zwar sehen, dass Anna ihren Blick suchend über die Menschenmenge schweifen ließ, sie aber offenbar nicht wahrnahm. Sophie rief wieder und wieder nach ihr, bis Gawin ihr bedeutete, dass es keinen Sinn habe. Die Kleine war enttäuscht, wollte jedoch auf keinen Fall verpassen, was dort vorn geschah. Sie sah, wie ihr Patenonkel Heinrich Doneldey die Arme hob und seine Bürger mit dieser Geste zur Ruhe mahnte. Sophie war erstaunt, wie schnell es ihm gelang, die Aufmerksamkeit so vieler Menschen auf sich zu ziehen.

»Ihr braven Bremer!«, hob Doneldey nun mit lauter Stimme an. »Habt Dank für euren herzlichen Empfang!«

Die Menschen klatschten und riefen ihm Willkommensgrüße zu. Abermals hob er die Arme.

»Lasst mich zu euch sprechen.« Er legte eine bedächtige Pause ein. »Wir sind aufgebrochen, damit unser schönes Bremen wieder in die Hanse aufgenommen wird und Handel, Reichtum und Blüte erneut in unsere Stadt einziehen.«

»Ist es gelungen?«, hörte man eine Männerstimme fragen. »Sind wir wieder Mitglied?«

Heinrich Doneldey genoss den Moment sichtlich. Anna konnte sehen, dass seine Mundwinkel vergnügt zuckten, er gleichzeitig aber niedergeschlagen den Kopf senkte und betreten zu Boden blickte. Was für ein guter Schausteller er doch war! Fast hätte sie lächeln müssen, wäre sie nicht besonnen genug gewesen, sich ihre Gedanken nicht anmerken zu lassen. Die Stimmung auf dem Platz war zum Zerreißen gespannt. Tausende Menschen standen vor dem Podest und warteten auf die Botschaft, die ihnen ihr Bürgermeister zu überbringen hatte. Die Aussicht auf Glück oder Leid, Hoffnung oder Verzweiflung, Himmel oder Hölle ließ die Menschen den Atem anhalten. Ganz plötzlich löste sich Heinrich Doneldey aus seiner verzagten Haltung, riss die Arme in die Höhe und brüllte aus vollem Halse: »Bremen ist wieder Mitglied der Hanse!«

Der Jubel war unbeschreiblich, brachte die Holzbohlen unter Annas Füßen zum Beben. Hüte flogen in die Luft, die Leute umarmten sich, küssten sich, wandten sich ihren Nachbarn zu und drückten diese voller Freude an sich. Was für eine Erleichterung! Anna strahlte über das ganze Gesicht, wenngleich sie unentwegt versuchte, in der Menge ihre Familie auszumachen. Es dauerte schier endlos, bis der Jubel sich wieder einigermaßen gelegt hatte, und Doneldey erneut das Wort an seine Bremer richten konnte.

»Ach, ihr braven Bremer! Was haben wir nicht alles erleiden müssen. Die Pest hat unsere Lieben dahingerafft, die Hoyaer Grafen haben uns gedemütigt und erpresst, unsere Bündnispartner uns den Rücken zugewandt. Doch all das liegt hinter uns.« Er vollführte mit der Hand eine Bewegung, als schiebe er alle Hindernisse dieser Welt mit seinem ausgestreckten Arm beiseite. »Vor uns liegt nun eine Zeit des Handels, des Wohlstands, der Fülle und des Genusses. Wir werden wieder die sein, die wir einmal waren. Nein, wir werden sogar noch größer, noch schöner, noch vielfältiger sein.« Er warf Anna einen kurzen Seitenblick zu und lächelte sie an. Dann sah er wieder nach vorn. »Wir wurden geprüft, ihr braven Bremer. Geprüft durch den Herrn selbst.« Er streckte mahnend den Zeigefinger gen Himmel. »Er hat uns Qualen auferlegt und uns Schmerzen bereitet mit dem, was er für uns vorgesehen hat. Doch«, er hielt einen Moment inne, »wir haben es geschafft. Wir haben all seine Prüfungen bestanden, haben gezeigt, dass wir Bremer es wert sind, mit all den Reichtümern und Gaben beschenkt zu werden, die uns aller Herren Länder zu bieten haben.«

Wieder brandete Jubel auf.

»Was wird die Hanse tun, damit wir wieder Handel treiben können?«, rief daraufhin ein Mann. Nicht unfreundlich, aber drängend genug, um klarzumachen, dass er keine Floskeln, sondern eine ehrliche Antwort erhalten wollte.

Heinrich Doneldey wurde ernst. »Ihr wisst, dass wir uns erst das Geld wiederholen müssen, das dieser Brügger Lump uns gestohlen hat. Es sind bereits Männer des Rates nach Flandern gereist, um dort unsere Forderungen geltend zu machen und uns wiederzuholen, was uns zusteht. Und sobald ihr euer Geld habt …«

»Wir haben unser Geld schon«, schallte da eine Stimme zu ihm herauf.

»Was sagst du da?« Heinrich warf Anna und Bernhard einen verdutzten Blick zu, doch die beiden waren ebenso überrascht wie er selbst.

»Unsere Leute können unmöglich schon aus Brügge heimgekehrt sein«, wunderte sich Heinrich laut und sah dabei den Rufer fragend an, in dem er nun den Gerber Franz erkannte. Dieser trat einige Schritte näher ans Podest. »Nein«, antwortete er, »die Gesandtschaft aus Brügge ist noch nicht zurück.« Er zeigte mit dem ausgestreckten Arm auf Anna. »Aber Euer Gatte war nicht untätig, während Ihr fort wart, Duftnäherin.« Die Menschen um ihn herum nickten wissend.

»Soweit ich weiß«, fuhr er fort, »hat jeder Einzelne von uns das Geld zurückbekommen, das ihm aus dem Handel mit dem Flamen zugestanden hat.« Wieder zustimmendes Gemurmel. »Oder ist die Duftnäherin einem von uns hier noch etwas schuldig?«, rief er laut.

»Ich habe mein Geld bekommen«, hörte Anna jemanden rufen.

»Ich auch, die ganze Summe.«

»Alles ist ausgeglichen«, gab nun eine Frau von sich.

»Aber das ist ein Vermögen«, murmelte Anna leise.

»Fragt Euren Gatten!«, rief eine weitere Frau zu ihr herauf, und die Menschen blickten sich suchend um.

»Dort steht er«, hörte Anna von weit hinten einen Ruf und blickte in die Richtung, aus der er gekommen war. In diesem Moment sah sie Sophie, die offenbar auf jemandes Schultern saß und ihr mit ausgestreckten Armen zuwinkte. Tränen der Freude schossen Anna in die Augen. Wie sehr sie doch ihre Familie vermisst hatte! Nun entdeckte sie auch Robert und Rafael, und glaubte zudem den Kopf ihres Mannes zu erkennen, an dem sich Rafael festhielt.

»Macht Platz für Meister Gawin!«, rief jemand, und nach und nach schoben die Bremer sich zurück, um eine Gasse für den Zimmermeister und seine Leute zu bilden. Annas Herz klopfte so heftig, dass sie meinte, es würde jeden Augenblick zerspringen. Erst jetzt bemerkte sie, dass auch Margrite und, sie traute ihren Augen nicht, ihr treuer Marquardt mit dabei waren. Es kam ihr wie eine Ewigkeit vor, bis Gawin und seine Begleiter vor dem Podest ankamen, und eilig hastete Anna die Stufen hinab und rannte ihnen das letzte Stück entgegen. Auch wenn sie es nicht wollte, konnte sie ihre Tränen nicht länger zurückhalten, als sie ihre Familie endlich wieder in ihre Arme schloss. Von Tausenden Menschen waren sie umgeben, doch Anna sah nur die wenigen, denen ihr ganzes Herz gehörte. Fast andächtig beobachteten die Bremer, wie sehr sich die Familie über ihr Wiedersehen freute. Anna begrüßte zunächst ihre Kinder, dann gab sie Gawin einen langen, zärtlichen Kuss. »Du hast all unsere Schulden bezahlt? Wie hast du das …?«

»Marquardt.« Gawin lächelte. »Marquardt hat sich darum gekümmert. Ich habe das Geld nur noch abgezählt und den Menschen gegeben. Jetzt wird alles wieder gut, meine Anna.« Sie drückte sich überglücklich immer wieder an ihn. Irgendwas an ihm schien ihr verändert. Er wirkte so ruhig und stark auf sie. Sie sahen einander lange an, so aufmerksam und leidenschaftlich, wie sie es schon seit Ewigkeiten nicht mehr getan hatten. Kurz versetzte ihr der Gedanke an Jean van Laaken, bei dem sie diese Leidenschaft zuletzt gespürt hatte, einen Stich. Dann schob sie ihn rasch beiseite, machte sich von Gawin frei und umarmte nun Margrite und Marquardt.

»Bürgermeister!«, rief nun einer Doneldey zu, dem die Begrüßung der Familie von Goossen zu lange dauerte. »Wie du gehört hast, haben wir wieder Münzen in unseren Taschen. Doch auch wenn wir nun erneut Mitglied der Hanse sind, wann werden die Händler wiederkommen, mit denen wir bisher unsere Geschäfte machten?«

»Ja, wie geht es jetzt weiter?«, stimmte ein anderer ihm zu.

Doneldey warf von Dettenhusen einen hilfesuchenden Blick zu. Die Fragen waren berechtigt. Allein wieder Mitglied der Hanse zu sein brachte noch lange keine Güter in die Stadt. Zuallererst mussten die Händler jetzt erst einmal davon erfahren, dass Bremen wieder Umschlagplatz und Anlaufhafen für ihre Waren war. Das Schweigen des Bürgermeisters ließ die Bremer unruhig werden. Eben noch ausgelassen und fröhlich, warteten sie nun auf Weisung, was sie als Nächstes zu tun hatten.

»Ich sage nicht, dass all unsere Sorgen vorbei sind«, setzte Doneldey vorsichtig an. »Es wird eine gewisse Zeit brauchen, bis Bremens Handel wieder floriert und wir wieder gut im Geschäft sind.«

»Aber wir haben nicht viel Zeit«, wandte eine Frau ein. »Selbst jetzt, nachdem wir unser Geld für das Handelsgeschäft mit Brügge bekommen haben, wissen wir doch, dass es nicht ewig reichen wird. Der Handel muss schon sehr bald wieder fließen, sonst stehen wir in einigen Wochen erneut vor dem Nichts.«

Wie jeder andere hatte auch Anna bemerkt, dass Doneldey hierauf nichts zu erwidern wusste. »Ich bin gleich zurück«, sagte sie zu Gawin und stieg erneut aufs Podium. Sie strich sich ihren Schleier glatt und rief: »Ihr habt vollkommen recht! Wir dürfen nicht abwarten, bis irgendwann wieder Schiffe bei uns anlegen, weil sie von unserer Wiederaufnahme in die Hanse Kenntnis erhalten haben.«

Zustimmendes Gemurmel drang zu ihr herauf. »Wir sind Bremer, nicht wahr?« Sie hob den Kopf. Und als niemand antwortete, rief Marquardt laut: »Ja, das sind wir!«

Sie lächelte ihn dankbar an. »Und wir sind Kaufleute, nicht wahr?«

Jetzt stimmten ihr schon mehr Menschen zu.

»Wir sind Bremer Kaufleute, und ein jeder andere Kaufmann, und stammte er aus einem noch so fernen Land, weiß, dass wir uns besser als alle anderen auf das Warengeschäft verstehen.«

»Worauf willst du hinaus?«, fragte jemand aus der Menge

»Wir können wieder mit stolzer Brust vortreten und Handel treiben. Wir müssen uns nicht mehr verstecken und uns mit Lumpenpack wie den Brüggern einlassen, um unsere Waren feilzubieten.«

Die Menschen wurden unruhig. Noch immer wussten sie nicht, worauf ihre Duftnäherin hinauswollte. »Also brauchen wir doch nur eines zu tun: Wir müssen die Händler möglichst schnell dazu kriegen, wieder in unser schönes Bremen zu reisen und unsere Kontore mit Waren zu füllen.«

»Und wie willst du das schaffen?«

Anna sah zu Bernhard von Dettenhusen hinüber, der ihren Blick mit sorgenvoller Miene erwiderte. »Ganz einfach!«, rief sie laut. »Wir geben ein Fest, und laden sie dazu ein!«

»Was für ein Fest?«, fragte Doneldey so leise, dass es nur die Menschen, die unmittelbar vor dem Podium standen, hören konnten.

Anna streckte ihre Arme, so weit sie konnte, in den Himmel. »Wir geben ein Fest aus Freude darüber, dass die Hanse uns wieder aufgenommen hat. Wir geben ein Hansefest!«

»Ein Hansefest?«, konnte sie daraufhin hier und da die skeptische Frage vernehmen.

»Wir schicken Boten aus, die überall verkünden, dass wir in genau acht Wochen für volle sieben Tage die Rückkehr in die Hanse feiern. Hierzu laden wir alle Händler ein, mit ihren Waren zu uns zu kommen und diese ohne jede Standgebühr auf dem Markt verkaufen zu können.«

»Warum sollen sie keine Gebühr bezahlen?«, fragte eine Frau. »Jeder muss doch Standgebühr bezahlen.«

»Damit sie einen zusätzlichen Anreiz haben, auch wirklich zu kommen«, erklärte Anna laut, damit man sie auch weithin verstehen konnte.

»Außerdem werden wir den Hansevertretern unsere Gastfreundschaft anbieten. Jeder Kaufmann dieser Stadt hat einen Händler bei sich aufzunehmen und zu bewirten.«

Wieder wurden einige Proteststimmen laut, doch Anna hob entschieden die Hand. »Wollt ihr nun Geschäfte machen oder nicht?« Sie wartete, doch niemand erwiderte etwas. »Wir müssen den Händlern etwas bieten, das sonst keiner hat oder tut. Wir sind Bremer! Wir müssen anders sein, und besser. Also, wollt ihr nun Geld verdienen und den Wohlstand nach Bremen zurückholen?«

»Ja!«, schrien die Menschen ihr nun einstimmig entgegen.

»Seid ihr mutig genug, es all denen zu zeigen, die uns Bremer schon für tot erklärt haben?«

Wieder grölte die Menge zustimmend.

»Wollen wir ein Hansefest feiern?«

»Ja!«

»Nehmt ihr die Händler als eure Gäste auf und zeigt ihnen, was die Bremer zu leisten imstande sind?«

»Ja!«

»Dann kommt morgen ins Rathaus und lasst dort vom Schreiber in eine Liste eintragen, wie viele Kaufleute ihr als Gäste bei euch aufnehmen wollt. Der Name meiner Familie wird ganz obenan stehen, und einem Kaufmann, ach was, insgesamt drei Kaufmännern Quartier gewähren.«

Die Menschen jauchzten ihr zu und beklatschten sie.

»Wir werden ein Hansefest feiern und Handel treiben, wie es keine Stadt je zuvor getan hat. Man wird sich darum reißen, durch das Stadttor zu strömen, um mit dabei zu sein, wenn etwas stattfindet, das es noch nie zuvor gab.« Das letzte Wort zog sie in die Länge, und ihre Stimme ging im begeisterten Beifall der Menge unter.

27. KAPITEL

Es wäre Anna lieber gewesen, bei dem Gespräch mit Johann Hollemann nicht dabei sein zu müssen. Doch Heinrich Doneldey hatte darauf bestanden, um auch vor Wilhelm Jensen deutlich zu machen, dass alle Bremer Verhandlungspartner ihre Versprechungen gegenüber der Hanse ernst nahmen und ihren Teil dazu beitrugen. Also verabschiedete sich Anna nach der Kundgebung erneut von ihrer Familie, sicherte aber zu, ihr in Kürze nachzufolgen und dann in aller Ruhe zu berichten, was sich in Lübeck und Hamburg ereignet hatte. Sie gingen zu Fuß zur Langenstraße hinüber, wo Johann Hollemann eines der größten Häuser sein Eigen nannte. Neben dem Bürgermeister, Wilhelm Jensen, Bernhard von Dettenhusen, Anna und dem Bootsmann Wendel wurde die Gruppe von nicht weniger als einem Dutzend Wachleuten und Bütteln begleitet. Nachdem Doneldey den Stadtvogt über die Geschehnisse in Hamburg informiert hatte, ließ es sich auch dieser nicht nehmen, bei der anstehenden Befragung Johann Hollemanns zugegen zu sein. Die Stimmung war spürbar angespannt, als Heinrich Doneldey vor die Haustür trat und laut anklopfte. »Öffnet! Die Obrigkeit Bremens hat mit Euch zu sprechen!«

Es dauerte, bis die Tür geöffnet wurde. Ein Wachmann baute sich vor ihnen im Rahmen auf, hinter ihm sah Doneldey mindestens drei weitere Männer kampfbereit stehen.

»Wir möchten mit Johann Hollemann sprechen.«

»Wer seid Ihr?«

Doneldey lachte zynisch auf. »Willst du Kerl mir wirklich so dumm kommen und behaupten, dass du den Bürgermeister dieser Stadt nicht kennst?« Er baute sich nun ebenfalls breitbeinig vor dem Wachmann auf.

Der Wachmann zeigte sich ungerührt. »Soweit ich weiß, erwartet mein Herr heute keinen Besuch und damit auch Euch nicht.«

»Was du weißt oder nicht, habe ich nicht gefragt. Und jetzt genug geredet. Entweder du holst jetzt deinen Herrn, oder meine Büttel werden dir Beine machen.«

Die Worte verfehlten ihre Wirkung nicht. Eben noch selbstsicher und arrogant, blickte der Wachmann sich nun zu seinen Kameraden um. Einer von ihnen nickte und bedeutete ihm, zu ihrem Herrn zu gehen, um diesem den Besuch zu melden.

»Wartet hier«, sagte der Erste daraufhin zu den Besuchern und wollte schon wieder die Tür schließen, als Heinrich Doneldey blitzschnell seinen Fuß hineinstellte.

»Wag es ja nicht, uns die Tür vor der Nase zuzuschlagen«, warnte er und drehte sich zu seinen eigenen Wachleuten um. Zwei Büttel traten auf seinen Wink hin vor, gingen an Doneldey vorbei in den Flur hinein und stellten auf diese Weise sicher, dass der Wachmann das Haus auf keinen Fall mehr von innen verriegeln konnte. Vier weitere Büttel rückten nach und flankierten nun Heinrich Doneldey, der es zufrieden zur Kenntnis nahm.

Anna war die ganze Situation unheimlich, sie kam ihr gefährlich und unberechenbar vor. Einen Moment lang überlegte sie sogar, sich einfach umzudrehen und nach Hause zu gehen, um womöglich nicht noch ihr Leben zu gefährden. Andererseits fühlte sie sich nun, da sie so überraschend von der Begleichung ihrer Schulden erfahren hatte, erneut so stark und voller Zuversicht, dass sie nicht passen, sondern tatkräftig mit ans Werk gehen wollte. Auch wenn es ihr widerstrebte, in Kürze mit anhören zu müssen, was Johann Hollemann vorgeworfen wurde und vielleicht seine gewaltsame Festnahme mitzuerleben. Aber was sollte schon passieren? Sie schalt sich selbst eine Närrin, war sie doch von einem Dutzend kampfbereiter Männer umgeben, die nur darauf warteten, sich für ihren Dienstherrn ins Zeug legen zu können. Nichtsdestotrotz überkam sie ein Schauer, und ein kurzer Stich durchfuhr ihren Unterleib. Wieder dachte sie daran, sich zu entschuldigen und nach Hause zu gehen, als Johann Hollemann unter die Tür trat.

»Bürgermeister Doneldey. Ich habe schon gehört, dass Ihr mit froher Kunde heimgekehrt seid. Verzeiht mir, dass ich Eure Ankunft nicht zusammen mit der pöbelnden Menge auf dem Marktplatz gefeiert habe.« Er lächelte selbstgefällig.

»Wir sind gekommen, weil schwere Anschuldigungen gegen Euch erhoben wurden, Hollemann.«

»Ach ja? Was ist es denn diesmal? Bin ich womöglich dem Köter einer Bürgersfrau auf den Schwanz getreten?« Die Wachleute hinter Hollemann lachten über den Scherz ihres Dienstherrn.

»Ein Hamburger Handelsschiff wurde aufgebracht, seine Besatzung ermordet und dessen Besitzer der Kopf abgeschlagen und zur Schau gestellt.«

»Und?« Hollemann zuckte mit den Achseln. Er wirkte gelangweilt. »Was geht mich das an?«

»Es gibt einen Überlebenden«, presste Heinrich wütend hervor.

»Wie schön für ihn. Er sollte sich besaufen, weil er so viel Glück hatte, heimkehren und sich mit seinem Weib vergnügen.«

»Es reicht, Hollemann.« Doneldey lief rot an vor Wut.

»Bürgermeister, ich habe nicht den ganzen Tag Zeit. Also sprecht, was habe ich damit zu tun?«

»Der Überlebende nannte Euren Namen. Ihr sollt es gewesen sein, der mit seinen Männern das Schiff überfallen und die Besatzung gemordet hat.«

»So ein Blödsinn«, gab Hollemann zurück. »Ich habe nichts dergleichen getan.«

»Das werden wir gleich sehen.« Doneldey drehte sich zu seinen Wachleuten um. »Bringt Wendel nach vorn.«

Die Büttel gehorchten sofort. Der Bootsmann hatte sich ängstlich an die Hauswand gekauert. Nun wurde er von zwei Männern untergehakt und zur Eingangstür gebracht.

»Wendel, sieh dir den Mann vor dir genau an. Ist das der Angreifer auf die ›Pandita‹, der dir die Botschaft zu überbringen aufgab?«

Der Angesprochene sah auf. Seine Lider flatterten nervös, und er begann am ganzen Körper zu zittern.

»Sieh genau hin!«, forderte ihn der Bürgermeister abermals auf, worauf der Bootsmann all seinen Mut zusammennahm und noch einmal ganz genau und länger hinschaute. Fast verwirrt blickte er dann zu Doneldey. »Ist das Johann Hollemann?«

»In voller Größe, Bursche.« Hollemann grinste.

»Aber das ist nicht der Mann, der auf der ›Pandita‹ war.«

»Was?« Wilhelm Jensen trat vor und packte Wendel bei den Schultern. »Bist du da ganz sicher?«

»Ja, Herr. Der Mann, der meinen Herrn getötet hat, war um einiges jünger und längst nicht so beleibt. Und auch die sonstigen Männer auf dem Schiff sahen anders aus als der hier.«

»He, he«, mokierte sich Hollemann und schlug sich mit der Hand auf den prallen Bauch. »Da steckt viel Geld drin.« Er ließ ein rauhes Lachen hören. »War's das dann?«

»Er könnte jemanden beauftragt haben«, mutmaßte Wilhelm Jensen laut.

»Das ist richtig, doch es ist nicht mehr als eine Vermutung.«

»Der Tod Hartmann Tüchleins darf nicht ungestraft bleiben«, gab Jensen erregt zurück.

»Was? Sagtet Ihr Hartmann Tüchlein?« Johann Hollemann war mit einem Mal todernst und wirkte ehrlich bestürzt.

»Allerdings. Und Ihr seid es nicht wert, seinen Namen in den Mund zu nehmen.«

Hollemann blickte zu Boden. »Ich kenne Hartmann Tüchlein«, sagte er betroffen. »Er ist ein anständiger, aufrichtiger Händler, mit dem ich schon einige Geschäfte gemacht habe. Ich bedaure seinen Tod aufrichtig.«

Wilhelm war über die plötzliche Veränderung Hollemanns erstaunt, wollte jedoch nicht wahrhaben, dass sie möglicherweise den falschen Mann verdächtigt hatten. »Hartmann hätte mit einem wie Euch nie Geschäfte gemacht«, schnauzte er.

Hollemann überlegte einen Augenblick. »Darf ich Euch hereinbitten?«, fragte er höflich. »Ich möchte Euch etwas zeigen.«

Jensen und Doneldey tauschten einen Blick, dann sah Heinrich zu Anna hinüber. Sie nickte und gab von Dettenhusen und Wendel einen Wink, danach betraten sie alle gemeinsam das Haus.

»Bitte, wartet hier. Ich möchte nur etwas holen.« Johann Hollemann bedeutete seinen Gästen, in einer Art Wohnstube an einem überdimensional großen Tisch Platz zu nehmen. Anna zählte an die zwanzig Stühle, die den Tisch umgaben. Nur wenig später war Hollemann mit einer ledernen Mappe wieder zurück. Er zog einige Pergamente aus ihr hervor und breitete sie vor ihnen auf dem Tisch aus.

»Ich weiß sehr genau, welchen Ruf ich in Hamburg und auch anderen Hansestädten genieße«, begann Hollemann. »Und wäre es ein anderer, mir unbekannter Kaufmann gewesen, so hätte ich in Erklärungsnot kommen können. Nicht jedoch bei Hartmann Tüchlein.« Er tippte auf zwei Pergamente. »Seht Euch das an. Wenn sich ein Hamburger mir gegenüber trotz aller Gegensätzlichkeit als ehrlicher Kaufmann und Mensch gezeigt hat, dann war es Tüchlein.«

Doneldey und Jensen überflogen zu zweit die Zeilen, die mit dem Namen des nun getöteten Kaufmannes unterzeichnet waren. Tüchlein bestätigte damit, dass er das Geld, das er für Johann Hollemanns Auslöse beim Hamburger Stadtrat hinterlegt hatte, von Hollemann wieder zurückerhalten habe und bedankte sich hierfür bei ihm. Weiter schrieb er, dass er sich für das Verhalten seiner Hamburger Mitbürger schäme und es nie so weit hätte kommen dürfen, dass Hollemann ohne konkreten Beweis so lange im Kerker festgesetzt worden war, bis die Summe für dessen Freilassung vorgelegen hatte.

»Tüchlein war derjenige, der Euch aus dem Kerker freigekauft hat? Warum hat er das getan?«, fragte Wilhelm Jensen und schob das Schriftstück von sich weg.

»Nun, weil er, wie er es schon hier geschrieben hat, es als ein elendes Unrecht ansah, wie mit mir umgesprungen wurde. Wir haben über viele Jahre hinweg Handel miteinander getrieben, und das, was die Hamburger mir vorwarfen, hatte ich nicht getan. Genauso wenig wie ich etwas mit dem Verbrechen an Tüchlein zu tun habe. Er war mir fast so etwas wie ein Freund. Ich bin bestürzt, dass man ihn ermordet hat.«

Doneldey sah Jensen an, der nun betroffen den Blick senkte. »Dann denke ich, wollte Euch wohl tatsächlich jemand reinlegen und sich selbst entlasten, indem er Euren Namen nannte.«

»Wie meint Ihr das, dass er meinen Namen nannte? Ich dachte, der Junge hätte einen Mann gesehen, den er für mich gehalten hat?«

»Ganz so war es nicht. Doch das könnt Ihr ja nicht wissen, weil Ihr offensichtlich nicht einmal in der Nähe wart und ich nach unserem Gespräch auch keinen Zweifel mehr daran habe, dass Ihr nicht das Geringste mit dem Überfall zu tun habt.« Doneldey blickte abermals zu Jensen. »Siehst du das ebenso wie ich, Wilhelm?«

Der Angesprochene nickte. »Ihr solltet offensichtlich als Sündenbock für jemand anders herhalten.« Er sah Hollemann an. Der verstand jedoch noch immer nicht, in welchem Zusammenhang sein Name gefallen war. Also erklärte Wilhelm ihm, was sich im Hamburger Hafen ereignet hatte: Der Anblick des geschändeten Hartmann Tüchleins, die Toten an Deck der »Pandita« und schließlich Wendel als der einzige Überlebende, der den Hamburgern im Namen Hollemanns einen Gruß überbracht hatte. »Versteht ihr jetzt, weshalb wir hier sind?«, endete Wilhelm.

Hollemann ballte die Hand zur Faust. »Wenn ich diesen elenden Mistkerl finde, der das getan hat, werde ich ihm seinen eigenen Kopf abschlagen und an den höchsten Mast hängen, den ich finden kann.«

Heinrich erhob sich. »Kommt, meine Freunde. Die Sache ist geklärt«, und an Hollemann gewandt: »Ich entschuldige mich in aller Form bei Euch.« Er sah Hollemann an. »Offen gesagt, bin ich froh, dass unser Gespräch diesen Verlauf genommen hat.«

»Ich weiß, es wird Euch nicht gefallen, was ich Euch nun zu sagen habe, Bürgermeister. Aber ich bin mir sicher, dass der Überfall auf Hartmann und dessen feige Ermordung hauptsächlich dazu diente, mich noch weiter bei der Hanse in Misskredit zu bringen. Der Hanse, in deren Schoß zurückkehren zu dürfen, Ihr so dringend erbeten habt.« Er sah Doneldey bekümmert an. »Zwar verstehe ich, dass die Wiederaufnahme in den Hansebund für Bremen wichtig ist. Dennoch warne ich Euch hier und jetzt davor, Euren angeblich Verbündeten zu vertrauen. Behaltet sie im Auge. Denn wenn

Ihr mich fragt, ist der Mörder Hartmann Tüchleins in ihren eigenen Reihen zu finden.«

Doneldey wollte etwas erwidern, empfand das, was Hollemann sagte, aber als so schlüssig, dass ihm nichts einfiel. Er wandte sich schon zum Gehen, und auch die anderen standen auf, als er sich plötzlich noch einmal umdrehte. »Glaubt Ihr nicht, dass es doch noch einen gemeinsamen Weg für uns geben kann? Wir werden ein großes Hansefest geben, Händler aus allen Gegenden werden kommen und ihre Ware anbieten. Eine ganze Woche lang wollen wir feiern und feilschen, Freundschaften schließen und pflegen, Bündnisse und Geschäftsbeziehungen festigen. Deshalb sage ich Euch hier vor diesen ehrlichen Männern …«, er stockte kurz, »… vor diesen ehrlichen Männern und unserer wunderbaren Duftnäherin, dass auch Ihr herzlich willkommen seid. Kommt zu unserem Fest und nutzt die Gelegenheit, den ehrlichen Namen zurückzugewinnen, den Ihr einst hattet.«

Hollemanns Mundwinkel hoben sich. Er schwieg eine Weile. »Habt Dank, Bürgermeister«, meinte er dann. »Ich weiß Euer Angebot sehr zu schätzen und werde es mir überlegen.«

Jeder der Anwesenden wusste, dass er wahrscheinlich nicht kommen würde, aber keiner sprach es aus, wollte man doch die Möglichkeit eines gemeinsamen Wegs dadurch nicht zerstören.

»Tut das, unsere Türen stehen Euch offen.«

Hollemann begleitete die kleine Gruppe noch bis zur Tür.

»Einen Moment noch.« Hollemann fasste Wendel am Arm. »Du bist Bootsmann auf dem Schiff Hartmann Tüchleins gewesen?«

»Ja, Herr.«

»Und was hast du nun vor? Willst du nach Hamburg zurückkehren?«

Wendel zuckte mit den Schultern. »Ich weiß noch nicht. Da mein Herr tot ist, kann ich genauso gut hier in Bremen anheuern.«

»Wo wohnst du, Junge?«, fragte Hollemann.

»Auch das weiß ich noch nicht.« Er warf Bürgermeister Doneldey einen fragenden Blick zu. Gerade wollte dieser etwas erwidern, als Hollemann ihm zuvorkam.

»Da du nun weißt, dass ich nicht derjenige bin, der deinen Herrn gemeuchelt hat, biete ich dir sowohl eine Bleibe als auch Arbeit bei mir an.«

»Warum, wenn ich fragen darf?« Heinrich zog überrascht die Augenbrauen hoch.

»Nun, sagen wir es mal so: Ich habe nicht vor, den Mörder Tüchleins, der mir die Tat auch noch in die Schuhe schieben wollte, ungestraft davonkommen zu lassen. Und diesen Augenzeugen hier kann ich gut gebrauchen, um dem Kerl das Handwerk zu legen.«

Wendel stand da, als erwarte er Doneldeys Entscheidung. Der überließ jedoch dem Jungen die Wahl, indem er meinte: »Wir können dich in einem Gasthaus unterbringen, wenn du nicht hierbleiben willst. Es ist deine Entscheidung.«

»Ihr wollt mich als Augenzeugen?«, brachte Wendel gegenüber Hollemann etwas zittrig vor. »Am liebsten würde ich keinen Fuß mehr nach Hamburg setzen.«

»Das verstehe ich.« Hollemann legte ihm freundschaftlich die Hand auf die Schulter. »Doch willst du den Tod deines Herrn, den ich als freundlichen und ehrlichen Bürger kennengelernt habe, und der auch dir gewiss nie ein Unrecht getan hat, denn ungesühnt lassen?«

Wendel schien zu überlegen.

»Er hat recht«, stimmte Wilhelm Jensen zu. »Auch ich möchte den Kerl kriegen, der dafür verantwortlich ist. Wir können die Sache nicht auf sich beruhen lassen. Ich selbst werde so bald wie möglich nach Hamburg zurückkehren und dem Stadtvogt mitteilen, dass Johann Hollemann nichts mit dieser Sache zu tun hat. Und ob du willst oder nicht, Bursche, du wirst dabei sein müssen.«

»Dann«, schlug Hollemann vor, »nehmt beide meine Einladung an, bis zur Rückkehr nach Hamburg Gäste meines Hauses zu sein.«

Jensen und Wendel verständigten sich mit einem Blick. »Wir nehmen Eure Einladung an, Hollemann«, antwortete Jensen dann und streckte ihm die Rechte entgegen. »Hätte mir jemand vor einigen Stunden erzählt, dass ich als Gast in Eurem Hause bleiben würde, ich hätte ihn für wahnsinnig gehalten.«

Hollemann ergriff Jensens Hand. »Und hätte mir jemand vor ein paar Stunden erklärt, dass ich zwei Hamburger bei mir aufnehme, um schon morgen gemeinsam mit ihnen in ihre Heimatstadt zu reisen, ich hätte ihn nur ausgelacht.«

»So ist es beschlossen.« Jensen wandte sich an Doneldey. »Gewiss wird morgen keine Gelegenheit mehr sein, uns voneinander zu verabschieden. Also sage ich dir schon jetzt Lebewohl, alter Freund.« Er umarmte den Bürgermeister kraftvoll, dann ging er zu Anna, der er einen Handkuss gab, und schließlich zu Bernhard, von dem er sich mit einem Handschlag verabschiedete. »Es war mir eine Freude, die letzten Tage mit euch verbringen zu dürfen. Wann immer ihr nach Hamburg kommt, meine Tür wird euch stets offen stehen.«

»Komm sicher nach Hamburg zurück«, antwortete Doneldey. Er warf Hollemann einen kurzen Blick zu. »Aber ich denke, das wirst du, denn ein besseres Geleit als diesen Kerl hier mitsamt seinen Männern kannst du wohl kaum bekommen.«

Anna, Bernhard und Heinrich eilten nun zusammen mit ihren Wachleuten nach draußen. Hollemann sah ihnen noch gedankenverloren nach, bis sie um die Ecke gebogen waren, erst dann ging er nachdenklich zurück ins Haus. War es womöglich an der Zeit, seine nicht immer ganz legalen Geschäfte einzustellen und sich wieder in die Stadt und deren Gemeinschaft zu integrieren? Seine Frau würde sich sicher darüber freuen. Aber er schob den Gedanken sofort wieder beiseite. Mit seinen Methoden verdiente er ein Vielfaches von dem, was als einfacher Händler in seine Kasse floss. Abgesehen davon war es nach dem soeben beendeten Besuch noch einmal wichtiger geworden, die richtigen Leute um sich zu scharen. Jemand wollte ihn hängen sehen, das war offensichtlich. Und dieser Jemand ging sogar so weit, für dieses Ziel eine ganze Schiffsbesatzung zu ermorden. Doch nicht nur das. Ein ehrlicher, aufrichtiger Händler, den er gemocht und der ihm selbstlos geholfen hatte, war dem zum Opfer gefallen. Er malte sich aus, was er mit dem Mann anstellen würde, der Hartmann Tüchlein das angetan hatte. Während der kleineren Kämpfe, die er während seiner Seeräuberei immer mal wieder hatte ausfechten müssen, war durchaus der eine oder andere zu Tode gekommen. Und er war, so gestand er sich ehrlich ein, gewiss nicht der Mann, der deshalb groß von seinem Gewissen geplagt wurde. Doch bei dem Gedanken an Hartmann Tüchlein, der feige und grausam ermordet war, kam sein Blut in Wallung. Er wusste, dass es ihm in diesem Fall nicht nur nichts ausmachen würde, dem dafür Verantwortlichen und seiner Bande den Garaus zu machen. Nein. Er würde es sogar genießen, dieses Pack vor Schmerzen jaulen zu hören, ihr Leiden in die Länge zu ziehen und sich daran zu ergötzen, wie die Vögel sich an ihren noch zuckenden Leibern gütlich taten.

Als er wieder in den Flur trat, wies er seinen beiden Gästen mit ausgestreckter Hand die Tür zu einem weiteren Raum. »Bitte, nehmt doch dort drinnen Platz. Ich lasse meine Köchin gleich etwas zu essen auftragen.«

»Danke.« Die Männer folgten seinem Fingerzeig und betraten einen Raum, der vom Reichtum seines Besitzers zeugte. Auch Wilhelm Jensen wusste die Vorzüge, die ihm seine Einkünfte aus dem Handel ermöglichten, zu schätzen. Doch sein Vermögen hätte nicht ausgereicht, um sich zu leisten, was er in diesem Raum sah. Die Möbel waren aus feinsten Hölzern gefertigt und auffällig verziert. Auf dem langen Holztisch, an dem mindestens zwölf Personen Platz fanden, standen zwei goldene Kerzenleuchter mit jeweils vier gegenständig übereinander angeordneten Armen, die wiederum drei weiteren Kerzenleuchtern glichen, die auf den hohen Truhen im Zimmer standen.

»Ich lasse uns sofort Wein bringen. Zuvor habe ich jedoch noch eine Kleinigkeit zu erledigen. Wenn Ihr mich solange entschuldigen mögt.« Mit diesen Worten verließ Hollemann den Raum und schloss die Tür hinter sich. »Kilian!«, rief er laut und wartete im Flur, bis der Wachmann aus der Küche herbeigeeilt kam.

»Ja, Herr?«

»Ich werde morgen verreisen. Bereite alles vor. Und wir brauchen diesmal mehr Leute. Stell noch ein Dutzend fähiger Männer zusammen, denen eine Münze lieber ist als ihr reines Gewissen.«

»Ja, Herr. Darf ich fragen, wie lange wir fort sein werden?«

Hollemann überlegte. »Für länger. Genauer kann ich es noch nicht sagen. Wir werden erst wieder heimkehren, wenn die Vögel sich am Aas sattgefressen haben.«

Kilian verstand die letzte Bemerkung nicht, fragte aber nicht nach. »Wann genau werden wir aufbrechen?«

»In aller Früh, Kilian. Wir haben keine Zeit zu verlieren.«

Der Hüne nickte dienstbeflissen. »Ich werde mich um alles kümmern, Herr.« Damit sauste er im Eilschritt Richtung Hof, während Hollemann in die Küche ging und reichlich Essen und Wein orderte. Wer wusste schon, ob er auch diesmal unbeschadet wieder zurückkäme. Und für den Fall, dass dies sein letzter Abend zu Hause sein sollte, wollte er sich wenigstens noch einmal anständig volllaufen lassen.

Anna war froh, als sie endlich den Marktplatz erreichten, wo sich ihr Weg und der ihrer Begleiter für heute trennen würden. Schon blieb Doneldey stehen. »Habt Dank«, sagte er zu den Bütteln. »Ihr könnt jetzt gehen und euren normalen Dienst wieder aufnehmen.« Er sah sich auf dem Marktplatz um, auf dem sich die Menschenmenge mittlerweile beinahe vollständig wieder aufgelöst hatte. Nur vereinzelt standen noch einige Bremer in Grüppchen beieinander und unterhielten sich.

Die Wachmänner verabschiedeten sich und gingen augenblicklich ihrer Wege. Anna bezweifelte, dass sie sogleich wieder ihren Dienst versehen und nicht noch eine kurze Rast in einer Schenke einlegen würden. Immerhin war die Angelegenheit bei Hollemann schneller erledigt gewesen als gedacht, so dass sie noch gut auf ein oder zwei Bier irgendwo einkehren konnten. So oder so kümmerte es sie nicht weiter, wollte sie doch nur noch nach Hause.

»Anna, Bernhard, es gibt nicht genug Worte, um euch meine Dankbarkeit auszudrücken. Eine Pflicht und schwere Aufgabe wurde durch euch zur Freude.«

Anna machte einen Schritt auf Doneldey zu und umarmte den väterlichen Freund. »Wir haben es geschafft, Heinrich. Und ich weiß, Siegbert wäre sehr zufrieden mit uns.«

»Er wäre vor allem stolz auf dich.« Er tätschelte ihr die Wange. »Ich werde morgen zu euch kommen und ein wenig Zeit mit meinen Patenkindern verbringen.«

»Tu das, wir alle freuen uns auf deinen Besuch.« Dann wandte sie sich an Bernhard. Sie war etwas verlegen, wusste sie doch nicht so recht, wie sie sich von ihm verabschieden sollte. Er schien ihr Dilemma zu ahnen, denn er trat auf sie zu und zog sie kurz an sich. »Geh heim zu deiner Familie, Anna. Sie erwartet dich sicher schon sehnsüchtig. Und wenn du mir die Bemerkung erlaubst: Ich habe schon viele Männer handeln und feilschen sehen. Doch ein solcher Teufelskerl wie du, hat sich noch nie darunter befunden. Ich hoffe, du verstehst, wie ich es meine.«

Sie schenkte ihm ein strahlendes Lacheln. »Aber ja. Und ich danke dir. Auf bald, Bernhard.«

»Auf bald.«

28. KAPITEL

Ganz Bremen glich einem einzigen Bienenstock, in dem die Arbeiterinnen unablässig umherschwirrten und ihre Aufgaben verrichteten, ohne sie jemals zum Abschluss zu bringen. Anfangs dachte Anna noch, die Aufregung würde sich innerhalb einiger Tage wieder legen, doch das war nicht der Fall. Tag für Tag verließen Kaufleute in Strömen die Stadt, um ausgesuchte Waren für die Hansefesttage einzukaufen. Die ersten ausgesandten Ausrufer und Boten kehrten heim und berichteten, wer bereits sein Kommen zugesagt hatte. Und auch fremde Händler trafen nach und nach in Bremen ein, um sich die besten Stände zu sichern und vielleicht schon vor den großen Festtagen das eine oder andere Geschäft abzuschließen. Die Rathaus-Schreiber kamen mit der Aufstellung der Listen kaum nach. Es war, als ob kein Bremer sich nachsagen lassen wollte, seinen Beitrag zum Gelingen des ersten Hansefestes nicht geleistet und damit zur Festigung des erneuerten Bündnisses beigetragen zu haben. Die Knochenhauer schickten ihre Burschen zu den Bauern im Umland, um genug Schweine zu beschaffen. Die Schinken hingen an Schnüren von einer Hauswand zur anderen, da der Platz in den Lagern und Höfen nicht mehr ausreichte, um sie dort aufzubewahren. Und die Büttel wachten eisern darüber, dass sich nur ja kein Dieb die Ausnahmesituation zunutze machte. In den ersten Tagen nach Aufnahme der Vorbereitungen für das große Fest hatte es ein Mann gewagt, in einem unbeobachteten Moment einen Schinken zu stehlen. Zwar hatte Bürgermeister Doneldey schon vorher verlauten lassen, dass die Täter in einem solchen Fall mit drakonischen Strafen zu rechnen hätten. Doch mit der Strafe, die dem Dieb danach blühte, hatte keiner gerechnet, er selbst am allerwenigsten. Kaum dass seine Schuld festgestellt worden war, hatten zwei Büttel ihn festgehalten, sein Hemd zerrissen und der Henker ihm mit einem glühenden Eisen ein »D«, das Zeichen für Dieb, auf seine Brust gebrannt. Es waren nicht nur der Anblick und der grauenvolle Schrei, den der Delinquent ausstieß, die die zuschauenden Menschen schaudern ließen. Vor allem der Geruch verbrannten Fleisches lag noch lange über dem Marktplatz. Der Stadtvogt hatte die Bestrafung ungerührt verfolgt und im Anschluss daran eine flammende Rede gehalten, in der er ankündigte, dass von diesem Tage an die Strafen für Diebe und Lumpenpack noch härter werden würden als bisher. Schon der nächste Dieb, den man festnähme, verlöre eine Hand und würde darüber hinaus mit dem »D« gebrandmarkt. Allerdings nicht auf der Brust, sondern auf der Stirn. Auch wenn dies für Doneldey zu viel des Guten war und er kaum den Blick von dem wimmernden Dieb abwenden konnte, musste er im Nachhinein doch zugeben, dass der Erfolg dem Vogt recht gab: Es hatte seitdem keinen einzigen Diebstahl mehr in Bremen gegeben.

Gawin hatte vom Rat den Auftrag erhalten, in der kurzen Zeitspanne bis zum Fest so viele Sitzbänke wie möglich zu bauen. Er hätte lieber noch einige kunstvollere Arbeiten, vor allem kleinere Figuren gefertigt, um sie während des Hansefestes zu verkaufen. Doch hierfür fehlte ihm nicht nur die Zeit, auch seine immer noch taube Hand erlaubte es ihm nach wie vor nicht, diffizilere Arbeiten auszuführen. Anfangs hatte Robert die Zimmerleute noch bei der Fertigung der Bänke unterstützt, sich nach einer Woche jedoch ein Herz gefasst und seinen Vater gefragt, ob er ihm wohl erlauben würde, kleine Holzfiguren zum Verkauf zu schnitzen. Erst hatte Gawin Bedenken gehabt, wusste er doch schon jetzt nicht, wie er die anfallende Arbeit bewältigen sollte. Doch nach kurzem Zögern erkannte er, dass es für alle das Beste wäre, seinen Sohn gewähren zu lassen. Robert war kein Zimmermann, sondern trotz seiner jungen Jahre bereits ein begnadeter Künstler, der weitaus schönere und filigranere Arbeiten fertigte als Gawin zu seinen besten Zeiten. Er hatte damit angefangen, den Bremer Roland zu kopieren, den Gawin ihm und Rafael seinerzeit in Miniaturausführung geschenkt hatte. Immer wieder hatte er sich die kleine Statue angesehen, sie zwischen seinen Händen gedreht, die feinen Linien des Holzes befühlt und schließlich selbst mit der Arbeit begonnen. Was dabei herausgekommen war, war so außergewöhnlich schön, dass sich Gawin neidlos eingestand, dass seine eigenen Arbeiten im Vergleich dazu stümperhaft daherkamen. Als Robert den ersten Roland mit Schild und Schwert beendet hatte, war er stolz zu seiner Mutter gelaufen, um ihr die Figur zu präsentieren. Am meisten hatte er sich darüber gefreut, wie verblüfft sie ihn angesehen und ihm nicht recht hatte glauben wollen, diese selbst gefertigt zu haben. Inzwischen hatte er Übung darin und brauchte nur noch knappe drei Tage, um einen Roland herzustellen. Dabei arbeitete er so exakt, dass eine Figur der anderen bis aufs Haar glich. Rafael hingegen half, so gut es ging, bei der Fertigung der Bänke. Gawin hatte längst eingesehen, dass Rafael mehr nach seiner Mutter kam. Er würde weder ein guter Zimmermann noch ein Holzkünstler werden. Gawin bereitete dieser Umstand große Sorgen, würde er eines Tages die Werkstatt doch an seine zwei Söhne übergeben und Rafael beibringen müssen, dass Robert derjenige wäre, der letztendlich das Sagen hätte.

Auch Anna, Margrite und die kleine Sophie arbeiteten Tag und Nacht, um so viele Duftkleider wie nur möglich herzustellen. Anna hatte zusätzlich sechs Näherinnen eingestellt, die schon vor der Bremer Handelskrise für sie tätig gewesen waren. Sie freute sich, die vertrauten Gesichter täglich wieder um sich zu haben, und spürte, dass die Zeit der Umkehr endlich gekommen war. Zwar plagten sie manchmal Zweifel, ob das geplante Hansefest die sehnsüchtig erwartete Wende auch wirklich mit sich bringen würde. Denn Marquardt und Gawin hatten fast alles Geld, das durch die Auflösung der Goossen'schen Handelsniederlassung in Florenz hereingekommen war, für die Begleichung der Schulden ausgegeben. Noch immer war sie sich nicht sicher, ob dieser Schritt der richtige gewesen war oder zunächst nicht nur ein Teil hätte beglichen werden sollen. Doch das sagte sie Gawin nicht. Vielmehr dankte sie ihm für den Einsatz, den er gezeigt hatte und stellte mit Bewunderung fest, dass sich ihr Ehemann während der Zeit ihres Wegseins verändert hatte. Er hatte zu seiner früheren Selbstsicherheit zurückgefunden. Und mit jedem Tag, den sie wieder da war, wuchsen sie auch wieder enger zusammen und fanden zu ihrer alten Vertrautheit zurück. Den Rest des Geldes aus Florenz hatte Anna genommen und so viel Stoff damit gekauft, wie sie nur hatte bekommen können, um daraus so prächtige Kleider zu fertigen, wie es sie noch nie zuvor gegeben hatte. Liebevoll setzte sie die Nähte, um die kleinen Duftpolster in die Gewänder einzunähen, die bei jedem Schritt ihrer Trägerin einen feinen Lavendelhauch verströmten. Anna liebte es, wieder mit Hingabe nähen zu können und endlich einmal nicht mehr die starke Händlerin sein zu müssen. Mit einem Lächeln sah sie zu Sophie hinüber, die mit angestrengtem Gesichtsausdruck feine Muster auf die Stellen stickte, die Anna ihr zuvor markiert hatte. Ruhe war wieder ins Haus der Goossens eingezogen. Ruhe, die der Familie auch den so lange entbehrten Frieden wieder zurückbrachte. Fast bedauerte es Anna, dass schon die Hälfte der insgesamt auf acht Wochen angesetzten Vorbereitungszeit vergangen war. Wäre es nach ihr gegangen, hätte sie noch monatelang so weiterarbeiten und die fröhlich ausgelassene Stimmung, die in ganz Bremen herrschte, genießen können. Und das, obwohl so manche Familie ihr letztes bisschen Geld zusammenkratzte und in Waren anlegte, um während der Hansefeiertage gute Geschäfte machen zu können. Anna hatte sogar von einer Familie gehört, die ihr sämtliches Hab und Gut, alle Möbel und Gegenstände verkauft hatte, um genug Geld für den Ankauf von Waren zusammenzubekommen. Manchmal schauderte ihr bei dem Gedanken, dass womöglich zu wenige oder gar keine Leute zum Fest kommen könnten. Was sollte dann werden? Doch daran wollte sie jetzt nicht denken. Das Fest würde ein Erfolg werden, daran musste sie einfach glauben und durfte sich unter keinen Umständen verrückt machen lassen.

Doch es gab noch einen anderen Grund, weshalb sie die Zeit gern ein wenig langsamer an sich hätte vorbeiziehen sehen. Die Angelegenheit mit den Brüggern war noch immer nicht geklärt – die Bremer Gesandtschaft, der auch Rudolf angehörte, noch nicht heimgekehrt. Jeden Tag konnte es so weit sein. Doch falls sie bis zum Fest nicht zurück wäre, so hatte Anna es mit Bürgermeister Doneldey und den anderen Ratsleuten vereinbart, würde sie selbst mit einem offiziellen weiteren Schreiben der Stadt Bremen abermals nach Brügge reisen und zusammen mit ihrem Mann und Marquardt auf Anhörung und Klärung bestehen. Anna graute bei dem Gedanken, dass womöglich auch Rudolf, Augustin Hess und die anderen Ratsmänner und Bremer Wachleute Jean van Laaken und seinen Gehilfen zum Opfer gefallen sein könnten. Doch andererseits glaubte sie nicht daran. Dass Jean van Laaken einen einzelnen Mann, ihren geliebten Großvater, hatte verschwinden lassen, war eine Sache – eine ganze Gesandtschaft zu meucheln, hielt sie dagegen für mehr als unwahrscheinlich. So wahnsinnig Jean van Laaken auch sein mochte, das konnte er nicht riskieren. Sie sah sein Gesicht vor sich. Das Gesicht ihres Geliebten, das Gesicht eines Mörders. Wie hatte sie sich nur so täuschen können?

»Was ist Mutter?« Sophie sah sie aus großen Augen an.

»Gar nichts. Warum fragst du?«

Sophie warf Margrite einen Blick zu. »Na, weil du eben so tief geseufzt hast.«

»Habe ich das? Das habe ich gar nicht bemerkt.« Sie lächelte ihre Tochter an.

»Wo warst du denn mit deinen Gedanken? Beim Fest?« Margrite musterte sie. Sie hatte noch vor Sophie bemerkt, dass sich Annas Miene verändert und die Freundin nicht mehr so gelöst wie zuvor an der Naht ihres Kleides gestichelt hatte.

Anna schüttelte rasch den Kopf. »Ich musste an Rudolf und die anderen Bremer denken, die nach Brügge gereist sind.« Eine leichte Röte stieg ihr ins Gesicht, als sie den Stadtnamen aussprach. Margrite registrierte es, ließ sich jedoch nichts anmerken. Sie konnte sich vorstellen, welche Gedanken Anna mit Brügge verband und wie sehr sie diese quälten. Schnell versuchte sie daher, das Gespräch in eine andere Richtung zu lenken.

»Ja, Rudolf fehlt mir auch. Aber gewiss wird es nicht mehr lange dauern, bis die Gesandtschaft mit guter Botschaft heimkehrt.«

»Glaubst du das wirklich?« Anna krauste die Stirn.

Margrite warf einen Blick auf Sophie, die sich mit zwischen Zähne und Lippen geklemmter Zunge mühte, möglichst feine Stiche zu setzen. Die Seifensiederin musste genau aufpassen, was sie sagte. Denn Kinder hörten manchmal sogar aus den harmlosesten Bemerkungen etwas heraus, was nie gesagt worden war. »Nun, die Brügger müssen auf das Verbrechen reagieren, das den Bremern und insbesondere deiner Familie zugefügt wurde. Wenn sie auch nur ein bisschen Anstand besitzen, bleibt ihnen gar nichts anderes übrig, als diesem van Laaken den Prozess zu machen.«

»Gawin hat beschlossen, gemeinsam mit mir nach Flandern zu reisen, sollte der Brügger Stadtrat dem Sprecher der Bremer Gruppe, Augustin Hess, nicht die Verfolgung sowohl des Diebstahls als auch des Mordes zusagen.«

Margrite ließ ihr Nähzeug sinken. »Gawin will mit nach Brügge?«

Anna nickte stumm.

»Aber ...«, wieder warf Margrite einen Seitenblick auf Sophie. »Wozu soll das gut sein? Du bist doch diejenige, die die Anklage der Familie von Goossen vorzutragen hat, sollte das Begehren der Gesandtschaft scheitern.«

»Ja, und Gawin ist mein Mann.«

»Aber dieser Verbrecher könnte auf einen Punkt zu sprechen kommen, der ...«, sie suchte nach den richtigen Worten, »nur noch mehr Unruhe bringt.«

»Ich verstehe, was du meinst. Doch du hast Gawin selbst erlebt. Er ist nicht mehr der Mann, der er noch vor dem Überfall war. Er ist jetzt sehr viel entschlossener, und vor einigen Abenden, als wir allein in unserer Kammer waren, hat er mir gesagt, dass er künftig nicht mehr so lange von mir getrennt sein möchte.«

»Das hätte ihm auch schon früher einfallen können«, warf Margrite ein.

»Aber ich finde es schön, dass Vater das gesagt hat.« Sophie lächelte zufrieden. »Du hast uns allen sehr gefehlt, Mutter. Und Vater wohl am meisten. Er war sehr nachdenklich in der Zeit, die du in Lübeck warst.«

Nun ließ auch Anna ihr Nähzeug sinken und sah ihre Tochter an. »Inwiefern nachdenklich?«

Sophie zuckte mit den Achseln. »Nun, nachdenklich eben. Er hat oft so versonnen dagesessen, als wäre er gar nicht hier. Oder er hat mich fest an sich gedrückt und mir gesagt, dass alles wieder so werden würde wie früher und auch, dass er dafür sorgen wolle, dass du wieder glücklich bist.«

»Wie kommt er denn darauf, dass ich nicht glücklich bin?«

Sophie strahlte ihre Mutter an. »Weißt du was, genau das habe ich ihn auch gefragt.«

»Und? Was hat er geantwortet?«

»Irgendwas, ich weiß es nicht mehr genau.«

»Sophie.« Annas Stimme hatte etwas Forderndes. »Das ist jetzt sehr wichtig. Was genau hat dein Vater zu dir gesagt?«

Die Kleine verdrehte die Augen. »Er hat so Sachen gesagt wie, dass er weiß, dass er dich gar nicht verdient hat, und dass es genug Männer gibt, die dich begehren. Und dann hat er noch …«

»Was, Sophie?«

»Einmal, es war schon spätabends, als ich nicht schlafen konnte und es Vater schon wieder besserging. Da bin ich rübergegangen in eure Kammer und habe ihn gefragt, ob ich bei ihm schlafen könnte.« Die Kleine wirkte etwas verlegen. »Du warst ja nicht da.«

»Und weiter?«

»Ich bin dann zu ihm unter die Decke gekrochen und hab mich an ihn geschmiegt. Und auf einmal, da drückte er mich ganz fest an sich und sagte, dass er nicht zulassen werde, dass jemand dich uns wegnimmt. Er sagte, er würde dafür sorgen, dass du bleibst.«

Anna saß wie vom Donner gerührt auf ihrem Stuhl. Wusste Gawin etwa von ihrem Betrug? Sie sah zu Margrite hinüber, die ebenso betroffen dreinblickte wie sie selbst.

»Hat Vater dir auch gesagt, weshalb er glaubt, jemand anderes wollte mich euch wegnehmen?«

Die Kleine überlegte angestrengt und schüttelte schließlich den Kopf. »Nein, davon hat er nichts gesagt.« Sie widmete sich wieder ihrer Arbeit.

»Sophie, du weißt, dass mir dein Vater, du und deine Geschwister das Liebste auf der Welt seid, nicht wahr? Niemand nimmt mich euch weg.«

»Ja, Mutter.«

»Dann ist es gut. Männer reden nämlich manchmal einfach Unsinn, verstehst du?«

Sophie seufzte. »O ja, das verstehe ich. Aus meinem Götz werde ich auch nicht schlau.«

Anna und Margrite konnten sich das Lachen kaum verkneifen.

»Er ist also dein Götz?«, vergewisserte Margrite sich.

»Habe ich das gesagt? Nein, er ist nur Götz, nicht mein Götz. Er ist der sture, dickköpfige Götz, der immer nur arbeitet und brummig ist. Womöglich hat er ja recht.«

»Recht womit?«

»Dass es besser gewesen wäre, wenn sie nach Hoya zurückgekehrt wären.«

»Aber dann hättest du deinen Götz nicht mehr gesehen.«

»Ja, aber dennoch wollten sie zurück. Götz sagte, dass seine Mutter deswegen oft geweint hat. Sie und sein Vater haben sich deswegen gestritten. Lorenz wollte, dass die Familie nach Hoya zurückkehrt, doch Lena wollte bleiben.«

»Ach! Das wusste ich ja gar nicht. Davon hat Lena mir nie etwas erzählt«, sagte Margrite.

Sophie zuckte mit den Achseln. »Und jetzt macht sich Götz' Mutter Vorwürfe, dass Lorenz tot ist, nur weil sie gezögert hat und nicht mitgegangen ist.«

»Das konnte doch nun wirklich niemand voraussehen. Ich verstehe ja, dass es schwer für Lena ist. Doch immerhin haben sie jetzt Andres, der sich um sie kümmert.«

Sophie verzog das Gesicht, sagte aber nichts.

»Sophie? Stimmt etwas nicht?«

»Es ist nichts.«

»Sophie. Ich möchte, dass du mir die Wahrheit sagst.«

»Aber Götz hat gesagt, ich soll es niemandem erzählen.«

»Du erzählst es ja auch nur mir, deiner Mutter. Also heraus damit.«

»Nun ja.« Sophie rang mit sich. »Götz mag Andres nicht.«

»Was? Weshalb?«

»Na ja, ich kann ihn schon irgendwie verstehen. Auch wenn Andres es gewiss gut meint, so hat er doch nach dem Tod seiner eigenen Familie so getan, als würde er nun zu der von Götz gehören. Aber das tut er eben nicht. Götz will nicht, dass Andres sich so verhält, als wäre er jetzt sein Vater.«

»Aber Andres will sicher nur das Beste für Götz' Familie.«

»Ja, schon. Aber Götz hat ein Gespräch mitbekommen, in dem Lena Andres klar gesagt hat, dass er nicht erwarten könne, einfach so an Lorenz' Stelle zu treten.«

»Ich verstehe.« Anna warf einen Blick zu Margrite hinüber, die ihn mit einer hilflosen Geste erwiderte. »Dann ist es wahrscheinlich sogar eher unschön für Götz, wenn er tagsüber mit Andres auch noch in der Werkstatt arbeiten muss?«

»Kann schon sein. Davon hat er aber nichts gesagt.«

»Ist Andres denn viel bei Lena und den Kindern?«

»Anfangs ja, doch jetzt nicht mehr so oft.«

»Na, dann wird sich schon alles zurechtrütteln. Du wirst sehen, und mit dir und Götz auch. Es ist für jeden von ihnen schwer. Götz und seine Geschwister haben den Vater verloren, Lena ihren Mann und Andres seine gesamte Familie. Da braucht es Zeit, bis alles wieder gut wird.«

»Das verstehe ich ja auch. Aber Götz ist so unglücklich und darum immer schlecht gelaunt. Er würde so gern wieder seine richtige Arbeit machen können. Doch die würde ihm ja keiner bezahlen.«

»Seine richtige Arbeit?«, hakte Margrite nach.

»Aber ja. Er hat Lorenz doch immer bei der Fertigung der Schuhe geholfen.«

»Ich dachte, er wäre froh, dass dein Vater sich für ihn eingesetzt hat, damit er entgegen der Zunftzugehörigkeit nunmehr bei ihm in der Werkstatt arbeiten kann?«

»Ja, das ist er auch«, gestand Sophie ein. »Aber doch nur, weil er dort etwas verdienen kann.«

»Wenn es nur daran liegt, wäre es dann nicht besser, wenn Götz nicht in der Zimmerei, sondern bei einem Schuhmacher arbeiten würde?«

»Das hat er doch gleich zu Anfang versucht. Aber die zwei Schuhmacher, die es gibt, wollten ihn nicht als Lehrjungen bei sich aufnehmen.«

Anna beugte sich zu ihrer Tochter hinüber und tätschelte ihren Arm. »Na, das wollen wir doch erst mal sehen. Ich werde bei diesen Herren vorstellig werden und sehen, was ich tun kann.«

»Wirklich?« Sophies Augen wurden groß.

»Wirklich. Aber nur, wenn deine wunderbaren Stickereien an dem Kleid endlich fertig werden. Sonst schaffe ich ja gar nichts mehr.« Sie lächelte ihre Tochter an. »Und mach das ja gut. Sonst gebe ich dich dem Schuhmacher gleich noch mit obendrauf.«

Sophie gluckste vor Lachen, griff rasch nach dem Stoff und machte sich wieder an die Arbeit. Es war so schön, dass ihre Mutter wieder da war. Endlich fühlte sich alles wieder richtig an.

29. KAPITEL

Es waren nur noch zwei Wochen bis zum großen Fest, und die ganze Stadt schien auf den Beinen zu sein. Nach wie vor hielt die fröhliche, hoffnungsvolle Stimmung an, die die Bremer Bürger zu Höchstleistungen antrieb. Es war, als hätten die Wiederaufnahme in die Hanse und das geplante große Fest die Lethargie aus der Stadt vertrieben und Mut und Zuversicht wieder Einzug gehalten. Töpfer, Krämer, Wein- und Bierhändler strömten in die Stadt, und Bremen hatte Mühe, für alle eine Unterkunft zu stellen. Auf keinen Fall wollte man die Kammern in den guten Häusern vergeben, waren diese doch ausschließlich für die reichen Patrizier, die gutsituierten Händlerfamilien und Hansemitglieder vorgesehen, die Bremen die Ehre ihrer Anwesenheit zuteilwerden lassen würden. Die Huren waren genauso herbeigeströmt wie die Gaukler und Tagelöhner, die glaubten, bei alldem Gewimmel könnte auch etwas für sie abfallen.

Anna hatte tiefe Ringe unter den Augen. Schon seit Tagen schlief sie nicht mehr als vier bis fünf Stunden. Stattdessen nähte und stickte sie, bis sie kaum noch die Augen aufhalten konnte und schon nicht mehr wusste, wo sie die ganzen Kleider bis zu den Festtagen aufbewahren sollte. Gawin und sie waren sich wieder nähergekommen, lachten und scherzten miteinander und unterstützten sich, wo sie nur konnten. Gawin war auch derjenige gewesen, der zusammen mit Götz die beiden Schuhmacher der Stadt aufgesucht hatte, um ihn bei einem von ihnen unterzubringen. Der eine hatte sogleich ein zweites Mal abgelehnt, der andere ihn zumindest für einige Probetage bei sich aufgenommen. Doch schon am ersten Abend war Götz mit tränenverschmiertem Gesicht vor der

Goossen'schen Haustür gestanden. Wütend stapfte er ins Haus, nachdem ihm geöffnet worden war, und berichtete Anna, da Gawin noch in der Werkstatt war, dass der Schuhmacher ihn hinausgeworfen habe. Auf ihre Frage nach dem Warum, erklärte Götz, dass der Schuhmacher ihn als vorlauten Drecksburschen beschimpft und ihm eine schallende Ohrfeige verpasst habe, weil Götz ihm mehr als einmal während der Arbeit gesagt hatte, dass seine Schuhe schlecht gefertigt seien und gewiss nicht einmal einen einzigen Winter überstehen würden. Er hatte ihm zeigen wollen, wie sein Vater ihn den korrekten Umgang mit dem Leder gelehrt hatte und auch, wie man die Nähte setzen musste, damit die Kunden lange etwas von dem teuren Schuhwerk hatten. Doch der Schuhmacher habe nichts davon hören wollen. »Als ich dann noch etwas sagte, hat er mich geohrfeigt und vor die Tür gesetzt«, beendete Götz seinen Bericht. Anna tröstete den Jungen, wusste jedoch auch nicht recht, wie sie ihm nun helfen sollte. Also ging er am nächsten Tag wieder zu Gawin in die Werkstatt und versuchte zum einen, Andres aus dem Weg zu gehen, und zum anderen, wie immer sein Bestes zu geben.

Das Warten auf die Rückkehr der Bremer Gesandtschaft war inzwischen zur Zerreißprobe geworden. Fast meinte Anna, ihre schlimmsten Befürchtungen würden sich doch noch bestätigen, als Sophie einige Tage später mit einem Freudenschrei in die Arbeitsstube gestürmt kam. »Sie sind zurück! Mutter! Rudolf ist wieder da!«

Anna legte rasch ihr Nähzeug beiseite und lief hinter ihrer Tochter her. Die Kleine war flink wie ein Wiesel, und erst im Flur gelang es Anna, sie einzuholen. Dort blieb sie abrupt stehen. Vor ihr stand Rudolf und strahlte wie immer die Ruhe und Stärke aus, die Anna sosehr an ihm schätzte. »Rudolf!«, entfuhr es ihr, dann sank sie an seine Brust. Ihr war gleichgültig, ob diese Geste unschicklich war. Ebenso interessierte sie nicht, ob jemand sie so sah und vielleicht schlecht über sie sprechen würde. Rudolf war heimgekehrt, und alles andere war in diesem Moment unwichtig.

Sanft schob er sie zurück und lächelte sie an. »Herrin! Es ist ein wunderbares Gefühl, nach Hause zu kommen.«

»Wir haben dich so sehnsüchtig erwartet.« Sie zog an seinem Arm. »Komm, setz dich erst einmal. Du siehst todmüde aus. Seid ihr die Nacht hindurch geritten? Hast du nicht geschlafen? Möchtest du etwas essen? Gewiss hast du Hunger.« Sie redete auf ihn ein, wie sie es sonst nur mit Sophie tat. Rudolf ging zur Bank, die neben der Tür zum Lagerraum stand und setzte sich. Sofort war Sophie bei ihm und krabbelte ungefragt auf seinen Schoß. Er quittierte es mit einem Lächeln. Sanft nahm er die Kleine in den Arm.

»Du wirst immer hübscher.«

»Ich bin gewachsen«, stellte Sophie nicht ohne Stolz fest. »Nicht mehr lange, und ich bin eine richtige Frau.«

»Nun, das wird wohl noch ein wenig dauern.« Rudolf lächelte sie gutmütig an. »Wie soll ich außerdem auf dich aufpassen, wenn du noch erwachsener und hübscher wirst? Wer soll dir dann die ganzen Männer vom Leib halten?«

Sophie drückte sich glücklich an ihn. »Das machst alles du.«

»Ja, das mache ich.« Er streichelte zärtlich über ihren Rücken. Anna stand nur da und beobachtete die beiden. In diesem Augenblick wurde ihr klar, dass es nicht nur ihr eigen Fleisch und Blut war, das sie Familie nannte. Es waren Männer wie Rudolf, Marquardt, und Frauen wie Margrite und, nicht zu vergessen, Esther, die zwar in Köln lebte, ihr jedoch wie eine Schwester war.

»Sind alle gesund heimgekehrt?«

»Ja. Ein jeder von uns.«

»Dem Herrn sei Dank.«

»Doch wir haben nicht erreicht, weshalb wir nach Brügge gereist sind.«

»Das habe ich mir schon gedacht. War es euch denn möglich, eure Klagen vorzubringen?«

»Das ja. Wir wurden angehört. Doch Jean van Laaken streitet alles ab, und wir können ihm nicht das Gegenteil beweisen. Sein Hausknecht und die Wachleute haben für ihn gelogen. Sie haben geschworen, Siegbert nicht gesehen zu haben, und dass zu der fraglichen Zeit auch keine Waren abgeladen wurden.«

Anna schüttelte fassungslos den Kopf. »Und was hat er zu der Anschuldigung gesagt, dass er auch mich zu töten versuchte?«

Rudolf warf einen Blick auf Sophie und sah dann wieder zu Anna. Sie verstand sofort, dass er in Gegenwart der Kleinen nicht näher auf diesen Punkt eingehen wollte. »Er hat ausgesagt, dass es sich so nicht abgespielt hätte«, antwortete er daher ausweichend.

»Ich verstehe.« Sie presste die Lippen aufeinander. »Und die Stadtoberen? Wie stehen sie dazu? Gewiss wollen sie keinen Dieb und Mörder schützen?«

»Für sie ist Jean van Laaken nur dann ein Dieb und Mörder, wenn wir es beweisen können. Ansonsten ist er einer der Ihren, und seine Familie eine der angesehensten in der ganzen Stadt.«

Anna lag ein lästerlicher Fluch auf den Lippen. »Dieser widerliche …« Sie verkniff sich den Rest.

»Sophie«, sagte Rudolf sanft. »Wärst du so nett, zu Gertrud zu gehen und mir einen großen Becher Wein zu holen?«

Augenblicklich rutschte die Kleine von seinem Schoß. »Ja, das mache ich.« Schon verschwand sie in Richtung Küche. Rudolf fasste nach Annas Arm. »Lasst uns in die Schreibkammer gehen. Dort können wir ungestört sprechen.« Er erhob sich just in dem Moment, in dem Gertrud aus der Küche trat. Rasch rieb sie sich mit einem Tuch die Hände trocken. »Rudolf! Fast wollte ich es Sophie nicht glauben. Du bist also tatsächlich zurück.« Vor lauter Erleichterung atmete sie hörbar aus.

»Es ist schön, wieder hier zu sein. Ich kann es kaum erwarten, nachher endlich wieder dein Essen genießen zu können. Wo auch immer die Stärken der Flamen liegen, in der Zubereitung von Speisen jedenfalls nicht.«

Gertrud blickte verlegen zu Boden. Anna beobachtete die beiden. Ihr war noch nie zuvor aufgefallen, dass die Köchin und der Wachmann offenbar zarte Gefühle füreinander hegten.

»Ich werde etwas ganz Besonderes zubereiten. Nur für dich«, fügte sie noch rasch hinzu. »Doch jetzt muss ich mich eilen, sonst werde ich nicht rechtzeitig fertig.« Sie machte auf den Hacken kehrt und verschwand wieder in der Küche. Anna meinte noch gesehen zu haben, dass sich ihr Gesicht beim Weggehen mit einer leichten Röte überzog. Kaum war Gertrud in der Küche, kam Sophie wieder aus ihr heraus. »Hier, Rudolf. Es ist der größte Becher, den ich finden konnte.«

»Danke, meine Kleine.« Er nahm das Gefäß entgegen.

»Sophie, könntest du wohl dafür sorgen, dass in der Badekammer der Bottich für Rudolf bereit gemacht wird? Wir müssen noch kurz in die Schreibstube gehen, weil ich mit Rudolf über etwas sprechen möchte. Danach sollte er sich ein bisschen ausruhen können.«

»Worüber müsst ihr denn sprechen?«

»Über langweilige geschäftliche Dinge wie Zahlenlisten, die wir durchgehen und miteinander vergleichen, um zu sehen, ob wir den Brüggern ihren Betrug beweisen können.«

Sophie verdrehte die Augen. »Nein, da gehe ich doch lieber in die Badekammer.« Sie sah Rudolf an. »Ich mach es dir ganz besonders schön, mit vielen Düften. Am Ende riechst du wie Mutters Kleider.« Sie lachte und lief sofort los.

Anna und Rudolf gingen in die Schreibstube, wo Anna sich an ihren Arbeitstisch setzte und Rudolf auf einem der Stühle davor Platz nahm. Er trank einen großen Schluck Wein.

»Das tut gut«, entfuhr es ihm. Er sah Anna einen Moment an, ehe er zu sprechen begann. »Van Laaken schreckt vor nichts zurück.«

»Das weiß ich bereits.«

»Ihr wisst, mit Verlaub, noch längst nicht alles.«

»Dann erzähl es mir jetzt.«

»Nun, wir wurden zuerst bei ihm vorstellig, doch er hat uns nicht einmal vorgelassen. Die Wachmänner versperrten uns den Zutritt in sein Haus, und Augustin Hess entschied, dass wir auf diesem Wege nicht weiterkämen. Also haben wir uns direkt an den Stadtvogt gewandt, der uns wiederum zu den Stadtoberen brachte.«

»Und weiter?«

»Dort hat zunächst Hess berichtet, was wir van Laaken vorwerfen, und zwar sowohl den Diebstahl unserer Waren als auch den Mord an Siegbert.« Bei seinen letzten Worten war er immer leiser geworden.

»Und?«

»Ich muss gestehen, dass man dort keine Zeit verloren hat. Noch am selben Tag wurde Jean van Laaken aus seinem Haus geholt und zu den Vorwürfen angehört. Er stritt alles ab.«

»Hat man sein Kontor überprüft? Womöglich ist noch ein Teil der Waren dort?«

»Nein. Weder der Vogt noch die Stadtoberen sahen hierfür einen Grund. Insbesondere …«

»Ja?«

»Insbesondere, weil der Vater Jean van Laakens, Arnulf, mit im Stadtrat sitzt und die Vorwürfe als ungeheuerlich zurückwies.«

»Also kam gar nichts dabei heraus?«

»Augustin Hess bestand auf der Anklage und wollte keinesfalls aufstecken, weshalb er Euch in die Waagschale warf.«

»Mich?«

»Ja, als Zeugin. Hess berichtete, dass Jean van Laaken versucht hat, auch Euch zu töten. Der alte Van Laaken hat nur darüber gelacht. Ich bot daraufhin an, als Zeuge auszusagen. Doch ich wurde nicht gehört.« Rudolf drehte den Becher zwischen seinen Fingern. »Damit stand Aussage gegen Aussage. Die Brügger meinten daraufhin, dass Ihr schon selbst kommen müsstet, um das Verbrechen an Euch zu bezeugen und zu beeiden. Nur einer der Stadträte, hat Hess' Worte nicht gleich als Lüge abgetan, sondern fragte Jean van Laaken, weshalb eine reiche Bremer Bürgerin so etwas aus der Luft heraus behaupten sollte, wenn nicht wenigstens ein Fünkchen Wahrheit dahinterstecken würde.«

Fast traute Anna sich nicht zu fragen, was Jean hierauf erwidert hatte. Doch dann überwand sie sich. »Und? Was hat er darauf geantwortet?«

Rudolf fühlte sich offenbar nicht wohl in seiner Haut. Er blickte zur Seite, dann zu Boden, verlagerte sein Gewicht auf dem Stuhl.

»Rudolf, bitte sprich.«

Er sah sie an. »Es tut mir so leid.«

»Was sagte er?«, wiederholte sie, diesmal jedoch in einem Ton, der keinen Widerspruch duldete.

»Er sagte«, Rudolf räusperte sich, »dass Ihr seine Geliebte gewesen seid. Er benutzte ein anderes Wort, doch das will ich hier nicht wiederholen.«

»Er hat mich eine Hure genannt, richtig?«

Rudolf nickte stumm. »Dann sagte er weiter, dass Ihr Euch Hoffnungen gemacht hättet, dass er Euch zu sich nach Brügge holen würde. Als er dies ablehnte, hättet Ihr die Fassung verloren und ihm gedroht, dass er das noch bereuen würde.«

Anna schwieg, dass van Laaken so weit ginge, hatte sie nicht gedacht. Dann atmete sie tief durch und fragte: »Wie haben Augustin Hess und die anderen Männer darauf reagiert?«

»Nun, Hess war für einen Moment sprachlos, deshalb habe ich das Wort ergriffen.«

»Was hast du gesagt?«

»Ich habe gesagt, dass es zwischen van Laaken und Euch tatsächlich zu einem Streit gekommen sei.«

Anna hielt den Atem an.

»Möge der Herr mir vergeben, doch ich wusste mir nicht anders zu helfen. Ich habe ausgesagt, dass van Laaken versucht hat, sich Euch in einer Weise zu nähern, die unschicklich gewesen wäre; dass Ihr ihn daraufhin zurückgewiesen habt und in einem Wirtshaus übernachten wolltet. Als van Laaken merkte, dass er zu weit gegangen war, habe er sich entschuldigt und Euch gebeten, weiterhin als Gast in seinem Haus zu bleiben. Ich sagte zudem aus, ihm nicht getraut und aus diesem Grund auch in der Nacht vor Eurer Tür gelegen und Wache gehalten zu haben. Am nächsten Tag, als wir wieder abfahren wollten, hättet Ihr dann die Dame in dem von Euch genähten Kleid gesehen. Von da ab bin ich wieder zu der wahren Geschichte zurückgekehrt.«

Anna schluckte schwer. »Ich danke dir dafür, dass du abermals für mich gelogen hast.«

»Dann bin ich eben ein Lügner«, gab er scharf zurück. »Ich bin nicht stolz darauf. Doch lieber ein Lügner, als einen Dieb und Mörder davonkommen zu lassen.«

»Ich werde das nie wiedergutmachen können, Rudolf.«

»Da gibt es nichts, was Ihr gutmachen müsstet. Wir haben über die Vorfälle in Brügge bereits gesprochen und die Sache abgeschlossen. Es gibt nichts, was hierzu noch zu sagen wäre, außer dass ich Euch bitte, die eben geschilderte Wahrheit …«, er betonte das letzte Wort, »genauso zu übernehmen und bei Eurer Aussage vorzubringen.«

»Das werde ich.« Sie sah zu Boden. Rudolf hatte für sie gelogen und sich schwer versündigt. Nicht nur mit ihrem schändlichen Betrug, sondern auch mit dieser Last würde sie von nun an leben müssen. »Wie haben die Brügger auf deine Aussage reagiert?«

»Das ist das Gute daran.« Ein Lächeln huschte über Rudolfs Gesicht. »Sie wollen, dass Ihr nach Brügge kommt, um selbst dort auszusagen. Zwar ist damit noch nichts gewonnen, aber wenigstens werden sie die Sache dann nicht auf sich beruhen lassen, sondern ihr weiter nachgehen.«

»Und wenn ich nicht selber komme?«

»Dann wird dieser Teufel in Menschengestalt sein sorgloses, durch und durch verdorbenes Leben weiterführen, als wäre nichts gewesen.«

»Gawin würde mitreisen.«

»Euer Mann? Weshalb?«

»Er will es so.« Sie zuckte hilflos mit den Schultern.

Rudolf stand auf und begann, in der Kammer auf und ab zu gehen.

»Dann wird er alles erfahren«, fügte Anna leise hinzu.

Rudolf setzte sich wieder auf seinen Stuhl und trank mehrere Schluck Wein. »Weshalb?«

»Weshalb er mitkommen will? Ich sagte doch schon …«

»Das meine ich nicht«, unterbrach Rudolf sie. »Weshalb sollte das etwas ändern? Oder anders gefragt: Weshalb sollte das nicht sogar von Vorteil sein?«

Anna sah ihn fragend an. »Ich verstehe nicht, worauf du hinauswillst.«

Rudolf beugte sich vor und sah sie eindringlich an. »Herrin, was wir auch sonst für Menschen sein mögen, Ihr und ich, wir haben uns schwer versündigt.«

Sie nickte stumm.

»Wenn wir jetzt alles richtigstellen, würdet Ihr Euren Mann verlieren, ebenso wie Euer Vermögen. Ihr würdet mit Schimpf und Schande aus der Stadt vertrieben werden und Eure Kinder vermutlich nie wieder sehen. Und selbst wenn, würden sie wahrscheinlich nichts mehr mit Euch zu tun haben wollen.«

Anna senkte den Kopf. Tränen traten ihr in die Augen.

»Und ich würde wegen meiner falschen Aussage bestraft.« Er überlegte kurz, bevor er fortfuhr. »Ich musste eben an Siegbert denken, daran, was er mir in einer solchen Situation wohl geraten hätte. Wisst Ihr, er hat mir einmal gesagt, dass ich über mein Gegenüber stets mehr wissen muss, als dieses über sich selbst. Ich solle denjenigen, mit dem ich es zu tun habe, in- und auswendig kennen.«

»Und?« Anna verstand noch immer nicht, worauf Rudolf abzielte.

»Jean van Laaken rechnet damit, dass Ihr klein beigeben werdet. Er hat das getan, was Ihr bisher unterlassen habt. Er hat Euch genau beobachtet. Und vermutlich weiß er, dass Ihr Eure Ehe und all das, was Ihr habt, nicht riskieren würdet, um Gerechtigkeit zu erlangen.«

»Was also rätst du mir?«

»Das, was auch Siegbert Euch geraten hätte. Geht zum Angriff über. Übervorteilt Euren Gegner, bevor er Gleiches mit Euch tut.«

»Aber Gawin ...«

»Herrin, so oder so wird sich schon bald in Bremen herumsprechen, was sich in Brügge ereignet hat. Und gewiss wird gerade die Aussage, dass Ihr die Geliebte des Mannes wart, der die Bremer bestohlen hat, für große Aufregung sorgen. Erst hinter vorgehaltener Hand, dann immer lauter.«

»Und ich kann nichts dagegen tun«, erkannte Anna niedergeschlagen.

»O doch, das könnt Ihr.«

Anna konnte ihm nicht folgen. »Und wie?«

»Indem Ihr gleich heute noch eine Ratssitzung einberufen lasst. Hocherhobenen Hauptes müsst Ihr vor den Rat treten und von der Verleumdung berichten, über die ich Euch in Kenntnis gesetzt habe. Ihr müsst laut fordern, dass diesem Brügger das Handwerk gelegt wird. Ihr müsst zu Eurem Gatten gehen und Euch empören, was dieser Hundsfott von einem Flamen über Euch gesagt hat. Ihr müsst alle Unterstützung einfordern, die Ihr nur bekommen könnt und mit einem großen Tross nach Flandern reisen. Und dort werdet Ihr auf Eurem Recht bestehen, dass diesem verleumderischen Flamen der Prozess gemacht und er für all das bestraft wird, was er Euch, Euren Lieben und allen Bremern angetan hat.« Rudolf geriet zunehmend in Zorn und sprang erneut vom Stuhl auf.

»Und du glaubst wirklich, dass ich dazu in der Lage bin?«

Er musterte sie eine Weile. »Erlaubt mir eine Gegenfrage: Was würdet Ihr alles tun, um Eure Kinder nicht zu verlieren?«

Anna brauchte nicht lange zu überlegen. »Ich werde es tun. Ich werde diesem verdammten Kerl zeigen, wie sehr er sich in mir getäuscht hat. Was auch immer ich tun oder sagen muss, damit van Laaken bestraft wird, werde ich sagen und tun. Hängen soll das Schwein.«

Rudolf verzog spöttisch das Gesicht. »Ich habe es in all den Jahren nicht oft erlebt, dass Siegbert ebenso gesprochen hat. Doch sehe ich jetzt in Eure Augen, dann ist mir, als säße Euer Großvater mir gegenüber. Wenn ich Euch noch einen letzten Rat geben darf, Herrin. Vergesst das Gefühl, das Ihr jetzt in Euch tragt, so lange nicht, bis alles vorüber ist. Seid stark, mutig, überlegt und kalt. Erst wenn dieser Kerl am Galgen hängt, solltet Ihr wieder zu der liebevollen, zarten Frau werden, die Ihr seid.«

»Ich danke dir für deinen Rat und verspreche dir, ihn zu befolgen.« Anna atmete rasch und spürte selbst die Veränderung, die in ihr vorging. Sie wollte nur noch eines: Rache! Und sie wusste, dass niemand sie aufhalten konnte. Schon gar kein Jean van Laaken.

»Das ist eine solche Ungeheuerlichkeit!« Doneldey war rot angelaufen vor Wut. »Dieser Hundsfott! Dieser Teufel in Menschengestalt! Dieser widerliche Abkömmling einer durchs Dorf getriebenen Sau!«

Fast meinte Anna, dass Heinrich kaum noch Luft bekäme, so sehr regte er sich auf. Sie zog ein Tuch hervor und tat so, als müsse sie sich Tränen aus den Augen wischen. Rudolfs Vorschlag, noch heute sämtliche Bremer Ratsherren zusammenzurufen, war klug gewesen. Zwar plagte sie das schlechte Gewissen, den Ratsmännern eine so schändliche Komödie vorzuspielen. Doch sie wusste, dass es keine andere Möglichkeit gab, um Jean van Laaken das Handwerk zu legen und Gerechtigkeit für ihren Großvater zu erreichen. Sie hatte gesündigt, ja. Doch Rudolf hatte recht. Weder konnte sie rückgängig machen, was geschehen war, noch würde es irgendjemand helfen, würfe sie deshalb alles weg, was sie hatte. Außer van Laaken – und genau den wollte sie mit seinen Taten nicht durchkommen lassen.

»Ich war ja schon bereit, auf das Geld zu verzichten«, sagte sie mit brüchiger Stimme. Aller Augen waren auf sie gerichtet, als sie sichtbar um Fassung rang und immer wieder das Tuch an ihre Augen führte. »Auch wusste ich, dass ich kaum würde beweisen können, was er meinem Großvater, Eurem Freund und Mitstreiter im Rat, angetan hat. Doch dass mich van Laaken öffentlich der Unzucht bezichtigt hat, kann ich nun wirklich nicht hinnehmen. Bitte versteht mich.« Sie sank verzweifelt auf ihrem Stuhl zusammen. Heinrich ging zu ihr hinüber und legte ihr tröstend die Hand auf die Schulter. »Jeder hier versteht das, Anna. Eine solche Beleidigung und Verleumdung, eine solche … mir fehlen schlichtweg die Worte. Nein, in der Tat, dies darfst du nicht unbeantwortet und ungestraft lassen.« Er sah die Ratsherren einen nach dem anderen an. »Wollen wir wirklich zulassen, dass Anna von Goossen, die durch ihr mutiges und entschiedenes Auftreten die Rückkehr Bremens in die Hanse ermöglicht hat, die Frau, die durch ihren Gatten dafür gesorgt hat, dass jeder in dieser Stadt sein Geld wiederbekommt, und das, obwohl sie ihren eigenen Anteil aus dem gestohlenen Gut noch nicht zurückerhalten hatte, dass diese Frau, die wie keine andere Handel treibt und noch nie eine Menschenseele übervorteilt hat, auf eine solche Weise verleumdet und in den Dreck gezogen wird?« Seine Stimme war dabei immer lauter geworden, die letzten Worte hatte er schon fast geschrien.

Augustin Hess sprang auf und ballte die Hand zur Faust. »Ich sage euch, das dürfen wir nicht zulassen! Ich war dabei, als sie feige beschimpft und eine Hure genannt wurde.« Ein Raunen ging durch den Saal. »Ja, ihr habt richtig gehört. Dieser Flame hat es tatsächlich gewagt, sie als eine solche zu bezeichnen.« Er schüttelte den Kopf. »Was würdet ihr tun, wenn eure Frauen von einem Dieb und Mörder so genannt würden? Euch wieder setzen und abwarten, was geschieht? Nein, ihr würdet aufstehen und dafür sorgen, dass dieser Lump seiner gerechten Strafe zugeführt wird. Und deshalb hat Heinrich recht. Wir müssen geschlossen wie ein einziger Mann aufstehen und an der Seite Anna von Goossens nach Brügge reisen und diesen van Laaken an seinen Gebeinen zum Henker schleifen.«

Die Ratsherren nickten zustimmend. »Ich bin dabei«, ertönte der erste Ruf. »Ich auch.«

»Und ich.« Immer mehr Männer hoben die Arme oder streckten die Fäuste kampfbereit in die Luft. Anna blickte in die Runde. »Das ist mehr, als ich von euch verlangen kann«, sagte sie mit schwacher Stimme. »Ich habe euch zusammengebeten, weil ich euren Rat wollte. Den Rat der Männer, auf die Siegbert so große Stücke hielt und denen er vertraute. Doch das kann ich nicht von euch verlangen.«

»Anna, keiner von uns wird zulassen, dass du ohne ihn nach Brügge reist. Wir stehen an deiner Seite«, sagte Doneldey.

»Ich finde keine Worte, mit denen ich euch meinen Dank aussprechen könnte.«

»Doch was ist mit den Festtagen?«, fragte einer aus der Runde.

»Die werden wir abhalten«, entgegnete Anna. »Erst danach werde ich nach Brügge aufbrechen, auf dass dort Recht gesprochen wird.«

»Das ist ein guter Gedanke«, lobte Doneldey. »Soll sich dieser widerliche Köter ruhig noch etwas länger in Sicherheit wiegen. Schon bald wird er am Galgen baumeln, und ein jeder von uns wird an ihm vorbeigehen und auf seine jämmerlichen Gebeine spucken können.«

30. KAPITEL

Es waren keine zwei Tage mehr bis zum Beginn des großen Festes, als eintraf, was Anna nicht mehr zu hoffen gewagt hatte. Sie nähte gerade an dem letzten Kleid, das sie zusammen mit den anderen Gewändern auf dem Hansefest anbieten wollte, als der Wachmann an die Tür ihrer Arbeitskammer klopfte und sodann eintrat. Anna blickte auf.

»Ja?«

»Herrin, Ihr habt Besuch.« Der Wachmann strahlte sie an. »Einen sehr freudigen, möchte ich meinen.«

»So? Wer ist es denn?« Annas Herz schlug plötzlich schneller. Konnten sie wirklich gekommen sein? Schon vor Wochen hatte Anna ihnen die Einladung durch einen Boten überbringen lassen, jedoch keine Antwort erhalten. Überhaupt hatte sie seit ihrem letzten Besuch in Bremen nichts mehr von ihnen gehört. Anna wusste nicht einmal, ob bei der Geburt, die vor mehreren Monaten stattgefunden haben musste, alles gut verlaufen war.

»Es sind die Kölner, Herrin.«

Anna schloss für einen Moment die Augen. Ihre Gebete waren erhört worden. Rasch stand sie auf und folgte dem Wachmann nach draußen. Kurz blieb Anna in der Tür stehen und blickte Esther in die Augen, die neben Wyland im Flur stand, dann wusste sie, dass sich auch im Nachhinein trotz der Streitigkeiten um die Brügger Handelsgeschäfte nichts zwischen ihnen geändert hatte. Tränen stiegen Anna in die Augen. »Esther!« Sie lief die wenigen Meter zu ihr hinüber.

»Anna!«

Die Frauen fielen sich in die Arme, beide sichtlich ergriffen von ihrem Wiedersehen.

»Ich bin so glücklich, dass ihr gekommen seid. Ich habe es gehofft, doch ich war nicht sicher.« Noch einmal drückte Anna die Jüngere an sich, dann lösten die Frauen sich wieder voneinander.

»Wyland.« Anna machte ein paar Schritte auf ihn zu. Er umarmte sie und hauchte ihr einen Kuss auf die Wange. »Ich kann dir gar nicht sagen, wie gut es tut, dich zu sehen, Anna.«

Anna wurde von ihren Gefühlen übermannt. Sie lachte und weinte zugleich. »Ich freue mich so.«

Esther schüttelte nur den Kopf. »Wie hätten wir uns das große Hansefest entgehen lassen können! War das dein Einfall? Es war deiner, hab ich recht?« Die Kölnerin lachte auf, als Anna nickte. »Ich wusste es.« Sie drehte sich zu ihrem Mann um. »Habe ich es dir nicht gesagt, Wyland?«

»Das stimmt«, gab ihr Ehemann zu. »Als wir von dem Fest erfuhren, sagte Esther sogleich, dass diese Idee nur von dir stammen kann. Ihr kennt einander ebenso gut wie Schwestern.«

»Besser«, kam es wie aus einem Munde, und beide Frauen begannen lauthals loszulachen.

»Habe ich richtig gehört?« Marquardt kam schnellen Schrittes die Treppe herunter. Die letzten Stufen nahm er mit einem großen Satz. »Esther, Wyland, was für eine Freude.« Sie begrüßten sich herzlich. »Wie geht es euch?«

Bevor die Besucher antworten konnten, fragte Anna: »Und wie geht es eurem Kind? Es ist doch gesund? Als wir uns zuletzt sahen, warst du noch in Erwartung.« Kurz befürchtete Anna, dass die Geburt nicht gut verlaufen sein könnte.

»Wir haben einen gesunden Jungen namens Casper bekommen.« Esther strahlte über das ganze Gesicht. »Er ist ein wunderschöner kleiner Kerl. Und ich vermisse ihn schon jetzt ganz schrecklich.«

»Ich gratuliere euch!« Marquardt war die Erleichterung ebenso wie Anna ins Gesicht geschrieben.

Die ehrliche Freude der Bremer rührte Esther. Sie hatte Marquardt seinerzeit kennengelernt, nachdem sie während des Judenpogroms aus Köln geflohen war und im Hause von Goossen Zuflucht gefunden hatte. Alle Angehörigen der Bremer Familie, zu denen sie auch Marquardt zählte, waren damals stets für sie da gewesen. Marquardt war immer mit ihr und Anna auf den Markt gegangen und hatte dort für sie die Preise für Stoffe und Nähutensilien verhandelt, die sie sich aussuchten. Noch heute erinnerte Marquardt sie an ihren Vater, einen emsigen, ehrlichen und fleißigen Juden, der ihr all die Jahre ein Gefühl von Sicherheit und Geborgenheit vermittelt hatte.

Anna besann sich nunmehr auf ihre Pflichten als Gastgeberin. »Aber kommt doch erst einmal richtig herein. Es gibt so viel zu erzählen, und ich danke euch so sehr, dass ihr gekommen seid. Bitte, lasst uns in die Wohnstube gehen, damit ihr euch von der Reise erholen und euch stärken könnt.«

Während Esther und Wyland schon einmal vorgingen, gab Anna dem Wachmann an der Tür rasch den Auftrag, sowohl zu ihrer Freundin Margrite zu eilen als auch in der Werkstatt Bescheid zu geben, dass die Kölner eingetroffen seien. Ausgerechnet heute war Sophie mit in die Werkstatt gegangen. Gewiss würde sie sich ärgern, nicht da gewesen zu sein, als die Gäste eintrafen. Der Wachmann gab seinem Kameraden Bescheid, ihn an der Tür zu vertreten. Dann ging er los, um den Auftrag seiner Herrin so rasch wie möglich zu erfüllen.

Während Anna zu ihren Gästen in die Wohnstube ging, eilte Marquardt in die Küche, um Gertrud Bescheid zu geben, reichlich aufzutragen. Wie sooft in letzter Zeit nahm die Köchin die Ankunft von Gästen mit einem Murren zur Kenntnis, bedeutete es für sie doch, einige zusätzliche Mäuler stopfen zu müssen. Dabei hatte sie es früher immer geliebt, wenn möglichst viele Menschen da waren, ihre Stimmen sie umschwirrten und Leben im Haus war. Doch seit Siegberts Tod war das Haus von Goossen für sie nicht mehr das gleiche. Sie war noch eine junge Frau gewesen, als sie in Siegbert von Goossens Dienst getreten war. Und anfangs, ja, da hatte sie sogar zarte Gefühle für ihn gehegt. Er war schon früh Witwer geworden, und so war die Erziehung Katharinas, Annas Mutter, teilweise auch an ihr hängengeblieben. Nachdem Siegbert seine Tochter jedoch wegen einer Torheit mit einem Mann fortgeschickt hatte und nicht einmal wusste, dass diese eine Tochter geboren hatte, schwebte ein dunkler Schatten über dem Haus, der erst verschwunden war, nachdem Siegbert seine Enkelin gefunden und ins Goossen-Haus zurückgebracht hatte. Für alle war danach eine glückliche Zeit angebrochen, und Gertrud hatte schon geglaubt, dass es immer so bleiben würde. Doch dann war Siegbert nicht mehr heimgekehrt, und mit seinem Tod war auch ein Teil von Gertrud gestorben. Immer öfter lag sie des Nachts wach in ihrer Kammer und sinnierte über das Leben. Sie hatte sich nie vermählt, nie in ein eigenes Leben gefunden, im Gegensatz zu vielen anderen ihr bekannten Bremer Hauswirtschafterinnen, deren Liebster entweder im gleichen Haushalt beschäftigt war oder sie abends bereits am Feuer erwartete, wenn sie ihre Arbeit erledigt hatten und heimkamen. Nein, Gertrud hatte ihr gesamtes Erwachsenenleben der Familie von Goossen gewidmet, und nun fühlte sie sich alt und einsam. Zwar schafften es die Kinder immer wieder, ein Lächeln in ihr faltiges Gesicht zu zaubern, doch der Wunsch nach einem Zuhause, wie ihr Dienstherr eines gehabt hatte, wurde in manchen Nächten so übermächtig in ihr, dass sie meinte, keine Luft mehr zu bekommen.

Nur widerwillig stand sie dann am nächsten Tag auf und verrichtete übermüdet ihren Dienst. Sie fühlte, wie das Leben zunehmend aus ihr wich und sah sich selbst schon in der kalten, dunklen Erde liegen, ohne zu wissen, wo ihre besten Jahre geblieben waren. Als nun Marquardt die Küche betrat und ihr sagte, sie möge reichlich auftragen, seufzte sie schwer. Er hatte sich schon wieder umgedreht, hielt nun aber inne.

»Gertrud? Alles in Ordnung?«

Sie presste die Lippen aufeinander. »Ja, ja, was soll schon sein?«, gab sie schroff zurück. »Die Menschen kommen und gehen in diesem Haus und fressen und saufen, dass mir fast schwindelig wird. Und immer heißt es nur: Gertrud, trag auf, Gertrud, koch dies, Gertrud, koch das, Gertrud, kümmere dich um die Kammern. Ach, vergiss es.« Sie legte sich die Hände vors Gesicht und strich sich über die Augen.

Marquardt kam zu ihr herüber. »Was ist denn geschehen?«

Wütend funkelte sie ihn an. »Was geschehen ist, fragst du? Siegbert ist tot. Dein und mein Herr ist tot, ermordet. Und hier denkt jeder nur daran, dass ich ihm auftragen soll, und zwar reichlich. Der Herr Gawin wurde niedergeschlagen. Und wer durfte ihn pflegen, weil seine Frau in fernen Ländern ihr Schwätzchen hielt? Ganz genau, ich. Gertrud. Wer kümmert sich um die Kinder? Gertrud. Wer spült die Teller? Gertrud. Wer wäscht die Wäsche, wer kauft ständig ein, und doch sind die Vorräte stets knapp? Gertrud. Wer verbringt seine Tage damit, alle zu versorgen und so zu tun, als wäre alles in Ordnung? Gertrud. Und da fragst du, was geschehen ist?«

Marquardt schaute sie überrascht an. Nie zuvor hatte er die Haushälterin so reden hören, und er kannte sie schon ebenso lange, wie er Siegbert gekannt hatte.

»So habe ich dich noch nie erlebt«, sagte er leise. »Setz dich. Ich bringe dir einen Becher Wein.«

»Ich kann mich doch nicht setzen, während die Kölner Gäste dort drinnen …«

Sanft fasste er sie an den Schultern und schob sie zu einem der Schemel, die neben dem einfachen Holztisch standen. »Setz dich«, wiederholte er bestimmt. »Ich werde mich um die Gäste kümmern. Und du nimmst jetzt erst einmal einen Schluck und beruhigst dich.«

Sie ließ es geschehen, dass er sie auf den Stuhl drückte und einen kurzen Moment neben ihr stehen blieb, damit sie nicht sogleich wieder aufstand. Dann holte er ihr einen Becher, füllte ihn bis zum Rand mit Wein und stellte ihn vor ihr ab. »Hier. Das wird dir guttun.«

»Als ob du wüsstest, was mir guttut«, schimpfte sie.

Marquardt ging ungerührt ob ihrer Bemerkung in der Küche von einem Regal zum anderen, trug kalten Braten, Schinken, Brot, Wein und Becher zusammen und stellte alles auf ein Tragebrett. »Ich bringe das nur rasch in die Wohnstube hinüber und komme dann zurück. Du kannst mir schon mal einen Becher Wein bereitstellen.«

»Was willst du denn hier? Bleib ruhig in der Wohnstube und unterhalte dich dort mit den anderen über die guten Geschäfte, die ihr abschließen werdet.« Sie klang so zornig, dass er meinte, sie würde jeden Moment die Stimme erheben.

»Dann hole ich mir meinen Wein eben selbst.« Er zuckte mit den Schultern, nahm das Brett und verließ die Küche. Es dauerte nicht lange, bis er gemeinsam mit Rudolf zurückkam. Gertrud hatte seiner Bitte, oder vielmehr seiner Anordnung, inzwischen Folge geleistet und ihm einen Wein bereitgestellt. Sofort ging er zum Regal hinüber.

»Sieh, wen ich mitgebracht habe. Wir brauchen noch einen Becher und mehr Wein«, befand Marquardt.

»Das wird ja immer schöner«, meckerte Gertrud, während Rudolf sich zu ihr an den Tisch setzte. »Das Gesinde kommt in der Küche zusammen und säuft seiner Herrschaft den Wein weg? Wollt ihr nicht gleich auch noch die Wachmänner hinzuholen, auf dass es ein echtes Gelage werde?«

Marquardt strich sich daraufhin gespielt nachdenklich den Kinnbart. »Kein schlechter Gedanke … Aber nein, das wäre zu viel des Guten.«

Rudolf lachte auf. »Na, Gertrud, du hast ja mal wieder blendende Laune. Willst du uns nicht sagen, was geschehen ist?«

»Jetzt fängst du auch noch an. Aber ich sag euch gern noch einmal ganz langsam, was los ist, damit ihr Holzköpfe mich auch versteht: Euer Herr ist tot. Er wurde gemeuchelt. Aber das scheint niemanden zu interessieren. Stattdessen dreht sich alles nur um das große Hansefest und die enormen Einnahmen, die es bringen wird.«

»Was hast du auf einmal gegen Einnahmen?« Marquardt setzte sich ebenfalls an den Tisch. »Immerhin sichern sie uns, dass unsere Teller auch morgen noch voll sein werden.«

Gertrud suchte nach einer passenden Erwiderung. Dann machte sie eine wegwerfende Handbewegung. »Ach, ihr Kerle, ihr wollt einfach nicht verstehen.« Sie stand auf, doch Rudolf hielt sie zurück. »Setz dich wieder. Ich weiß genau, was du meinst.«

Langsam ließ sie sich zurück auf den Stuhl sinken. »Ach ja?« Sie hatte ihren Widerstand noch nicht ganz aufgegeben, doch das Verständnis, das aus seinen Worten sprach, tat ihr gut.

»Gertrud, wir haben und wir werden Siegbert nicht vergessen. Keiner von uns. Wir alle haben ihn geliebt. Doch gleichgültig, ob wir lachen oder weinen, schreien oder schweigen, er wird nicht wiederkommen. Und damit müssen wir uns abfinden.«

Gertrud starrte ihn an und brach dann plötzlich in Tränen aus. Marquardt warf Rudolf einen verwirrten, hilflosen Blick zu. Nie zuvor hatte er die Hauswirtschafterin weinen sehen. Rudolf bedeutete ihm durch ein Kopfnicken, dass alles in Ordnung sei. »So ist es richtig, Gertrud, weine nur, weine.«

Marquardt stand auf und holte ein Tuch, das er Gertrud reichte und in das sie herzhaft schneuzte. Rudolf wartete, bis sie sich ein wenig beruhigt hatte. »Geht es wieder?«

Sie nickte nur und wischte sich die letzten Tränen fort.

»Glaub mir, Gertrud, uns geht es nicht anders als dir. Was glaubst du, wie viele Vorwürfe ich mir schon gemacht habe, dass ich nicht bei ihm war, als es darauf ankam. Lieber wäre ich mit ihm gestorben als mit dem Gefühl leben zu müssen, im entscheidenden Moment nicht an seiner Seite gewesen zu sein.«

Gertrud nickte mitfühlend. »Daran habe ich nicht gedacht. Verzeih mir. Ich kann nachfühlen, wie es dir gehen muss.«

»Und ich hatte nicht einmal Gelegenheit, mich von ihm zu verabschieden, als er nach Brügge aufbrach«, fügte Marquardt nun hinzu. »Ich habe ihn zuvor schon viele Monate lang nicht gesehen und kann mich kaum mehr an unsere letzte Begegnung erinnern. Was würde ich darum geben, noch einmal mit ihm sprechen zu können.«

»So geht es jedem von uns«, pflichtete Rudolf ihm bei.

»Ich fühle mich so ...«, sie zögerte, »so alt und müde. Ich glaube fast schon zu fühlen, dass es nicht mehr lange dauern wird, bis mich der Herr gleichfalls zu sich holt.«

»So ein Unsinn.« Rudolf runzelte die Stirn. »Wie kommst du nur auf so was? Du bist eine Frau in den besten Jahren. Was redest du da nur?«

Gertrud schnaubte verächtlich. »Ich weiß ja, du meinst es gut. Aber ich weiß genau, dass ich nur eine verwelkte, alte Köchin bin, die zu nichts anderem mehr taugt, als genug Essen auf den Tisch zu bringen.«

Langsam begriff Rudolf, was in ihr vorging. Und auch wenn es nicht stimmte, was er ihr gleich sagen würde, so glaubte er doch, sie damit aus ihrer Niedergeschlagenheit holen zu können.

»Gertrud, wenn ich könnte, wie ich wollte, wärst du genau die Richtige für mich. Das warst du immer und wirst es immer sein.«

»Was?« Sie sah ihn erschrocken an. »Was sagst du da?«

»Na, dass du diejenige gewesen wärst, die ich mir zum Weib genommen hätte. Doch was wäre das für ein Leben gewesen? Ich bin Wachmann und muss stets an der Seite meines Herrn oder, wie jetzt, meiner Herrin sein. Deshalb wollte ich auch nie Kinder haben, die dann größtenteils ohne mich hätten aufwachsen müssen, so wie es bei mir selbst der Fall war. Zudem haben wir denselben Dienstherrn. Du weißt doch selbst, wie es in anderen Häusern zugeht. Stell dir nur vor, was geschehen wäre, hätte unser Herr sein Gesinde einmal nicht mehr ernähren können. Was hätte dann werden sollen? Oder wenn es Streitigkeiten gegeben hätte, wie es sie immer gibt zwischen Mann und Frau. Das hätte Siegbert gewiss nicht gefallen, und das weißt du auch. Ich dachte immer, du wüsstest, wie ich darüber denke.«

»Nein«, sagte sie kopfschüttelnd, »das habe ich nicht, wirklich nicht.«

»Nun, dann war es mein Fehler. Ich hätte es dir wohl sagen müssen. Doch ich dachte immer, du wärst ebenso wie ich zufrieden mit deinen Aufgaben. Und ist man wirklich nur dann eine Familie, wenn man die Ehe geschlossen hat? Nimm uns drei? Wir leben schon länger miteinander zusammen als so manches Paar. Und vor allem sind wir einander näher und verbundener als die meisten, die ich kenne. Wir sind eine Familie. Wir gehören zu Siegberts Familie. Er ist tot, ja. Doch da ist noch immer Anna, seine Enkelin. Und Gawin und die Kinder. Es ist unsere Aufgabe, in Siegberts Sinne weiterhin für sie zu sorgen und da zu sein. Was glaubst du, würde er sagen, wenn er uns jetzt hier sitzen sehen könnte, wie wir mit uns und der Welt hadern. Ich denke, es würde ihm nicht gefallen.« Rudolf beobachtete, ob seine Worte Wirkung zeigten. Zwar stimmte es nicht, dass er in Gertrud je das Weib gesehen hatte, bei dem er hätte liegen wollen. Da hatte es andere gegeben, und er hatte es sich mit ihnen gutgehen lassen. Doch eines stimmte: Für ihn waren die Menschen an diesem Tisch und in diesem Haus seine Familie. Und er würde alles dafür geben, um sie zu schützen.

Sie schüttelte nachdenklich den Kopf. »Nein, das würde es wohl nicht.«

»Rudolf hat recht, Gertrud«, bekräftigte nun auch Marquardt. »Auch ich habe uns immer als eine Familie empfunden, und es schmerzt mich ein wenig, dass du das offenbar nicht tust.«

Sie sah zwischen den Männern hin und her. »Aber«, begann sie zögerlich, »ihr seid sehr wohl meine Familie. Ihr zwei, Anna, Gawin, die Kinder. Auch Margrite und sogar ein wenig Esther.« Sie seufzte schwer. »Die Trauer hat mich ungerecht werden lassen. Verzeiht. Es ist nur …«

»Was? Sag es uns?« Rudolf sah sie aufmunternd an.

»Was ist, wenn sie den Brügger nicht verurteilen? Was, wenn er ungeschoren davonkommt?«

Marquardt und Rudolf warfen sich einen verschwörerischen Blick zu. »Bitte, Gertrud, sprich mit niemandem über das, was wir dir jetzt sagen. Es könnte uns an den Galgen bringen.«

»Zu niemandem ein Wort. Ich verspreche es.«

»Rudolf und ich haben bereits darüber gesprochen. Er wird nicht ungeschoren davonkommen.«

»Aber was ist, wenn die Flamen einen der ihren schützen wollen und er nicht verurteilt oder gar freigesprochen wird? Was dann? Dann lebt er einfach weiter, obwohl er Siegberts Körper zu den Fischen geschickt hat.«

Rudolf legte seine Hand auf Gertruds Unterarm und sah ihr tief in die Augen. »Gertrud, du hast nicht richtig verstanden. Ganz gleich, wie das Urteil ausfallen wird, für Jean van Laaken gibt es kein Entkommen. Er wird sterben.«

»Ihr meint …?« Sie riss erschrocken die Augen auf.

Rudolf sah sie an und nickte nur.

»Aber das könnt ihr nicht riskieren«, wandte sie aufgeregt ein. »Man wird euch hängen, wenn man euch kriegt.«

»Deshalb lassen wir uns ja auch nicht kriegen«, erklärte Marquardt ohne jede Gemütsregung.

Gertrud brauchte einen Moment, um sich des Gesagten in seiner ganzen Tragweite klarzuwerden und ihre Gedanken zu ordnen. »Bitte, tut es nicht. Ich will euch nicht auch noch verlieren.«

»Versprich du uns nur, dass unter uns bleibt, was hier gerade gesprochen wurde. Alles andere überlass uns.«

»Ich verspreche es.«

31. KAPITEL

Es war nicht nur spät, sondern sehr spät geworden, und Anna fühlte sich am nächsten Morgen wie gerädert. Trotzdem war sie überglücklich. Bis in die frühen Morgenstunden hatten sie zusammengesessen. Margrite hatte ebenfalls im Hause von Goossen geschlafen, nicht nur weil es zu gefährlich war, um so tief in der Nacht noch allein nach Hause zu gehen, sondern auch, weil sie zu betrunken gewesen war. Ausgelassen hatten die Freundinnen den Wein nur so fließen lassen, sich neue und alte Geschichten erzählt, gelacht, gescherzt und sich unendlich wohl gefühlt. Zu Beginn des Abends hatte Anna zunächst von all den schrecklichen Dingen berichtet, die sich ereignet hatten. Dabei war ihr der missbilligende Blick Wylands nicht entgangen, der von Anfang an dagegen gewesen war, das gegenüber Brügge verhängte Handelsverbot der Hanse zu umgehen. Umso dankbarer war sie ihm, dass er sich jeglichen Kommentars hierüber zurückhielt und lediglich sein tiefes Bedauern über den Verlust Siegberts zum Ausdruck brachte. Anna wusste, dass es ehrlich gemeint war. Viele Jahre war er eng mit ihrem Großvater befreundet gewesen, und die Nachricht von dessen schrecklichem Tod hatte ihn sichtlich schockiert. Lange hatten sie darüber gesprochen, auf welchem Wege man Jean van Laaken sowohl den Diebstahl als auch den Mord nachweisen könnte, Möglichkeiten besprochen und wieder verworfen. Letztendlich waren sie gemeinsam zu der Erkenntnis gekommen, zunächst in jedem Fall den Ausgang des zweiten Besuchs in Brügge abwarten zu wollen und erst danach das weitere Vorgehen festzulegen.

Später hatten sie sich heiteren Themen zugewandt, darunter auch die Planungen und kuriosen Ereignisse rund um das

Hansefest und die Geschichte von Annas Besuch in Johann Hollemanns Haus. Nur kurz hatte Wyland sie daraufhin gefragt, ob sie wirklich absolut sicher sei, dass Hollemann ihr und ihren Begleitern nicht doch etwas vorgemacht habe, was Anna mit einem entschiedenen Ja beantwortete. Als sie dann auch noch berichtete, dass Hollemann selbst sich zusammen mit dem Bootsmann und Wilhelm Jensen auf den Weg gemacht hatte, um den Mann zu fassen, der für den Überfall auf die »Pandita« verantwortlich war, waren Wylands letzte Zweifel ausgeräumt.

Die Kinder hatten eine lange Zeit bei ihnen gesessen und sich rege an den Gesprächen beteiligt, bis ihnen vor Müdigkeit die Augen zugefallen waren und Wyland und Gawin sie ins Bett getragen hatten. Zuvor hatte Sophie sich von Esther genau beschreiben lassen, wie der kleine Casper aussah, und ihre Mutter mehrfach aufgefordert, noch ein weiteres Kind zu bekommen, da sie schließlich nicht ewig die Kleinste bleiben wolle und sich gut um ihr Geschwisterchen kümmern würde. Dass sie Anna mit ihrer Bemerkung einen Stich versetzte, konnte sie nicht wissen. Die bemühte sich, den Gedanken an ihre Fehlgeburt möglichst rasch wieder beiseitezuschieben, und widmete sich erneut ganz ihren Gästen. Und selbst jetzt, nach gerademal drei Stunden Schlaf, war sie noch immer ganz berauscht von dem wunderbaren Abend. Sie freute sich, dass die Kölner versichert hatten, über die gesamte Festzeit hinweg bleiben zu wollen und erst danach wieder abzureisen.

»Guten Morgen«, sagte Anna zu Gertrud, als sie die Küche betrat.

»Ihr seht blass aus, Herrin«, gab diese besorgt zurück.

»Und daran bin ich ganz allein selbst schuld.« Anna setzte sich langsam auf einen der Schemel. »Ich hoffe, wir waren nicht zu laut?«

»Nun, gehört habe ich Euch immer mal wieder bis in die Früh. Doch mir hat's nichts ausgemacht.«

Anna sah sie schuldbewusst an. »Bitte verzeih. Es war nicht unsere Absicht, deine wohlverdiente Nachtruhe zu stören.«

Gertrud blickte sie nachdenklich an. Bildete sie sich nur ein, dass am heutigen Morgen so wie früher, als Siegbert noch lebte, eine gewisse Leichtigkeit im Haus herrschte? Möglicherweise weil sie am gestrigen Abend noch eine ganze Weile mit Rudolf und Marquardt zusammengesessen und es ihr unendlich gutgetan hatte, die Verbundenheit zwischen ihnen zu spüren?

»Was ist?«, holte Anna sie aus ihren Gedanken.

»Ach, nichts«, erklärte Gertrud schnell. »Ich dachte nur eben, dass es schon lange ...«, sie machte eine kurze Pause, »schon lange nicht mehr so schön war wie heute.«

Anna lächelte. »Das geht mir genauso. Weißt du, seit Großvaters Tod war ich nicht mehr ich selbst. Ich habe mir so viele Vorwürfe gemacht, dass ich ihn aufhalten oder wenigstens hätte begleiten müssen.«

»Aber, Herrin, das hätte doch nichts geändert.«

»Er fehlt mir so sehr, Gertrud. Manchmal kann ich kaum atmen, so sehr fehlt er mir. Aber wem sage ich das? Dir wird es gewiss nicht anders gehen.«

Gertrud sah sie nur fragend an.

»Ach, Gertrud. Auch wenn ich sein Fleisch und Blut bin, kanntest du ihn doch länger als ich, und ich weiß auch, wie viel er dir bedeutet hat.«

Gertrud wurde rot. Sie hoffte inständig, dass Anna nicht dachte, sie hätte Gefühle für ihren Herrn gehegt. Anna bemerkte es, denn schnell fügte sie hinzu: »Verstehe mich bitte nicht falsch, liebe Gertrud. Ich wollte dich nicht in Verlegenheit bringen. Ich meinte nur, dass du ihn auf die gleiche, unschuldige Weise geliebt hast wie ich.«

Ein Lächeln huschte über das Gesicht der Haushälterin. »Ja, das habe ich wirklich.«

Sie musste an das gestrige Gespräch mit Rudolf und Marquardt denken, und für einen Augenblick fragte sie sich, ob es nicht besser wäre, ihrer Herrin von dem Plan zu erzählen, dass diese sich van Laakens annehmen wollten, sollte er nicht für seine Taten verurteilt werden. Doch sie hatte den beiden ihr Wort gegeben und kannte sie lange genug, um zu wissen, dass sie ihr Vorhaben ohnehin nicht aufgeben würden, ganz gleich, ob sie oder ihre Herrin sie davon abzuhalten versuchten.

»Weißt du, Gertrud, wir haben viel zu lange nicht mehr miteinander gesprochen. Du bist immer nur hier, in der Küche, am Arbeiten, und ich sitze über meinen Kleidern. Dabei sollte uns doch gerade ein Ereignis wie Großvaters Tod zeigen, wie schnell die Dinge sich ändern, und wir denen, die uns wirklich wichtig sind, nicht mehr nahe sein können.«

Der Haushälterin kam ein Gedanke. »Sagt bitte, haben Rudolf oder Marquardt mit Euch gesprochen?«

»Nein, warum?«

»Nun ja, weil wir gestern Abend in der Küche genau darüber gesprochen haben, und Ihr nun die Gedanken aufgreift, die mir schon seit Wochen im Kopf herumgehen.«

»Ist das wahr?« Anna legte den Kopf schief. »Ach, Gertrud, das zeigt doch nur, dass wir dringend etwas ändern und wieder mehr miteinander reden müssen. Weißt du noch, als ich mit Robert und Rafael schwanger war und die letzten Wochen vor der Niederkunft nicht mehr schlafen konnte, weil die beiden immerfort getreten haben?«

»Ich erinnere mich daran, ja.« Erneut lächelte Gertrud.

»Und wie wir dann hier Sud aufgebrüht und uns stundenlang unterhalten haben?«

»Allerdings. Ich konnte am nächsten Tag die Augen oft nicht aufhalten«, gab Gertrud lachend zu.

»Du hättest ja schlafen gehen können, aber du wolltest nicht.« Annas Augen blitzten. »Genauso hätte ich mir gewünscht, mit meiner Mutter zusammenzusitzen, wäre sie noch am Leben gewesen.«

»Das habt Ihr mir nie gesagt.«

Anna zuckte mit den Schultern. »Manchmal habe ich mir sogar vorgestellt, du wärst meine Mutter und würdest dich ebenso wie ich auf das Kind freuen.«

»Oder die Zwillinge, wie wir einige Wochen später wussten.«

»Ja, die Jungen. Sie haben unser Leben ganz schön durcheinandergewirbelt, nicht wahr?«

»Ich würde sie nicht einen Tag missen wollen.«

»Ich auch nicht, Gertrud. Du bist für sie wie die Großmutter, die sie nie hatten, weißt du das?«

Gertrud war von einem Moment auf den anderen überwältigt. »Was? Das hätte ich nie gedacht.«

»Aber es ist so. Sie lieben dich von ganzem Herzen. Ich weiß ja, dass sie einen manchmal zur Weißglut bringen können, doch glaub mir, sie haben ein gutes Herz, in dem du einen festen Platz hast.«

Die Entwicklung, die das Gespräch genommen hatte, kam Gertrud fast unwirklich vor. Gestern noch hatte sie mit sich und der Welt gehadert und sich unbeachtet und ungeliebt gefühlt. Dann hatte ihr am Abend Rudolf seine Zuneigung gestanden und heute nun offenbarte ihr die Herrin, dass ihre Kinder sie als eine Art Großmutter ansahen. Fast war sie in Versuchung, Anna abermals zu fragen, ob sie auch wirklich nicht mit Rudolf oder Marquardt gesprochen hatte. Doch dann widmete sie sich wieder ihrer Arbeit und nahm die beiden Gespräche als einen Fingerzeig des Herrn, der ihr damit bewies, weder sie noch die restlichen Bewohner des Goossen'schen Hauses vergessen zu haben, und nun dankbarerweise wieder eine schönere Zeit für sie anbrechen ließ.

Anna trank aus und stellte das Gefäß auf den Tisch. »Es war schön, wieder einmal mit dir zu reden. Ich werde gleich die Kinder wecken gehen. Wir haben nur noch den heutigen Tag für die letzten Vorbereitungen zum Hansefest. Ich weiß gar nicht, wie wir das alles schaffen sollen.«

»Und doch werden wir es schaffen, Herrin. Wie immer.«

»Ach, Gertrud, du bist ein solcher Schatz.« Anna stand auf und umarmte die Köchin. »Lass uns nicht mehr so lange bis zu unserem nächsten Gespräch warten.«

»Gewiss nicht. Ich bin hier und warte auf Euch. Kommt, wann immer Ihr die Zeit findet. Doch jetzt werde ich erst einmal für alle das Morgenmahl bereiten.«

»Ich nehme dich beim Wort.« Damit verließ Anna die Küche, und eine glückliche Gertrud begann, ihren täglichen Dienst zu verrichten.

»Ich habe darüber nachgedacht«, begann Wyland, nachdem sie alle in der Wohnkammer zusammengekommen waren. Selbst Gawin und die Jungen gingen heute nicht sogleich ihren Pflichten in der Werkstatt nach, sondern blieben länger als sonst am Tisch sitzen.

»Worüber denn?«, fragte Gawin.

»Über die Morde, von denen ihr erzählt habt, und über den Überfall auf dich.« Nachdenklich drehte er den Löffel in seiner Hand. »Wenn es ein und derselbe Mann war, warum hat er dich dann nicht auch umgebracht?«

»Bitte, Wyland, nicht vor den Kindern.« Esther sah besorgt zu Sophie hinüber.

»Keine Sorge. Sie wissen über alles, was sich die letzten Wochen ereignet hat, Bescheid«, beruhigte sie Gawin. »Wir können also ganz offen sprechen. Und um deine Frage zu beantworten, Wyland, ich weiß es nicht.«

»Und warum denkst du, dass es derselbe Kerl ist, der auch die anderen Menschen umgebracht hat?«

»Wirklich begründen kann ich es nicht. Es ist im Grunde nicht mehr als ein Verdacht, doch hatte ich vor dem Überfall das deutliche Gefühl, beobachtet worden zu sein.«

»Was?« Anna riss die Augen auf. »Davon hast du mir nie etwas erzählt.«

Gawin zuckte nur mit den Schultern. »Ich wollte es einige Male, habe es dann aber in all dem Trubel, der ständig herrschte, immer wieder vergessen oder auf einen geeigneteren Moment verschoben.«

»Und wann sollte der sein?« Anna war verärgert.

»Ich wollte nicht, dass du dich unnötig sorgst.«

Anna lag schon eine zornige Erwiderung auf der Zunge, als Margrite beschwichtigend meinte: »Ihr hattet wirklich viel durchzustehen in letzter Zeit«, sagte sie zu Gawin. »Ich kann gut verstehen, dass du es erst einmal für dich behalten wolltest.«

Anna atmete einmal tief durch. »Wann glaubst du, beobachtet worden zu sein? Nur an dem Abend, als du angegriffen wurdest, oder schon früher?«

»Erst an dem Abend. Wie du weißt, war Lena hier, und wir haben uns vor der Tür getrennt, um Sophie und Götz zu suchen. Lena hat Robert und Rafael mitgenommen, und ich bin in die andere Richtung losgelaufen. Und da hatte ich plötzlich das Gefühl, dass noch jemand anders da war.«

»Ab wann genau?«

Gawin überlegte. »Ich denke, schon als ich das Haus verließ.«

»Hm«, machte Wyland, »dann ist er dir also gefolgt?«

»Ich denke schon.«

»Doch warum? Du sagtest, dir sei nichts gestohlen worden. Warum hat dich jemand beobachtet und verfolgt, wenn er dich nur niederschlagen wollte?« Wyland überlegte laut weiter. »Wie weit bist du gelaufen, um die beiden zu suchen? Wo und wie lange warst du unterwegs?«

»Ich weiß es nicht mehr genau. Seit dem Schlag auf den Kopf kann ich mich nicht mehr genau daran erinnern. Ich weiß nur noch, dass ich vom Haus zum Marktplatz in Richtung Balge gelaufen bin. Ich befürchtete, dass vielleicht eins der Kinder hineingefallen sein könnte. Doch da waren sie nicht. Dann bin ich weiter gelaufen und habe immer wieder ihre Namen gerufen. Ich weiß noch genau, dass ich an der Wilhadi-Kapelle vorbei- und durch die kleine Gasse bis zum Franziskanerkloster hinübergelaufen bin. Sophie hat dort früher öfter mal mit Robert und Rafael gespielt.«

Wie zur Bestätigung nickten die Zwillinge.

»Und danach ...« Gawin zögerte. »Verdammt, ich bin mir nicht mehr sicher. Doch, jetzt weiß ich es wieder, ich bin weiter durch den Schnoor bis zur Stadtmauer. Ja, genau. Auch hier habe ich nach ihnen gesucht, allerdings vergeblich. Also habe ich kehrtgemacht und bin denselben Weg zurück. Wobei, vielleicht nicht den ganzen, das weiß ich nicht, weil ich kurz darauf niedergeschlagen wurde.«

»Du warst also schon auf dem Rückweg?«

»Ja, das ist richtig.«

»Und wo hast du den Schlag bekommen?«

»Ich erinnere mich nicht, bis zum Franziskanerkloster gekommen zu sein. Also irgendwo im Schnoor. Da muss es geschehen sein.«

»Was ist das für eine Gegend?«

»Nun ja, in der Nacht treibt sich dort schon so manches Gesindel herum.«

»Aber du denkst nicht, dass es ein Betrunkener war, der gerade aus einer Schenke kam und dir den Schlag verpasst hat?«

Gawin dachte angestrengt nach. »Nein, ich glaube, wie gesagt, dass er schon die ganze Zeit hinter mir her war.«

Anna bekam eine Gänsehaut. »Aber wenn er doch dein Geld nicht genommen hat, was wollte er dann von dir?«

»Wenn ich das nur wüsste. Doch je länger ich darüber nachdenke, desto sicherer bin ich mir, das Gefühl, verfolgt zu werden, die ganze Zeit über gehabt zu haben.« Gawin blickte Wyland fest in die Augen. »Ich weiß noch, dass ich mich deshalb auch mehrfach umgedreht habe.«

»Du glaubst also, er wollte dich umbringen, richtig?«

Gawin nickte.

»Doch warum hat er es dann nicht getan? Du sagtest gestern Abend, dass du dich nach dem Überfall irgendwie bis nach Hause zurückgeschleppt hast. Es wäre also ein Leichtes gewesen, es entweder gleich zu Ende zu bringen, oder spätestens, als du auf dem Rückweg warst.«

»Womöglich wollte er mich töten und dachte auch, mich getötet zu haben, nachdem er mich zu Boden gestreckt hatte. Weshalb er dann auch einfach auf und davon ist.« Der Zimmermann kratzte sich am Kinn.

»Aber warum sollte dich jemand töten wollen? Und vor allem, wer? Kann es nicht eher sein, dass du doch das zufällig ausgewählte Opfer eines dahergelaufenen Lumpen warst, der dich bestehlen wollte, dabei aber gestört wurde?«

Gawin schüttelte den Kopf. »Ich weiß, es macht keinen Sinn. Dennoch bleibe ich dabei, dass mir, gleich nachdem ich mit Lena das Haus verlassen hatte, jemand gefolgt ist.«

»Ich glaube dir, dass es so war«, stellte Wyland klar. »Nur kann ich mir keinen Reim darauf machen.«

»Ich mir leider auch nicht.«

»Und was mich noch mehr beunruhigt: Wenn er es wirklich auf dich abgesehen hatte, wer sagt dir dann, dass er es nicht erneut versucht?«

Anna riss die Augen auf. »Wyland, du glaubst, Gawin könnte noch immer in Gefahr sein?«

Der Angesprochene zuckte mit den Schultern. »Wahrscheinlich musst du dir keine Sorgen machen, aber ihr solltet den Gedanken im Hinterkopf behalten. Andererseits ist das alles bereits Wochen her, in denen es sicher eine weitere Gelegenheit gegeben hätte, wollte der Kerl es wirklich zu Ende bringen.«

»Erzähl ihm von Lorenz' Ermordung«, forderte Margrite Gawin auf.

»Lorenz ist …?«

»Der Schuhmacher, der ermordet wurde.«

»Ich verstehe«, erwiderte Wyland.

»Und ich bin mir sicher zu wissen, wer dafür verantwortlich ist«, sagte Margrite giftig.

Gawin seufzte, berichtete den Kölnern dann aber bis ins kleinste Detail, was dem Schuhmacher und dem Wachmann an der Heimlichenpforte widerfahren war, nachdem sie am Vorabend nur grob davon berichtet hatten. Auch dass Andres' Frau und Kinder den Überfällen zum Opfer gefallen waren, ließen sie nicht aus.

»Beim Herrn, sogar eine Frau und unschuldige Kinder? Was ist das nur für ein Mensch, der solche Taten begeht?« Esther war entsetzt. Plötzlich sah sie ihren Vater wieder vor sich auf dem Boden liegen. Sie war bei ihm gewesen, als ihm Annas Vater Helme die Kehle durchschnitten hatte. Ein Anblick, der sie seither so gut wie jede Nacht in ihren Träumen verfolgte, auch wenn diese in den letzten zwei Jahren nicht mehr ganz so grausam waren wie früher.

»Und du sagst, du weißt, wer es war?«, vergewisserte sich Wyland und sah Margrite auffordernd an.

Gawin verdrehte fast unmerklich die Augen, doch schon im nächsten Moment musste er mit anhören, wie Margrite Hanno zum Schuldigen erklärte und auch ihren Unmut darüber kundtat, dass Gawin weiter an ihm festhielt.

»Er war früher ein anderer als heute. Ich vertraue ihm und glaub mir, du irrst dich«, verteidigte er seinen Angestellten, was Margrite mit einem Schulterzucken quittierte.

»Ich bin mir sicher, dass es so ist. Und ich fürchte, du wirst zu spät erkennen, mit was für einem gefährlichen Menschen du dich umgibst.«

»Und genau damit werde ich jetzt fortfahren.« Gawin stand auf. »Ich würde liebend gern den ganzen Tag mit euch verbringen, doch in der Werkstatt liegt noch so viel Arbeit, dass ich nicht weiß, wie wir sie rechtzeitig schaffen sollen.« Pflichtbewusst erhoben sich nun auch Robert und Rafael. Gawin zögerte. »Sagt, wollt ihr zwei heute nicht hierbleiben? Wir werden ohnehin nicht mehr alles erledigen können, was wir uns vorgenommen haben. Aber das Wichtigste, nämlich die Bänke, schaffen Andres, Hanno und ich auch ohne euch.«

Rafael strahlte über das ganze Gesicht. »Wirklich?«

»Aber ja.« Rafaels Umarmung fiel so stürmisch aus, dass Gawin sich am Stuhl festhalten musste.

Robert zögerte, dann hatte er seine Entscheidung getroffen. »Ich komme mit in die Werkstatt. Wenigstens eine Figur will ich noch fertigstellen.« Er sah Esther an. »Als wir gestern hörten, dass ihr eingetroffen seid, sind wir so überstürzt aufgebrochen, dass ich sie einfach habe liegen lassen.«

»Was sind das für Figuren, die du schnitzt? Und willst du sie auf dem Hansefest verkaufen?«, fragte Esther.

»Willst du eine sehen, Tante Esther? Ich habe eine hier. Ich hole sie, wenn du möchtest.« Die Augen des Jungen funkelten.

»Das wäre wunderbar.«

»Wartet!«, war das Einzige, was er noch herausbrachte, bevor er aus dem Raum stürmte und nur wenig später mit einem hölzernen Roland in der Hand wieder hereinkam. Esther nahm die kleine Statue bewundernd entgegen und fuhr mit ihren Fingern die fein herausgearbeiteten Konturen nach. »Die hast wirklich du gemacht?« Sie sah den Achtjährigen verblüfft an.

»Ja, ganz alleine«, verkündete er stolz.

»Robert, das ist wirklich eine außergewöhnliche Arbeit.«

»Ja, nicht wahr? Unser Robert ist ein richtiger kleiner Künstler.«

Die Worte seiner Mutter versetzten Rafael einen Stich. Fieberhaft überlegte er, womit er die Aufmerksamkeit der Anwesenden auf sich und seine eigenen Fähigkeiten lenken konnte. Doch ihm wollte nichts einfallen. Anna bemerkte, dass sich das Gesicht ihres Sohnes verdüsterte.

»Und Rafael hilft Gawin, die vielen Bänke und sonstigen Aufträge abzuarbeiten.«

»Das stimmt. Die beiden sind mir eine große Hilfe«, lobte Gawin und brach danach mit Robert auf.

»Ich muss noch ein Kleid zu Ende bringen, doch das wird gewiss nicht lange dauern«, meinte Anna nun entschuldigend zu ihren Gästen.

»Wie wäre es, wenn ich dir wie früher dabei helfe? Dann hätten wir alle etwas davon.« Esther warf ihrer Freundin einen liebevollen Blick zu.

»Das wäre wunderbar«, gab Anna zurück.

»Auf mich werdet ihr leider verzichten müssen«, sagte Margrite bedauernd. »Ich kann beim besten Willen nicht den ganzen Tag hier verbringen. Doch wir werden uns in der nächsten Zeit noch oft genug sehen. Lasst nur erst einmal die Festtage beginnen. Danach wird es mit Bremen sicher aufwärtsgehen und unser Leben wieder in geordneten Bahnen verlaufen.«

»Das stimmt. Seit Monaten stehen wir geradezu kopf. Nach den Festtagen steht dann nur noch die Sache mit Brügge an. Doch auch das werden wir meistern.«

»Eure Schultern haben eine Menge zu tragen«, stellte Wyland fest. »Ich hoffe, dass alles ein glückliches Ende für euch nimmt.«

Nun erhob sich auch Margrite von ihrem Stuhl. »Anna, könntest du noch kurz mit hinauskommen? Ich wollte dich noch etwas wegen der neuen Seifennähte fragen.«

»Sicher.« Anna stand auf. Von neuen Seifennähten war ihr nichts bekannt. Also wollte die Freundin wohl etwas anderes mit ihr besprechen. Als sie den Raum verlassen und die Tür hinter sich geschlossen hatten, zog Margrite sie zu sich heran. »Sag es ihr nicht.«

»Was meinst du?«

Margrite legte den Kopf schräg. »Ich weiß, dass sie deine Freundin ist, aber erzähle ihr nicht, erzähle ihr niemals«, sie betonte das letzte Wort, »was sich zwischen dir und van Laaken abgespielt hat. Sie würde es nicht verstehen.«

Anna wurde rot. Sie hatte tatsächlich überlegt, Esther ins Vertrauen zu ziehen. Dass Margrite ihr nun so deutlich davon abriet, überraschte sie. »Du glaubst, ich kann ihr nicht vertrauen?«

Margrite schüttelte den Kopf. »Nein, das ist es nicht. Du kannst ihr vertrauen, auch würde sie sich eher den Arm abhacken lassen, als dich zu verraten. Doch sie würde es nicht verstehen und eure Freundschaft daran zerbrechen.«

»Wie kommst du denn darauf?«

»Sie ist nicht wie wir. Gewiss hat auch sie viel Schreckliches erlebt, doch ist sie eine gläubige Jüdin und sofort, nachdem ihr Vater gestorben war, bei euch untergekommen. Anschließend hat sie Wyland geheiratet. Sie war stets behütet.«

»Und kann deshalb nicht verstehen, warum ich so etwas tun konnte?«, vollendete Anna. »Wer könnte es ihr verdenken. Ich verstehe es ja selbst nicht.«

»Darauf kommt es jetzt nicht mehr an. Was geschehen ist, ist geschehen. Doch Esther kennt nur Recht und Unrecht, falsch und richtig und urteilt danach. Glaub mir, Anna, wenn du es ihr sagst, werdet ihr einander nie mehr so begegnen wie jetzt.«

Anna sah Margrite fest in die Augen, dann umarmte sie die Freundin. »Ich danke dir für deine offenen Worte. Womöglich hätte ich es ihr sonst gesagt. Doch das werde ich nun nicht mehr tun. Ich verspreche es.«

»Gut«, sagte Margrite nur und erwiderte die Umarmung. »Ich muss jetzt gehen. Auf bald.«

32. KAPITEL

Bremen platzte aus allen Nähten. Die vielen, immer noch durch das Stadttor strömenden Menschen hatten anfangs noch Begeisterung bei den Bremern ausgelöst. Inzwischen traten jedoch Beklemmung und die schlichte Befürchtung auf, den Andrang vollkommen unterschätzt zu haben. Wer hätte auch gedacht, dass sich scheinbar jede noch so kleine, der Hanse zugehörige Handelsfamilie dazu aufgefordert fühlen würde, gen Bremen zu ziehen, um dort das große Hansefest mitzuerleben? Selbst Bürgermeister Doneldey betrachtete die Sache mittlerweile mit gemischten Gefühlen. Einerseits bestand kein Zweifel, dass wirklich jeder Bremer Bürger von dem Fest profitieren und reichlich Gewinn machen würde. Andererseits wurden schon die ersten Stimmen laut, dass es nicht genug Unterkünfte für den gewaltigen Strom Menschen gäbe, der noch immer nicht schwächer werden, geschweige denn abreißen wollte.

Die Gaukler, die in den Straßen ihre Kunststücke aufführten, fanden kaum noch Platz dazu. Erstaunlicherweise ging es in den überlaufenen Gassen und Straßen dennoch auffallend friedlich zu, was sich jedoch in den kommenden Tagen mit zunehmendem Wein-, Bier- und Schnapsgenuss noch ändern mochte. Besonders schlimm war hingegen das Treiben der Huren, die in Ermangelung eines ruhigen Plätzchens ihren Geschäften direkt an Ort und Stelle und somit nur wenige Meter von den Ständen entfernt nachgingen.

Der Bürgermeister hatte zusammen mit dem Stadtvogt sämtliche Wachmänner und Büttel, die in Bremen und Umgebung aufzutreiben gewesen waren, einbestellt und instruiert, jeweils zu zweit die Gassen zu kontrollieren und es dadurch erst gar nicht zu Übergriffen kommen zu lassen. Heinrich Doneldey spukten noch immer die Morde im Kopf herum, die sich vor einigen Monaten ereignet hatten. Unter keinen Umständen durfte während der Hansetage etwas Derartiges geschehen. Doneldey betete, dass ihnen dies erspart blieb.

Anna hatte beschlossen, ihre Gewänder nicht selbst zu verkaufen, sondern hatte Agnes, eine ihrer Näherinnen, damit beauftragt. Nachdem sich der Bestand an Duftkleidern jedoch schon am ersten Tag halbiert hatte und klar war, dass die andere Hälfte in keinem Fall für die weiteren Festtage ausreichte, ließ Anna nur noch jeweils drei unterschiedliche Kleider als Vorlage am Stand zeigen, nach der die Frauen ihre Aufträge abgeben konnten. Anders war dem Andrang unmöglich standzuhalten.

»So etwas habe ich wirklich noch nie erlebt.« Wyland zeigte sich beeindruckt von dem bunten Treiben um sich herum. »Nicht einmal im Hafen, wenn die Schiffe anlegen und ihre begehrten Waren aus den entferntesten Ländern mitbringen, geht es derart zu. Ich muss schon sagen Anna, ihr Bremer versteht es, die Leute in eure Stadt zu locken und Geschäfte zu machen.«

»Und das wieder unter dem sicheren Mantel der Hanse«, stellte sie zufrieden fest. »Für uns Bremer bedeutet das Fest viel, wenn nicht sogar alles.«

Mühsam bahnten sie sich ihren Weg durch die Menge und hatten teilweise Mühe, an den Ständen stehen zu bleiben, um die Waren zu betrachten, ohne vom Strom mitgerissen zu werden. Anna wachte mit Argusaugen über Sophie und Rafael, damit ihr die beiden in der Menge nicht verlorengingen, während sie gleichzeitig das muntere Treiben auf sich wirken ließ. Trotz der Enge und des Getöses um sie herum, war sie entspannt und gelöst. Ihr Gedanke, ein solches Fest zu geben, war klug gewesen, und sie hoffte inständig, dass es die gewünschte Wirkung zur Wiederbelebung der Geschäfte zeigen würde.

Rudolf ging hinter den Kölnern, seiner Herrin und deren Kinder her, ohne diese auch nur einen Moment aus den Augen zu lassen. Ihm war der ganze Tumult nicht geheuer. Viel zu viele Menschen auf zu engem Raum brachten seiner Erfahrung nach nichts als Ärger mit sich, wurden sie doch nur allzu schnell aggressiv.

»Mutter, sieh doch, dort gibt es kandierte Früchte.« Sophie zerrte an Annas Hand. »Bekommen wir welche? Bitte? Und auch welche für Robert, wenn er später nach Hause kommt? Ja?«

»Aber ja doch. Vorausgesetzt wir schaffen es, den Stand zu erreichen.«

»Lasst mich vorangehen und haltet euch dicht hinter mir«, bot Rudolf an und setzte sich an die Spitze der kleinen Gruppe. Erstaunlich schnell schaffte er es, ihnen den Weg freizumachen. Als Sophie direkt vor dem Verkaufstisch stand, suchte sie sorgfältig die von ihr begehrten Leckereien aus und teilte die ersten Stücke sofort mit Rafael.

»Wo wollen wir jetzt hingehen?«, erkundigte sich Anna und sah Esther und Wyland fragend an.

»Es ist deine Stadt. Sag du es uns«, gab Letzterer zurück.

»Dann heißt es jetzt erst einmal raus aus dem Gewühl und ein bisschen Luft schnappen«, schlug Anna lachend vor. Rudolf verstand sofort, nahm Sophie auf den Arm, ging der kleinen Gruppe erneut voran und lotste sie durch die Menge.

Als sie aus dem größten Gedränge heraus waren, stellte sich Rudolf an die nächste Hauswand und wartete dort auf die anderen.

Rafael wollte es sich nicht anmerken lassen, doch die Menschenmengen um ihn herum machten ihm Angst. Wie sehr wünschte er sich doch, bereits groß zu sein, um endlich nicht nur auf Bäuche und Beine, sondern in Gesichter sehen zu können, wenn er in der Stadt umherging.

»Geschafft!«, entfuhr es Anna erleichtert, als sie Rudolf erreichten.

»Man kann vor lauter Menschen die ausgestellten Waren kaum mehr sehen«, urteilte Esther. »Fast könnte man meinen, es bestünde nur noch hier und heute die Möglichkeit, etwas zu kaufen.« Sie lehnte sich erschöpft an ihren Mann.

»Anna von Goossen«, wurde Anna da plötzlich von der Seite angesprochen. Rasch drehte sie sich um. »Johann Wittenborg.« Sie nickte ihm ergeben zu. »Welche Freude, Euch hier in Bremen begrüßen zu können.«

Wittenborg deutete seinerseits eine Verbeugung an. »Es wäre ein Frevel, hätte ich mir dieses Schauspiel entgehen lassen. Und wen sehe ich hier? Wyland aus Köln. Was für eine angenehme Überraschung, hier auf Euch zu treffen.« Die Männer reichten sich die Hand.

»Darf ich Euch meine Ehefrau Esther vorstellen?«

»Es ist mir eine Freude«, meinte diese. »Mein Mann hat mir schon oft von Euch erzählt. Ihr treibt also Geschäfte miteinander?«

»Sehr gute Geschäfte sogar, möchte ich meinen«, erwiderte Wittenborg mit Stolz in der Stimme, ehe er sich wieder an Anna wandte. »Ich muss sagen, es ist erstaunlich, was Ihr in den wenigen Wochen der Vorbereitung auf die Beine gestellt habt. Auch scheint es Euch tatsächlich ernst mit dem Versprechen zu sein, das Ihr uns in Bezug auf bestimmte Bremer gegeben habt. Euer Johann Hollemann hat in Hamburg jedenfalls für großes Aufsehen gesorgt.«

»Davon ist uns noch nichts zu Ohren gekommen. Mein Stand der Dinge ist noch immer der, dass ihm ein feiger Überfall und mehrere Morde in die Schuhe geschoben werden sollten, weshalb er sich auf den Weg nach Hamburg machte, um die Sache aufzuklären.«

Wittenborg lachte lauthals auf. »Und das hat er. Und zwar auf seine ganz eigene Art.«

»Was ist geschehen?«

Johann zog die kleine Gruppe noch ein weiteres Stück in die Gasse hinein, so dass er nicht länger zu brüllen brauchte, um verstanden zu werden. Dann berichtete er Anna und ihren Freunden, was er selbst erst auf dem Weg hierher erfahren hatte.

Offenbar hatte Johann Hollemann demjenigen, der ihm Hinweise auf den Verantwortlichen für den Überfall auf die »Pandita« lieferte, eine großzügige Belohnung in Aussicht gestellt. Als sich hierauf jedoch einige Tage lang nichts tat, war er dazu übergegangen, ganz gezielt in Hamburg nach den Waren zu suchen, die von der »Pandita« gestohlen worden waren. Schnell hatten sich erste Erfolge gezeigt. Hollemann stieß auf eine ganze Reihe von Leuten, die nach dem Überfall Waren gekauft hatten, die offensichtlich zur Ladung der »Pandita« gehörten. Immer wieder war dabei auch der Name des Mannes gefallen, von dem sie die Güter erworben hatten. Es handelte sich dabei um einen Gewürzhändler, der aber, und das war das Besondere an der Geschichte, nicht nur mit Gewürzen, sondern auch mit Stoffen, Glasscheiben, Schnitzwaren und sogar mit Gold Handel betrieb. Nach einer Woche schließlich, in der Hollemann in ganz Hamburg für reichlich Gesprächsstoff gesorgt und genug Informationen gesammelt hatte, wer hinter dem Überfall stecken könnte, war er in den frühen Morgenstunden des achten Tages zum Haus des Mannes aufgebrochen, den er für den Täter hielt. Die Wachleute Hollemanns, die später überall herumerzählten, was sich vor Ort ereignet hatte, meinten, dass besagter Gewürzhändler namens Hans von der Barg ihre Ankunft bereits erwartet habe. Zunächst hätte er sich zwar geweigert, mit Hollemann zu sprechen, dann aber schließlich doch noch eingewilligt, ihn ins Haus zu lassen. Hollemann traf dort auf einen verzweifelten Mann, der wegen der furchtbaren Dinge, die auf der »Pandita« geschehen waren, an schweren Gewissensqualen litt. Er gestand dem Bremer, den Überfall in Auftrag gegeben und nach Übergabe der Waren auch für seine Ausführung bezahlt zu haben. Was er jedoch entschieden von sich wies, war der Mord an der Besatzung sowie, dass er dafür Johann Hollemann verantwortlich gemacht haben sollte. Von der Barg flehte Hollemann an, ihm zu glauben. Er hätte den Auftrag einem Mann übertragen, den er in einer der heruntergekommensten Schenken Hamburgs getroffen habe. Von der Barg gestand, sturzbetrunken und verzweifelt gewesen zu sein, weil seine eigenen Geschäfte immer schlechter liefen, wofür er insbesondere Männer wie Hollemann und seinesgleichen verantwortlich machte. Wie auch immer: Aus seinem Gespräch mit dem Ganoven war jedenfalls eine Absprache zum Überfall geworden, für den von der Barg nach Übergabe der Waren bezahlen sollte. Vom Tod der Besatzung und Hartmann Tüchleins abscheulicher Zurschaustellung wäre jedoch nie die Rede gewesen, er habe erst davon erfahren, nachdem er die Räuber bereits bezahlt hatte. Er beschwor Hollemann, dies niemals so gewollt zu haben, und brach vor ihm in Tränen aus. Doch änderte dies nichts an dem, was danach geschah. Hollemann brachte ihn persönlich zum Stadtvogt von Hamburg und wartete dort so lange, bis von der Barg sein Geständnis wiederholt hatte. Erst danach war die Angelegenheit für ihn erledigt gewesen und Hollemann wieder nach Bremen aufgebrochen.

Anna staunte mit offenem Mund.

»Nun, ich weiß nicht«, fuhr Wittenborg fort, »ob Hollemann bereits zurückgekehrt ist. Aber in jedem Fall hat es sich so zugetragen, wie ich es Euch erzählt habe.«

»Offen gesagt, erleichtert mich das sehr. Nach dem Besuch bei Hollemann war ich von seiner Unschuld überzeugt. Umso besser, dass sie nun bewiesen ist.«

»Und die eigentlichen Mörder?«, hakte Wyland nach. »Konnten sie gefasst werden?«

»Soweit ich weiß, nicht. Von der Barg kannte wohl nicht einmal den Namen des Mannes, mit dem er sich auf den schändlichen Handel eingelassen hat.« Wittenborg zuckte mit den Schultern. »Aber für das Bündnis der Hanse mit Bremen ist es gut, dass die Sache auf diese Weise bereinigt werden konnte. Das festigt unsere freundschaftliche Verbindung.«

Einige Spielleute kreuzten ihren Weg, von denen einer auf der Laute spielte und die anderen hierzu sangen. Die Gruppe um Anna unterbrach ihre Unterhaltung, um sie vorbeiziehen zu lassen.

»Es war schön, Euch zu treffen, Anna von Goossen. Ich werde mich nun auf den Weg zum Hause unseres Gastgebers machen.«

»Wo wohnt Ihr denn während der Zeit Eures Besuchs?«

»Beim Bürgermeister selbst«, erklärte Wittenborg zufrieden. »Meine ganze Familie hat mich zum Hansefest begleitet und wurde mit großer Herzlichkeit aufgenommen. Außerdem beherbergt Heinrich Doneldey noch drei weitere Kaufmänner der Hanse. Ich muss schon sagen, die Bremer Gastfreundschaft ist unvergleichlich.«

Anna war froh, Johann Wittenborg so begeistert über ihre Stadt sprechen zu hören.

»Dann richtet Heinrich einen herzlichen Gruß von mir aus. Gewiss werden wir uns dieser Tage noch öfter treffen. Was würdet Ihr zudem von einem gemeinsamen Abendessen im meinem Hause halten? Sagen wir morgen Abend? Es wäre mir eine Freude, Eure Familie kennenzulernen.«

»Die Einladung nehme ich gerne an.« Wittenborg nickte ihr zu.

»Habt vielen Dank, bis morgen also.«

Wittenborg drehte sich mit einem weiteren Kopfnicken um, tauchte in der Menge unter und war schon einen Lidschlag später nicht mehr zu sehen.

Die nächsten paar Tage vergingen wie im Flug, und Anna gewöhnte sich nach und nach an die Menschenmengen, in diese einzutauchen, um die Stände zu bestaunen, sie sogar zu genießen begann. Am vorletzten Tag des Hansefests nahmen die Besucherzahlen dann merklich ab, was vor allem daran lag, dass die Waren vieler Händler bereits ausverkauft waren und die Auslagen immer dünner wurden. Esther berichtete Anna, dass die von Wyland eingestellten Händler fast alles, was sie aus Köln mitgebracht hatten, verkaufen konnten und sie mit einem gutgefüllten Geldsack nach Hause zurückkehren würden. Auch Anna hatte die Tage gut genutzt, um sich mit Stoffen aus dem Orient, mit byzantinischer Seide, goldenen gewebten Schmuckbändern und allerlei Verzierungsgarnen einzudecken. Eine solche Auswahl an verschiedenen Materialien würde sie so schnell nicht wieder geboten bekommen. Und wenn, dann höchstens in weit entfernt gelegenen, großen Städten, die mit ihren breiten Wasserstraßen Hauptanlaufpunkt für riesige Schiffe waren. Sobald das Hansefest vorüber war, würde sie nach und nach die Aufträge abarbeiten, die während der Tage hereingekommen waren. Schon jetzt wusste sie, dass sie noch mindestens vier, wenn nicht sogar fünf weitere Näherinnen würde einstellen müssen. Doch am meisten freute sie, dass sich auch die anderen Bremer Händler, und damit alle Einwohner der Stadt, um die Ernährung ihrer Lieben keine Sorgen mehr zu machen brauchten. Ganz im Gegenteil hatten sie nun eher das Problem, dass sie nicht wussten, wie sie der vielen Arbeit überhaupt Herr werden sollten. Gerade gestern war Margrite auf einen kurzen Besuch vorbeigekommen und hatte sichtlich erschöpft berichtet, dass sie in großen Schwierigkeiten stecke. Ihre Seife war ausverkauft, und sie konnte gar nicht schnell genug neue herstellen, um die georderte Stückzahl zu liefern. Bedauernd teilte sie Anna mit, in nächster Zeit nicht einmal die gewünschte Anzahl für die Duftkleider garantieren zu können. Anna hatte sie beruhigt und gemeint, sie würde ihre Arbeitsschritte in diesem Fall einfach umstellen. Statt wie sonst die Stoffnähte schon während der Fertigung der Gewänder mit Seife zu versehen, wollte Anna diese ganz einfach am Ende einnähen. So bliebe Margrite genug Zeit, um mit der Herstellung hinterherzukommen.

Morgen brach der letzte Tag des großen Hansefestes an, und obwohl es Anna einerseits bedauerte, dass Esther und Wyland am darauffolgenden Tag wieder abreisten, war sie andererseits doch froh, dass wieder mehr Ruhe in ihren Alltag einziehen würde. Die Vorbereitungszeit auf das Fest wie auch die Markttage selbst hatten sie viel Kraft gekostet. Hinzu kam, dass sie sich etwas mehr Zweisamkeit mit Gawin wünschte, der ihr einziger Halt war, wenn die Angst vor dem, was sie in Brügge erwartete, übermächtig zu werden drohte. Sie hatte ihren Mann in den letzten Wochen von einer, ihr bisher unbekannten Seite kennengelernt und sich neu in ihn verliebt. Zwar quälte sie noch immer ihr Gewissen wegen des Ehebruchs mit Jean van Laaken, doch das sichere Wissen, dass sie dies nie wieder tun und fortan glücklich mit ihrem Mann und ihren Kindern leben würde, half ihr darüber hinweg. Es gab nur eines, das sie noch mehr beunruhigte als ihre bevorstehende Reise nach Flandern. Gawin hatte viel Stärke bewiesen, doch drängte es ihn immer heftiger, sich auf die Suche nach dem Mörder des Schuhmachers und der anderen armen Seelen zu machen. Er war fest davon überzeugt, dass sich dieser noch immer innerhalb der Stadtmauern aufhielt, was Anna und auch alle anderen Leute, die sie kannte, bezweifelten. Seit Monaten hatte es keine erneuten Überfälle oder Morde mehr gegeben. Der Verbrecher war ganz offensichtlich längst über alle Berge verschwunden. Nur Gawin wollte kein Einsehen haben und hielt hartnäckig an seiner Meinung fest.

Während des Hansefestes hatten Anna und Gawin es sich zur Gewohnheit gemacht, sich jeden Abend, sobald im Haus Ruhe eingekehrt war und alle schliefen, mit zwei Krügen Wein auf die Treppenstufen zum Eingang zu setzen und auf das Lichtermeer am Marktplatz zu blicken. Schon jetzt tat es Anna in der Seele weh, dass es ab morgen mit den Fackeln, die einen strahlenden Anblick boten, wie Anna ihn niemals schöner gesehen hatte, ein Ende haben würde.

»Ich werde unsere gemeinsamen Abende hier draußen vermissen.« Zärtlich hatte Anna Gawin umarmt und legte ihren Kopf an seine Schulter.

»Ich auch.« Er wandte sich ihr zu und gab ihr einen Kuss. »So wie in letzter Zeit, war es lange nicht zwischen uns.«

Schon fürchtete sie, dass jetzt der Zeitpunkt gekommen war, da ihr Ehemann ihr von seinem möglichen Verdacht erzählen würde.

»Das stimmt«, erwiderte sie deshalb schnell, konnte aber nicht verhindern, dass ihr eine Träne die Wange hinabrollte.

»Was hast du denn?« Er schob sie ein Stück weit von sich fort, um ihr in die Augen blicken zu können.

»Ach, es ist nur so schön, weißt du.« Sie lehnte sich wieder an ihn. »Und ich möchte nicht aufgeben, was wir haben.«

»Das werden wir doch auch nicht.«

»Nun, aber ab morgen ist es mit dem Weintrinken und dem wunderbaren Anblick des Nachts vorbei. Die Händler ziehen weiter oder kehren in ihre Städte zurück. Vom bunten Treiben bleibt nur noch der Unrat auf den Gassen, alle Fackeln werden erlöschen, und die Stadt wird wieder in Dunkelheit liegen.« Sie seufzte.

»Wer weiß?« Gawin überlegte einen Moment. »Vielleicht werde ich zukünftig ja jeden Abend Hunderte Bremer dafür bezahlen, dass sie sich für eine Stunde mit brennenden Fackeln auf den Marktplatz stellen.«

Anna musste lachen. »Du bist so albern.«

»Aber nein, gar nicht. Du willst nicht, dass es dort drüben dunkel ist, also ist das doch ein ernsthaft in Erwägung zu ziehendes Vorhaben.«

Wieder brachte er Anna mit seiner Bemerkung zum Lachen. »Ich glaube, jetzt kann eine ganz neue Zeit für uns anbrechen und nicht nur für uns. Bremen ist wieder Mitglied der Hanse und hat für die nächsten Monate gutgefüllte Kassen. Hollemann verhält sich wie ein anständiger Kaufmann, unsere Kinder sind gut geraten, und wir beide haben so viele Aufträge, dass wir uns wegen des gesamten nächsten Jahres keine Sorgen zu machen brauchen.«

»Und wir werden für unsere Arbeit auch bezahlt, weil die Leute wieder Geld haben«, fügte Gawin hinzu.

»Ach, müssen wir wirklich nach Brügge reisen?«, entfuhr es ihr plötzlich.

»Was ist los?« Gawin suchte ihren Blick, doch sie verharrte, ohne jede Regung und ohne zu sprechen, an seiner Schulter.

»Willst du es mir nicht sagen?«, fragte Gawin nach.

»Ich möchte einfach nicht, dass wieder etwas Schreckliches geschieht«, erklärte sie. »Jetzt, wo alles endlich wieder gut ist. Ich will nicht verlieren, was wir haben.«

»Was sollten wir denn verlieren, wenn wir in Brügge unsere Anklage vorbringen? Wir können doch nur gewinnen. Dieser Jean van Laaken kann uns nicht nehmen, was wir haben. Wir ihm jedoch schon.«

Anna überlegte. Wie sollte sie ihm ihren Wunsch, nicht fahren zu wollen, nur erklären, ohne dass er Verdacht schöpfte. »Was, wenn uns auf der Reise etwas geschieht?«

»Warum sollte uns etwas geschehen?«

»Warum bist du inmitten der Stadtmauern Bremens einfach niedergeschlagen worden?« Und als Gawin nicht antwortete, fuhr sie fort: »Genau das meine ich nämlich damit – dass solche Dinge eben einfach passieren. Und was soll aus den Kindern werden, wenn wir womöglich nicht zurückkommen?«

»Aber, Anna, wenn es danach ginge, müssten wir uns ja die ganze Zeit über im Hause einschließen, nur damit uns nichts zustößt.«

»Aber Brügge ist weit. Auf dem Weg dorthin ist die Wahrscheinlichkeit, dass uns etwas widerfahren könnte, viel größer.«

»Hast du nicht eben selbst darauf hingewiesen, dass ich innerhalb der Mauern meiner eigenen Stadt niedergeschlagen worden bin? Dazu bedurfte es keiner Reise. Du hingegen bist aus Brügge, Hamburg und Lübeck unversehrt wieder heimgekehrt.«

»Unversehrt?« Anna wurde wütend. »Ich hatte eine Fehlgeburt, lag auf Leben und Tod, und mein Kind befindet sich nun auf dem Grund des Meeres. Das nennst du unversehrt?« Sie hatte sich von ihm gelöst und sah ihn aufgebracht an.

»Du hast recht. Bitte verzeih.«

Sie atmete rasch. »Warum willst du die Sache nicht einfach auf sich beruhen lassen?«

»Du willst den Mord an deinem Großvater nicht ahnden und noch dazu dem Mörder ein Vermögen überlassen? Das willst du wirklich?«

Anna wollte etwas erwidern, hielt sich jedoch zurück.

»Willst du ihn außerdem auch nicht mehr zur Rechenschaft für die Verleumdung ziehen, die er gegen dich erhoben hat?«

Anna stockte für einen Augenblick der Atem. Gleich würde Gawin sie danach fragen, ob sie vielleicht nicht mehr nach Brügge wollte, weil die Behauptung van Laakens der Wahrheit entsprach und sie tatsächlich seine Geliebte gewesen war. Sie wartete, doch ihr Mann sah sie nur fragend an.

»Entschuldige bitte«, sagte sie kleinlaut. »Ich hatte für einen Moment den Mut verloren.«

Er zog sie erneut an sich. »Ach, meine Anna. Ich kann dich ja verstehen. Auch ich möchte nicht, dass sich etwas ändert. Doch wir können das, was uns und besonders dir angetan wurde, nicht einfach ungestraft lassen.«

»Ich weiß.«

»Anna, ich möchte dir etwas sagen.«

»Ja?«

»Nachdem ich wieder aufgewacht war, hatte ich viel Zeit, um zu überlegen. Und dabei wurde mir klar, dass es zwar nicht ganz einfach ist, der Ehemann von Bremens Duftnäherin zu sein, ich mich aber selbst viel zu lange kleingemacht habe.«

Sie wollte etwas erwidern, doch er legte ihr sanft den Finger auf die Lippen.

»Ich musste oft daran denken, wie es früher war, bevor wir hier in Bremen ankamen. Erinnerst du dich noch?«

»Aber ja. An jeden einzelnen Augenblick.« Er konnte hören, dass sie lächelte, während sie diese Worte aussprach.

»Wir kamen in Bremen an, und obwohl wir nicht wussten, wie es weitergehen würde, warst du so voller Hoffnung und Zuversicht, dass ich keinen Augenblick daran zweifelte, dass wir unser Glück finden würden.«

»Ich war noch so jung.«

»Das stimmt. Doch das hat dich nicht davon abgehalten, deinen Weg zu gehen. Erinnerst du dich noch an das erste Duftkleid, das du genäht hast?«

»Sicher. Ich habe es Margrite geschenkt.«

»Ganz recht. Und dann, nachdem du und Siegbert zueinander gefunden habt und er dir dein eigenes Arbeitszimmer einrichtete. Weißt du noch, wie es war, als du es das erste Mal betreten hast?«

Anna seufzte. »O ja, all die bunten Farben, die Fülle an unterschiedlichsten, feinen Stoffen. Ich erinnere mich gut daran.«

»Und erinnerst du dich auch daran, wie ich meine erste Stelle bekam, beim alten Meister Jordan?«

»Richtig. Anderlin hat sie dir besorgt.« Anna wurde traurig, als sie an den Gefährten Margrites dachte, der damals für Margrite und sie sein Leben gegeben hatte.

»Denk nur mal, das alles ist noch gar nicht so lange her, und dennoch hat sich seitdem so viel in unserem Leben ereignet. Jordan, Anderlin und Siegbert sind inzwischen tot. Wir haben drei wunderbare Kinder bekommen und verrichten beide eine Arbeit, die wir lieben. Denkst du, dass der Herr von uns will, dass wir jetzt nichts weiter tun, als uns still hinzusetzen? Glaubst du auch nur einen Augenblick, dass wir das, was wir heute haben, erreicht hätten, wären wir vor einem Kerl wie Jean van Laaken zurückgewichen?«

Anna hob den Kopf. »Nein, das glaube ich nicht.«

»Genau das denke ich auch. Und deshalb sind wir es Siegbert, vor allem aber auch uns selbst schuldig, mutig zu sein und uns nicht schrecken zu lassen, komme was da wolle. Der Herr ist auf unserer Seite und wird uns beschützen. Oder hältst du diesen van Laaken für so mächtig, dass er sogar Gott ins Handwerk pfuschen und die Aufgaben, die dieser für uns bereithält, in andere Bahnen lenken kann?«

»O nein, er ist genau das Gegenteil von mächtig.« Feuer loderte in Annas Augen. »Er ist ein Wurm, der Krankheit und Elend in unser Leben gebracht hat. Und es wird mir eine Freude sein, ihn zu zerquetschen.«

»Dein Blick und deine Gedanken machen mir ein wenig Angst«, schmunzelte Gawin. »Andererseits hast du in deinem Wunsch nach Rache etwas an dir, das ich in unserer Kammer unbedingt genauer erkunden will.« Er lächelte ihr zu.

Anna genoss das Gefühl von Macht und Stärke, das sie in diesem Moment ergriff. Sie fasste nach Gawins Hand und legte sie auf ihren Busen. »Ich habe auch noch andere Wünsche, die ich unbedingt erfüllt haben möchte.« Sie presste ihren Körper an den seinen und spürte, wie sein Glied steif wurde. Langsam umfasste sie es mit den Fingern und drückte es kräftig. »Und ich merke, dir geht es genauso. Komm.«

Für den noch immer hell von Fackeln erleuchteten Marktplatz hatte keiner von beiden mehr einen Blick.

33. KAPITEL

Der Abschied war Anna unendlich schwergefallen, viel zu groß war ihre Angst, ob und unter welchen Umständen sie ihre Familie und ihre Freundin Esther wiedersehen würde. Verzweifelt hatte sie die Freundin an sich gedrückt und sich so kraftlos gefühlt, dass sie sich ernsthaft fragte, wie sie die Aufgabe, die vor ihr lag, nur meistern würde. Die Sehnsucht nach vergangenen Zeiten überwältigte sie so sehr, dass sie sich lange nicht von Esther zu lösen vermochte und zu weinen begann. Als die Frauen schließlich auseinander traten, waren ihre Gesichter tränenüberströmt.

»Wir werden uns wiedersehen«, sagte Esther beschwörend, als hätte sie Annas Gedanken erraten.

»Ich will dich nicht gehen lassen.«

»Und ich will nicht gehen.« Esther trat noch einen weiteren Schritt zurück. »Und doch muss es sein.«

»Aber, aber«, mischte sich nun Wyland ein. »Ihr beide tut ja gerade so, als wäre es ein Abschied für immer.«

Es war aufmunternd gemeint, bewirkte bei Anna jedoch das genaue Gegenteil. »Als ich mich von Siegbert verabschiedete, wusste ich auch nicht, dass ich ihn nie wieder sehen, nie wieder mit ihm sprechen und nie wieder an seiner Seite sein würde«, erwiderte sie heftig.

»Es tut mir leid, ich wollte nicht …«

Gawin nahm seinen Freund am Arm. »Sie meint es nicht so. Siegberts Tod hat uns alle schwer getroffen. Die Lücke, die er in unserem Leben hinterlassen hat, ist riesengroß. Wir werden Zeit brauchen, seinen Verlust zu verkraften.«

Anna sah Wyland bedauernd an. »Bitte entschuldige. Ich weiß nicht, was in mich gefahren ist.«

»Du musst dich nicht entschuldigen. Trauer«, erkannte Wyland und gab Anna zum Abschied einen Kuss auf die Stirn, »ist neben der Liebe eines der tiefgreifendsten menschlichen Gefühle. Es tut mir leid, dass du eine so schreckliche Zeit durchleben musst.«

Die Kinder hatten die Verabschiedung schweigend und mit einem gewissen Staunen verfolgt. Noch nie zuvor hatten sie ihre Mutter so aufgelöst und niedergeschlagen erlebt, nicht einmal in der Zeit unmittelbar nach Siegberts Tod.

Die Kölner stiegen auf ihre Pferde.

»Habt Dank für die Gastfreundschaft, die ihr uns gewährt habt. Anna, ich verspreche dir, dass wir fortan öfter kommen werden. Und kommt auch ihr zu uns. Wir mögen zwar keine großen Hansefeste feiern, doch hat auch Köln viel zu bieten. Lebt wohl.«

»Lebt wohl.« Anna winkte ihnen selbst dann noch nach, als sie längst nicht mehr zu sehen und alle anderen bereits ins Haus zurückgegangen waren. Nur Sophie stand noch neben ihr und legte nun ihre kleine Hand in Annas. »Immer wenn ich traurig bin, sagt Gertrud, dass sie mir jetzt erst mal was Gutes zu essen macht.«

Anna musste lächeln. »Ach ja, sagt sie das?«

»Ja. Ich kann zwar nicht so viele Leckereien kochen wie Gertrud. Doch ein paar Eierspeisen bekomme ich schon hin.« Die Kleine zog ihre Mutter entschlossen am Arm ins Haus. Ob Anna wollte oder nicht, nach all den Tränen kehrte das Lachen zurück.

Die Vorbereitungen für die Reise so vieler angesehener Bremer Bürger nach Brügge dauerten ganze sechs Tage. Anna graute vor der fast zweiwöchigen Schifffahrt, noch mehr aber vor dem, was sie in Flandern erwarten würde. Die Zeit des

Wartens bis zum Aufbruch war für sie schier unerträglich. Nicht einmal das Fertigen ihrer Duftkleider bereitete ihr noch Freude und wollte auch bei weitem nicht so gelingen, wie sie es sich vorstellte.

In den ersten Tagen nach dem Fest war in Bremen der große Kassensturz gemacht worden, der zutage förderte, worauf kaum einer zu hoffen gewagt hatte. Bremen stand finanziell so gut da wie seit Jahren nicht mehr. Die Einnahmen durch Handelsabgaben hatten so viel Geld in die Kassen gespült, dass der Stadtrat beschloss, die laufenden Steuern für das nächste halbe Jahr auszusetzen und nach Ablauf dieser Frist zu prüfen, ob aus dem zeitlich begrenzten Erlass nicht ein dauerhafter werden könnte.

Bürgermeister Doneldey hatte am dritten Tage nach dem großen Fest, als auch die letzten Händler und Gäste die Stadt wieder verlassen hatten, die Bremer auf dem Marktplatz zusammenkommen lassen, um zu ihnen zu sprechen. Mit großer Leidenschaft ließ er sie wissen, wie stolz er auf sie sei und wie stolz auch ihre unmittelbaren Vorfahren und Familienahnen auf das wären, was die Stadt mit vereinten Kräften geschafft habe. Er lobte ihren Zusammenhalt und ihre Lebensfreude, bevor er ihnen dann den Steuererlass verkündete. Danach hatte das Podest unter den Füßen des Bürgermeisters vom Jubel der Menschen geradezu gebebt, und Doneldey meinte später zu Anna, dass ihm dieser Moment eine solche Kraft gegeben habe, wie er sie zuletzt als junger Mann verspürt hätte.

Zwei Tage, bevor Anna mit der großen Gesandtschaft nach Brügge reiste, war am Abend dann Margrite zu ihr gekommen und hatte sie um ein kurzes Gespräch gebeten. Entschlossen hatte sie Anna mitgeteilt, sie begleiten zu wollen, um ihr beizustehen, und diesem Jean van Laaken, wenn nötig, selbst seine schmutzige, verleumderische Zunge in den Rachen zu stopfen. Anna war Margrites Besuch überaus willkommen, gab es doch etwas, das sie schon seit längerem mit der Freundin besprechen wollte. Anfangs war es nur ein Gerücht, das Gertrud ihr zugetragen hatte. Angeblich gab es einen Büttel in der Stadt, der um Margrites Gunst warb. Anna erinnerte sich, dass Margrite seinen Namen ihr gegenüber sogar einmal kurz erwähnt hatte. Mehr hatte die Seifensiederin jedoch nicht verlauten lassen. Während der feierlichen Hansetage, hatte sich ihr der Mann, sein Name war Ludwig, nun selbst vorgestellt und sie als Margrites engste Freundin darum gebeten, ein gutes Wort für ihn einzulegen. Seitdem brannte Anna förmlich darauf, endlich mit Margrite darüber sprechen zu können. Doch bisher hatte sich keine Gelegenheit dazu ergeben. Dass Margrite sie nun nach Brügge begleiten wollte, freute Anna, dennoch lehnte sie das Angebot der Freundin ab. Sie brauchte Margrite hier in Bremen, damit sie sich während ihrer Abwesenheit um ihre Kinder kümmerte. Margrites Einwand, dass Gertrud dieser Aufgabe ebenso gewachsen sei, wollte Anna nicht gelten lassen. Doch Margrite bestand darauf.

»Selbstverständlich werde ich dich begleiten. Ich habe schon so manches überstanden und außerdem«, fügte sie hinzu, »glaube ich sogar, dass es mir guttun wird, einmal aus Bremen fortzukommen. Und sei es nur, um mir diesen van Laaken vorzunehmen.«

Die beiden Freundinnen hatten sich in Annas Arbeitskammer zurückgezogen und auf den gemütlichen Nähstühlen Platz genommen, auf denen sie auch Seite an Seite arbeiteten, wenn Margrite Anna beim Nähen aushalf.

»Hältst du es für einen guten Zeitpunkt, ausgerechnet jetzt Bremen für mehrere Wochen den Rücken zu kehren?«

»Darf ich fragen, wie du das meinst?« Margrite spitzte die Lippen. Sie ahnte, dass Anna ihr auf die Schliche gekommen war.

»Du weißt sehr genau, wie ich das meine.« Ein amüsiertes Lächeln umspielte Annas Lippen.

»Ich möchte mit nach Brügge, um dir beizustehen.« Margrite verschränkte die Arme vor der Brust.

»Und?«

»Und was?«

»Und weil du vielleicht Ludwig eine Weile aus dem Weg gehen willst?«

»Ich weiß nicht, wovon du sprichst.«

»Warum sträubst du dich so sehr dagegen, dass ein Mann um dich wirbt?«

»Es gibt keinen Mann, der um mich wirbt.«

»Das ist nicht wahr.«

»Wie kommst du überhaupt auf diesen Gedanken? Ich habe nichts …«

»Nein, du hast nichts gesagt. Und ich muss zugeben, dass mich das kränkt.«

Margrite riss die Augen auf und blickte dann erschrocken zu Boden. »Das wollte ich nicht. Du hast nur in den letzten Monaten so viel durchmachen müssen, dass ich dich nicht auch noch mit einer solchen … nun, mit einer … solchen aussichtslosen Torheit belästigen wollte.«

Anna suchte ihren Blick. »Margrite, wie lange kennen wir uns nun schon?«

»Etwa ein Jahrzehnt wird es sein.«

»Eben. Und wir haben zusammen wahrlich viel erlebt und durchgestanden.«

»Das stimmt.« Margrite sah sie an. »Mein Gott, was war das nur für eine Zeit.«

Anna lächelte. »Ja, das stimmt, doch ganz gleich, was war, wir haben immer zusammengehalten, nicht wahr?«

»Ja, das haben wir.« Margrite atmete tief durch.

»Ich wäre morgen auch noch zu dir gekommen, um mit dir zu reden, bevor wir uns voneinander verabschieden«, fügte Anna nachdenklich hinzu.

»Wirklich? Weshalb?«

»Aus mehreren Gründen. Zum einen möchte ich dich um den größten Gefallen bitten, den man von einem Menschen nur verlangen kann.«

»Ich verspreche es.«

»Du weißt ja noch gar nicht, worum ich dich bitten möchte.«

»Ich verspreche es«, wiederholte Margrite nur und sah die Freundin abwartend an.

»Wenn mir in Flandern irgendetwas geschehen sollte, mir und auch Gawin, dann kümmere dich um unsere Kinder. Sie haben sonst niemanden mehr auf der Welt.«

»Aber euch wird doch nichts geschehen! Anna, Kindchen, du musst dich von diesen Gedanken befreien.«

»Versprich es mir! Bitte!«

»Ich verspreche es dir.« Margrite griff nach Annas Hand. »Wenngleich ich mir sicher bin, dass wir in einigen Wochen wieder hier beisammensitzen werden und sich alles zum Guten gewendet hat.«

»Und doch musste ich dich darauf ansprechen.«

»Das verstehe ich. Und du kannst dich auf mich verlassen. Ich liebe die drei ohnehin, als wären es meine eigenen.« Margrite lächelte.

»Und es gibt noch etwas, worüber ich mit dir sprechen wollte.«

»Ja? Worüber?«

»Über Ludwig.«

»Ludwig«, echote die Seifensiederin verdutzt. »Was soll es da zu sprechen geben?«

Anna legte den Kopf schief. »Margrite, es verhält sich doch so, dass er schon seit Wochen alles versucht, um dir näherzukommen. Offen gesagt, bewundere ich seine Hartnäckigkeit.«

Margrite zuckte nur mit den Schultern.

»Zwar hast du ihn nur ein- oder zweimal am Rande erwähnt, doch ich kenne dich gut genug, um zu wissen, dass das auf etwas Ernstes hinweist.«

Margrite lief rot an. »Falls du glaubst, dass ich ihm gestattet hätte, sich irgendwelche Freiheiten mir gegenüber herauszunehmen, liegst du falsch«, stellte sie entschieden fest. »Zwischen uns war nichts Unstatthaftes.«

»Das weiß ich doch. Und genau darüber wollte ich mit dir sprechen.«

Margrite sah Anna fragend an. Diese griff nun ihrerseits nach der Hand der Älteren und fuhr fort: »Ich habe Ludwig zufällig auf dem Fest getroffen. Er stellte sich mir vor, wenngleich ich ohnehin schon wusste, wer er war. Ich bin ihm einige Male begegnet, wenn ich im Rathaus vorstellig wurde. Er bat mich etwas abseits der Verkaufsstände auf einige Worte.«

»Was wollte er von dir?« Argwohn lag in Margrites Stimme.

»Er ist dir wirklich sehr verbunden, Margrite.«

»Ach, Unsinn«, wiegelte diese mit einer Handbewegung ab.

»Und wenn er mich nicht belogen hat an diesem Abend, dann hat er dir das auch bereits gesagt.«

Margrite sagte nichts, wich Annas Blick aus.

»Sogar mehrmals gesagt«, stellte Anna klar.

»Ach, du weißt doch, wie das ist. Männer reden viel, wenn der Tag lang ist. Und am Ende sind sie doch alle gleich.«

»Alle bis auf einen«, meinte Anna vielsagend, und Margrite wusste sofort, worauf die Freundin hinauswollte.

»Ludwig fragte mich, ob es einen anderen gäbe.«

»Und, was hast du ihm gesagt?«

»Ich habe es bejaht.«

»Aber …? Wieso hast du das getan?«

»Weil es so ist, oder etwa nicht?« Anna blickte Margrite lange an. »Es ist noch immer wegen Anderlin, nicht wahr?«

Tränen stiegen Margrite in die Augen, und sie wandte sich ab.

»Margrite, ich verstehe dich so gut. Anderlin war ein ganz besonderer Mann.«

»Das war er. Und kein anderer auf dieser Welt kann so sein wie er.«

»Ich weiß«, erklärte Anna sanft. »Aber Anderlin ist tot. Und das schon seit neun Jahren. Und ganz gleich, wie einsam und keusch du auch lebst, bringt ihn das nicht mehr zurück.«

Margrite hatte immer größere Schwierigkeiten, gegen die Tränen anzukämpfen. Schließlich gab sie ihren Widerstand auf und weinte bitterlich. Anna rückte mit ihrem Stuhl dicht an sie heran und zog sie an sich. Margrite schluchzte herzzerreißend. Minutenlang blieben die Frauen so sitzen, bis Margrite sich wieder einigermaßen gefangen hatte.

»Ich weiß es ja«, sagte sie schließlich. »Doch ich habe solche Angst!«

»Dass Ludwig dich enttäuscht?«

»Nein.« Margrite schüttelte den Kopf. »Dass er es nicht tut.«

»Das verstehe ich nicht.«

»Ich wollte Anderlin lieben, ein Leben lang. Und manchmal bin ich einfach so wütend, dass er nicht mehr da ist. Es ist keine Trauer mehr da. Nur Wut!«

»Er ist gestorben, um uns zu retten.«

»Ja. Doch es ist nicht gerecht. Und ich liebe ihn immer noch und fühle mich so allein.«

»Du bist nicht allein. Du hast mich, du hast die Kinder, Gawin, Rudolf, ja sogar Marquardt. Wir sind deine Familie, und wir lieben dich.«

»Ich weiß ja.« Margrite streichelte Anna über die Wange. »Aber ich wollte mit Anderlin leben, ich wollte die Frau an seiner Seite sein, glücklich und bis zum Ende meiner Tage. Und dann hat er mich einfach zurückgelassen.«

»Aber Ludwig lebt«, sagte Anna sanft. »Und du sollst doch, nur weil du mit Ludwig zusammen bist, Anderlin nicht aus deinem Herzen werfen. Er wird immer seinen Platz darin haben, das wissen wir beide. Aber seit Anderlins Tod sind so viele Jahre vergangen, und Ludwig hätte sich gewiss nicht dazu überwunden, mich anzusprechen, wären seine Gefühle für dich nicht ehrlich und stark.«

»Denkst du?«

»O ja, das denke ich. Wie ein geprügelter Hund hat er vor mir gestanden und wollte wissen, was er falsch gemacht hat und ob es einen anderen gibt. Ganz verzweifelt war der arme Kerl.«

»Wirklich?« Margrite lächelte. »Verzweifelt?«

»Und wie.« Anna rollte mit den Augen. Sie sprach mit tiefer Stimme, um Ludwigs Worte besser nachzustellen: »Aber, Duftnäherin, Ihr kennt sie doch so gut. Was kann ich nur tun? Wie kann ich sie für mich gewinnen? Wenn es irgendetwas gibt, sagt es mir. Glaubt mir, ich habe nur die besten Absichten. Ist sie nicht einzigartig? Mir ist nie zuvor eine Frau wie sie begegnet. Wenn sie es nur zulassen würde, glaubt mir, ich würde sie glücklich machen.«

»Das hat er gesagt?«

Anna nickte mit einem Schmunzeln. »Wie hast du ihn eigentlich kennengelernt?«

»Ich hab ihm Prügel angedroht.« Margrite musste selbst lachen, als sie merkte, wie das klang.

Anna prustete los. »Du hast was?«

»Es stimmt. Ich war auf dem Markt unterwegs, und er ist ja einer der Büttel des Stadtvogts. Da war ein Junge, der sich einen Apfel genommen hat. Ich habe es gesehen.«

»Gestohlen«, stellte Anna klar.

»Genommen. Denn ich habe den Apfel später bezahlt. Also war es kein Diebstahl.«

»Ach, Margrite, du und dein gutes Herz. Und wie kommt nun Ludwig ins Spiel?«

»Er hat den Jungen wohl ebenfalls dabei beobachtet, wie er sich den Apfel nahm. Gerade als ich dem Händler das Geld gab, damit er kein Geschrei veranstaltet, sah ich, wie Ludwig den Jungen am Kragen packte, ein Stück mit sich zog und ausholte, um ihn zu schlagen. Da bin ich dazwischen gegangen und habe ihm gedroht, wenn er den Jungen auch nur berührte, würde ich ihn vor allen Leuten verprügeln.«

Anna lachte auf. »Und? Was hat Ludwig darauf gesagt?«

»Ich glaube, er war zu verdutzt, um etwas zu sagen. Also habe ich weiter auf ihn eingeschimpft, was ihm denn einfiele, immerhin hätte ich den Apfel bezahlt, und er solle nur wagen, mir auch noch dumm zu kommen, dann würde er mich so richtig kennenlernen.«

Nun gab es für Anna kein Halten mehr. Sie lachte lauthals los, und Margrite fiel nun ebenfalls mit ein. Sie mussten sich die Tränen aus den Augen wischen, als sie sich endlich wieder beruhigten.

»Und was ist danach geschehen?«

»Nichts. Also erst einmal nichts. Ein paar Tage später stand er dann mit einem Lavendelsträußchen vor der Tür. Er sagte, dass er in Erfahrung gebracht hätte, dass ich Seifensiederin sei und für den Duft meiner Seifen Lavendel verwende.«

»Er hat sich tatsächlich aufgemacht und dir Lavendel besorgt?«, fragte Anna gerührt.

Margrite nickte. »Ich muss zugeben, das hat mir schon sehr gut gefallen.«

»Und dann?«

»Dann fragte er, ob er vielleicht ins Haus kommen dürfe. Natürlich habe ich ihn abgewiesen.«

»Natürlich.« Anna nickte wissend.

»Nun ja, doch von da an kam er jeden Tag. Mal hatte er Äpfel dabei, mal eine Kerze oder einen Krug Wein. Irgendwann, es regnete und stürmte sehr, habe ich ihn dann hereingebeten.« Ein Lächeln umspielte Margrites Lippen, und Anna sah ihr an, dass die Erinnerung an diesen Tag sie glücklich machte.

»Wir haben den ganzen Abend geredet. Als er ging, fragte er mich, ob wir unser Gespräch fortsetzen könnten, und ich stimmte zu. Allerdings nur unter der Voraussetzung, dass er mir keine Geschenke mehr mitbrächte. Das war mir schon sehr unangenehm.«

»Und er kam wieder?«

»Gleich am nächsten Tag. Wann immer sein Dienst es ihm erlaubte, kam er vorbei, und wir redeten miteinander. Bis vor zwei Wochen.«

»Was ist da geschehen?«

»Da wollte er mich zum Abschied küssen.«

»Und das wolltest du nicht?«, fragte Anna kopfschüttelnd.

»Doch. Ich habe ihn ja auch geküsst, aber dann kam mir Anderlin in den Sinn, und ich hatte plötzlich das Gefühl, ihn zu verraten. Also habe ich Ludwig dazu gedrängt, zu gehen, und ihn seither nicht mehr ins Haus gelassen.«

»Der arme Kerl«, entfuhr es Anna.

Margrite biss sich auf die Unterlippe. »Und er hat wirklich zu dir gesagt, dass er mich glücklich machen will?«

»Ja, das hat er.«

»Und was denkst du, würde Anderlin jetzt sagen, wenn er mich sehen könnte. Du kanntest ihn gut. Würde er mich …«, sie schluckte schwer, »würde er mich eine Verräterin und Hure nennen?«

Anna war schockiert. »Das glaubst du doch nicht wirklich!«, erwiderte sie mit Nachdruck. »Soll ich dir sagen, was dein Anderlin tun und sagen würde?«

Margrite blickte auf, antwortete aber nicht. Wieder wurden ihre Augen feucht.

Anna nahm Margrites Gesicht zwischen beide Hände. »Er würde dir sagen: Werde glücklich! Werde glücklich, du hast es dir so sehr verdient. Lebe dein Leben und genieße das, was der Herr dir schenkt.«

Margrite schluchzte auf.

»Und ganz ehrlich, meine Liebe. Ludwig hat dich von Anfang an genauso kennengelernt, wie du bist. Du hast ihm Prügel angedroht und es ihm alles andere als leichtgemacht. Lass ihn in dein Herz, Margrite. Er nimmt Anderlin nichts weg.«

Die Freundinnen umarmten sich lange. Dann wischte sich Margrite die Tränen aus dem Gesicht und lachte mehrmals erleichtert auf. »Dann lasse ich Ludwig also in mein Herz, und um deine Kinder werde ich mich gleichfalls kümmern, während du fort bist. Aber jetzt bitte ich dich auch um einen Gefallen.«

»Was auch immer es ist …«

»Ich brauche ein neues Kleid. Ein schönes Duftkleid. Aus edlem, weichem Stoff, aber ohne Verzierungen.« Sie hob den Zeigefinger.

Anna stand auf und streckte Margrite ihre Hand entgegen. »Komm. Wir werden bestimmt das richtige für dich finden.«

»Aber ich habe nicht mehr viel Zeit«, sagte Margrite auf einmal geschäftig. »Ich muss noch ein wunderbares Abendessen vorbereiten und einen guten Wein bereitstellen. Aber vorher muss ich zum Rathaus und Ludwig Bescheid geben, dass er heute Abend zum Essen kommen muss, ob er will oder nicht.« Sie klatschte in die Hände. »Und wenn er sich weigert, drohe ich ihm wieder Prügel an.«

Wieder lachten die Freundinnen lauthals los, und Anna sah Margrite glücklich an. Ja, das Leben war nach Bremen zurückgekehrt, daran bestand kein Zweifel.

34. KAPITEL

So groß ihre Zuversicht und ihr Vertrauen in die Bremer auch waren, mit einem solchen Rückhalt hatte Anna nicht gerechnet. Zusammen mit Rudolf, Marquardt, Gawin und ihr selbst reisten nicht weniger als achtunddreißig Bremer nach Flandern, darunter auch Heinrich Doneldey, Bernhard von Dettenhusen und andere Ratsleute, um sich dort für ihr Recht, das Recht einer einzelnen Kauffrau starkzumachen. Entsprechend groß war auch die Anzahl der Wachleute, die sie begleiteten. Wie auch immer der Besuch in Flandern ausgehen würde, einen bleibenden Eindruck würde er in jedem Fall hinterlassen. Wegen der Größe ihrer Reisegruppe mussten sie gleich zwei Schiffe anheuern, die sie über die Nordsee nach Brügge bringen sollten, wo ihnen ein Streit mit unbekanntem Ausgang bevorstand.

Womöglich waren es die viele Arbeit, die zu kurzen Nächte, das Übermaß an Anstrengung oder auch die Erlebnisse der gesamten letzten Wochen und ihr schlechtes Gewissen – in jedem Fall ging es Anna während der gesamten zwei Wochen ihrer Reise schlecht. Von Tag zu Tag wurde sie einsilbiger. Immer öfter zog sie sich zurück, bis sie fast gar nicht mehr an den gemeinsamen Mahlzeiten und Gesprächen teilnahm und nur noch nachdenklich an der Reling stand und auf das endlos scheinende Wasser starrte. Gawin hatte sie mehrmals gefragt, ob er etwas für sie tun könnte. Doch sie hatte nur mit dem Kopf geschüttelt. So beschloss er, sie in Ruhe zu lassen und darauf zu bauen, dass alles gut werden würde, sobald die Sache mit diesem elenden Flamen ausgestanden war.

»Die See ist still und friedlich. Es wird nicht mehr lange dauern, bis wir anlegen. Schon morgen werden wir in den

Brügger Hafen einlaufen.« Rudolf war unbemerkt an ihre Seite getreten und stand nun neben ihr an der Reling.

»Hm«, war das Einzige, was sie hervorbrachte.

»Ihr solltet versuchen, diese Nacht ein wenig zu schlafen.«

Anna sah ihn von der Seite an.

»Ich bin Euer Wachmann. Glaubt Ihr wirklich, ich hätte nicht bemerkt, dass Ihr Nacht für Nacht aufsteht und auf die dunkle See starrt?«

Anna stöhnte leise. »Wenn ich die Augen schließe, um einzuschlafen«, flüsterte sie, damit sie außer Rudolf niemand hören könnte, »habe ich Angst vor dem, was mich in Brügge erwartet. Doch Angst will ich nicht mehr zulassen. Also schließe ich meine Augen nicht mehr.«

»Das klingt vernünftig.« Er machte eine Pause. »Ist es aber nicht. Wenn ihr Eure Anklage vorbringt, solltet Ihr den Eindruck einer schönen, klugen und starken Kauffrau machen. Nicht den eines Schattens mit Augenringen bis zu den Mundwinkeln.«

Sie zuckte mit den Schultern. »Ich kann doch nichts dagegen tun.«

Rudolf überlegte einen Moment. »Wusstet Ihr, dass ich eine ganz wunderbare Mutter hatte?«

Anna sah ihn ob des plötzlichen Themenwechsels überrascht an. »Nein, du hast mir nie von ihr erzählt.«

»Habe ich nicht? Nun, das hätte ich aber tun sollen. Denn sie hat einen starken Mann aus mir gemacht, der vor nichts und niemandem Angst hat und davonläuft. Das war allerdings nicht immer so.«

»Nicht? Was ist geschehen?«

»Ich war damals etwa fünf oder sechs Jahre alt und hatte Angst, am Abend in der Dunkelheit allein zu sein. Wisst Ihr, meine Mutter hat in der Schenke geholfen, die am östlichen Ende unseres Dorfes stand.«

»Und dein Vater?«

»Ich hab ihn nicht oft gesehen. Er hat sich mit allen möglichen Arbeiten durchgeschlagen. Manchmal hat er Münzen mitgebracht, wenn er nach Hause kam, manchmal auch nicht. Oft war er tagelang fort. Mein Bruder hatte damals das Dorf schon lange verlassen, und meine Schwester ist gestorben, als ich vier Jahre alt war.«

»Das wusste ich nicht. Es tut mir leid.«

»Nun, so war es eben. Wenn meine Mutter nach Hause kam, war es oft schon tief in der Nacht. Und alleine hatte ich Angst. Als ich es ihr sagte, erzählte sie mir eine Geschichte. Wollt Ihr sie hören?«

Anna lächelte. »Gewiss.«

»Meine Mutter setzte sich zu mir aufs Bett und erzählte mir von einem Seemann, der befürchtete, der Wind könnte ihn eines Tages gegen die Felsen einer Insel treiben, an denen sein Schiff in tausend Teile zerberstet. Als er in einem Hafen anlegte, erzählte er einem alten Kapitän von seiner Angst, und der sagte ihm, dass nicht der Wind bestimmt, wohin ein Schiff fährt, sondern der Mann, der dessen Segel setzt. Wenn er daher die Segel immer klug setze, dann könnte ihm nichts geschehen. Als ich meine Mutter darauf fragte, was das mit mir und der Dunkelheit zu tun habe, sagte sie, dass es sich mit meiner Angst genauso verhalte. Die Gedanken seien die Segel in meinem Kopf, und ich sei der Kapitän. Ich müsse mir nur klarmachen, welche Richtung ich ihnen geben muss, dann könnte die Angst mir nichts anhaben, genauso wenig wie der Wind dem Schiff. Wenn also meine Angst vor der Dunkelheit käme, sollte ich die Segel richtig setzen, sprich, an etwas Schönes, Helles denken. Wenn ich dies dann eine Zeitlang täte, würde ich feststellen, wie gut es mir tue, meine Gedanken zu steuern wie der Seemann das Schiff.«

»Eine schöne Geschichte. Und? Hat sie dir geholfen?«

»Nun, anfangs hatte ich so meine Zweifel und wusste natürlich auch, dass mich meine Mutter damit beruhigen wollte. Dann aber habe ich es versucht, wenn ich in der Dunkelheit lag. Ich stellte mir das Schiff vor, sah mich selbst auf dem Deck stehen, und wenn Wind aufkam, setzte ich die Segel so, dass ich in die Richtung fuhr, in die ich wollte. Immer mehr solcher Bilder entstanden in meinem Kopf, und sie bewirkten, dass ich mich zunehmend besser fühlte.«

»Die Angst wurde weniger?«

»Ja, und nicht nur das. Ich vergaß meine Angst schlichtweg, solange meine Gedanken um Schiffe, Winde, das richtige Setzen der Segel und meine Reisen an die entferntesten Orte der Welt kreisten. Ich sah mich im Traum in fremden Häfen anlegen, roch fremde Düfte, sah Menschen anderer Hautfarbe und Art. Und seitdem weiß ich, dass ich alles schaffen kann, wenn ich nur selbst die Segel setze und meine Gedanken so steuere, wie es gut für mich ist.«

Anna hatte ihm zugehört und war überrascht, wie ruhig sie dank seiner kleinen Geschichte geworden war. »Es stimmt wohl, was deine Mutter dir gesagt hat. Und Gleiches gilt demnach auch für mich. Ich bin diejenige, die das Sagen hat. Ich entscheide, was ich denke und was nicht. Aber sag, was tust du, wenn die gleichen Bilder immer wiederkommen und dich quälen?«

»Ich stelle mir etwas Schönes vor, etwas, das ich mag. Ich denke an das, was mein Leben bereichert, und verbiete mir, hässliche oder beängstigende Gedanken in mein Bewusstsein dringen zu lassen. Versucht es. Ich bin mir sicher, dass Ihr mir morgen früh nach einer durchschlafenen Nacht für diesen Ratschlag dankbar sein werdet.«

Sie fasste ihn kurz an den Arm. »Das bin ich dir jetzt schon. Hab Dank.«

Er lächelte nur, ging dann zu Marquardt zurück und setzte sich wieder neben ihn.

»Was habt ihr gesprochen?«, flüsterte Marquardt.

»Ich habe ihr nur eine Geschichte erzählt, die ihr helfen wird.«

»Was für eine Geschichte?«

»Von meiner Mutter. Darüber, was sie getan hat, als ich Angst vor der Dunkelheit hatte.«

Marquardt sah ihn stirnrunzelnd an. »Aber ich dachte, deine Mutter sei bei deiner Geburt gestorben.«

»Das ist sie auch.«

Marquardt grinste wissend, während Rudolf sich den Hut etwas tiefer ins Gesicht zog und sich zufrieden mit dem Rücken gegen eine Kiste lehnte.

Am nächsten Mittag erreichten sie Brügge.

Die Geschäftigkeit im Hafen schien seit Annas letztem Besuch noch zugenommen zu haben. »Dafür dass die Hanse Brügge mit einer Handelssperre belegt hat, scheinen die Speicher gut gefüllt zu sein.« Heinrich Doneldey knirschte mit den Zähnen, so verärgert war er über das bunte Treiben vor sich. Als das Schiff längsseits anlegte und die Planken ausgelegt wurden, ging er als Erster von Bord. Er wartete, bis auch alle anderen das sichere Ufer erreicht hatten und ging dann zu Anna hinüber. »Du warst schon einmal hier. Wirst du das Haus dieses Jean van Laakens wiederfinden?«

Da trat Rudolf an ihre Seite und antwortete anstelle seiner Herrin: »Ich finde es. Folgt mir.« Zielstrebig ging er der Gruppe voran und achtete darauf, nicht zu schnell zu sein, damit ihm auch alle Bremer durch das Menschengewimmel hindurch folgen konnten. Kaum dass sie den Hafenbereich verlassen hatten, weiteten sich die Gassen, und Rudolf blieb kurz stehen, damit die Letzten im Tross aufschließen konnten. Als er sich vergewissert hatte, dass alle da waren, ging er weiter bis zum Marktplatz, überquerte diesen und wandte sich nach links. Er stockte kurz, entdeckte dann aber sofort das Gebäude, nach dem er Ausschau gehalten hatte. Die Figuren am Dachgesims waren nicht zu übersehen. »Das Haus dort vorn.« Er deutete mit dem ausgestreckten Arm.

»Sind das Löwen dort oben?« Doneldey legte den Kopf in den Nacken und beschattete seine Augen mit der Hand.

»Ich denke schon.« Rudolf folgte seinem Blick.

»Was für ein eitler Gockel.« Heinrich verzog das Gesicht. »Wir hätten wissen müssen, dass wir uns mit solch einem Kerl niemals hätten einlassen dürfen. Kommt.«

Anna ging an seiner Seite, als sie sich dem Prachtbau näherten. Kurz, bevor sie die Tür erreichten, blinzelte Doneldey ihr zu. »Wird schon«, war das Einzige, was er sagte.

Anna sah sich fast hilfesuchend zu Gawin um, der zusammen mit Marquardt direkt hinter ihr ging. Als sie den Eingang erreichten, nahm Rudolf abermals die Spitze ein und klopfte laut gegen die Tür. »Öffnet!«

Es dauerte nicht lange, bis die Tür in den Angeln knarrte und sich ein Wachmann vor ihnen aufbaute. Überraschung spiegelte sich in seinem Gesicht wider, als er seinen Blick über die vielen Menschen schweifen ließ, die sich vor der Tür befanden.

»Wir wollen zu Jean van Laaken«, teilte Doneldey knapp mit.

»Er ist nicht da.«

»Wir sind nicht gekommen, weil wir Sehnsucht nach ihm haben. Du siehst, wie viele wir sind. Wir wollen ihn sprechen, und zwar sogleich. Wenn dir dein Leben lieb ist, holst du ihn.«

»Er ist wirklich nicht da«, stammelte der Mann.

»Wo ist er?«

»Das darf ich Euch nicht ...« Er brach ab, als Rudolf bei diesen Worten sein Schwert zog.

»Bei seinem Vater, Arnulf van Laaken.«

»Wo wohnt der?«

»Nicht weit«, stammelte er aufgeregt und trat ein Stück weiter vor die Tür. »Ihr müsst nur zurück über den Marktplatz gehen. Sobald Ihr den Kirchturm vor Euch seht, ist es das erste Haus ...« Weiter kam er nicht.

»Du kommst mit und zeigst es uns.«

Der Wachmann wollte widersprechen, doch ein Blick in die Gesichter der Gruppe vor ihm und vor allem in das Rudolfs genügte, um ihn rasch nicken zu lassen. Er schien noch zu überlegen, ob er im Haus jemandem Bescheid geben sollte, als Rudolf ruppig bemerkte: »Mein Schwert beginnt schon zu singen.« Sofort trat der Wachmann hinaus. »Bitte, folgt mir.«

Rudolf blieb dicht neben ihm, die Hand weiterhin am Knauf seines Schwertes. Fast bedauerte er, dass der Kerl sie so bereitwillig führte und keine Anstalten zu fliehen machte, um seinen Herrn zu warnen.

Nicht wenige Menschen auf dem Marktplatz machten ihnen verwundert Platz und blieben stehen, um der seltsamen Gruppe nachzusehen, die entschlossenen Schrittes an ihnen vorbeieilte. Eine Mutter fasste sofort nach der Hand ihres Kindes, um den Kleinen für alle Fälle von hier fort in Sicherheit zu bringen. Es dauerte nicht lange, bis der Wachmann vor einem prächtigen Gebäude stehen blieb und die Bremer ihr Ziel erreicht hatten.

»Hier ist es.«

»Du wartest«, befahl Rudolf grimmig.

»Aber wenn mein Herr mich hier sieht und weiß, dass ich Euch hierhergeführt habe ...«, versuchte der Wachmann an Rudolfs Gutmütigkeit zu appellieren.

»Wenn wir mit deinem Herrn fertig sind«, mischte sich nun Heinrich Doneldey ein, »wird er ohnehin nicht mehr das Geld haben, dich zu bezahlen. Du kannst uns also dankbar sein, dass du es als einer der Ersten erfährst.«

Der Wachmann wusste hierauf nichts mehr zu erwidern, blieb eingeschüchtert stehen und senkte den Blick.

Wieder war es Rudolf, der gegen die Tür hämmerte und lauthals Einlass forderte. Rasch wurde sie von einem grimmig aussehenden Mann geöffnet, der ihnen sofort einige Sätze entgegenschleuderte, die keiner der Bremer verstand. Dass deren Inhalt nicht besonders freundlich war, verriet ihnen jedoch schon der Tonfall.

»Verstehst du mich?«, fragte Rudolf unbeeindruckt.

»Gut genug«, erwiderte der andere.

Doneldey trat einen Schritt vor. »Wir sind gekommen, um mit Jean van Laaken zu sprechen.«

Der Wachmann brauchte nur einen Blick auf seinen Kameraden zu werfen, der mit gesenktem Kopf neben Rudolf stand, um sich die Frage zu sparen, woher die Fremden wussten, dass Jean van Laaken sich im Haus aufhielt.

»Ich werde nachfragen«, sagte er knapp und wollte die Tür schließen, als Rudolf blitzschnell seinen Fuß dazwischenschob. »Die lassen wir mal sicherheitshalber auf.« Sein Blick ließ keinen Zweifel daran, wie ernst es ihm war.

»Gut«, meinte daraufhin sein Gegenüber, »aber wartet solange hier draußen und tretet nicht ein.«

»Wir Bremer sind nicht derart unhöflich«, konnte sich Doneldey nicht verkneifen zu sagen. Der Wachmann verschwand. Heinrich warf Anna, die sich inzwischen direkt neben Gawin gestellt und ihre Hand in der ihres Mannes vergraben hatte, einen zuversichtlichen Blick zu. Doch ihr war, als würde sie jeden Moment ohnmächtig. Sie sah zu Rudolf hinüber, der sie jedoch nicht beachtete, sondern weiterhin in der Tür stand wie ein Fels in der Brandung. Die Geschichte des Seemanns ging ihr durch den Kopf, der die Segel setzt und sein Schiff lenkt. Es tat ihr gut, dieses Bild vor ihren Augen heraufzubeschwören. Genau wie sie es gestern Abend getan hatte und nach unzähligen wachen Nächten erstmalig wieder eingeschlafen und erst am nächsten Morgen wieder aufgewacht war.

»Was soll das hier?« Ein älterer, verärgert dreinblickender, sehr gut gekleideter Mann erschien im Türrahmen.

»Ihr seid nicht Jean van Laaken.«

»Ganz recht«, gab der andere zurück. »Ich bin Arnulf van Laaken, der Herr dieses Hauses.«

»Mit Euch haben wir nichts zu schaffen«, stellte Doneldey klar. »Wir wollen zu Jean van Laaken, um etwas mit ihm zu klären.«

»Wer seid Ihr, und was wollt Ihr von meinem Sohn?«

»Ich bin Heinrich Doneldey, Bürgermeister der schönen Stadt Bremen, und es geht um eine geschäftliche Angelegenheit. Euer Sohn, und bitte verzeiht mir, dass ich es so direkt ausspreche, hat diese Frau hier«, er deutete auf Anna, »und etliche andere Bremer bestohlen und darüber hinaus einen Mord begangen, wie Ihr wisst, da einige Bremer Stadträte in dieser Sache vor mehreren Monaten schon einmal in Brügge vorgesprochen haben.«

»Ihr seid wohl nicht ganz Herr Eurer Sinne, Doneldey von Bremen! Ihr könnt von Glück sagen, wenn ich nicht sogleich nach meinen Wachen rufe und Euch schwer für Eure Worte büßen lasse.«

Heinrich deutete auf seine Gefolgschaft und seine eigenen Wachleute. »Haltet Ihr diesen Gedanken wirklich für klug? Seht Euch um. Wie viele Wachen habt Ihr denn aufzubieten?«

Arnulf van Laaken war sichtlich beeindruckt. »Wie könnt Ihr es wagen, hier in meiner Stadt vor meiner Tür aufzuwarten und meinen Sohn solcher Taten zu beschuldigen? Das ist unglaublich«, empörte er sich.

»Ich habe schon viel von Euch gehört, Arnulf van Laaken. Ihr seid als redlicher Kaufmann bekannt, der das Erbe einer langen Reihe von Tuchhändlern fortsetzt und der das Vermögen seiner Familie auf ehrliche Weise erfolgreich vermehrt hat. Seht uns an.« Er schwenkte seinen Arm über die Bremer Gruppe. »Glaubt Ihr wirklich, wir wären mit so vielen Leuten aus Bremen angereist, wenn wir nicht wüssten, was wir da sagen?«

Der Flame schien zu überlegen. »Ich werde meinen Sohn doch nicht einer Horde aufgebrachter Fremder vorwerfen.«

Heinrich sah ihn ruhig an. »Wirken wir aufgebracht?« Er drehte sich zu seinen Bremern um, als wolle er sich durch einen Blick in ihre Gesichter vergewissern, dass keiner von ihnen die Fassung verlieren würde. Dann vollzog er eine weitere ausladende Handbewegung über die Köpfe seiner Begleiter hinweg. »Seht Euch diese Männer und diese Frau an. Ich sehe niemanden hier, der aufgebracht ist. Wir fordern Gerechtigkeit und erwarten, dass sich Euer Sohn unseren Fragen stellt.«

»Was konkret soll er getan haben?«

»Was soll die Frage? Erzählt uns nicht, dass Ihr nichts von den Vorwürfen mitbekommen habt, die unsere Gesandtschaft aus Bremen vor Eure Stadtoberen brachte. Wir wissen sehr wohl, dass Ihr Euch im Rat daraufhin selbst für Euren Sohn eingebracht und ihn verteidigt habt. Aber wenn Ihr darauf besteht, werde ich unsere Anschuldigungen hier nochmals wiederholen. Er hat eine große Warenmenge, die einer der Unsrigen ihm brachte, entgegengenommen und nicht bezahlt. Siegbert von Goossen, der mein Freund war und einer der ehrlichsten und aufrichtigsten Männer, die ich je zu kennen die Freude hatte, kehrte nicht mehr nach Hause zurück.«

»Ich habe meinen Sohn nach dem Erscheinen Eurer Abordnung hierzu befragt und kann Euch nur sagen, dass Ihr Euch täuscht. Die Waren, von denen Ihr sprecht, haben Brügge nie erreicht. Ich denke, auf dem Weg von Bremen nach Brügge und zurück muss sich etwas ganz anderes zugetragen haben als das, was Ihr soeben sagtet. Doch ich gebe Euch recht, die Sache bedarf der Klärung. Schon um meines guten Namens willen. Ich nehme an, Ihr, Heinrich Doneldey, sprecht für die gesamte Gruppe?«

»Ja, das tue ich.« Er drehte sich um und bedeutete Anna, zu ihm zu treten. »Und ich bringe die Klage dieser Frau vor, die von Eurem Sohn bestohlen und während des Besuchs unserer Leute außerdem öffentlich von ihm verleumdet wurde.«

Arnulf van Laakens Augen wurden größer und seine Stirn legte sich in Falten.

»Mein Name ist Anna von Goossen«, sagte sie und trat vor.

»Ich grüße Euch, Anna von Goossen.«

Sie nickte ihm zu.

»Offen gesagt, Ihr seid zu viele, als dass ich Euch in mein Haus bitten kann. Deshalb schlage ich vor, dass Eure Leute sich Unterkünfte suchen und lediglich Ihr, Bürgermeister Doneldey und Anna von Goossen, in einer Stunde wieder herkommt und vorbringt, was Ihr zu sagen habt. Mein Sohn wird dann ebenfalls zugegen sein, und ich denke, dann wird sich alles als ein großes Missverständnis herausstellen.«

Heinrich sah Anna kurz an, die ihm mit einem Blick bedeutete, dass sie einverstanden war. Kurz drehte sie sich zu Gawin um und vergewisserte sich, das Richtige zu tun. Er nickte ihr zu, woraufhin Doneldey dem Brügger versprach, sich mit Anna in genau einer Stunde wieder bei ihm einzufinden. Als Anna sich abwandte und die Tür hinter ihr geschlossen wurde, spürte sie plötzlich ihre Beine nicht mehr. Sie stolperte kurz, und noch bevor sie selbst ihr Gleichgewicht wiederfand, spürte sie den festen Griff Rudolfs, der sie unterhakte und ihr einen sicheren Stand gab.

Als Anna sich eine knappe Stunde später von Gawin verabschiedete, um gemeinsam mit Heinrich zum Hause Arnulf van Laakens zurückzukehren, bereute sie einen Moment, weder ihren Ehemann noch Marquardt in das Treffen einbezogen zu haben.

»Ich wünschte, ich hätte vorhin etwas gesagt, dass ich dich bei dem Gespräch dabei haben möchte.«

Gawin nahm seine Frau zärtlich in die Arme und drückte sie an sich. »Ich bin froh, dass du es nicht getan hast. Dieser Arnulf van Laaken scheint mir ein ehrlicher Mann zu sein, ganz im Gegenteil zu seinem Sohn. Du würdest schwach wirken, bräuchtest du deinen Ehemann an deiner Seite, um dein Recht durchzusetzen.«

»Sicher hast du recht.« Sie löste sich und sah ihm in die Augen. »Doch wenn das hier überstanden ist, ganz gleich, was auch geschehen mag, dann versprich mir, dass wir uns künftig nicht mehr trennen.«

»Aber wir trennen uns doch nicht. Du führst ein Gespräch und bringst deine Klage vor, während ich mich um die Unterkunft kümmere und…«

»Versprich es mir!«, unterbrach sie ihn heftig.

Gawin lächelte. »Ich verspreche es dir, meine wunderschöne, kratzbürstige Frau.« Er gab ihr einen Kuss auf die Nasenspitze.

»Gut.« Sie hob den Kopf. »Dann werde ich jetzt gehen und diesem verfluchten Brügger zeigen, dass es ein Fehler war, sich mit mir anzulegen.«

»Ich mag es, wenn du wütend wirst«, raunte Gawin, zog sie abermals zu sich heran und küsste ihren Hals.

»Der Gedanke, den du gerade hast…«, sagte sie mit rauher Stimme.

»Ja?«

»Vergiss ihn nicht, bis ich zurückkomme.« Damit machte sie sich los und ging zu Heinrich und Rudolf hinüber, die ein Stück entfernt auf sie warteten. Rudolf hatte noch, während sie die Stufen des Hauses hinabgestiegen waren, entschieden, dass er bei dem Gespräch dabei sein würde, falls Arnulf van Laaken seinem Sohn doch ähnlicher war, als man es auf den ersten Blick erkennen konnte.

Sie verließen das Gasthaus, in dem sie sich auch später wieder treffen würden und machten sich erneut auf den Weg über den Marktplatz bis zum Hause van Laakens. Rudolf war wachsam und angespannt. Das, was er von Jean van Laaken mitbekommen hatte, ließ auf einen zutiefst verabscheuungswürdigen Charakter und die übelsten Gedanken schließen. Er wollte sich keinesfalls überrumpeln lassen für den Fall, dass der feine Herr sich etwas hatte einfallen lassen, damit die Bremer das Haus seines Vaters gar nicht erst erreichten. Immerhin würde Arnulf van Laaken ihm gleich nach ihrem Weggang von dem bevorstehenden Gespräch erzählt haben. Immer wieder sah Rudolf sich zu allen Seiten hin um. Doch in diesem Fall hatte er sich getäuscht. Sie erreichten unversehrt das Haus Arnulf van Laakens und brauchten nur kurz zu klopfen, um sofort hineingebeten zu werden.

»Ihr seid überpünktlich.« Arnulf van Laaken trat aus einem Zimmer heraus und schloss die Tür hinter sich. »Bitte, tretet ein.«

Dafür, dass es gewiss kein leichtes Gespräch würde und Arnulf van Laaken alles andere als angetan davon sein konnte, was seinem Sohn vorgeworfen wurde, machte er nicht den Eindruck, als wenn ihnen allen etwas Schwieriges bevorstände. Anna wunderte sich über das Verhalten dieses Mannes. War es eine List, um die Bremer in Sicherheit zu wiegen, und glaubte Arnulf van Laaken tatsächlich, dass es sich nur um ein Missverständnis oder aber unhaltbare Vorwürfe handelte? Zu gern hätte sie gewusst, was der Vater in der Zwischenzeit von seinem Sohn erfahren hatte. Die Wahrheit würde es doch wohl kaum sein, oder? Ihr Puls beschleunigte sich, als sie sich fragte, ob die beiden womöglich sogar unter einer Decke steckten und sie sogleich in einen Raum geführt würden, wo ihre Mörder sie schon erwarteten. Ihr wurde eiskalt. Bang sah sie Rudolf an.

»Ihr werdet doch nichts dagegen haben, dass der Wachmann Anna von Goossens bei unserem Gespräch dabei ist?« Doneldey sah den Hausherrn an, um in dessen Blick zu lesen, wie er auf die Ankündigung, dass die Bremer sich offenbar sonst nicht sicher fühlten, reagieren würde.

»Ich nehme an, Ihr nehmt Eure Aufgabe genauso ernst wie meine Leute die ihre«, entgegnete der Flame in gefälligem Tonfall. »Selbstverständlich habe ich nichts dagegen. Nur die anderen Bremer mögen bitte draußen warten oder sich derweil in ihre Unterkünfte zurückbegeben.« Er lachte kurz und freudlos auf. »Wenn Ihr mir bitte folgen würdet.« Er ging zu einem ebenerdig gelegenen Raum hinüber und öffnete die Tür. »Bitte, tretet ein. Hier werden wir alles klären können.«

Rudolf ging voraus und achtete darauf, dass Anna hinter ihm blieb. Diese hielt den Atem an und bereitete sich innerlich auf das Wiedersehen mit Jean van Laaken vor.

»Bitte.« Arnulf van Laaken machte eine einladende Handbewegung. »Tretet näher. Meinen Sohn Jean kennt Ihr ja bereits.«

Jean van Laaken erhob sich von seinem Stuhl, als die Bremer den Raum betraten, und kam entspannt, ja fast schon mit fröhlicher Miene auf Anna zu. Dann lächelte er sie an und breitete wahrhaftig die Arme aus. »Anna, wie schön, dich zu sehen!«

Rudolf baute sich augenblicklich vor ihm auf. »Bleibt zurück, oder Ihr werdet es bereuen!«, stieß er zwischen den Zähnen hervor.

»Na, na, ich wollte doch nur eine gute Bekannte begrüßen«, gab Jean van Laaken anzüglich von sich. »Guten Tag, Bürgermeister Doneldey. Es ist lange her, dass wir uns zuletzt gesehen haben.«

Der Angesprochene grummelte etwas, das niemand außer ihm verstand, während Anna dastand wie erstarrt. Wie konnte dieser Mörder es wagen? Was sollte sie sagen? Was tun? Hitze stieg in ihr auf. Sie fühlte sich der Situation nicht gewachsen. Am liebsten hätte sie einfach kehrtgemacht und wäre aus dem Haus gerannt. Zu Gawin, fort aus Brügge und zurück nach Bremen. Um nie wieder nach Brügge zurückzukehren!

»Bitte, nehmt doch Platz.« Arnulf van Laaken deutete gerade auf mehrere bereitgestellte Stühle, als sich die Tür nach einem kurzen Klopfen öffnete. Rudolf fuhr mit der Hand am Schwertknauf herum, doch es trat nur eine junge Frau ins Zimmer, die auf einem Brett diverse Speisen hereintrug. Ihr folgte eine weitere, etwas ältere, die Wein und Gläser auf dem Tisch abstellte.

»Wunderbar, nicht wahr?« Arnulf nahm eines der Gläser in die Hand und hielt es nah an den Kerzenständer. »Seht Ihr, wie er seine Farbe im Licht zu verändern scheint? Glaubt mir, der Genuss eines guten Weines aus einem solchen Glas ist unvergleichlich.« Der Hausherr versuchte offenbar, eine belanglose

Unterhaltung in Gang zu bringen, und erntete zumindest von Heinrich Doneldey ein Nicken, während seine anderen Gäste nicht weiter darauf eingingen. Diese setzten sich nun, wobei Anna darauf achtete, ihren Platz möglichst weit weg von dem Jeans einzunehmen. Am Kopfende des Tisches saß Arnulf, zu seiner Linken nahmen zuerst Rudolf dann Jean Platz. Zu Arnulfs Rechten saß Anna und neben ihr Heinrich Doneldey.

»Auch wenn der Anlass unseres Besuchs kein erfreulicher ist, so möchte ich doch nicht versäumen, Euch zu Eurem beeindruckenden und außergewöhnlich schönen Haus zu beglückwünschen. Ich muss schon sagen, ich habe bisher noch kein prachtvolleres zu Gesicht bekommen«, lobte Heinrich in der Absicht, die Stimmung ein wenig zu entspannen, bevor es ernst wurde. Zumal seine Worte der Wahrheit entsprachen. Das Gebäude wie auch seine Ausstattung suchten ihresgleichen. Allein der Raum, in dem sie saßen, war kein gewöhnliches Arbeitszimmer, sondern stellte den Reichtum des Hausherrn überdeutlich zur Schau. Vor allem die Wandteppiche mit ihren fremdartigen Mustern hatten es Heinrich angetan. Noch nie zuvor hatte er Knüpfarbeiten dieser Art und Größe gesehen. Die Fenster waren aus buntem Glas und erinnerten ihn an die einer Kirche. Und selbst auf dem Boden lagen mehrere Teppiche aus, von denen einer feiner als der andere war, obwohl er von den Besuchern mit Füßen getreten wurde. Auch die übrige Einrichtung des Raumes beeindruckte Heinrich wider Willen.

Nachdem alle Gläser gefüllt waren, herrschte eine beklemmende Ruhe im Raum.

»Nun denn, Ihr batet um dieses Gespräch. Jean und auch ich hören uns nun an, was Ihr vorzubringen habt. Und ich hoffe aufrichtig, dass wir am Ende unsere Gläser erheben, um auf eine neugewonnene Freundschaft zu trinken.«

Anna glaubte, nicht richtig gehört zu haben. Doch sie riss sich zusammen, bewahrte Haltung und ließ sich keine bissige Bemerkung entschlüpfen. Sie war in Brügge, um ihr Geld zu erhalten und zu fordern, dass Jean der Prozess gemacht würde. Zwar ging es hier und jetzt gegenüber Arnulf van Laaken lediglich darum, nochmals ihre Anklage gegen seinen Sohn zu erneuern. Danach wäre es immer noch am Rat der Stadt Brügge, über dessen Verfehlungen zu richten. Dennoch musste sie einen kühlen Kopf bewahren. Strikt vermied sie es, jemand anderen als Arnulf oder Rudolf anzusehen. Denn den Blick des Mannes zu erwidern, der ihr so viel Leid zugefügt hatte, hätte sie nicht ertragen.

»Anna, ich weiß, wie schwer es für dich ist.« Heinrich Doneldey legte fürsorglich seine Hand auf ihren Unterarm. Sie umfasste ihr Glas, ließ es jedoch sogleich wieder los, als sie bemerkte, dass ihre Hand zitterte. In keinem Fall wollte sie Jean, diesem Mistkerl, den Triumph gönnen, sie klein und schwach zu sehen.

»Bitte, schildere mit deinen eigenen Worten, was sich zugetragen hat.« Doneldey nickte ihr aufmunternd zu. Erneut riss sich Anna zusammen, es fiel ihr nicht leicht, die richtigen Worte zu finden. Dennoch sprach sie leise und beherrscht und überlegte sich, während sie erzählte, was sich zugetragen hatte, jeweils ganz genau ihre nächsten Sätze, bis ihre anfängliche Aufregung schließlich ganz verschwunden war.

»Ihr, beziehungsweise der Bremer Stadtrat, erhieltet also eine Nachricht von meinem Sohn, dass er die Waren, die ihm seitens der Bremer zugesichert worden waren, noch immer nicht erhalten hätte, obwohl Euer Großvater Brügge längst erreicht haben musste?«, hakte Arnulf van Laaken nach, als Anna an dieser Stelle ihres Berichts angekommen war.

»Ganz recht.«

Arnulf van Laaken sah seine Besucher fragend an. »Aber da haben wir es doch schon. Warum hätte sich mein Sohn die Mühe machen sollen, eine solche Botschaft zu schreiben, wenn die Bremer Waren ihn erreicht hätten?«

»Um den Schein zu wahren«, entgegnete Doneldey.

Dass Arnulf van Laaken diese Bemerkung gar nicht gut aufnahm, war offensichtlich. Sein Gesicht färbte sich rot vor Wut. »Wo sind Eure Beweise dafür, dass es sich nicht so verhält, wie mein Sohn es geschrieben hat, und es sich auch nicht um ein mögliches Missverständnis bei der Abrechnung oder Bezahlung handelt, sondern um einen geplanten Diebstahl? Das ist unerhört.«

»Im Sinne einer Klärung, lasst Anna weitererzählen«, bat Doneldey beschwichtigend.

Arnulf van Laaken nickte, musste aber mehrmals tief Luft holen, bevor er sich wieder beruhigte. Sein Sohn hingegen machte den Eindruck, als habe er auch nicht das Geringste mit dem zu tun, was ihm vorgeworfen wurde. Rudolf musterte ihn immer wieder von der Seite. So, wie Jean sich gab, fragte er sich ernsthaft, ob dieser nicht vielleicht krank im Kopf und damit gar nicht in der Lage war, zu verstehen, über was gerade gesprochen wurde.

Anna räusperte sich und fuhr mit ihrem Bericht fort. Arnulf van Laakens Körperhaltung entspannte sich wieder ein wenig. Mehrmals setzte er an, eine Zwischenfrage zu stellen, doch Bürgermeister Doneldey bedeutete ihm stets mit einer Geste seiner Hand, abzuwarten, bis Anna zu Ende erzählt hatte.

»Dann floh ich, dank meines Beschützers«, endete Anna und deutete dabei auf Rudolf. »Das ist alles, was ich selbst erlebt und nicht aus zweiter Hand erfahren habe.«

»Nachdem Ihr und die anderen Stadtoberen Anna von Goossens Klage bislang mit der Begründung abgewiesen habt, dass sie diese selbst vorbringen müsse, wolle sie diese durchsetzen, und Euer Sohn sich darüber hinaus auf eine Weise über sie geäußert hat, die ich hier nicht wiederholen möchte«, fügte Heinrich noch hinzu, »sind wir nun mit ihr zusammen erneut hergekommen, um Eurem Wunsch zu entsprechen und unsere Klage erneut vorzutragen.«

Arnulf van Laaken lehnte sich mit pikierter Miene im Stuhl zurück und trank einen großen Schluck Wein. »Euer Vorbringen kann nicht wirklich ernst gemeint sein.«

Doneldey warf Jean einen wütenden Blick zu. »Es mag ja sein, dass Ihr darauf gehofft habt, dass wir nicht wiederkommen und die Sache nunmehr auf sich beruhen lassen würden. Aber dem ist nicht so, und ich denke, wir sollten uns nun anhören, was Euer Herr Sohn zu den Anschuldigungen zu sagen hat.«

Arnulf sah Jean auffordernd an. »Das wollte ich auch soeben vorschlagen. Also, Jean?«

Ein feines Lächeln umspielte die Lippen des Angesprochenen. Bedächtig führte er sein Glas zum Mund, trank einen Schluck, stellte es wieder ab und schenkte sich nach. »Ich gebe es zu.«

»Was?« Arnulf van Laaken war von seinem Stuhl aufgefahren. »Es ist wahr? Du hast all diese Dinge getan?«

Jean machte eine beschwichtigende Handbewegung und bedeutete seinem Vater, wieder Platz zu nehmen. Nur zögerlich folgte dieser der Aufforderung.

»Ich gebe zu, dass ich schlecht über Anna von Goossen gesprochen habe, als die Bremer Abordnung hier auftauchte und mit ihren Lügengeschichten ganz Brügge zu vergiften versuchte.« Er warf Anna einen mitleidigen Blick zu. »Verzeih, meine Liebe. Ich hätte nie etwas von unserem kleinen Geheimnis verraten. Doch als deine Leute all diese ungeheuerlichen Vorwürfe vorbrachten, musste ich ihnen die Wahrheit über uns sagen. Ich hoffe, dein Mann hat es nicht allzu schlecht aufgenommen?«

Rudolfs Hand schnellte vor, packte Jean an der Kehle und zog ihn vom Stuhl. »Du widerlicher kleiner Wurm. Ich werde dir langsam den Hals zudrücken und es genießen, wie du nach Luft schnappst.«

»Lasst ihn los!«, brüllte Arnulf und sprang auf.

»Rudolf, lass ihn!«, rief nun auch Doneldey und wollte schon um den Tisch herumkommen, als Rudolf seinen Griff lockerte und den röchelnden Jean unsanft wieder auf seinen Stuhl drückte.

»Noch so ein Ausbruch, und ich lasse Euch durch meine Männer aus dem Haus werfen!«, drohte Arnulf. »Ich sage das nur ein einziges Mal, verlasst Euch darauf.« Langsam setzte er sich wieder hin, sichtbar um Fassung bemüht. Anna saß in sich zusammengesunken auf ihrem Stuhl. Wie sollte sie das hier nur überstehen? Doch wieder zwang sie sich zur Ruhe, dachte an Siegbert und seine Worte: Sie war eine von Goossen, sie musste kämpfen. Gerade wenn sie verzweifelt war und sich einer Situation nicht mehr gewachsen fühlte. Sie überlegte. Sie musste sich etwas einfallen lassen und etwas sagen, womit sie Jean aus der Reserve locken konnte. Kurz schloss sie die Augen, rief sich das Bild des Seemannes vor Augen, der entschlossen die Segel ausrichtete und gegen den Wind kreuzte, um der drohenden Gefahr zu entgehen. Kämpfen! Sie musste kämpfen, wollte sie etwas erreichen. Und sie hatte schon Schlimmeres überstanden als einen Jean van Laaken. Langsam hob sie den Kopf, zwang sich, dem Mann, den sie voller Leidenschaft geliebt hatte und für den sie nun nichts als Abscheu und Hass empfand, fest in die Augen zu sehen. »Du bist ein Lügner und Mörder, Jean van Laaken. Was auch immer du sagst, und sosehr du auch versuchen wirst, dich hinter deinem Vater zu verstecken, es wird dir nichts nützen. Ich werde dich zur Strecke bringen«, hörte sie sich mit fester Stimme sagen und war selbst überrascht von der Kälte und Klarheit, mit der sie diese Worte aussprach. »Ich bin eine gläubige Christin und bitte dich daher im Namen der Barmherzigkeit, von nun an jeden Tag und jeden einzelnen Atemzug so zu genießen, als wäre es dein letzter. Denn deine Tage sind gezählt.« Mit einer solchen Reaktion hatte Jean nicht gerechnet. Sein verwirrter Gesichtsausdruck verlieh Anna Sicherheit, und sie nahm mit Genugtuung zur Kenntnis, dass er blass geworden war. Langsam drehte sie den Kopf und wandte sich an seinen Vater. »Wir haben Euch die Wahrheit erzählt. Und keiner kennt Euren Sohn besser als Ihr. Gewiss habt Ihr schon so manch schlaflose Nacht verbracht und Euch gefragt, was nur aus ihm werden soll, da Ihr um seinen wahren Charakter wisst und auch, wozu er fähig ist. Dennoch ist er Euer Sohn.« Sie machte eine kurze Pause. »Selbst wenn Ihr noch nicht vollends überzeugt seid, so ahnt Ihr doch, dass sich alles genauso zugetragen hat, wie wir es Euch berichtet haben.« Ein leichtes Lächeln umspielte ihre Lippen. »Und wenn Ihr tief in Eurem Innern nach der Wahrheit sucht, wisst Ihr, dass Ihr sie aus dem Mund Eures Sohnes niemals hören werdet.« Anna wurde immer selbstsicherer, weil sie spürte, den Keim des Zweifels in Arnulf gesät zu haben. »Es muss schwer für Euch sein, und gewiss braucht Ihr ein wenig Zeit. Deshalb schlage ich vor, wir gehen jetzt, kommen aber morgen wieder und bringen die Listen der Waren mit, die Siegbert mit sich geführt hat. Denkt in Ruhe darüber nach, was Ihr Eurem Sohn zutraut. Wir werden zur elften Stunde erneut vor Eurer Tür stehen. Es steht Euch frei, uns abzuweisen, doch seid versichert, dass wir uns so oder so Gehör beim Stadtrat verschaffen werden. Wenn Ihr bereit seid, den Schaden, den Euer Sohn angerichtet hat, auszugleichen, mag das seine Strafe am Ende verringern. Doch auf einen Prozess werden wir bestehen.« Sie stand von ihrem Stuhl auf. »Und jetzt werde ich in das Gasthaus gehen, in dem mein Mann schon auf mich wartet. Er weiß von den Lügengeschichten Eures Sohnes über mich und ist deshalb mit mir hierhergereist, um Gerechtigkeit zu erfahren.« Sie sah Arnulf direkt in die Augen. »Mein Mann kennt mich, wie Ihr Euren Sohn kennt. Und nun sagt mir, würde er mich begleiten, hätte er auch nur den geringsten Zweifel an mir und meiner Treue zu ihm?« Doneldey und Rudolf erhoben sich ebenfalls.

»Bis morgen, Monsieur van Laaken.« Sie nickte Arnulf zu und wandte sich dann nochmals an Jean. »Und du, fahr zur Hölle, wo du hingehörst.« In ihren Augen stand blanker Hass, doch Jean bemerkte es nicht. Er wagte nicht einmal mehr, sie anzublicken.

35. KAPITEL

Sie liebten sich, als gäbe es kein Morgen. Anna musste sich zusammenreißen, damit die anderen Bremer, die mit ihnen im selben Gasthaus untergekommen waren, nichts von ihrem leidenschaftlichen Treiben in der Kammer mitbekamen. Sie fühlte sich so gut, so lebendig, so kampfeslustig und machtvoll, dass sie es kaum mehr hatte erwarten können, mit Gawin allein zu sein. Er hatte sich zusammen mit Marquardt und zehn anderen Bremern in dem Gasthaus eingerichtet, während sie mit Bürgermeister Doneldey und Rudolf bei den van Laakens gewesen war. Die anderen Bremer hatten sich auf drei weitere Unterkünfte verteilt, waren jedoch am Abend ebenfalls in das ihre gekommen, um zu hören, was sich im Hause van Laaken ereignet hatte. Wäre es nach Anna gegangen, sie hätte sich wesentlich kürzer gefasst, doch Bürgermeister Doneldey genoss es einmal mehr, das Geschehen in allen Einzelheiten zu berichten und vor allem mit verzogenem Gesicht nachzustellen, wie Jean van Laaken nach Annas Worten ausgesehen hatte. »Der spürt schon den Strick um seinen Hals, das sage ich euch«, hatte Heinrich mehrmals von sich gegeben und hämisch gelacht. Die Männer hatten schon reichlich dem Alkohol zugesprochen, als Anna endlich glaubte, sich entschuldigen und Gawin bitten zu können, sie nach oben zu begleiten. Gewiss hatte sie die Blicke gespürt, die ihnen die Männer hinterherschickten, während sie die Stiege zu ihrer Kammer hinaufstiegen. Und unter anderen Umständen hätte sie sich sicher gefragt, was die Männer nun wohl von ihnen denken mochten. Doch an diesem Abend, nach dem Erlebnis in Arnulf van Laakens Haus, war es ihr einerlei. Überhaupt wollte sie zukünftig nicht mehr so viel Wert auf das legen, was andere von ihr dachten oder hielten. Sie machte sich nichts vor. Durch ihren schändlichen Verrat an Gawin hatte sie die Möglichkeit verwirkt, jemals wieder die Christin und Frau zu sein, die sie einst gewesen war – auch wenn sie sich weiterhin redlich mühen würde, nach den Geboten des Herrn zu handeln. Doch niemals würde sie sich wieder vor Menschen wie Jean van Laaken kleinmachen. Nie wieder! Sie hatte heute nicht nur die Demütigung erfahren, dass sie ihm trotz all seiner schändlichen Taten in die Augen hatte sehen müssen, während er ihr schamlos ins Gesicht lachte. Nein, sie hatte dank seines Verhaltens auch endgültig erkannt, dass es kein Zurück mehr gab. Sie wusste nicht, wie Siegbert es mit Moral und Anstand gehalten hatte. Zwischen Großvater und Enkelin waren diese Themen niemals zur Sprache gekommen. Doch sie wusste, dass er das Unrecht, das er an ihrer Mutter begangen hatte, indem er diese verstieß, noch ehe Anna das Licht der Welt erblickte, sein Lebtag lang bereut hatte. Und womöglich war es Schicksal, dass es ihr nun genauso gehen und sie bis ans Ende ihrer Tage mit ihrer Schuld würde leben müssen. Doch sie spürte auch, dass ihre Schultern, die diese Last zu tragen hatten, breiter geworden waren. Sie war nicht mehr die liebe unschuldige Ehefrau, die ach so reine, madonnengleiche Duftnäherin, die nichts als ihre Kleider und Geschäfte im Sinn hatte. Nein, sie hatte ein Unrecht begangen, und auch ihr war Unrecht getan worden. Und Rudolf wie auch Margrite hatten vollkommen recht gehabt. Es nützte nicht das Geringste, wenn sie zu Gawin ging, um ihr Gewissen zu erleichtern, nur um von diesem mit Schimpf und Schande aus dem Haus getrieben zu werden und fortan ihre Kinder nicht mehr sehen zu dürfen. Und selbst wenn er ihr verzeihen würde, wäre es nie mehr so wie früher zwischen ihnen. Nein. Sie würde ihr Geheimnis wahren und sich all jenen mutig entgegenstellen, die es wagten, ihr zu nehmen, was ihr lieb und teuer war. Und dafür würde sie die Macht der Familie von Goossen noch weiter ausbauen und das Vermögen, das sie von Siegbert geerbt hatte, über die Jahre hinweg mehren.

Keuchend rollte sie sich von Gawin herunter und ließ sich neben ihm in die Kissen sinken. Beide waren schweißnass und völlig erschöpft. Minutenlang blieben sie bewegungslos und stumm nebeneinander liegen.

»So warst du noch nie«, sagte Gawin nach einer Weile, als sich seine Atmung wieder beruhigt hatte.

»Ich hoffe, das ist nichts Schlechtes.«

Gawin drehte sich auf die Seite, um seine Frau zu betrachten. Sie lag splitternackt auf dem Bett und machte keinerlei Anstalten, ihre Blöße zu verhüllen. Im Kerzenlicht waren die kleinen Schweißperlen, die ihren ganzen Körper bedeckten, gut zu sehen. Langsam fuhr er mit seinem Finger über ihren Leib, berührte ihre Stirn, die Nase, zog die Konturen ihrer Lippen nach. Er wanderte weiter hinab, ihren Hals entlang, umkreiste mit der Fingerspitze erst die Brüste, dann die Brustwarzen. Als er weiter hinabglitt und ihren Bauchnabel erreichte, umspielte ein Lächeln ihre Lippen. »Du kannst wohl nicht genug bekommen?«

»Du warst nie schöner als in diesem Augenblick«, raunte er und umspielte mit dem Finger ihre Scham, nahm schließlich die anderen hinzu und begann, sie zu massieren. Anna zog genüsslich die Beine an und spreizte sie, während Gawins Bewegungen heftiger und leidenschaftlicher wurden. Anna erwartete, dass er jeden Moment wieder in sie eindringen würde, doch das tat er nicht. Diesmal nicht. Stattdessen rieb er sie weiter, variierte den Druck und die Bewegungen seiner Finger, bis Annas Körper schließlich von einem heftigen Orgasmus erfasst wurde und sie sich zur Seite drehte, um sich weiteren Reizungen durch Gawins Berührungen zu entziehen. Erschöpft ließ nun auch er sich niedersinken, lächelnd und mit wild klopfendem Herzen.

Anna wusste nicht, wie lange sie ohne jede Regung dagelegen hatte. Nie zuvor hatte sie etwas Vergleichbares erlebt. Nie zuvor hatte Gawin sie auf diese Art angefasst und noch nie hatte ihr Körper, in all den Jahren, die sie sich nun schon kannten und liebten, mit solch einer Heftigkeit reagiert. Sie hörte an Gawins Atmung, dass er eingeschlafen war. Und auch sie dämmerte nun langsam ein, ohne diesmal an den Segel hissenden Seemann denken zu müssen.

Am nächsten Morgen war Gawin bester Laune. Sie waren früh aufgestanden, und außer ihnen war noch kein anderer Bremer unten in der Schenke erschienen. Anna traute sich kaum, ihm ins Gesicht zu sehen. Sie schämte sich. Ja, sie war sein Eheweib, doch was sie gestern getan hatten, war so anders gewesen, dass sie nicht wusste, wo sie hinsehen sollte, als sie sich während des Morgenmahls gegenübersaßen. Gawin bemerkte es, denn ein belustigtes Lächeln umspielte seine Lippen. »Willst du mich heute denn gar nicht ansehen und lieber weiterhin mit deinen Blicken den Raum durchlöchern?«

Die Röte stieg ihr ins Gesicht. »Schon möglich«, antwortete sie knapp.

»Was ist denn?« Er griff über den Tisch hinweg nach ihrer Hand. Anna gab sich einen Ruck.

»Ich bin … wegen gestern …«

»Es war wundervoll, nicht wahr?«, raunte Gawin und hob die Augenbrauen. Anna sah ihn an und musste schmunzeln. Sie nickte nur.

»Zwar wäre es schön, wenn du mich am Morgen nach einer solchen Nacht auch ansehen könntest, doch ich würde auch darauf verzichten, sollte das der Preis dafür sein.«

Anna wurde knallrot. »Sei still. Wenn dich jemand hört.«

Gawin blickte sich um. »Wer sollte mich hören? Hier ist niemand außer uns.«

Es stimmte. Nicht einmal der Wirt oder dessen Frau waren zu sehen. Dennoch war es ihr über die Maßen peinlich, wie Gawin sie ansah und mit ihr sprach. »Lass es trotzdem«, meinte sie deshalb.

»Nur, wenn du mir versprichst, dass wir heute Abend …« Schritte waren zu hören. »Wir sind hier!«, rief Anna ein bisschen zu laut, als sie Heinrich die Stiege hinuntersteigen sah. Der war von ihrem Rufen überrascht, waren die beiden doch die einzigen Gäste im Wirtsraum und als solche kaum zu übersehen.

»Guten Morgen, ihr beiden. Na, bereit, einen wichtigen Tag zu begehen?«

Anna nickte. Sie war froh, nicht länger allein mit Gawin zu sein und mit ihm über die vergangene Nacht sprechen zu müssen. Denn die Art und Weise, wie sie sich ihrem Ehemann hingegeben hatte, war … Oder war genau das etwa die neue Anna? Der Gedanke schien ihr verlockend. Vielleicht brauchte sie nur ein bisschen mehr Übung darin, sich das zu nehmen, was sie wollte. Ihre Selbstsicherheit kehrte zurück.

»Gawin und ich könnten gar nicht bereiter sein«, sagte sie daher und lächelte ihren Mann schelmisch an. Der verstand die doppeldeutige Antwort sofort und zwinkerte ihr zu.

»Setz dich, mein lieber Heinrich, und stärke dich. Ob wir die Brügger nun mögen oder nicht, hier gibt es anderes Essen als nur Haferbrei. Der Wirt hat gut aufgetragen.«

Heinrich nahm am Tisch Platz. »Ach, gegen die Brügger im Allgemeinen hab ich ja nichts. Ganz im Gegenteil. Wir haben immer gute Geschäfte mit ihnen gemacht.« Er nahm eines der Eier vom Vorlegebrett und drehte es in seiner Hand. »Doch so ist es nun einmal: Wenn ein Ei stinkt, dann will man die anderen auch nicht mehr anrühren und isst lieber etwas anderes.«

»Jean van Laaken mit einem faulen Ei zu vergleichen, trifft es sehr genau«, pflichtete Gawin ihm bei. »Sein Charakter stinkt so sehr, dass man seine Anwesenheit kaum ertragen kann.«

»Glaubst du, wir konnten Arnulf van Laaken überzeugen?« Anna sah Heinrich fragend an.

»In jedem Fall hast du den Keim des Zweifels in ihm gesät. Aber ob das reicht, damit ein Vater seinen Sohn ans Messer liefert? Ich weiß es nicht.«

»Was glaubst du, wird heute geschehen?«

»Nun, wenn es nach mir ginge, könnten Jean oder Arnulf van Laaken uns das Geld geben, das sie den Bremern, oder genauer gesagt, dir schulden, und die Sache wäre geregelt.«

Der Wirt stellte einen großen Krug vor Heinrich ab. Dieser griff sofort zu und trank einen kräftigen Schluck.

Anna wartete noch, bis der Gastwirt sich wieder vom Tisch entfernt hatte, dann sagte sie: »Das ist jetzt aber nicht dein Ernst?«

»Wieso?« Heinrich schob sich ein Stück Schinken in den Mund.

»Du sagtest eben, wenn wir das Geld bekommen, wäre die Angelegenheit damit erledigt.«

Doneldey kaute noch einen Moment. Fast schien es Anna, als wolle er Zeit gewinnen.

»Selbstverständlich hat er auch seine Verleumdungen gegenüber dir richtigzustellen«, fügte er jovial hinzu.

»Heinrich, das ist noch längst nicht alles, weshalb wir hierhergekommen sind.«

Der Bürgermeister reckte seinen Hals. Eine Geste, die Anna schon oft an ihm beobachtet hatte, und die er immer dann machte, sobald ihm nicht ganz wohl in seiner Haut war oder die Dinge sich nicht so entwickelten, wie er es sich vorgestellt hatte. Anna betrachtete ihn mit festem Blick. Irgendetwas beunruhigte sie an seiner Reaktion. Sie konnte nur noch nicht sagen, was es war.

»Heinrich.« Allein, wie sie seinen Namen aussprach, ließ den Amtsmann aufhorchen. »Jean van Laaken hat meinen Großvater, deinen besten Freund, ermordet.«

Doneldey wedelte mit dem erhobenen Zeigefinger. »Das kannst du aber nicht beweisen. Damit steht Aussage gegen Aussage.«

»Was ist hier eigentlich los?«, mischte sich nun auch Gawin ein.

Doneldey streckte abermals seinen Hals.

»Heinrich! Ich verlange eine Erklärung«, forderte Anna mit zornfunkelnden Augen. »Nun?« Sie ließ den Bürgermeister nicht aus den Augen.

»Also gut. Ich werde es dir sagen. Aber ich bitte dich, mir in Ruhe zuzuhören.«

Anna zog die Augenbrauen in die Höhe, sagte aber nichts darauf.

»Gestern Abend, ihr wart schon nach oben gegangen, kam ein Mann in die Schenke und bat mich, ihm nach draußen zu folgen. Erst war ich misstrauisch, doch er sagte mir, Arnulf van Laaken wolle ein Gespräch unter vier Augen mit mir führen. Ich folgte ihm also nach draußen, wo direkt vor der Tür tatsächlich van Laaken auf mich wartete.«

»Und weiter?«

»Er ist in großer Sorge«, erklärte Doneldey.

»Das kann ich mir vorstellen. Sein Sohn wird nämlich nicht nur sein Vermögen verlieren, sondern bald am Galgen baumeln«, zischte Anna.

»Genau darum geht es. Ich denke, du hast ihn mit deiner gestrigen Rede überzeugt. Und wirklich, Anna, ich muss dich loben, du hast in einer Art und Weise gesprochen, dass auch ich, würde ich dich nicht kennen …«

»Heinrich! Hör auf damit und lenk nicht ab. Was wollte Arnulf van Laaken von dir?«

Der Bürgermeister seufzte. »Er hat mir ein Angebot gemacht.«

»Er hat dir ein Angebot gemacht?« Die Duftnäherin sah ihn wütend an. »Wie kann er *dir* ein Angebot machen, wenn sein Sohn *mir* Geld schuldet. Du bist nicht mein Vormund, Heinrich Doneldey.« Ihre Stimme vibrierte vor Zorn.

»Aber das weiß ich doch«, versuchte Heinrich, sie zu beschwichtigen. »Und natürlich habe ich ihm auch keinerlei Zusage gemacht.«

»Das wäre ja auch noch schöner.«

»Aber du hast zugestimmt, mit Anna zu sprechen, richtig?«, fragte Gawin.

Heinrich nickte.

»Mit mir worüber zu sprechen?«

»Versteh doch, Anna. Jean ist Arnulf van Laakens einziger Sohn.«

»Allerdings ein missratener.«

»Ja, du hast ja recht. Doch bedenke, was du alles für Robert und Rafael tun würdest.«

»Halt meine Söhne da raus, wenn du willst, dass ich je wieder ein Wort mit dir spreche, Heinrich Doneldey.«

Der Bürgermeister seufzte. Er hatte gewusst, dass es nicht einfach werden würde. Er hatte mit ihr zum Hause Arnulf van Laakens gehen, dort die geforderten Warenlisten vorlegen und sich dann das Angebot anhören wollen, das Arnulf im Namen seines Sohnes zum Ausgleich der Forderungen abgeben würde. Doch Anna nun gegenüberzusitzen und ihr in die wutblitzenden Augen zu sehen, die ihn an die ihres Großvaters in ähnlichen Situationen erinnerten, überforderte ihn gänzlich.

»Anna«, versuchte er es in versöhnlichem Tonfall. »Es ist deine Entscheidung, und ich werde hinter dir stehen, ganz gleich, wie du entscheidest. Doch ich versuche auch, deine Interessen zu vertreten. Wenn du einen Großteil des Geldes bekommst, das Jean van Laaken dir schuldet, bist du wieder eine reiche, wenn nicht gar die reichste Frau Bremens. Das solltest du nicht außer Acht lassen. Und vergiss auch nicht, dass es nicht einfach wird, Jean den Diebstahl zu beweisen.«

»Er hat die Waren in seinem Kontor.«

Doneldey legte den Kopf schief. »Er hatte die Waren in seinem Kontor. Überleg doch einmal. Es ist Monate her, dass du sie gesehen hast. Glaubst du wirklich, dass sie noch dort sind? Und selbst wenn. Wie willst du nachweisen, dass es die Waren aus Bremen sind? Er kann doch ganz einfach behaupten, sie von woanders her bezogen zu haben.«

Annas Puls raste. Sie fühlte sich von Heinrich verraten. Wie konnte er nur? Noch mehr beunruhigte sie jedoch der Gedanke, dass er recht haben könnte. Bis auf die Duftkleider gab es nichts, was nicht auch von anderen Handelspartnern geliefert worden sein konnte. Sie presste die Lippen aufeinander.

Heinrich, der sah, dass sie die Lage zu überdenken begann, setzte nach: »Meine liebe Anna. Ich habe Arnulf van Laaken nichts, rein gar nichts zugesagt, sondern mir nur angehört, was er zu sagen hatte.«

»Und das war?«

»Er weiß, dass Jean nicht der Ehrenmann ist, den er sich als Sohn gewünscht hätte. Er argwöhnt, dass es stimmen könnte, was wir behaupten und dass unsere Forderungen rechtens sind. Auch, dass Jean dich beleidigt hat, bestätigte er und dass dies seinem Eindruck von dir gänzlich widerspricht.« Er machte eine kurze Pause und trank einen Schluck. »Doch er weigert sich aufs Entschiedenste zu glauben, dass Jean ein Mörder ist. So weit, das waren Arnulfs Worte, würde er nicht gehen.«

»Da täuscht er sich aber in seinem Herrn Sohn.«

»Aber du warst nicht dabei. Womöglich hat dir Jean das nur erzählt, um sich einen Scherz mit dir zu erlauben, weil du ihn abgewiesen hast.«

»Er gesteht einen Mord, weil ich ihn zurückweise? Und wo wäre Siegbert dann abgeblieben? Heinrich, ich bitte dich, hörst du dich eigentlich selbst sprechen?«

»Aber womöglich ist deinem Großvater ja auch etwas ganz anderes zugestoßen.«

»Wenn Jean unschuldig an Siegberts Verschwinden wäre, wie kommt es dann, dass er die Waren aus Bremen in seinem Lagerhaus hatte. Nein, Heinrich, das passt nicht zusammen.«

»Das passt insofern zusammen, dass, wenn Siegbert in Brügge ein Unglück zugestoßen wäre, Jean sich dieses lediglich hätte zunutze machen können, um …«

Anna sprang so heftig auf, dass ihr Stuhl umkippte. »Er hat mir den Mord gestanden, als er seine Hände um meinen Hals gelegt hatte, um auch mich zu töten!«, schrie Anna ihn an. Sie stützte sich mit den Händen auf den Tisch. »Und da willst du mir einreden, er hätte sich nur einen schlechten Scherz erlaubt und dass die Waren auch auf einem anderen Weg in sein Lager gelangt sein könnten?«

Der Wirt war hereingekommen, um zu sehen, was der Krach zu bedeuten hatte. Doch das scherte Anna nicht. Wütend blickte sie auf Heinrich hinab. »Ich bin hier, damit meinem Großvater, deinem Freund, Gerechtigkeit widerfährt.

Ich bin hier, damit das Schwein hängt, das ihm das Leben nahm. Ich bin hier, weil ich fordere, was mir zusteht. Und lass dir eines gesagt sein: Selbst wenn ich nicht einen einzigen Pfennig wiederbekomme und Jean van Laaken am Ende noch immer ein freier Mann ist, werde ich die Sache nicht auf sich beruhen lassen. Und schon gar nicht werde ich einen Handel eingehen und dieses Schwein ungeschoren davonkommen lassen, nur um möglichst rasch viel Geld zu bekommen.«

Heinrich Doneldey senkte betreten den Kopf. »Du hast recht, Anna. Bitte entschuldige. Ich wollte nicht …«, er brach ab.

»Was wolltest du nicht? Mich hintergehen? Mich nicht mit beredten Worten davon überzeugen, dass ich Siegberts Mörder nicht weiter verfolgen und damit deinen besten Freund, den Mann, der dir immer treu zur Seite stand, verraten soll?« Anna holte tief Luft. »Ich werde jetzt in meine Kammer gehen und mich für das Treffen zurechtmachen. Und wenn wir später gemeinsam dorthin gehen, erwarte ich von dir, dass du mir gegenüber loyal bist und all das unterstützt, was ich sage. Und wenn du das nicht tust, Heinrich Doneldey, Bürgermeister von Bremen, war es das letzte Mal, dass ich mit dir gesprochen habe. Halt dich an deine Brügger und brich mit mir. Doch dann gibt es kein Zurück mehr.«

Sie drehte sich um und verließ den Schankraum, ohne sich von Gawin zu verabschieden oder sich noch einmal umzudrehen. Auf der Treppe kamen ihr einige ihrer Bremer Begleiter entgegen, die, geweckt durch die Lautstärke in der Wirtsstube, nach unten gingen. Sie nickte ihnen lediglich zu, ging hocherhobenen Hauptes in ihre Kammer und schloss hinter sich die Tür. Dann ließ sie sich aufs Bett sinken und presste ihre Hände vors Gesicht, damit niemand auf dem Flur ihr Schluchzen hören konnte.

36. KAPITEL

Sie waren schweigend nebeneinanderher bis zum Hause Arnulf van Laakens gegangen. Rudolf war von der spürbar schlechten Stimmung überrascht, die zwischen Anna und Bürgermeister Doneldey herrschte. Er wusste nicht, was zwischen ihnen vorgefallen war, konnte seiner Herrin jedoch ansehen, dass sie seinen Beistand nun noch einmal mehr brauchte als zuvor. Wachsam hatte er sie begleitet, immer darauf bedacht, dass niemand Anna zu nah kam.

Der Hausherr selbst öffnete ihnen die Tür, kaum dass Rudolf geklopft hatte, und begrüßte sie herzlich. Anna beobachtete Heinrich Doneldey genau, um zu sehen, ob seiner Reaktion in irgendeiner Weise anzumerken war, dass sein Versuch, sie zu überzeugen, gescheitert war. Doch sie konnte keine Geste und keinen Wink erkennen, mit dem Doneldey dem Brügger das Scheitern des Kompromissvorschlags zu verstehen gab.

»Bitte, kommt herein.«

Arnulf führte sie in den gleichen Raum wie am Vortag, nur dass diesmal Jean van Laaken nicht anwesend war.

»Wo ist Euer Sohn?«, fragte Anna überrascht. »Immerhin geht es hier um ihn.«

»Ich denke, was zu klären ist, können wir auch unter uns regeln. Ich glaube kaum, dass er bereit ist, etwas zur Aufklärung beizutragen.«

Annas Lippen umspielte ein süffisantes Lächeln. »So, er ist also nicht bereit dazu?« Sie drehte sich zu Doneldey um und warf ihm einen vielsagenden Blick zu. Dann setzten sie sich. Anna kam ohne Umschweife zur Sache. »Hier ist die Warenliste mit allem, was Euer Sohn gestohlen hat.« Sie dachte nicht daran, es vorsichtiger zu formulieren. Sollte Arnulf van Laaken ruhig ausbaden, was er bei der Erziehung seines Sohnes versäumt hatte.

Ohne ein Wort des Widerspruchs nahm der Brügger die Auflistung entgegen und ging sie in aller Ruhe durch. »Das ist ein Vermögen.« Er ließ das Pergament sinken und rieb sich müde die Augen. »Mein Sohn verfügt nicht über die Mittel, Euch diesen Schaden zu ersetzen, selbst wenn er es wollte.«

»Nun, wenn er die Waren verkauft hat, muss er ein Vielfaches der Summe eingenommen haben. Oder die Waren befinden sich noch in seinem Lagerhaus. Dann stellt uns ein weiteres Schiff zur Verfügung, und wir nehmen alles, was noch da ist, wieder mit zurück nach Bremen.« Sie hoffte, dadurch den Beweis zu erhalten, den sie so dringend brauchte. Denn wenn sich unter Zeugen auch nur ein Teil der Bremer Ladung in van Laakens Lager finden ließe, wäre Jean des Diebstahls endgültig überführt.

Arnulf van Laaken seufzte und deutete auf die Liste. »Wenn es sich wirklich so verhält, wie Ihr sagt, was noch immer nicht feststeht, ist im Lager meines Sohnes nichts mehr davon aufbewahrt.«

Anna sah ihn in Erwartung einer Erklärung an.

»Ich habe gestern nach Eurem Besuch ein langes Gespräch mit meinem Sohn geführt. Er hat mir versichert, nichts mit dem Diebstahl zu tun zu haben. Als Beweis hat er mir sein Kontor gezeigt. Es ist genauso leer wie die meisten anderen hier in Brügge, seitdem die Hanse das Handelsverbot gegen uns ausgesprochen hat und die Stapel nicht mehr angelaufen werden. Ich habe es mit eigenen Augen gesehen. Dort ist nichts.«

»Dann gibt es entweder einen weiteren Raum in diesem Lager oder noch ein weiteres Lager«, sagte Anna rasch.

Arnulf schüttelte langsam den Kopf. »Keines, das mir bekannt wäre. Und ich sage es nochmals: Mein Sohn bestreitet, die Waren jemals erhalten zu haben.«

Anna überlegte fieberhaft. »Wann war das?«

»Was?«

»Wann wart Ihr gemeinsam mit Eurem Sohn in seinem Kontor?«

»Einige Stunden nachdem Ihr fort wart. Weshalb?«

»Wenn Ihr ihm also glaubt und sicher seid, dass er die Wahrheit sagt, warum wart Ihr dann gestern in der Schenke und habt Heinrich Doneldey gebeten, ein gutes Wort für Euren Sohn bei mir einzulegen?«

Rudolf warf ihr einen kurzen erstaunten Blick zu, setzte dann aber wieder eine unbeteiligte Miene auf.

»Ich habe Euch noch nicht einmal etwas angeboten«, wich Arnulf aus. »Die Aufregung macht mich zu einem schlechten Gastgeber. Was möchtet Ihr …«

»Verzeiht mir, wenn ich Euch unterbreche. Aber wir möchten nichts trinken. Wir möchten Antworten. Weshalb also wart Ihr vor dem Gasthaus?«

Arnulf van Laaken rang mit sich. Er atmete tief ein, dann meinte er: »Ich habe einen Ruf zu verlieren in dieser Stadt. Die Zeiten sind schwer für Brügge. Das Zerwürfnis mit der Hanse setzt uns schwer zu. Die Familie van Laaken ist eine der angesehensten der ganzen Stadt. Wir treiben seit Generationen guten Handel, früher nur mit Tuchen, heute mit Waren aller Art und aus aller Herren Länder. Wenn wir unseren makellosen Ruf verlieren, verlieren wir alles.«

Anna sah ihn eine Weile nachdenklich an. »Ihr wisst, dass er gelogen hat, nicht wahr?«

Arnulf wich der Frage aus. »Ich möchte, dass die Sache für alle Seiten ein gutes Ende nimmt.«

»Das kann es aber nicht«, stellte Anna entschieden fest. Mit einem: »Nicht wahr, Heinrich?«, wandte sie sich erst Doneldey zu, der neben ihr saß, und dann wieder an Arnulf van Laaken. »Ganz gleich, was wir von Euch halten, und glaubt mir, von Euch haben wir nur den besten Eindruck. Aber Euer Sohn hat gestohlen und einen Mord begangen.« Sie fasste sich an den Hals. »Und hätte einen weiteren verübt, wäre er von Rudolf nicht daran gehindert worden.«

»Dazu wäre Jean nicht fähig«, stammelte Arnulf.

»Er ist dazu fähig, und er hat es getan. Ihr wisst es ebenso gut wie ich.«

»Was wollt Ihr?«

»Gerechtigkeit?«

»Gerechtigkeit welcher Art?«

»Ich verlange den Ausgleich sämtlicher Forderungen. Wenn Euer Sohn nicht genug Geld hat, müsst Ihr für ihn einstehen. Außerdem muss er wegen Diebstahls und Mordes angeklagt werden. Gleich heute werde ich mich an Euren Stadtvogt wenden und mein Begehr vortragen.«

»Bitte, Anna von Goossen. Ich glaube Euch ja. Ich weiß, dass Jean kein guter Mensch ist.« Er drehte sich um, als wolle er sichergehen, dass ihn außer der im Raum befindlichen Personen niemand hören konnte. »Auch wenn er den Diebstahl bestreitet, glaube ich, dass er ihn begangen hat, und bin deshalb auch bereit, Euch in voller Höhe zu bezahlen.«

Heinrich zog überrascht die Augenbrauen nach oben. Er hatte Anna nichts davon gesagt, doch noch am Vorabend hatte Arnulf van Laaken nur die Hälfte der Forderungen begleichen wollen, sofern damit die gesamte Angelegenheit erledigt wäre. Er konnte die Angst in den Augen des Brüggers sehen, die ihn nun zu diesem Angebot trieb.

»Doch damit muss alles abgegolten sein.« Van Laaken blickte Anna an. »So groß mein Verständnis für Euch und für die Ungerechtigkeit sein mag, die Euch widerfahren ist, müsst Ihr dennoch verstehen, dass ich mein Angebot nur so lange aufrechterhalte, wie Ihr Euch in diesem Raum befindet. Solltet Ihr meinen Sohn tatsächlich vor den Stadtvogt zerren, werde ich bestreiten, Euch je einen solchen Vorschlag gemacht zu haben, und mich voll und ganz dafür einsetzen, dass Ihr leer ausgeht. Sosehr ich es auch bedaure.«

»Ihr wollt ihn also freikaufen?« Anna lächelte bitter.

»Wenn Ihr es so nennen wollt.«

»Und der Mord an meinem Großvater?«

»Hat, soweit ich es beurteilen kann, niemals stattgefunden. Was auch immer ihm widerfahren sein mag, es geschah nicht durch die Hand meines Sohnes.«

»Doch, und Ihr wisst, dass es so ist.«

»Nein, das weiß ich nicht.«

»Euch ist es also gleichgültig, ob Euer Sohn ein Mörder ist?«

»Er ist kein Mörder.« Arnulf van Laaken hob das Kinn. »Er ist mein Sohn. Und das ist alles, was für mich von Bedeutung ist.«

Anna überlegte einen Moment. Sie wirkte plötzlich kraftlos, ausgelaugt. Heinrich war gespannt auf ihre Antwort. Würde sie nun doch auf van Laakens Angebot eingehen und tun, was für sie am besten war?

»Wisst Ihr, seitdem wir hier in Brügge sind«, hob Anna von neuem an, »habe ich vor allem auf eines gewartet: auf eine Entschuldigung. Eine zutiefst empfundene Entschuldigung für all das, was Euer Sohn mir angetan hat. Eine Entschuldigung aus seinem Mund. Doch er hat sich nicht einmal die Mühe gemacht, heute hier zu erscheinen.« Sie stand auf. »Ich halte Euch für einen guten, aufrechten Mann, Arnulf van Laaken. Und ich bedauere, dass vor allem Ihr derjenige sein werdet, über den so viel Leid kommen wird.«

Arnulf griff rasch nach Annas Arm. Rudolf sah es und wollte schon einschreiten, als van Laaken seine Hand bereits wieder sinken ließ. »Wenn Ihr jetzt geht, werde ich bestreiten, Euch jemals etwas angeboten zu haben. Ihr werdet leer ausgehen.«

»Behaltet Euer Geld, ich will es nicht. Ich will Gerechtigkeit.« Damit drehte sie sich um und ging hinaus. Heinrich Doneldey und Rudolf folgten ihr und holten sie erst ein, als ihr bereits die Tür geöffnet wurde und sie auf die Straße trat. Tief sog Anna die klare Luft ein. Dann würde sie eben kämpfen, ganz gleich, was ihr danach noch blieb.

Es vergingen drei Tage, bis Heinrich Doneldey eine zehnköpfige Brügger Kaufmannschaft zusammen hatte, die unter dem Vorsitz des gemeinsam bestimmten Ältermannes, Bartholomeus von Aardenburg, darüber entscheiden sollte, ob Jean van Laaken der Diebstahl der Bremer Waren nachzuweisen war. Heinrich Doneldey verzichtete bewusst auf den Vorschlag, auch Bremer Kaufleute mit in die Runde aufzunehmen. Denn auf diese Weise wäre deren Urteil über jeden Zweifel erhaben, da keine Einflussnahme, ganz gleich welcher Art, durch die Bremer erfolgen konnte. Tatsächlich akzeptierte Jean van Laaken siegesgewiss sowohl die Zusammensetzung der Kaufmannschaft als auch den Ältermann, der in einem solchen Fall eingesetzt werden konnte, und versicherte, das von ihnen gesprochene Urteil ohne Widerspruch anzunehmen. Der Stadtvogt, bei dem Anna Meldung über den Diebstahl als solchen, den Mord an Siegbert und den Mordversuch an ihr selbst gemacht hatte, wollte der Verhandlung ebenfalls beiwohnen, um danach zu entscheiden, welche Strafe Jean van Laaken erhalten würde. Doch bis zum jetzigen Zeitpunkt, so hatte er Anna sogleich beschieden, ginge er noch fest davon aus, dass an den Vorhaltungen gegen Jean van Laaken nicht das Geringste dran sei und sie damit rechnen müsse, selbst zur Rechenschaft gezogen zu werden, sollte sich ihr Antrag als Lügengebilde herausstellen. Anna hatte sich stark gegeben, obwohl sie in den letzten fünf Tagen mehr als einmal überlegt hatte, ob es nicht vielleicht besser gewesen wäre, das ihr angebotene Geld van Laakens zu nehmen und heimzukehren.

Die Versammlung fand im Haus der Osterlinge, dem für deutsche Kaufleute wichtigsten Hansekontor Brügges, statt, das wie eine Halle angelegt war und einzig dem Handel und dem Ausstellen von Waren diente. Offenbar legten die Brügger großen Wert darauf, den Bremern zu zeigen, dass sie auch ohne die Hanse noch immer gute Geschäfte machten. Womöglich sollte der Versammlungsort aber auch beiläufig aufzeigen, dass einer der Ihren es nicht nötig hatte, Waren zu stehlen. Zumindest kam Anna dieser Gedanke, als sie das riesige Gebäude betrat.

»Noch mehr als Jean van Laaken wirst *du* von ihnen befragt werden«, hatte Heinrich sie gewarnt, als er sie in die Halle begleitete. Er hatte sie in den letzten Tagen mehrmals um Verzeihung für sein Verhalten im Hinblick auf Arnulf van Laaken gebeten. Die einzige Erklärung, die er zu seiner Beschämung im Nachhinein dafür hatte, war die, dass er nach all dem Trubel endlich wieder Ruhe in seine Stadt und in sein eigenes wie auch Annas Leben bringen wollte. Seit ihrem Wutausbruch in der Schenke hatte er jedoch erkannt, dass sein Vorgehen falsch gewesen war und Anna wie der Versuch vorgekommen sein musste, sie zu hintergehen. Seither war er wieder ganz der alte Heinrich, den sie so sehr schätzte und der sich dafür einsetzte, dass Anna den Prozess bekam, den sie unter Kaufleuten verlangen konnte. Doneldey hatte an das Ehrgefühl jedes einzelnen Versammlungsmitgliedes appelliert und es dazu aufgefordert, ein ehrliches und gerechtes Urteil zu sprechen, ungeachtet der Differenzen, die Hansemitglied und Hansenichtmitglied miteinander austrugen.

Alle hatten still zugehört, als der Schreiber die von Anna erhobenen Forderungen und auch jede Position auf der Warenliste vorgetragen hatte, die Anna ihm zu treuen Händen übergeben hatte. Sie selbst hatte gehofft, zu Beginn der Anhörung mehr als nur das in der Hand zu haben, um die Kaufleute von der Wahrheit ihres Vortrags überzeugen zu können. Verzweifelt hatte sie in den letzten Tagen nach der Frau gesucht, die damals am Hafen ihr Duftkleid getragen hatte. Überall hatte sie nachgefragt und auch die Bremer ausgeschickt – sie sollten in der Stadt nach anderen Frauen in Duftkleidern, und damit Zeuginnen, Ausschau halten. Doch die Suche war ergebnislos verlaufen. Und andere Waren, die nur aus Bremen und Siegberts Lieferung stammten, waren gleichfalls nicht nachzuweisen.

Und nun fühlte sich Anna auch noch, mehr als ihr lieb war, durch die riesige Halle im Haus der Osterlinge eingeschüchtert. Still saß sie da und ließ ihren Blick durch den Raum schweifen. Der Ältermann saß an der ihr gegenüberliegenden Längswand in der Mitte, rechts und links umrahmt von den Kaufleuten, die über Annas Wohl und Wehe entscheiden würden. Links von ihr saßen in einigem Abstand Jean und Arnulf van Laaken. Rechts von ihr stand der Schreiber, der gerade mit dem Verlesen der Liste zu Ende gekommen war, während in ihrem Rücken zumeist ihre Bremer Gefolgsleute Platz genommen hatten und dem Fortgang der Verhandlung folgten. Schon suchte der Ältermann, der sie vom Aussehen her verblüffend an Siegbert erinnerte, ihren Blick. »Junge Frau, das ist eine beachtliche Liste. Und die Waren gehörten alle Euch? Das ist erstaunlich.«

»Mit Verlaub«, räusperte sie sich, »die Waren gehörten einer Vielzahl Bremer Kaufleute und Handwerker, nicht mir allein. Mein Großvater, Siegbert von Goossen, brachte die Güter jedoch in deren Auftrag nach Brügge und übergab sie Jean van Laaken. Dabei wurde er von Jean van Laaken getötet, der die Waren danach für sich vereinnahmte.«

Ein Raunen ging durch den Raum. »Aber … aber, das sind schwere Anschuldigungen, die ihr da vortragt.« Der Ältermann sprach mit ihr wie mit einem Kind. »Ihr dürft so etwas nicht einfach behaupten. Habt acht. Der Stadtvogt sitzt dort hinten, und wenn Ihr nicht beweisen könnt, was Ihr da sprecht, geht es am Ende womöglich Euch an den Kragen.«

»Habt Dank, dass Ihr mich zu schützen versucht«, schenkte Anna ihm ein Lächeln und neigte vor ihm den Kopf, in der Hoffnung, auf diese Weise sein Wohlwollen zu gewinnen. »Doch ich sage nichts, was nicht der Wahrheit entspricht.«

»Und warum fordert dann nur Ihr das Geld, wenn es doch allen Bremern gehört?«

»Da mein Großvater es war, der die Waren übergeben hat, fühlte ich mich verantwortlich dafür, die Menschen zu bezahlen, die auf das Geld aus dem Verkauf ihrer Waren dringend angewiesen waren.«

Der Ältermann bekam große Augen. »Sagt mir, wie habt Ihr das geschafft? Eine solche Summe hat man nicht gerade irgendwo herumliegen.«

Anna drehte sich daraufhin zu dem Auditorium um und deutete mit dem ausgestreckten Arm zu Marquardt hinüber. »Unser treuer Freund dort, der schon seit langer Zeit einen

Großteil der Familiengeschäfte führt, leitete unsere Handelsniederlassung in Florenz. Er löste sie auf, damit wir alles bezahlen konnten.« Sie setzte sich wieder aufrecht auf ihren Stuhl. Zwar entsprach das nicht ganz der Wahrheit, da Siegbert derjenige gewesen war, der Marquardt wegen der hohen Auslöse der Bremer Gefangenen bei den Hoyaern die Anweisung erteilt hatte, das Kontor in Florenz aufzulösen. Doch Anna hielt es für unnötig, dieses Detail eigens zu erwähnen. Ihr ging es vor allem darum, einen möglichst guten Eindruck auf die Brügger Kaufleute zu machen, und bot daher alles auf, was diesem Ziel diente.

Der Ältermann nickte anerkennend mit dem Kopf. »Ein großer Schritt, wirklich. Ihr scheint eine mehr als anständige Kauffrau zu sein.«

»Ich muss doch sehr bitten«, warf Jean van Laaken daraufhin ein und stand auf. »Sie versucht mir, einem der angesehensten Bürger dieser Stadt, ein Verbrechen unterzuschieben, und Ihr würdigt sie als anständig? Das ist unerhört.«

Arnulf van Laaken zerrte seinen Sohn am Ärmel, damit sich dieser wieder hinsetzte. Leise zischte er ihm etwas ins Ohr. Zwar konnte Anna nicht verstehen, was der Vater seinem Sohn sagte, doch war sie sich sicher, dass er ihn zurechtgewiesen hatte. Sie blickte zu Boden, damit niemand ihr schadenfrohes Lächeln sehen konnte. Doch das Gremium der Kaufleute fasste ihren nach unten gesenkten Blick offenbar als eine Geste der Kränkung durch van Laakens Worte auf.

»Unerhört«, wies der Ältermann Jean nun schroff zurecht, »ist lediglich Euer Gebaren hier. Wenn Ihr es wünscht, können wir aber auch auf jeden weiteren Vortrag verzichten, und nur anhand der Unterlagen und unseres Eindrucks zu einem Urteil kommen.« Er funkelte Jean wütend an. »Ob Euch dieses jedoch gefallen würde, wage ich zu bezweifeln.«

Jean nickte ihm zu. »Entschuldigt.« Er wollte noch etwas hinzufügen, doch eine Geste Arnulfs hinderte ihn am Weitersprechen. »Bitte, Ältermann Bartholomeus, verzeiht meinem Sohn. Ihr müsst verstehen, dass die Anschuldigungen ihn kaum mehr zur Ruhe kommen lassen und sein Gemüt trüben.«

»Nun gut. Was geschah dann? Ihr sagtet, Euer Großvater habe die Waren in unsere schöne Stadt geliefert und sei dann von Jean van Laaken ermordet worden. Auf Eure weitere Ausführung, was den Verbleib Eures werten Herrn Großvaters angeht, wollen wir an dieser Stelle vorerst nicht eingehen, sondern uns zunächst ausschließlich mit dem Verbleib der Waren beschäftigen.«

»Wie Ihr bereits wisst, reiste mein Großvater allein. Es ging nicht nur um die Auslieferung der Waren. Vielmehr hatte der Bremer Rat auch beschlossen, die geschäftlichen Verbindungen zum Hause van Laaken abzubrechen. Für einen Ehrenmann, wie es mein Großvater war, gab es keinen anderen Weg, als diese Botschaft persönlich zu überbringen.«

»Die geschäftlichen Verbindungen abzubrechen? Das bedeutet also, Ihr habt bereits zuvor Handel mit dem Hause van Laaken betrieben?«

»Das ist richtig!«

»Und aus welchem Grund sollten diese Geschäfte ein Ende haben? Gab es bereits vorher Schwierigkeiten, oder wurdet Ihr nicht bezahlt?«

»Nein, nichts dergleichen. Jean van Laaken hat sich uns gegenüber zuvor als vollendeter Kaufmann gezeigt. Der Grund für den Abbruch der Beziehungen lag in dem Entschluss und dem Wunsch Bremens, wieder in die Hanse aufgenommen zu werden.«

»Ich verstehe.« Die Miene des Ältermannes verfinsterte sich. »Man mag sich fragen, ob es immer gut ist, sich nach dem Willen der Hanse zu richten und dadurch diejenigen zu enttäuschen, denen gegenüber man sich verpflichtet hat. Doch ist es heute nicht unsere Aufgabe, darüber zu urteilen, ob der Beschluss des Bremer Rates weise war oder nicht.«

»Ich danke Euch für Euer Verständnis.« Anna nickte ihm zu.

»Und weiter? Was geschah dann?«

Anna berichtete ihm von den Wochen des Wartens auf Siegbert und dass schließlich ein Brief Jean van Laakens den Bremer Stadtrat erreichte, in dem er sich nach der angeblich noch nicht eingetroffenen Lieferung erkundigte.

»Aber warum sollte er Euch schreiben, wenn er, wie Ihr meint, die Waren doch längst hatte? Das ergibt doch keinen Sinn.«

»Wenn er die Waren schon hatte und den Mord an meinem Großvater vertuschen wollte, wohl doch«, erklärte Anna.

»Verleumdungen über Verleumdungen. Wie lange wollt Ihr die da noch über mich reden lassen, als wäre ich ein dahergelaufener Dieb?« Erneut war Jean von seinem Stuhl aufgesprungen.

Die Kaufleute sahen schweigend zu ihm herüber und warteten ab, wie der Ältermann auf diesen erneuten Ausbruch reagieren würde. Dieser blickte missbilligend zu Jean hinüber, schüttelte den Kopf und wandte sich dann wieder Anna zu. »Bitte, Duftnäherin. So nennt man Euch doch, nicht wahr?«

»Das stimmt.« Sie lächelte.

»Eine wirklich schöne Beschreibung, die Euren Liebreiz wiedergibt.« Dabei warf er Jean einen weiteren scharfen Blick zu. »Was hat sich danach zugetragen?«

Anna berichtete nun, wie sie nach Brügge gereist war, um vor Ort zu ermitteln, was mit Siegbert und den Waren geschehen war. Anschaulich schilderte sie den Kaufleuten ihre Sorge um den geliebten Großvater, was diese mit verständnisvollem Kopfnicken quittierten.

»Aber Ihr seid doch hoffentlich nicht allein gereist? Eine Frau wie Ihr und dann diese weite Entfernung?«

»Nein.« Sie drehte sich um und warf Rudolf einen liebevollen Blick zu. »Seht Ihr den Hünen dort vorn sitzen? Das ist mein Wachmann. Mehr als einmal verdanke ich ihm mein Leben.«

Rudolf nickte sowohl Anna als auch den Kaufleuten zu.

»Auch wenn er wahrlich ein Riese ist, könnt Ihr von Glück sagen, mit nur einem Mann an Eurer Seite wohlbehalten angekommen zu sein, bei all dem Lumpenpack, das sich in diesen schweren Zeiten vermehrt herumtreibt.«

»Es war kein Lumpenpack, das mir den Garaus machen wollte, sondern Jean van Laaken«, stellte Anna mit fester Stimme fest, und Arnulf griff sofort nach dem Arm seines Sohnes, bevor dieser erneut aufspringen und unbeherrscht auf Annas Worte reagieren konnte. Noch während die Kaufleute sie mit offenem Mund ansahen, fuhr sie mit ihrem Bericht fort, erzählte von der Freundlichkeit, mit der Jean van Laaken sie empfangen hatte, von seiner angeblichen Sorge um Siegbert, die er mit ihr teilte.

»Also habt Ihr ihm geglaubt, dass er die Waren nie erhalten hat und nichts mit dem Verschwinden Eures Großvaters zu tun hat? Weshalb sitzen wir dann hier?«

»Weil er gelogen hat! Ich nahm seine Gastfreundschaft an, und ich sage Euch auch gleich, bevor er abermals seine widerlichen Lügen über mich ausschütten kann, dass ich sogar im Hause van Laaken in einer Kammer im ersten Stock genächtigt habe. Doch«, wieder drehte sie sich etwas zur Seite und deutete auf Rudolf, »mein Begleiter wird Euch bestätigen, dass er die ganze Nacht vor meiner Tür Wache gehalten hat und weder ich heraus- noch jemand anderes hineingegangen ist.« Sie sah Jean ins Gesicht. »Das wird er schwören, bei allem, was ihm heilig ist. Deine Lügen werden dir also nichts nützen, Jean.«

Dem schien es die Sprache verschlagen zu haben, wahrscheinlich hatte er ihr eine so gut vorgetragene Lüge schlichtweg nicht zugetraut. Sie hatte ihn übervorteilt, indem sie selbst auf die Nacht in seinem Haus zu sprechen gekommen war und für ihre Version einen Zeugen beigebracht hatte.

»Am nächsten Morgen«, fuhr sie fort, »verabschiedeten mein Wachmann und ich uns und gingen zum Hafen. Das Boot war bereit. Wir gingen an Bord und legten bereits ab, als ich eine Frau auf dem Kai sah, die genau das Duftkleid trug, das ich unmittelbar vor dem Aufbruch meines Großvaters nach Brügge fertiggestellt und ihm mitgegeben hatte. Ich forderte den Bootsmann auf, sofort zu wenden, und wir legten wieder an.«

In der Halle war es nun so still, dass man eine Nadel zu Boden hätte fallen hören können. »Erzählt weiter!«, forderte Ältermann Bartholomeus Anna auf und sah sie prüfend an.

»Ich eilte zu der Dame, um sicherzugehen, dass es auch wirklich mein Kleid war.«

»War es das?«

»Ja. Venezianische Seide mit Lavendelduft. Niemand außer mir stellt solche Kleider sonst her. Jede Naht habe ich selbst gesetzt.«

Sie blickte kurz zu Jean hinüber, der erst jetzt zu begreifen schien, wie sie ihm seinerzeit auf die Schliche gekommen war. Dann berichtete sie weiter, wie sie sich mittels ihrer kleinen Komödie vor dem Wachmann Zugang zum Lagerhaus von Jean van Laaken verschafft hatte, wo sie auch all die anderen

Waren vorfand, die Bremen nach Brügge geliefert hatte. Ihre Stimme versagte, als sie schließlich an den Punkt kam, wo Jean überraschenderweise im Warenlager erschienen war, den Wachmann nach draußen geschickt, sie ihn mit ihrem Fund konfrontiert und er ihr den Mord an Siegbert gestanden hatte, um sie dann ebenfalls um ein Haar zu Tode zu bringen, wäre Rudolf ihr nicht im letzten Moment zu Hilfe gekommen.

»Mein Wachmann brachte mich schließlich auf das Schiff, und wir flohen aus Brügge.«

Wieder war es mucksmäuschenstill in der Halle. Keiner wagte, etwas zu sagen. »Beim Herrn«, entfuhr es schließlich Bartholomeus von Aardenburg.

Arnulf van Laaken räusperte sich. »Da nun Anna von Goossen vorgetragen hat, beanspruchen wir das Recht, unsere Fragen im Sinne der Wahrheitsfindung stellen zu dürfen.«

Der Ältermann machte eine Handbewegung. »Gewiss, macht nur.« Er wirkte noch immer schockiert über das, was er soeben vernommen hatte.

»Wenn Ihr erlaubt, werde ich anstelle meines Sohnes sprechen. Er selbst ist zu mitgenommen, um einen klaren Gedanken fassen zu können.« Er warf Anna einen wütenden Blick zu. »Was ich ihm nicht verdenken kann, nach all dem Dreck, der hier über ihn ausgeschüttet wurde.«

»Es ist die Wahrheit«, erwiderte Anna mit fester Stimme.

»Das wird sich zeigen«, antwortete Arnulf. Er stand auf, ging um den Tisch herum und sah nun, halb auf der Tischkante sitzend, halb dagegen gelehnt, zu Anna hinab.

»Ihr sagt, Euer Großvater ist mit einem Schiff voller Waren hier in Brügge angekommen?«

»Das ist richtig.«

»Es muss ziemlich groß gewesen sein. Immerhin stehen auf der Liste, die ihr vorgelegt habt, eine Menge Handelsgüter.«

Anna sah ihn schweigend an.

»Wollt Ihr mir nicht antworten?« Arnulf hob angriffslustig die Augenbrauen.

»Soweit ich gehört habe, habt Ihr mir keine Frage gestellt. Ihr bemerktet lediglich, dass das Schiff wegen der Warenmengen groß gewesen sein muss.« Sie lächelte ihn unschuldig an, während einige der Kaufleute sich das Schmunzeln nicht verkneifen konnten.

Arnulfs Blick verfinsterte sich. »Nun gut. Wir sind uns also darin einig, dass das Schiff groß gewesen sein muss. Können wir das so feststellen?«

»Ich denke, nicht größer als jedes andere, das beladen diesen Hafen erreicht.«

»Ihr denkt also nicht, dass ein solches Schiff auffallen müsste?«

»Wenn Ihr erlaubt, ich reise nicht allzu viel und habe mich auch nie als Bootsmann versucht, meine Arbeit war bislang auf das Nähen und Handeln mit Kleidern beschränkt. Eure Erfahrungen sind hier gewiss größer. Wenn Ihr anhand der Warenliste glaubt, dass ein solches Schiff auffällt, vertraue ich Eurem Sachverstand.«

»Wie gütig von Euch.« Seine Stimme troff vor Zynismus.

Anna sah ihn interessiert an. Sie musste sich zusammenreißen, weil sie merkte, dass es ihr gar zu viel Freude bereitete, Arnulf van Laaken mit ihren Worten aus der Fassung zu bringen. Doch ein solches Verhalten konnte sehr schnell hochmütig wirken und damit den guten Eindruck, den sie bisher gemacht hatte, zerstören.

»Sagt, habt Ihr den Bootsführer des Schiffes ausfindig gemacht, mit dem Euer Großvater angeblich hier in unserem schönen Brügge angelegt hat?«

»Nein.«

»Weshalb nicht?«

»Ich hätte nicht gewusst, wo ich mit der Suche ansetzen soll. Siegbert kann sich die Überfahrt überall erkauft haben.«

»Ihr wisst also nicht mal, welchen Weg er genau genommen hat?«

»Nein, das weiß ich nicht.«

»Ich muss Euch bitten, mit der Befragung etwas rascher voranzukommen«, schaltete sich nun Bartholomeus ein. »Wir haben verstanden, dass Ihr über einen Bootsführer den Beleg zu erhalten wünscht, dass die Waren und Siegbert von Goossen auch wirklich an Bord waren und das Schiff hier in Brügge angelegt hat. Doch mit Verlaub: Auch meine Familie weiß nur in Ausnahmefällen, welche Überfahrt ich nehme, wenn ich Handel treibe. Oder gebt Ihr stets darüber Auskunft, Arnulf van Laaken?«

»Fast könnte man glauben, Ihr wollt meine Befragung nicht zulassen, Ältermann. Bei allem Respekt, versuche ich hier den guten Namen meines Sohnes und damit auch den meiner Familie wiederherzustellen. Da sollte es mir erlaubt sein, die Fragen zu stellen, die mir angemessen erscheinen.«

Einige der Kaufleute nickten Arnulf zu, während der Ältermann unbeeindruckt schien. »Sie kann nicht beweisen, dass ihr Großvater Brügge mitsamt den Waren erreicht hat. Das hat jeder hier verstanden. Können wir also fortfahren?«

Arnulf war verärgert, ließ sich aber nicht beirren und setzte seine Befragung fort.

»Nehmen wir also einmal an, wir glauben Euch, und Euer Großvater hat Brügge erreicht. Er wird wohl kaum selbst die Waren abgeladen haben. Wer hat ihm geholfen?«

»Nun, wir haben in den letzten Tagen im Hafen nachgefragt. Zwei Männer meinten, sich an ihn erinnern zu können, sicher waren sie sich jedoch nicht. Zumindest nicht sicher genug, um hier als Zeugen auftreten zu wollen. Schließlich kommen täglich viele Schiffe in Brügge an, und eines nach dem anderen wird abgeladen.«

Arnulf hob die Hand. »Wir haben verstanden. Es gibt keinen Bootsführer und auch niemand, der die Ladung gelöscht hat. Dann also weiter.« Er stieß sich vom Tisch ab und ging nun mit hinter dem Rücken verschränkten Händen vor Anna und den Kaufleuten auf und ab.

»Nehmen wir auch weiterhin an, es war, wie Ihr sagtet, und Euer Großvater hat Brügge erreicht. Auch die Waren wurden abgeladen. Woher wisst Ihr, dass er sich an meinen Sohn gewandt hat?«

»Wie bitte?«

»Nun, er war doch ein erfahrener und weithin bekannter Händler, nicht wahr? Und Brügge ist einer der größten Handelsplätze, die es gibt. Woher nehmt Ihr also die Überzeugung, dass er nicht mit jemand anderem als meinem Sohn ins Geschäft gekommen ist?«

»Das Handelsgeschäft war zwischen den Bremern und Eurem Sohn geschlossen. Mein Großvater wäre niemals wortbrüchig geworden und hätte die Waren an den nächst höher Bietenden verkauft.«

»Ach, und warum nicht?«

»Das sagte ich schon: Weil er ein Ehrenmann war.«

»Und das wisst Ihr woher?« Arnulf war unmittelbar vor Anna stehen geblieben.

»Wagt es ja nicht, den Namen eines unserer ehrenwertesten Bürger in den Schmutz zu ziehen«, schallte da eine Stimme aus den Zuschauerplätzen. Anna drehte sich um und sah, dass Heinrich Doneldey aufgesprungen war und seine Faust drohend in van Laakens Richtung streckte.

»Bürgermeister Doneldey, Ihr habt hier keine Befugnisse«, stellte der Ältermann klar. »Setzt Euch wieder hin und stört die Befragung nicht noch einmal.«

Heinrich schnaubte vor Wut, nahm aber wieder seinen Platz ein.

»Glaubt mir, was auch immer Ihr versucht«, sagte Anna nun mit einer Ruhe in der Stimme, die sie selbst verwunderte, »um die Haut Eures Sohnes und nicht zuletzt Euer eigenes Vermögen zu retten – denn um nichts anderes geht es hier –, Ihr werdet es nicht schaffen, mit Euren Lügen durchzukommen. Verleumdet mich, verleumdet meinen Großvater, verleumdet jeden Bremer und auch Eure eigenen Leute, indem Ihr anzweifelt, dass sie Euch und Eure Absichten längst durchschaut haben. Es wird Euch nichts nützen. Euer Sohn selbst hat mir gestanden, meinen Großvater feige ertränkt zu haben. Dafür, dass er auch mich ermorden wollte, gibt es einen Zeugen. Und ich habe mit eigenen Augen die Waren im Lagerhaus gesehen und ebenso die Frau, die das von mir gefertigte Duftkleid trug. Lügt, so viel Ihr wollt, es wird nichts ändern.«

»Und wo ist diese Frau?« Arnulf breitete die Arme aus. »Und wo sind die Waren?« Mit raschen Schritten ging er zum Schreiber hinüber und griff nach der Liste. »So viele Waren, und doch lässt sich in ganz Brügge kein einziger Mensch finden, der sie gekauft haben will? Obwohl das Kontor meines Sohnes leer ist? Wie erklärt Ihr Euch das?«

»Womöglich wissen die Brügger nicht, dass sie die Waren gekauft haben. Nur die Duftkleider sind einzigartig. Alles andere könnte von überallher stammen.«

»Ganz recht.« Arnulf drehte sich zu ihr um und hob den Zeigefinger. »Mein Sohn ist Händler, und er hat auch in den letzten Monaten Geschäfte gemacht. Deshalb müsst Ihr mir schon erklären, wie es sein kann, dass nicht ein einziges Duftkleid in der Stadt aufgetaucht ist?« Er ging zu den Kaufleuten hinüber. »Sagt mir, wer von Euch hat in den letzten Wochen und Monaten Geschäfte mit meinem Sohn gemacht?«

Die Angesprochenen gaben Handzeichen. Ein jeder von ihnen.

»Und Ihr alle habt Frauen, nicht wahr?«

»Ich nicht«, begehrte einer auf, was die anderen zu einem Lachen animierte.

»Nun gut. Doch die anderen schon. Und habt Ihr ein Duftkleid für Eure Frau gekauft?«

Keiner reagierte.

Arnulf van Laaken fuhr herum. »Ist hier irgendjemand im Saal, dessen Frau in Brügge ein Duftkleid erworben hat?« Er ließ seinen Blick über das Auditorium schweifen. »Nein? Niemand? Wirklich kein Einziger?« Er wartete ab. »Dann fasse ich zusammen: Es gibt niemand, der bezeugt, dass Siegbert von Goossen je in Brügge angelegt hat. Niemand außer Anna von Goossen, die auf diese Weise ein Vermögen verdienen will, hat die Waren im Kontor meines Sohnes gesehen. Nirgendwo in ganz Brügge sind Duftkleider aufgetaucht, und jeder hier, der schon Geschäfte mit meinem Sohn gemacht hat, kennt ihn als einen ehrlichen und aufrechten Händler. Und zu guter Letzt: Ein verschwundener Bremer Kaufmann, der mit einem Berg von Waren im Werte eines Vermögens fortfuhr und nicht wiederkam. Sein Leichnam ist nirgendwo aufgefunden worden.« Er drehte sich zu dem Ältermann und dessen Beisitzern um. »Meine Herren! Über was, im Namen des Herrn, verhandeln wir hier eigentlich?«

37. KAPITEL

»Wir müssen jemanden finden, der die Duftkleider gekauft hat.« Anna ging in ihrer Kammer auf und ab. »Sonst werden sie das Urteil fällen, und wir werden verlieren.«

Marquardt hob in verzweifelter Geste die Hände. »Wir haben wirklich überall nachgefragt. Wir waren in jeder Schenke, an jedem Stand, haben sogar die Mägde angesprochen und sie gefragt, ob ihre Herrinnen Duftkleider besitzen oder je eines besaßen. Nichts. Derjenige, dem dieser van Laaken die Kleider verkauft hat, ist offenbar nicht in Brügge.«

»Aber es muss doch eine Möglichkeit geben.« Anna ließ sich niedergeschlagen auf einen der Stühle fallen. Mit ihr und Marquardt waren noch Rudolf, Gawin und Heinrich Doneldey im Raum, um gemeinsam nach einer Lösung zu suchen.

»Mein Gefühl sagt mir, dass die Kaufleute rund um Ältermann Bartholomeus uns gern glauben und dir dein Recht zusprechen würden«, sagte Doneldey. »Doch wir müssen ihnen irgendeinen Beweis dafür liefern, dass die Waren Jean van Laaken erreicht haben.«

»Ich könnte sagen, dass ich die Waren gesehen habe, als ich Anna im Lagerhaus vor ihm rettete«, schlug Rudolf vor.

»Hast du sie denn gesehen?« Doneldey sah ihn prüfend an. Rudolf zögerte mit der Antwort und warf Anna einen fragenden Blick zu. Diese schüttelte den Kopf. »Du wirst die Kaufleute nicht belügen«, stellte sie klar.

Rudolf zuckte mit den Schultern. »Ich fürchte, wir haben kaum eine andere Möglichkeit.«

»Nein«, sagte nun auch Gawin. »Wir sind hier, damit Recht gesprochen wird. Wenn wir es auf diese Weise erzwingen, sind wir auch nicht besser als van Laaken.«

»Was wäre, wenn wir darauf bestünden, Zutritt zum Lagerhaus und zum Haus Jean van Laakens zu bekommen?«, schlug Marquardt vor. »Wenn die Kleider wirklich nirgendwo in Brügge zu finden sind und von keiner Dame getragen werden, müssen sie noch dort sein.«

»Zum einen«, überlegte Doneldey, »wird dieser Kerl nicht so dumm sein, die Waren noch in seinem Lager oder sonst an einem Ort zu haben, wo wir sie finden könnten. Zum anderen bin ich mir sicher, dass er die Kleider bereits verkauft hat. Anna hat schließlich eine Frau mit einem ihrer Gewänder gesehen. Vermutlich war sie die Frau eines angereisten Händlers oder aus einem anderen Grund hier zu Besuch. Sie flanierte doch mit ihrer Begleiterin am Hafen entlang.«

»Richtig«, bekräftigte Anna.

»Und wie viele Bremerinnen kennt ihr, die das bei uns zu Hause tun würden?« Die anderen schüttelten verneinend ihre Köpfe. »Eben. Ich bin mir sicher, dass sie sich lediglich noch ein wenig in Brügge umgesehen und ihr neues Kleid ausgeführt hat, ehe sie wieder in ihre eigene Stadt zurückgereist ist.«

Anna rief sich die Szene am Hafen noch einmal ins Gedächtnis. »Das stimmt, Heinrich«, erkannte sie jetzt. »Die Frau sprach auch ohne jeden Akzent Deutsch. Ganz bestimmt sogar. Dass ich da nicht früher drangedacht habe.«

Doneldey, der neben Anna stand, meinte gutmütig: »Du hattest bislang ganz andere Sorgen, als dich zu fragen, woher die Frau kam, die dein Kleid trug. Mach dir keine Vorwürfe.«

Anna griff nach seiner Hand. »Ich weiß. Doch so werden wir nicht zu unserem Recht kommen.«

»Vor allem wird er nicht für Siegberts Tod zur Rechenschaft gezogen werden«, bemerkte Rudolf, der seinen Zorn nur schwer unterdrücken konnte. Er ballte die Hand zur Faust. »Doch er darf nicht ungeschoren davonkommen.«

»Aber was können wir tun?« Anna sah ihn hilflos an.

»Wir müssen ihn dazu zwingen, die Wahrheit zu gestehen.«

»Und wie willst du das machen?«, wandte Gawin ein. »Selbst wenn du dem Kerl alle Knochen brichst, was ich dir zutraue, so würde es doch nichts nützen. Sollte er unter diesen Umständen gestehen, würden die Kaufleute sein Geständnis zudem nicht anerkennen. Denn dann könnte er richtigerweise sagen, dass er die Aussage nur gemacht hat, weil wir ihm Gewalt angetan und ihn mit dem Tode bedroht haben. Nein.« Gawin schüttelte den Kopf. »Das ist nicht der richtige Weg.«

»Wir können immer noch vorbringen, dass er versucht hat, dich zu erwürgen«, überlegte Doneldey laut. »Dafür haben wir Rudolf als Zeugen.«

»Das belegt noch lange nicht, dass Siegbert die Waren hierhergebracht hat und es deshalb zum Streit gekommen ist«, widersprach Marquardt. »Außerdem ist Anna nichts geschehen. Wofür ich dem Herrn danke«, setzte er schnell noch hinzu.

»Ich weiß schon, wie du's gemeint hast«, sagte Anna kraftlos. Sie ließ ihren Blick über die Anwesenden schweifen, die sie teils ratlos, teils bedauernd ansahen. »Zu Beginn der Verhandlung hatte ich ein so gutes Gefühl«, sagte sie schließlich. »Doch jetzt ist mir klargeworden, dass wir umsonst gekommen sind. Jean van Laaken wird ungestraft davonkommen. Wir werden ihm nichts von dem beweisen können, was geschehen ist.«

»So schwer es mir auch fällt, muss ich dir doch recht geben«, stimmte Heinrich zu.

Anna erhob sich langsam von ihrem Stuhl. »Es ist an der Zeit. Die Kaufleute werden gleich zusammenkommen. Ich danke euch, dass ihr bei diesem schweren Gang an meiner Seite seid. Ich werde mich dem Urteil beugen und es wie bitteren Essig hinunterschlucken.« Sie ging zur Tür, die Rudolf für sie öffnete, und trat hinaus. Die Männer folgten ihr und gaben den anderen Bremern, die zum Teil in der Schenke und zum anderen draußen auf dem Platz auf sie gewartet hatten ein Zeichen, dass es erneut an der Zeit war, sich auf den Weg zu den Verkaufshallen zu machen. Schweigend, wie bei einer Prozession, schritten sie über den Marktplatz, von den umstehenden Menschen bestaunt. Viel zu schnell erreichten sie den Verhandlungsort. Selbst wenn Anna die Urteilsverkündung möglichst schnell hinter sich bringen wollte, hoffte sie doch noch auf eine Wende oder gar Eingebung, die im letzten Moment alles ändern würde. So hielt sie auf dem Weg auch Ausschau nach Frauen, die eines ihrer Duftkleider trugen. Aber nichts dergleichen geschah. Sie erreichten die Halle und traten ein. Bevor Anna ihren Platz wieder einnahm, hielt Gawin sie zurück und zog sie an sich. »Wir werden ohne das Geld auskommen. Auch wenn uns hier kein Recht zugesprochen werden wird, so wissen wir doch, dass Siegbert ein aufrechter und grundehrlicher Kaufmann war, den wir stets in unseren Herzen tragen. Ich werde eine Holzstatue mit seinem Antlitz schnitzen und mitten in Bremen aufstellen lassen zum Zeichen dafür, dass wahre und aufrechte Bürger den Platz in unserer Mitte nie verlieren werden.«

Anna traten Tränen der Rührung in die Augen. »Ich liebe dich, Gawin. Bitte verzeih mir.« Sie schmiegte sich kurz an ihn und ging dann zu ihrem Platz, so dass Gawin keine Möglichkeit mehr blieb, sie zu fragen, was er ihr denn verzeihen solle. Ein unguter Verdacht stieg in ihm auf, doch sogleich zwang er sich, ihm keinen Platz einzuräumen. Seine Aufgabe bestand jetzt ausschließlich darin, seiner Frau beizustehen. Um nichts anderes durfte es jetzt gehen. Langsam fügte er sich in die Reihe derer ein, die in die Halle gingen und auf den Besucherstühlen Platz nahmen. Unwillkürlich wanderten seine Augen zu Jean van Laaken hinüber, der Anna unverhohlen von oben bis unten musterte. Als hätte dieser seinen Blick gespürt, drehte er sich um und sah Gawin direkt in die Augen. Sein Mund verzog sich zu einem verächtlichen, wenn nicht sogar anzüglichen Grinsen, das Gawin nicht so recht deuten konnte, so wie er auch aus dem sonstigen Gebaren des Flamen nicht wirklich schlau wurde. In diesem Moment erhob der Ältermann die Stimme, und sowohl Gawin als auch Jean sahen zu ihm hinüber.

»Wir Kaufleute haben uns inzwischen besprochen«, kündigte Bartholomeus von Aardenburg an. »Es ist vorgesehen, dass heute noch einmal beide Seiten ihre Standpunkte und ihr Anliegen zusammenfassend vortragen. Sodann werden wir Kaufleute uns zu einer Schlussberatung zurückziehen und unser Urteil verkünden.«

Anna nickte ihm ergeben zu, wenngleich sie meinte, schon jetzt in seiner Miene lesen zu können, dass die Kaufmannschaft zu dem gleichen Ergebnis gekommen war wie sie selbst. Alles, was sie vorgetragen hatte, war glaubhaft, konnte aber nicht bewiesen werden. Daran hatte auch ihr persönliches Erscheinen hier in Brügge nichts geändert. So blieb ihr nichts, als Haltung zu bewahren. Das zumindest war sie ihren Bremer Begleitern und auch Siegbert schuldig.

»Bitte.« Arnulf van Laaken erhob sich und vollführte eine einladende Geste. »Ich lasse Euch den Vortritt, Anna von Goossen. Falls Ihr meint, etwas noch nicht vorgebracht zu haben, so sprecht nun.«

Anna erhob sich. »Danke.« Sie nickte Arnulf höflich zu. »Ich denke, es ist alles gesagt. Sosehr ich es mir auch wünschen würde, ich kann nicht beweisen, dass die Bremer Waren von Jean van Laaken in Empfang genommen wurden. Nichtsdestotrotz werde ich auch in Zukunft nicht müde werden, jedermann zu erzählen, dass ich bestohlen wurde und auch, dass ich den Namen des Mörders meines Großvaters kenne und wie er lautet. Das zumindest, werdet Ihr nicht verhindern können.« Sie setzte sich wieder.

Arnulf van Laaken erhob sich. »Nun, nicht einmal jetzt könnt Ihr ein Wort der Einsicht und Versöhnung über Eure Lippen bringen«, konstatierte er. »Ihr seid eine bedauernswerte Frau. Jedoch entnehme ich Euren Worten, dass Ihr eingesehen habt, auf welcher Seite sich das Recht befindet, das hier gleich gesprochen werden wird. Weiteres ist von unserer Seite«, bei diesen Worte legte er Jean die Hand auf die Schulter, »nicht mehr zu sagen.« Er setzte sich wieder.

Der Ältermann sah daraufhin nach rechts, dann nach links die Reihe der Kaufleute entlang und stand auf. »Wir werden uns kurz zurückziehen.« Er warf Anna einen bedauernden Blick zu. »Es wird nicht lange dauern. Habt die Freundlichkeit und behaltet Platz.« Damit erhoben sich auch die anderen Kaufleute, folgten ihm quer durch die Halle und verschwanden hinter einer kleineren Seitentür. Nur wenige Minuten später traten sie bereits wieder heraus und nahmen erneut ihre Plätze ein. Der Ältermann wartete, bis Ruhe eingekehrt war, dann wandte er sich Jean und Arnulf van Laaken zu. »Ihr werdet meine deutlichen Worte«, begann er, »die ich nun im Namen der gesamten Kaufmannschaft spreche, entschuldigen müssen. Ihr, Arnulf, wart immer ein aufrechter Bürger und ehrlicher Kaufmann. Nun mag es Euch schmerzen oder gar erzürnen, aber an Eurem Sohn vermissen wir zu unserer Bestürzung diese Ehrlichkeit, was jedoch hier nicht weiter von Bedeutung sein darf.« Er wandte sich Anna zu. »Ich möchte Euch sagen, dass wir Euren Verlust aufrichtig bedauern und vor allem, dass wir Euch glauben.« Von den Plätzen der van Laakens war daraufhin ein deutliches Zischen des Missfallens zu hören.

Der Ältermann fuhr jedoch, davon völlig unbeirrt, fort:

»Aber zu meinem tiefen Bedauern muss ich Euch sagen, dass es nicht sein kann, einen Kaufmann, mit dem wir hier alle schon gute Geschäfte gemacht haben, für Vergehen zur Verantwortung zu ziehen, die durch keinen einzigen Beweis belegt sind.« Kurz presste er die Lippen aufeinander. »Ich möchte ganz offen zu Euch sprechen. Gestern haben wir Kaufleute es uns zur Aufgabe gemacht, unsere Frauen zu befragen, ob sie je von einer anderen in der Stadt gehört hätten, die ein solches Duftkleid erworben hat.« Er zuckte bedauernd die Schultern. »Doch das war nicht der Fall. Ich«, er korrigierte sich, »wir alle hier, bedauern dies zutiefst.«

Anna nickte. Sie wusste es zu schätzen, dass der Ältermann so besorgt und einfühlsam mit ihr sprach. Offenbar betrübte es ihn, gleich ein Urteil sprechen zu müssen, durch das sie ein Vermögen wie auch die Aussicht darauf verlor, dass gegen Jean van Laaken wegen des Mordes an ihrem Großvater ermittelt wurde.

Bartholomeus von Aardenburg nahm die Warenliste zur Hand, die vor ihm lag. »Und soweit ich hier sehen kann, gibt es keine einzige andere Ware, die nur aus der besagten Lieferung und von nirgendwo anders her stammen kann.« Er gab die Liste an die anderen Kaufleute weiter. »Oder seht ihr noch etwas?« Die Männer blickten kurz auf das Pergament und reichten es dann weiter. Wortloses Kopfschütteln war die Antwort. Als die Liste beim letzten angekommen war, stand dieser auf und brachte sie dem Ältermann zurück.

»Sogar die vier Fenstergläser aus Murano könnten aus jeder anderen Lieferung stammen«, sagte er und legte die Liste wieder vor Bartholomeus ab. »Ich selbst habe zuletzt solche Gläser von Jean van Laaken gekauft, doch dass sie aus der besagten Lieferung sind ...«, er zuckte mit den Schultern und ging zu seinem Platz zurück.

Annas Herz schlug plötzlich wie wild. »Wartet!«, rief sie aufgeregt. Der Mann blieb wie angewurzelt stehen, und Anna überlegte, wie sie am besten vorgehen sollte. »Ich möchte Euch bitten, mir eine Frage zu beantworten. Doch dazu muss ich zunächst etwas tun, damit am Ende alle Gewissheit haben.«

Der Angesprochene verstand kein Wort von dem, was sie ihm so aufgeregt zu erklären versuchte, rührte sich aber nicht vom Fleck. Anna sprang auf und ging zum Schreiber hinüber. Leise besprach sie sich mit ihm. Schließlich griff er zu Feder und Pergament und kritzelte hastig einige Zeilen darauf. Als er fertig war, nahm Anna das Pergament entgegen und legte es mit der Schrift nach unten vor Ältermann Bartholomeus von Aardenburg auf den Tisch. »Bitte, dreht es noch nicht um.«

Er sah sie erstaunt an, kam jedoch ihrer Bitte nach.

»Darf ich Euch um Euren Namen bitten?«, sagte sie daraufhin zu dem Kaufmann, der noch immer wie angewurzelt dastand.

»Ich bin Albert Geffner«, antwortete er folgsam.

»Bitte verzeiht mir mein ungewöhnliches Verhalten«, bat Anna. Sie hoffte inständig, dass sie mit ihrer Vermutung richtig lag und sich jetzt nicht auch noch in aller Öffentlichkeit zum Narren machte.

»Doch als Ihr eben sagtet, dass Ihr Fensterglas aus Murano von Jean van Laaken kauftet ...«, sie stockte.

»Ja?«, erkundigte sich Geffner.

»Nun, da kam mir ein Gedanke. Sagt mir bitte, wie das Fensterglas zu Euch transportiert wurde.«

Geffner sah sie an. »In Butterfässern, wie das seit geraumer Zeit üblich ist, falls Ihr das nicht wisst.«

»Das ist mir bekannt.« Anna warf Jean einen verächtlichen Blick zu. Dieser schien jedoch nicht zu verstehen, worauf sie hinauswollte. Sie atmete tief durch, bevor sie fortfuhr. »Auch mein Großvater führte vier Fenstergläser als Handelsgut nach Brügge mit sich. Sie waren auf zwei Butterfässer verteilt.«

»So wie man es eben macht«, warf Arnulf van Laaken ungehalten ein.

Anna ließ sich nicht beirren. »Kaufmann Geffner, befanden sich die vier Fenstergläser, die Euch Jean van Laaken verkaufte, ebenfalls in zwei Fässern?«

»Ja.«

Im Publikum kam Unruhe auf, zumal sich Anna Zeit ließ, bevor sie die nächste Frage stellte, von deren Beantwortung, wie sie wusste, alles Weitere abhing.

Arnulf van Laaken nutzte die Gelegenheit für einen Einwurf. »Und nun wollt Ihr uns weismachen, dass die zwei Fässer ein Beweis sind? Die kann mein Sohn samt dem Fensterglas auch von jedem anderen Händler bekommen haben. Fast jeder befördert derart kostbares Glas in Butterfässern.«

Anna hob den Kopf. Sie blickte Jean in die Augen, während sie die nächste Frage stellte. »Kaufmann Geffner. Bitte versucht, Euch genau zu erinnern«, bat sie ihn, ohne ihren Blick von Jean zu nehmen. »Gab es irgendeine Besonderheit, etwas, das Euch aufgefallen ist, als Ihr die Butterfässer geöffnet habt, um das Fensterglas zu entnehmen?« Erst jetzt sah sie wieder zu Geffner. Der Angesprochene schien angestrengt nachzudenken. Plötzlich hellte sich sein Gesicht auf. »Jetzt, wo Ihr danach fragt«, begann er.

»Das ist doch alles Unsinn!«, brüllte Jean plötzlich so laut, dass Anna zusammenzuckte. »Der Ältermann wollte sein Urteil bereits sprechen. Es ist alles gesagt.« Er war von seinem Stuhl aufgesprungen. Unter den Bremern machte sich Unruhe breit. Sie murmelten leise untereinander und warteten, was als Nächstes geschehen und gesprochen werden würde. Der Stadtvogt war nun seinerseits aufgestanden und trat näher an Jean van Laaken heran, der noch immer stand, und den er nicht aus den Augen ließ.

»Sofort nehmt Ihr wieder Euren Platz ein«, herrschte von Aardenburg Jean nun an. »Was erlaubt Ihr Euch?« Er sah zum Stadtvogt und vergewisserte sich mit einem Blick, dass dieser die Situation richtig einschätzte und jederzeit bereit war, einzugreifen, sollte sie aus dem Ruder laufen. Langsam setzte Jean van Laaken sich wieder hin.

Der Ältermann beugte sich etwas weiter nach vorne, um Geffner besser sehen zu können. »Nun, was wolltest du sagen, Albert?«

»Um Eure Frage zu beantworten, werte Duftnäherin von Bremen.« Er warf Jean van Laaken einen geradezu trotzigen Blick zu. »Mir wurden zwei Butterfässer mit je zwei Fensterscheiben von Jean van Laaken verkauft. Für gutes Geld, möchte ich meinen. Und ja, es gab eine Besonderheit, etwas geradezu Unverwechselbares.«

Nun war es mucksmäuschenstill in der Halle. »In die Butter des einen Fasses«, fuhr Albert Geffner mit lauter Stimme fort, so dass ihn auch noch der Letzte im Saal überdeutlich verstehen konnte, »waren Linien gezeichnet. Ich habe sie sogar meiner Frau gezeigt. Es sah so aus, als hätte jemand einen Fluss auf die Butteroberfläche gemalt. Die Linien sind vermutlich von einem Kinderfinger gezogen worden, sie waren fein.«

Anna konnte kaum atmen, so aufgeregt war sie. Jetzt drehte sie sich abermals zu Jean van Laaken um, um dessen Gesichtsausdruck sehen zu können und ihn sich für immer ins Gedächtnis zu brennen. »Bitte, Herr van Aardenburg, wendet nun das Pergament und lest vor, was ich den Schreiber vorhin bat, darauf festzuhalten.«

Der Ältermann wendete das Blatt und las laut vor: »Zwei Butterfässer mit je zwei Glasscheiben aus Murano darin. In dem einen Fass sind feine Linien durch Rafael von Goossen in die Butter gezeichnet worden. Die Linien stellen einen Fluss dar.« Der Ältermann sah nun ebenfalls zu Jean hinüber, dessen Gesicht sich zu einer wütenden Fratze verzogen hatte. In diesem Moment sprang er auch schon auf, stieß seinen Stuhl um und rannte los. Er kam jedoch nur wenige Meter, da setzte ihm der Stadtvogt bereits nach, und zwei seiner Büttel traten Jean in den Weg. Einen der beiden rannte Jean einfach um, wodurch auch der andere ins Straucheln geriet, Jean dabei aber gerade noch am Arm zu fassen bekam. Weitere Wachleute, die einen Moment länger gebraucht hatten, um zu reagieren, stürzten sich nun auf van Laaken und rissen ihn zu Boden. Der stieß einen Schmerzensschrei aus, als er mit der Wange auf dem harten Stein aufschlug.

Die Bremer hatten die Szene ebenso wie die Brügger Kaufleute mit Interesse verfolgt. Nur Arnulf van Laaken saß zusammengesunken auf seinem Stuhl und starrte vor sich hin. Es brauchte einige Zeit, bis Bartholomeus von Aardenburg sich nach mehrmaligem Rufen wieder Gehör verschaffte und erneut Ruhe in die Versammlung einkehrte.

»Ich denke, wir müssen dem, was wir soeben gesehen haben, nicht mehr viel hinzufügen.« Er flüsterte kurz mit den Kaufleuten, um sich zu versichern, dass diese seine Ansicht teilten.

»Führt Jean van Laaken vor mich, damit wir ihm unser Urteil verkünden können.« Die Büttel zerrten den sich windenden Jean vor den Ältermann und hielten ihn fest.

»Jean van Laaken. Wir sehen es als erwiesen an, dass Ihr diese Frau dort auf schändlichste Weise betrogen und bestohlen habt, und ordnen hiermit an, dass Ihr die gesamten aufgeführten Waren zusätzlich einer Strafsumme von einhundert Talern an Anna von Goossen zu zahlen habt. Das Geld ist noch heute zu übergeben. Und Ihr, Arnulf van Laaken, habt dafür Sorge zu tragen, dass alles reibungslos verläuft.«

»Nein!«, brüllte Jean. »Ich werde das Urteil nicht akzeptieren. Diese Hure dort hat euch ausgetrickst und reingelegt. Euch alle! Ihr seid ein dummes Pack, und keinen Pfennig werde ich bezahlen, keinen Pfennig.«

Arnulf van Laaken erhob sich langsam, sah Jean kurz und ohne jede Gefühlsregung an. Dann sagte er zu Bartholomeus von Aardenburg: »Wir nehmen das Urteil an, und Ihr könnt Euch darauf verlassen, dass ich die Schuld meines Sohnes begleichen werde.«

Anna drehte sich freudestrahlend zu Gawin um und wandte sich dann sogleich wieder Bartholomeus von Aardenburg und den Kaufleuten zu.

»Und was ist mit dem Mord an meinem Großvater? Ich habe Euch gesagt, dass er ihn mir gestanden hat, und Ihr habt soeben den Beweis erhalten, dass sich den Diebstahl betreffend alles so zugetragen hat, wie ich es sagte.«

»Darum«, schallte es nun vom Stadtvogt herüber, »werde ich mich kümmern. Seid versichert, dass ich auch diesem Vorwurf akribisch nachgehen werde.«

Anna nickte ihm zu. »Habt Dank! Ihr alle habt Dank! Dies ist Eure Stadt, und Jean van Laaken einer der Euren. Und doch habt Ihr einer Fremden gegenüber Gerechtigkeit walten lassen. Wann immer mich jemand über die Brügger befragt, werde ich daher sagen, was für ehrliche, aufrechte Kaufleute Ihr doch seid, und dass Euer Ehrgefühl weit über falsche Bande hinausgeht.« Sie deutete eine Verbeugung an. »Ihr habt meine Hochachtung hierfür.« Sie wandte sich ans Gehen. Als sie an Jean vorbeikam, hob er kurz den Kopf und funkelte sie wütend an. Der Moment reichte, um ihm ins Gesicht zu spucken. Dann verließ sie an Gawins Arm hocherhobenen Hauptes die Halle.

38. KAPITEL

Die Rückkehr nach Bremen ähnelte der Heimkehr siegreicher Truppen nach der Schlacht. In Windeseile verbreitete sich die Nachricht, dass der Besuch der Bremer in Brügge ein voller Erfolg gewesen war, und die Duftnäherin ihr Recht bekommen hatte. Noch am selben Tag, an dem das Urteil gesprochen worden war, hatte sich Arnulf van Laaken höchstpersönlich zum Gasthaus begeben und unter den strengen Augen Marquardts und eines Zeugen aus der Kaufmannschaft die Summe bezahlt, die Anna zugesprochen worden war. Dabei war ihr die auffällige Veränderung Arnulf van Laakens seit dem Urteilsspruch nicht entgangen. Der ehemals stolze Brügger wirkte sichtlich gebrochen, das Schamgefühl über die abscheuliche Tat seines Sohnes hatte ihn in die Knie gezwungen. Er war sich auch nicht zu schade, sich im Namen seines Sohnes und der ganzen Familie nochmals bei Anna zu entschuldigen, wenngleich Anna bezweifelte, dass Jean die gleiche Auffassung wie sein Vater vertrat. Sie nahm seine Entschuldigung an, obwohl beiden klar war, dass das, was Jean ihr und ihrer Familie angetan hatte, nie wiedergutzumachen war. Schon am nächsten Tag erfuhr die Bremer Gruppe, dass Jean ein hartes Urteil zu erwarten hatte. Nie hätte Anna geglaubt, dass die Brügger so schnell und konsequent gegen ihn vorgehen würden. Es dauerte nur wenige Stunden, bis feststand, dass Jean wegen des ihm nachgewiesenen Diebstahls die rechte Hand abgehackt werden würde. Noch am selben Tag wurde das Urteil vollstreckt. Einzig mit der enttäuschenden Tatsache, dass das Gericht es nach wie vor nicht als erwiesen ansah, dass Jean auch für den Tod ihres Großvaters verantwortlich war, musste Anna nun leben. Der

Advokatus, den Arnulf van Laaken seinem Sohn wegen der Mordanschuldigung zur Seite gestellt hatte, tischte dem Gericht die Geschichte auf, dass Siegbert von Goossen die Waren der Bremer zwar in das Lagerhaus van Laakens geliefert hätte. Dass er an dem Abend, an dem hierüber abgerechnet werden sollte, aber unerklärlicherweise nicht bei Jean aufgetaucht und auch fortan wie vom Erdboden verschluckt gewesen wäre. Hierdurch sei Jean überhaupt erst auf den Gedanken gekommen, zu behaupten, die Waren nie erhalten zu haben. Der Advokatus hielt eine flammende Rede, wonach Jean van Laaken nur ein einziges Mal der Einflüsterung und Verführung des Teufels selbst erlegen sei, eine solch schändliche Tat zu begehen. Ansonsten aber sei er stets ein ehrlicher und aufrechter Kaufmann gewesen. Der Advokatus betonte mehrmals, dass sein Mandant es sich im Nachhinein selbst nicht mehr erklären könnte, wie er so unverzeihlich habe handeln können. Mit dem Verschwinden des Bremer Kaufmanns oder gar mit dessen Ermordung hätte er jedoch nicht das Geringste zu tun. Auf die Vorhaltung des Gerichts, dass er Anna von Goossen gegenüber jedoch genau dies eingestanden habe, bemerkte der Advokatus nur, dass diese Aussage schlichtweg falsch sei und mit Rudolf als nur einem weiteren Zeugen, anstatt der notwendigen zwei, jeder Beweis hierfür fehlte. Dem konnten weder das Gericht noch Anna etwas entgegensetzen. Der Mord an Siegbert würde also ungesühnt bleiben, daran konnte Anna nichts ändern.

So waren die Bremer am darauffolgenden Tag abgereist, da es in Brügge nichts mehr gab, was sie hätten tun können. Einzig Rudolf und Marquardt hatten Anna darum gebeten, noch einige Tage länger bleiben zu dürfen, um ihren Aufenthalt zum Knüpfen weiterer Handelsgeschäfte und Kontakte zu nutzen. Anna hatte nichts dagegen gehabt, wenngleich es ihr lieber gewesen wäre, wenn die beiden zusammen mit der Bremer Gruppe nach Hause zurückgekehrt wären. Doch Marquardt war sehr überzeugend gewesen, so dass sie ihm die Bitte nicht hatte abschlagen können.

Als sie das Bremer Stadttor durchschritten, fiel eine unglaubliche Anspannung von Anna ab, und plötzlich fühlte sie sich so müde, dass sie auf der Stelle hätte einschlafen können. Doch die Freude, ihre Kinder schon in wenigen Augenblicken wieder in die Arme schließen zu können, ließ ihr Herz schneller schlagen und die lähmende Müdigkeit von ihr abfallen.

»Gleich haben wir es geschafft«, sagte Gawin aufmunternd.

»Ja, gleich«, bestätigte sie mit einem Lächeln.

Gawin hatte Anna nicht mehr darauf angesprochen, warum sie ihn vor der Messehalle um Verzeihung gebeten hatte. Sein Gefühl sagte ihm, dass nicht jede offene Frage eine ehrliche Antwort zur Folge hatte, die gut war. Vor allem aber hatte er schon vor einigen Monaten die Entscheidung getroffen, fortan nicht mehr nur der Ehemann der Duftnäherin zu sein. Und dabei sollte es bleiben. In der Schreinerei würde er die einfachen Arbeiten wie das Fertigen von Stühlen, Tischen und Treppen künftig Andres und Hanno überlassen. Er selbst wollte gleich in den nächsten Tagen einen Baumstamm besorgen und daraus eine Holzfigur mit Siegberts Abbild schaffen. Und er würde Anna wieder mehr Zeit widmen. In den letzten Jahren hatten nur noch die Kinder und seine Arbeit gezählt. Doch auch damit wäre es nun vorbei, schwor er sich.

Immer mehr Bremer verabschiedeten sich voneinander, je näher sie Richtung Marktplatz kamen, und kehrten zu ihren Familien heim, bis Anna und Gawin selbst nur noch um eine Ecke biegen mussten, um vor ihrem Haus zu stehen. Bevor sie die Stufen zur Eingangstür erklommen, drehte Anna sich auf einmal zu Gawin um und sah ihn bittend an. »Lass uns all das vergessen, ja? Ich möchte nie wieder über Brügge oder Jean van Laaken sprechen. Auch wenn er sein Leben gerettet und nur eine Hand verloren hat, soll uns das genügen. Ich möchte mich nie mehr in Gedanken damit herumschlagen, dass er keine Strafe für Siegberts Tod erhalten hat.«

Zärtlich strich Gawin ihr eine Strähne aus der Stirn, die sich über ihr Auge gelegt hatte. »Genau das werden wir tun. Sobald wir durch diese Tür getreten sind, wird es für uns den Namen Jean van Laaken nicht mehr geben. Wir haben ein Vermögen bekommen, und selbst wenn ich mein Lebtag keinen einzigen Stuhl mehr verkaufe und du kein einziges Duftkleid, so werden wir doch reiche Leute sein und nur noch die Geschäfte abschließen, die wir wollen.« Er nahm ihre Hand. »Und jetzt komm. Lass uns zu den Kindern gehen.«

Die Begrüßung fiel mehr als stürmisch aus. Alle drei waren unter Margrites Aufsicht zu Hause, mit der sie in den letzten Wochen viel Zeit verbracht hatten. Letztere hatte sich rührend um die Kinder gekümmert und brannte schon darauf, Anna von den neuesten Entwicklungen in ihrem Leben zu berichten. Zunächst versuchte sie jedoch, in den Mienen ihrer Freunde zu lesen, ob deren Reise nach Brügge erfolgreich gewesen war.

»Und?« Sie blickte abwechselnd zwischen Anna und Gawin hin und her.

»Wir haben das gesamte Geld bis auf den letzten Pfennig bekommen«, verkündete Anna strahlend. Margrite stieß einen Jubelschrei aus, und auch die Kinder hüpften freudig auf und ab, umarmten überglücklich immer wieder ihre Eltern. Die Freude über die sichere Heimkehr und den Erfolg in Brügge war grenzenlos.

Nicht lange danach trafen alle in der Wohnstube zusammen. Auch die Wachleute und Gertrud wurden von Anna gebeten, an den zusätzlich rasch herbeigetragenen Tischen Platz zu nehmen. Sie selbst und Margrite hatten beim Auftragen geholfen, und es floss reichlich Wein, während Anna und Gawin von den Geschehnissen in Brügge berichteten und auch nicht unerwähnt ließen, dass es Rafaels kleine Butter-Malerei gewesen war, die ihnen schließlich den Sieg gebracht hatte. Der Junge hätte stolzer nicht sein können, und Anna befürchtete schon, dass Robert und er hierüber wieder in Streit geraten würden, wie es sooft der Fall war. Doch an diesem Abend nicht. An diesem Abend herrschte eine Harmonie, wie sie größer nicht hätte sein können. Sie lachten so laut, dass sie das Rufen und Klopfen an der Eingangstür fast überhört hätten. Einer der Wachleute erhob sich, doch Gawin, der Hannos Stimme erkannt hatte, bedeutete ihm, sich wieder zu setzen und ging selbst zur Tür. Kaum dass er diese geöffnet hatte, umarmte der Freund ihn herzlich.

»Ihr seid zurück! Dem Himmel sei Dank!« Er drückte ihn abermals und suchte dann Gawins Blick. »Und?«

»Alles! Wir haben alles bekommen!«

Hanno stieß die Faust siegreich in die Höhe. »Ja! Ihr habt's diesem Schwein gezeigt.« Noch einmal umarmten sie sich, bis Gawin Hanno bedeutete, ihm zu den anderen zu folgen. Er hoffte inständig, dass weder Anna noch Margrite etwas gegen seine Anwesenheit einzuwenden hätten. Zu seinem Erstaunen löste Hannos Erscheinen bei beiden Frauen jedoch offensichtliche Freude aus. Anna selbst ging einen weiteren Stuhl holen. Ob der Wein oder die Erleichterung über den glücklichen Ausgang ihrer Sache sie milde gestimmt hatte, war nicht auszumachen. Wichtig war in diesem Moment nur eines: die freundschaftliche und aufrichtige Verbundenheit im Hause von Goossen.

Als Anna und Margrite die Kinder Stunden später ins Bett brachten, fielen ihnen selbst schon fast die Augen zu. Die kleinen, wunderbar duftenden Körper, die sich voller Liebe und Wärme über Stunden hinweg abwechselnd an sie geschmiegt hatten, der Wein, das Essen, das Glück, wieder daheim zu sein. Anna hätte auf der Stelle in einen tiefen Schlaf fallen können. Zärtlich deckte sie die Kinder zu und gab ihnen immer wieder Küsse, bis Robert sich schließlich wehrte und meinte, dass es nun wirklich genug sei. Anna lächelte. »Schlaft gut, meine Schätze.«

Doch als sie sich zur Tür wandte, griff Sophie rasch nach ihrer Hand. »Mutter. Bitte fahr jetzt nicht mehr weg und lass uns auch nicht mehr so lange allein.«

Anna beugte sich abermals zu ihr herunter und gab ihrer Tochter einen Kuss. »Genau so wird es sein. Ich bleibe hier. Ich verspreche es.«

Sophie strahlte sie an, zog die Decke noch höher und wickelte sich in sie ein. »Gute Nacht, Mutter. Gute Nacht, Margrite.«

»Schlaft schön.« Leise gingen die Frauen aus der Kammer.

Margrite zögerte, ob sie Anna fragen sollte, wie die Begegnung mit Jean van Laaken verlaufen war, und ob dieser gegenüber Gawin irgendwelche Andeutungen gemacht hatte. Wobei sie dies für eher unwahrscheinlich hielt, so gelöst, wie das Ehepaar wirkte. Letztendlich genügte ihr ein Blick in das glückliche Gesicht der Freundin, um zu wissen, dass sie deren überschwengliche Stimmung jetzt nicht trüben sollte.

»Und?«, fragte Anna, als sie die Tür hinter sich zugezogen hatte.

»Was, und?« Margrite tat ahnungslos.

»Du weißt genau, was ich meine. Was ist nun mit dir und Ludwig?«

Die Seifensiederin lächelte und nickte mit dem Kopf. »Wir sind uns nähergekommen.«

»Wie nah?« Anna schmunzelte.

»Sehr nah«, gab Margrite vielsagend zurück.

Anna öffnete verblüfft den Mund. »Nein? Wirklich?«

Abermals nickte Margrite. »Ich fühle mich so wunderbar, wenn ich bei ihm bin. Und das war sehr oft in letzter Zeit.«

»War er also viel bei dir?«

»Jeden Tag, wenn ich von den Kindern kam. Heute ist der erste Abend, an dem ich nicht mit ihm zusammen bin.« Sie blickte etwas verlegen zu Boden. »Doch ich bin sicher, er wird auf mich warten, wenn ich nach Hause komme.«

Anna umarmte Margrite ungestüm. »Mein Gott, wie sehr ich dir das gewünscht habe. Ich kann es kaum glauben.«

»Ich ja auch nicht. Doch es fühlt sich gut an. Er möchte sogar, nun ja, er hat mich gefragt, ob ich sein Weib werden möchte.«

»Was?« Anna hielt sich die Hand vor den Mund, um nicht vor lauter Begeisterung aufzuschreien. Wieder und wieder umarmte sie die Freundin. »Und, was hast du gesagt?«

Margrites Gesichtsausdruck veränderte sich. »Können wir kurz ungestört miteinander sprechen? Da gibt es etwas, das ich dir nie erzählt habe. Doch ich möchte nicht hier darüber sprechen.« Sie deutete auf das Zimmer, in dem die Kinder schliefen. Offenbar fürchtete sie, dass diese sie womöglich hören könnten. Rasch ging Anna mit der Freundin in ihre und Gawins Kammer. Es war ein gutes Gefühl, als sie eintrat. Es roch vertraut und nach Geborgenheit.

Anna zündete eine Kerze an, und die Frauen setzten sich nebeneinander aufs Bett. Anna nahm Margrites Hand. »Was auch immer es ist, es wird diesen Raum nicht verlassen.«

»Das weiß ich doch.« Margrite fiel es schwer, der Freundin, die sie nun schon so viele Jahre kannte, ihre wahre Geschichte zu erzählen. Zögernd begann sie zu berichten, dass sie nicht immer Seifensiederin gewesen war. Sie war gerade siebzehn gewesen, als ein Fremder in das Dorf kam, in dem sie damals mit ihrem Vater lebte. Er war verwundet gewesen, und Margrite hatte sich seiner angenommen und ihn gesund gepflegt. Dabei hatte sie sich so sehr in ihn verliebt, dass sie ihren Vater anflehte, er möge in ihre Heirat einwilligen. Volkmar war den Bitten seiner Tochter schließlich nachgekommen, was Margrite noch heute bedauerte. Denn Egbert, ihr Ehemann, entpuppte sich rasch als Faulpelz, Taugenichts und Hurenbock, während Margrite alles tat und in einem fort arbeitete, um sie beide zu ernähren. Doch all das wollte oder konnte Margrite damals nicht sehen, und es dauerte nicht lange, da wurde sie schwanger.

Wenige Wochen vor der Geburt, war dann das Unfassbare geschehen. Egbert hatte schon seit geraumer Zeit etwas mit der Frau des Schmieds angefangen und lag dieser regelmäßig bei. An dem Abend, als es geschah, erwischte der Schmied sein untreues Weib mit Egbert, als er gemeinsam mit einigen Freunden sein Haus betrat, schlug wie wild auf diesen ein und prügelte ihn wie einen räudigen Köter aus dem Haus. Wütend und auf Rache sinnend setzte Egbert daraufhin die Schmiede in Brand. Die Männer rannten aus dem Haus, um das Feuer zu löschen, während Egbert nur dastand und lachte. Der Schmied ging daraufhin erneut auf ihn los und schlug auf ihn ein, bis Egbert plötzlich ein Messer hervorzog und es dem Schmied mitten ins Herz rammte. Augenblicklich erstarben die Bemühungen der anderen Männer, das Feuer zu löschen. Für sie zählte nur noch, Egbert zu ergreifen. Der flüchtete sich in die Kate, in der er mit Margrite lebte. Die Hochschwangere hatte bereits geschlafen, als ihr Mann wie von Sinnen hereingestürmt kam und sie anbrüllte, sie möge ihm helfen, die Tür zu verbarrikadieren. Sofort tat Margrite, was er verlangte. Einige Zeit hämmerten die Männer wie von Sinnen gegen ihre Tür, bis schließlich Stimmen laut wurden, dass die Flammen von der Schmiede nun auch auf die angrenzenden Hütten des Dorfes übersprangen. Die Männer halfen darauf wieder bei den Löschversuchen, während Egbert aus der Kate mitnahm, was er tragen konnte, sich auf das Pferd schwang und floh. Margrite ließ er einfach zurück.

Es hatte Stunden gedauert, das Feuer zu löschen. Am Ende war bis auf wenige Hütten das ganze Dorf niedergebrannt, und die Wut der Menschen entlud sich an der Frau des Mannes, der für all das verantwortlich war. Aufgebracht griffen die Dörfler Margrite an und warfen Steine nach ihr und ihrem Vater, der versuchte, ihr zu helfen. Sie wollten, dass sie aus dem Dorf verschwand.

Margrites Vater kam dabei zu Tode, sie selbst hatte sich in den Wald flüchten können, aber so schwere Treffer einstecken müssen, dass ihr Kind es nicht überlebte.

Anna war tief betroffen über das, was der Freundin widerfahren war.

»Ich habe Egbert nie wiedergesehen«, endete Margrite.

Erst jetzt verstand Anna, weshalb die Freundin ihr diese Geschichte erzählt hatte: Sie war durch Ludwigs Antrag in Bedrängnis geraten. »Also bist du im Grunde noch immer mit ihm verheiratet?«, vergewisserte sie sich.

Margrite nickte.

»Deshalb hast du auch damals Anderlin nicht geehelicht, stimmt's?«

Wieder nickte Margrite.

Anna legte ihr den Arm um die Schultern und zog sie mütterlich an sich. »Es tut mir so leid. So unendlich leid.«

»Ich hoffe, du verzeihst mir, dass ich es dir all die Jahre nicht erzählt habe?« Margrite schniefte.

»Da gibt es nichts zu verzeihen. Ich glaube nicht, dass ich je den Mut gehabt hätte, darüber zu sprechen, wäre mir das Gleiche passiert.«

Margrite war erleichtert, doch sofort presste sie abermals die Lippen aufeinander. »Anderlin hat es gewusst.«

»Du hast es ihm gesagt?«

»Nein.« Margrite schüttelte den Kopf. »Wir hatten eines Tages in einer Stadt unseren Stand aufgebaut. Da fiel mir ein Mann auf, der mich von der gegenüberliegenden Seite aus beobachtete. Erst auf den zweiten Blick erkannte ich, dass es Heinfried war, einer der Männer aus meinem Heimatdorf.«

»Oh, mein Gott. Was hast du getan?«

»Weißt du, Heinfried gehörte nicht zu dem Pack, das mich damals mit Steinen beworfen hatte. Er war neben meinem Vater einer der wenigen, die es zu verhindern versuchten.«

»Und? Hat er dich angesprochen?«

»Das war ja das Eigenartige, er hat es eben nicht getan. Auch nicht, als ich absichtlich den Stand verließ, um ihm die Gelegenheit zu geben, mir zu folgen.«

»Und was passierte dann?«

»Als ich ein Stück gegangen war, beobachtete ich aus sicherer Entfernung, wie Heinfried zu Anderlin hinüberging. Zwar konnte ich nicht hören, über was sie sprachen, doch ich habe Anderlins Gesicht gesehen. Heinfried muss ihm erzählt haben, was damals geschah. Sie gingen dann gemeinsam vom Stand weg. Als Anderlin wiederkam, war er allein. Ich tat, als wäre nichts gewesen, und Anderlin verhielt sich ebenso.«

»Er hat dich also niemals darauf angesprochen?«

»Doch. Aber erst viele Jahre später. Wir lagen beieinander, und Anderlin sagte mir, dass er mich liebe. Und er sagte mir, dass er wisse, was mir geschehen sei. Er war ein wundervoller Mann.«

»Ja, das war er«, sagte Anna versonnen.

»Deshalb haben wir nie geheiratet. Anderlin wusste, dass ich noch immer einem anderen angetraut war. Doch es war ihm einerlei.«

»Und jetzt weißt du nicht, was du tun sollst, weil Ludwig dich zum Weib nehmen möchte.«

»Ganz recht.«

Anna überlegte angestrengt. »Offen gesagt, du weißt ja nicht einmal, ob dieser Egbert noch lebt.«

»Nein, das weiß ich nicht.«

»Und du hast ihn auch nie wiedergesehen?«

»Nein, niemals.«

Anna lächelte. »Nun, ich schon.«

»Was?«

»O ja. Ich kannte ihn. Ich kannte ihn sogar gut. Es war vor zwei Jahren, da wurde er hingerichtet. Ich weiß nicht mehr, wie der Ort hieß. Doch ich würde, wenn jemals irgendjemand auftaucht und behauptet, dass du noch immer verheiratet bist und dein Mann am Leben ist, darauf schwören, dass ich mit eigenen Augen gesehen habe, wie dieser Egbert am Galgen baumelte. Er ist tot. Daran besteht kein Zweifel.«

»Aber du kannst doch nicht …«, Margrite fehlten die Worte. »Aber es ist eine Sünde, zu lügen«, hob sie dann erneut an.

Anna hob abwehrend die Hand. »Ja, ich bin mittlerweile besser darin, Lügen zu erzählen, als mir lieb ist.« Sie nahm die Hand der Freundin in ihre eigene. »Doch ich habe eines erkannt. Ich werde, ohne mit der Wimper zu zucken, lügen, um diejenigen zu schützen, die ich liebe.«

Margrite ließ sich schluchzend an die Schulter der Freundin sinken.

»Aber abgesehen davon, muss dieser Egbert tatsächlich schon lange tot sein, bei dem Leben, das er geführt hat. Und selbst wenn nicht. Du bist nicht mehr das siebzehnjährige, verschüchterte Mädchen, genauso wenig wie ich noch die unschuldige, reine Ehefrau bin. Und wenn es Sünde ist, dass wir glücklich sein wollen und dafür zu kämpfen bereit sind, dann soll es so sein.« Anna schob Margrite ein Stück von sich weg, damit sie ihr in die Augen sehen konnte. »Und bei dem Vermögen, das ich aus Brügge mitgebracht habe, kann ich diesem Egbert nur raten, sich von dir fernzuhalten. Lumpenpack gibt es genug. Was glaubst du, was das mit einem wie Egbert anstellt, wenn es dafür ein gutgefülltes Geldsäckchen in Händen hält?«

»Anna!« Margrite sah sie erschrocken an. »Solche Gedanken darfst du nicht haben.«

»Aber ich habe sie, und, ich weiß, auch das ist eine Sünde. Ach, Margrite, ich bin es so leid, nach dem zu leben, was andere als Recht und Ordnung bestimmen. Wann immer ich jemandem helfen kann, der in Not gerät, werde ich es tun. Doch wenn es irgendjemand wagen sollte, mich und die meinen, zu denen auch du gehörst, jemals wieder ins Unglück zu stürzen, dann wird er mich kennenlernen. Ich bin die Enkelin meines Großvaters, und dementsprechend werde ich mich fortan auch verhalten.« Sie sah die Freundin eindringlich an. »Und nun möchte ich dir das Versprechen abnehmen, dass du niemals mit Ludwig oder sonst irgendjemandem über das sprechen wirst, was dir wegen Egbert widerfahren ist. Glaub mir, es ist besser so.«

Margrite war beeindruckt und verängstigt zugleich. Da war noch immer das Herzensgute in den Augen ihrer Freundin. Doch Margrite erkannte auch, dass die Geschichte mit Jean van Laaken Anna für immer verändert hatte. Sie betete zu Gott, dass die Kälte, die Annas Herz umfasst hielt, niemals die Wärme besiegen würde, die in ihm wohnte.

39. KAPITEL

Keine drei Wochen später sollte die Hochzeit sein. In den ersten Tagen nach dem Gespräch mit Anna hatte Margrite noch Zweifel gehabt, ob sie der Anweisung der Freundin Folge leisten und Ludwig nichts von ihrem ersten Ehemann und dem Leid berichten sollte, das dieser über sie gebracht hatte. Doch mit jedem weiteren Tag, der verstrich, wuchs in ihr die Erkenntnis, dass Anna recht hatte. Es würde womöglich mehr schaden als nützen, und letztendlich glaubte sie ja selbst, dass Egbert wahrscheinlich schon lange wegen irgendeiner Gaunerei am Galgen gelandet oder im Streit von jemandem, dem er ein Unrecht angetan hatte, gemeuchelt worden war. Einem Menschen wie Egbert war in der Regel nun einmal kein langes, friedliches Leben beschieden.

Margrite war aufgeregt. Die Vermählung sollte im Hause der von Goossens stattfinden und auch dort gefeiert werden. Wenn es nach ihr gegangen wäre, hätte nicht so ein großer Aufwand getrieben werden müssen, doch Anna bestand darauf, und Margrite wollte ihr die Freude nicht nehmen. Ludwig hingegen schienen Ort und Art der Vermählung vollkommen gleichgültig zu sein. Wann immer Margrite ihn über den neuesten Stand der Vorbereitungen in Kenntnis setzte, nickte er nur und zog sie verliebt an sich. Mehr als einmal hatte er ihr gesagt, dass er es kaum mehr erwarten könne, sie endlich sein Weib nennen zu dürfen. Und Margrite glaubte ihm. Drei Tage vor der Vermählung hatte sie schließlich all ihren Mut zusammengenommen und war zu Anderlins Grab gegangen. Sie hatte sich, während es wie aus Kübeln goss, auf seine Grabplatte gesetzt und ihrem früheren Geliebten leise erzählt, dass sie im Begriff war, einen anderen zu heiraten. Nach all den Jahren sah sie sein Gesicht noch immer ganz deutlich vor sich, die Art, wie er sie angesehen hatte. Nichts von all dem, was sie einst miteinander verbunden hatte, war vergessen. Sie hatte nur im Laufe der Jahre gelernt, mit ihrem Verlust zu leben. Doch noch immer gab es Momente, in denen sie glaubte, seine Anwesenheit zu spüren. Auch an diesem Tage war es so gewesen, und ein Gefühl sagte ihr, dass er ihr seinen Segen gab. Fast meinte sie sogar, seine Stimme zu hören, die ihr ins Ohr flüsterte, dass Ludwig ein guter Mann sei, und die Entscheidung, mit ihm die Ehe einzugehen, die richtige wäre. Als Margrite sich schließlich wieder erhob und sich in Gedanken von Anderlin verabschiedete, war sie so ruhig und zuversichtlich wie schon lange nicht mehr. Sie lächelte, als sie den Kirchenvorplatz verließ und nach Hause ging. Auf dem Weg dorthin glaubte sie ihren Augen nicht zu trauen, als sie die beiden Männer erblickte, die trotz des auf sie niederprasselnden Regens langsam und ohne jede Hast ihre Pferde an den Zügeln über den Marktplatz führten.

»Rudolf? Marquardt?«, rief sie ihnen entgegen.

Die beiden blieben stehen. Ein breites Grinsen zog über Rudolfs Gesicht, als er die Freundin seiner Herrin erkannte.

»Margrite! Was für ein Willkommen! Kaum zurück in Bremen, sehe ich auch schon eines der schönsten Gesichter, das die Stadt zu bieten hat.«

Etwas atemlos erreichte sie die beiden. »Ach, musst du immer so daherreden. Ich werde ja gleich rot.«

»Und siehst dadurch noch bezaubernder aus.«

Schnell versuchte sie, das Thema zu wechseln. »Gott sei Dank seid ihr zurück. Wir waren schon in Sorge, wo ihr so lange bleibt.«

»Wir hatten noch etwas zu erledigen«, sagte Marquardt und warf Rudolf einen Blick zu, den Margrite nicht zu deuten wusste.

»Ihr seid gerade noch rechtzeitig heimgekehrt.«

»Rechtzeitig wofür?«

Margrite lächelte glücklich. »Um meine Hochzeit zu feiern.«

»Was?« Rudolf hätte erstaunter nicht sein können. »Ich hab dich doch noch gar nicht gefragt«, scherzte er. »Aber gut, wenn du darauf bestehst.«

Sie puffte ihn freundschaftlich in die Seite. »Einen solchen Tunichtgut wie dich werde ich jedenfalls nicht heiraten.«

»Sondern?«, fragte nun auch Marquardt neugierig nach.

»Ludwig, den Büttel des Stadtvogts.«

»Was?« Rudolf ließ den Zügel seines Pferdes los, machte noch einen Schritt auf Margrite zu und umarmte sie herzlich. »Ich kenne Ludwig. Was hat dieser Mann nur für ein Glück.«

»Und ich auch.«

»Da hast du recht«, bestätigte Marquardt. »Ich kenne ihn ebenfalls. Einen guten Mann hast du dir da ausgesucht.«

»Ich danke euch.« Margrite sah kurz zu Boden. Die bekräftigenden Worte der beiden, die sie nun schon so lange kannte, machten sie glücklich und verlegen zugleich. »Doch nun solltet ihr euch eilen, damit ihr nach Hause kommt. Anna wird bestimmt außer sich sein vor Freude, euch wiederzuhaben.«

»Wir eilen.« Rudolf griff nach dem Zügel seines Pferdes, das brav neben ihm gewartet hatte, ohne sich auch nur einen Schritt fortzubewegen. »Ich bin froh, dass wir es gleich geschafft haben.«

Margrite stutzte kurz. »Aber, wo habt ihr denn die Waren?«

»Die was?«

»Die Waren. Anna sagte, dass ihr darauf bestanden hättet, noch in Brügge zu bleiben, um Geschäfte zu machen. Doch nun kommt ihr hier mit nichts als euren beiden Gäulen daher. Ist etwas geschehen? Seid ihr womöglich gar ausgeraubt worden?«

Die Männer tauschten einen Blick. »Die Lieferung folgt per Schiff nach«, sagte Marquardt, doch irgendetwas in seiner Stimme sagte Margrite, dass dies nicht stimmte. Doch sie fragte nicht weiter nach, sondern ließ es dabei bewenden.

»Ach so. Ich habe mich schon gewundert. Nun, dann gehabt euch wohl, und es ist schön, dass ihr wieder da seid.«

»Ja, das ist es. Hab Dank.« Damit führten sie ihre Pferde weiter in Richtung des Goossen'schen Anwesens, während Margrite in die Gasse zu ihrem eigenen Haus in der Nähe des Hafens abbog.

»Rudolf und Marquardt sind wieder da!« Rafaels Stimme schallte durchs ganze Haus, als die Männer eintraten. Aufgeregt sprang er die restlichen Treppenstufen hinab und schmiss sich in Rudolfs Arme. Der drückte den Achtjährigen an sich. Robert war Rafael gefolgt und ließ sich nun glücklich von Marquardt umarmen, während Sophie ihre beiden Brüder und die beiden Ankömmlinge erst jetzt erreichte.

»Na, wenn das mal kein Empfang ist?«, sagte Rudolf, der Sophie auf den Arm nahm und dann zu Marquardt hinübersah. »Da sage noch einer, wir hätten keine Kinder.«

»Habt ihr uns etwas mitgebracht?«, fragte Sophie. Rudolf und Marquardt warfen sich einen Blick zu, den die Kleine sofort zu deuten wusste. »Also nicht«, empörte sie sich.

»Ich werde euch hier in Bremen etwas Schönes kaufen«, bot Marquardt versöhnlich an, doch Sophie schüttelte eingeschnappt den Kopf. »Das ist doch nicht dasselbe.« Einen kurzen Moment schmollte sie noch, dann aber kehrte das Lächeln in ihr Gesicht zurück. »Ach, am schönsten ist sowieso, dass ihr zurück seid.«

Gerade wollte Rudolf fragen, wo Gawin und Anna sich aufhielten, als sich die Tür zum Arbeitszimmer öffnete. »Marquardt, Rudolf, dem Herrn sei Dank.« Anna begrüßte ihre Getreuen aufs herzlichste. »Wie ist es euch ergangen? Wir haben uns schon um euch gesorgt.«

»Es hat ein bisschen länger gedauert, als wir gedacht haben«, erklärte Rudolf. »Doch jetzt ist alles in bester Ordnung.«

»Was hat denn so lange gedauert?«

»Wir haben noch auf die Ankunft einiger Händler aus dem Orient gewartet, die sich angekündigt hatten«, erklärte Marquardt sogleich. »Sie kamen später an, als erwartet.«

»Und? Konntet ihr gute Geschäfte mit ihnen abschließen?«

»Davon bin ich überzeugt. Sie werden, sofern es ihre Handelsrouten zulassen, auch bald einmal nach Bremen kommen. Dann könnt Ihr ihre Waren selbst in Augenschein nehmen.«

»Aber, du weißt doch, wie sehr ich dir vertraue. Du hättest den Handel auch ohne mich abschließen können.«

»Alles hat seine Zeit«, erklärte er verbindlich. »Glaubt mir, uns werden die Stofflieferungen schon nicht ausgehen.«

Anna konnte mit seiner Erklärung nicht wirklich etwas anfangen, beließ es aber dabei. »Nun, kommt erst einmal richtig an. Robert, Rafael, lauft zu eurem Vater in die Werkstatt und sagt ihm, dass Rudolf und Marquardt heimgekehrt sind. Gewiss wird er sie gleich begrüßen wollen.«

Die beiden Jungen nickten und machten sich sofort auf den Weg. Sophie schmollte, weil sie wieder einmal keine Aufgabe erhalten hatte. »Und du, meine Kleine, musst mir nun helfen. Gertrud mag kochen, aber wir beide werden unseren Heimkehrern auftragen. Einverstanden?«

»Ja!« Sophies Augen leuchteten.

»Aber das müsst Ihr doch nicht.« Marquardt war der Gedanke, sich von seiner Herrin bedienen zu lassen, sichtlich unangenehm.

»Aber wir wollen es. Geht schon einmal in die Wohnstube hinüber. Wir kommen gleich nach.« Damit lotste sie Sophie in die Küche und folgte ihrer Tochter, die fröhlich auf und ab sprang.

Der Abend hätte harmonischer nicht sein können. Noch einmal ließen sie die Geschehnisse der letzten Wochen und Monate an sich vorbeiziehen. Anna fiel auf, dass der Name van Laaken dabei kaum erwähnt wurde. Der größte Teil des Gesprächs drehte sich ausschließlich um Margrites bevorstehende Hochzeit, die Hanse, den Handel im Allgemeinen und um die Tatsache, dass die Familie von Goossen nun wieder eine der reichsten, wenn nicht sogar die reichste der Stadt war. Anna bot Marquardt an, ihm erneut eine Handelsniederlassung im Ausland zu übertragen, doch er bat um Bedenkzeit. Die Tatsache, dass Margrite heiratete, hatte ihn nachdenklich werden lassen. Er selbst war nun schon Mitte vierzig und konnte nur schwerlich hoffen, noch eine Frau zu finden. Bisher hatte ihn das weder gestört noch beunruhigt, da der Handel Mittelpunkt und Sinn seiner gesamten Existenz gewesen war. Doch mit Siegbert war auch ein Teil seines alten Lebens gestorben. Jetzt, da die Goossen'sche Niederlassung in Florenz geräumt und alle Waren verkauft waren, konnte er sich nur schwer vorstellen, wieder von vorn zu beginnen. Sicher, die unruhigen Zeiten schienen fürs Erste ein Ende zu haben. Die Auswirkungen der Pest waren kaum noch spürbar. Der Krieg mit den Hoyaer Grafen auf absehbare Zeit vorüber. Und zu guter Letzt war Bremen wieder Mitglied der Hanse, wodurch die Geschäfte und damit auch die Vermehrung des Reichtums der Familie von Goossen, der er stets seine gesamte Aufmerksamkeit gewidmet hatte, gesichert waren. Marquardt konnte nicht einmal sagen, was genau sich verändert hatte, doch seitdem er und Rudolf ihr Anliegen in Brügge erledigt hatten, fehlten ihm festumrissene Aufgaben und Ziele, die es zu erreichen galt. Er brauchte einen Mann wie Siegbert, für den er tätig sein konnte und der seine Arbeit würdigte und stolz auf ihn war. Gewiss, gerade die Kinder, seine Herrin und auch ihr Gatte hatten ihm das Gefühl gegeben, seine und Rudolfs Ankunft mit Freude erwartet zu haben. Auch tat es gut, im Kreis dieser Familie zu sitzen und sich dort aufgehoben zu fühlen. Doch tief in seinem Innern wusste er, dass die Lücke, die Siegberts Tod in ihm hinterlassen hatte, nicht mehr gefüllt werden konnte.

»Wenn Ihr erlaubt, Herrin, möchte ich ganz offen sprechen. In letzter Zeit habe ich oft darüber nachgedacht, wo mein Platz in dieser Welt ist.«

»Hier bei uns«, erwiderte Anna sofort.

Marquardt kniff die Augen zusammen. »Gewiss, Ihr seid die einzige Familie, die ich je gehabt habe.«

»Aber das reicht dir nicht?« Gawin sah ihn fragend an.

»Im Grunde schon, doch ich möchte nicht den Rest meines Lebens in Bremen bleiben und mich fragen, ob es dort draußen nicht noch mehr für mich gegeben hätte.«

»Du willst uns verlassen?« Anna stellte ihren Becher auf den Tisch zurück, ohne getrunken zu haben.

»Aber du darfst nicht gehen«, ereiferte sich Sophie, kletterte von ihrem Stuhl herab und auf Marquardts Schoß. »Ab jetzt soll überhaupt niemand mehr von hier fortgehen. Immer ist einer weg und fehlt. Das mag ich nicht.«

Zärtlich drückte Marquardt die Sechsjährige an sich. »Ich würde ja nicht für immer fortbleiben. Nur für eine Weile.«

»Und wo willst du hin?«, fragte nun Rudolf.

»Ich habe an den Orient gedacht.«

»An den Orient?«, echote Gawin. »Wie kommst du auf den Orient?«

»Nun, Ihr müsst wissen, als ich in Florenz war, habe ich dort die unterschiedlichsten Menschen Handel treiben sehen. Womöglich ist es das Fremde, was mich reizt.« Er trank einen Schluck, bevor er fortfuhr. »Bisher bin ich immer nur mit Siegbert gereist. Stets gab er den Weg vor. Ich denke, es ist an der Zeit, dass ich meinen eigenen finde.«

»Wir vermissen ihn genauso sehr wie du.« Anna sah Marquardt mitfühlend an.

»Das weiß ich. Und ich gebe zu, würde Siegbert noch leben, wäre mir der Gedanke mit dem Orient sicher nicht gekommen. Doch gerade sein Tod hat mir bewusst gemacht, wie schnell unser irdisches Dasein ein Ende finden kann. Und ich weiß, dass ich mich nicht erst dann, wenn es kommt, fragen möchte, ob ich alles so getan habe, wie ich es wollte.«

»Ich verstehe dich gut.« Rudolf drehte nachdenklich seinen Becher zwischen den Händen. »Sagt Herrin, wäre es nicht von Vorteil, einen zuverlässigen, reisenden Einkäufer in Lohn und Brot zu haben, auf den Ihr Euch stets verlassen könnt und der die außergewöhnlichsten Waren entdeckt und zu Euch nach Bremen liefern lässt? So einen Mann zu finden, würde doch ein großer Gewinn für Eure Unternehmungen sein, nicht wahr?«

»Ich weiß nicht.« Anna zögerte. »Ich könnte mich nur dann darauf einlassen, wenn ein solcher Mann mir bei seiner Ehre versprechen würde, uns nicht ganz zu vergessen und gelegentlich heimzukehren.« Sie sah Marquardt liebevoll an.

»Das würdet Ihr für mich tun? Mich für Euch reisen und handeln lassen?«

»Und das mit einem großzügigen Anteil an den Gewinnen, die du zweifelsohne erwirtschaften wirst.«

Fast war Marquardt versucht, aufzustehen und seine Herrin zu umarmen. Doch er hielt sich zurück. »Wer einer solchen Familie wie der Euren angehört, ist ein glücklicher Mann.«

Fast schien es, als kämpfe Marquardt mit den Tränen. Sophie hatte diesen Kampf längst verloren. »Aber dann bist du ja trotzdem nicht mehr bei uns«, stellte sie schniefend fest.

»Aber ich komme wieder. Und dann bringe ich dir auch etwas mit.«

»Wirklich?« Ihre Augen wurden groß. »Was denn?«

Marquardt sah an die Decke. »Orientalische Stoffe und Geschmeide, mit Zucker überzogene Leckereien, Blumen, Edelsteine …«

Sophie lachte auf. »Das kannst du ja gar nicht alles tragen.« Sie drückte ihm einen Kuss auf die Wange. »Ich möchte nur eine Blume. Eine, die wunderschön anzusehen ist und noch besser duftet als Mutters Kleider.«

»Die wirst du bekommen, meine Kleine. Ich verspreche es dir.«

Es war die wohl aufwendigste Hochzeit, die eine einfache Seifensiederin je gefeiert hatte. Das Gewand, das sie trug, hatte Anna erst am Vortag fertiggestellt und hielt es für eines der schönsten, das sie je genäht hatte. Die Vermählung selbst ging einfach und schnell vonstatten. Doch die Feierlichkeit danach überbot den Aufwand, den Patrizierfamilien dafür üblicherweise betrieben, bei weitem. Es war Annas Einfluss in der Stadt zu verdanken, dass fast alle Ratsherren mitsamt ihren Ehefrauen gekommen waren, um dem nicht mehr ganz so jugendlichen Paar das Beste zu seiner Vermählung zu wünschen. Es war ein ungewöhnliches Bild, dass die Wachleute und Büttel, die an diesem Tage keinen Dienst zu versehen hatten, Seite an Seite mit dem Bürgermeister und dem Stadtvogt die Krüge erhoben und sich gegenseitig zutranken. Selbstverständlich waren auch Andres, Lena und deren Kinder eingeladen. Worüber sich vor allem Sophie ganz besonders freute, konnte sie während des Festes doch unbeschwert mit Götz zusammen sein. Anna war überrascht gewesen, als Margrite sie darüber in Kenntnis gesetzt hatte, auch Hanno anlässlich ihrer Vermählung einladen zu wollen. Ihr Misstrauen ihm gegenüber war zwar nicht verschwunden. Doch wollte sie mit dem heutigen Tage alles Vergangene hinter sich lassen und jeden noch so alten Groll überwinden. Da Gawin Hanno trotz allem, was dieser früher getan hatte, vertraute, wollte auch Margrite ihm eine zweite Gelegenheit geben, sich zu bewähren.

Der Ratsmann Johannes Grote trat an Annas Seite. »Ich muss schon sagen, das ist ein außergewöhnlich gelungenes Fest, das Ihr Eurer Freundin und ihrem Gatten hier bereitet. Ihr habt wahrlich keine Kosten gescheut.«

»Ratsmann Grote. Es ist so schön, dass Ihr die Zeit gefunden habt, zu der Vermählung zu kommen. Ich weiß, dass es Margrite viel bedeutet.«

»Ihr findet immer die richtigen Worte«, lobte er. »Gewiss ist dieser Tag für Euch in doppelter Hinsicht ein Grund zum Feiern, nicht wahr?«

»Wie meint Ihr das?«

»Wollt Ihr mir sagen, dass Ihr so sehr verziehen habt, dass Euch die Nachricht gar nichts bedeutet? Bei allem Respekt, doch das kann ich kaum glauben.«

»Entschuldigt bitte, Ratsherr Grote, doch ich weiß wirklich nicht, wovon Ihr sprecht.«

In diesem Augenblick gesellte sich Bernhard von Dettenhusen zu ihnen. »Ah, Bernhard. Ich glaube fast, dass unsere Duftnäherin die gute Botschaft noch gar nicht erreicht hat.«

Von Dettenhusen zog überrascht die Augenbrauen hoch. »Nicht?«

»Ich weiß wirklich nicht ...« Anna konnte sich keinen Reim auf die Anspielungen der beiden Männer machen.

»Jean van Laaken ist tot«, meinte Bernhard und um seinen Mund spielte ein feines Lächeln.

»Was?« Mehr brachte Anna in diesem Augenblick nicht heraus.

»Aber ja«, bekräftigte Johannes Grote. »Es muss etwa eine Woche, nachdem wir Brügge verlassen hatten, geschehen sein.«

»Aber ... Ich meine, wie ist das geschehen?«

»Das«, frohlockte Bernhard von Dettenhusen, »ist für meine Begriffe fast das Schönste daran.«

Anna sah ihn mit klopfendem Herzen an.

»Nun, seine Füße wurden mit einem Seil zusammengebunden, an dessen anderem Ende ein schwerer Stein hing«, fuhr Bernhard fort. »Auf diese Weise wurde er an einer bestimmten Stelle ins Wasser gelassen, und zwar so, dass dieses bereits bei leichtem Wind über seinem Kopf zusammenschlug. Es muss in der Nacht geschehen sein. Kein Mensch hat etwas mitbekommen.«

»Er wurde also ermordet?«

»Allerdings, er wurde ersäuft. Und wenn ich mich recht entsinne auf eine ähnliche Art, wie er dir gegenüber den Tod Siegberts gestanden hat. Da hat wohl jemand während der Verhandlung genau aufgepasst und ihn büßen lassen.«

»Ich bin froh, dass wir Bremer zu dieser Zeit schon wieder auf dem Rückweg waren. Bestimmt hätte es sonst geheißen, dass es einer von uns war.«

»Ich muss etwas trinken«, sagte Anna, deren Hals auf einmal ganz trocken war. Sie griff nach ihrem Becher und leerte ihn in einem Zug.

»So, wie der Bote es beschrieben hat, wurde van Laaken von einem der Fischer morgens in aller Frühe entdeckt. Der

Mann ist darauf mit seinem Kahn sofort zurück zum Kai gerudert und hat den Stadtvogt holen lassen. Bis der kam, war aber schon halb Brügge auf den Beinen und konnte sehen, wie die Wellen den Blick auf den Leichnam freigaben und im nächsten Moment wieder verbargen. Es muss ein schauerlicher Anblick gewesen sein, wie der tote Körper im Wasser so hin und her schaukelte.«

Eine Gänsehaut zog über Annas Körper. Ihr war plötzlich eiskalt, und sie fröstelte. »Entschuldigt mich bitte.«

Bernhard hielt sie am Arm zurück. »Sag, freust du dich gar nicht darüber, dass dieses Schwein doch noch seine gerechte Strafe bekommen hat?«

Sie zögerte. »Doch. Und ich glaube, dankbar sein zu müssen.«

Von Dettenhusen sah sie verwundert an. Er konnte ihre letzte Bemerkung nicht verstehen. »Wir alle sollten froh und dankbar sein, dass er seine Strafe erhalten hat.«

Anna lächelte nur, machte sich los und verließ den Raum. Im Flur angekommen, blickte sie sich um und ging dann Richtung Eingangstür. »Rudolf.« Der Wachmann, der sich gerade mit einem der Büttel unterhielt, sah auf. Sie winkte ihn zu sich heran. »Lass uns ein paar Schritte tun.« Er folgte ihrer Bitte ohne ein Wort. Als sie die Treppenstufen vor dem Haus hinabstiegen, bemerkte Anna, dass Marquardt ihnen gefolgt war. »Alles in Ordnung?«

»Das Beste wird sein, du kommst gleich mit«, entschied Anna. Als die beiden Männer vor ihr standen, sah sie von einem zum anderen. »Ich habe gerade erfahren, dass Jean van Laaken tot ist.«

»Gott der Herr ist weise und gerecht«, befand Rudolf daraufhin.

»Er wurde ermordet.«

Keiner von beiden erwiderte etwas.

»Wisst ihr beide auch nur das Geringste hierüber?«

»Wie kommt Ihr darauf?«, fragte Marquardt.

»Er wurde ertränkt«, klärte sie ihn auf. »Er wurde auf die gleiche Weise ertränkt, in der er nach seinen eigenen Worten Siegbert ertränkt hat.«

»Und was hat das mit uns zu tun?« Marquardt schaute sie unschuldig an.

»Nur wenige wussten, wie Siegbert umkam. Ihr beide wart außerdem länger in Brügge und hattet, als ihr wiederkamt, keine Waren bei euch.«

Weiter kam sie nicht. »Gut«, sagte Rudolf. »Wir hatten keine Zeit, Handel zu treiben. Weil wir ihn umgebracht haben.« Er blickte ihr unverhohlen in die Augen.

Damit hatten weder Anna noch Marquardt gerechnet. Letzterer blickte Rudolf mit offenem Mund an.

»Ja, es war Mord. Und nein, ich bereue es keinen Moment. Van Laaken hat bis zuletzt nicht geglaubt, dass wir ihn wirklich jämmerlich ersaufen lassen. Er ging vielmehr davon aus, dass wir das Geständnis, Siegbert getötet zu haben, aus ihm herauspressen wollten. Ins Gesicht gelacht hat er uns, dass er es uns gegenüber ruhig gestehen könnte. Es würde uns ja doch nichts nützen. Der Stadtvogt würde sowieso kein zweites Verfahren mehr eröffnen. Die Sache wäre ein für alle Mal vorbei.«

Marquardt blickte betroffen zu Boden. Es schockierte ihn, mit welcher Offenheit Rudolf den begangenen Mord gestand. Anna sah Rudolf lange, ohne ein Wort zu sagen, in die Augen.

»Wenn mich jemand fragen sollte, was ich nicht glaube, werde ich bestätigen, dass ihr zwei Tage nach unserer Rückkehr ebenfalls aus Brügge heimgekehrt seid.«

Rudolf nickte ihr nur zu, während Marquardt kaum fassen konnte, was seine Herrin soeben gesagt hatte.

»Gut. Dann wäre das geklärt. Nur eines noch: Als ihm klar wurde, dass ihr es ernst meint, hat er da um sein Leben gefleht?«

»Das konnte er nicht mehr. Die Wellen schlugen über ihm zusammen.«

»Ich verstehe.« Sie nickte. »Dann lasst uns nun wieder hineingehen. Und habt Dank, dass ihr nicht versucht habt, mich zu belügen.« Damit machte sie kehrt und reihte sich wieder unter ihre Gäste, als wäre nichts gewesen.

40. KAPITEL

Als Marquardt eine Woche später seine Beuteltaschen am Sattel seines Pferdes festzurrte, war Anna hundeelend zumute. Gawin stand hinter ihr, und sie lehnte sich an ihn. Marquardt zog den Riemen noch einmal nach, dann drehte er sich um und tat etwas, das er nie zuvor getan hatte. Ohne zu zögern, ging er auf Anna zu und umarmte diese. Dann meinte er mit belegter Stimme: »Ich werde zu meiner Familie zurückkehren. Ich verspreche es.«

Anna kämpfte mit den Tränen. »Versprich mir, dass du so bald wie möglich einen Boten mit Waren schickst, der uns berichtet, wie es dir geht.«

»Ich verspreche es.« Dann verabschiedete sich Marquardt auch von allen anderen. »Pass mir gut auf alle auf«, bat er Rudolf.

»Das werde ich. Gott schütze dich.«

Marquardt stieg auf sein Pferd. Er warf Anna einen letzten Blick zu und nickte.

Dann trieb er das Tier an und war schon bald hinter der nächsten Hausecke verschwunden. Sophie heulte selbst dann noch Rotz und Wasser, als er schon längst nicht mehr zu sehen war. Und auch Robert und Rafael konnten die Tränen nicht zurückhalten.

»Er wird wiederkommen«, sagte Anna, um die Kinder und sich selbst zu beruhigen.

»Kommt! Gehen wir zurück ins Haus.« Gawin umfasste Anna und schob Sophie vor sich her.

»Willst du noch mal in die Werkstatt?«, fragte Anna. »Ich dachte, du wärst für heute fertig?«

»Nein, nicht in die Werkstatt«, stellte Gawin klar. »Ich habe noch ein Treffen mit Ludwig vereinbart. Überdies wird Rudolf dabei sein.«

»Rudolf? Weshalb?«

Gawin überlegte kurz, ob er Anna in sein Vorhaben einweihen sollte. Immerhin hatte sie ihn mehrmals gebeten, die Vergangenheit ruhen zu lassen. Doch Gawin konnte und wollte sich nicht mit der Erklärung des Stadtvogts zufrieden geben, dass irgendwelche Hoyaer hinter den Morden und dem Überfall auf ihn steckten. Das ergab für ihn keinen Sinn.

Ludwig hatte Gawin gestern außerdem beiläufig berichtet, dass ein Büttel am Tage von Lorenz Tod noch einen anderen Mann gesehen hatte, der Bremen fast zeitgleich mit dem Schuhmacher durch das Stadttor verließ, dieser Beobachtung bislang aber keine Bedeutung beigemessen hatte. Gawin fragte daraufhin sofort nach, ob Ludwig ihn zu dem besagten Büttel bringen könnte. Er wäre auch bereit, diesen für seine Aussage zu entlohnen. Margrites Ehemann war Gawins Bitte nachgekommen, und nun wollte sich besagter Büttel an diesem Nachmittag mit Ludwig und Gawin treffen. Der war nun entsprechend nervös, weil er hoffte, Informationen zu erhalten, die ihn auf die Spur des Mörders brachten.

»Es geht um den Mord an Lorenz und an den anderen armen Seelen«, begann Gawin zögerlich und beobachtete den Gesichtsausdruck seiner Frau genau. »Ich kann diese Taten nicht auf sich beruhen lassen.«

»Das verstehe ich gut. Tu, was du tun musst.«

»Wirklich?«

»Ich liebe dich«, sicherte sie ihm zu. »Und nun geh.«

Rudolf, Ludwig, Gawin und Jobst, wie der Büttel hieß, trafen sich in der Schenke, in der Gawin sich inzwischen öfter nach der Arbeit mit Hanno und manchmal auch Andres traf. Gawin spendierte eine Runde Bier, um die Zunge des Büttels zu lösen, und kam dann sofort zur Sache.

»Also, Jobst«, begann er. »Du sagtest Ludwig, dass du mehr über den Mord an Lorenz weißt, als du bisher gesagt hast.«

»Gesagt hab ich's schon, nur wollte es keiner wissen«, widersprach der Büttel.

»Und was hast du gesagt?«

»Dass der Schuhmacher nicht allein war.«

»Was? Er ist mit einem anderen zusammen vor die Stadtmauer gegangen?«

»Nicht direkt.« Jobst trank einen Schluck. »Der andere war schon vor dem Schuhmacher durchs Stadttor gegangen. Es hat wie aus Kübeln gegossen, deshalb haben wir uns nicht weiter darum geschert. Ist ja auch nicht unsere Aufgabe. Wir sollen ja nur aufpassen, dass keiner in die Stadt hineinkommt, der es nicht darf. Hinaus kann jeder.«

»Und wer war es?«

Jobst zuckte mit den Schultern. »Ich weiß nur, dass ich ihn schon öfter gesehen habe.«

»Hier in Bremen?«

»Ja.«

»Aber du weißt nicht, wie er heißt?«

»Nein, das nicht. Er war auch schon öfter mal in dieser Schenke, sowohl allein als auch in Begleitung eines anderen. Doch seinen Namen kenne ich nicht.«

»Und einer deiner Kumpane?«

Wieder zuckte Jobst mit den Schultern. »Möglich. Ich habe sie nicht danach gefragt.«

»Weshalb nicht?«

»Warum hätte ich das tun sollen?«

»Weil er womöglich ein Mörder ist?« Gawin verlor ob so viel Einfältigkeit die Geduld.

»Das glaube ich kaum. Er ist wieder hineingegangen, kaum, dass dieser Lorenz hinausging. Gestritten haben die beiden, das habe ich deutlich gehört.«

»Und worüber?«

»Das habe ich nicht verstanden, doch dass sie sich gestritten haben, war offensichtlich. Der Schuhmacher hat aber danach auf jeden Fall noch gelebt. Ich habe ihn selbst noch ein Stück tiefer in den Wald hineingehen sehen, während der andere durchs Tor zurückkehrte.«

»Dann kann er ihn zumindest nicht umgebracht haben«, stellte Rudolf fest. »Wenn er wieder durchs Stadttor kam, und der Schuhmacher danach noch lebte, muss es also doch jemand von außerhalb gewesen sein.«

»Eigentlich ja«, gab Jobst zu. »Doch da war noch etwas anderes Eigenartiges.«

»Was?«

»Wie gesagt, es hat ordentlich geschüttet an dem Tag. Deshalb haben wir auch nicht immer draußen gestanden, sondern mehrmals im Wachturm Schutz gesucht. Der Büttel, der Wache an der Heimlichenpforte hatte, sein Name war Martin, kam auch zu uns herauf. Armer Teufel, dass er gemeuchelt wurde, ist furchtbar.«

»Ja. Aber was war nun das Besondere?«

»Martin sagte«, fuhr Jobst fort, »dass er, kurz bevor er zu uns hochgekommen war, gesehen hätte, dass der Mann, der zuvor wieder durch das Stadttor hereinkam, erneut durch die Heimlichenpforte hinausgehuscht sei. Er habe ihm noch zugerufen, er solle gefälligst durch das Haupttor gehen, aber da wäre der schon durch die Pforte hindurchgeschlüpft gewesen.«

»Also ist er erst raus, hat dort offenbar den Schuhmacher getroffen, ist wieder rein, danach durch die Heimlichenpforte wieder raus und hat dann …«, fasste Ludwig die Worte seines Kameraden zusammen.

»Mehr weiß ich nicht«, erklärte Jobst. »Ob er draußen geblieben ist oder ein zweites Mal zurückkam, habe zumindest ich nicht mehr mitbekommen.«

»Glaubst du, dass der Fremde und der Schuhmacher verabredet waren?«, überlegte Gawin laut.

»Schwer zu sagen, aber für mich sah es schon danach aus. Denn der andere Mann ging, nachdem er das Haupttor zum ersten Mal passiert hatte, draußen vor dem Tor auf und ab, bis der Schuhmacher rauskam und sie sich stritten. Außerdem war es noch sehr früh.« Er überlegte. »Ja, ich denke, die beiden waren verabredet, oder zumindest wusste der Mann, dass der Schuhmacher an diesem Tag und um diese Zeit dort hinkommen würde.«

Eine Weile sagte keiner mehr etwas, bis Gawin schließlich fragte: »Aber du würdest den Kerl doch auf jeden Fall wiedererkennen, nicht wahr?«

»Ja, das würde ich.« Jobst trank noch einen weiteren, großen Schluck Bier. »Bestellt ihr noch eines. Ich werde kurz den Abort aufsuchen.«

»Der ist ein ganzes Stück von hier. Beeil dich lieber«, scherzte Ludwig, »sonst haben wir dein Bier ausgetrunken, bevor du zurück bist.«

Jobst stand auf und ging hinaus, während Gawin, Rudolf und Ludwig die Köpfe zusammensteckten.

»Glaubt ihr, dass der Mann, der durch die Heimlichenpforte verschwand, unser Mörder ist?« Ludwig sah die anderen beiden verschwörerisch an.

»Das würde zumindest erklären, warum auch der dortige Wachmann, dieser Martin, sterben musste. Er musste dran glauben, weil er ihn hätte wiedererkennen können.«

»Aber warum dann Judith und ihre Kinder? Und der Überfall auf mich? Das passt alles nicht zusammen.«

»Was passt nicht zusammen?«

Von den dreien unbemerkt, waren Andres und Hanno an den Tisch getreten.

»Ah, ihr seid es. Setzt euch!«

Die beiden folgten der Aufforderung. »Also?«, fragte Hanno abermals. »Was passt nicht zusammen?«

»Es gibt einen neuen Zeugen, der den Kerl gesehen hat, der etwas mit Lorenz' Tod zu tun haben muss.«

Andres verdrehte die Augen. »Du bist ja geradezu besessen davon«, knurrte er Gawin an.

»Allerdings bin ich das. Und ich wundere mich immer mehr über dich, weil du dich so gar nicht dafür zu interessieren scheinst, obwohl der gleiche Kerl vermutlich deine Frau und Kinder umgebracht hat. Irgendwo muss es eine Verbindung geben, da bin ich mir sicher. Ich werde jedenfalls nicht lockerlassen, bis ich den Kerl habe.«

»Ich kann es nicht mehr hören!« Andres war aufgesprungen. »Warum kannst du die Toten nicht einfach ruhen lassen?«

Gawin sah ihn überrascht an. Ein solcher Ausbruch passte gar nicht zu Andres.

Der Wirt kam und musterte Andres, der noch immer stand. Er stellte die Krüge auf dem Tisch ab. »Meinen kannst du gleich wieder mitnehmen«, blaffte Andres ihn an.

»Was soll denn das?« Gawin schüttelte den Kopf. »Judith und Lorenz, deine Frau und dein bester Freund, sind tot. Ebenso wie deine Kinder. Und ich wurde hinterrücks niedergestreckt und so schwer verletzt, dass ich nicht mehr richtig arbeiten kann. Ich habe keinem was getan, genauso wenig wie Judith …«

Weiter kam er nicht. »Nichts getan?«, brüllte Andres ihn an. »Woher willst du das denn so sicher wissen?«

»Was willst du damit sagen?« Ein ungutes Gefühl stieg in Gawin auf. Andres schnaubte, winkte dann aber ab.

»Ach, vergiss es.«

»Nein. Wie meintest du das?«

Andres sah ihn argwöhnisch an. »Nichts hab ich gemeint, höchstens, dass du selbst schuld bist. Wer sich zu solch später Stunde im Schnoor herumtreibt, muss sich nicht wundern, wenn ihn irgendwelches Lumpenpack überfällt.«

Gawins Hals war plötzlich wie zugeschnürt. Ein Schauer lief ihm den Rücken hinab. »Woher weißt du das?«, brachte er nun mit rauher Stimme hervor.

»Was?« Andres' Brustkorb bewegte sich heftig. Er keuchte, Schweiß stand ihm auf der Stirn.

»Ich habe dir nie gesagt, dass es im Schnoor war, wo ich überfallen wurde. Woher also weißt du das?«

Im nächsten Moment überschlugen sich die Ereignisse, als Jobst nach der Verrichtung seines Geschäfts wieder an den Tisch trat und wie erstarrt stehen blieb. »Aber das ist er doch.« Er zeigte mit dem Finger auf Andres. Jobst blickte aufgeregt zwischen Gawin und Andres hin und her. »Das ist der Mann, der wieder durchs Tor kam.«

Andres wollte reagieren, doch Ludwig und Rudolf waren schneller. Mit einem Satz war Ludwig über den Tisch, während Rudolf sich Andres von der anderen Seite in den Weg stellte.

Hanno hatte gar nicht reagieren können, so schnell war alles gegangen. Er sah Gawin an, dessen Gesicht kalkweiß geworden war.

Andres wehrte sich einen kurzen Moment, dann gab er den Widerstand auf. Die anderen Gäste in der Schenke hatten mit Interesse das Treiben am Tisch verfolgt.

»Wir können noch zwei Männer brauchen«, sprach Ludwig einige von ihnen an. »Der hier muss zum Stadtvogt, und es ist besser, wenn wir so viele sind, dass er gar nicht erst versucht, sich davonzumachen.«

Sofort standen mehrere Männer auf und kamen den Wachleuten zu Hilfe. Als sie Andres gerade abführen wollten, griff Gawin noch rasch nach dessen Arm. »Warum?«

Andres sah ihn nur an, kalt und hasserfüllt, sagte aber kein Wort. Dann ging er ohne jeden Widerstand mit den Männern mit, die ihn auf direktem Weg zum Vogt brachten.

Die Verhandlung dauerte nur wenige Stunden. Andres legte ein volles Geständnis ab. Die Erklärung, die er für die Morde lieferte, war so denkbar einfach und genau deshalb so absurd, dass Gawin es einige Wochen später noch immer nicht glauben konnte.

Lorenz hatte seinem besten Freund Andres erzählt, dass er mitsamt seiner Familie nach Hoya zurückkehren wolle. Lena, Lorenz' Frau, hatte sich dagegen ausgesprochen, sich schlussendlich aber dem Willen ihres Mannes gefügt. Andres hatte an dem besagten Morgen versucht, noch einmal mit Lorenz zu reden, um diesen umzustimmen. Allein der Gedanke, dass der Schuhmacher fortgehen wollte und er Lena deshalb nicht mehr sehen würde, ließ Andres fast verrückt werden. Schon seit Jahren war er in die Frau des Freundes verliebt, war ihretwegen mit seiner Familie gemeinsam mit Lorenz nach Bremen aufgebrochen und hatte in Hoya alles aufgegeben. Doch nie, so erklärte Andres dem Schreiber, der seine Aussage aufnahm, hatte er vorgehabt, Lorenz die Frau wegzunehmen.

Immerhin hatte er Judith, und Lena gehörte nun einmal zu Lorenz. Doch über die Entscheidung des Schuhmachers, Bremen wieder den Rücken zu kehren, war er mit Lorenz vor dem Bremer Stadttor so sehr in Streit geraten, dass er wütend davon- und wieder in die Stadt zurückgegangen war. Eigentlich hatte er nach Hause gehen wollen, doch alles in ihm schrie danach, den Freund doch noch umzustimmen. Also hatte er sich durch die Heimlichenpforte erneut nach draußen geschlichen. Im Verlauf des Gesprächs waren die Männer abermals in Streit geraten, Andres hatte schließlich nach einem auf dem Boden liegenden Holzprügel gegriffen und Lorenz damit erschlagen. Dann hatte er sich dessen Hut aufgesetzt, um für Lorenz gehalten zu werden und unbehelligt wieder durch das Stadttor zurückkehren zu können.

Am darauffolgenden Tag, gleich nachdem Lorenz' Leiche gefunden worden war, war dann Martin, der Wachmann an der Heimlichenpforte, bei ihm erschienen und hatte gedroht, ihn anzuzeigen, sollte Andres ihm nicht reichlich Schweigegeld bezahlen. Der Zimmermann hatte darauf keinen anderen Ausweg mehr gesehen, als auch Martin zu meucheln und ihn in die Balge zu werfen. Wenig später, als er nach Hause kam, empfing Judith ihn und sprach ihn darauf an, dass sie Lorenz' Hut zwischen seinen Sachen gefunden habe. Da hätte er vollkommen die Beherrschung verloren, sagte er dem Schreiber mit tränenerstickter Stimme und schließlich auch Judith und die Kinder getötet. »Und das alles, weil ich nie etwas anderes wollte, als mit Lena zusammen zu sein«, endete er kraftlos.

»Und nachdem ich all das getan habe«, er schluchzte, »für Lena getan habe, da umarmt sie Gawin wie eine kleine Hure mitten auf der Gasse und schmeißt sich an ihn ran. Da habe ich ihm den Knüppel über den Kopf gezogen. Und es tut mir kein bisschen leid.«

Die Hinrichtung erfolgte nur zwei Tage später. Das Volk kam dabei nicht auf seine Kosten. Zu gleichmütig und schicksalsergeben stand Andres da, während ihm unter dem Galgen die Schlinge um den Hals gelegt und er gleich darauf vom Balken gestoßen wurde. Niemand aus der Familie von Goossen wohnte der Hinrichtung bei.

Auch wenn der Mörder nunmehr gefasst war, wälzte sich Gawin jede Nacht unruhig von einer Seite auf die andere. Nichts wünschte er sich sehnlicher, als die Ruhe zurückzugewinnen, die sich nach der Zeit in Brügge bei ihm eingestellt hatte.

Fast ein Jahr nach all diesen Ereignissen geschah, womit niemand, am allerwenigsten Margrite selbst, gerechnet hätte: Sie war schwanger. Als ein dreiviertel Jahr später ihr Sohn zur Welt kam, schien das Schlechte erstmalig wieder vergessen zu sein und die Hoffnung auf ein normales Leben zurückzukehren. Anderlin nannten Margrite und Ludwig ihren Sohn, und nur zwei Wochen nach seiner Taufe kehrte Marquardt heim. Die Waren, die er mitbrachte, beflügelten Annas Phantasie, und nur ganz selten dachte sie noch an das, was van Laaken ihr und vor allem Siegbert angetan hatte. Wenn sie nunmehr an der Statue vorbeiging, die Gawin zu Ehren ihres Großvaters geschnitzt hatte und die auf dem Marktplatz über die ehrlichen Kaufleute Wache hielt, konnte sie wieder lächeln. Und manchmal, wenn der Platz menschenleer war, kam es ihr sogar so vor, als lächelte Siegbert zurück.

NACHWORT

Die in diesem Buch beschriebene Hoyaer Fehde dauerte nicht, wie dargestellt, nur einige Monate, sondern über Jahre hinweg von 1351 bis 1359. Für Bremen bedeutete der Konflikt auch durch die Auslöse der Gefangenen am Ende den völligen Bankrott. Darüber hinaus und von diesem Konflikt unabhängig, wurde die Stadt aus dem Bündnis der Hanse ausgeschlossen, weshalb zwei Abgesandte nach Lübeck reisten und dort demütig um Wiederaufnahme baten.

Bei den Abgesandten handelte es sich um die wahren historischen Personen Heinrich Doneldey, seinerzeit Bürgermeister der Stadt Bremen, und Bernhard von Dettenhusen, ebenfalls eine hochrangige Persönlichkeit und späterer Konsul.

Sie erreichten die Wiederaufnahme in die Hanse, mussten jedoch erhebliche Zugeständnisse machen. Hierbei spielte auch der Konflikt mit dem immer wieder als Seeräuber benannten Bremer Johann Hollemann eine Rolle. Doneldey und von Dettenhusen sicherten zu, sowohl bei der Bekämpfung der Seeräuber auf der Elbe als auch beim Boykott gegen Flandern volle Unterstützung zu leisten.

Zu guter Letzt: Das Hansefest, das im Buch dazu diente, Händler in die Stadt zu locken und Bremen wieder zu einem beliebten Umschlagsort zu machen, ist eine reine Erfindung. Es hat nichts mit dem alljährlich stattfindenden Bremer Freimarkt zu tun, obwohl das bunte Treiben so manche Parallele aufweist.

Und wie auch schon im ersten Teil meiner Duftnäherin erwähnt, ist das Einnähen von Seife in Kleidersäume eine reine Erfindung von mir. Aber stellen Sie sich nur mal diesen wunderbaren Duft vor!

Herzlichst *Ihre Caren Benedikt*

DANKSAGUNG

Zu allererst möchte ich den Menschen danken, denen ich dieses Buch gewidmet habe: Meinen Leserinnen und Lesern! Mit meiner Duftnäherin Anna hat eine ganz besondere Figur einen Platz in ihren Herzen gefunden, und ich freue mich wirklich sehr, dass mit diesem Band die Abenteuer weitergehen. Danke, liebe Leserinnen, liebe Leser, für viele tolle Lesungen, Begegnungen und überschwengliche Begeisterung!

Ich danke Ingeborg Castell: Neben all ihrem Wissen und ihrem besonderen Gespür für Literatur ist es vor allem ihre Stärke, die meiner Anna jede Menge Kraft verleiht.

Ein großer Dank, verbunden mit einer herzlichen Umarmung, geht an meine wunderbare Agentin Lianne Kolf und ihr gesamtes Team! Für einen Autor ist es ein Geschenk, sich mit dem guten Gefühl auf seine Arbeit konzentrieren zu können, dass da ein Mensch ist, der einem das Drumherum abnimmt.

Ich danke meinem Verlag Droemer Knaur, insbesondere Patricia Kessler, Eliane Wurzer, Elke Virginia Koch, Renate Abrasch und allen, die hinter meinen Projekten stehen und diese zu Erfolgen machen.

Hier auf keinen Fall zu vergessen Hans-Peter Übleis. Er sagt es nicht nur, er weiß es wirklich besser…

Hervorheben möchte ich meine Cheflektorin in der Droemer-Knaur-Familie, Christine Steffen-Reimann. Vielen Dank für das Vertrauen in meine Ideen, meine Romane und die Freiheit, all dies schreiben zu können. Danke!

Ich danke meiner Lektorin Frau Dr. Heike Fischer für ihre Anregungen, Hilfestellungen und auch Kritik, um am Ende das Beste aus jedem Text herauszuholen.

Danke schön meiner Schwester Britta, für wichtige Worte zur richtigen Zeit.

Abschließend danke ich meiner Familie, die mit aller Selbstverständlichkeit hinnimmt, dass ich über Monate hinweg immer mal wieder ins Mittelalter abtauche und nicht ansprechbar bin. Wann immer ich über Zusammenhalt, Liebe und gegenseitige Unterstützung schreibe, habe ich eure Gesichter vor Augen. *Danke!*

QUELLENLISTE

Karolin Bubke: *Die Bremer Stadtmauer,* In: Veröffentlichungen aus dem Staatsarchiv der Freien Hansestadt Bremen, Verlag: Selbstverlag des Staatsarchivs, Bremen 2007

Ferdinand Donandt: *Versuch einer Geschichte des bremischen Stadtrechts I,* Bremen 1830

Johann Hermann Duntze: *Geschichte der freien Stadt Bremen II,* Bremen 1846

Konrad Elmshäuser: *Geschichte Bremens,* Verlag: Beck, München 2007

Werner Künzel/Werner Rellecke: *Geschichte der freien Hansestadt Bremen.* In: Dies. (Hrsg.): Geschichte der deutschen Länder, Verlag: Aschendorf, Münster 2005

Fritz Lohmann: *Das Bremer Wappen: vom Himmelsschlüssel zum Stadtsignet,* Verlag: Edition Temmen, Bremen 2010

Hermann Meinert (Hrsg.): *Die Chroniken der niederdeutschen Städte, Bremen,* Bremen 1968

Albert Oltmanns, in: *1000 Jahre Bremen, 2.* Fortsetzung; Neues Echo 1965, November 26

Christian Nikolaus Roller: *Versuch einer Geschichte der … Stadt Bremen II,* Bremen 1799

Peter Schulz: *Justiz in Bremen: schütze das Recht…,* Verlag: hrsg. von der Freien Hansestadt Bremen, Bremen 1998

Herbert Schwarzwälder: *»Bannerlauf« und »Verrat« in Bremen (1365–1366),* In: Bremisches Jahrbuch 53, Sonderdruck, Verlag: Steiner, Bremen 1975

Herbert Schwarzwälder: *Berühmte Bremer,* München 1972

Herbert Schwarzwälder: *Bremen im Mittelalter,* in: Studium Generale 16 (1963), S. 391–421

Herbert Schwarzwälder: *Bremen im Wandel der Zeiten: Die Altstadt,* Verlag: Eilers & Schünemann, Bremen 1972

Herbert Schwarzwälder: *Bremer Geschichte,* Verlag: Döll, Bremen 1993

Herbert Schwarzwälder: *Geschichte der Freien Hansestadt Bremen.* Band I, Verlag: Edition Temmen, Bremen 1995

Adam Storck: *Ansichten der Freien Hansestadt Bremen,* Frankfurt am Main 1822

Wilhelm von Bippen: *Die Verfasser der ältesten Bremer Stadtchronik,* in: Bremisches Jahrbuch, Bd. 12, 1883, S. 108–131

Wilhelm von Bippen: *Geschichte der Stadt Bremen I,* Bremen 1892

Ulrich Weidinger: *Aufnahme, Wiederaufnahme oder angeborene Mitgliedschaft? Bremens Weg in die Hanse,* in: Bremisches Jahrbuch, Bd. 88 (2009), S. 65 f.
http://www.adelvolk.de/page5.html
http://brema.suub.uni-bremen.de
http://www.dietz-lenssen.de/GenLenssen3.html
http://www.suite101.de/content/geschichte-der-stadt-bremen-a39243-#ixzz1ExMETZ8R

Der Duft von Seife
und eine geheime Liebe

CAREN BENEDIKT

Die Duftnäherin

Roman

Deutschland im Jahre 1349: Endlich bietet sich der sechzehnjährigen Anna die Gelegenheit zur Flucht vor ihrem gewalttätigen Vater. Sie macht sich auf den Weg nach Bremen, in die Heimatstadt ihrer verstorbenen Mutter, begleitet von dem jungen Gawin. Hier kommt Anna bei einer Seifensiederin unter. Sie wird Schneiderin und lässt sich etwas ganz Besonderes einfallen: In die Nähte der Kleider näht sie Seife ein und erzeugt so wundervolle Düfte. Bald finden ihre außergewöhnlichen Kreationen Anklang bei den hochstehenden Damen der Stadt. Die zwischen Anna und Gawin aufkeimende Liebe muss zunächst geheim bleiben – schließlich haben sie sich als Geschwister ausgegeben …

Eine Verschwörung, ein Mord
und eine einzige Zeugin

CAREN BENEDIKT

Die Kerzenzieherin

Roman

Hattingen 1225: Die Novizin Ellin wird zufällig zur Mitwisserin einer Verschwörung gegen den Erzbischof von Köln. Ellin muss fliehen: Sie legt ihr Novizinnengewand ab und schafft es, sich in Bremen als Kerzenzieherin ein neues Leben aufzubauen.
Doch schon bald holt sie ihre Vergangenheit wieder ein, und Ellin begreift, dass ihr Wissen sehr gefährlich und ihre Flucht noch lange nicht vorbei ist …

KNAUR